मम अरण्य

सुधाकर अदीब

जन्म : 17 दिसम्बर, 1955, फैजाबाद (उ.प्र.)

शिक्षा : हिन्दी साहित्य में एम.ए. करने के उपरान्त *'हिन्दी उपन्यासों में प्रशासन'* विषय पर एक महत्त्वपूर्ण एवं चर्चित शोधप्रबन्ध रच कर पी-एच.डी. की उपाधि अर्जित की।

गतिविधियाँ : हिन्दी साहित्य के साथ इतिहास का भी अध्ययन। उत्तर प्रदेश सिविल सेवा के विभिन्न प्रशासनिक पदों पर कार्य कर चुके डॉ. सुधाकर अदीब वर्तमान में निदेशक, उत्तर प्रदेश हिन्दी संस्थान के पद पर कार्यरत हैं।

प्रकाशित साहित्य : उक्त शोध-प्रबन्ध के अतिरिक्त उनके चार ***काव्य-संग्रह :*** *अनुभूति, संवेदना, जानी जग की पीर, हथेली पर जान,* तीन ***कहानी-संग्रह :*** *मृगतृष्णा, देहयात्रा, उजाले अँधेरे* तथा चार ***उपन्यास :*** *अथ मूषक उवाच, चींटे के पर, हमारा क्षितिज, मम अरण्य* प्रकाशित हो चुके हैं। 'शाने तारीख़' उनका पाँचवाँ उपन्यास है।

सम्मान : अनेक पुरस्कारों एवं सम्मानों से समादृत।

आवरण : देव प्रकाश चौधरी

सुधाकर अदीब

मम अरण्य

लोकभारती पेपरबैक्स

पहला पेपरबैक संस्करण : 2014

लोकभारती पेपरबैक्स : उत्कृष्ट साहित्य के लोकप्रिय संस्करण

लोकभारती प्रकाशन
पहली मंजिल, दरबारी बिल्डिंग, महात्मा गाँधी मार्ग,
इलाहाबाद-211 001

वेबसाइट : www.lokbhartiprakashan.com
ईमेल : info@lokbhartiprakashan.com

शाखाएँ : 1-बी, नेताजी सुभाष मार्ग, दरियागंज, नई दिल्ली-110 002
अशोक राजपथ, साइंस कॉलेज के सामने, पटना-800 006 (बिहार)
36-ए, शेक्सपियर सरणी, कोलकाता-700 017

इण्डियन प्रेस प्रा.लिमिटेड
इलाहाबाद-211002
द्वारा मुद्रित

मूल्य : ₹ 300

MUM ARANYA
by Sudhakar Adeeb

ISBN : 978-81-8031-951-8

माँ
और
मातृभूमि
को समर्पित...

एक जंगल बाहर फैला हुआ। विशाल और अपरिचित। एक जंगल मेरे भीतर सिमटा हुआ। सघन और अपना........

वीरवर लक्ष्मण अपने चारों ओर विस्तीर्ण एवं अभ्यन्तर में घुमड़ते-गूँजते अरण्य से जूझते चौदह वर्ष देश निकाला पाये अपने अग्रज श्रीराम के साथ विचरते रहे। रामकथा तो इस धरती के कण-कण और पत्ते-पत्ते पर लिखी हुई तथा बहुश्रुत है। परन्तु त्यागमूर्ति लक्ष्मण अधिकतर मौन-से चित्रित किये गये हैं। कुछेक स्थलों पर वह जब अपने सम्पूर्ण तेज के साथ मुखर होते हैं, तो उन्हें उनके मर्यादाप्रिय अग्रज श्रीराम शान्त करा देते हैं। ऐसा अनेक रामायणों में होता आया है। विचारणीय यह है कि क्या सौमित्र-लक्ष्मण सम्पूर्ण रामकथा में सदैव मौन ही रहे होंगे? क्या उनका अपना कोई स्वतन्त्र व्यक्तित्व नहीं रहा होगा? इतना तेजस्वी, इतना कर्मठ और शौर्यवान् योद्धा भला क्या इतना चुपचाप रह सकता है? तो फिर रामानुज का स्वयं का चिन्तन क्या रहा होगा? ये प्रश्न वर्षों तक मेरे मन में आकार लेते रहे। समाधान इस 'मम अरण्य' के रूप में उपस्थित हुआ है।

यह उपन्यास आत्मनिर्वासित लक्ष्मण की अनकही गाथा है। यहाँ सौमित्र अपनी अनसुनी कथा स्वयं कह रहे हैं। मेरे मानस-पटल पर आकर उन्होंने अपनी आत्मकथा जिस प्रकार सुनायी, उसे यहाँ यथावत् प्रस्तुत कर रहा हूँ।

मा निषाद प्रतिष्ठां त्वमगमः शाश्वतीः समाः।
यत्क्रौञ्चमिथुनादेकमवधीः काममोहितम्।।

- आदिकवि वाल्मीकि के मन की घनीभूत वेदना से उपजा यह श्लोक उनके अमर महाकाव्य 'रामायण' की रचना का माध्यम बना। प्रथम अभिलिखित-रामकथा वाल्मीकीय रामायण ही है। समस्त परवर्ती कवियों एवं लेखकों ने इसी से मूल कथानक ग्रहण किया है। यदि कतिपय क्षेपकों को दृष्टिगत न करें तो महर्षि वाल्मीकि के श्रीराम मर्यादापुरुषोत्तम ही हैं, भगवान् विष्णु के अवतार नहीं। महामुनि वेदव्यास ने जब 'अध्यात्मरामायण' की रचना की तो श्रीराम को आद्योपान्त ईश्वरत्व प्रदान कर दिया। गोस्वामी तुलसीदास के 'श्रीरामचरितमानस' का तो प्रणयन ही चतुर्भुज नारायण के अवतार रूपी श्रीराम के गुणगान हेतु हुआ था। लोकभाषा में रचित यह महाकाव्य वस्तुतः एक धर्मग्रन्थ के रूप में करोड़ों भारतवासियों का कण्ठहार बना। तुलसी के श्रीराम अपनी जन्मभूमि अयोध्या के प्रति अपना अनन्य अनुराग इन शब्दों में अभिव्यक्त करते हैं -

जद्यपि सब बैकुण्ठ बखाना। बेद पुरान बिदित जगु जाना।।
अवधपुरी सम प्रिय नहिं सोऊ। यह प्रसंग जानइ कोउ कोऊ।।

'मम अरण्य' के श्रीराम युगपुरुष राम हैं जिन्हें अयोध्या भी प्यारी है, मातृभूमि भी और समग्र विश्व भी। राम कहीं नहीं गये हैं। वह हर उस मनुष्य में अंशतः विद्यमान हैं

जिसके हृदय में सत्य, अहिंसा, न्याय, विनय और शील यत्किंचित् भी शेष है। रामकथा में लक्ष्मण की गाथा भी अन्तर्निहित है, जिसे अनावृत करने का एक विनम्र प्रयास मैंने किया है। कितना सफल हो सका? नहीं जानता। इसे पाठक ही तय करें।

—सुधाकर अदीब

द्वितीय संस्करण की भूमिका

आज के यांत्रिक युग में 'मम अरण्य' जैसे हिन्दी के सांस्कृतिक उपन्यास का 02 वर्ष के भीतर ही दूसरा संस्करण छप जाना किसी सुखद आश्चर्य से कम नहीं। दुनिया भर को हँसाने वाले सुप्रसिद्ध व्यंग्यकार पद्मश्री के.पी. सक्सेना इस उपन्यास के कतिपय अंशों को सुनकर जब मेरे समक्ष फूट-फूटकर रोये तब मुझे अहसास हुआ कि विधाता ने शायद स्वयं ही यह कोई असाधारण कार्य मुझ अकिंचन से करा लिया है। इस कृति के प्रणयन और समापन के समय अहर्निश मुझे ऐसा लगता था कि यह मेरे पूर्वजों, माता-पिता एवं गुरुजन द्वारा प्रदत्त समस्त शुभ संस्कारों का विस्फोट है।

सर्वप्रथम 'दैनिक जागरण' में 'मम अरण्य' की समीक्षा श्री विवेक भटनागर की सजग लेखनी से छपी। इसके बाद उपन्यास पर अनेक सकारात्मक और उत्साहवर्द्धन समीक्षाएं आईं। 'कथाक्रम', 'समकालीन सरोकार', 'लमही', 'शुक्रवार', 'साहित्य भारती' और 'सोच विचार' आदि हिन्दी की सुप्रसिद्ध पत्रिकाओं में समीक्षाओं के साथ-साथ इस कथाकृति ने 'साहित्य अमृत' जैसी सुप्रतिष्ठित पत्रिका के सम्पादकीय तक में अपना स्थान बनाया। रामकथा के मर्मज्ञ श्री श्रीराम मेहरोत्रा और डॉ0 सूर्य प्रसाद दीक्षित, डॉ0 शंभु नाथ समेत अनेक विद्वानों और साहित्यकारों का 'मम अरण्य' को आशीर्वाद मिलना मेरा परम सौभाग्य है।

सौमित्र लक्ष्मण की यह जीवनगाथा इतनी लोकप्रिय हुई कि 'दैनिक जागरण' द्वारा वर्ष 2012 में प्रकाशित महत्वपूर्ण कथा साहित्य में अग्रणी उपन्यासों में इसे चयनित और प्रदर्शित किया गया। पाठकों की असंख्य प्रतिक्रियाएं और उनका अपार स्नेह अब मेरी अमूल्य निधि बन चुका है। किसी सुधी पाठक की जिस प्रतिक्रिया ने मुझे सर्वाधिक रोमांचित किया वह यह कि - जिस तरह 'साकेत' महाकाव्य में राष्ट्रकवि मैथिलीशरण गुप्त ने रामायण की उपेक्षित पात्र लक्ष्मणप्रिया उर्मिला के उज्जवल चरित्र को उजागर किया है उसी तरह 'मम अरण्य' उपन्यास में रामानुज लक्ष्मण अपनी सम्पूर्ण तेजस्विता के साथ उभरे हैं। कानपुर की सुप्रतिष्ठित संस्था 'मानस संगम' ने वर्ष 2013 में इस कृति को विशिष्ट सम्मान प्रदान किया।

'मम अरण्य' के प्रकाशन के लिए मैं राजकमल प्रकाशन समूह के श्री आमोद माहेश्वरी और लोकभारती प्रकाशन के श्री रमेश ग्रोवर का अत्यंत आभारी हूँ। भाई देवराज अरोड़ा का मैं हृदय से आभारी हूँ, जिन्होंने इसके प्रकाशन की दिशा में मेरा अविस्मरणीय सहयोग किया। अपने आत्मीय पाठकों का तो मैं आजन्म ऋणी रहूँगा।

लखनऊ —सुधाकर अदीब

14 अगस्त, 2014

अनुक्रम

मम अरण्य

1

मैं अनुयायी अग्रज का

मेरे लिये कठिनाई की घड़ी सबसे पहले तब आयी, जब महर्षि विश्वामित्र अयोध्या के राजप्रासाद में पधारे और उन्होंने अपने यज्ञ की रक्षा के लिए पिताश्री से बड़े भइया को माँग लिया।

मेरे राम भइया को वन जाना होगा और वह भी अकेले? मैं उनके साथ नहीं रह पाऊँगा, ऐसा भला कैसे सम्भव है? मैं तो भइया की आँखों का तारा था। उन दिनों बहुत चंचल और नटखट था। भइया यद्यपि स्वयं बड़े धीर, गम्भीर और शान्त स्वभाव के थे। किसी मस्त गजराज की भाँति। और मैं उनके आस-पास हर समय किसी हिरण की भाँति कुलाँचें भरता रहता था। तथापि भइया मुझे सबसे अधिक स्नेह देते थे। भरत भइया और शत्रुघ्न से भी अधिक। कम-से-कम मुझे ऐसा लगता था। राम भइया क्या सोचते थे? यह तो वही जानें। परन्तु मैं जब भी उनके निकट जाता वह वात्सल्य से मेरा सिर सहलाते अथवा मेरी पीठ पर अपने जादुई हाथों से एक बार स्पर्श अवश्य करते। भइया के कमलनयन जब भी मुझ पर स्थिर होते, मुझे अपार आन्तरिक शान्ति का अनुभव होता।

भइया प्रारम्भ से बहुत कम बोलते थे। जो कुछ भी कहते बहुत सन्तुलित और स्पष्ट होता। एक भी शब्द न इधर न उधर। उत्तेजित होते अथवा शीघ्रतापूर्वक कुछ कहते मैंने उन्हें कभी भी नहीं पाया। जो कुछ भी वह कहते खरा होता। तर्क की कसौटी पर कसा हुआ। भावुक क्षणों में भी भइया की आँखों से आँसू बहते मैंने नहीं देखे। उन्हें कराहते-कलपते भी कभी नहीं पाया।

मैं अपने राम भइया का सच्चा अनुयायी था। विश्वास करेंगे आप? खेल-खेल में मैं चंचलतावश अनेक अवसरों पर बहक जाता था। परन्तु राम भइया मुस्कराकर सदा मेरी त्रुटियों को क्षमा कर देते। वह बिगड़े हुए खेल को सुधारते और पुनः खेल में जुटने का मुझे आमन्त्रण देते। यह बालपन से मेरे साथ होता आया था। राम भइया मेरे सखा, मेरे गुरु और मेरे अनन्य मार्गदर्शक थे।

अब उन्हें यह विश्वामित्र मुनि जंगल में ले जायेंगे? न जाने कहाँ से अवतरित हो गये अचानक। पिताश्री को भी इन्होंने व्यथित कर दिया। वह भी भइया के चले जाने की कल्पना मात्र से भरे दरबार में सबके समक्ष विकल हो उठे। -

"नहीं-नहीं महर्षे! ऐसा न कहें...राम अभी बालक है...मेरे हृदय का टुकड़ा है...इतने मायावी राक्षसों से युद्ध कैसे कर सकेगा यह? अभी तो इसने ठीक से शस्त्राभ्यास भी नहीं किया है। मात्र सोलह वर्ष की अल्पायु में इस बालक को मैं काल के मुख में कैसे झोंक सकता हूँ? आप कहें तो यज्ञ की रक्षा के अभियान में मैं स्वयं अपनी अक्षौहिणी सेना के साथ आपके आश्रम के लिए प्रस्थान करूँ। मुझे इसमें थोड़ा ही समय लगेगा।...आप मेरे स्वामी हैं। मैं एक दास की भाँति आपकी हर आज्ञा पालन को तैयार हूँ। परन्तु मेरे राम को मुझसे मत छीनिये मुनिवर!..."

राजा दशरथ लगभग विलाप करते-से बोल रहे थे। अयोध्यानरेश के दरबार के सभी सभासद अवाक् एक-दूसरे का मुँह देख रहे थे। वह राजा दशरथ के ऐसे अप्रत्याशित आचरण और व्यवहार से हक्के-बक्के थे। एक विश्वविजयी सम्राट् की ऐसी कातरता? सभी को महर्षि विश्वामित्र के क्रोध से भड़कनेवाली अग्नि के सर्वभस्मी स्वरूप की अचानक चिन्ता हो आयी थी।

और ऐसा हुआ भी। विश्वामित्र हुंकार छोड़ते हुए अपने तमतमाये हुए मुखमण्डल के साथ अपने सिंहासन से पैर पटककर उठ खड़े हुए। हाथ के दण्ड को पिताश्री की ओर सीधा करते हुए कहने लगे- "वचनद्रोही राजन्! पहले वचन देकर अब उसे पूर्ण करने से पीछे हट रहे हो? इसका दुष्परिणाम जानते हो? यदि तुम्हारी यही कथनी-करनी रही तो निश्चय जानो मैं तो अरण्य में अभी खाली हाथ लौट जाऊँगा, परन्तु मुझे भय है कि तुम्हारे इस अधम आचरण से कहीं तुम्हारे कुल और तुम्हारी अब तक की संचित कीर्ति शीघ्र ही विनष्ट न हो जाये..."

"नहीं-नहीं...ऐसा न करें मुनिश्रेष्ठ! मेरा यह अभिप्राय नहीं है-" अपना सिंहासन छोड़कर पिताश्री विश्वामित्र जी के चरणों में गिर पड़े। वह दोनों हाथों से उनके चरण पकड़कर बिलखने लगे। दरबार में सन्नाटा छा गया।

मुझे पिताश्री की यह दशा देखकर बड़ा क्षोभ हुआ। कोई कुछ कहता क्यों नहीं? कुलगुरु वसिष्ठ महराज...मन्त्रीगण...सभासद...राम भइया भी एक ओर निर्विकार भाव से खड़े हैं। उलटे उन्होंने पिताश्री को विश्वामित्र जी के चरणों में गिरते देखकर अपनी चिर-परिचित धीर-गम्भीर मुद्रा में मुनिवर की ओर अपलक देखते हुए अपने दोनों करकमल प्रणाम-मुद्रा में जोड़ लिये हैं। मानो आँखों ही आँखों में यह कह रहे हों कि हमें क्षमा करें मुनिश्रेष्ठ! हम रघुकुल की आदिकाल से चली आ रही रीति के अनुरक्षक हैं। हममें से अपने वचन से पीछे हटनेवाला हमारे सूर्यवंश में कोई नहीं...आप अन्यथा समझ रहे हैं...पिताश्री मुझ पुत्र के मोह में अपने हृदय की टीस

आपके समक्ष रख रहे हैं...क्योंकि आप यहाँ सबसे बड़े हैं...कुलगुरु वसिष्ठ के समतुल्य आदर है आपके लिए हमारे हृदय में।... अब हम अपनी वेदना को आपके सामने नहीं कहेंगे तो किससे कहेंगे? कृपया आप हमारे अभिकथनों का आशय गलत न समझें।

अब यह भइया भी...बात पिताश्री कर रहे हैं और कष्ट इन्हें हो रहा है। देखो तो कैसी विनम्रता की साक्षात् मूर्ति-सरीखे खड़े हैं बीच दरबार में।

उस दिन गुरुवर वसिष्ठ ने जब पिताश्री को प्रबोध कराया कि राम के सामर्थ्य और प्रतिभा को वह कम करके न आँकें और उन्हें मुनि विश्वामित्र के साथ जाने दें क्योंकि इससे रघुकुल का गौरव बढ़ेगा और श्रीराम की यशगाथा का शुभारम्भ होगा तब पिताश्री मान गये। क्रोध में धनुष की प्रत्यञ्चा-सी तनी ऋषिवर विश्वामित्र की भृकुटियाँ शिथिल हुईं।

तभी मैं अधीर होकर सबके सामने अचानक बोल पड़ा - "पिताश्री! मैं भी बड़े भइया के साथ जाऊँगा।"

"क्यों?" - गुरुवर वसिष्ठ ने मुस्कुराकर पूछा। पिताश्री की ओर से। पिता तो अब भी विह्वलावस्था से पूरी तरह उबर नहीं पाये थे।

"क्योंकि मैं अनुज हूँ। अपने अग्रज की छाया हूँ।" - न जाने कैसे अकस्मात् ये शब्द मेरी जिह्वा से फूटे। इस पर कुछ सभासद हँस पड़े जो निकट बैठे थे। वातावरण तनावमुक्त हो गया। विश्वामित्र मुनि भी मुस्कुरा दिये और बोले -

"क्यों राजन्! -" उन्होंने पिताश्री की ओर उन्मुख होकर पूछा - "इस तेजस्वी बालक को भी ले जाऊँ?"

"जैसी आज्ञा मुनिश्रेष्ठ! -" महाराज दशरथ ने भारी स्वर में अपनी सहमति व्यक्त की। और मेरा मन आकाश की ओर किसी कन्दुक की भाँति उछलने लगा।

बाल्यकाल में जब मैं और भी छोटा था खेल के मैदान में अपने मित्रों से प्रायः कहता कि राम भइया मेरे आदर्श हैं। वह मेरे अग्रज भी हैं और मेरे भगवान् भी। मैं तो बस उनकी प्रतिच्छाया हूँ। संसार की रीति और राजवंशों की परम्परा के अनुसार एक दिन वह कौशल साम्राज्य के राजा बनेंगे। तब मैं बनूँगा उनका प्रधान अंगरक्षक।

मित्र पूछते कि अंगरक्षक क्यों? प्रधानमन्त्री अथवा प्रधान सेनापति क्यों नहीं? तब मैं उत्तर देता कि जो सुख अपने परम प्रिय इष्ट का अंगरक्षक बनने में है वह अन्य किसी पद अथवा कार्य में नहीं। क्योंकि श्रीराम मेरे अग्रज भी हैं और आराध्य भी। मैं उनका अनुयायी हूँ। अनुचर हूँ। अनुगामी हूँ। कवच हूँ। मैं उनको छोड़कर एक क्षण दूर रहना तो क्या जीवित भी नहीं रह सकता।

एक मित्र ने पूछा कि इत्ती सारी बातें तूने कहाँ से सीखीं? मैंने कहा कि गुरुजन जो नित्यप्रति नाना प्रकार की कथाएँ हमें सुनाते हैं, उन्हीं से। जैसे सुन्दर वाटिका

से सुन्दरतम पुष्पों को चुना जाता है, वैसे ही मैं भी कुछ-न-कुछ उत्तम शब्दों का चयन कर लेता हूँ।

मुनिवर विश्वामित्र के पीछे-पीछे हम अयोध्या से बहुत दूर निकल आये थे। पतित पावनी सरयू के रेतीले तट से होते हुए उसके दक्षिणी छोर पर आगे-आगे चल रहे विश्वामित्र जी हमें समझा रहे थे-

"बड़ा उत्पात मचा रखा है उन दुष्ट राक्षसों ने। राम!...तुम्हें उनका संहार करना है...और लक्ष्मण!...तुम तो पुत्र...राम की छाया हो...तुमने ही कहा है ना?"

"जी ऋषिवर!"

"तो जब राम हमारे यज्ञ की रक्षा में सन्नद्ध हों तब तुम्हें राम का रक्षाकवच बनना है।...यही तुम्हारी प्रमुख भूमिका होगी।"

अहा ऋषिवर...क्या बात कही आपने...मेरे मन के अतल-तल तक जा पहुँचे आप...। वास्तव में आप अन्तर्यामी हैं। भइया का जहाँ स्वेदबिन्दु गिरेगा वहाँ मेरा रक्त...यही तो मैं चाहता हूँ...। यह सोचते-सोचते रेत में ऋषि विश्वामित्र की चरण पादुकाओं से उभरनेवाले चिह्नों को अब मैं और भी ध्यान से देखने लगा। मुझे वह चिह्न पूर्व की अपेक्षा और भी प्रिय लगने लगे।

मार्ग में राम भइया बिलकुल मौन थे। वह चुपचाप ऋषिवर का अनुगमन कर रहे थे। इसलिए मैं भी कुछ बोलने का साहस नहीं जुटा पा रहा था। मैं भइया के पीछे-पीछे किन्तु अत्यन्त उत्साह के साथ चला जा रहा था।

निश्चय ही हमें जीवन के अत्यन्त नवीन और कुछ रोचक अनुभव होनेवाले हैं, मेरे मन में यह विश्वास हो चला था।

राजमहल के अतिथि-कक्ष में विगत रात्रि ऋषिवर ने विश्राम किया था और आगामी प्रातः हम दोनों भाइयों के साथ वन्य प्रदेश में प्रस्थान करने का आदेश सुनाया था। पिताश्री की अनुमति और ऋषिवर का यह आदेश हम दो तरुणों के लिए अत्यन्त उत्साहवर्द्धक था। वन्य प्रदेश के विविध अनुभव। प्राकृतिक वातावरण का आनन्द।...अहा!

पिताश्री ने विश्वामित्र मुनि से करवद्ध प्रार्थना की थी कि वह अपनी कृपाछाया इन बालकों पर बनाये रखेंगे और यह अवगत कराया था कि वह प्रातःकाल उनकी यात्रा की व्यवस्था के समुचित निर्देश कर चुके हैं। एक द्रुतगामी रथ तथा कुछ अश्वारूढ़ चपल सैनिक उनकी सेवा में प्रातःकाल से ही तैयार रहेंगे। इस पर मुनिवर ने कहा था -

"नहीं दशरथ! इस सबकी कोई आवश्यकता नहीं। राम-लक्ष्मण मेरे साथ वन में जा रहे हैं। संघर्ष के पथ पर चलनेवालों का सुविधाएँ त्यागकर ही आगे बढ़ना उचित होता है। तभी उनकी समस्त ज्ञानेन्द्रियाँ जागृत होती हैं और कर्मेन्द्रियाँ पुष्ट हो पाती हैं।...राम-लक्ष्मण मेरे साथ पैदल ही जायेंगे। वह भी बिना किसी सैनिक अथवा मार्गदर्शक के। क्योंकि अब मैं ही इनका मार्गदर्शक हूँ और यह मेरे सैनिक।"

पिताश्री मन मसोसकर रह गये थे यह मैं उनके हाव-भाव से समझ गया। पैदल और वह भी वनगमन? इससे तो धरती पर फैले विशाल प्राकृतिक आँचल को और भी निकट से देखने-समझने का सुअवसर हमें प्राप्त होगा। राजवंश में जन्म लेने के अपने अनेक बन्धन होते हैं। हम न आसानी से कहीं आ सकते हैं न जा सकते हैं। पूरे वस्त्र-आभूषण पहने बिना राजप्रासाद से बाहर चरण भी नहीं धर सकते। किसी जनसाधारण के घर भी बिना अनुमति जा नहीं सकते। उसके घर जलपान या भोजन करना भी हमारे लिये वर्जित है।...इसलिए नहीं कि वे त्याज्य हैं अथवा हमसे हीन हैं। केवल इस आशंका से कि हम राजकुल से सम्बन्धित हैं। ...अबोध राजकुमार हैं...कोई आततायी हमें विष न दे दे।

बड़ा प्रतिबन्ध है। यहाँ न जाओ वहाँ न जाओ। यह न करो वह न करो। तुम राजकुमार हो। तुम्हें अपनी मर्यादाएँ समझनी चाहिए।...चलो अब कुछ दिनों के लिए उन अनेक झंझटों से मुक्ति मिली।

भला हो महर्षि विश्वामित्र का जो वह अयोध्या पधारे और उन्होंने हमें भी साधारण मानवों की भाँति इस धरती पर विचरने का यह अत्यन्त सुखद एवं दुर्लभ अवसर प्रदान किया। ...अब मेरे राम भइया होंगे और मैं होऊँगा। हम दोनों के बीच कोई तीसरा भाँजी नहीं मार सकेगा। जय हो ऋषिवर! आपकी सदा ही जय हो!!...

- मेरा मन-मयूर पुलकित होकर कुछ इसी तरह भीतर-ही-भीतर पुकारने और नाचने लगा।

मुझे वह दिन आज भी अच्छी तरह स्मरण है। प्रातःकाल हमारी तीनों माताओं ने एक साथ बैठकर हमें कलेवा कराया। हम मुनिवर विश्वामित्र जी के साथ ही भूमि पर अपने-अपने आसनों पर बैठे थे। हमारे सम्मुख काष्ठ-निर्मित चौकियाँ सजी थीं। पिताश्री हाथ बाँधे एक ओर खड़े थे।

माता कौशल्या ने मुनिवर को एक केले के पत्ते पर सर्वप्रथम जलपान परोसा। माता कैकेयी भइया राम को बड़े प्रेम से परोसने लगीं। माँ सुमित्रा मुझे अपलक निहारती हुई जलपान देने लगीं। किन्तु मुझसे पर्यटन के अति-उत्साह में अधिक कुछ खाया न गया।

चलते समय माता कैकेयी ने राम भइया का मस्तक चूमा। कौशल्या माँ ने मेरा। और सुमित्रा माँ?...वह तो बस अपने दोनों हाथों से हमारे मस्तक पर बारी-बारी से आशीष देकर अलग हो गयीं।

जब चलने का समय आया तो महर्षि विश्वामित्र ने पिताश्री को आशीर्वाद देते हुए कहा कि -

"राजन्!...चिन्ता न कीजिये और अब हमें आज्ञा दीजिये। ईश्वर ने चाहा तो आपके सुपुत्र रघुकुल की कीर्तिपताका को और ऊँचा फहराकर वापस लौटेंगे।"

पिताश्री ने राम भइया को जाते-जाते अपने अंक में भींच लिया। एक पल को लगा जैसे किसी वृक्ष में लिपटी लता और भी लिपट गयी हो। -

"राम!...मेरे प्रिय पुत्र..." कहते-कहते पिताश्री के नेत्र भर आये। बड़ी कठिनाई से सँभाला उन्होंने स्वयं को। यदि सेवकगण आस-पास न होते तो वह कदाचित् रो ही पड़ते।

मुझसे पिताश्री ने किन्तु कुछ नहीं कहा। केवल धीरे से मेरा एक कन्धा सहलाया। मानो कह रहे हों - अपने बड़े भइया का ध्यान रखना और अपना भी।

हम दोनों भाइयों ने माताओं एवं पिताश्री के चरण स्पर्श किये और गुरु विश्वामित्र के साथ चल पड़े। मुनिवर विश्वामित्र गुरुवर वसिष्ठ जी महाराज के बाद अब हमारे दूसरे प्रधान गुरु थे। हमारे प्रथम गुरु से जो हमने सीखा था उसे इन द्वितीय गुरुदेव के संरक्षण एवं मार्गदर्शन में कार्यान्वित करने का समय आ गया था। इस बात को अब मैं कुछ-कुछ समझ रहा था।

अयोध्या को अपना पावन स्पर्श प्रदान करनेवाली आनन्दमयी सलिला सरयू को नेत्रजा भी कहा गया है। गुरु वसिष्ठ ने हमें बताया था कि माँ सरयू भगवान् विष्णु के नेत्र से निकली हैं। इसी से उन्हें नेत्रजा कहा जाता है। देवसलिला माँ गंगा भगवान् विष्णु के चरणों से निकली थीं। इस प्रकार सरयू की महिमा गंगा से कम नहीं। दोनों समान रूप से पूजनीय एवं मोक्षकारक हैं।

सरयू जी के तट पर चलते-चलते जब मध्याह्न का समय आया तो गुरु विश्वामित्र एकाएक थम गये। उन्होंने कहा -

"यह अभिजित् मुहूर्त्त का उत्तम समय है। वत्स राम! जाओ सरयू जी में हाथ-मुँह धो लो और आचमन कर लो। अब मैं तुम्हें बला और अतिबला नामक विद्याएँ प्रदान करूँगा।...लक्ष्मण! ...तुम भी अपने अग्रज के साथ जाओ।"

यह सुनकर मेरी प्रसन्नता का ठिकाना न रहा। मैं समझ गया कि अब गुरुवर का वास्तविक खेल प्रारम्भ हो रहा है। अब वह भइया को कुछ अलौकिक शक्तियाँ प्रदान करने जा रहे हैं।...ठीक ही तो है। यह राक्षसों से मुठभेड़ का मामला है। कोई हास्य-प्रहसन की तो बात नहीं। भला साधारण धनुर्विद्या से राक्षसों का सामना कैसे किया जा सकता है?...सुना है कि राक्षस बड़े मायावी होते हैं। ऊपर से अपार बलशाली। तो उनसे निपटने के लिए उन्हें परास्त कर सकनेवाला विशिष्ट बल भी तो चाहिए।...

हम तीनों सरयू तट पर बैठ गये। गुरुवर विश्वामित्र हमारे सम्मुख आँख मूँदकर आलथी-पालथी मारे धीमे-धीमे कुछ मन्त्रों का जाप करने लगे।

हम दोनों भाई भी पद्मासन में दोनों हाथ जोड़े गुरुवर की ओर अनवरत देखते रहे। मैं जिज्ञासु की मुद्रा में। राम भइया निर्विकार मुद्रा में।

थोड़ी देर में गुरु विश्वामित्र ने नेत्र खोले। अपने दोनों हाथों को जोड़कर आकाश में सिर पर चमकते हुए सूर्यदेव को प्रणाम किया। फिर भइया राम की ओर तीक्ष्ण दृष्टि से देखते हुए उन्होंने अपने दोनों करतलों को परस्पर तीव्रता से रगड़ा और दाहिना हाथ उनकी ओर बढ़ाकर उनके हृदयस्थल पर रखा तथा वामहस्त उनके सिर पर।

अचानक एक चमत्कार-सा हुआ। आकाश में तैरते बादलों के टुकड़े जो कि अब तक राजहंसों की भाँति यत्र-तत्र विचर रहे थे अत्यन्त तीव्र गति से सिमटकर हमारे ठीक ऊपर परस्पर संयुक्त हो गये। उन बादलों ने सूर्य को भी आच्छादित कर लिया। फिर उनमें एक विद्युत् रेखा कौंधी और हम पर अप्रत्याशित रूप से धारासार जलवृष्टि होने लगी। कुछ पल पहले निरभ्रप्राय आकाश नीलिमायुक्त था। अब वही आकाश संसार भर के मेघों का वितान तानकर मटमैला हो चुका था और हम पर वर्षा करने लगा था। मैं व्याकुल होकर खड़ा हो गया। गुरुदेव विश्वामित्र अविचलित अपने समक्ष शिष्यवत् झुके हुए श्रीराम को उपदेश देते रहे। दीक्षा देते रहे।

मेघों के गर्जन और विद्युत् की बारम्बार आकाशीय द्युति के मध्य मैं जो कुछ सुन पाया उसका अभिप्राय यही था - राम!...मेरे द्वारा प्रदत्त और प्रतिस्थापित बला एवं अतिबला विद्याएँ तुममें अब प्रवेश कर गयी हैं। इनके प्रभाव से तुम्हें कभी थकान का अनुभव नहीं होगा...तुम नीरोग रहोगे...तुम्हारा मुखमण्डल सदैव सुन्दर, तरुण एवं तेजोमय रहेगा।...स्मरण क्षमता आज से ही कई गुना बढ़ गयी...प्रत्युत्पन्नमति रहोगे ...तुम्हें देर तक भूख-प्यास नहीं सता सकेगी... प्रिय राम! तुम्हारे भीतर अब इतना बल एवं तेज व्याप्त हो चुका है कि आगे से तुम्हारे सम्मुख बड़ा-से-बड़ा कोई भी शत्रु, चाहे वह देव-दानव-नर-पशु अथवा इस चराचर सृष्टि का कोई भी प्राणी क्यों न हो, तुम्हारे शौर्य के समक्ष देर तक टिक नहीं सकेगा।...

तभी मैंने गुरु विश्वामित्र से धृष्टतापूर्वक एक प्रश्न किया - "परन्तु यह सब तो जागने पर ही होगा गुरुदेव! यदि भइया सो गये तब वे अपनी रक्षा शत्रु से कैसे कर सकेंगे?"

बीच में टोकने पर गुरु विश्वामित्र ने एक पल को मेरी ओर आग्नेय नेत्रों से देखा। परन्तु अगले ही पल उन्हें न जाने क्या हुआ? उनके नेत्र सहसा कोमल हो गये। कदाचित् मेरे भोले प्रश्न पर उन्हें मन-ही-मन हँसी आ गयी।

विहँसते हुए उन्होंने कहा - "यह विद्याएँ सोते-जागते राम की रक्षा करेंगी। इनके प्रभाव से इन्हें एक अलौकिक अदृश्य कवच सदैव आच्छादित किये रहेगा। कोई शत्रु

इन्हें छूना तो दूर इनके आस-पास फटक भी नहीं सकेगा।...'' यह कहकर विश्वामित्र मुनि एक पल को चुप हुए। फिर किंचित् विनोद और वात्सल्य भरे स्वर में मुझसे बोले - ''और वत्स!...तू भी तो है...श्रीराम का अनुज...उनका सबसे बड़ा अंगरक्षक! फिर भला इन्हें कौन छू सकता है? बता??''

- मैं निरुत्तर हो गया। गुरुदेव वास्तव में त्रिकालदर्शी थे। पहले उन्होंने अयोध्या में मुझे भइया का रक्षाकवच कहा और अब मेरे ही शब्दों में मुझे उनका अंगरक्षक बता रहे हैं।...अब इनसे कुछ भी पूछना व्यर्थ है। यह हमारे मन के समस्त भेद जानते हैं।...आगे से मुझे कुछ नहीं पूछना है। बस अपने नेत्र-कर्ण-मस्तिष्क खोलकर इनके शब्दों को आत्मसात् करते रहना है।...इनके आदेशों का अक्षरशः पालन करते रहना है। इसी में भलाई है।...अरे अबोध लक्ष्मण! तू जानता नहीं कितने महान् व्यक्तित्व के प्रत्यक्ष सम्पर्क में है तू?...

मैं अभी यह सब स्वयं को समझा ही रहा था कि गुरुवर विश्वामित्र पुनः बोले- ''कौशल्यानन्दन को तो मैंने बला और अतिबला नामक विद्याएँ प्रदान कर दीं...अब सौमित्र! तू बोल...तुझे मैं क्या दूँ?''

''बस गुरुदेव!...आपका आशीर्वाद।'' मेरे मुख से इतना ही निकला। इस पर भइया ने स्मित मुस्कान छोड़ते हुए कहा - ''पूज्य गुरुदेव!...इसे भी कुछ विशेष आशीर्वाद अवश्य दीजिये। यह मेरा अतिप्रिय अनुज है और आपका एक नटखट किन्तु आज्ञाकारी बालक।...इसे आपके द्वारा प्रदत्त आशीर्वाद मुझे आपसे मिली विद्याओं को और भी सम्पन्न करेगा।''

''अवश्य वत्स!...मैं सहमत हूँ। -'' गुरु विश्वामित्र ने सहर्ष कहा। उन्होंने मेरे सिर पर तब अपने दोनों करकमल रखे और ग्रीवा को भइया की ओर मोड़कर बोले -

''प्रिय राम!...जा मैं तुझे एक विशेषाधिकार देता हूँ। जब कभी युद्धक्षेत्र में प्रयाण से पूर्व अपने इस अनुज को तू हृदय से लगायेगा तो इन विद्याओं का स्वतः संचार इस वीरवर में समान रूप से हो जायेगा।... वीरवर सौमित्र!...तेरी भी जय हो।''

- मैं रोमांचित होकर तत्क्षण गुरुदेव के श्रीचरणों में गिर पड़ा। फिर राम भइया की ओर मैंने परम कृतज्ञ भाव से देखा। मेरा मन किया कि उसी समय भइया के गले से लिपट जाऊँ। परन्तु गुरु विश्वामित्र के गुरु-गम्भीर व्यक्तित्व के समक्ष स्वयं को किसी भाँति नियन्त्रित कर ले गया।

इसके पश्चात् सरयू तट पर गुरुदेव की समाधि लग गयी। वह ऐसे ध्यानस्थ हुए कि कई घड़ियाँ बीत गयीं।

आकाश में अकस्मात् घुमड़े बादल कुछ ही देर बरसकर अन्तर्धान हो चुके थे। धूप खिली हुई थी। परन्तु वातावरण में ऊष्मा नहीं थी। आर्द्रता-सी थी। मन्द-मन्द

समीर का संचरण हो रहा था। हम दोनों भाई देर तक सतर्क मुद्रा में गुरुदेव के आस-पास बैठे रहे।

जब सन्ध्या होने को आयी तो गुरुदेव ने नेत्र खोले। वह उठे तो हम दोनों भाई उनके पीछे-पीछे पुनः चल पड़े। गुरुदेव हमें सरयू तट के समीप ही एक आश्रम में ले गये। वहाँ अनेक साधुओं का डेरा था। गुरुदेव ने हमें वहीं रात्रिविश्राम करने का आदेश दिया और हम वहीं ठहर गये।

कितना मनभावन होता है पक्षियों का कलरव। गाय के बछड़े का रम्भाना। तितलियों का परागण हेतु रंग-बिरंगे पुष्पों पर मँडराना। भँवरों का कमल ताल में कुमुद-कुमुदिनियों के अंक से निकलकर उन्हीं पर पुनः गुंजार करना। उगते हुए भगवान् भास्कर। वृक्षों के हरे पत्ते मन्द पवन के झोंकों के बीच लहराते-काँपते। हरी दूब पर पड़े हुए ओस के नन्हें-नन्हें द्युतिमान् कण। यह सब प्रातःकाल में इस पुण्यमयी प्रकृति के अनुपम वरदान हैं।

परन्तु ग्राम्य जीवन में एक साथ यह जितने सहज रूप से उपलब्ध हैं, नगरीय जीवन में प्रस्तरयुक्त सौधों के बीच इतने प्रचुर परिमाण में भला कहाँ देखे जाने सम्भव हैं? मैं सोच रहा था कि आज की यह स्वर्णमयी हरीतिमामयी संगीतमयी प्रातः हमारे जीवन में कितनी सार्थक है? भइया भी इस ग्राम्याञ्चल में आकर कितने प्रफुल्लित दिख रहे हैं। गुरुवर विश्वामित्र के ब्रह्ममुहूर्त्त में उठने के साथ ही हम दोनों भाई भी साथ-ही-साथ उठ गये। राम भइया तो गुरुवर से भी पहले जाग गये। मैं गुरुदेव की खड़ाऊँ की ध्वनि के साथ जागा। मुझे अपने इस आलस्य पर शीघ्र ही विजय पानी होगी। मैंने मन-ही-मन संकल्प लिया।

नित्यक्रिया से निवृत्त होकर गुरुदेव यज्ञ करने बैठ गये। आश्रमवासियों ने समिधा और आहुति के लिए समस्त आवश्यक वस्तुएँ तत्परता से जुटा दीं। भइया भी गुरुदेव की सहायतार्थ उनके निकट जा बैठे। मैंने हवनकुण्ड को प्रणाम किया और आश्रम के द्वार पर धनुष-बाण लेकर जा डटा। सोचा अभी से अभ्यास प्रारम्भ करने में क्या हर्ज है।

कुछ देर में यज्ञ में आहुति देने के अनन्तर विश्वामित्र मुनिवर की कृपादृष्टि मुझ पर पड़ी और वह अपने उसी वात्सल्यमय स्वर में मुझे पुकारकर बोले -

"अरे वत्स सौमित्र! आओ...वहाँ क्या खड़े हो? तुम भी यहाँ बैठो।"

राम भइया गुरुवर की ओर हलके-से झुके और कौतुकमय मुस्कान के साथ धीमे से बोले - "यह अभी से राक्षसों से युद्ध की तैयारी में है।"

मैं भइया के होंठों के कम्पन को पढ़ने का अभ्यासी था। कान से तो नहीं सुन सका। परन्तु नेत्रों से उनका यह वाक्य पढ़ गया। वापस आकर मैंने बालकों की भाँति भइया की आँखों में शिकायती मुद्रा में झाँका। भइया एक बार पुनः निर्वचन भाव से

धीमे से हँस दिये। यह मुझे छेड़ने की उनकी बालपन की आदत थी। मैं जानता था। इसलिए मन-ही-मन मुझे अच्छा लगा।

यज्ञ का धूम्रवलय अग्निशिखाओं से ऊपर उठकर आकाश को चूमने की होड़ लगा रहा था। विश्वामित्र जी के साथ-साथ आश्रम के कुछ अन्य विद्वान् साधु भी इन्द्र, अग्नि, वायु, सूर्य, वरुण आदि देवताओं की प्रशंसा में वेद-मन्त्रोच्चार अनवरत रूप से कर रहे थे। भइया एक घृतपात्र से लम्बे काष्ठदण्ड द्वारा हवन में प्रयुक्त हो रही सामग्री पर 'स्वाहा-स्वाहा' करते घृतपात कर रहे थे। मैं सभी क्रियाओं को मनोयोग से देखता हुआ पूर्णाहुति के क्षण की प्रतीक्षा कर रहा था।

अन्ततः वह क्षण आया। सभी यज्ञ में सहभागी और साक्षीगण पूर्णाहुति हेतु हवनकुण्ड के चारों ओर इकट्ठे हुए। गुरुदेव ने सबके साथ मुझे भी एक पान के पत्ते पर सुपारी की डली सहित कुछ हवन-सामग्री दी। वातावरण में समवेत स्वर में यह श्लोक गूँजा -

ॐ पूर्णमदः पूर्णमिदम् पूर्णात् पूर्ण मुदच्यते।
पूर्णस्य पूर्णमादाय पूर्णमेवावशिष्यते।।
...स्वाहा...ॐ शान्तिः शान्तिः शान्तिः...

इसके साथ ही आश्रम के प्रांगण में कुछ पलों के लिए पूर्ण नीरवता व्याप्त हो गयी।

आश्रमवासियों ने बड़े प्रेम के साथ हमारे कलेवा का प्रबन्ध किया। जौ की रोटी, साग, छाछ, केले और दूसरे फल। अन्त में स्वादिष्ट गुड़। दही चूड़े के साथ।...मन तृप्त हो गया। ऐसा सुस्वादु और सादा भोजन भला राजमहल में कहाँ मिलता है। हमारे गरिष्ठ और पंचदश प्रकार के व्यञ्जनों में ऐसा स्वाद भला कैसे सम्भव हो सकता है। धन्य है यहाँ के लोगों का स्नेह! धन्य है यहाँ के लोगों का सादा और शुचितापूर्ण रहन-सहन।

गुरुदेव की आज्ञा से हमने सभी आश्रमवासियों को प्रणाम किया और वहाँ से विदा ली।

हमने गाँव-गाँव होते हुए एक लम्बा रास्ता पार किया। एक तपस्वी के साथ दो राजकुमारों का इस तरह पदयात्रा करना मार्ग में अनेक स्त्री-पुरुषों के लिए कौतूहल का विषय बना। अनेक स्थलों से जब हम गुजरते तो धनुष-बाण लिये हम दो तरुण कुमारों को देखकर लोग जगह-जगह ठिठक जाते। अथवा वह खेतों-खलिहानों में अपना काम-काज भूलकर हमें एकटक निहारने लगते। परस्पर कानाफूसी करते वार्त्ता करने लगते। परन्तु गुरु विश्वामित्र के धीर-गम्भीर व्यक्तित्व के आगे किसी का कुछ कहने-सुनने का साहस न होता।

विश्राम के लिए जब दो-तीन स्थलों पर किसी वृक्ष के नीचे अथवा किसी कुएँ की जगत पर गुरुदेव कुछ देर को ठहरे तो वहाँ आये दो-एक वृद्धजन करबद्ध होकर

यह अवश्य बोले कि - "भगवन्! हम आपकी क्या सेवा करें?" परन्तु गुरुवर ने मौन रहकर ही उन्हें हाथ के संकेत से मना कर दिया। इसके बाद आगे कुछ पूछने का कोई प्रश्न ही कहाँ उठता था?

सम्पूर्ण मार्ग हमारे लिये अनोखा था। नया था। अज्ञात था। परन्तु हमें क्या करना था, हमें तो अपने पिता की आज्ञा का पालन और गुरु विश्वामित्र का अनुसरण करना था।

दिन के दूसरे पहर में हमने एक नाव से गंगा नदी पार की और एक निर्जन वन में जा पहुँचे। पुण्य सलिला गंगा। ऋषि-मुनियों-देव-मानव-यक्ष-गन्धर्व-किन्नर सभी के द्वारा पूजित गंगा। गंगा माता का निर्मल जल। उनका विस्तीर्ण आँचल अभी भी मेरे मन में उस साँय-साँय करते जंगल के मध्य से विचरते हुए रह-रहकर कौंध रहा था। पिताश्री कभी-कभी कहा करते थे कि हमारे पूर्वजों का इतिहास गंगा अवतरण के साथ जुड़ा हुआ है। इक्ष्वाकुवंशीय राजाओं में राजा सगर, राजा दिलीप फिर पुण्यात्मा भगीरथ के साथ गंगा का एक अद्भुत नाता है। खेल-खेल में यह बात एक कान से सुनते हुए भी मेरे दूसरे कान से निकल गयी। क्या है गंगा मैया का हमारे वंश से सम्बन्ध? यदि अवसर मिला तो इन्हीं गुरुदेव से पूछूँगा। अभी तो इनके पीछे-पीछे चुपचाप चले चलने में ही हमारी भलाई है।

"देख रहे हो वत्स! -" कुछ उजड़ी हुई फूस और मिट्टी की झोंपड़ियों की ओर तर्जनी दिखाते गुरुवर भइया से कह रहे थे - "इस निर्जन अरण्य में ऐसी ही अनेक उजड़ी हुई बस्तियाँ हैं। आज से कुछ ही माह पूर्व तक इनमें अनेक आदिवासी नर-नारी निवास किया करते थे।...उस दुष्टा ने देखते-ही-देखते उन्हें अपना ग्रास बना डाला। अनेक मारे गये और अनेकानेक ने प्राणमोह में भागकर दूसरे अरण्यों की शरण ली। अब यहाँ केवल मृत्यु का सन्नाटा है।"

"कौन है वह आततायी? हमें बताइये ऋषिवर?" - श्रीराम ने पूछा।

"एक राक्षसी। कभी यक्षकन्या हुआ करती थी। अगस्त्य मुनि के शाप से राक्षस योनि को प्राप्त हुई। यक्ष सुकेतु की पुत्री, जिसे उसने घोर तपस्या के पश्चात् ब्रह्माजी से वरदान के रूप में पाया था। अपनी उसी इकलौती पुत्री को परिस्थितियों वश मतिभ्रष्ट उस यक्ष ने जम्भासुर के पुत्र सुन्द से ब्याह दिया। अब राक्षसकुल में राक्षसी प्रवृत्ति ही तो मिलेगी। उस यक्षिणी का सुन्द राक्षस से मारीच नामक एक पुत्र हुआ।

"अगस्त्य मुनि इसी परिक्षेत्र में तपश्चर्या किया करते थे। दोनों पिता-पुत्र उन महान् मुनिवर को आये दिन त्रास देने लगे। इसी तरह जैसे आज इस परिक्षेत्र में हमारे समय में हाहाकार मचा हुआ है। अगस्त्य मुनि के अपार तपोबल के कारण

वह उनका कोई अनिष्ट तो नहीं कर पाये परन्तु उनके आश्रम, यज्ञ, साधना आदि को सुन्द और मारीच ने मिलकर खण्ड-भण्ड कर ड.ाला। अन्ततः मुनिवर की क्रोधाग्नि में एक दिन राक्षसराज सुन्द भस्मीभूत हो गया और उसका पुत्र मारीच भी शापग्रस्त होकर राक्षस बन गया।

"पिता की आकस्मिक मृत्यु से भयभीत मारीच कुछ वर्षों के लिए दक्षिण दिशा की ओर भाग गया और उसकी माँ ताड़का पति की मृत्यु के शोक में पागल होकर अगस्त्य मुनि को मार डालने के लिए झपटी। मुनिवर ने उसे तत्क्षण शाप दे दिया कि हे यक्षकन्या! तेरे कर्म राक्षसों-जैसे हो चुके हैं अतः जा तू अपने इस सुन्दर रूप को त्यागकर विकरालमुखी नरभक्षिणी राक्षसी बन जा। और वह उसी क्षण देखते-ही-देखते एक रूपलावण्यमयी यक्षिणी से इन ताड़ के वृक्षों से भी ऊँची एक भयंकर राक्षसी के रूप में परिवर्तित हो गयी। निकट के सरोवर में जब उसे अपना वीभत्स और विकराल चेहरा दिखायी दिया तो उसे इतना आघात और क्षोभ हुआ कि वह भी विलाप करती हुई दक्षिण दिशा की ओर भागी।"

"फिर क्या हुआ मुनिवर?" - मैंने पूछा।

"वीर सौमित्र! वही दोनों राक्षसगण माता-पुत्र अनेक वर्षों के पलायन के पश्चात् अब इस अरण्य में कुछ माह पूर्व फिर से वापस आ गये हैं और उन्होंने इस हरे-भरे सुखमय वन्यप्रान्त को नर्क बनाकर रख दिया है। न जनजीवन सुरक्षित रह गया है और न ही धर्मकर्म।"

"इस वन को क्या बोलते हैं?" - मैंने अगला प्रश्न पूछा।

"ताड़कावन!" - ऋषिवर ने कहा।

भइया ने कहा - "ताड़कावन क्यों?"

ऋषिवर ने बताया - "क्योंकि अब इस समूचे अरण्य क्षेत्र में उसी महाबलशाली क्रूर और सर्वग्रासी राक्षसी ताड़का का साम्राज्य है।" - विश्वामित्र ऋषिवर ने बताया कि - "ताड़का नामकरण भी यहाँ से भागे हुए आदिवासीजन का ही उस राक्षसी के लिए किया हुआ है। हे श्रीराम! अब तुम्हें इस क्षेत्र के सन्त्रास और सन्ताप को उसी ताड़का का वध करके दूर करना है।"

'किन्तु मुनिवर! ताड़का तो एक स्त्री है...क्या उसका संहार करना क्षत्रिय परम्परा के अनुकूल होगा? क्षमा करें गुरुदेव मेरी इस जिज्ञासा के लिए।" - राम भइया ने कहा।

लो अब इन्हें सुनो। ये भइया भी बस। इतनी दग्धकारी कथा और क्रूरतापूर्ण वृत्तान्त सुनने के पश्चात् भी नीति का अंकुश इनके अवचेतन से कभी हटता नहीं है। अरे इसमें क्या है? जो व्यक्ति निरपराध निरीह निहत्थों पर वार करे, उन्हें कालकवलित करने में जरा भी दया-माया न दिखाये, उसके साथ कैसी दया? चाहे

वह पुरुष हो या फिर चाहे स्त्री? मेरा ऐसे पागल जन्तु से यदि कभी सामना हो जाये तो किसी विषधर कीड़े की भाँति उसे, प्रजाति अथवा लिंगभेद किये बिना, तत्काल मसलकर रख दूँ।

एक बेचैनी-सी मेरे मन में उसी क्षण घर कर गयी थी। नीति-अनीति के द्वन्द्व में जनहित के प्रसंगों को भी नहीं घसीटा जांना चाहिए। ये सारा ज्ञान, ये सारा प्रशिक्षण, यह सारा दायित्व आखिर हमारे किस काम का? यदि समय पर हम उसका उपयोग न कर सकें। दूसरों के संसार को उजाड़कर अपनी उदरपूर्ति का अधिकार किसी को नहीं है। सही मानें तो यही नीति है। और उस नीति की सही शिक्षा यह कि ऐसे घोर आत्मकेन्द्रित और असामाजिक प्राणी को जितने शीघ्र दण्ड दिया जा सके, वही सर्वहितकारी है।

उधर मुनि विश्वामित्र भइया श्रीराम को प्रबोध करा रहे थे कि गो, ब्राह्मण और जनसाधारण के हित के लिए परपीड़क और विध्वंसक व्यक्ति का वध करना राजा के लिए सर्वथा उचित है। मुनिवर का कहना था कि इसमें स्त्री-पुरुष का कोई विभेद नहीं किया जाता। उन्होंने पूर्वकाल के अनेक उदाहरण गिनाते हुए कहा कि ऐसी दुष्ट और पापाचारिणी स्त्रियाँ पहले भी हुई हैं जैसी कि वह ताड़का है। उनका पहले भी वध किया गया है। अतः प्रिय राम! तुम्हें उसका वध करने में तनिक भी संकोच नहीं करना चाहिए। क्योंकि स्त्री होने के कारण किसी को उद्दण्ड हो जाने की छूट नहीं दी जा सकती।

इस प्रबोधन के पश्चात् ही भइया ताड़का-वध के लिए कटिबद्ध हुए। उन्होंने मुनिवर को वचन देते हुए तब अपने धनुष की प्रत्यञ्चा कानों तक खींचकर एक जोरदार टंकार की। श्रीराम के धनुष से निकली हुई वह महाध्वनि चारों ओर ऐसी गूँजी कि वह समूचा वन-प्रान्तर एक बार थर्रा उठा। पक्षी चहचहाकर वृक्षों से उड़ चले। मृगादि वन्य-पशु इधर-उधर दौड़ पड़े। धरती भी अपनी जगह से हिल गयी।

वह स्वर उस दुष्टा ताड़का राक्षसी ने भी सुना होगा। अचानक हमारे दाहिनी ओर से धम्म-धम्म की ध्वनि आने लगी और धरती एक बार पुनः हिलने लगी।

"सावधान हो जाओ श्रीराम! सावधान वीरवर लक्ष्मण!! लगता है वह राक्षसी अब इसी ओर आ रही है।" - विश्वामित्र जी बोले।

मैंने भइया को कहा - "आप पीछे हो जाइये भइया। मुझे उस हत्यारिनी का सामना करने दीजिये।"

परन्तु श्रीराम बोले - "नहीं सौमित्र! तुम गुरुवर की देखभाल करो। मैं उसे देखता हूँ।" एक तीखा बाण उन्होंने अपने धनुष पर चढ़ा लिया और उसे नीचे धरती की ओर झुकाये ताड़का की प्रतीक्षा करने लगे।

और तब कुछ ही क्षणों में धम्म-धम्म की ध्वनि करती वह विशालकाय ताड़का राक्षसी ताड़ के अनेक वृक्षों के झुरमुट के ऊपर से अपनी अति भयावह मुखाकृति के साथ हमारे सम्मुख प्रकट हुई।

उसकी साँसों के वेग से हमारे केश और उत्तरीय हिलने लगे। उसकी दोनों लाल-लाल आँखें किसी लोहा पिघलानेवाली भट्टी की भाँति धधक रही थीं। बड़े-बड़े दाँत, हाथियों के अग्रभाग में विकसित दाँतों के समान प्रतीत होते थे। आते ही वह हमें मारने और खा जाने के लिए उद्यत हुई। मुझे लगा कि स्त्रीवेश का यह कैसा वीभत्सतम स्वरूप है। यह ठीक है कि स्त्रियों और बालकों पर शस्त्र न उठाने की शिक्षा हमको गुरुकुल द्वारा मिली है। परन्तु ऐसी क्रूर औरत? जिसके जीवन का एकमात्र लक्ष्य दूसरे प्राणियों की हत्या कर अपनी उदरपूर्ति करना है और संसार भर को आतंकित करना है। ऐसी स्त्री चाहे वह राक्षसी हो, किन्नरी हो, यक्षिणी हो, मानवी हो, कोई भी हो आतंक के पर्याय को मिटा देना ही सबसे बड़ा धर्म है।

किन्तु भइया अब भी बोले - "देखते हो लक्ष्मण! यह दुष्ट राक्षसी कितनी भयंकर है। मैं सोचता हूँ कि स्त्री होने के कारण यदि केवल इसकी दोनों भुजाओं का विच्छेदन कर इसे छोड़ दूँ तो कैसा रहे? तब यह किसी को क्या त्रास दे पायेगी। शक्तिहीन होकर एक दिन स्वयं मृत्यु का वरण करेगी।"

इससे पहले कि मैं श्रीराम से कुछ कहता कि ताड़का क्रोधावेश में हम पर झपट पड़ी। श्रीराम ने क्रमशः दो बाणों से उसकी दोनों भुजाएँ उसके स्कन्ध के पास से काट डालीं। पहले तो उसने हाहाकार किया। पुनः अपना विकराल चेहरा हमारी ओर गर्जते-फुंफकारते किसी सर्पिणी की तरह झुकाया। इस पर मैंने अपने तीखे सायकों से झट उसके नाक-कान काट डाले। इस पर वह अनेक कदम अचानक पीछे हटी।

दर्जनों गजराजों के समान विशाल देह की स्वामिनी वह ताड़का ज्यों-ज्यों पीछे हटती गयी उसके वेग और पैरों के प्रहार से अनेक वृक्ष उखड़-टूटकर भूमिसात् होते गये।

फिर कुछ ही पलों में वह अपनी मायावी शक्ति से हमारे सामने से कई दिशाओं में अट्टहास करती हुई अनेक बार विलुप्त होने और प्रकट होने का खेल खेलने लगी। अनेक शिलाखण्ड उसने अपने पैरों की ठोकर से हमारी ओर उछाले, जिन्हें हमने अपनी धनुर्विद्या के द्वारा चूर-चूर कर दिया।

समय तेजी से बीत रहा था। सायंकाल होने को आ रहा था। गुरु विश्वामित्र ने कहा कि - "राम और लक्ष्मण!...विजयी होने का आशीर्वाद तो मैं तुम्हें पहले ही दे चुका हूँ। परन्तु इस राक्षसी को अधिक देर तक जीवित छोड़ना ठीक नहीं... रात्रिकाल में इन निशाचरों का बल और साहस कई गुना बढ़ जाता है। राम! तुम इसके स्त्री होने का संकोच न करो। सावधान रहो। और अब तत्काल इसका वध करो।"

अब मैंने भइया को अपने धनुष पर एक प्राणान्तक बाण चढ़ाते और मन्त्र जपते देखा। जिस पर मुझे सन्तोष हुआ।

अबकी जैसे ही ताड़का हम पर आक्रमण को झपटी श्रीराम ने अपना वह सधा हुआ बाण उसकी छाती को लक्ष्य कर छोड़ा। बाण सीधा उसके आरपार हो गया और ताड़का एक लम्बे चीत्कार के बाद अनेक वृक्षों-लताओं-चट्टानों-भूखण्डों को अपनी महाकाया से ध्वस्त करती हुई प्राण खोकर ढह गयी। एक महा-आतंककारी का अन्त हुआ और भइया राम की विजय-गाथा का अयोध्या के इतिहास में शुभारम्भ हुआ।

"श्रीराम! आपने देव, मनुज और चराचर जगत् के प्राणिमात्र का बड़ा ही उपकार किया है, इस महापापिनी ताड़का का वध करके। साधु-साधु।...अब आपको इसी भाँति इसके दूसरे आतंकी साथियों से हमारे जनकल्याणकारी यज्ञ की रक्षा करनी है।-" ऋषि विश्वामित्र ने प्रसन्नवदन हो भइया से कहा और फिर मुझे देखकर आशीर्वाद देते हुए बोले - "वीरवर सौमित्र! अब हम आज रात्रि इधर ही विश्राम करेंगे। कल प्रातःकाल मैं तुम लोगों को अपने आश्रम की ओर ले जाऊँगा। आओ...अब मेरे पीछे आओ।"

हम दोनों भाई पुनः आज्ञाकारी बालकों की भाँति ऋषिवर के पीछे हो लिये। काफी देर तक चलते-चलते अँधेरा हो चला। अभी कितना आगे जाना है। हमें कुछ पता नहीं था। जंगल के मध्य एक खुले स्थान पर हमें तीन-चार उजड़ी हुई झोंपड़ियाँ मिलीं। ऋषिवर उनके पास गये। झोंपड़ियाँ एकदम निर्जन थीं। तीन झोंपड़ियाँ तो नष्टप्राय थीं। एक कुछ-कुछ ठीक-ठाक थी।

गुरुवर की आज्ञा से हमने उसी को थोड़ा साफ-सुथरा करने का उद्यम किया और रात्रिविश्राम हेतु अपने लिये जगह बनायी।

अगली प्रातः गुरुवर विश्वामित्र ने भइया श्रीराम को स्वयं द्वारा सिद्ध किये हुए अनेक दिव्यास्त्र भेंट किये।

ऋषिवर बोले - "राम! वत्स!! मैं तुम्हारी वीरता और तुम्हारे विनय से परम सन्तुष्ट हूँ कि तुम मेरी अनेक शस्त्रविद्याओं को धारण करने हेतु पूर्णतः सुपात्र हो। उच्चकोटि की विद्या यदि अपात्र को मिल जाये तो वह अवसर मिलने पर उसका दुरुपयोग भी कर सकता है...इसलिए ज्ञान एवं विज्ञान के चमत्कारों को अस्थिर बुद्धिवाले, उतावले अथवा दुष्ट और दम्भी प्रकृति के मनुष्यों से सदैव बचाकर रखना ही श्रेयस्कर होता है। यों तो मेरे अनेक शिष्य हैं जिनमें अनेक राजकुल के राजकुमारों से लेकर अनेक पुरवासी और वनवासी योद्धा और मेरे आश्रम के ही अनेक योग्य

शिष्यगण तक मुझे उपलब्ध हैं परन्तु मैंने अपने दिव्यास्त्रों को सहेजने और प्रयोग करने के योग्य उनमें से किसी को भी नहीं पाया।

श्रीराम! ताड़का-वध के समय तुमने जो धैर्य एवं शील अपने शौर्य के साथ-साथ हमें दिखाया उसने मेरा मन मोह लिया है। तुमने उस राक्षसी का वध करने से पूर्व भी अपने द्वारा लिये जानेवाले अगले चरण को पहले तर्क की कसौटी पर देखा-परखा, पश्चात् ही ताड़का-संहार को तत्पर हुए..."

ऐसा कहकर विश्वामित्र जी ने राम भइया को अनेक दिव्यास्त्र जैसे दण्डचक्र, धर्मचक्र, कालचक्र, विष्णुचक्र, इन्द्रचक्र, वज्र, त्रिशूल और ब्रह्मास्त्र आदि प्रदान किये।

ऋषिवर एक-एक शस्त्रविद्याओं का उपदेश भइया को देते जाते और उनके संकेत मात्र पर वह शस्त्रविशेष ऋषिवर के हाथों में शून्य से प्रकट होता और श्रीराम के द्वारा हस्तगत किये जाने पर पुनः गुप्त हो जाता। ऋषिवर का दिया हुआ मन्त्र जिससे कि वह शस्त्र अथवा दिव्यास्त्र सिद्ध था, भइया को श्लोक रूप में कण्ठस्थ कराने के उपरान्त विश्वामित्र जी अगली शस्त्रविद्या एवं अगला दिव्यास्त्र प्रकट करते और उसे श्रीराम को सौंप देते।

यह प्रक्रिया क्रमशः और काफी देर तक चली। इस दौरान ऋषिवर ने भइया को मोदकी और शिखरी नाम की दो गदाएँ, कालपाश, वरुणपाश, सम्मोहन, प्रशमन आदि अनेक दूसरे प्रकार के अस्त्र-शस्त्र भी प्रदान किये।

मैंने इस बार गुरुदेव विश्वामित्र से स्वयं कहा कि "पूज्य गुरुवर! मुझे भी कुछ प्रदान करेंगे अथवा सब भइया को ही..."

उस समय गुरुदेव बहुत अच्छे भाव में थे। एकदम एक महादानी के परमानन्द को भोगते हुए। एक ऐसा आनन्द जो अतुल्य और अनिर्वचनीय होता है। जिसे केवल दानदाता ही समझ सकता है। व्यक्ति के हृदय से जब उदारता का घट बरबस छलक पड़ता है तब उससे निःसृत अमृतमय धारा का पान करना कोई बहुत दुष्कर कार्य नहीं होता। बस आगे बढ़कर याचक की भाँति पा लेने की विनम्र चेष्टा मात्र पर्याप्त होती है।

विहँसते हुए ऋषि विश्वामित्र बोले - "वत्स सौमित्र!! तेरा यह अग्रज है न राम। इसे मैं अपना आशीर्वाद पहले ही दे चुका हूँ। मेरा दिया यह जो कुछ तुझे प्रेमपूर्वक, किन्तु समय की आवश्यकतानुसार, सौंपेगा, तू सहज रूप से उसका अधिकारी और विशेषज्ञ बन जायेगा।"

हम दोनों भाइयों ने गुरुवर के श्रीचरणों में कृतज्ञतापूर्वक साष्टांग दण्डवत् किया और उसके बाद हम सब विश्वामित्र मुनि के आश्रम की ओर बढ़ चले।

हमें अब यह अहसास हो चला था कि एक बहुत बड़े अभियान पर हम आगे जा रहे हैं। वायुमण्डल को नित्यप्रति शुद्ध करनेवाला कोई साधारण यज्ञ नहीं था वह

जिसे विश्वामित्र जी महाराज हमारी उपस्थिति में सम्पन्न करना चाह रहे थे, यह मानवमात्र के कल्याण का महायज्ञ था जिसे आसुरी प्रवृत्तियाँ लम्बे समय से बाधित करती चली आ रही थीं। मनुष्य के सदैव स्वस्थ, नीरोग रहने के साथ-साथ उसके मन-मस्तिष्क में परमशान्ति का वास कैसे हो? मनुष्य दीर्घायु होने के साथ-साथ मेधावी तथा सकारात्मक सोच का किस प्रकार से बन सके? ऋषिवर के लिए इन दिनों यही शोध का विषय था। ओषधिज्ञान, मनोविज्ञान, तन्त्रज्ञान को परस्पर समाहित करते हुए हवनपद्धति से प्रयोगों के द्वारा समाधान प्राप्त करने हेतु था ऋषि विश्वामित्र का यह महायज्ञ। मार्ग में चलते-चलते ऋषिवर ने हम दो भाइयों को यह अनेक प्रकार से बताया और समझाया था।

मारीच और सुबाहु नामक दो दैत्य विश्वामित्र आश्रम में आये दिन उत्पात मचाकर उन्हें उनके इस शोधकार्य से विरत करना चाहते थे। उसके लिए वह उनके उस प्रयोगशील महायज्ञ में नाना प्रकार की बाधाएँ पहुँचाते रहते थे। ऋषिवर के महान् तपोबल के कारण वह उन्हें और उनके आश्रमवासियों को कोई शारीरिक हानि तो नहीं पहुँचा पाते थे परन्तु वह उनके यज्ञस्थल को रक्त-मज्जा-वसा-मांस-हड्डी और मलमूत्र से अचानक आकर अपवित्र कर देते और उनके अनेक दिवसों के किये-कराये पर कुछ ही क्षणों के भीतर अपने हाहाकारी हस्तक्षेप से पानी फेर जाते।

ऋषिवर यदि चाहते तो अपनी शस्त्रविद्याओं का प्रयोग कर उन दुष्टों का वध कर उनकी सेना को भी हताहत कर डालते। किन्तु इससे उनका अहिंसक रहकर शान्तिपूर्वक शोधकर्म करने का संकल्प नष्ट हो जाता। मुनि विश्वामित्र ब्रह्मर्षि बनने के साथ-साथ युद्ध से विरत रहने की भी शपथ ले चुके थे। यदि शपथ भंग होती तो मुनिवर के तेज और प्रभाव का भी साथ-ही-साथ नाश हो जाता। इसीलिए उन्होंने स्वयं के लिए इस वर्जित कर्म के निमित्त हम राम और लक्ष्मण को हमारे पिता राजा दशरथ से माँगा था। यह बात हम दोनों भाई अब और भी भली-भाँति समझ चुके थे कि वह महायज्ञ सकुशल सम्पन्न कराना अब हमारा ही दायित्व था।

ऋषि विश्वामित्र के आश्रम में उसके बाद उनके निर्देशन में सब-कुछ पूर्व निर्धारित ढंग से संचालित हुआ। महायज्ञ भी प्रारम्भ हुआ। सुरक्षा व्यवस्था के चौकस प्रबन्ध में हम दोनों भाई भी सन्नद्ध हुए। आश्रमवासी पूर्ण निष्ठा और तल्लीनता से सारे प्रबन्धकीय आयोजनों में व्यस्त रहे। सम्पूर्ण यज्ञ छह दिन में सम्पन्न होना था।

पाँच दिन तो निर्विघ्न बीत गये। छठे दिन ताड़का-पुत्र मारीच और उसका परममित्र सुबाहु अपनी विघ्नकारी राक्षसी सेना के साथ विश्वामित्र आश्रम की ओर चढ़ दौड़े। उन्होंने आश्रम के ऊपर दूर से ही अपवित्र और उच्छिष्ट पदार्थों की बौछार प्रारम्भ की। भइया राम द्वारा ताड़का-वध के उपरान्त से राक्षसगण मन-ही-मन भयभीत

और आशंकित भी थे। इसलिए आश्रम के अति निकट आने के बजाय दूर पर ही ठिठक गये। यज्ञ को विध्वंस करने के लिए वह हड्डियों और मानव खोपड़ियों को रक्त के हण्डों में डुबोकर वहीं से यज्ञस्थल की ओर हवा में उछाल रहे थे। वह अपने गले से उपहासपूर्ण एवं नाना प्रकार की आपत्तिजनक आवाजें निकाल रहे थे। ऋषिगण एवं आश्रमवासियों को गालियाँ दे रहे थे। जिन राक्षसों के हाथों हड्डियाँ और अन्य अपवित्र पदार्थ न लगते वे दूर से ही पत्थरों की बौछार कर रहे थे। कुछेक ने तो आस-पास के वृक्ष ही उखाड़ लिये और उन्हें वे आश्रम की ओर फेंकने लगे।

अब भइया ने अधिक देर नहीं की और मुझे यह कहते हुए कि "लक्ष्मण सावधान! इन कायर राक्षसों पर मैं दिव्यास्त्रों को व्यर्थ में प्रयोग नहीं करूँगा क्योंकि ये इनके योग्य नहीं दिखते। इनके लिए तो मानवास्त्र ही पर्याप्त हैं। मैं इन्हें देखता हूँ। तुम यज्ञशाला के पृष्ठभाग और दाहिने-बायें कड़ी दृष्टि रखो..." तत्पश्चात् श्रीराम ने बिना फर का एक बाण पूरे वेग से राक्षस मारीच की ओर छोड़ा जिसके छाती में लगते ही मारीच उछलकर बहुत दूर जा गिरा। फिर भइया ने दूसरा बाण आगे-ही-आगे दुस्साहस कर भागे चले आ रहे राक्षस सुबाहु को तानकर मारा। वह बाण सीधा उसकी छाती को भेदकर पार हो गया। सुबाहु ने धरती पर गिरकर तत्काल प्राण खो दिये। यह देखकर पीछे धरती पर गिरे घायल मारीच का रहा-सहा साहस भी जाता रहा और वह उलटे पाँव दक्षिण दिशा की ओर भाग खड़ा हुआ।

यह देखकर मारीच और सुबाहु के साथ आये राक्षसों की उस उत्पाती सेना में भी भगदड़ मच गयी। सभी दुष्ट विघ्नकर्त्ता अपने-अपने प्राण बचाकर जिधर सींग समाया उधर निकल गये। इस प्रकार उस सिद्ध आश्रम में परम शान्ति और सुव्यवस्था पुनः परिव्याप्त हो गयी। ऋषिवर विश्वामित्र का महायज्ञ तत्पश्चात् निर्बाध विधि से सफलतापूर्वक सम्पन्न हुआ और ऋषिवर एवं सम्पूर्ण साधुसमाज ने जो उस महायज्ञ में सहभागी थे हमें कोटिशः आशीर्वाद दिये।

मध्यरात्रि में लेटा-लेटा मैं सोच रहा था कि भइया श्रीराम ने राक्षस मारीच को जीवित क्यों छोड़ दिया? उसको बचकर जाने क्यों दिया? यदि भइया उसके वध के लिए किंचित् मात्र भी गम्भीर होते तो वह भी सुबाहु की भाँति निःसन्देह मारा जाता। फिर भइया ने उसको प्राणदान क्यों दिया?

मैंने करवट बदली तो देखा श्रीराम भी जाग रहे हैं। वस्तुतः एक बड़ा कार्य सिद्ध हो जाने के बाद आनन्द की उत्तेजना, परिणाम के विश्लेषण और आगे की योजना

को लेकर हमारा मस्तिष्क प्रायः अति सक्रिय हो उठता है। यह सक्रियता ही देर तक मनुष्य को सोने नहीं देती।

"क्या सोच रहे हो मेरे वीर अनुज! -" श्रीराम ने किंचित् मुस्कान के साथ मुझसे पूछा।

"कुछ नहीं भइया! बस यूँ ही नींद नहीं आ रही।" - मेरे मुँह से निकला।

भइया भेदक दृष्टि से मुझे देखने लगे। मैं फिर भी कुछ न बोला। कुछ देर बाद भइया ने अगला प्रश्न किया - "जानते हो ऋषिवर हमें यहाँ क्यों लाये हैं?"

"यज्ञ की रक्षार्थ। राक्षसों के संहारार्थ।"

"उसके आगे..."

"मानव संस्कृति के कल्याण को आगे बढ़ाने के लिए।"

"और कुछ?"

"आसुरी शक्तियों को यह सन्देश देने के लिए कि अब उनके दिन लद चुके हैं।"

"हाँ। यह काफी-कुछ ठीक लगता है।..." राम भइया ने कहा - "परन्तु मुझे ऋषिवर का कोई और प्रयोजन भी प्रतीत होता है।"

"वह क्या? -" मैंने जिज्ञासा की।

"सम्भवतः इन ऋषि-मुनियों की कोई और बड़ी योजना है। कदाचित् आर्यावर्त्त को एकजुट करने की। बिखरी हुई राजशक्तियों को संगठित करने की। नगर-ग्राम-वन्य प्रान्तरों सभी के मध्य शान्ति और सामञ्जस्य स्थापित करने की। निर्माणकारी शक्तियों को परिपुष्ट करने की और विध्वंसकारी शक्तियों को नष्ट-भ्रष्ट करने की।..."

"वह कैसे?"

"यह आनेवाला समय बतायेगा।"

इतना कहकर श्रीराम ने एक लम्बी श्वास भरी और छोड़ी। इसके बाद वह पल भर में प्रगाढ़ निद्रा में सो गये। यह उनकी पुरानी आदत थी। भइया को नींद आने में तनिक भी विलम्ब नहीं होता था। जब तक वह वार्त्तालाप करते रहते जगे रहते। जैसे ही विचारों का क्रम अपने हिसाब से पूर्ण कर लेते प्रगाढ़ निद्रा में डूब जाते। मैं वर्षों से उन्हें देख रहा था। बड़े अनोखे थे मेरे भइया।

अब मैं फिर से अपने मूल चिन्तन पर आ गया। आखिर भइया ने मारीच-जैसे दुष्ट राक्षस को प्राण बचाकर भागने क्यों दिया? क्या इसलिए कि वह भागकर राक्षस समुदाय में परोक्ष रूप से यह सन्देश दे कि अब उनके मुकाबले के लिए भी तैयारी प्रारम्भ हो गयी है। राक्षसगण अपने अपवित्र उद्देश्यों का परित्याग करें। अन्यथा युद्ध के लिए तैयार हो जायें।...

क्या इसलिए कि इससे आर्यावर्त्त के विशाल भूभाग में निवास कर रहे जनसामान्य के बीच फिर से निर्भयता और आत्मविश्वास का संचार हो सके।...

जो भी हो इतना अवश्य मुझे समझ में आया कि मारीच का पलायन हमारे दायित्वों को कई गुना बढ़ा गया था। अब हमें भविष्य में आनेवाले संकटों और अज्ञात आपदाओं के लिए न केवल स्वयं को बल्कि दूसरे समानचेता व्यक्तियों और योद्धाओं को भी चौकस और तैयार रखना था।

चुनौतियाँ और भी बड़े संकट को आमन्त्रित करती हैं और साथ-ही-साथ हमें संघर्ष करने की और बड़ी शक्ति भी प्रदान करती हैं। चुनौतियों के बिना यह जीवन कुछ भी नहीं। और संघर्ष के बिना जीवन रस।...

यही सब सोचते-विचारते मेरी भी जाने कब आँख लग गयी और मुझे कुछ पता भी न चला।

प्रातःकाल नित्यक्रिया से निवृत्त हो गुरुपूजन आदि के पश्चात् अभी हम लोग गुरुदेव विश्वामित्र की वात्सल्यपूर्ण देख-रेख में उनकी कुटिया में उनके ही साथ कलेवा कर रहे थे कि आश्रम के बाहर एकाएक अनेक ढोल और मादल बजने लगे। तालियों और पगनृत्य के आह्लादकारी स्वर हमारे कानों में प्रवेश करने लगे। विश्वामित्र जी ने कहा -

"खाओ-खाओ बालको...प्रेम से कलेवा पूर्ण करो। लगता है आस-पास के वनवासी लौट पड़े हैं। कल मारीच और सुबाहु और उनके दुष्टदल के पराभव का समाचार जंगल की आग की भाँति चतुर्दिक् फैल गया है। यह भोले-भाले आदिवासी सन्थाल, मुण्डा, उराँव आदि तभी से तुम्हारे स्वागत हेतु इधर को चल पड़े होंगे... मैं देखता हूँ।"

कहते हुए ऋषिवर तेजी से कुटिया से बाहर निकल पड़े। मैं भइया की ओर देखकर शरारत से मुस्कुराया। परन्तु भइया अविचलित रहे। वह पत्तल पर परोसा गया सात्त्विक पकवान पूर्ववत् धीमे-धीमे हाथों से गोले बनाकर खाते रहे। भइया जब भी खाते थे तो बड़े धीमे-धीमे खाते थे। रस ले-लेकर। और एक मैं था कि जितनी जल्दी हो सके उदरपूर्ति करूँ और अगला कार्यक्रम प्रारम्भ करूँ।

प्रसन्नवदन विश्वामित्र जी महाराज कुटिया में वापस लौटे। बोले - "सब-के-सब आनन्दनिमग्न हैं। अत्यन्त उत्साहित और स्फूर्तिमान्। जैसे पतझर में सूखे हुए वृक्ष-वनस्पतियों में एकाएक वसन्त का संचार हो जाये। सब-कुछ एक साथ हरा-भरा हो जाये। क्यों न हो?...आखिर अब इन निर्धन आदिवासियों के जीवन में खोया हुआ प्रकाश पुनः जो लौट आया है। वर्षों बाद वे अपने घरों को लौटे हैं। अब तिनका-तिनका चुनकर पुनः अपने नीड़ का निर्माण करेंगे...प्रवासी पक्षियों की

भाँति।...बेचारों का सब-कुछ हर लिया था, इन क्रूर राक्षसों ने। राम-लक्ष्मण!! एक तुम्हीं तो हो जिन्होंने आकर इन्हें उस घोर संकट से उबारा है। चलो बाहर चलो। सब-के-सब तुम्हारा स्वागत और अभिनन्दन करने को आतुर हैं।''

हम दोनों भाई कुटिया से बाहर आये। आश्रम के द्वार पर एक बड़ा मनोरम दृश्य उपस्थित था। सैंकड़ों आदिवासी स्त्री-पुरुष, युवक और युवतियाँ रंग-बिरंगे परिधानों में ढोल और मादल की लय पर सामूहिक नृत्य करते हुए। हर्ष एवं उल्लास से एक-दूसरे पर अबीर और गुलाल छिड़कते हुए।

''वत्स राम! वत्स सौमित्र!! आगे बढ़ो -'' गुरु विश्वामित्र ने कहा।

हम उस नृत्य-निमग्न जन-समुदाय की ओर बढ़े। परन्तु यह क्या? हमें देखकर सारे वनवासी एकाएक जहाँ थे वहीं थम गये। नृत्य और संगीत के स्वर अचानक एक साथ विलीन हो गये और अनेक कौतूहलमिश्रित समूह-स्वर मधुमक्खियों की गुंजार की तरह कुछ क्षणों की निःस्तब्धता के बाद उस वातावरण में गूँज उठे।

सारे आगन्तुक भइया के परम तेजस्वी एवं श्याम सुन्दर मुखमण्डल की ओर ठगे-से देख रहे थे। ऋषिवर ने उनका परिचय कराया - ''ये हैं अयोध्या के राजकुमार श्रीराम!'' -

फिर उन्होंने मेरा परिचय कराया - ''और ये हैं उनके प्रिय अनुज वीरवर लक्ष्मण!!''

उसके बाद समूचा वन्यप्रान्त हमारे नामों के जय-जयकारों से जैसे गूँज-सा गया।

आदिवासी समूह से एक युवक आगे आया और उसने भइया राम के गले में एक बड़ा-सा कमलपुष्पों का हार डाल दिया और पुनः भीड़ के समक्ष हाथ उठा-उठाकर ''राजकुमार श्रीराम की जय!'' का उद्घोष कराने लगा।

''राजकुमार श्रीराम की जय!!''

उसके बाद एक युवती अनेक प्रकार के जंगली फूलों से गूँथी गयी एक सुन्दर माला लेकर सामने आयी और उसने वह माला चंचल मुस्कान के साथ मेरे गले में डाल दी। अब मेरे नाम का भी बारम्बार जयघोष होने लगा। ''वीरवर लक्ष्मण की जय!''

''वीरवर लक्ष्मण की जय!!''

भइया जो मुझसे बहुत कम विनोद करते हैं, जाने उन्हें क्या सूझी उन्होंने अपने एक करतल से दो बार मेरे सिर का पृष्ठभाग सहलाया। मैंने भइया की ओर देखा। वह प्रत्यक्षतः चेहरे से तो नहीं मुस्कुराये परन्तु अपने कमलनयनों की अतिरिक्त चमक से उन्होंने जैसे मुझसे कुछ कहा। और मैं मन-ही-मन लजा गया।

"मेरे प्रिय राजकुमारो!...अब शीघ्रता से चलने की तैयारी करो। हमें मिथिला चलना है।" - ऋषि विश्वामित्र ने हमें आदेश सुनाया और फिर अपने दोनों हाथ उठाकर सम्मुख हर्षान्वित जनसमूह को आशीर्वाद देते हुए ऊँचे स्वर में बोले - "प्रिय वनवासियो! मैं आप सभी के मंगल की कामना करता हूँ। आप सब अब प्रसन्न रहें और अपने-अपने घरों को लौट जायें। निश्चिन्त रहें और अपने-अपने दैनिक कर्त्तव्यों का पालन करते रहें...अब से आपका इस अरण्य में कोई अनिष्ट नहीं कर पायेगा।"

ऋषिवर के यह वचन सुनते ही - "भगवान् विश्वामित्र की जय! ब्रह्मर्षि विश्वामित्र की जय!! सारे साधु समाज की जय!!!" - ऐसे विविध नारे लगाती हुई वनवासियों की वह भीड़ चित्रलिखित-सी वापस लौट चली।

•

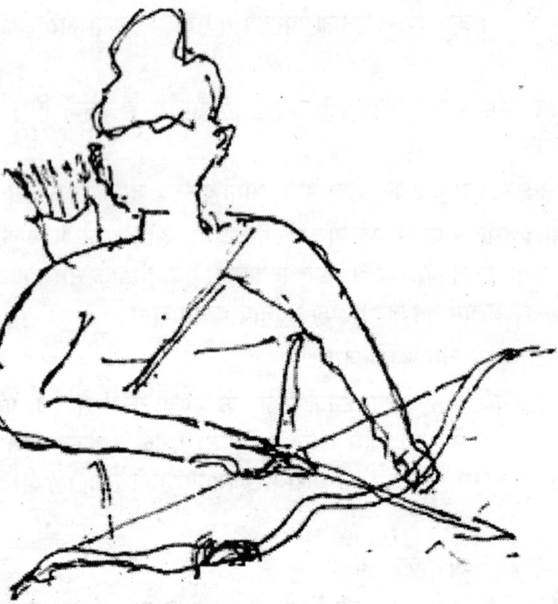

2

धन्य हुआ मैं परिचय पाकर

महर्षि विश्वामित्र ने हमें बताया था कि मिथिला से उन्हें निमन्त्रण आया है। वहाँ के राजा जनक एक अद्भुत धनुषयज्ञ करवा रहे हैं। उनके पास एक ऐसा भारी-भरकम शिव धनुष है, जिसकी प्रत्यञ्चा चढ़ाना तो दूर अब तक अनेकानेक बलशाली राजा-राजकुमार और योद्धा उसे उसके विश्रामस्थल से उठा तक नहीं पाये हैं। यही देखकर विदेह जनक ने प्रतिज्ञा की है कि एक स्वयंवर का आयोजन धनुषयज्ञ के अवसर पर ही होगा, जिसमें जो शूरवीर उस विशाल शिवधनुष को उठाकर उस पर प्रत्यञ्चा चढ़ा देगा उसी से वह अपनी प्रिय पुत्री सीता का विवाह करेंगे।

महर्षि विश्वामित्र ने इच्छा प्रकट की कि हम लोग भी इस अवसर पर उनके साथ मिथिला चलें। अब यह क्या नया प्रस्ताव है? मैंने सोचा। पिताश्री से गुरुवर हमें राक्षसों के संहार हेतु मात्र दस दिन के लिए माँगकर लाये थे। अब हमें वह वापस भेजने के बजाय मिथिला चलने को कह रहे हैं? क्यों? आखिर क्यों??

मुझे अयोध्या की याद आ रही थी। अपने इष्ट-मित्रों के साथ क्रीड़ाओं की याद आ रही थी। भइया भरत तथा शत्रुघ्न से मिले भी इतने दिन बीत गये थे। उनके साथ बिताये आखेट के वे रोमांचकारी प्रहर याद आ रहे थे। अब हमें अयोध्या लौटने की आज्ञा मिलनी ही चाहिए गुरुवर से। मेरा मन किया कि मैं उसके लिए विनती करूँ महर्षि विश्वामित्र जी से। हम क्षत्रिय कुल के राजकुमार हैं। इस तरह कब तक वन-वन भटकते रहेंगे? परन्तु तभी मुझे ध्यान आया कि महर्षि तो भइया श्रीराम को यहाँ लाये थे अपने आश्रम के यज्ञ की रक्षा के लिए। मैं तो ऋण के साथ ब्याज सरीखा अपनी इच्छा से भइया के साथ-साथ बँधा चला आया था। तो फिर भइया ही कहें जो कुछ कहना हो। मुझे भला कहाँ अधिकार है महर्षि से कुछ कहने का?

अभी मैं सोच ही रहा था यह सब कि भइया श्रीराम ने स्वीकारोक्ति में महर्षि के सम्मुख सिर हिला दिया। लो भइया!...ये राम भइया भी ना!! ये तो मिथिला चलने

को सहज में प्रस्तुत हो गये। अब भला मेरी क्या बिसात है जो मैं अपनी विपरीत इच्छा व्यक्त करूँ। ये भइया भी बस! महर्षि के द्वारा दिये गये ज्ञान और दिव्यास्त्रों के आगे इतने कृतज्ञताबोध से आप्लावित हैं कि वे विश्वामित्र मुनिवर के समक्ष सम्पूर्ण समर्पण कर चुके हैं। मैं यह भली-भाँति समझ गया था। अतः चाहकर भी कुछ नहीं कर सकता था। मेरा क्या? मैं तो जन्म से ही एक किसी अदृश्य डोर से भइया से बँधा हूँ। जो वह करेंगे वही मुझे करना होगा। जहाँ वह जायेंगे वहाँ मुझे जाना ही होगा। मैंने एक बार, बस एक बार हलक-से खिन्नभाव से मुँह बनाकर भइया को देखा। भइया अपने सलोने मुखमण्डल के साथ मुझे देखकर जरा तिरछे से मुस्कुराये और उसी के साथ मेरा वह हलका-सा विरोध भी ध्वस्त हो गया। भइया की मुस्कान में न जाने कैसा आकर्षण है जो सामनेवाले को पल भर में परास्त कर देता है। और मैं तो उनका दास ही हूँ। अनुज तो मैं कहने भर को हूँ। यह ऐसी दासता है जो कि श्रीराम के द्वारा मुझ पर ऊपर से नहीं थोपी गयी है। यह वह दासता है जिसे मेरे शरीर, मन और आत्मा ने सहजरूप से स्वयं स्वीकार किया है। श्रीराम का अनुपम प्रशान्त व्यक्तित्व ही ऐसा है कि अन्तर्मन स्वयं ही उनकी दासता स्वीकार कर लेता है। अब इसे अनन्य प्रेम कहूँ, भक्ति कहूँ अथवा दासता ही कहूँ क्या अन्तर पड़ता है?

हमने ऋषिवर विश्वामित्र के साथ उनकी आज्ञा से दिन चढ़ने के साथ-साथ पूर्व दिशा में प्रस्थान किया। ऋषिवर के अनुयायियों ने कुछ बैलगाड़ियों का हमारे लिये प्रबन्ध कर दिया था। बैलों के गले में छोटी-छोटी घण्टियाँ टिनटिना रही थीं और वह बैलगाड़ियों को खींचते हुए गन्तव्य की ओर बढ़े जा रहे थे।

सबसे आगे महर्षि विश्वामित्र के कुछ सुयोग्य और विश्वस्त शिष्यगण द्रुतगति से चलनेवाले बैलों की जोड़ी से जुती बैलगाड़ी में चले जा रहे थे। वह मार्गदर्शक का भी कार्य कर रहे थे और मार्ग में पड़नेवाले अवरोधकों को भी समय-समय पर हटाने का कार्य कर रहे थे।

दूसरे क्रम में हमारी विशेष बैलगाड़ी थी जिसमें ऊपर से छाजन तनी हुई थी और जिसमें हम ऋषि विश्वामित्र के साथ बैठे चले जा रहे थे। हमारे पीछे की एक बैलगाड़ी में ऋषिवर के हवन-पूजन इत्यादि की सामग्रियाँ लदी थीं। उसके पीछे की बैलगाड़ी में खाद्य सामग्री घी-तेल और बर्तन-भाण्डे इत्यादि सहेजे हुए थे। गुरुवर मार्ग में अपने ही द्वारा निर्देशित एवं पकाये हुए भोजन को ग्रहण करना प्रायः उचित समझते थे। धर्मशालाओं और मार्ग की पाकशालाओं में रुककर भोजन करने-कराने को वह अच्छा नहीं मानते थे।

इसके पीछे एक कारण शायद यह भी हो सकता था कि उनकी देख-रेख में हम दो राजवंशीय कुमार भी थे। इसलिए अपरिचित स्थान और अपरिचित व्यक्तियों द्वारा

बनाया-परोसा भोजन हमारे लिये कहीं किसी षड्यन्त्रवश हानिकारक न हो, ऋषिवर को इसका पूरा ध्यान था।

पूजन-सामग्री की गाड़ी और भोजन-सामग्री की गाड़ी के बाद तीन-चार बैलगाड़ियाँ और थीं जिनमें आश्रम के कुछ अन्य साधु एवं शिष्यगण थे।

चलते-चलते जब सूर्यास्त होने को आया तो हम सब शोणभद्र नदी के तट पर जा पहुँचे। महर्षि के आदेश से हमने वहीं पड़ाव डाल दिया। विश्वामित्र मुनिवर ने उस सन्ध्या हमें अनेकानेक पुराकथाएँ सुनायीं। उनके शिष्य भोजनादि की व्यवस्था में जुटे रहे। नदी के तट पर आकाश में तारों के जमघट के नीचे खुले हुए प्रक्षेत्र में अग्निसन्धान कर पकाये जाते भोजन और उस सबके बीच ऋषिमुख से विविध प्रकार के रुचिकर आख्यान सुनना हमारे लिये अनोखा अनुभव था। राजप्रासादों से दूर इस नीरव-निर्द्वन्द्व खुले वातावरण में साँस लेना भी कितना सुखद और अविस्मरणीय था हमारे लिये। भइया के तो कान-मन-और समस्त ज्ञानेन्द्रियाँ जैसे ऋषिवाणी के साथ एकाकार थीं। परन्तु मैं सब-कुछ सुनने के बाद भी जैसे कुछ न सुनता हुआ एक ओर कलकल करती शोणभद्र नदी की जलधारा और पीछे अन्धकार में झूमते-झिपते वृक्षों के सघन झुरमुटों को रह-रहकर निहार रहा था। दूर आकाश के तारामण्डल पर भी मेरी छिपी दृष्टि थी। सिर उठाकर ऊपर देखना तनिक धृष्टता होती। अन्यथा मैं वह भी कर लेता।

प्रातःकाल हमने पाया कि शोणभद्र नदी काफी चौड़ी थी। उसकी गहरायी का ज्ञान हमें नहीं था। बैलगाड़ियाँ अभी पीछे छोड़ी नहीं जा सकती थीं। श्रीराम ने ऋषिवर से पूछा - "गुरुवर! हम यह विशाल सरिता कैसे पार करेंगे।"

इस पर महर्षि ने कहा - "चिन्ता न करो यह नदी एक स्थान पर काफी उथली है जहाँ से इसे वाहनों सहित पार किया जा सकता है। यह बैल काफी बलिष्ठ हैं हमें पार करा ले जायेंगे।" और फिर वैसा ही हुआ। ऋषिवर को ज्ञात स्थान से हमारी बैलगाड़ियों की पंक्ति ने शोणभद्र नदी को पार किया।

उसके बाद हम अपने मार्ग पर बड़ी देर तक चलते गये। अन्ततः मध्याह्न के समय तक हम लोग गंगा तट तक जा पहुँचे। गंगा का यह दक्षिणी तट था। वहाँ हम सभी ने पहले देवसरिता गंगा में पावन स्नान किया। फिर हवन-पूजन किया। उसके बाद हमने कुछ कन्द-मूल-फल खाये। गंगा के विषय में हमारी जिज्ञासा पुरानी थी। मैंने पिताश्री को माताओं से कुछ प्रसंग कहते बचपन में सुना था कि हमारे वंशजों का बहुत पुराना सम्बन्ध पुण्य सलिला गंगा से है। परन्तु बालक होने के कारण पिता के कहे प्रसंग का अर्थ मैं तब ठीक से समझ नहीं सका था -

"पूज्य गुरुदेव! हमें गंगा के बारे में कुछ बतायें। यह रह-रहकर हमारा ध्यान प्रबलता से क्यों आकृष्ट करती हैं?" - एकाएक भइया बोल पड़े। मुझे लगा कि आज भइया ने मेरे मुँह की बात छीन ली। यही तो मैं भी गुरुदेव से पूछना चाहता था।

महर्षि विश्वामित्र आँखें मूँदकर कुछ देर को मगन हो गये। उसके बाद वह जो कुछ बोले ऐसा लगा कि वह कोई वृत्तान्त नहीं सुना रहे बल्कि एक कविता कह रहे हों। - "जानना चाहते हो गंगा के विषय में? अच्छा तो ध्यानपूर्वक सुनो।...

कुलदीपक इक्ष्वाकु वंश के
राम-लक्ष्मण ललित ललाम,
गौरव-गाथा तव पुरखों की
गाते जन-जन आठों याम।

सुनो सुनाता तुम्हें आज मैं
गाथा अमर भगीरथ की,
गंगावतरण करवा जिसने
धरा स्वर्ग सम तीरथ की।

पूर्वकाल में सगर नाम के
एक अयोध्या राजा थे,
अखिलविश्व के अधिपति बनने
की अभिलाषा रखते थे।

यज्ञ कराकर अश्वमेध का
विजयी घोड़ा छोड़ दिया,
देवलोक से उतर इन्द्र ने
घोड़े का अपहरण किया।

बाँधा ठाँव उसी पर जाकर
जहाँ कपिल मुनि थे तपरत,
सगरपुत्र जा पहुँचे पकड़ा
अश्व किया मुनि को आहत।

मुनि के तेजोमय प्रकोप से
सगरपुत्र थे भस्म हुए,
उनकी सद्गति के ही हित में
गंगावतरण यत्न हुए।

महर्षि विश्वामित्र तन्मय होकर गंगावतरण की कथा कहे जा रहे थे और उसमें हमें बड़ा ही रस आ रहा था। आज हमारे सामने अपने कुछ महान् पूर्वजों के रहस्य जो खुल रहे थे। माँ गंगा की चर्चा के बहाने महर्षि हमें बता रहे थे कि -

सगरपौत्र थे अंशुमान
उनके सुपुत्र राजा दिलीप,

सबकी चेष्टाएँ व्यर्थ हुईं
आशाओं के बुझ गये दीप।

राज दिलीप के पुत्र भगीरथ
ने तब राज-पाट छोड़ा,
संकल्प लिया फिर अपने को
घनघोर तपस्या से जोड़ा।

वर्ष सहस्र भगीरथ को तप
करते-करते बीत गये,
कालचक्र थम गया तभी
क्रमशः ब्रह्मा शिव प्रकट हुए।

विष्णुचरण से निकलीं गंगा
स्वर्गलोक पाया स्थान,
हुईं भगीरथ के वश गंगा
ब्रह्मा का अनुपम वरदान।

स्वर्गलोक से उतर धरा पर
बड़े वेग से आयी थीं,
शिवशंकर की अनुमति पाकर
शंकर जटा समायी थीं।

गंगा की एक धार नियन्त्रित
त्रिपुरारी ने छोड़ी थी,
हिमगिरि शृंग त्याग वह समतल
धन्य धरा पर दौड़ी थी।

साठ सहस्र सगरपुत्रों की
राख मिली गंगा जल में,
मोक्षगति पायी उन सबने
तीर्थ बसे गंगातट में।

हुए भगीरथ आप्तकाम तब
मिटा सकल धरती का ताप,
भागीरथी कहायीं गंगा
ऐसा उनका पुण्य प्रताप।

"धन्य-धन्य गुरुदेव! आपकी बड़ी कृपा भगवन्!!" मेरे मुख से अचानक निकला। अपने महान् पूर्वज महाराज भगीरथ की यह गौरव-गाथा सुनकर मैं रोमांचित

हो उठा था। मेरे दाहिने अंग फड़कने लगे थे। त्वचा में स्थित रोएँ हर्षातिरेक में खड़े हो गये थे। पर मैंने देखा कि भइया पहले की ही भाँति निर्विकार, निश्चल और मौन बैठे रहे। जैसे कोई बहुत विशाल पाषाण खण्ड हो और जिस पर धारासार वर्षा जल बरसकर निकल जाये और वह पाषाण वैसे-का-वैसा ही शुष्क और अविचल बना रहे।

गंगा के स्वर्ग से अवतरण की कथा सुनाने के पश्चात् ऋषि विश्वामित्र कुछ देर नेत्र मूँदकर ध्यानस्थ हो गये। हम दोनों भाइयों के भीतर यह साहस नहीं था कि ऋषिवर की आज्ञा लिये बिना वहाँ से हटें। अतः हम भी उन मौन क्षणों में मौन धारण किये हुए ऋषिवर को अपलक देखते रहे।

कुछ देर में नेत्र खोलकर ऋषिवर विश्वामित्र ने माँ गंगा की ओर अपना मुख घुमाया और उन्हें वहीं से बैठे-बैठे दोनों हाथ जोड़कर फिर माथे से सटाकर प्रणाम किया। हमने भी ऋषिवर का अनुसरण किया। भइया श्रीराम तो उठ खड़े हुए और आधा झुककर उस देवसरिता को प्रणाम करने लगे। मैं भी भइया को देखकर खड़ा हो गया और माँ गंगा को विनम्रतापूर्वक प्रणाम करने लगा।

भगवान् भास्कर की स्वर्ण रश्मियाँ अगली सुबह जब गंगा की बल खाती लहरों पर पड़ीं। तब तक हमारा यात्रीदल मिथिला यात्रा हेतु वह पड़ाव छोड़कर आगे चलने को पूरी तरह तैयार हो गया था।

हमने नावों के द्वारा गंगा पार की। जब हम गंगा नदी के चौड़े पाट के ठीक मध्य में पहुँचे तो महर्षि विश्वामित्र अपने अर्द्धनिमीलित नेत्रों के साथ हमसे पुनः सम्भाषण करने लगे -

"देख रहे हो प्रिय राम! पतित पावनी गंगा की इस अद्भुत शोभा को...इसके चतुर्दिक् फैले नील-गगन, हरित-भरित-वन, साथ में इस नौका-परिवहन द्वारा उकेरी गयी बहुआयामी सुषमा को? मेरी अभिलाषा है कि सम्पूर्ण मानव जाति इसको समझे और युगों-युगों तक गंगा के इस सुन्दर स्वरूप को इसी भाँति निर्मल और प्रदूषणमुक्त रहने दे..."

"आप ऐसा क्यों कहते हैं मुनिवर?" - कुमार श्रीराम ने प्रश्न किया। मुनि विश्वामित्र के नेत्र सजल हो आये। कहने लगे -

"तपस्या हमें त्रिकालदर्शी बना देती है। आप चाहें अथवा न चाहें। ध्यान-चिन्तन-अध्ययन-मनन-सात्त्विक जीवन और त्याग यह सब मिलकर तपश्चर्या का ताना-बाना बुनते हैं। एक बार यदि सच्चे मन से तप के मार्ग के प्रति आप अनुरक्त हो गये तो चाहते-न-चाहते भी भूत, भविष्य और वर्तमान आपके करतल पर रखे हुए एक छोटे-से बेर के फल की भाँति आपको दिखायी देने लगते हैं।

ग्रह-नक्षत्रों की चाल का रहस्य किसी जीर्ण-शीर्ण परदे की भाँति आपके समक्ष तब अर्थहीन हो जाता है।''

''गुरुदेव! कृपया साफ-साफ कहें। -'' अब मैंने कहा।

''वत्स सौमित्र! -'' विश्वामित्र जी बोले - ''सत्ययुग, त्रेता, द्वापर, कलियुग सृष्टि के यह चार महायुग हैं। अर्थात् काल की गति के चार महाचरण। इनमें से सत्ययुग बीत चुका है जिसमें एक महान् राजा हरिश्चन्द्र जो कि साक्षात् सत्य के अवतार थे, हुए थे। उन्होंने धर्म की रक्षा और सत्य की अवधारणा को दृढ़तापूर्वक स्थापित करने के निमित्त अपना सारा जीवन होम कर दिया। राज-पाट का वैभव, निजी मान-सम्मान, वस्त्र-आभूषण, किरीट अपना सब-कुछ दान में देकर वह अपनी पत्नी और अबोध बालक सहित काशी के हाट में दासों की भाँति बिके। पत्नी तारामती और उनके इकलौते शिशु रोहित को कोई पूँजीपति अपने घर दास बनाकर ले गया और स्वयं महाराज हरिश्चन्द्र ने श्मशान घाट के एक डोम की दासता स्वीकार की।...रघुकुल जिसके तुम तेजस्वी वंशज हो की यह बड़ी पुरानी रीति रही है कि भले ही प्राण चले जायें रघुवंशी सम्राट् और उनकी सन्तानें कभी किसी को दिया गया वचन भंग नहीं करते हैं। लम्बी करुणकथा है राजा हरिश्चन्द्र की। अन्त में इन्द्र के राज्य को भी लजानेवाले राजप्रासाद और धन-धान्य से सम्पन्न राजधानी को त्यागकर आये राजा हरिश्चन्द्र पर एक दिन जीवन का सबसे बड़ा धर्मसंकट आया। उनकी पत्नी तारामती सर्पदंश से मृतक हो चुके अपने अबोध शिशु के पार्थिव शरीर को लिये-लिये श्मशान घाट आ पहुँचीं अन्तिम संस्कार हेतु रोती-बिलखती। हरिश्चन्द्र का भी कलेजा फट गया किन्तु उन्होंने अपना धैर्य नहीं खोया। उस विषमतम घड़ी में भी उन्हें अपना मूल कर्त्तव्य याद रहा। बिना श्मशान का 'कर' चुकाये अन्तिम संस्कार की आज्ञा उनके डोम-स्वामी की ओर से नहीं थी। अतः उन्होंने पत्नी से 'कर' माँगा। तारामती के दासी-जीवन में अन्न-वस्त्र के अलावा धन-मुद्रा भला कहाँ सम्भव थी? वह पूरी तरह खाली हाथ थीं। उन्होंने डोम के चाकर बने राजन् अर्थात् अपने पति से दया की याचना की और बिना 'कर' चुकाये पुत्र का अन्तिम संस्कार कराने को कहा। इस पर परम सत्यवादी परम धर्मज्ञ परम कर्त्तव्यनिष्ठ हरिश्चन्द्र ने पत्नी को एक विकल्प सुझाया कि यदि उसके पास 'कर' चुकाने को मुद्राएँ नहीं हैं तो वह अपनी पहनी हुई धोती का आँचल ही आधा फाड़कर उन्हें दे दे। दासी बनी महारानी ने ज्यों ही पति की उस आज्ञा का पालन किया सम्पूर्ण प्रकृति का हृदय मानो फट पड़ा। विधाता को स्वयं हस्तक्षेप करना पड़ा। पुत्र रोहित किसी दैवीय चमत्कार की भाँति जीवित हो उठा। तब राजा हरिश्चन्द्र को उनका खोया हुआ राज्य, वैभव और गौरव भी पुनः वापस प्राप्त हुए।''

मेरी आँखों में अश्रुबिन्दु सरलता से नहीं आते। किन्तु सत्ययुग के उन महामानव राजा हरिश्चन्द्र की उस यशगाथा ने मुझे भीतर-ही-भीतर झकझोरकर रख

दिया। उसी क्षण मैंने मन-ही-मन यह संकल्प किया कि महाराज हरिश्चन्द्र कभी जिस मार्ग पर चले थे, यदि अवसर आया तो मैं भी उसी निष्ठा और उत्साह से सत्य, धर्म और न्याय के उस मार्ग पर चलने को बिना हिचक तत्पर रहूँगा। दायित्वों की पथरीली चट्टानों पर शयन करूँगा। भोग-विलास-व्यञ्जन-वैभव सब-कुछ त्यागकर यदि मुझे अरण्य-वास भी करना पड़े तो हँसते-हँसते करूँगा। और क्यों नहीं? जिसके ऐसे महान् और देदीप्यमान् पूर्वज हों उसे इस मृत्युलोक में भय कैसा? वैयक्तिक सुख-दुःख महान् आदर्शों के समक्ष कितने तुच्छ हैं, इन्हें प्रत्यक्ष अनुभव के बिना नहीं जाना जा सकता है।...

"किन्तु भगवन्! आपने अभी-अभी जो गंगा माता के प्रदूषण के प्रति कुछ आशंका-सी जतायी थी वह क्या है? कृपया हमें बतायें -" भइया पुनः ऋषिवर से प्रश्न कर रहे थे।

"हे श्रीराम! क्या कहूँ? कैसे कहूँ? -" प्रत्युत्तर में महर्षि कहने लगे - "अब यह त्रेतायुग प्रारम्भ हो चुका है। इसमें तुम्हारे-जैसा शूरवीर, विनम्र और परम संस्कारवान् युवा व्यक्तित्व मेरे समक्ष विद्यमान है। राम तुम साक्षात् मर्यादा के अवतार हो। इतना मैं कह सकता हूँ। इतिहास यदि तुम्हें युगों-युगों तक 'मर्यादापुरुषोत्तम' कहकर पुकारे तो उसमें कोई अतिशयोक्ति नहीं होगी। अभी तुम्हें अनेक महान् आदर्श स्थापित करने हैं। मेरा त्रिकाल-दर्शन कहता है कि त्रेतायुग में तुम-जैसा महान् व्यक्तित्व न कभी हुआ है और न कभी होगा।"

"आपने द्वापर और कलियुग का भी उल्लेख किया है मुनिवर?" - अब मेरी बारी थी।

"द्वापर युग में महापुरुष होंगे श्रीकृष्ण जो कि पुरुषार्थ के अवतार होंगे। मेरे मतानुसार उन्हें 'पुरुषार्थपुरुषोत्तम' की यदि संज्ञा दी जाये तो अनुचित न होगा।.. .पर सबसे दारुण परिस्थितियों का युग होगा कलियुग! जिसमें महापुरुष नगण्यप्राय होंगे और व्यक्तित्व से बौने और क्षुद्र मनुष्यों का युगीन व्यवस्था पर वर्चस्व रहेगा। छल-छन्द, भ्रष्टाचार, नैतिक पतन, स्वार्थ और कुटिलता का ऐसा घातक सम्मिश्रणयुक्त वातावरण धरती पर बनेगा कि तब शायद गंगा की पवित्रता भी शेष न रह जाये। कलियुग में एक समय ऐसा भी आयेगा जब प्रकृति के अधिकाधिक दोहन में सन्नद्ध शासकगण राजनीति और स्वार्थनीति से प्रेरित होकर गंगा की धारा को भी अवरुद्ध कर देंगे। इतना ही नहीं, इसे हर प्रकार से प्रदूषित करेंगे। मल-मूत्र-शवविसर्जन ही नहीं, इसमें अनेकानेक रासायनिक उद्योगों का विषैला कचरा छोड़ेंगे। भविष्य में इसे वे एक दिन इतना गन्दा कर सकते हैं कि यह स्नान तो दूर कदाचित् आचमन योग्य भी न रह जाये। गंगा की उस घोर दुर्गति की कल्पना से मेरा मन सिहर उठता है। हे राम-लक्ष्मण! शिव-शिव-शिव। तुम्हें आनेवाली पीढ़ियों को भी उस अकल्पनीय संकट से सजग और सावधान रखना होगा। गंगा बचेगी तभी देश बचेगा। राष्ट्र

बचेगा। यह धरती बचेगी। अन्यथा इस शस्य-श्यामल धराधाम में ऐसा घोर कलियुग आयेगा जो जीव-जन्तुओं के महाविनाश के साथ-साथ मनुष्यता के अस्तित्व को भी संकट में डाल देगा।''

हमारी नावें देखते-ही-देखते गंगा के उत्तरी तट से जा लगीं। हम सब उसके बाद ही सामने कुछ दूर पर दिख रहे एक विशाल और आकर्षक नगर की ओर पैदल ही चल पड़े। ऋषिवर ने बताया कि इस सुन्दर नगरी को विशालापुरी के नाम से जाना जाता है। शताब्दियों पूर्व इक्ष्वाकु-वंश के ही विशाल नामक एक राजा ने यह भव्य नगरी बसायी थी। इन दिनों इस पर सुमति नामक राजा का राज है।

राजा सुमति ने हमारा हृदय खोलकर स्वागत किया। ऋषि विश्वामित्र के तो वह चरणों में लेट ही गये। ऋषिवर ने उन्हें श्रीराम द्वारा ताड़का-वध और मारीच-सुबाहु के साथ युद्ध द्वारा अपने आश्रम और उत्तरी आर्यावर्त्त के वन्य प्रदेश को निष्कण्टक किये जाने का समाचार सुनाया। यह सुनकर राजा सुमति हम दोनों से बड़े प्रभावित हुए।

मुनिवर ने राजा जनक की राजधानी मिथिला में होनेवाले धनुर्यज्ञ एवं स्वयंवर को देखने जाने की बात बतायी तो राजा सुमति और भी प्रसन्न हुए। उनके सेवकों ने हम सबका बड़ा अतिथि-सत्कार किया। बड़े दिनों के अन्तराल के पश्चात् हमें राजसी ठाठ-बाट, अपनी पसन्द के व्यञ्जन और पकवान खाने को मिले। मुझे तो भई बड़ा आनन्द आया। मैंने प्रेमपूर्वक सब-कुछ जीमा। भइया ने भी खाया परन्तु उनके चेहरे से उनकी रुचि अथवा स्वाद का कोई अनुमान लगा पाना बड़ा कठिन था।

सायंकाल हम जब महर्षि विश्वामित्र के ठहरने के कक्ष में गये तो वह सन्ध्या-पूजन पूर्ण करके अभी-अभी खाली हुए थे।

''आओ-आओ बालको! बड़े सही समय से आये।'' उन्होंने हर्षित मुद्रा में हमारा स्वागत किया।

''प्रणाम गुरुदेव!!'' हम दोनों भाइयों के मुख से एक साथ निकला।

''कहो कैसा रहा आज का सारा दिन?'' ऋषिवर ने पूछा।

''आज तो हम कहीं नहीं निकले...राजकीय वाटिका में भी नहीं। बस गवाक्ष से वहाँ की हरीतिमा और दूर बह रही गंगा जी को देखते और अपने कक्ष में विश्राम करते रहे।'' मैंने कहा।

''और राम तुम?'' ऋषिवर ने पूछा।

"मैं भी कहीं नहीं गया गुरुदेव! बस इस शरारती लक्ष्मण से ही खेलता हुआ इसकी विनोदपूर्ण हरकतों को सहन करता रहा।"

"समझ गया!" कहकर गुरुदेव मुस्कुराये। फिर बोले - "इस विशालापुरी के पीछे एक बड़ा पुराना रहस्य भी छिपा हुआ है। देवों और दानवों द्वारा सहस्रों वर्षों पहले क्षीरसागर में किये गये अमृत की खोज में हुए महामन्थन की कथा। कहते हैं कि पूर्वकाल में दिति और अदिति कश्यप ऋषि की पत्नियाँ थीं। उनके राक्षस और देवता पुत्रों के मध्य अमरत्व प्राप्त करने की होड़ मची। देव-दनुज ने वासुकी नाग को रस्सी बनाया और मन्दराचल पर्वत को मथानी और जुट गये दोनों ओर से क्षीरसागर को मथने। समुद्र-मन्थन से सबसे पहले कालकूट नामक भयंकर हलाहल विष निकला। इससे समस्त सृष्टि के विनष्ट होने का महान् भय उत्पन्न हो गया। देवताओं और भगवान् विष्णु के आग्रह से देवाधिदेव महादेव ने उस महागरल को अपने कण्ठ में धारणकर सृष्टि को सर्वनाश से किसी भाँति बचा लिया। कालकूट के दुष्प्रभाव से शिवशंकर भगवान् का कण्ठ नीला पड़ गया और वह नीलकण्ठ कहलाये। भगवान् विष्णु ने मन्दराचल को अपने आधार पर ठीक से टिकाने के वास्ते देव-दनुजों की प्रार्थना पर कच्छप का रूप धारण किया और मन्दराचल को अपनी पीठ पर अवलम्बित कर लिया। इससे सागर-मन्थन और भी सुचारु रूप से चल निकला। इसके बाद सागर का महामन्थन फिर प्रारम्भ किया गया। उससे क्रमशः एक-से-एक बढ़कर रत्नस्वरूपों का प्रादुर्भाव हुआ। अप्सराएँ, वारुणी, उच्चैःश्रवा घोड़ा, ऐरावत हाथी, धन्वन्तरि वैद्य, कौस्तुभ मणि आदि के पश्चात् अन्त में देवों-दानवों का समान लक्ष्य अमृत क्षीरसागर से बाहर आया।

"तब उस अमृत को पाने के लिए उस पर एकाधिकार जमाने के लिए और अमरत्व को सदा-सदा के लिए अपने पक्ष में कर लेने के लिए देव-दनुजों में उग्र संघर्ष छिड़ गया। इस संघर्ष में बहुत-से दैत्य मारे गये। तब एक बार फिर विष्णु भगवान् देवताओं की सहायतार्थ मोहिनी रूप धरे वहाँ आये और नृत्य करते हुए दानवों को अपने रूप से मोहित कर अमृतकलश से अमृत देवताओं को धीमे-धीमे पिलाते गये। एक राक्षस किन्तु इसे भाँप गया और चुपचाप उठकर देवताओं की पंक्ति में बैठ गया। उसने भी चातुर्य से अमृतपान कर लिया, जिससे वह अमर हो गया। परन्तु विष्णु ने जैसे ही यह जाना उन्होंने अपने चक्र से उस राक्षस का सिर धड़ से अलग कर दिया। देवताओं में सूर्य और चन्द्रमा ने यह जानकारी विष्णु को दी थी। इसलिए अलग हुए सिर और धड़ अमृत के प्रभाव से राहु और केतु के रूप में अमर हो गये और वे सूर्य और चन्द्रमा के स्थायी शत्रु भी बन गये। अब वही उन्हें समय-समय पर ग्रसकर ग्रहण लगाते हैं। देव-दानव संघर्ष में देवराज इन्द्र ने महती भूमिका अदा की थी जिससे अदिति के देवपुत्रों की विजय हुई थी और दिति के दानवपुत्र पराजित हुए और उनमें से कई पुत्र मारे गये थे।

"लम्बी कथा है। रोती-बिलखती दिति ने अपने पति कश्यप ऋषि से इन्द्र से प्रतिशोध के लिए उपाय पूछा। उन्होंने उसे इन्द्र के वध में समर्थ एक पुत्र की प्राप्ति हेतु तप करने की सलाह दी। दिति ने महान् तप भी किया, परन्तु अपनी असावधानी और देवराज इन्द्र के छल के कारण वह अपने उद्देश्य में विफल रही। विशालापुरी का यह भूभाग वही जगह है जहाँ कश्यपपत्नी दिति ने वह महातप किया था। तप तो तप होता है भले ही निष्फल रहे परन्तु अपना सात्त्विक प्रभाव अपनी तपःस्थली पर सुदीर्घकाल के लिए अवश्य छोड़ जाता है।"

एक रात्रि, इस तरह, विशालापुरी में राजा सुमति के महल में व्यतीत कर, हमने अगले दिन मिथिला के लिए प्रस्थान किया।

राजा सुमति ने मुनिवर विश्वामित्र, उनके साधु-समाज और हमारे लिये अनेक सुन्दर रथों की व्यवस्था की और हम मिथिला नगरी के लिए निकल पड़े।

ज्यों-ज्यों दिन बीता मिथिला निकट और निकटतर आती गयी। "राजा जनक-जैसे कुशल एवं वीतरागी महामना के द्वारा पालित-पोषित-सेवित नगरी मिथिला।...अद्भुत मार्गों, वीथिकाओं, उद्यानों, पुरों और महलों से सुसज्जित विराट् नगरी मिथिला।...स्वच्छता ऐसी कि सिर चढ़कर बोले।...भवनों की कारीगरी ऐसी कि जिसकी कहीं तुलना न की जा सके।...नगर का ऐश्वर्य ऐसा कि यहाँ के कूपों, सरोवरों और वापियों का जल स्फटिक के समान स्वच्छ तथा मीठा है।..." यह सारा वर्णन रास्ते भर ऋषि विश्वामित्र हमसे करते गये और हमारे मन में उत्तरोत्तर उस सुन्दर नगरी को देखने की जिज्ञासा बढ़ाते गये।

जब हम मिथिला के वाह्यक्षेत्र में पहुँचे तो वहाँ हमने एक अत्यन्त परित्यक्त और उजड़े हुए-से निर्जन आश्रम को देखा। विश्वामित्र जी ने एक आह भरकर कहा- "यह उस अभागी पाषाणी अहल्या का आश्रम है जो कभी उसके प्रिय पति गौतम ऋषि का भी रमणीक निवास-स्थल हुआ करता था। रोको भई रोको। रथ रोको!!" - कहकर ऋषिवर ने रथ रुकवा लिया और उसमें से उतर पड़े। पीछे-पीछे हम भी उतरे। मैंने देखा कि महर्षि विश्वामित्र के चेहरे पर संवदेना की वही पराकाष्ठा पुनः उभर आयी थी जो उन्हें कवि बना देती थी। भइया श्रीराम ने आश्रम की ओर संकेत कर ऋषिवर से पूछा -

"किन देवी का नाम बताया आपने गुरुवर?"

"गौतमपत्नी अहल्या!...राम! मेरा त्रिकाल दर्शन कहता है कि आज सदियों से शोक सन्तप्त और आत्मग्लानि में पाषाणवत् स्वयं में गड़ी जा रही देवी अहल्या के उद्धार का समय आ पहुँचा है। तुम-जैसा महापुरुष यदि उसे प्रबोधन देगा तो ही वह पुनः चैतन्य हो सकेगी। अपने घोर अवसाद के अतल-पाताल से बाहर निकल सकेगी।" फिर विश्वामित्र जी अहल्या की कथा का मार्मिक स्वर में गान करने लगे -

गौतम नारी सती अहल्या
रहती थी पति के सुखधाम,
आश्रम सेवा तप में अनुरत
ऋषि गौतम के संग अविराम।

सात्त्विक सुन्दर सुघड़ सुवर्णा
सद्गुणों की खान थी जो,
हुई कलंकित एक भूल से
गौतम ऋषि का मान थी जो।

एक दिन प्रातः का अवसर था
रिक्त किया शय्या स्थान,
गौतम ने कुटिया को छोड़ा
करने सरिता में स्नान।

कपटी लम्पट लोलुप
इन्द्र वहाँ पर तब आया,
रूप धरा गौतम का उसने
ऋषिनारी को भरमाया।

हुई अपावन पावन पत्नी
गौतम ऋषि ने जान लिया,
इन्द्र-अहल्या रमण देखकर
दोनों को ही शाप दिया।

पर-स्त्री का शील हरण कर
इन्द्र ने जैसा पाप किया,
हुआ नपुंसक क्षण भर में ही
शाप ग्रहण कर भाग लिया।

इतना कहकर महर्षि विश्वामित्र जी ने एक दीर्घ निःश्वास छोड़ी और फिर श्रीराम की ओर आशाभरी दृष्टि से देखते हुए अहल्या की दुर्दशा का बखान इन शब्दों में करने लगे -

वर्षों से प्रायश्चित्त करती
पाषाणी-सी आश्रम में,
निश-दिन भीतर-भीतर घुटती
गौतम की अनुपस्थिति में।

उसी एक दुर्भाग्य दिवस में
ऋषिवर गौतम क्षुब्ध हुए,
छोड़ा संग प्रिया का अपनी
तज निज आश्रम चले गये।

हिमगिरि के एक शान्त शिखर पर
करते घोर तपस्या हैं,
इधर यहाँ यह अबला नारी
की एक विकट समस्या है।

प्रिय पति द्वारा हुई तिरस्कृत
ऋषिवर का ऐसा था शाप,
गिरी अहल्या निज नयनों में
हरे कौन उसका सन्ताप?

यह सुनते ही मेरे करुणानिधान भइया श्रीराम द्रवित हो गये। बोले - "गुरुदेव! कहाँ हैं देवी अहल्या?...मुझे दिखाइये। मुझे उन तक ले चलिये।"

आगे-आगे ऋषि विश्वामित्र, उनके पीछे-पीछे भइया श्रीराम और पश्चात् मैंने एक जीर्ण शीर्ण-मलीन-सी कुटिया में प्रवेश करना चाहा। कुटिया क्या थी वहाँ आधी-अधूरी दीवारें ही रह गयी थीं। छप्पर टूटकर नीचे गिरा हुआ था। वृक्षों की सूखी पत्तियाँ और टहनियाँ उस पर बिखरी हुई थीं।

ऋषिवर गौतम के शाप और अहल्या की व्यभिचार-कथा वर्षानुवर्ष कालक्रम में किंवदन्ती बनकर प्रायः समस्त मिथिलाञ्चल के जन-जन में फैली हुई थी। इसलिए कोई भी नागरिक अथवा ग्रामवासी इस गौतम-आश्रम की ओर आता-जाता नहीं था।

श्रीराम न जाने किस सुयोग से उस सर्वथा परित्यक्त स्थल पर जा पहुँचे थे। गुरुवर विश्वामित्र ने अपने शिष्यों को आवाज दी। देखते-ही-देखते उनके निर्देश पर गिरे पड़े छप्पर-छानी इत्यादि को उस स्थान से शिष्यों ने हटाया। वह जगह साफ की। उसके बाद एक विचित्र दृश्य हमारे सम्मुख उपस्थित हुआ। एक घुमड़ा-गुँथा-सा शिलाखण्ड सामने नजर आ रहा था। दूर से देखने पर एकदम पाषाण। परन्तु

जैसे-जैसे हम उसके निकट गये हमें वह मकड़ी के जालों में लिपटी धीमे-धीमे साँस लेती, घुटनों में सिर दिये, एक मानवाकृति-सी दिखायी दी।

"अहल्या! देखो तो कौन आया है?" कुछ हलचल न हुई उस शिलाखण्ड में। विश्वामित्र जी पुनः बोले - "देवि! तुम्हारे द्वार अयोध्या के दशरथनन्दन श्रीराम पधारे हैं..."

मानवाकृति थोड़ी-सी हिली। पुनः स्थिर हो गयी। अब भइया ने आगे बढ़कर अपने दाहिने हाथ से उस पाषाणी को स्पर्श किया और बोले - "माता अहल्या! उठिये। अब यह आपके तप से विरत होने का समय है। बहुत तपस्या बहुत प्रायश्चित्त कर चुकी हैं आप। अपने अवसाद के महासागर से बाहर आइये...अब हमें आपकी आवश्यकता है। अपने लिये न सही अपने इस बालक राम के लिए क्या अपने भीतर से बाहर नहीं आयेंगी आप?...मुझे बहुत भूख लगी है। मैं आपके इस आश्रम में आया हूँ। यहाँ कोई है नहीं। सारा परिसर सूना पड़ा है। ऐसे में क्या आपका कर्त्तव्य नहीं बनता कि आप एक अतिथि को भोजन दें?..."

श्रीराम के प्रबोधन और हाथ के स्पर्श से पाषाणी स्वरूपा वह आकृति सहसा चैतन्य हो उठी। वह देखते-ही-देखते एक दीन-हीन-कृशकाय नारी-देह में परिणित हो गयी। गुरुवर विश्वामित्र ने अपने कमण्डलु से उस पर कुछ मन्त्र पढ़कर गंगाजल छिड़का और फिर वह अत्यन्त सुन्दर एवं तेजस्वी देवी अहल्या के मूल स्वरूप में वापस लौट आयी। एक चमत्कार सरीखी।

भइया श्रीराम ने अहल्या के चरण छुए तो वह गद्गद भाव से उन्हीं के चरणों को स्पर्श करने लगीं। सती अहल्या के नेत्रों से मानो गंगा-यमुना बह निकलीं।

"नहीं माता! भला कहीं पुत्रों के पैर छुए जाते हैं? उठिये...आप ऐसा न कीजिये।"

भइया ने देवी अहल्या को अत्यन्त आदर भाव से उठाया और हम लोग उन्हें लेकर आश्रम के परिसर में स्थित एक वटवृक्ष के नीचे लिवा लाये। देखते-ही-देखते चारों आरे शोर मच गया - "तपस्वी आये हैं। तपस्वी आये हैं। कुछ राजकुमार भी आये हैं। गौतम ऋषि भी लगता है आ गये हैं।"

सती अहल्या का उद्धार वास्तव में हो चुका था। महर्षि गौतम को इस घटना का पूर्वाभास कदाचित् कई दिवस पूर्व हुआ होगा और वह हिमालय पर्वत से चल दिये थे। दूध-दही-फल इत्यादि अभी हमारे सम्मुख परोसे ही जा रहे थे कि उन्हीं क्षणों में जटाजूटधारी महर्षि गौतम हमारे बीच पधार गये और उन्होंने माता अहल्या को सबके सामने पत्नी रूप में पुनः स्वीकार कर लिया।

अहल्या का यह प्रसंग मेरे लिये बड़ा विस्मयकारी था। जब महर्षि गौतम यह जानते थे कि बलशाली दुष्ट इन्द्र ने कपटपूर्वक उनकी सहधर्मिणी अहल्या का

शीलभंग किया तो उन्होंने अपनी पत्नी को इतना बड़ा दण्ड फिर क्यों दिया? न केवल कुपित हुए अपितु उसे वर्षानुवर्ष तिल-तिलकर घुटने और मरने के लिए इस आश्रम में अकेला छोड़ गये। एक स्त्री यदि किसी पर-पुरुष द्वारा इस प्रकार से ठगी जाये तो क्या उसके पुरुष का यही आचरण होना चाहिए? क्या मानव केवल पुरुष होता है स्त्री नहीं? क्या स्त्री मानव का प्रतिरूप नहीं? मानवाधिकार क्या केवल पुरुष के लिए हैं स्त्री के लिए नहीं? क्या पुरुषजाति को यह सर्वाधिकार प्राप्त है कि किसी भी विषम परिस्थिति में वह अपने लिये सार्वजनीन रूप से एक अलग व्यवस्था दे और स्त्रीजाति के लिए दूसरी व्यवस्था? और उस व्यवस्था को अपनी इच्छा से अलग प्रकार से व्याख्यायित भी करे? पति और पत्नी के बीच के जन्म-जन्मान्तर के कथित सम्बन्ध क्या इतने कच्चे होते हैं कि एक शीलहरण की घटना से वह तत्काल टूटकर बिखर जायें?

गौतम ऋषि पूज्य हैं परन्तु इसका अर्थ यह नहीं कि वह समस्त प्रकार से निर्दोष हों। कम-से-कम मेरा मन इसे स्वीकार नहीं करता। भले ही उन्होंने देवेन्द्र इन्द्र को उसके किये का दण्ड दिया किन्तु उन्हें अहल्या-जैसी पूर्णसमर्पित इतनी सती नारी को उस एकमात्र भूल का इतना बड़ा दण्ड कदापि नहीं देना चाहिए था। वह उन्हें प्रायश्चित्त का एक अवसर और भी तरह से प्रदान कर सकते थे। इस प्रकार से एक अबला स्त्री से पूर्ण विमुख रहकर उसको आत्महनन के लिए सर्वथा अकेला छोड़कर महर्षि ने यह कोई अच्छा कार्य नहीं किया। यदि पत्नी का धर्म पति के प्रति पूर्ण समर्पण है तो विपत्ति के समय पत्नी का परित्याग क्या पति का अधर्म नहीं?

3

जागी-जागी प्रीति घनेरी

उस दिन, जैसा कि अपेक्षित था, राजा जनक ने महर्षि विश्वामित्र का अपने महल में पुष्पों की वर्षा कर उनके चरण पखारने, उन्हें नैवेद्य-वस्त्रादि भेंट करने और उनकी भूरि-भूरि प्रशंसा करने के साथ भव्य स्वागत किया।

हम दो राजकुमार स्वतः ही उस स्वागत के अंश के अधिकारी बन गये। विदेह जनक ने अपने सम्बोधन में अनेक बार उन्हें 'ब्रह्मर्षि विश्वामित्र' नाम से अभिहित किया। मुझे स्मरण हो आया कि पिताश्री दशरथ अपने सभासदों से कहा करते थे कि महर्षि विश्वामित्र राजा से ऋषि बने और क्षत्रियकुल में उत्पन्न होने के कारण घोर तपस्या के बाद भी जब मात्र राजर्षि ही बन पाये तो इससे उन्हें सन्तोष नहीं हुआ। अखिल विश्व में विश्वामित्र ही अकेले ऐसे उदाहरण हैं जिन्होंने कालान्तर में अनेक बाधाओं को पार कर 'राजर्षि' से भी आगे बढ़कर 'ब्रह्मर्षि' का उच्चतम पद ब्रह्मा की कृपा से प्राप्त किया था।

परम वीतरागी एवं न्यायप्रिय सम्राट् जनक के मुख से अपनी प्रशंसा सुनकर ऋषिवर विश्वामित्र जी से भी रहा न गया और उन्होंने भी राजा जनक के समक्ष खुलकर उनका गुणगान इस प्रकार किया -

"राजा जनक! आप समस्त ऐश्वर्यों के अधिपति होने के उपरान्त भी अन्तःकरण से उनसे उदासीन एवं अपरिग्रही हैं। आपका राजकोष स्वयं के भोग के बजाय प्रजा के बहुविधि कल्याण हेतु सदा व्यय होता रहता है। मुझे ज्ञात है कि अपनी राजसभा में न्याय करते समय आपका दाहिना हाथ प्रश्न और समाधान में उठता हुआ संचालित होता है और आपका बायाँ हाथ दूसरी ओर धधकते हुए अग्निकुण्ड के ताप में झुका हुआ होकर भी आपको सन्त्रास की अनुभूति नहीं कराता। इसीलिए आप विदेह कहलाते हैं। विधाता ने आपको ऐसा महान् व्यक्तित्व प्रदान किया है और आपके पूर्वजों के आशीर्वाद ने उसे ऐसा पुष्ट किया है कि आप देहयुक्त होकर भी इस संसार में देहरहित विशुद्ध आत्मा के समान हैं।

राजन्! आपके शुभकर्मों की सद्गति आपकी इस मिथिला नगरी के कण-कण और उसके नागरिकों के सौम्य-सात्त्विक मुखारविन्दों में भलीभाँति परिलक्षित हो रही है।''

फिर महात्मा विश्वामित्र भइया की ओर उन्मुख होकर कहने लगे - ''श्रीराम! ...महाराज जनक की गति अकथ्य एवं अग्राह्य है। इसे वाणी के माध्यम से न कहा जा सकता है और न ही समझा जा सकता है। इस पृथ्वी पर राजा तो मैंने अनेक देखे हैं और उनके विषय में सुना है। परन्तु उनमें से कोई भी विदेहराज-जैसा उल्लेखनीय नहीं है। इन्होंने योगी याज्ञवल्क्य की कृपा से सब प्रकार की सिद्धियाँ प्राप्त की हैं, फिर भी इनमें गर्व को लेशमात्र भी स्थान नहीं प्राप्त हो सका है। जीते जी समाधिस्थ सम्राट् जनक के समान आज चराचर सृष्टि में कोई नहीं।''

हम दोनों भाइयों ने महाराज जनक को दोनों हाथ जोड़कर पूर्ण श्रद्धा के साथ प्रणाम किया।

उस दिन राजा जनक के साथ उपस्थित उनके पुरोहित शतानन्द से हमारी भेंट काफी सुखद रही। विशेषकर इसलिए कि वह ऋषिमुख से भइया द्वारा अपनी माता अहल्या के उद्धार और अपने रूठे हुए पिता ऋषिवर गौतम द्वारा उनकी माता को स्वीकारे जाने की बात सुनकर इतने आह्लादित हुए कि उन्होंने भइया का बड़ा उपकार माना। शतानन्द जी ने ऋषिवर विश्वामित्र जी के प्रति उसी अवसर पर दण्डवत् होते हुए अपनी कृतज्ञता ज्ञापित की। फिर उन्होंने हम दोनों भाइयों को ऋषि विश्वामित्र के राजा से ऋषि, राजर्षि और ब्रह्मर्षि बनने का वृत्तान्त सुनाया और इस सम्पूर्ण संघर्ष-यात्रा में कैसे विश्वामित्र जी और गुरु वसिष्ठ की परस्पर टक्कर हुई? कैसे वह क्षात्रधर्म से विमुख होकर ब्राह्मणत्व प्राप्त करने की ओर अग्रसर हुए? कैसे त्रिशंकु और मेनका से लेकर शिव और ब्रह्मा तक से उनके सम्पर्क अथवा साक्षात्कार हुए? यह सभी अत्यन्त रोचक घटनाएँ हमें ऋषि शतानन्द के मुख से सुनने को मिलीं।

हमें महर्षि विश्वामित्र के युद्धकौशल और उनके ब्रह्मतेज का आभास तो हो ही चुका था। उस सबको प्राप्त करने के लिए इस जीवट के संन्यासी ने राजभोग से लेकर इन्द्रियनिग्रह तक की कितनी कठिन यात्रा की है, यह हम उसी दिन जान पाये।

राजा जनक ने गुरुवर विश्वामित्र से हम दो राजकुमारों के बारे में जब पूछा तो ऋषिवर ने अयोध्या से लेकर ताड़कावध और मारीच-सुबाहु से अपने यज्ञ की रक्षा का सारा घटनाचक्र कह सुनाया। इस पर भइया ने सकुचाते हुए अत्यन्त विनम्रतापूर्वक कहा -

''परमश्रद्धेय गुरुवर! परम पूज्य महाराज!! आप दोनों की कीर्ति और व्यक्तित्व के समक्ष मेरी उपलब्धियाँ नगण्य हैं। तुच्छ हैं। कृपया मुझे और मेरे इस प्रिय अनुज

लक्ष्मण को अपना आशीर्वाद दीजिये। अभी तो हम बालक हैं। इस विषम संसार में बहुत-कुछ सीखना और करना है हमें।''

''साधु! साधु!!'' - गुरु विश्वामित्र, राजा जनक दोनों के श्रीमुख से यह स्वस्तिवाचक वचन एक साथ निकले। इससे हमारे भीतर का उत्साह बहुत बढ़ गया।

अगले ही दिन धनुर्यज्ञ के समापन के साथ-साथ राजा जनक के दरबार में बहुचर्चित स्वयंवर आयोजित था। इसके प्रति सम्पूर्ण क्षत्रिय समाज आन्दोलित और चिर प्रतीक्षारत था। इसलिए भी कि इससे पूर्व भी राजा जनक द्वारा ली गयी उस शपथ पर स्वयं को कसने के उपक्रम में अनेक शूरवीर राजा-महाराजा मिथिला आये और शिवधनुष को उठाना तो दूर उसे हिला भी नहीं सके। पराजित होकर अपने-अपने राज्यों को लौट-लौट गये। उन्हें जनक महाराज की सर्वगुणसम्पन्न राजकन्या सीता का पाणिग्रहण प्राप्त न हो सका।

अपनी विचित्र शपथ से अब राजा जनक, बताते हैं कि, स्वयं अत्यन्त मर्माहत हो चले थे। उन्हें तो अपनी इस भूल को सुधारने का भी कोई मार्ग न था क्योंकि यह वह युग था जिसमें प्रतापी महापुरुष एक बार कोई प्रण करने के बाद उससे फिर नहीं सकते थे। एक बार सार्वजनिक रूप से की गयी घोषणा वापस नहीं ली जा सकती थी। अतः कहीं उनकी कन्या सीता कुँवारी न रह जाये, इस भारी चिन्ता में उन्होंने सीता-स्वयंवर का आयोजन अब अन्तिम रूप से रचा था। उनकी शिवधनुष-सन्धान की शर्त परन्तु अब भी यथावत् थी।

जब सारे प्रयत्न करके जनक-सभा में जुटे विभिन्न राजा-महाराजा हार गये... जब सभा के केन्द्र में रखा वह विशाल आकार-प्रकार का विशिष्ट शिव-धनुष किसी के हिलाये नहीं हिला...जब एक के बाद एक बलशाली नरेश उस दिव्यास्त्र को उठाने के चक्कर में भरी सभा में उपहास के पात्र बनते चले गये...ऐसे में धनुष-यज्ञ के आयोजनकर्त्ता जनक के मन में निराशा, हताशा और कुण्ठा की तह-पर-तह जमती चली जाना परम स्वाभाविक था।

एक समय ऐसा आया कि प्रतिस्पर्द्धी क्षत्रिय वीर खिसियाहट में परस्पर ही हँसी-ठिठोली करने लगे।

मैंने दो नरेशों को, जो हमारे निकट ही बैठे हुए थे परस्पर विनोदपूर्वक कहते सुना -

''बड़े आये थे धनुष-यज्ञ कराकर पुत्री का ब्याह रचाने...''

''बुढ़ऊ से चाहे खुद यह धनुष न उठा हो कभी, हमसे उठवायेंगे। क्या प्रण लिया है बुद्धि के इस ब्रह्मचारी ने। खी-खी-खी-खी। अब ले मजा बच्चू।''

मैंने उन वाचालों की ओर एक बार घूमकर कठोर दृष्टि से देखा तो दोनों चुप हो गये। तभी महाराज जनक भरी सभा को सम्बोधित करने लगे। उनका स्वर कुछ लड़खड़ाया हुआ-सा था -

"दूर-दूर से पधारे हुए सम्मानित अतिथियो! अब यह आयोजन यहीं समाप्त हो रहा है। मुझे बड़े दुःख के साथ यह कहना पड़ रहा है कि मैंने नाहक इतनी बड़ी प्रतिज्ञा कर ली। यही कि जो सामर्थ्यवान् वीर शिव जी के इस दिव्य धनुष पर प्रत्यञ्चा चढ़ायेगा मेरी पुत्री सीता का पाणिग्रहण उसी से होगा। मुझे लगता है कि मैंने ऐसा कहकर अपने जीवन की सबसे बड़ी भूल की है। क्योंकि बिना पहले से अनुमान लगाये कि इस धरती पर वास्तव में क्या कोई ऐसा वीर एवं सामर्थ्यवान् पुरुष है भी जो इस कठिन कार्य को पूर्ण कर सके, मेरा यह विचित्र प्रण मूर्खता की पराकाष्ठा ही तो है। अब आप लोग अपने-अपने राज्यों, गृह-निवासों को कृपया लौट जाइये। मुझे यह विश्वास हो चला है कि वर्तमान में यह पृथ्वी वीर पुरुषों से शून्य हो चली है और मेरी प्रिय पुत्री सीता का विवाह असम्भव है।"

राजा जनक के यह वचन मुझे तीर से भी तीक्ष्ण प्रतीत हुए। यह क्या कह दिया इन्होंने? पृथ्वी वीरों से शून्य है? जहाँ रघुकुल वीरशिरोमणि श्रीराम स्वयं उपस्थित हों वहाँ ऐसे तिरस्कारयुक्त शब्द? मुझे मारे क्रोध के स्वयं पर नियन्त्रण नहीं रहा। मैं उसी क्षण ललकारकर बोल पड़ा -

"हे मिथिलेश! कृपया अपनी वाणी के अश्वों की वल्गाएँ खींच लें। कहीं अनर्थ न हो जाये।...क्या कह रहे हैं आप? इस शिव-धनुष के सन्धान में असफल रहे पुसन्त्वहीन प्रतिस्पर्द्धियों को देखकर आप इतने विवेकहीन हो गये कि यहाँ सभी धान बाईस पसेरी तौलने पर तुल गये? सौगन्ध है मुझे अपने भइया श्रीराम की यदि आपके इन वचनों को अभी पल भर में मिथ्या सिद्ध करके न दिखा दूँ। हम इक्ष्वाकुवंशी क्षत्रिय हैं। कोई ऐसे-वैसे अक्षम व्यक्ति नहीं। यह धनुष क्या संसार का कोई भी ऐसा गुरुतर कार्य नहीं जिसे हम यदि ठान लें तो उसे सिद्ध करके न दिखा दें। आप कहते हैं कि धरती पर कोई सामर्थ्यवान् पुरुष ही शेष नहीं? ऐसी अपमानजनक बात एक बार मैं अपने लिये तो सह भी लूँ...परन्तु मेरे राम भइया का अपमान मुझे लेशमात्र भी स्वीकार नहीं।"

"शान्त हो जाओ वीरवर लक्ष्मण!" - गुरु विश्वामित्र ने कहा।

"कैसे शान्त हो जाऊँ गुरुदेव? यह जनक महाराज मेरे भइया का भी अपमान कर रहे हैं।..."

"राम का अपमान भला इसमें कहाँ है? -" विश्वामित्र जी ने कहा।

"और नहीं तो क्या गुरुदेव! भइया की उपस्थिति में यह शब्द? सीधा-सीधा यह सार्वजनिक रूप से उनका अपमान ही तो है।"

मेरे नेत्र आग्नेय हो आये थे। अब कुछ-कुछ सजल भी हो गये। भइया ने शान्त हो जाने का संकेत अपने कमलनयनों को दो बार सायास झपकाकर मुझे दिया। इसके बाद मानो धधकते हुए अंगारों पर जल पड़ गया।

गुरु विश्वामित्र ने तब भइया को आदेश दिया - "राम! उठो और राजा जनक के शोक को हर लो। कौशल्यानन्दन! तुम दिखा दो इस धराधाम को कि कोई भी कार्य असम्भव नहीं, यदि मन में दृढ़ संकल्प हो तथा आत्मविश्वास प्रबल हो।"

श्रीराम ने शिव धनुष के चबूतरे की सर्वप्रथम एक प्रदक्षिणा की। फिर 'ॐ नमः शिवाय' का उच्चारण कर उस दिव्य धनुष को प्रणाम किया। मैंने मन-ही-मन अपने समस्त गौरवशाली पूर्वजों को स्मरण किया और उनसे प्रार्थना की वह अपना समस्त तेज भइया को परीक्षा की उन घड़ियों में उन्हें प्रदान करें। तब मेरे भइया श्रीराम ने एक झटके में वह दिव्य धनुष उठाकर धरती पर खड़ा किया और उसकी प्रत्यञ्चा चढ़ाने हेतु किंचित् उसे झुकाने लगे। पुराना धनुष था। प्रचण्ड ध्वनि के साथ टूट गया एकाएक। कुछ क्षण किसी को विश्वास न हुआ। फिर राजा जनक सहित उनके समस्त परिजनों ने हर्षोल्लास एवं विस्मय के साथ समवेत-करतल-ध्वनि की। नगाड़े और दुन्दुभि बजने लगे और राजपुरोहित शतानन्द जी ने शंखनाद किया। "दशरथनन्दन श्रीराम की जय!" - स्वयं महाराज जनक ने उच्च स्वर में नारा लगाया। चारों ओर से नारे और जयकारे लगने लगे। इसी के साथ भइया पर भाँति-भाँति के फूलों की वर्षा होने लगी। मेरे कलेजे को तब अपूर्व शीतलता प्राप्त हुई।

दरबार में उपस्थित पराजित और कुण्ठित राजाओं के मुख पर हवाइयाँ उड़ने लगीं। कइयों के चेहरे नीले-पीले पड़ गये। उनमें से कुछ आगे बढ़े राजा जनक से प्रतिवाद करने को। राजा जनक अपने परिजनों को "कन्या सीता को बुलाओ" की आज्ञा दे चुके थे।

"अरे अइसे कैसे बियाह देंगे सीता को? -" एक खायाखेला महाराजा बोला। उसके सहयोगी कुछ राजाओं ने भी कायरों की भाँति हाँ-में-हाँ मिलायी। मैं पुनः आगे बढ़ा और मैंने उनकी ओर घूमकर अपनी कमर में बँधी म्यान से अपनी तलवार खींची तो वे सब-के-सब पीछे हट गये। मैंने उन्हें चेताया - "जिसे अपने प्राणों का भय न हो वह आगे आये।"

हमारे हाल के राक्षस-विरोधी अभियान का समाचार सभी को अब तक विदित हो चला था। अतः मेरे प्रतिरोध के समक्ष वह सब पामर टिक न सके। इसके बाद एक-एक कर लज्जित एवं असफल नरेशों का समुदाय वहाँ से खिसकता चला गया और मंगलाचार के स्वर वातावरण में तीव्र होते गये। उन्हीं सुमधुर बधाई-गान के बीच देवी सीता ने भइया श्रीराम के गले में स्वयंवर की जयमाल डाल दी। सीता-राम का विधि-विधान से विवाह अवश्यम्भावी हो गया। जनक जी ने विश्वामित्र मुनि से

परामर्श किया। इस विवाह के लिए राजा दशरथ की औपचारिक स्वीकृति अनिवार्य थी।

मुझे क्या पता था कि जनक के दरबार में मेरे भी दाम्पत्य जीवन का निर्धारण होना है। महाराज जनक की पुत्री देवी सीता के श्रीराम के साथ विवाह-प्रस्ताव सहित मिथिला के दूत अयोध्या भेजे गये। द्रुतगति के रथों पर आरूढ़ होकर। हम राजा जनक के महलों के विशिष्ट अतिथि बनकर कुछ दिन वहाँ रहे।

तदनन्तर पिताश्री दशरथ और गुरुदेव वसिष्ठ, मन्त्रीगण, भइया भरत एवं शत्रुघ्न सेना सहित मिथिला पधारे। परस्पर प्रीतिपूर्वक हमारे अभिभावकों एवं गुरुजनों ने मिलकर तय किया कि जनकनन्दिनी सीता का शुभविवाह श्रीराम से, जनक की दूसरी पुत्री उर्मिला का विवाह लक्ष्मण से, राजा जनक के अनुज कुशध्वज की दो पुत्रियों माण्डवी और श्रुतिकीर्ति का परिणय क्रमशः भरत और शत्रुघ्न के साथ सम्पन्न होगा।

इस प्रकार मिथिला में बड़े धूमधाम और विधि-विधान से हम चारों भाइयों का विवाह एक साथ सम्पन्न हुआ। हमारे लिये जीवन का यह अप्रत्याशित अनुभव था। उर्मिला मेरी जीवनसंगिनी यूँ अचानक मेरे जीवन में प्रवेश करेगी और प्रवेश के साथ ही हम विवाह के गठबन्धन में इतने शीघ्रतापूर्वक बँध जायेंगे, इसकी मैंने कभी कल्पना न की थी। उस हंगामे, उस कोलाहल में मैं अपनी प्रिया को मिथिलापुरी के राजप्रासादों में ठीक से देख भी न पाया। सारा समय मेरी दृष्टि भइया श्रीराम और देवी सीता के पाणिग्रहण संस्कार को ही निहारने में लगी रही। अपना विवाह तो मैं किसी सामूहिक क्रिया का हिस्सा मानकर वैवाहिक रस्मों का निर्वाह करता रहा। कब उर्मिला का कन्यादान हुआ? कब दूसरे जोड़ों के साथ मुझ लक्ष्मण ने उर्मिला संग सात-फेरे लिये? कब उर्मिला अपनी बहनों के साथ विदायी के रथ में बैठ गयी? उसे यह सुमित्रानन्दन लक्ष्मण ठीक से जान भी न पाया।

मैं भी कैसा बावला हूँ? अपने प्रति कितना असावधान? बड़ी देर बाद मुझे तब समझ में आया जब विदायी की वेला में अयोध्या की ओर प्रस्थान करती हमारी बारात मिथिलापुरी से कई योजन दूर निकल आयी। उधर महामुनि विश्वामित्र भी विवाहोपरान्त हमें आशीर्वाद दे अपने सिद्ध आश्रम को लौट गये थे।

देवी सीता, उनकी बहनें उर्मिला, माण्डवी और श्रुतिकीर्ति चारों नव-वधुएँ एक ही आवरणयुक्त रथ में सवार थीं। हम चारों भाई महाराजा दशरथ के रथ के पीछे अपने-अपने दो रथों में सवार थे। भरत-शत्रुघ्न एक रथ में। मैं और राम भइया दूसरे रथ में एक साथ। भला मैं राम भइया का चिर-रोमांचकारी एवं आनन्दकारी साथ कैसे छोड़ सकता था?

अचानक मार्ग में दाहिनी ओर से सिंह की-सी एक गर्जना सुनायी दी और वातावरण में आँधी-सी चलने लगी। तेज हवा में धूल के साथ वृक्षों के सूखे पत्ते उड़-उड़कर हमारी सेना और रथों की पंक्ति पर गिरने लगे।

"कहाँ है वह कायर? शिवशम्भु के पिनाक को नष्ट करनेवाला क्षत्रियपुत्र?? -"

- यह महर्षि परशुराम की क्रोधोन्मत्त आवाज थी। अयोध्या का सारा यात्री समूह एक साथ उस दारुण स्वर को सुनकर थम गया।

पूरे यात्री समूह के हृदयों की धड़कनें तीव्र हो गयीं। नव-वधुएँ भी पर्दे की ओट से बाहर झाँककर देखने लगीं। वह किसी अनिष्ट की आशंका से काँप गयीं थीं। सर्वप्रथम मैं अपने रथ से कूदकर नीचे उतरा। भइया श्रीराम भी पीछे उतरे। बोले -

"संयम रखना वीरवर सौमित्र!...लगता है कोई तपस्वी हैं। क्रोध में हैं। मैं देखता हूँ।"

भइया राम निहत्थे ही कुछ दूर खड़े एक साधुवेशधारी उग्रमूर्ति सरीखे उन महात्मा की ओर बढ़े अपनी करबद्ध और चिरपरिचित प्रशान्त मुद्रा में।

"कौन है रे तू?...परिचय दे! -" मृगचर्म लपेटे जटाजूटधारी हाथों में भयानक फरसा धारण किये नेत्रों से अग्नि छोड़ते उन तपस्वी ने कहा।

"मैं दशरथनन्दन राम! और आप भगवन्?" श्रीराम ने सहज भाव से पूछा।

"नहीं जानता मुझे तू? -" क्रोधाविष्ट थर-थर कम्पित गात लिये वह साधु बोले।

"नहीं।...हमें आपके परिचय की आवश्यकता भी नहीं। कम-से-कम मुझ लक्ष्मण को तो कतई नहीं।" - अब मैंने पीछे से आगे आकर यह शब्द कहे।

"क्या कहा? काल को आमन्त्रित करनेवाले बालक!"

"जी ऋषिवर!...मैं अपना परिचय तो आपको दूँगा। किन्तु मुझे आपके परिचय की किंचित् मात्र भी अभिलाषा नहीं है। मैं भी हूँ दशरथनन्दन सौमित्र लक्ष्मण। और इनका परिचय तो आप जान ही चुके हैं - मेरे बड़े भइया श्रीराम!"

"मूढ़! वाचाल!!...यदि यह राम है तो सुन मैं हूँ जगद्विख्यात परशुराम। देख मेरा यह परशु। मेरे निर्दोष तपस्यारत पिता जमदग्नि की दुष्ट राजा कार्तवीर्य द्वारा क्रूर हत्या के बाद अखिल विश्व के क्षत्रिय मेरे शत्रु हो गये हैं। इस तापस ब्राह्मण ने एक बार जब अपने इस कठोर परशु को क्षत्रियों को दण्डित करने को उठाया तो सहस्रों क्षत्रिय राजाओं और उनके कुलदीपकों के शिरोच्छेदन के बाद भी इस लौहशस्त्र की रक्त की प्यास अभी तक पूर्णरूपेण बुझ नहीं सकी है।...मेरे आराध्यदेव देवाधिदेव महादेव के दिव्य धनुष को प्रदर्शनी और प्रतियोगिता का विषय बनाने का जो अपराध उस मतिभंग जनक ने किया है उसका दण्ड तो मैं उसे बाद में दूँगा। उससे बड़ा और जघन्य अपराध जिस दशरथ कुमार ने किया आज पहले वह सामने आये। उसका वध करने को मेरा यह परशु व्यग्र है।"

भइया भरत और शत्रुघ्न भी हमारे पीछे खड़े थे। "त्राहिमाम्! त्राहिमाम्!! ब्रह्मर्षि परशुराम भगवन्! हम पर दया कीजिये। इतना कठोर निर्णय न लीजिये।" महाराज दशरथ जो अब तक पीछे खड़े पीतपर्ण सदृश थर-थर काँप रहे थे, आगे बढ़कर परशुराम के चरणों में गिर पड़े। एक चक्रवर्ती सम्राट्, जिसने देव-दानव युद्ध में कभी इन्द्र की सहायता कर विजयश्री और अक्षुण्ण कीर्ति अर्जित की थी, अनेक बड़े-बड़े युद्ध जीते थे, ऐसे अपने पिता को एक निरीह प्राणी की भाँति उस क्रोधी साधु के समक्ष भूलुण्ठित होता देख मुझे अतिशय आत्मग्लानि हुई।

"उठिये पिताश्री!" कहकर मैंने पिता को कन्धों से उठाकर मुनिचरणों से अलग किया। भइया श्रीराम की ओर अनुनयपूर्ण नेत्रों से देखकर उन्हें जताया कि आज मुझे मत रोकियेगा। फिर मैं अपने स्वर पर यथासम्भव नियन्त्रण करके परन्तु दृढ़तापूर्वक कहने लगा -

"हे मुनिवर! आपने अपना नाम बताया परशुराम! नाम तो आपके स्वभाव के अनुरूप दिखता है परन्तु यह तापसवेश आप पर नहीं जँचता...साधु यदि अपने क्रोध पर अंकुश न लगा सके तो वह साधु कैसा? सिद्ध पुरुष जो बिना कार्य-कारण जाने किसी निष्कर्ष पर पहुँच जाये वह सिद्ध कैसा? जो सन्त अपने व्यवहार से जनसामान्य के लिए एक आदर्श उदाहरण न बन सके वह सन्त कैसा?...रही बात शिव-धनुष भंग की तो वह एक अत्यन्त प्राचीन और जर्जर धनुष था जो हाथ लगाते ही ध्वस्त हो गया। एक साधारण-से धनुष के पीछे किसलिए व्यथित हैं आप? इसमें क्रोध करने और इतनी आपत्ति करने जैसी क्या बात है?"

"सावधान क्षत्रिय कुमार! अपनी जिह्वा को लगाम दे। शिव-धुनष को साधारण धनुष बताता है तू?"

"यदि इसकी कोई और विशेषता हो तो कृपया बताइये?" - मैंने प्रतिप्रश्न किया।

"अच्छा तो ठीक है। अपनी मृत्यु से पहले शिवधनुष की महिमा सुन।..." परशुराम बोले - "विश्वकर्मा ने ऐसे दो दिव्य धनुष बनाये थे। इनमें से एक वह साक्षात् भगवान् शिव का धनुष था जिसके भंग होने का समाचार मुझे महेन्द्र पर्वत पर मिला, जहाँ मैं सहस्रों वर्ष से तपस्या कर रहा था। सीता-स्वयंवर में जब वह शिवधनुष खण्डित हुआ तो उसके ध्वस्त होने से निकली दुर्धर्ष ध्वनि दिग्दिगन्त में परिव्याप्त हो गयी। मेरी भी तपस्या उसी क्षण भंग हो गयी। महेन्द्र पर्वत पर मेरे साथ के तपस्यारत सिद्ध मुनिजन ने उक्त के सम्बन्ध में ज्यों ही अपनी आशंका जतायी मैं अपने तपोबल से प्राप्त सिद्धि के बल पर यहाँ कुछ ही प्रहर में आ पहुँचा हूँ। विश्वकर्मा द्वारा रचित यह दूसरा दिव्य धनुष जो तुम देख रहे हो, जो मेरे कन्धों पर टिका है, इसे उन्होंने भगवान् विष्णु को दिया था। कालचक्र से यह मेरे अनेक पूर्वजों से होता हुआ मेरे पिता ऋषि जमदग्नि तक पहुँचा। उनसे फिर मुझे प्राप्त हुआ। अब

यह बताओ कि तुममें से शिवधनुष किसने भंग किया है?'' इससे पहले मैं कुछ कहता, भइया ने मुझे रोक दिया और मुनिवर परशुराम से बोले -

''ऋषियों, महात्माओं और ब्राह्मणों में श्रेष्ठ ब्रह्मर्षि! आप तो अन्तर्यामी, परमयोगी और महान् तपस्वी हैं। सब-कुछ जानकर यह प्रश्न हम बालकों से पूछ रहे हैं। पूज्यवर! मैं अयोध्या नरेश का ज्येष्ठपुत्र राम आपके समक्ष प्रस्तुत हूँ। मुझे दुःख है कि भगवान् शिव का वह अलौकिक धनुष अनजाने में मेरे द्वारा टूट जाने से आपको अपनी तपःस्थली छोड़कर यहाँ तक आना पड़ा। यदि यह दुर्घटना आपके अनुसार मेरा अपराध है तो मेरा यह शीश आपके कुठार का वार सहन करने को सहर्ष प्रस्तुत है...''

तपस्वी परशुराम ने विनम्र श्रीराम के मुख से जैसे ही यह विनयसिक्त वचन सुने उनके मन की गति बदल गयी। वह श्रीराम को एकटक देखने लगे। फिर वह कहने लगे कि - ''मेरा सन्देह धीरे-धीरे किंकर्त्तव्यविमूढ़ता में क्यों बदला जा रहा है? इससे पहले कि मैं विक्षिप्त अवस्था को प्राप्त हो जाऊँ राम! तुम मेरा यह संशय दूर करो।''

''आज्ञा दें ऋषिवर! -'' श्रीराम बोले।

''लो यह मेरा अलौकिक वैष्णव-पिनाक इस पर शरसन्धान करके दिखाओ।''

श्रीराम ने खेल-खेल में परशुराम का वह अलौकिक धनुष भी हस्तगत कर उस पर एक तीक्ष्ण बाण चढ़ाया।

जिस प्रकार से श्रीराम ने वह धनुष थामा और उस पर बिना किसी श्रम के शरसन्धान कर उठे। वह दृश्य देखकर परशुराम जी की आँखें विस्मय से खुली-की-खुली रह गयीं। उनका सारा क्रोध, सारा गर्व, सारा सन्ताप और सारा संशय हथेली पर रखे हुए कपूर की भाँति उड़ गया। दोनों हाथ जोड़कर शीश नवाकर उन्होंने श्रीराम को प्रणाम किया और बोले - ''क्षमा करें प्रिय राम! न जाने कितने अपशब्द कह गया आपको और लक्ष्मण! आपको भी...''

श्रीराम ने मुस्कुराकर कहा कि - ''ऐसी कोई बात नहीं मुनिवर! आपका ब्रह्मतेज और अपने परम आराध्य के प्रति आपका पूर्ण समर्पण ही आपकी उग्रता और व्यग्रता का कारक था।...आज के इस अनुभव के पश्चात् किन्तु आपसे मैं एक वचन अवश्य चाहूँगा।''

''आदेश करें प्रिय राम!'' - परशुराम बोले।

''बस इतना कि आप आज से क्रोध और प्रतिशोध की भावना का समूल परित्याग करेंगे और आगे का सारा जीवन प्राणिमात्र के कल्याण और हम-जैसे युवा पीढ़ी के मनुष्यों को सन्मार्ग दिखाने में व्यतीत करेंगे।''

''मैं वचन देता हूँ कुमार श्रीराम!...ऐसा ही होगा। मेरा यह शारंग नामक विष्णु-धनुष भी आज से आपका। अब मैं महेन्द्र पर्वत पर पुनः तपस्या को जाता हूँ।

आप-जैसे महापुरुष का दर्शन कर मेरे नेत्रों का प्रकाश आज सफल हुआ। मानवता का भविष्य आपके हाथों में सुरक्षित है। अब मैं जाता हूँ। -''

यह कहकर परशुराम महाराज अपनी चरणपादुकाओं सहित मुड़े। स्वभाव की चंचलतावश मुझसे पुनः न रहा गया। मैंने किंचित् विनोदपूर्वक कहा -

''और यह लौह कुठार? यह परशु मुनिवर? इसे भी देते जाइये। चाहे तो मुझे चाहे राम भइया को।''

मुनिवर पल भर को पुनः ठहरे और विहँसकर मुझसे बोले - ''वीरवर लक्ष्मण! यह निर्जीव कुठार इसे आप लेकर क्या करेंगे? आप तो स्वयं समस्त दोषों को विनष्ट करने के लिए कुठारवत् व्यक्तित्व के धनी हैं। इसे मेरे पास ही रहने दीजिये। अब यह आगे से मात्र अग्निहोत्र के लिए जंगलों से समिधा जुटाने के काम आयेगा।''

इतना कहकर महातपस्वी परशुराम अपनी दिव्य गति से हमारे बीच से अन्तर्धान हो गये। उनकी काष्ठ-निर्मित चरण-पादुकाएँ देर तक मेरे मानस-पटल पर खट-खट करती रहीं।

महाराज दशरथ के यह कड़े निर्देश थे कि सबको तीन दिन के भीतर अयोध्या पहुँचना है। अतः सेना के साथ लौट रही हम चारों भाइयों की बारात मार्ग की दुर्गमता और सुगमता के अनुसार गति पकड़ती-छोड़ती यथासम्भव शीघ्रता के साथ चली जा रही थी।

तीन दिन और दो रात्रियाँ मिथिला से अयोध्या के मार्ग पर व्यतीत हो चली थीं। जो भी हो, हमें चारों नव-वधुओं का भी ध्यान रखना था कि मार्ग में उन्हें अनावश्यक असुविधा न हो। रथों में कष्टकारी हिचकोले न लगें।

एक बार एक दासी के माध्यम से उर्मिला ने मुझे तीसरे दिन एक सन्देशा भेजवाया था कि - ''कुमार लक्ष्मण से कहें कि रथों को तनिक धीमे चलवायें। श्रुतिकीर्ति, जो कि बहनों में सबसे छोटी और कोमल है, उसका रो-रोकर बुरा हाल है। यदि रथ धीमे चलेंगे तो उसे सँभालने में थोड़ी सुविधा होगी।'' इस पर मैंने पिताश्री से आज्ञा माँगी थी। उस पड़ाव पर उनसे जब मैंने पूछा कि - ''यात्रा में इतनी शीघ्रता क्यों? आराम से भी तो चला जा सकता है।''

प्रत्युत्तर में महाराज दशरथ बोले थे -

''वत्स सौमित्र! तू उसे नहीं जानता है।''

''कौन?''

"वही। तेरी छोटी माँ कैकेयी।...उसे प्रायः दो बातें अलग से करने की आदत है। एक बात तो उसने अयोध्या से चलते ही मुझसे कह दी थी कि बारात जब अयोध्या में वापस प्रवेश करे तो सभी कुमारों और उनकी नव-वधुओं को स्वागत के लिए सबसे पहले उसी के महल में लाया जाये।..."

"और दूसरी बात?" - मैंने पूछा।

"दूसरी बात वह कहना भूल गयी।"

"फिर?"

"फिर क्या। महारानी कैकेयी भी खूब है। जब उसे दूसरी बात याद आयी तो उसने मिथिला में ही एक अश्वारोही सन्देशवाहक दौड़ा भेजा। मुझे कहा है कि तीन दिन में हम लोग अयोध्या अवश्य पहुँच जायें।..." पिताश्री ने इसके बाद एक दीर्घ श्वास खींची और छोड़ी और एक पीड़ा भरी मुस्कान के साथ मुझसे कहा - "अब अगर हम समय से नहीं पहुँचे तो तुम्हारी छोटी माँ अन्न-जल तजकर बैठ जायेगी।"

हमारे अनेक प्रयत्नों के अनन्तर जब अयोध्या केवल दस कोस दूर रह गयी तो इस यात्रा के मध्य तीसरी रात्रि और सामने के घने वनों ने हमारा मार्ग अन्ततः रोक ही लिया। रात्रि में उस कठिन जंगली प्रक्षेत्र को, विषैले जीव-जन्तुओं के प्रकोप के भय से पार करना, वह भी विदा कराकर लायी जा रही नयी-नवेली दुल्हनों, हाथी, घोड़ों, रथों और दास-दासियों के साथ, कोई बुद्धिमत्ता का कार्य न होता। यदि यह कोई एक नियमित सैन्य दल मात्र होता तो और बात थी।

अतः हमारा काफिला उसी स्थान पर अन्तिम पड़ाव डालकर रुक गया। हमारे राजसी शिविर उस विशाल मैदान के मध्य भाग में लगाये गये। उसके चारों ओर दास-दासियों के शिविर लगे। फिर मन्त्रीगण और सैन्य शिविरों ने हमें चारों ओर से आच्छादित कर लिया। रात्रि में अनेक प्रहरी शिविर के प्रवेश-द्वार पर और आस-पास सतर्कतापूर्वक तैनात हो गये। मशालें जल उठीं। पिताश्री भइया राम, भइया भरत और शत्रुघ्न के साथ एक अलाव को तापते जब वार्त्तालाप में निमग्न हुए तो मैं धीरे से उठकर नववधुओं के शिविर की ओर गया।

शिविर द्वार पर पर्दा पड़ा था। द्वार पर खड़ी दासी एक ओर हट गयी। परन्तु मर्यादा ने मुझे रोके रखा। एक तो महिलाओं का शिविर। ऊपर से नयी-नवेली कुलवधुएँ। उनमें भी उर्मिला को छोड़कर सब मेरी भाभियाँ। देवी सीता और देवी माण्डवी तो बड़े भाइयों की धर्मपत्नी होने के नाते मेरी माँ समान हुईं। उर्मिला का मुख भी मैं उसके ससुराल में मुख-दिखलायी की रस्म से पहले कैसे देख सकता था? श्रुतिकीर्ति अवश्य छोटे भाई शत्रुघ्न की पाणिगृहीता होने के नाते मेरे लिये पुत्री समान थी। उर्मिला का सन्देशा मुझे याद था। श्रुतिकीर्ति तनिक अस्वस्थ थी। मायके का बिछोह उस बेचारी कन्या को ही सर्वाधिक असह्य हो उठा था। मेरी इच्छा उसी का

हालचाल जानने की थी। मुझे और तो कुछ न सूझा, बस उसी दासी से मैंने उच्च स्वर में कहा -

"देवी उर्मिला से कहो कुमार लक्ष्मण पूछ रहे हैं कि प्रिय श्रुतिकीर्ति अब कैसी है?" दासी भागकर शिविर के भीतर गयी। भीतर से एक सुमधुर किन्तु गम्भीर नारी स्वर बाहर आया -

"हे सखि! उनसे कहिये श्रुतिकीर्ति अब ठीक है।"

दासी झट बाहर आयी। वह उत्तर में कुछ कह पाती कि मैंने और भी उच्च स्वर में कहा - "मैंने सुन लिया। कहना कि यदि कोई आवश्यकता हो तो मुझे तत्काल कहला देंगी।"

- और यह कहकर मैं लौट पड़ा।

प्रातःकाल हमारा सारा शिविर स्नान-ध्यान-भोजन आदि के उपरान्त पूरी तैयारी के साथ सज-धजकर तैयार हुआ। हमने तम्बू-कनात समेटकर अत्यन्त प्रसन्नतापूर्वक अपने कौशल राज्य की वैभवशाली राजधानी अपनी प्रिय अयोध्या नगरी के लिए प्रस्थान किया।

अयोध्या। जहाँ कोई युद्ध नहीं हो सकता। जो किसी युद्ध के द्वारा जीती नहीं जा सकती। अयोध्या जो अजेय है। अयोध्या जहाँ कोई भी विकार कोई भी विवाद अन्ततः टिक नहीं सकता। अयोध्या जो हमारी धर्मस्थली है। अयोध्या जो हमारी कर्मस्थली है। हम उसी की ओर बढ़े चले जा रहे थे।

अयोध्या का गौरवशाली सुदृढ़ दुर्ग देखते-ही-देखते हमारे सामने आ गया। दुर्ग का दक्षिणी द्वार हमारे स्वागत में पलक-पाँवड़े बिछाये अपने विशाल आकार-प्रकार के साथ सामने खड़ा था। दुर्ग की सुदृढ़ प्राचीरें अयोध्यावासियों के जयनाद से गूँज रही थीं। वहीं से सैंकड़ों स्त्री-पुरुष रंग-बिरंगे परिधानों में सुसज्जित बारात की अगवानी में पुष्पवर्षा करने लगे। तुरही-मृदंग-ढोल-नगाड़ों और शख की मंगलध्वनि के साथ वह मुख्य दक्षिणीद्वार खोल दिया गया और हर्षोल्लास के उस वातावरण में एक सुसज्जित हाथी, चार कसे हुए अश्व और चार अति सुन्दर सजी-धजी पालकियों को सर्वप्रथम उस मुख्यद्वार से बाहर लाया गया।

मुझे वह दृश्य आज भी भलीभाँति याद है। सर्वप्रथम महाराज दशरथ के मन्त्रीगण उन्हें आदरपूर्वक उनके रथ से उतारकर उस सुसज्जित हाथी तक ले गये। महाराज को हाथी के ऊपर बँधे स्वर्ण सिंहासन पर विराजमान कराया गया।

तत्पश्चात् हम चारों राजकुमार अपने-अपने प्रिय अश्वों पर सवार हुए। यह वही अश्व थे जो हमारे स्वयं के चुने हुए और हमें अत्यन्त प्रिय थे। जिन पर अयोध्या में निवास करते हुए प्रायः नित्यप्रति हम घुड़सवारी किया करते थे।

इसके साथ ही नव-वधुओं को उनके विशिष्ट रथ से उतारकर साथ की मुख्य परिचारिकाओं ने अलग-अलग पालकियों में बिठाया और उनके अगल-बगल साथ में चलने को तत्पर हुईं।

"महाराज दशरथ की जय!"

"प्राणप्रिय श्रीराम की जय!!"

"वीरवर लक्ष्मण की जय!"

"कुमार भरत की जय!!"

"कुमार शत्रुघ्न की जय!!"

- के जयघोषों के साथ हमने उत्तरमुख होकर अयोध्या नगरी में प्रवेश किया। मुख्यमार्ग के दोनों ओर सहस्रों अयोध्यावासी पंक्तिबद्ध हो हम पर गुलाब और गेंदे के पुष्पों की पंखुड़ियों की वर्षा कर रहे थे और आनन्दविभोर होकर निरन्तर जय-घोष कर रहे थे। कहीं-कहीं नागर-महिलाएँ समूह-मंगलगान-सोहर आदि गा रही थीं।

सबसे आगे पिताश्री महाराज दशरथ का हाथी घण्टा-ध्वनि का नाद करता चल रहा था। भाला लिये चार बलिष्ठ सैनिक हाथी के दाहिने-बायें कदम मिलाकर चल रहे थे।

उनके पीछे भइया राम अपने श्वेत अश्व पर, पश्चात् भाभी सीता की डोली। उसके बाद मैं अपने बादामी रंग के प्रिय अश्व पर और पीछे उर्मिला की डोली। फिर अपने काले अश्व पर भरत भइया उनके पीछे भाभी माण्डवी की डोली। फिर श्वेत अश्व पर सवार शत्रुघ्न और अन्त में चौथी डोली में श्रुतिकीर्ति। हम सबके पीछे चुस्त अश्वारोही सैनिकों का एक दल।

जब हम माता कैकेयी के कनक-महल पर पहुँचे तो वहाँ की शोभा अद्‌भुत थी। मैंने देखा कि वहाँ तीनों माताएँ आरती का थाल सजाये अपने सुन्दरतम शृंगार एवं परिधानों से सुसज्जित प्रसन्न-वदन अधीरतापूर्वक हमारी प्रतीक्षा में द्वार की सीढ़ियों पर खड़ी थीं। सबसे आगे माता कैकेयी अन्तिम सीढ़ी पर। उनसे दो कदम पीछे की सीढ़ी पर माता कौशल्या और माता सुमित्रा। उनके हाथों में चमकते हुए दीपक, चन्दन, कुमकुम, रोली, अक्षत से युक्त स्वर्णजटित थाल।

स्वर्णमहल की दीवारें आम्रपल्लवों की बन्दनवारों और विविध रंगों की चित्ताकर्षक पताकाओं से सजी-धजी। सुन्दर वस्त्राभूषणों में चहकते अनेक इष्ट-मित्र-बन्धु-बान्धव-नर और नारियाँ।

कितना मादक कितना मोहक रूप तुम्हारा।
बिखरी-बिखरी अलकें बिसरा यह जग सारा।।

- मैंने जैसे ही यह पंक्तियाँ कहीं, उर्मिला मुझे अपने से परे करती हुई एकाएक उठ खड़ी हुई। कहने लगी -

"अच्छा जी! अब हमारे क्षत्रिय कुमार अस्त्र-शस्त्र छोड़कर कविता भी करने लगे?" उसने अपने खुले हुए केश समेट सिर के पीछे जूड़ा बनाया।

"क्यों?...क्या मैं कविता नहीं कर सकता?" मैंने कहा।

"रहने दीजिये सौमित्र! यह सब करेंगे तो फिर हो चुका।" - उर्मिला ने कृत्रिम रोष दिखाया। मैं जानता था कि वह मुख से कुछ भी कहे किन्तु मन-ही-मन बहुत प्रसन्न थी। मान-मनुहार करना-कराना तो स्त्रियों का स्वभाव ही होता है।

मैंने उर्मिला को कुछ पल और ठहरने को कहा। वह मुझे बरजते हुए बोली - "नहीं! देखते नहीं ऊषा की लाली बाहर गगन में छाने लगी है और इस शयनकक्ष के बाहर भी एक संसार है जिसमें चहल-पहल प्रारम्भ हो गयी है। अब मुझे जाना होगा..." इस पर मेरे हृदय के उद्‌गार पुनः कुछ इस प्रकार प्रकट हुए -

विहग कुहुकते ऊषा का आमन्त्रण आया।
भ्रमर गूँजते कुसुमों पर अवगुण्ठन छाया।।
कहाँ सुलभ है किन्तु मुझे जो मैंने चाहा।
नहीं विश्व वैभव केवल आधार तुम्हारा।।

उर्मिला अब पूरी तरह लजा गयी। झट अपना सलोना मुख उसने दूसरी ओर फेर लिया। लम्बी-छरहरी मेरी प्रिया बहुत समझदार और आत्मनियन्त्रण में मुझसे कहीं अधिक पटु थी। अपने को पल भर में ही उसने संयत कर लिया। मुड़कर मुझे उसने ऐसे देखा जैसे अभी कुछ क्षण पहले का वह भावभीना-सम्भाषण कभी हम दोनों के मध्य घटित ही न हुआ हो। बोली -

"आइये स्वामी! आपके लिए मैंने एक नवीन चित्रांकन किया है अपनी कल्पना से। आपको दिखाऊँ..."

वह मेरा हाथ पकड़कर मुझे बराबरवाले कला-कक्ष में ले गयी। तब उर्मिला द्वारा चित्रित एक बड़ी-सी दृश्यावली चित्रपट पर मैंने वहाँ देखी। अतीव-सुन्दर। अति मनोहर।...सरयू की निर्मल जलराशि में तिरती एक बड़ी-सी नौका। उसमें एक प्रेमनिमग्न दम्पति। एक नवयुवक एक नवयुवती की गोद में सिर दिये लेटा हुआ।...युवती कुछ-कुछ झुकी हुई उस गौरवर्ण के युवक के घुँघराले केशों को सुलझाती-सी।...पृष्ठभाग में स्नानघाट की सीढ़ियाँ और उनके पीछे मन्दिरों की एक लम्बी शृंखला।...

"उर्मी! यह तुमने कब चित्रित किया?...मुझे बताया नहीं?" - मैंने प्रशंसा भरे स्वर में कहा।

"अभी कल ही।" - उर्मिला बोली।

"अच्छा...हूँ...म...म!" मैंने उसे पीछे से अंक में भरते हुए पूछा - "तो यह बताओ प्रिये! इस नौका में यह दोनों नर-नारी कौन हैं?"

"यह कौन बड़ी बात है?...एक यह मैं हूँ और एक यह आप..." - खिलखिलाकर कहा उसने।

फिर मेरा बन्धन छुड़ाकर उसने पास में रखी एक तूलिका उठायी। उसमें गहरा नीला रंग भरकर वह बोली -

"वह क्या काव्यपंक्ति कही थी अभी आपने?...हाँ! -"

यह कहते हुए उर्मिला ने कुछ देर पहले मेरे ही कहे शब्द उस चित्र में नीचे की ओर तूलिका से अंकित कर दिये -

कितना मादक कितना मोहक रूप तुम्हारा।
बिखरी-बिखरी अलकें बिसरा यह जग सारा।।

मेरी धर्मपत्नी की कुशाग्र बुद्धि का यह प्रयोगधर्मी-रूप मेरे लिये अभूतपूर्व था। मुझे बहुत-कुछ सोचने पर मजबूर कर देनेवाला। उर्मिला, मेरी अर्द्धाङ्गिनी जितनी कुशल चित्रकार थी उतनी ही दूरदर्शी और विलक्षणतम स्मृति की स्वामिनी भी थी। मेरे अन्तःकरण से रह-रहकर तब यह आवाज आने लगी -

- कितना सौभाग्यशाली है तू लक्ष्मण! जिसे उर्मिला-जैसी इतनी विदुषी और इतनी संवेदनशील जीवनसंगिनी का साहचर्य प्राप्त हुआ है। देख तो तेरे मन की बातें न जाने किस भाँति वह तेरे कहने अथवा करने से पहले जान जाती है? कौन-सी विद्या है उसके पास? कैसी अद्भुत बुद्धि उसे विधाता ने देकर तुझ तक भेजा है?

हमारे विवाह के बाद अभी एक माह ही बीता था। इन तीस-चालीस दिनों में उर्मिला के व्यक्तित्व के अनेक उज्ज्वल पक्षों का मैंने दर्शन किया था। किन्तु आज उसकी इस चपलता और मनोभावों को भी बन्दी बनाकर उनका इतना प्रभावशाली प्रयोग जो मैंने उर्मिला द्वारा देखा उसे देखकर मुझे उसकी योग्यता और बुद्धिमत्ता पर गर्व हो आया।

मुझे विश्वास हो चला कि उर्मिला एक साधारण नारी नहीं, बल्कि एक ऐसी गुप्त योगिनी है जिसकी छठी इन्द्रिय भी जागृत है। अतः उर्मिला की प्रीति में मैं पूर्णतः निमग्न हो गया।

विश्वास करेंगे आप? मैंने अभी दो दिन पूर्व ही उर्मिला संग सरयू नदी में नौका-विहार की कल्पना की थी। अब उसकी इस चित्रकलाकृति ने मुझे मानो सीधे-सीधे आवाज दी हो कि - हे उर्मिलाप्रिय लक्ष्मण! अपनी कल्पना को मूर्तरूप देने का अब शीघ्र ही आयोजन करो।

•

4

कण्टक पथ पर चलना होगा

पुष्प-पल्लव-वृक्ष-लता-वनस्पति-काष्ठ-कण्टक-जीव-जन्तु-नभचर-जलचर-थलचर - इन सबका समुच्चय वन। वन के आगे सघन वन।

फिर सघन वन-सरिता-सरोवर-निर्झर-प्रस्तर-पर्वत इन सबको मिलाकर जब आने-जाने के समस्त मार्ग खो जायें, दिशाबोध ही समाप्त हो जाये और जब नीरवता-निर्जनता-निर्ममता का एक अपरिचित वातावरण मनुष्य को घेर ले, वही अरण्य है।

एक अरण्य सदा से मेरे भीतर रहा है। वह मेरे अन्तःकरण का वनप्रान्तर है जिसे धीरे-धीरे ही मैं उद्‌घाटित कर सकता हूँ। चाहूँ भी तो पूरी तरह नहीं कर सकता। इसे वस्तुतः कोई भी नहीं कर सकता। परन्तु जीवन में ऐसे संघर्षमय-अनदेखे-अनजाने अवसर भी आते हैं ज़ब हमें चाहते न चाहते इस भौतिक जगत् के बीहड़ों, वनों और वास्तविक अरण्यों में विचरना पड़ता है।

मुझे नहीं पता था कि गुरुवर विश्वामित्र के साथ वन में बिताये वे कुछ दिन हमारे अछूते अनुभव थे अथवा हमारे भावी जीवन का पूर्वाभ्यास।...

विधाता ने यह जो सृष्टि रची है उसका संचालन यों ही नहीं हो रहा है। प्रकृति एक निश्चित लय और सुर-ताल पर नृत्य कर रही है। सूर्योदय के पश्चात् सूर्यास्त, दिवस के पश्चात् रात्रि, चैत-बैसाख-जेठ-असाढ़-सावन-भादों-क्वार-कार्तिक-अगहन-पूस-माघ और फागुन जन्म-तारुण्य-युवावस्था-जरा-मृत्यु-जैसी वैविध्यपूर्ण अवस्थाओं की भाँति सुख और दुःख भी काल के अधीन हैं और स्वयं काल विधाता के अधीन।

कुछ ऋषि-मुनि-ज्ञानियों का कथन है कि नहीं, काल विधाता के अधीन नहीं, बल्कि स्वयं विधाता भी काल के अधीन हैं। अतः कब क्या घटित होगा? इसे ईश्वर ने साधारण मानवों की बुद्धि से परे रखा है। जो ज्ञानी हैं वह भी बहुत-कुछ अध्ययन-मनन के पश्चात् एक सीमा के आगे अज्ञानी ही हैं। सत्य क्या है? यह एक चिरन्तन खोज का विषय है।

अतः मन के भीतर और बाहर के अरण्य को परमब्रह्म परमेश्वर के अतिरिक्त और कौन समझ सकता है? मैं भी उस रहस्य को जानने के निरन्तर प्रयास में लगा रहता हूँ और अपने प्रभु से उनके अक्षय आलोक की निरन्तर माँग किया करता हूँ। ...

एक दिन ब्रह्ममुहूर्त्त में मैंने एक बहुत बुरा स्वप्न देखा। स्वप्न क्या था धुँधले स्वप्नों की एक शृंखला थी, जिसे मैं आँख खुलने पर पूरी तरह याद नहीं रख पाया। केवल एक अन्तिम दृश्य मुझे याद रहा। मैंने देखा भइया श्रीराम एक वटवृक्ष के नीचे ध्यानस्थ बैठे हैं। उनके केश बिखरे हुए हैं। सिर-ग्रीवा-बाहु-कहीं भी आभूषण नहीं है। तभी माता सीता वहाँ एक पीली साड़ी में आती हैं। वह भी आभूषणविहीन हैं। भाभी माँ हाथ में एक स्वर्णकिरीट, जिसमें अनेक सुन्दर हीरे-मोती-माणिक्य जड़े हैं, अपने हाथों में लिये हुए हैं। वह ध्यानस्थ भइया श्रीराम से कहती हैं कि "सुनिये ... इस किरीट का मैं क्या करूँ?" भइया बिना नेत्र खोले उनसे कहते हैं - "इसे विसर्जित कर दो।" माता जानकी बिना किसी प्रतिवाद के चल पड़ती हैं। मैं उनके पीछे जाता हूँ। माता की गति और तेज हो जाती है। इतनी वेगवान् कि मैं उनके पीछे हाँफता हुआ दौड़ने लगता हूँ। पीछे से पुकारता - "रुकिये माते! रुकिये।" माँ जानकी नहीं सुनतीं। वह एक पहाड़ी सरिता में होकर जाने लगती हैं...फिर उसमें देखते-ही-देखते उस स्वर्णकिरीट को विसर्जित कर देती हैं। तभी माता का पाँव फिसलता है। वह देखते-ही-देखते उसी सरिता में बहने लगती हैं। मैं उन्हें बचाने को सरिता में छलाँग लगाता हूँ...देखता हूँ कि आगे प्रपात है। बहुत गहरा। माता उसमें गिरकर विलीन हो जाती हैं और मैं अपना पूरा कण्ठ खोलकर आर्त्तनाद कर उठता हूँ...

- और वास्तव में मैं जोर से "माता-माता" पुकारता हुआ शय्या पर उठ बैठा। "क्या हुआ-आर्य सौमित्र?" - बराबर में सोयी उर्मिला भी चौंककर जाग उठी और उसने अपने एक हाथ से मेरे गाल एवं माथे का स्पर्श किया।

"कुछ नहीं प्रिये!...बस एक दुःस्वप्न देखा।"

- उर्मिला ने उठकर एक पात्र में मुझे जल दिया। फिर मुस्कुराकर बोली -

"अधिक न सोचिये...स्वप्न के विषय में जो कुछ याद हो उसे वाटिका में जाकर किसी वृक्ष को सुना आइये।"

"ऐसा क्यों?" - मैंने पात्र से एक घूँट पीकर पूछा।

"इससे दुःस्वप्न का फल निष्फल हो जायेगा।"

"और यदि कभी कोई अच्छा-स्वप्न देखूँ तो?"

"तो..." उर्मिला मेरे वक्ष से सट गयी और बोली - "तो उसे आप मुझे सुना दीजियेगा।"

तनाव के उन क्षणों में एक पल को मैं भी मुस्कुराये बिना नहीं रह सका।

प्रातः नित्य की भाँति तैयार होकर मैं भइया के पास गया। उनके महल में। वह स्वर्णमहल जो माता कैकेयी का था। जिसे महाराज दशरथ ने, छोटी माँ कैकेयी को जिन्हें वह बहुत प्रेम करते थे बड़े जतन से बनवाकर दिया था।

अब इसे माता कैकेयी की उदारता कहें या कि भइया राम के प्रति उनकी विशेष ममता, जब भाभी माँ सीता ब्याहकर अयोध्या पधारीं तो भरत भइया से भी अधिक प्रिय पुत्र श्रीराम की नव-विवाहिता-वधू सीता को प्रथम दिवस में ही उन्होंने मुख-दिखलायी के शुभ-अवसर पर अपना वह स्वर्ण-महल ही उन्हें भेंट में दे दिया।

"पुत्र राम! पुत्री सीता हमारी कुलवधू ही नहीं...आज से मेरी पुत्री हुई। यह तुम्हारे ही समान मेरे हृदय में निवास करेगी। अपनी इस अतिसुन्दर प्यारी-सी और कोमलाँगी पुत्री को मैं भेंट में क्या दूँ? क्या दे सकती हूँ इस हृदय के अतिरिक्त? ...अपना यह स्वर्ण-महल? ठीक है आज यही इसे मैं देती हूँ।"

- सभी जन जो वहाँ उपस्थित थे उन्हें अपने नेत्रों और कानों पर विश्वास ही नहीं हुआ।

"नहीं-नहीं माता! आप यह -" भाभी माँ सीता ने कहना चाहा।
कि छोटी माँ ने झट उनके मुख पर हाथ रख दिया - "कुछ मत कहो। आज से यह महल तुम्हारा हुआ। इसके भवन, प्रांगण, रसोई सब तुम्हारे। मेरे प्रिय वत्स राम को तुम अपने हाथों से भोजन कराना और उसे सदा प्रसन्न रखना...बस इस कैकेयी माँ की तुमसे यही एक माँग है। और हाँ...मेरी दूसरी माँग।"

"क्या माता?" - सीता माँ ने भोलेपन से पूछा।

"वह तुमसे नहीं...स्वयं भगवान् विष्णु से है...वह भी तुम्हारे लिये ही कि - अखण्ड सौभाग्यवती भव!"

माँ कैकेयी बड़ी दृढ़ निश्चयी थीं। बड़ी माँ कौशल्या और माता सुमित्रा के समझाने-बुझाने के बावजूद वह स्वर्ण-महल उसी दिन रिक्त करके भइया-भाभी को सौंप गयीं और स्वयं पिताश्री के महल के बराबर में स्थित एक-दूसरे छोटे आकार के महल को उन्होंने अपना आवास बना लिया।

छोटी माँ कैकेयी के विशेष आग्रह और उनके आदेश को स्वीकार कर भइया श्रीराम और माँ सीता ने फिर उसी कनक-महल को अपना निवास बनाया। यद्यपि कुछ-कुछ दिन वह दोनों अपने दाम्पत्य जीवन के प्रारम्भ में तीनों ही माताओं के साथ बारी-बारी से उनके भवनों में रहे। परन्तु अन्त में वे इसी कनक-भवन में स्थायीरूप से निवास करने लगे।

"**आ**ओ लक्ष्मण!... क्या बात है? आज आने में कुछ विलम्ब हो गया वत्स!"

"हाँ भइया!...क्षमा चाहूँगा। आज मन कुछ अच्छा नहीं है।" - मैंने खिन्न स्वर में कहा।

"सो किसलिए?" - राम भइया ने पूछा।

"बस ऐसे ही...कभी-कभी भीतर एक विचित्र-सा अकेलापन अनुभूत होता है।"

"अकेलापन?...ऐसा तो नहीं लगना चाहिए। अब तो तुम्हारे जीवन के साथ एक जीवन और जुड़ गया है। फिर यह...?"

"सब तो जानते हैं प्रभु! जो कुछ भी मेरे अन्तर में है। फिर भी अनजान बन मेरी परीक्षा लेते हैं..."

मेरे इतना कहते ही राम भइया हँस पड़े बहुत धीरे से। अपने स्वभाव के अनुरूप उनका साँवला-सलोना मुखमण्डल एक अत्यन्त मधुर आभा से संयुक्त हो उठा।

"कब तक मेरे पीछे डोलेगा तू? अब तो बड़ा हो गया पगले...ऊपर से तेरे हाथ भी पीले हो चुके हैं। कुछ उर्मिला वधू का भी तो ध्यान कर।" भइया ने दुलार भरे शब्दों में मुझसे कहा। परन्तु उनके इतना कहने पर भी मेरा मन नहीं माना। अपने सिर को झटकते हुए मैंने कहा -

"नहीं भइया! वह सब ठीक है...परन्तु कुछ भी हो मुझे एक बात की बड़ी पीड़ा है।"

यहाँ मेरा गला अवरुद्ध-सा हुआ कुछ। नेत्रों में जल भर आया। मुझे शब्द नहीं मिल रहे थे। किसी तरह बोला - "कुछ भी हो...मिथिला से लौटकर यह जो दाम्पत्य जीवन आरम्भ हुआ है...इस सबके बीच आपका साथ छूट-सा गया है भइया!"

राम भइया ने एकाएक अपना सिंहासन छोड़ दिया और उठकर मुझे हृदय से लगा लिया। फिर मेरा सिर सहलाकर बोले -

"यह क्या कहता है तू?...भला राम कभी अपने सौमित्र से अलग हो सकता है?...तू तो मेरा दाहिना अंग है और सदा रहेगा।"

मुझे उन क्षणों में एक अनिर्वचनीय आनन्द की अनुभूति हुई। अभी हम दोनों भाइयों का यह सुखद-मिलन चल ही रहा था कि द्वारपाल ने आकर सूचना दी कि - "बाहर राजदरबार से मन्त्री जी श्री सुमन्त्र पधारे हैं।"

श्रीराम ने कहा - "लक्ष्मण तुम बैठो। मैं अभी आता हूँ।"

भइया को मैं बाहर तक छोड़ने गया। सुमन्त्र जी को देख भइया और मैंने प्रणाम किया। वह बहुत प्रसन्न मुद्रा में थे। नमस्कार कर बोले -

"आपका कल्याण हो श्रीराम! कैसे हैं वीरवर लक्ष्मण?"

"इतनी सुबह सुमन्त्र जी? सब कुशल तो है?" - भइया बोले।

सुमन्त्र जी गद्‌गद स्वर में बोले -

"सब हरिकृपा है। महाराज दशरथ ने आज प्रातः ही एक आकस्मिक सभा बुलायी है। उसमें कुछ शुभ निर्णय हुआ है जिसे वह आपको सुनाना चाहते हैं कुमार श्रीराम!"

"आज्ञा दें। -" भइया ने कहा। मेरा भी हृदय जानने को उत्सुक हो उठा। परन्तु सुमन्त्र जी इतना ही बोले -

"महाराज ने बस आपको शीघ्रतापूर्वक लिवा लाने को मुझे भेजा है। निर्णय वही सुनायेंगे। मेरा रथ बाहर खड़ा है। मुझे महाराज का आदेश है कि मैं राजदरबार में आपको अविलम्ब अपने साथ लेकर आऊँ।"

- और भइया उसी हालत में एक उत्तरीय कन्धे पर डालकर सुमन्त्र जी के साथ चले गये।

ऐसी भी क्या आकस्मिकता है जो पिताश्री ने इतनी सुबह राजसभा बुलायी है?. ..मैं बाहर महल की वाटिका में सोचता हुआ चहल-कदमी करने लगा। जब से हम मिथिला से लौटे हैं समय कितनी तीव्रता से व्यतीत हो रहा है...उर्मिला संग होता हूँ उतनी देर समय का भान नहीं होता। पर उससे अलग होते ही पूरी अयोध्या जैसे मेरे सामने आकर खड़ी हो जाती है। जिसे बालपन में मैं एक क्रीड़ास्थल से अधिक कुछ नहीं समझता था अब वही अयोध्या मुझे अनेक प्रकार से एक कर्मस्थली दिखायी देने लगी है।

नगर के राजमार्गों पर विचरते हुए नागरिक मुझे किसी-न-किसी कर्त्तव्य के निष्पादन हेतु आते-जाते दिखते हैं। दुकानों पर अन्न-वस्त्र-पूजन सामग्री-नैवेद्य आदि की बिक्री कर रहें वणिकों से लेकर बैलगाड़ी हाँकते कृषकों अथवा पालकी ढोते कहारों पर जब अपने महल की छत से मेरी दृष्टि जाती है तो मुझे उन सभी मनुष्यों के पीछे एक भरा-पूरा परिवार टुकुर-टुकुर ताकता आभासित होता है जिनके पालन-पोषण हेतु यह मनुष्य अपने-अपने घरों से निकल पड़े हैं...अब मुझे भी इनके लिए कुछ करना होगा। मेरे पास तो ईश्वर का दिया सब-कुछ है। परन्तु मैं जिस महान् कुल का प्रतिनिधित्व करता हूँ उस राजपरिवार का मूल सिद्धान्त ही प्रजा की सेवा करना है। भइया श्रीराम हम सबके मध्य भविष्य की प्रबलतम आशा हैं। मेरे लिये तो उनके विचार और उनका आचरण ही एक चुनौती है। बस उनका ही मुझे अनुसरण करना है।...यदि उन्हें ही देखता-सुनता रहूँगा तो मुझे इस दिशा में कोई कठिनाई नहीं होनेवाली। इस विषय में कितना सौभग्यशाली हूँ मैं। छोटा होने का एक बड़ा लाभ यह भी होता है कि आपका बड़ा एक दृष्टान्त की भाँति आपके सामने होता है। जो कुछ वह पहले कर चुका होता है उसे देखकर आप बहुत-कुछ अपने-आप करने लगते हैं। मेरे सम्मुख तो मेरे आदर्श श्रीराम-जैसे परिपक्व व्यक्तित्व अत्यन्त सुलभ हैं जिन्हें तजकर कहीं और जाने की आवश्यकता ही कहाँ है?...

भाभी माँ ने मुझे कनक-भवन की रसोई में ही बुलवा भेजा। मैं हाथ-पैर धोकर जब वहाँ गया तो देखा वहाँ द्वार पर दोनों ओर गेरू से सुन्दर अल्पनाएँ बनी हैं। उसके अतिरिक्त आज मुझे उस द्वार पर ऊपर की ओर गेरू से ही लिखा मिला - सीता-रसोई। मन एक अद्‌भुत पवित्रता बोध से भर गया।...

जिस घर की गृहिणी, इतने बड़े राजकुल की वधू होकर भी, अपने हाथों से परिवार के लिए स्वयं भोजन पकाये उस परिवार के तो भाग्य ही निराले होते हैं। घर के ऐसे भोजन के सुस्वाद की तो बस कल्पना ही की जा सकती है। और फिर मेरी भाभी माँ सीता जी के हाथ के पकवान? इतने स्वादिष्ट कि जिनका इन दिनों मैं जैसे दीवाना हो चला था।...

भइया श्रीराम जब राजसभा से वापस लौटे तो उनका मुख-मण्डल उसी भाँति निर्विकार था जैसा कि जब वह वहाँ गये थे। हर्ष-विषाद कुछ भी नहीं। यही तो इनकी सबसे बड़ी विशेषता है। आप इन्हें कुछ भी कह दें। यह कहीं कुछ भी देख-सुन आयें बिना इनके मुख खोले आप इनके मन की बात का तनिक भी अनुमान नहीं लगा सकते। किसी ने कहा कुमार श्रीराम आ गये। यह सुनकर मैं सीता-रसोई से बाहर आ गया। हस्त-प्रक्षालन कर चुका था। अभी बाहर स्वागत-कक्ष की ओर ही आ रहा था कि राम भइया महल के प्रांगण में आ गये।

''क्या हुआ भइया? पिताश्री क्या बोले??'' - मैंने अधीरतापूर्वक उनसे पूछा।

भइया मौन रहे। मेरे कन्धे पर हाथ धरकर उन्होंने मुझे अपने पीछे आने का संकेत दिया। मुख से फिर भी कुछ न बोले। इतने दिनों में भइया की इस मुद्रा से मैं इतना कुछ तो जान ही गया था कि राम भइया जब किसी अन्तर्द्वन्द्व में होते हैं तो वह बड़ी देर तक मौन रहते हैं। उस समय उन्हें छेड़ना उचित नहीं होता।

भइया के पीछे-पीछे मैं महल के ऊपरी तल की सीढ़ियाँ चढ़ने लगा। भइया छत के एकान्त में ले आये मुझको। अब मेरे मन की व्यग्रता और भी बढ़ गयी। रघुनन्दन का ऐसा व्यवहार मुझे प्रायः असह्य होता था। परन्तु ऐसे अवसरों पर चुप रहना ही श्रेयस्कर होता था। अगर आप बीच में उन्हें बोलकर विचलित करेंगे तो हो सकता है कि कोई अत्यन्त महत्त्वपूर्ण बात वह गड़प कर जायें। ऐसे में उनको स्वतः ही अपने भीतर से बाहर आने देना अनिवार्य होता था।

इस सन्दर्भ में मैं एक-दो बार त्रुटियाँ करके देख चुका था और उनके बहुमूल्य उद्‌गारों से वंचित रह जाने की हानि उठा चुका था। अतः वैसी त्रुटि अब कदापि नहीं दोहराता था।

भइया कनक-महल की छत पर एक प्रस्तर-पट्टिका पर बैठकर आकाश में उड़ते हुए कुछ राजहंसों को देर तक देखते रहे। मैं भइया के पीछे अपने ऊपर नियन्त्रण रखे उतनी देर चुपचाप खड़ा रहा।

फिर भइया ने एक दीर्घ निःश्वास छोड़ी और कहा -

"देख रहे हो लक्ष्मण! उन श्वेत राजहंसों को।"

"जी भइया!"

"वे हमारी-तुम्हारी तरह ही तो हैं...निरभ्र आकाश में आज कितने आनन्दपूर्वक उड़ते हुए।"

"जी भइया..."

"जी भइया क्या? आओ बैठो।"

- भइया के आदेश पर मुझे उनके बराबर में बैठना पड़ा। बहुत स्नेह से अपना वामहस्त उन्होंने मेरे गले में डाल दिया और अर्द्ध-निमीलित नेत्रों से कहीं शून्य में खोये-से कहने लगे - "हम चार भाई हैं। मैं, भरत, शत्रुघ्न और तुम।...फिर मेरा ही चयन क्यों?"

- यह भइया के खुलने का समय था। अतः मैंने स्वयं को जड़ कर लिया।

"सुमित्रानन्दन! तुम्हें याद है? हमारा जन्म लगभग एक साथ हुआ है। बस थोड़ा आगे-पीछे। तो क्या मैं तुम सबसे ज्येष्ठ हो गया?"

"मैं क्या कहूँ?" - मेरे मुख से निकला। बल्कि यों कहिये कि भइया को और खुलने देने के लिए मैंने जान-बूझकर ऐसा कहा था।

"चलो मान भी लूँ कि मैं ज्येष्ठ हूँ। तो इससे क्या अन्तर पड़ता है? हम चारों भाई साथ खेले, साथ पढ़े और साथ बड़े हुए। क्या मेरा प्रिय भरत योग्यता में मुझसे कहीं कम है। क्या शूरवीरता में शत्रुघ्न मुझसे अथवा तुमसे कुछ कम हैं?...फिर यह कौन-सी राजपरम्परा है कि राजतिलक सदैव ज्येष्ठतम पुत्र का ही किया जायेगा?'

- यह सुनते ही मेरे मन की प्रसन्नता का ठिकाना नहीं रहा।

"ओह भइया! क्या सुसमाचार सुनाया आपने!!" - यह कहता हुआ अब मैं स्वयं को रोक नहीं सका और भइया से बच्चों की भाँति तत्क्षण लिपट गया। बड़ी देर तक मैं उन्हें जकड़े रहा और उन्हें इस तरह हिलाने-डुलाने लगा जिस प्रकार से कभी वासुकी नाग ने मन्दराचल पर्वत को हिलाया होगा।

"अरे सुन तो -" भइया ने प्रतिवाद करना चाहा। "मुझे कुछ नहीं सुनना"...यह कहकर बस इतना और कहा मैंने - "आइये भइया। नीचे चलते हैं। भाभी माँ रसोई में आपकी प्रतीक्षा में हैं। आगे आपको जो कुछ कहना है वहीं चलकर कहियेगा।"

हम सीढ़ियाँ उतरने लगे। आगे-आगे मैं शीघ्रता सहित। पीछे-पीछे भइया। तब उनको इतना कहते सुन सका मैं -

"प्रिय भरत और प्रिय शत्रुघ्न दोनों इन दिनों अपने नाना के घर हैं। फिर यह मेरे राजतिलक के इतने शीघ्र आयोजन की क्या आवश्यकता है? ऐसा कोई निर्णय उनकी भी उपस्थिति में लिया जाता तो अधिक समीचीन होता। किन्तु... पिताश्री..."

श्रीराम के राजतिलक की घोषणा का समाचार जैसे ही प्रजाजन को मिला, उनमें हर्ष की लहर दौड़ गयी। हर घर, हर गली, हर मार्ग पर जन-जन में यह चर्चा कानों-कान चल निकली।

श्रीराम राजा बनेंगे तो जीवन में परम आनन्द आ जायेगा।...कितने शान्त, कितने सौम्य, कितने तेजस्वी हैं राम...। हाँ मित्र यही नहीं उनका साहस और उनका शौर्य भी अतुलनीय है। जब इतनी अल्प आयु में दण्डकवन में दुर्दान्त राक्षसों को मारकर वहाँ शान्ति-व्यवस्था वह दे सकते हैं तो हमारे कौशल्ल राज्य में यदि उन जैसा शासक होगा तो समझो कैसी प्रबल शासन-व्यवस्था यहाँ स्थापित हो जायेगी।...ठीक कहते हो राम कोई साधारण राजकुमार नहीं राजा दशरथ के राजकुल के रत्न हैं। उनका जनसाधारण से भी व्यवहार कितना शिष्ट एवं न्यायपूर्ण है। सचमुच में युवराज पद के लिए वह राजकुल के योग्यतम व्यक्ति हैं और राजपद हेतु एक श्रेष्ठतम व्यक्तित्व।...कौशल साम्राज्य की अपनी इस राजधानी के तो जैसे भाग्य ही खुल जायेंगे जब कुमार श्रीरामचन्द्र का कल राजतिलक सम्पन्न होगा।

राजा दशरथ के इस निर्णय की भूरि-भूरि प्रशंसा करते हुए सभी प्रजाजन आनन्दविभोर होकर अपने-अपने देवी-देवताओं को मनाने और मंगलकामनाओं में जुट गये। सभी को अब कल के सूर्योदय की अधीरता से प्रतीक्षा थी।

पूरे अयोध्या नगर में अचानक एक उत्सव का-सा वातावरण छा गया। लोग स्वतः ही सार्वजनिक स्थानों, बाजारों-हाटों की सफाई और सजावट में जुट गये। अनेक नुक्कड़ों और चौराहों पर संगीत और नृत्य के आयोजन होने लगे।

उधर दशरथ महल से लेकर राजसभा भवन तक भी भइया श्रीराम के राज्याभिषेक की तैयारियाँ प्रारम्भ हो चुकी थीं। पिताश्री के अनुरोध पर कुलगुरु महर्षि वसिष्ठ भइया श्रीराम के निवास पर पधारे और कल के राजतिलक संस्कार के लिए उन्होंने श्रीराम एवं सीता जी को आज से ही उपवास व्रत की दीक्षा दी। दोनों ने कुलगुरु के श्रीचरणों में शीश नवाकर उन्हें विदा किया। तत्पश्चात् श्रीराम जानकी जी ने हवन कार्य सम्पन्न कर श्री नारायण की उपासना प्रारम्भ की। चतुर्भुज नारायण का एक

मन्दिर कनक-महल के विशाल प्रांगण के मध्य में ही स्थित था जिसमें शुद्ध सोने की एक मूर्ति थी माता कैकेयी जिसकी नित्य-प्रति पूजा किया करती थीं। अब यह मन्दिर भाभी माँ सीता की देख-रेख में पूजित-वन्दित था। भइया श्रीराम और भाभी सीता ने कुलगुरु वसिष्ठ के निर्देशानुसार देर सायं तक भगवान् विष्णु की आराधना की। फिर दोनों पति-पत्नी उसी मन्दिर में कुश-आसन बिछाकर और निराहार रहकर सो गये।

मेरे लिये वह रात्रि आत्मविभोरकारी थी तथापि मेरे जीवन की वह सबसे लम्बी रात्रि भी थी। मेरी पलकों से निद्रा के पखेरू न जाने किस अज्ञात क्षितिज की ओर उड़ गये थे। मन में विचारों के अश्व बहुत तीव्र गति से दौड़ रहे थे...कल भइया श्रीराम का राज्याभिषेक होगा...रघुनन्दन देखते-ही-देखते रघुकुलतिलक बन जायेंगे ...कुलगुरु वसिष्ठ के आशीर्वाद, कुलपुरोहित वामदेव के कुशल संचालन तथा अनेक महात्माओं के स्वस्तिवाचन के साथ जब अयोध्या का साधुसमाज मनोहर छविवाले, विशालबाहु, कमलनयन, सर्वगुणसम्पन्न मेरे परम तेजस्वी अग्रज प्रभु श्रीराम के शीश पर कौशल राज्य का दायित्व एक भव्य स्वर्ण किरीट के रूप में रखेंगे वह क्षण कितना अद्भुत होगा...हमारे पूज्य पिताश्री महाराज दशरथ का भाल तब गर्व से कितना उन्नत हो जायेगा...स्वयं मेरे लिये कल प्रातः वह भइया का राज्याभिषेक कितना दिव्य होगा और उसका अवलोकन तो परम सौभाग्यकारी होगा ही।...

राज्याभिषेक से पूर्व जब राम भइया को मन्त्रोच्चार के साथ हल्दी चन्दन उबटन लगाकर दुग्ध और गंगाजल इत्यादि से स्नान कराया जायेगा वह क्षण मेरे लिये एक विशेष कौतुक का अवसर होगा। अपने मन की एक बड़ी पुरानी साध तब मैं पूरी कर सकूँगा।...कभी सोचा था कि जब राम भइया दूल्हा बनेंगे तब उनके विवाह में उनसे छेड़खानी करने के अनेक अवसर मिलेंगे। उन्हें हल्दी चन्दन लगाने की घड़ियाँ उनमें सर्वप्रमुख होंगी। परन्तु वह साध मन की मन ही में रह गयी। राम भइया के विवाह के साथ भरत भइया, शत्रुघ्न और मेरा अर्थात् सभी चारों भाइयों का विवाह भी एक साथ ही सम्पन्न हो गया। तब कौन किसे हल्दी चन्दन लगाता और छेड़ता? ...अब कल उसका एक दुर्लभ अवसर कौशल साम्राज्य के युवराज श्रीराम के तिलक से पूर्व उनके स्नानपर्व पर पुनः सुलभ हो सकेगा।...

उधर उर्मिला माता सुमित्रा के साथ माँ कौशल्या के भवन में विभिन्न व्यवस्थाओं में व्यस्त थी और वह वहीं रह गयी थी। इधर कल के विविध राजतिलक से सम्बन्धित संस्कारों की कल्पना में मैं विस्फारित नेत्रों के साथ रात भर अपनी शय्या पर करवटें बदलता रहा। परन्तु मुझे क्या पता था कि मेरे मन की राम भइया को हल्दी चन्दन लगाने की वह दबी हुई अभिलाषा एक बार पुनः अपूर्ण रह जायेगी और दुर्भाग्य अपना

जाल कुछ इतनी कुटिलता और निर्ममता से अचानक बुनेगा कि रातोंरात पूरी कहानी ही बदल जायेगी?

चौबीस घण्टों के भीतर ही कालचक्र तेजी से घूम गया। इतना तेज कि राज्याभिषेक की तैयारियों का समस्त हर्षोल्लास भइया श्रीराम के वनवास के विषाद में परिवर्तित हो गया। माता कैकेयी की एक कुबड़ी दासी कुटिल मन्थरा ने उनकी बुद्धि भ्रष्ट कर दी। पिताश्री दशरथ तो प्रारम्भ से रानी कैकेयी को हमारी दोनों बड़ी माताओं कौशल्या और सुमित्रा से अधिक महत्त्व देते थे। उन पर प्राण न्योछावर करते थे। अकस्मात् घोर परवश हो गये। विनाश काले विपरीत बुद्धिः का पर्याय बनीं माता कैकेयी जो कभी भइया श्रीराम को सर्वाधिक चाहती थीं एकाएक वही श्रीराम उन्हें सौतेले और इतने घातक दिखायी देने लगे कि उन्होंने महाराज दशरथ से श्रीराम के लिए चौदह वर्ष तापस-वेश में वनवास का वरदान माँग लिया। यह उनका दूसरा इच्छित वरदान था। पहला इच्छित वरदान कैकेयी ने स्वयं के जाये पुत्र भरत को राम की जगह राजगद्दी सौंपे जाने का माँगा।

इसके लिए रानी कैकेयी बाकायदा कोपभवन में गयीं। वस्त्राभूषण-अन्न-जल त्याग अपने वृद्ध हो चले पति की भावनाओं से पूर्णतः खेलते हुए उन्हें पूर्वकाल में हुए एक देवासुर-संग्राम की याद दिलायी जिसमें राजा दशरथ का साथ स्वयं रानी कैकेयी ने दिया था। उस महासंग्राम में शूरवीरता की पराकाष्ठा दिखाते हुए जब दशरथ जी घायल हो गये तो उनका रथ हाँकती हुई स्वयं रानी कैकेयी उन्हें युद्धक्षेत्र से निकाल ले गयी थीं। उनकी प्राणरक्षा स्वयं उन्होंने ही की थी और उनका उपचार कर उन्हें स्वस्थ किया था। तब कृतज्ञ राजा दशरथ ने रानी कैकेयी से दो वरदान माँगने को कहे थे। कैकेयी ने वह दो वरदान कभी किसी उपयुक्त अवसर के लिए रख छोड़े थे। कल जैसे ही पिताश्री ने ज्येष्ठ पुत्र श्रीराम के राज्याभिषेक की घोषणा की कैकेयी के सामने वर्षों बाद वह उपयुक्त अवसर अब जाकर प्रकट हुआ। उस कृतघ्न, कुचक्री, मोहान्ध और मतिहीन स्त्री ने अपने वृद्ध होते हुए कामान्ध पति से तिरियाचरित्र रचकर अतीत में किये गये अपने उपकार के बदले में अपने दो आरक्षित वरदान फिर इस तरह माँगे - एक, कैकेयी पुत्र भरत को अयोध्या का राज्य और दूसरा, कौशल्या पुत्र राम को चौदह वर्ष का कठोर वनवास।

नीचता की पराकाष्ठा। सोच का निम्नतम स्तर। भरत का राज पूर्णरूपेण निष्कण्टक रहे। कहीं ऐसा न हो कि राम अयोध्या में रहकर उनका राज्यापहरण कर लें। इसलिए वह चौदह वर्ष की सुदीर्घ अवधि के लिए अरण्यवास करें। ताकि इस मध्य राजा भरत अपनी राजसत्ता को इतना सुदृढ़ कर सके कि यदि वनवास में जीवित

बच गये राम भरत पर कभी आक्रमण भी करने का दुस्साहस करें तो उन्हें भरत अपनी विशाल अक्षौहिणी सेना के बल पर मौत के घाट उतारने में पूर्णतः समर्थ हो सकें।

मेरे आज्ञाकारी, परम नीतिवान्, धैर्यवान् और परोपकारी राम भइया किन्तु ऐसे जैसे कि मर्यादा का कोई महासागर। जिन्हें अपने उत्कर्ष के लिए एक तृण भी नहीं स्वीकार था। दूसरों का कल्याण, दूसरों के लिए हृदय में हरदम छटपटाहट जिनको बालपन से ही सदैव अनुप्राणित करती रहती थी। जब पिता ने रोते-गाते ही सही विमाता को वे दो वचन दे दिये तो उनकी लाज रखना उनका प्रत्येक दशा में कर्त्तव्य बन गया। मैं जानता था कि भइया राम को भरत भइया और शत्रुघ्न की अनुपस्थिति में पिताश्री और उनके सभासदों द्वारा अपने राज्याभिषेक कराये जाने का निर्णय बहुत उचित नहीं लगा था। फिर भी केवल पिता के आदेश का मान रखने के लिए वह उसके लिए प्रस्तुत हुए थे। परन्तु अगले ही दिन जब उन्हीं भग्नहृदय पिता ने उन्हें वन जाने को कहा तो भइया उसके लिए भी तत्काल तत्पर हो गये।

वह तो पहले ही कह रहे थे कि उनमें और भरत और अन्य भाइयों में कोई अन्तर नहीं। राजसत्ता उम्र की छोटाई-बड़ाई पर नहीं सुयोग्यता के आधार पर किसी भी उत्तराधिकारी को सौंपी जा सकती है। ओह...मेरे विशालहृदय राम भइया। ऐसे वीतरागी कि युवावस्था में भी एक अति-वृद्ध व्यक्ति के समान परिपूर्ण परिपक्व। उन्हें सत्तासुख का तो जैसे कोई मोह छू भर नहीं गया था। सत्तासुख तो दूर संसार के समस्त भौतिक सुख भी उनके लिए सदा से धूल के कण के समान थे।

जब राजतिलक के लिए राजसभा में उनका तुरत-फुरत आह्वान किया गया तो उन पर उसका कोई प्रभाव नहीं पड़ा और जब पिता के अचेत रहते उन्हीं का नाम लेकर रानी कैकेयी ने उन्हें वनवास की आज्ञा दी तो उसे पिता का ही वचन सहज रूप से मानकर अविचलित मेरे महान् राम भइया तत्काल आज्ञापालन को सहमत हो गये।

श्रीराम सबसे पहले अपनी माता कौशल्या से मिलने उनके महल में गये। क्योंकि वह जानते थे कि उनकी वात्सल्यमयी माँ को ही अब सबसे बड़ा आघात मिलना है। वह जानते थे कि भरत को राजसत्ता मिले इसका कोई दुःख माँ कौशल्या को न होता क्योंकि वह चारों पुत्रों को एक समान रूप से प्रेम करती थीं। परन्तु राम तो राम थे। उनकी देह का एक हिस्सा। उनके प्राणों का एक भाग। भला उन्हें कारावास सम क्रूर वनवास हो इसे वह कैसे सह सकती थीं?

पिता की आज्ञा की पूर्ति के लिए भी माता कौशल्या को मनाना भइया श्रीराम के लिए सबसे पहली प्राथमिकता थी। वही हुआ वनवास की आज्ञा श्रीराम के मुख से सुनते ही पहले तो माता अचेत हो गयीं। भइया के प्रयासों से जब उन्हें होश आया तो रो-रोकर उनका बुरा हाल हो गया। कुछ देर बाद जब सँभलीं तो सीधे-सीधे पुत्र को आदेश सुना दिया - ''तू वन में कतई नहीं जायेगा। यदि पिता आदेश दे सकते

हैं तो माता का आदेश भी महत्त्व रखता है। राम! मैं तुम्हें आदेश देती हूँ। तुम यहीं रहोगे। मेरे पास। पुत्र भरत का राज्यारोहण मुझे सहर्ष स्वीकार है। किन्तु यदि तुमने वनगमन किया तो मैं अपने प्राण त्याग दूँगी।"

परन्तु नवनीत की भाँति कोमल और साथ ही वज्र की भाँति कठोर हृदयवाले उनके पुत्र श्रीराम नहीं माने। उन्होंने अपने तर्कों के भ्रमजाल से अपनी माता को अन्ततः परास्त कर दिया। फिर कौशल्या-जैसी सरलहृदया हमारी पूज्य माता। पुत्रों के सुख में ही जिनका सदा का सुख चलता आया था। जब राम स्वयं यहाँ तक कहने लगे कि - "पिता ने मुझे वन का राज्य सौंपा है और अब वनवासियों की सेवा में ही मेरा परम सुख है और यदि आप मुझे वनगमन की आज्ञा नहीं देंगी माते! तो पिता की प्रतिज्ञा का निर्वाह न कर सकने के कारण उनकी कीर्ति तो नष्ट होगी ही आपके इस पुत्र का भाल भी कलंकित हो जायेगा। क्या आप ऐसा चाहेंगी कि आपका यह पुत्र अपना सारा जीवन उस कलंक का भार अपने मस्तक पर लगाये हरदम विषादग्रस्त और मुख नीचा किये हुए जिये? यदि नहीं तो मुझे प्रसन्नतापूर्वक वन जाने की अनुमति प्रदान करें।...मेरी अच्छी माँ! यदि आप प्रसन्नता से मुझे विदा करेंगी तो मैं वचन देता हूँ कि चौदह वर्ष बाद आपका और अधिक जी नहीं दुखाऊँगा और आपकी ममता की छाया में शीश नवाने पुनः वापस लौट आऊँगा।"

माता कौशल्या ने तब बिलखते हुए अपने प्राणप्रिय पुत्र राम को हृदय से लगा लिया और उनका मस्तक चूमकर बोलीं -

"जाओ पुत्र! अपने हतभाग्य पिता और उस निष्ठुर कैकेयी माँ की आज्ञा का पालन करो। मैं तुम्हें कुलदेवता भगवान् सूर्य की निगरानी में सौंपती हूँ।..."

अभी यह समस्त वार्त्तालाप चल ही रहा था कि मैं माता कौशल्या के महल में जा पहुँचा। एक सेवक ने बड़ी माँ के राजमहल से भागकर मुझे सूचना दी थी कि- "लगता है कोई बड़ा संकट उपस्थित हुआ है। कुमार श्रीराम अभी-अभी माता कैकेयी के महल से होकर महारानी कौशल्या के सदन में पधारे हैं और महारानी रो-रोकर बेहाल हैं। शीघ्र चलिये।" मैं तत्काल भागकर आया। भइया से जैसे ही मैंने समझना चाहा कि प्रकरण क्या है? भइया श्रीराम ने सीधे-सपाट शब्दों में माता कैकेयी के दो वरदानों और पिता की प्रतिज्ञा की प्रतिपूर्ति का अपना निश्चय कह सुनाया। सुनते ही मुझे एक बड़ा आघात लगा। उसके बाद मेरे क्रोध की कोई सीमा नहीं रही। शेषनाग की तरह फुफकारते हुए मेरे मुख से निकला - "प्रिय अग्रज! आप तो कुछ आवश्यकता से अधिक उदार हैं। क्षीरसागर में निर्विकार भाव से शयन करनेवाले भगवान् विष्णु की तरह समस्त राग-द्वेषों से परे। अब मैं आपको क्या कहूँ?...

"जो राजा एक कुबुद्धियुक्त रानी के मोहपाश का बन्दी हो अपना सारा विवेक खो बैठे उसके अनुचित आदेश का पालन किसलिए? आप हमारे लिये युवराज थे, युवराज हैं और सदा युवराज ही रहेंगे...जब तक कि आपका राज्याभिषेक न हो जाये।

मेरे अनुसार आप ही अयोध्या की राजसत्ता के एकमात्र उत्तराधिकारी हैं राजा दशरथ के बाद। अपने मन से यह व्यर्थ का विचार निकाल दीजिये कि चारों भाई उत्तराधिकार का समान अधिकार रखते हैं अथवा सभी उसके लिए समान रूप से योग्य हैं। आप और केवल आप हममें से सुयोग्यतम, सर्वश्रेष्ठ और कौशल के सुराज हेतु सर्वोच्चतम अधिकारी हैं।...

''शृगालों की हुंकार से सिंह अपना अधिकार कभी नहीं छोड़ते। यदि महाराज दशरथ की मति उस दुष्ट स्त्री ने हर ली है तो मैं ऐसे पथभ्रष्टों को अभी तत्काल बन्दी बना लेता हूँ। यदि वह प्रतिवाद करते हैं तो मुझे अपनी इस तलवार की सौगन्ध कि हुआ करें वह हमारे माता-पिता, उनका वध करने में भी मुझे तनिक संकोच नहीं होगा। अब आप मुझे आज्ञा दीजिये। मैं देखता हूँ कैसे हासिल करेंगे भरत अयोध्या का राजसिंहासन। एक-एक को मैं मौत के घाट उतार दूँगा। जो कोई भी इस लक्ष्मण के बड़े भाई श्रीराम के मार्ग में आयेगा वह अगले क्षण जीवित नहीं बचेगा। मैं अभी इन पतितों को दण्ड देता हूँ।...''

''ठहरो लक्ष्मण! तुम्हें मेरी सौगन्ध। यदि तुम्हें अपने इस बड़े भाई से लेशमात्र भी स्नेह और उसका आदर है तो तुम ऐसा कुछ नहीं करोगे।''

भइया के यह शब्द सुनकर मैं अपने स्थान पर ही जड़ रह गया। उनका आदेश मेरे लिये वैसे भी ब्रह्मवाक्य के समान होता है। ऊपर से उनकी सौगन्ध और मेरे उनके प्रति अनुराग पर भी ऐसा उलाहना? हताशा और कुण्ठा के अतिरेक से मेरा कण्ठ अवरुद्ध हो गया। संकल्प की अग्नि आँसुओं के विकल्प के रूप में मेरे नेत्रमार्ग से बह चली। मैं हतभाग्य अपना सिर पकड़कर वहीं भूमि पर बैठ गया। भइया ने बड़ी कठिनाई से मुझे उठाया, खड़ा किया और अपने उत्तरीय से मेरे अश्रु पोंछे। माँ कौशल्या पुनः अचेत हो गयीं। तब बड़ी मुश्किल से उन्हें सँभाला गया।

भइया राम अपना निर्णय सुना चुके थे - ''पिता की आज्ञा का उल्लंघन मेरे लिये पाप है और उसका आँख मूँदकर पालन करना ही धर्म। मैं आज ही वन को प्रस्थान करूँगा।'' उन्होंने यह भी कहा कि - ''मैं किसी नये मार्ग का अनुसरण नहीं कर रहा बल्कि अपने पूर्वजों एवं आदर्श पुरुषों द्वारा स्थापित मर्यादा का पालन मात्र कर रहा हूँ। हिंसा प्रत्येक समस्या का निदान नहीं होती। सत्य और अहिंसा का मार्ग ही सच्चा मार्ग है। इस पर चलने से मार्ग भले ही लम्बा प्रतीत हो यात्रा का अन्तिम परिणाम सदैव शुभ ही होता है। अतः भरत के लिए अयोध्या का राज्य स्वीकार कर मेरा वनगमन हर प्रकार से श्रेयस्कर है।''

भइया इसके पश्चात् भाभी माँ सीता के पास गये। उन्हें जाता देखकर मेरा कलेजा मुँह हो आने लगा। कैसे कहेंगे भइया यह सब अपनी प्रिय पत्नी से? कहीं वहाँ भी कुछ अनर्थ न हो जाये। मुझे भइया के पीछे-पीछे जाना चाहिए। भइया वहाँ से सीधे निकलकर फिर निज सदन में गये और श्रीसीता जी के पास पहुँचे। जैसी

आशा थी भाभी माँ ने भइया के भाग्य से ही अपना भाग्य जोड़कर देखा। वे दुःखी तो हुईं भइया के लिए वन में आनेवाले कष्टों और संकटों की चिन्ता से। परन्तु फिर उन्होंने भी भइया श्रीराम के साथ वनगमन की जिद पकड़ ली। भइया ने वन के कष्टों-कण्टकों-हिंसक पशुओं-भूख-प्यास और नाना प्रकार के सन्त्रासों का वर्णन कर भाभी माँ को उनके अपने आग्रह से विचलित करना चाहा। किन्तु वह टस से मस न हुईं। अन्त में भइया को उन्हें अपने साथ जाने की अनुमति देने पर विवश होना पड़ा।

इसके बाद मेरी बारी थी। मैंने भी भइया के समक्ष उनके साथ वनगमन का प्रस्ताव रखा। भइया का मुझ पर प्रारम्भ से ही अपार स्नेह रहा है। उन्होंने मुझे भी अयोध्या के प्रति मेरे कर्त्तव्यों, माता सुमित्रा के वात्सल्य की अनदेखी न करने, वधू उर्मिला की देखभाल और सबसे ऊपर मरणासन्न पिता को सँभालने के अनेकानेक तर्क दिये। परन्तु मैं किसी भी भावना के पाश में आबद्ध होने के लिए तैयार न था। मेरे लिये जहाँ श्रीराम थे वहीं अयोध्या थी...वहीं अयोध्या का राज्य था...वहीं मेरे कर्त्तव्य थे...वहीं मेरा संसार था। मैंने उन्हें साफ-साफ बता दिया।

यह भी कि लक्ष्मण का यह जन्म ही जीवनपर्यन्त श्रीराम की सेवा के लिए हुआ है। उनको छोड़कर मेरे लिये स्वर्ग, अमरत्व और सम्पूर्ण लोकों का ऐश्वर्य भी निरर्थक है। भइया राम इस अनुज के दुर्दम्य आग्रह को भी अन्ततः टाल नहीं सके। उन्होंने भारी मन से मुझे भी अपने साथ वन में चलने की आज्ञा दे दी।

- यह एक ऐसी आज्ञा थी जिसने घोर विपत्ति के उन अवर्णनीय क्षणों में भी मुझे अनुपम सुख और सन्तोष प्रदान किया।

हे माँ शारदा! अब लेखनी असमर्थ हो रही है। मेरे रोम-रोम में कम्पन है। नेत्र धुँधले हो चले हैं। कोई ओर-छोर नहीं सूझ रहा है। क्योंकि मर्यादापुरुषोत्तम श्रीराम की गौरवगाथा का अब वास्तविक शुभारम्भ हो रहा है। माँ सीता की उनके साथ में करुणकथा मुझसे कैसे कही जा सकेगी? नहीं जानता। अब तो वीरवर लक्ष्मण का भी कण्ठ अवरुद्ध है। उनका ओजस्वी स्वर कुछ देर से सुनायी नहीं दे रहा है। कदाचित् इसलिए कि अपने ही कोटि-कोटि पुण्यों के उदयकाल का वर्णन सौमित्र स्वयं कैसे कर सकते हैं?

ऐसे में, माता-पिता के आज्ञाकारी श्रीराम, उनकी चिर-अनुगामी सीता और आत्म-निर्वासित लक्ष्मण को लेकर नेपथ्य में एक करुण गीत-जैसा कुछ गूँज रहा है -

दर्शन कर ले मनवा
श्रीराम का
सियाराम का।
जन-जन के आदर्श बने जो
ऐसे करुणाधाम का
मर्यादाप्रिय राम का।।

श्रीराम और श्रीसीता दशरथ जी के महल से निकलकर बाहर रथ के पास खड़े थे। वह श्रीलक्ष्मण जी की प्रतीक्षा कर रहे थे। आस-पास अयोध्या की दुखियारी जनता रो-बिलख रही थी। ऐसे में लक्ष्मण जी साथ में आते-आते राम जी की आज्ञा लेकर कुछ देर को पास के अपने महल में पुनः चले गये थे। वस्तुतः चलते समय उन्हें सहसा याद आया कि वह माता सुमित्रा से तो मिल लिये थे। अन्य सभी से मिल लिये थे। पत्नी उर्मिला से विदा लेना भूल गये थे। न जाने विछोह की उन कठिन घड़ियों में कहाँ छिप गयी थी वह? एक बार लक्ष्मण जी ने सोचा चलो जाने दो... प्रभु श्रीराम की सेवा में चलना है...उर्मिला से तो अब चौदह वर्ष बाद मिलना होगा...तब मिल लूँगा।...

लखनलाल ने जब गृह छोड़ा
माँ-पत्नी से जब मुख मोड़ा
चौदह वर्ष तपस्वी बाना
निद्रा-मोह नहीं कुछ जाना
चाकर बन श्रीराम का।
दर्शन कर ले मनवा
श्रीराम का
उर धाम का।।

परन्तु भइया श्रीराम ने ही उनसे कहा - "वत्स! वधू से मिल आया तू?" लक्ष्मण जी से कुछ बोलते नहीं बना। राम जी ने लक्ष्मण जी की दुविधा समझी और फिर उन्होंने ही अपने अनन्यतम अनुज को आदेश दिया - "जाओ सौमित्र! एक बार उर्मिला वधू को जाकर मेरा आशीर्वाद देकर आ जाओ।" यह सुनकर यात्रा के लिए राम जी के संग खड़ी जानकी जी के नेत्रों से अश्रुओं का प्रवाह और तीव्र हो गया। बोलीं - "मेरा भी आशीर्वाद कहना। बोलना दीदी ने कहा है अपना और सासरे का ध्यान रखेगी।"

कण्टक पथ पर चलना होगा
सुख-दुख संग में सहना होगा
आगे हैं दण्डक वन स्वामी

प्रभु जी मैं तेरी अनुगामी
मैं हूँ बल श्रीराम का।
दर्शन कर ले मनवा
श्रीराम का ....
सुख धाम का।।

यह सुनकर वीरवर लक्ष्मण कातर और ठगे-से अपने प्रासाद में शीघ्रता से पग भरते हुए गये। उन्होंने अपने स्वागत-कक्ष, शयन-कक्ष, शृंगार-कक्ष, अध्ययन-कक्ष, रसोईघर हर जगह उर्मिला जी को उनके नाम से पुकारते हुए ढूँढ़ा। परन्तु वह कहीं नहीं दिखायी दीं। अन्त में उन्हें ध्यान आया और वह कला-कक्ष में गये। वहाँ उर्मिला द्वारा चित्रित कलाकृतियों के पीछे स्थित एक कोने में लक्ष्मण जी को उनकी उर्मिला सहमी सिकुड़ी-सी खड़ी दिखायी दीं। अत्यन्त साधारण-से वस्त्रों में जिन्हें सामान्यतः राजमहल की दासियाँ भी नहीं पहनती हैं। एक साधारण-सी धोती लपेटे...खुले केश...धुला हुआ रुदन-आरक्त शृंगारविहीन मुख...माँग में सुहागचिह्न के रूप में मात्र एक चुटकी सिन्दूर...गले और हाथों में मात्र एक मंगलसूत्र और चार पतली चूड़ियाँ। आभूषणविहीन। पादुकाविहीन। नंगे पाँव...और बस।

एक पल को लक्ष्मण जी सन्न रह गये। फिर विह्वल अवस्था में बोले - "तुम यहाँ छिपी क्यों खड़ी हो प्रिये?"

उर्मिला जी ने अपने दोनों नेत्रों से बह रहे निर्झर को स्वयं अपने दोनों हाथों से पोंछ लिया और पति से बोलीं - "जाइये स्वामी! आपका कर्त्तव्य पथ...आपकी प्रतीक्षा कर रहा है।"

"उर्मी! -" लक्ष्मण जी ने पत्नी को दोनों कन्धों से पकड़ा। उनसे कुछ और कहते न बना। झट अपनी अर्द्धाङ्गिनी को गले से लगा लिया।

प्रेमाश्रुओं का बाँध अब दोनों ओर से फट पड़ा। सिसकते हुए उर्मिला जी इतना और बोलीं - "मैं आपकी शक्ति हूँ। भला...आपकी निर्बलता कैसे बन सकती हूँ स्वामी?"

इस पर लक्ष्मण जी साहस जुटाते हुए बस इतना ही कह सके - "भइया-भाभी ने मुझे तुम्हें उनका आशीर्वाद देने को भेजा है। मैं जल्दी वापस आऊँगा..."

यह भी कहना चाहते थे कि - हाँ तुम मेरी शक्ति हो और सदा ही रहोगी। मगर कह न पाये। फिर स्वयं को किसी विधि अपनी प्रिया से अलग कर लक्ष्मण जी बाहर वनगमन हेतु भाग चले।

जन-जन के आराध्य प्रभु श्रीराम और नित्य पूजनीया माँ सीता अब तक रथ पर बैठ चुके थे। त्यागमूर्ति लक्ष्मण ज्यों ही आकर उस रथ पर सवार हुए कि रथ चल पड़ा -

रघुकुल की यह रीति पुरानी
प्राण प्रतिज्ञा सदा निभानी
वचन पिता का पूरण करने
जाता सब-कुछ अर्पण करने
सेवक मैं श्रीराम का।
दर्शन कर ले मनवा
श्रीराम का
श्री धाम का।।
जन-जन के आदर्श बने जो
ऐसे करुणा धाम का
मर्यादा प्रिय राम का।
दर्शन कर ले मनवा
श्रीराम का
सियाराम का।।

उर्मिला को उस सूने गृह में अकेला छोड़कर विदग्ध हृदय से ज्यों ही मैं बाहर आया, सामने का दृश्य और भी विचलित कर देनेवाला था।

मेरे प्राणों से प्यारे राम भइया जिन्हें आज अयोध्या का राजा बनना था चौदह वर्ष देश निकाला पाये वन को जा रहे थे। जिनके सुन्दर श्यामल शरीर पर कल तक पीताम्बर, बहुमूल्य स्वर्णाभूषण, राजसी मुकुट, मुक्तामणिमय कण्ठहार इत्यादि शोभा पाते थे, आज वही दशरथनन्दन रघुनाथ जी सब-कुछ तजकर तापसवेष में चीर और वल्कल वस्त्र धारण किये समस्त अयोध्या को अनाथ करके दण्डकारण्य को जा रहे थे।

इतना ही नहीं, अभी कल तक महाराजा जनक की आँखों का तारा रहीं मेरी पूज्य भाभी माँ सीता, जो अपने इस देवर में अपने पुत्र-सी मुखछवि देखती थीं, काल के इस क्रूर परिवर्तन में राम भइया के पीछे-पीछे वन-वन की ठोकरें खाने को प्रस्थान कर रही थीं। धिक्कार है मुझ अधम पर जो मैं इस अन्याय को रोक पाने में अक्षम था। धिक्कार है मेरे उस बल एवं शौर्य पर जो काल के इस उलटे चक्र को मोड़ पाने में कोई महारत नहीं रखता था।

समस्त अयोध्यावासियों ने भइया के रथ को घेर रखा था। स्त्री-पुरुष- बाल-वृद्ध-सभी आर्त्तनाद कर रहे थे - "श्रीराम! मत जाइये। कौशल्यानन्दन वन गमन मत कीजिये। दशरथ-कैकयी के आदेश को भूल जाइये। इस कौशल राज्य का बलात् अधिग्रहण कर लीजिये। हम सब आपके बिना अनाथ हो जायेंगे। जीवित न रह पायेंगे। मत जाइये श्रीराम! मत जाइये।..."

भइया के संकेत पर सारथी बने सुमन्त्र जी ने रथ के अश्वों पर कशाघात किया और वह रथ को लिये-लिये दौड़ पड़े। अयोध्यावासी भी रथ के आगे-पीछे दाहिने-बायें साथ-साथ दौड़ने लगे। रोते-चिल्लाते - हमें भी साथ ले चलिये। राम जी! सीता जी!! भइया लक्ष्मण! प्रभु राम को समझाइये! रोक लीजिये उन्हें। अच्छा...अच्छा तो हमें भी साथ ले लीजिये। हम भी आपके साथ चलेंगे...हाँ-हाँ हम सब वन में आपके साथ चलेंगे...हम वहाँ दूसरी अयोध्या बसा लेंगे।

हम तीनों वनयात्री मौन थे। क्या कहते? सुमन्त्र जी बहुत बचा-बचाकर रथ हाँक रहे थे। कहीं कोई पुरवासी रथ के नीचे न आ जाये। एक बौरायी हुई भीड़ हमारे रथ के साथ-साथ गतिमान् थी।

मैंने उस दिन अयोध्या के जन-मानस का जो यह असाधारण स्वरूप देखा उसका वर्णन करना कठिन है। नर-नारी सभी हमारे प्रस्थान की उन घड़ियों में चरम उत्तेजना एवं अर्द्ध-विक्षिप्तावस्था को प्राप्त हो चुके थे।

भइया श्रीराम सब-कुछ देखकर भी सामने की दिशा में निष्ठुर बने हुए देख रहे थे। वस्तुतः जनभावनाओं के उस ज्वार को देखकर वह अवाक् थे। यह भी समझते होंगे कि इन कातर-विह्वल व्यक्तियों से यदि कुछ बोलूँगा तो कहीं यह कुछ और भावुक न हो जायें। इसलिए वह बार-बार हमारे सारथी बने सुमन्त्र जी से इतना ही धीमे से कहते - "शीघ्रता करिये सुमन्त्र जी! रथ की गति बढ़ाइये कृपया!!"

मुझे भय था कि कहीं वह भीड़ पीछे लौटकर कुछ कर न बैठे। मैंने भइया के कान में कहा - "प्रभु! कुछ कहिये...कहीं जनता विद्रोह न कर बैठे।"

राजधानी से हम कई कोस निकल आये थे। कदाचित् भइया उसी दिशा में चिन्तन करते आये थे जो मैंने कुछ देर पहले उनसे कहा था। एक स्थान पर श्रीराम ने रथ रुकवा लिया और उपस्थित जन-समुदाय से सधे हुए शब्दों में बोले -

"प्रिय अयोध्यावासियो! कौशल राज्य के अनुशासनप्रिय नागरिको!! आपसे मेरी हाथ जोड़कर एक विनती है। सुनिये...

"स्नेह से बड़ा होता है आदर। आदर से बड़ी होती है श्रद्धा। और श्रद्धा से भी महान् होती है आस्था। आपके इस अकिंचन राम की सत्य, धर्म और लोक मर्यादा में दृढ़ आस्था है...

"उसी के निमित्त मेरा यह सारा जीवन है और सदा रहेगा। अब मुझे बताइये कि क्या आप मुझे स्नेह करते हैं?"

जन-समुदाय ने एक स्वर में कहा -

"हाँ श्रीराम!"

"मुझमें आस्था भी रखते हैं?" राम पुनः बोले।

"हाँ श्रीराम!!" जन-समुदाय ने एक निश्चयात्मक हुंकार भरी। ...

"तो फिर रघुकुल की उच्चतम परम्पराओं के निर्वाह के लिए मुझे वन जाने दीजिये।"

"नहीं - नही - यह बिलकुल नहीं हो सकता।" भीड़ में से बेचैनी भरे कुछ स्वर फिर से उभरे। शेष जनसमूह श्रीराम की अगली प्रतिक्रिया की प्रतीक्षा करने लगा।

"मेरी विनती यदि आपको स्वीकार नहीं तो मैं समझूँगा कि आपको अपने राम में कोई आस्था नहीं।..." श्रीराम बोले - "इसीलिए...इसी से मैं आपसे पुनः प्रार्थना करता हूँ कि पिताश्री की आज्ञा का पालन करने हेतु कृपया मुझे वनगमन की अनुमति प्रदान करें।...देवियो और महानुभावो! आपकी सेवा मेरा सदा से संकल्प रहा है। वनवास की अवधि व्यतीत करने के पश्चात् मैं अयोध्या वापस आऊँगा तब आपकी सेवा ही मेरा एकमात्र लक्ष्य रहेगा। यह मेरा आप सबको वचन है।"

- यह सुनकर हमें घेरे हुए वह जन-समुदाय एक स्वर से बच्चों की भाँति विलाप करने लगा। भाभी माँ सीता भी मुख झुकाकर रोने लगीं। उन्होंने लोगों से मुँह चुराने हेतु अपने सिर का आँचल और झुका लिया। भइया के नेत्र की कोरें भी कुछ-कुछ भींगीं। परन्तु अश्वारोही रथ पर वह एक पर्वत की भाँति अडिग खड़े रहे। मेरा हृदय भी द्रवीभूत हो चला था। परन्तु एक तो, भइया-भाभी के संग जा रहा था उसका मन में सन्तोष था। दूसरे, उन विषम परिस्थितियों में भइया के कर्त्तव्य मार्ग में कोई अवरोध न आने पाये यह विशेष उत्तरदायित्व मेरे कन्धों पर था। इसीलिए मैं स्वयं को भरसक संयत रखे हुए था।

"धैर्य रखिये प्रिय बन्धुओ! आप-जैसे भी हो अब अपने घरों को वापस लौट जाइये।" - भइया कह रहे थे।

जन-साधारण में कैकेयी के प्रति बहुत रोष था। लोग जान चुके थे कि रानी कैकेयी ने ही अयोध्यानरेश से हठपूर्वक भरत के लिए राजगद्दी और श्रीराम के लिए चौदह वर्षों का वनवास माँगा था।

एक पुरवासी बोला - "रानी कैकेयी ने यह घोर अन्याय किया है। नीचता दिखायी है। महापापिन है वह...हम भरत के राज को कभी स्वीकार नहीं करेंगे।"

इस पर भीड़ पुनः उद्वेलित हो उठी। -

"हाँ - हाँ स्वीकार नहीं करेंगे।"

"नहीं करेंगे!"

"नहीं करेंगे!!"

तब भइया श्रीराम ने कहा - "आपको मेरा मान रखना ही होगा। भरत मुझे अति-प्रिय है। इस लक्ष्मण की ही भाँति। मेरा अनुज भरत पवित्रात्मा एवं निष्कलुष है। आज्ञाकारी और सदाचारी है। मैं जानता हूँ...समझने का प्रयास कीजिये। यह

सब-कुछ जो घटित हुआ है यह विधि का विधान है। इसे हमें दैवाज्ञा स्वीकार कर आगे बढ़ना होगा।...

"प्रियजनो! मेरा विश्वास कीजिये! भरत कौशल का शासन उतनी ही कुशलता और न्यायप्रियता के साथ संचालित करेंगे जैसी मेरी परिकल्पना है। अतः आपको मेरी खातिर राज्य संचालन में प्रिय भरत को पूर्ण सहयोग करना होगा। यह आपके इस प्रिय राम की इच्छा है। आपको मेरी इस अभिलाषा को पूर्ण करना ही होगा।"

"हा दैव! यह हमें क्या सुनना पड़ रहा है?"

"क्या सोचा था और क्या हो गया??"

"हा राम! हम आपके बिना कैसे जियेंगे?"

"हा दैव! हा राम!!"

- कहते कहते लोग पुनः विलाप करने लगे। रथ चला तो अयोध्यावासी पुनः रथ के पीछे चल दिये। चलते-चलते अन्ततः सभी तमसा नदी के तट पर जा पहुँचे। सायंकाल का समय हो आया था। तमसातट पर हमारा पहला पड़ाव पड़ा।

अयोध्यावासी हमें किसी विधि छोड़कर जाने को तैयार नहीं थे। अतः वह सब भी वहीं ठहर गये।

अर्द्धरात्रि व्यतीत हो चुकी थी। सुमन्त्र जी की आँखों से निद्रा आँखमिचौली कर रही थी। उन्होंने रथ के घोड़े एक वृक्ष से बाँधे हुए थे। रथ एक ओर खाली खड़ा था।

भाभी माँ सीता और भइया श्रीराम को मैंने अपने जीवन में एक अपरिचित भूभाग पर धरती पर भिक्षुकों की भाँति सोते हुए आज पहली बार देखा था। निर्वासन की वह प्रथम रात्रि भी मेरे प्राणप्रिय भइया और पूज्य भाभी को निराहार दशा में ही सोकर बितानी पड़ रही थी। मैंने कभी इस त्रासदायक दृश्य की कल्पना नहीं की थी। इसलिए मेरा हृदय रो रहा था। मेरे नेत्र पलक झपकाने को तैयार नहीं थे। वैसे भी मेरा मस्तिष्क दायित्वबोध से पूर्णतः सजग था।

मैं भइया-भाभी के साथ वन में उनकी देखभाल के लिए ही तो जा रहा था। अतः रात्रि में मैं उन्हें असुरक्षित सोता हुआ कैसे छोड़ सकता था? राम भइया की सुविधा और सुरक्षा ही मेरा प्रमुख दायित्व था। साथ में भाभी माँ सीता के आ जाने से मेरा यह दायित्व दुगना बढ़ चुका था।

अयोध्यावासी सैकड़ों की तादाद में तमसा नदी के किनारे के उस बाग में धरती पर यत्र-तत्र बिखरकर गहरी नींद में सो रहे थे। वह इतनी दूर पैदल चलकर आये थे। अतः श्रान्त एवं क्लान्त होकर निर्जीव-से हो गये थे। हमारे सारथी-मन्त्री सुमन्त्र जी बीच-बीच में बैठे ऊँघने लगते। परन्तु नींद मेरी आँखों से कोसों दूर थी।

तभी राम भइया जागकर उठ बैठे। उन्होंने पत्नी को भी धीरे से उठाया - "जानकी उठो।" फिर संकेत से मुझे अपने पास बुलाया और मेरे कान में बोले - "तात! मुझे लगता है कि अयोध्या के यह स्नेही स्वजन आसानी से हमारा साथ नहीं छोड़ेंगे। वन के क्लेश-कष्टों को यह निर्दोष लोग हमारे कारण क्यों झेलें?...सुमन्त्र जी को चैतन्य करो। आओ निकल चला जाये। सभी लोग गहरी निद्रा में हैं। इससे अच्छा अवसर आगे नहीं मिलेगा।..."

मैंने स्वीकारोक्ति में सिर हिलाया। जाकर सुमन्त्र जी को जगाया। श्रीराम का निवेदन संकेत से उन्हें समझाया। सुमन्त्र जी और मैंने मिलकर अश्वों को खोलकर रथ में जोता। निःशब्द हम चारों जन रथारूढ़ हुए और धीरे-धीरे रथ को पुरवासियों से बचाकर कुछ दूर ले गये। उसके बाद और दूर।

फिर भइया ने रथ को चारों दिशाओं में अनेक बार आगे-पीछे मुड़वाकर और दाहिने-बायें घुमवाकर चलवाया और इस प्रकार रथ के पहियों के धरती में उभरनेवाले चिह्नों से दिशाभ्रम उत्पन्न किया। ऐसा करते हुए हमने आगे तमसा नदी को एक छिछले हिस्से से उस रथ द्वारा ही रातोंरात पार किया। अयोध्यावासी पीछे छूट गये। अयोध्या बहुत पीछे छूट गयी। उस समय हमारा मन उन भोले-भाले स्वजनों को इस तरह चकमा देकर उनसे पीछा छुड़ाने के अपराधबोध से भारी हो आया था।

फिर वह हमारा रथ दक्षिण दिशा की ओर बढ़ता गया। इसी भाँति हम सब मौन चलते गये और प्रभात का आलोक धीरे-धीरे बढ़ता गया। सुमन्त्र जी निरन्तर रथ हाँक रहे थे और श्रीराम, सियासुकुमारी और मैं एक साथ चले जा रहे थे। कोई किसी से कुछ बोल नहीं रहा था। एक दुःखद अतीत हमारे पीछे था और एक अनिश्चित भविष्य सामने। वर्तमान तीव्रता से घट रहा था आँधी में उमड़ती रेत की तरह।

हम दिनभर चलते रहे और हमारा रथ एक लम्बी दूरी तय करके पापमोचनी गंगा जी के तट पर जा पहुँचा। सुमन्त्र जी ने हमें बताया कि यह प्राकृतिक सुषमामय भूभाग शृंगवेरपुर के नाम से जाना जाता है। यह निषादराज गुह की राजधानी है।

वहाँ गंगा जी की शोभा ने भइया श्रीराम का मन मोह लिया। गंगातट पर ही एक इंगुदी वृक्ष था जो बड़ा सघन और छायादार था। प्रभु श्रीराम ने आज की रात्रि इसी वृक्ष के नीचे विश्राम करने का निश्चय किया।

हमारे शृंगवेरपुर पहुँचने का समाचार जैसे ही निषादों के राजा गुह को मिला वह अपने प्रिय परिजनों के साथ हमसे मिलने आ पहुँचे। उन्होंने अपना परिचय दिया। भइया ने फिर हम तीनों का परिचय दिया।

गुह ने हमारे पधारने का कारण जानना चाहा। राजसी रथ। जिसका सारथी एक मन्त्री वेशधारी प्रौढ़। साथ में आये यात्री वल्कल वेशधारी दो युवक एक स्त्री। चेहरे-मोहरे से कमनीय। उच्च कुल के दिखते हुए भी तापस-जैसे?...

गुह बुद्धिमान् थे। समझ गये अवश्य कहीं कुछ गड़बड़ है। उन्होंने अपने साथियों को संकेत किया। अपने साथ लाये नाना प्रकार के पकवान और मिष्टान्न उन्होंने हमारे सामने सजा दिये।

प्रभु श्रीराम ने कहा - "क्षमा करें मित्र गुह! हम इन्हें नहीं ले सकते! आप इन्हें ले जाइये..."

"क्यों प्रभु? -" गुह का चेहरा उतर गया - "क्या हम इस योग्य भी नहीं कि आप हमारे द्वारा प्रस्तुत भोजन स्वीकार कर सकें।"

"अरे नहीं-नहीं निषादराज! आप ऐसा न सोचें। हम अपने पिताश्री महाराज दशरथ द्वारा हमारी माता कैकेयी को दिये एक वचन का पालन करने वनवास हेतु निकले हैं। हमें चौदह वर्ष एक तपस्वी का जीवन बिताना है। हम इस अवधि में गृहस्थों द्वारा पकाया हुआ भोजन आदि ग्रहण नहीं कर सकते। व्रत पर हैं। केवल कन्द-मूल-फल ही खा सकते हैं। हमारे लिये किसी ग्राम अथवा नगर में जाना भी इस अवधि में वर्जित है।"

"क्या कह रहे हैं दशरथनन्दन श्रीराम?...आप इतने कठोर उपवास और इतने कष्टसाध्य अभियान पर? मुझे विश्वास नहीं होता।"

भइया श्रीराम ने एक बार सीता जी की ओर देखा और एक बार मेरी ओर। मानो कहना चाहते हों निर्वासन तो मेरा हुआ है। तुम लोग तो मेरे साथ आत्मनिर्वासन पर जा रहे हो। यदि तुम चाहो तो यह भेंट-पकवान ग्रहण कर सकते हो।

माता सीता ने असह्य भूख के होते हुए भी अपना सिर अस्वीकार में हिलाया। मैंने गुह से कहा - "मित्रवर! आपकी इस उदारता के लिए हम परम आभारी हैं। भइया ठीक कह रहे हैं। कृपया हमें समझने का प्रयत्न कीजिये।"

गुह के संकेत पर उनके कुछ साथी शृंगवेरपुर के अपने आवासीय क्षेत्र की ओर पुनः दौड़ गये। हमारे लिये कुछ ही देर में गुह ने कन्द-मूल-फलों की व्यवस्था कर दी और फिर अत्यन्त आग्रहपूर्वक हमें खिलाया। फिर निषादराज गुह ने अपने कुछ साथियों के साथ मिलकर कुश, पत्तों इत्यादि की नरम शय्या उस वृक्ष के नीचे बिछायी। भइया और भाभी उस रात्रि उसी प्राकृतिक शय्या पर सोये। मुझे रात्रि में पहरा देते देखकर निषादराज गुह स्वयं भी गंगातट पर रात्रि में रुककर पहरा देने लगे।

सुमन्त्र जी ने निषादराज की समस्त जिज्ञासाओं का एकान्त में समाधान किया। उन्हें वह सब-कुछ बताया जो हम कहने में संकोच कर रहे थे। अयोध्या में घटे समस्त अप्रिय घटनाक्रम को जानकर निषादराज मुझसे वार्त्ता कर सहानुभूति जताने लगे। परन्तु मैंने हमारे पिताश्री और माता कैकेयी द्वारा किये गये अप्रत्याशित अन्याय के लिए मन में उफनते क्रोध को उनके सामने व्यक्त नहीं किया।

मैंने अपने चारों ओर एक कृत्रिम आवरण-सा ओढ़ लिया। भइया के शब्दों को उधार में लेकर अपना काम चलाया। मैं दैव, दैवीय इच्छा, भाग्य, दुर्भाग्य, विधि का

विधान इत्यादि शब्दों के प्रयोग से सदा से चिढ़ता आया हूँ। पुरुषार्थ, उद्यम, कर्म, कर्मठता-जैसे शब्द ही मेरी प्रेरणा और व्यवहार का मुख्य आलम्बन रहे हैं। परन्तु उस रात निषादराज गुह ने जब मित्रतावश हमसे अपने हृदय का सच्चा दुःख जताया तो मैंने बड़ी गम्भीरता के साथ बिलकुल राम भइया की तरह गुह को हतोत्साहित करने हेतु ऐसा कुछ कहा -

''नहीं मित्रवर गुह! मैं आपसे सहमत नहीं। पिताश्री राजा दशरथ और माता कैकेयी को हमारे अरण्यवास के लिए दोषी ठहराना कदापि उचित नहीं है। यह समझिये कि हम सब विधि के विधान से बँधे हुए अपने कर्मों के अनुसार दुःख अथवा सुख के भागी होते हैं। इस संसार में जो कुछ भी दिखायी दे रहा है - सब माया है। वास्तव में ब्रह्म ही एकमात्र सत्य है, शेष सब मिथ्या है। इसलिए जीवन के इस रंगमंच पर जो कुछ भी घटित हो रहा है, उसे ब्रह्म की लीला ही जानें। मनुष्य के लिए अपने प्रारब्ध को सिर झुकाकर स्वीकार करना ही सर्वथा उचित दृष्टिकोण होता है। हमें उसी को...''

- मैं गुह से यह सब कहते हुए भीतर-ही-भीतर स्वयं को जी भरकर कोस रहा था।

बीती रात श्रीराम और जानकी जी संसार के समस्त वैभव और सुखों को भूलकर इस प्रकार सोये जैसे कि वह जन्म-जन्मान्तर से उसके अभ्यस्त हों। मेरे लिये यह विस्मय और विषाद दोनों प्रकार का मिश्रित अनुभव था।

प्रातः जब हमने गंगा पार करने हेतु नाव की अपेक्षा की तो निषादराज गुह ने उसकी तुरत-फुरत व्यवस्था कर दी। अपने एक विश्वस्त केवट को गुह ने बुलाया। वह एक युवा एवं कुशल मल्लाह था। गुह ने उसकी प्रशंसा में कई विचार रखे। -

यह कि...यह केवट एक अत्यन्त परिश्रमी नाविक है...यह कि ...यह केवट ईश्वर में दृढ़ आस्था रखता है परन्तु जादू-टोने से बहुत डरता है...यह कि...यह नाविक निर्धन होते हुए भी परम स्वाभिमानी है। किसी से अपनी उतरायी के निर्धारित शुल्क से एक कौड़ी भी अधिक यह नहीं लेता...इत्यादि।

मैंने सोचा कि यह निषादराज इस केवट की सराहना में इतना कुछ क्यों कह रहे हैं? कहीं ऐसा तो नहीं कि यह उसकी नौकायन क्षमता से पूर्ण सन्तुष्ट होने के बाद भी उसको कुछ-कुछ सनकी समझते हों और हमें प्रकारान्तर से उससे जरा सावधान रहने को आगाह कर रहे हों।...मैंने गुह की बातों पर विचारकर पुनः उनके शब्दों का स्मरण किया...ऐसी कौन-सी विरल बात कही थी उन्होंने केवट के बारे में?. ..याद आया...यह केवट जादू-टोने से बहुत डरता है। परन्तु हम में ऐसा क्या है जो

जादू-टोने की बात निषादराज द्वारा हमसे इस अवसर पर कही गयी? मैंने अपने मस्तिष्क पर जोर डाला।...ओह तो - वह कहते हैं न कि जितने मुँह उतनी बातें। अहल्या-उद्धार की कथा अब तक समूचे आर्यावर्त्त और उसके वनाञ्चल में दूर-दूर तक फैल गयी थी। कोई कहता कि शिला बन चुकी सती अहल्या को कुमार राम ने अपने चरणों से छू भर दिया और वह अपने नारी स्वरूप में तत्काल परिवर्तित हो गयीं।...कोई कहता कि कौन अहल्या? किसने कहा? हम नहीं जानते...झूठ कहते हैं सब...यह मनगढ़न्त कहानी है...वास्तव में अयोध्या का वह राजकुमार...राम जिसका नाम है...पूरा जादूगर है...उसने जब ताड़का राक्षसी का संहार किया तो उस राक्षसी की सारी मायावी शक्ति भी अपने भीतर सोख ली...फिर उन्हीं दिनों मिथिला जाते समय एक बार वह एक पथरीले मार्ग से पदयात्रा कर रहा था। तब अपने चरणों में जो पादुकाएँ उसने धारण कर रखी थीं वह एक चट्टान पर फिसलकर निकल गयीं ...राम जैसे ही नंगे पाँव आगे बढ़ा उसके चरणों की धूल उस पथरीली चट्टान पर पड़ी और वह चट्टान देखते-ही-देखते एक सुन्दर स्त्री में बदल गयी।...

श्रीराम और माता जानकी जब उस केवट की नाव में सवार हो गये तो उनके पीछे मैं भी उस नाव में चढ़ा। हमें गंगा पार करनी थी। मैंने देखा कि उस केवट ने हम तीनों को कुछ सशंकित भाव से अपनी नौका में चढ़ाया। उसके पश्चात् निषादराज गुह उनके बन्धु-बान्धवों और अपने प्रिय सुमन्त्र जी को गंगा के उस तट पर विह्वल अवस्था में रोता हुआ छोड़कर हम अपने आगे के अरण्य पथ पर अग्रसर हो गये। अपने हृदय पर पाषाण धरे।

नाव गंगा की लहरों पर तिर रही थी। राम भइया ने मुझसे पूछा - "तुमने अयोध्या के लिए अपना क्या सन्देश सुमन्त्र जी से कहलाया लक्ष्मण?"

इस पर मुझसे भइया से असत्य न कहा जा सका। मैंने कहा कि - "पिताश्री को मैंने यह कहलाया है कि आपने पुत्रमोह में अन्धी महारानी कैकेयी के बहकावे में आकर अपने सर्वजन प्रिय ज्येष्ठ पुत्र श्रीराम के परित्याग का जो दुष्कर्म किया है वह अत्यन्त निन्दनीय है। एक बार प्रजा भले आपको क्षमा कर दे परन्तु आपके इस अन्याय के लिए आपका यह पुत्र सौमित्र आपको कभी क्षमा नहीं करेगा।"

"ओह लक्ष्मण! तुम्हें माता-पिता के प्रति ऐसे उद्‌गार कदापि व्यक्त नहीं करने चाहिए। माता-पिता के कठोर व्यवहार में भी सदैव अपने किसी कल्याण का आशय निहित होना समझना पुत्र का कर्त्तव्य है।"

"जानता हूँ भइया!...परन्तु मेरा हृदय इतना विशाल नहीं। मैं सब सुन रहा था जब सुमन्त्र जी को आप वापस जाने के लिए समझाने का प्रयास कर रहे थे उस समय आपने क्या-क्या सन्देशे अयोध्या भिजवाये थे।"

"अच्छा! बता तो सही..." श्रीराम के अधरों पर एक स्मित मुस्कान आयी और गयी।

"यही कि अयोध्या में सभी पूज्यजनों से मेरा प्रणाम निवेदन करना। प्रिय भरत से कहना कि मैं यहाँ कुशल से हूँ। वह अपना और पिताश्री का ध्यान रखे। सभी माताओं को पूर्ण सम्मान दे। और यह कि कौशल का राज्यभार सँभालकर प्रजा का अपने औरस पुत्रों की भाँति पालन-पोषण करे।"

केवट सारे रास्ते हमसे कुछ न बोला। बस चुपचाप गंगा की विस्तीर्ण जलराशि में एक बड़े बाँस के लग्गे के सहारे वह अपनी बड़ी-सी नाव खेता रहा। बीच-बीच में हम दोनों भ्राताओं के मध्य चल रहे वार्त्तालाप को भी वह बड़े ध्यान से सुन रहा था।

"और तुमने अपने ससुराल क्या सन्देशा भिजवाया सीते! -" श्रीराम ने पत्नी से पूछा।

सीता जी के नेत्रों से दो बूँद अश्रु मोतियों की भाँति ढलके। एक उसाँस भरकर वह बोलीं - "मेरे पास क्या है नाथ कहने को इन अश्रुओं के अतिरिक्त..."

फिर गंगा की ओर देखते हुए उन्होंने अपने दोनों करतल जोड़कर अत्यन्त दीनता से कहा - "हे गंगा मइया! हम अपने बड़ों की आज्ञा से वन जा रहे हैं। कृपा करना हम पर कि मेरे पति अपने पिता को दिया गया वचन पूर्ण करने में सफल हों और हम ससम्मान घर लौट सकें।..."

नाव गंगा के उस तट पर किनारे लगी। केवट कूदकर सर्वप्रथम उतरा। उसने प्रभु श्रीराम को अपने हाथ का सहारा देकर उतारा। फिर राम जी ने जानकी जी को अपना हाथ दिया। अन्त में मैं कूदकर तट पर उतर गया।

उस समय उस केवट की चपलता देखते ही बनती थी। सर्वप्रथम उसने नाव से खोजकर एक डलिया में कुछ सुन्दर फूल जानकी माँ के समक्ष प्रस्तुत किया और बोला - "माई! यह हम आपके लिए लाकर धरे थे। सोचा था गंगा मइया की बीच धारा में आपसे छोड़वायेंगे। पर आप लोगन की बातचीत में हमसे न जाने कइसे ई बिसर गये..."

"लाओ वत्स! यह तो तुमने मेरे मन का प्रिय कार्य किया है - " कहकर जानकी जी ने वे सारे फूल अपनी अंजलि में भर लिये और फिर बड़े प्रेम से उन्होंने गंगा जी की लहरों में इस तट से ही समर्पित कर दिये।

अब केवट की दृष्टि मेरी ओर थी। बोला - "हम लखन भइया की बहुत प्रशंसा सुने हैं। बहुत भले हैं। राम जी की सेवा में रहते हैं हर वक्त। मुला सुभाव थोड़ा कड़क है।...हाथ जोड़कर बिनती है इस केवट की। थोड़ा ठण्डे रहेंगे तो ...नहीं-नहीं मुझे गलत न समझें लखन भइया। हम तो बस भले के लिए कह गये। यह लीजिये ई पोटली। ई में तनिक मछलियन का दाना है। लखन भइया! हमरी मानिये अपने हाथन से तनि मछलिन को खिलाय दें...बहुत पुन्न मिली।"

मैं अनिमेष केवट को मौन खड़ा देख रहा था। केवट ने वह कपड़े की पोटली मुझे थोड़ा सहमते हुए थमा दी। मुझे उसकी इस हरकत पर हँसी आ गयी तभी वह कुछ सहज हुआ।

"लाओ केवट भइया!...हम तुम्हारे आदेश का पालन किये देते हैं।" - मैंने कहा और मछलियों का दाना गंगा जी के तट पर जल में छोड़ने लगा।

तब श्रीराम ने अपने हाथ की एक मुद्रिका केवट को देनी चाही। केवट ने लेने से मना कर दिया। बोला - "यात्री तो अनगिनत आये-गये इस निर्धन की नौका में। परन्तु हे राम जी! मैंने आप-जैसा आज्ञाकारी पुत्र और धरम-करमवाला भलामानुस आज तक नहीं देखा। मुझे आपसे कुछ नहीं चाहिए। यदि देना ही है तो मुझ दरिद्र को तनिक अपनी एक और सेवा कर लेने दीजिये। क्या पता आपके चरनों के परताप से मेरा भी आगे का जीवन सुधर जाये?"

श्रीराम ने केवट को समझाना चाहा कि वह ऐसा न करे और मुद्रिका ले ले। परन्तु वह नहीं माना। भागकर अपनी नाव में गया और उसमें रखा एक मिट्टी का पात्र लेकर आया। उसने तब उस देवसरिता से उस पात्र में जल भरा और श्रीराम के चरणकमलों को धोया। फिर उनमें भक्तिभाव से अपना शीश नवाया। अन्त में उस प्रेमविभोर केवट ने श्रीराम की छवि को जैसे सदा-सदा के लिए अपने नेत्रों में भरते हुए कहा - "जाइये प्रभु! आप महान् पुण्यात्मा और साधु पुरुष हैं। आपका मनोरथ सफल हो...मैं गंगा मइया से यह सदा मनाता रहूँगा।"

उस निर्धन केवट के इतने सात्त्विक व्यवहार से हम तीनों वनगमनार्थी इतने अभिभूत हुए कि सच मानिये हमें बड़ा आत्मबल मिला। कम-से-कम मुझे तो सर्वाधिक। यह मैं कह सकता हूँ। वास्तव में हमें गंगा पार करानेवाला वह केवट अनपढ़ मनुष्य होने के बाद भी एक अत्यन्त कर्मठ एवं ज्ञानी पुरुष था।

गंगा पार कर हम तीनों प्राणी आगे की यात्रा हेतु पैदल ही बढ़ चले। राम भइया और मेरे केश लम्बे थे। बार-बार हवा के झोंकों से उड़कर हमारे मुखमण्डल को ढक लेते थे। इससे हमें बड़ी असुविधा होती। माँ सीता तो सिर पर आँचल लपेटकर अपना काम चला लेतीं। परन्तु हम दोनों भाई सिर पर मुकुट न होने के कारण लम्बे केशों के अस्त-व्यस्त हो जाने से एक उलझन-सी महसूस करते।

इसलिए श्रीराम ने गंगा पार करने से पूर्व ही इस समस्या का समाधान खोज निकाला था। निषादराज गुह की सहायता से उन्होंने थोड़ा बरगद के वृक्ष का दूध मँगवाया। उसे हाथ में लेकर उन्होंने सर्वप्रथम मेरे खुले केशों पर लगाया और मेरी जटा अपने हाथों से बनाकर मेरे सिर पर एक जूड़ा बाँधा। फिर श्रीराम ने उस बड़-दूध से अपनी जटा बनायी और उन्हें अपने सिर पर उसी भाँति जूड़े का रूप दिया जैसा हम ऋषिमुनियों को करते देखते आये हैं।

उस समय जनकनन्दिनी सीता जी हमें देखकर रो पड़ीं। सीता जी को रोता देखकर गुह के घर से आयीं सारी स्त्रियाँ भी रोने लगीं। अब क्या कहूँ? उस समय वातावरण अत्यन्त बोझिल हो चला था।

इस प्रकार हम तापस वेशधारी दोनों भाई वन के कठिन रास्ते पर चले जा रहे थे। सबसे आगे श्रीराम। सबसे पीछे मैं लक्ष्मण। हम दोनों के बीच कौशल राज्य की एक निर्दोष वधू सीता।

हम दोनों भाई तो पुरुष होने के नाते अपने अब तक के जीवन में थोड़ा-बहुत कठोर जीवन जीने के अभ्यस्त हो चले थे। परन्तु माँ सीता तो बेचारी महाराज जनक और सुनयना जी के लाड़-प्यार में पली-बढ़ी एक सुकुमार किशोरी ही थीं अभी। उन्हें ससुराल भी मिला तो चक्रवर्ती सम्राट् दशरथ के घर-जैसा। और आज यह दुःसह्य अरण्य! हे ईश्वर वास्तव में यह कौन-सा विधान है तेरा? एक निरीह स्त्री के साथ इतना अन्याय? मैं रास्ते भर यही कुछ सोच रहा था।

चलते-चलते कुछ पल को एक स्थल पर थमे हम। भइया श्रीराम मेरी मनोदशा समझ गये। मुझसे एक वृक्ष के नीचे जानकी जी सहित बैठे-बैठे कहने लगे -

"वीरवर लक्ष्मण! हमें अपनी त्रुटियों से सीखने को तो मिलता ही है किन्तु कभी-कभी अपने बड़ों की भूलों से भी बहुत-कुछ सीखने को मिल जाता है। और हमें सीखना भी चाहिए।"

कहकर भइया चुप हो गये। वस्तुतः श्रीराम को इस समय हमारे वृद्ध पिताश्री की तीव्र याद आ रही थी, बोले -

"पता नहीं पिता महाराज इस समय कैसे होंगे? हमारे अयोध्या से प्रस्थान के समय जल से बाहर निकली मछली की भाँति कैसे तड़प रहे थे वह? तुमने देखा सौमित्र?"

"आप ही तो कहते हैं भइया कि व्यक्ति को अपने कर्मों का फल अवश्य भोगना पड़ता है। महाराज अपनी उस दुर्दशा के लिए स्वयं ही उत्तरदायी हैं।" - मैं बोला। तब श्रीराम ने कहा -

"इसे हमें इस प्रकार से समझना चाहिए वत्स!...कि धर्म-अर्थ-काम-मोक्ष यह जो चार प्रकार के पुरुषार्थ कहे गये हैं हमें इनके परस्पर सन्तुलन को सदैव ध्यान में रखना चाहिए। यदि इनमें से एक भी प्रधान हुआ तो हम अपने कर्त्तव्यमार्ग से च्युत हो सकते हैं।"

"यही भूल तो हुई है महाराज दशरथ से।" - मैंने उत्तेजित हो जाने के कारण भइया से कहा कि - "धर्म-अर्थ-और मोक्षमार्ग को छोड़कर वे इतने कामवश हो गये कि उन्होंने महारानी कैकेयी के समक्ष पूर्ण आत्मसमर्पण कर दिया। ऐसे अधोगति को प्राप्त राजा का संकटग्रस्त होना फिर निश्चित है।"

"वीरवर लक्ष्मण! यह हमारे लिये भी एक सीख है। इन्द्रियनिग्रह के बिना व्यक्तित्व का विकास सम्भव नहीं।...हम प्रयास करें कि भविष्य में हमसे ऐसी भूल न होने पाये। आओ अब आगे चलें..." कहकर श्रीराम उठ गये और हम अगले गन्तव्य की ओर चल पड़े।

मार्ग में चलते-चलते भइया ने मुझसे कहा कि - "एक बात और।...आगे अनेक आश्रम, पड़ाव और मार्ग हमें मिलेंगे। लोग तरह-तरह के प्रश्न हमसे पूछेंगे। हम असत्य-भाषण तो कर नहीं सकते। क्योंकि ऐसा करना सूर्यवंशियों की मर्यादा के विरुद्ध है। परन्तु इतना हम कर सकते हैं कि अपने विषय में हम जो कुछ भी कहें संक्षिप्त कहें। सोच-समझकर कहें। अपने वनवास का कारण तो कहें परन्तु हमारे मुख से अपने माता-पिता की निन्दा का एक शब्द भी भूल से न निकले। अब से हमें इस हेतु सदैव सजग रहना होगा।"

मैंने बड़े भइया का यह निर्देश थोड़ा असहमत होते हुए भी गाँठ बाँध लिया। भइया का कहा ही सर्वश्रेष्ठ है हितकारी है यह मैं समझता था। समय की संवेदनशीलता को देखते हुए भी यह आवश्यक था।

हमारी वह रात पुनः एक वृक्ष के नीचे बीती। हमारे साथ हमारे धनुष-बाण इत्यादि थे। उनके अतिरिक्त मेरे कन्धों से टँगी एक गठरी में कुछ फल ही हमारे एकमात्र पाथेय थे। उन्हें हमने शयन से पूर्व ग्रहण किया।

प्रातःकाल जब हम आगे चले तो फिर एक घना जंगल हमारे मार्ग में आया। ऊँचे-ऊँचे सघन वृक्ष। कँटीले झाड़ और झुकी हुई डालियाँ हमारा मार्ग रोक लेते। ऐसे में मैं आगे बढ़कर अपने खंग से झाड़-झंखाड़ काटता-पीटता साफ करता आगे बढ़ता। पीछे-पीछे भइया राम धर्मपत्नी की बाँह थामे उन्हें सतर्कतापूर्वक आगे बढ़ाते।

जंगली जीवों की आवाजों से भाभी माँ रह-रहकर किसी चकित मृगी की भाँति डर जातीं। अगले ही पल साहस जुटातीं। मुस्कुराकर भइया की ओर देखतीं। मानो कह रही हों कि कुछ नहीं-कुछ नहीं स्वामी! चिन्ता न करिये। मैं ठीक हूँ। अब मुख से कैसे कहतीं दो-दो राजकुलों की क्रमशः पुत्री और पुत्रवधू?

हम तीनों ने सारा दिन वन की वह कष्टप्रद यात्रा किसी प्रकार से सम्पन्न की और फिर हम दिन के दूसरे पहर में गंगा और यमुना के संगमस्थल पर जा पहुँचे।

एक ओर से निर्मल पारदर्शी जलयुक्त वेगवती गंगा। दूसरी ओर हरीतिमायुक्त जलवाली मन्थर गति से बहती आ रही यमुना। दोनों सुरसरिताओं का वह अद्भुत मिलन देखने योग्य था। वह संगम तीर्थ वास्तव में समस्त दुःख-कष्टों को पल में हर लेनेवाला परमपावन स्थान था।

मेरा तो मन नहीं माना। धनुष-बाण-वल्कल एक ओर धरकर मैं तत्काल भागकर संगम की आह्लादकारी जलराशि में कूद पड़ा और उसमें नहाता-तैरता ब्रह्मानन्द का-सा अनुभव करने लगा।

भइया-भाभी मेरे इस बाल-स्वभाव को देखकर अपना दुःख-दर्द जैसे भूल गये। मैंने देखा कि वह मुझे देख-देखकर परस्पर जाने क्या-क्या बतिया रहे थे और स्नेहासिक्त-से एक साथ हँस रहे थे।

कुछ देर बाद जब संगम के उस रेतीले तट पर मैं नहाकर बाहर निकला तो भइया-भाभी ने भी स्नान हेतु गंगा-यमुना के उस संगम में प्रवेश किया।

उसी सायं हम संगम के निकट स्थित भरद्वाज ऋषि के आश्रम में गये। ऋषिवर भरद्वाज ने हमारा हृदय खोलकर स्वागत किया। हम तीनों ने ऋषिवर के चरणस्पर्श किये।

"स्वागत है तुम्हारा नरश्रेष्ठ राम!...आओ सदा सौभाग्यवती वैदेही!!...स्वागत सेवाव्रती सौमित्र!!!" महर्षि भरद्वाज ने हम तीनों को आश्रम में बैठने हेतु अलग-अलग आसन उपलब्ध कराये। थके-माँदे हम तीनों प्राणी कृतज्ञभाव से ऋषिवर के सम्मुख बैठ गये। फिर ऋषिवर बोले -

"मुझे तुम्हारें आने की सूचना आज प्रातः ही मिल गयी थी राम! यह भी कि लक्ष्मण और पुत्री सीता भी तुम्हारे संग में हैं।"

"वह कैसे मुनिवर...?" मैंने विस्मय से पूछा - "हम तो अभी तीन दिवस पूर्व ही अयोध्या से निकले हैं।"

इस पर भरद्वाज जी हँसकर बोले - "यह तीर्थों का तीर्थ प्रयागराज है प्रिय सौमित्र! यहाँ सब सम्भव है...वैसे अभी कल ही सायं एक श्रेष्ठी अयोध्या से प्रयाग आया है। वह दोनों महानगरों के मध्य वाणिज्य करता है। आज सुबह वह यहाँ आश्रम में आया था। उसी ने तुम लोगों के विषय में बताया! द्रुतगामी रथ है उसके पास। कह रहा था कि अयोध्या में बड़ा फेरबदल हुआ है।"

"जी पूज्य मुनिवर! हम तीनों तभी से वनगमन हेतु निकले हैं..." श्रीराम आगे कुछ कहते कि ऋषि भरद्वाज ने उन्हें मना कर दिया।

"कुछ कहने की आवश्यकता नहीं प्रिय राम! मुझे सब पता है। अप्रिय चर्चा करने से क्लेश ही होता है। तुम सब आज मेरे ही आश्रम में विश्राम करो। प्रातःकाल हम पुनः वार्त्ता करेंगे।"

यह कहकर महर्षि उठ गये। हम भी खड़े हो गये। उन्होंने कहा - "बैठो-बैठो, पहले कुछ कन्द-मूल-फल का आहार कर लो फिर उठना।"

ऋषिवर के शिष्य आहार सामग्री लेकर कुटिया में आये। ऋषिवर मुख लटकाये बाहर चले गये। मैं देख सकता था कि भरद्वाज-जैसे महान् तपस्वी भी हम गृहस्थों का असमय वानप्रस्थ देखकर कितने विचलित थे। उनकी गम्भीर मुखमुद्रा उनके मन के शोक को पूरी तरह छिपा नहीं पा रही थी।

मुनिवर के शिष्यों ने हमें मिट्टी के सकोरों में जल दिया। जल पीकर हमने पत्तल पर परोसे हुए फल खाये। नित्य राजभोग खाने के अभ्यस्त लोगों को जब प्रतिदिन प्रातः-मध्याह्न-सायं फल ही खाने पड़ें तो क्षुधा भले ही शान्त हो जाये तृप्ति भला कैसे सम्भव हो सकती है? कदाचित् इसे आप कुछ-कुछ समझ सकें!

प्रातःकाल भइया ने महर्षि भरद्वाज से पूछा - "महर्षे! पूज्यवर!! हमें वनवास की सुदीर्घ अवधि अभी व्यतीत करनी है। जल यदि एक स्थल पर एकत्र हो जाये तो वह प्रदूषित होने लगता है। इसलिए इतनी लम्बी अवधि में हम एक स्थान पर रह भी नहीं पायेंगे। अतः हमें समय-समय पर अपना निवास-स्थान भी बदलना होगा। इसलिए हमें कृपया कोई ऐसा स्थान बतायें जहाँ हम अपने वनवास के प्रारम्भिक कुछ दिन बिता सकें। शान्तिपूर्वक हम उस स्थान पर अपनी पर्णकुटी बनाकर रह सकें।"

भरद्वाज जी बोले - "राम! यह तो बहुत सुन्दर बात है। तुम्हारे प्रवास के लिए फिर इस संगम क्षेत्र से उत्तम और कौन स्थान रहेगा? तुम यहीं किसी एकान्त में अपनी कुटी बनाओ। मेरे आश्रमवासी प्रसन्नतापूर्वक इस कार्य में तुम्हारी सहायता करेंगे।"

इस पर भइया ने कहा - "आपका वचन सत्य है ऋषिवर! प्रयाग का यह पावन तीर्थ। गंगा-यमुना के संगम का सुखद तट। यहाँ का सुरम्य वातावरण। सब-कुछ एक आश्रम के लिए सर्वथा अनुकूल है। परन्तु प्रयाग अयोध्या से अति निकट है। यहाँ तक पहुँचने का मार्ग भी बहुत दुर्गम नहीं है। अयोध्यावासियों को बहुत शीघ्र हमारे यहाँ प्रवास करने का समाचार मिल जायेगा। फिर उनका यहाँ आना-जाना प्रारम्भ हो जायेगा। इससे और तो कुछ नहीं किन्तु हमारी साधना में विघ्न पड़ने की पर्याप्त सम्भावना है।"

मेरे मन में आया कि महर्षि से कहूँ कि - और यदि ऐसा हुआ। अयोध्यावासी और कौशल की अन्य जनता यदि यहाँ हमसे मिलने आने-जाने लगी तो वह दुष्ट कैकेयी समझेगी कि भइया श्रीराम उसके राज्याधिकारी सुपुत्र भरत के विरुद्ध कोई षड्यन्त्र रच रहे हैं और जनमानस को विद्रोह हेतु तैयार कर रहे हैं। - परन्तु भइया के निर्देश को ध्यान में रखकर मैं मौन रहा।

श्रीराम के आग्रह पर भरद्वाज मुनि ने फिर उनके आश्रम स्थापन हेतु जो स्थान बताया उसका नाम था - चित्रकूट।

"हे जन-मन-रंजन राम! फिर तो तुम्हें यहाँ से लगभग तीस कोस दूर और जाना होगा।"

"जी मुनिवर!"

"वहाँ गन्धमादन पर्वत के समान एक अत्यन्त रमणीक पर्वत है। नाम है चित्रकूट पर्वत। अति निर्मल एवं मनोहर मन्दाकिनी नदी जिसके चरणों के आस-पास विचरकर समस्त प्राणियों को सुख देती है...जहाँ सहस्रों वर्षों से अनेक सिद्ध ऋषि-मुनिजन तपस्यारत हैं अथवा सुखपूर्वक विचरण करते हैं...जहाँ कई कन्दराएँ एवं निर्झर हैं...लंगूर, रीछ, हाथी और हिरण से जहाँ के वन सुशोभित हैं। राम!...तुम्हारे वहाँ जाने से वह चित्रकूट का पावन प्रक्षेत्र और भी आनन्दविभोर हो जायेगा।"

महर्षि भरद्वाज का आशीर्वाद लेकर हम तीनों वनवासी अपने कर्मपथ पर आगे निकल पड़े। जैसा-जैसा उन्होंने बताया था वैसा-वैसा ही मार्ग हमने अनुसरण किया। मैं सोच रहा था कि महर्षि भरद्वाज हमारे कितने अच्छे मार्गदर्शक सिद्ध हुए अन्यथा हम इस अपरिचित संसार में न जाने कहाँ-कहाँ भटकते रहते। चित्रकूट का मार्ग बताते हुए भरद्वाज जी ने कहा था -

"राम! लक्ष्मण!...ध्यान रहे कि जनकदुलारी सीता तुम्हारे साथ है। उसे अधिक कष्ट न हो। अतएव एक बहुत सुगम मार्ग तुम्हें बताता हूँ। यद्यपि अरण्य यात्रा में सुगम तो कुछ भी नहीं है तथापि हम ऋषि-मुनि तपश्चर्या के लिए शान्त और निर्जन स्थानों की खोज में प्रायः लगे रहते हैं। आवागमन के अनेक मीठे-कडुवे अनुभवों के पश्चात् अन्ततः कोई-न-कोई सुगम मार्ग ढूँढ़ ही लेते हैं। हर व्यक्ति का अपना निजी अनुभव होता है। परन्तु यदि कोई शुभचिन्तक आपका मार्गदर्शन करे तो वह अपनी ओर से सर्वोत्तम विकल्प ही आपको सुझाता है। आगे जैसा आपका पुरुषार्थ और भाग्य।"

"पुरुषार्थ और भाग्य में तो पुरुषार्थ ही श्रेष्ठ हुआ न मुनिवर?" अब मुझसे रहा न गया और मैं अपना चिरकालिक द्वन्द्व भरद्वाज मुनि के समक्ष खोल ही बैठा।

"निस्सन्देह।...व्यक्ति को पुरुषार्थ करना ही चाहिए सौमित्र! क्योंकि पुरुषार्थ के बिना जीवन में कुछ भी प्राप्त नहीं किया जा सकता। कृषक यदि खेत में समय पर हल न चलाये, बीजवपन न करे, उपलब्ध संसाधनों से समय-समय पर सिंचन कार्य न करे, खर-पतवार का उचित समय पर निष्कासन न करे तो क्या अच्छी कृषि सम्भव है? नहीं न? इसी भाँति जीवनयापन के दूसरे कार्य।..."

"फिर भाग्य की क्या भूमिका है मुनिवर?"

"कार्य का परिणाम! उत्पादन का परिमाण!! अन्तिम उपलब्धि!!! जिससे पुरुषार्थ द्वारा प्राप्त किये गये लाभ-हानि का लेखा-जोखा किया जाता है। भाग्य की भूमिका भी यहीं होती है। इसीलिए कहते हैं कि मनुष्य को पुरुषार्थ करना चाहिए परिणाम भाग्य पर छोड़ देना चाहिए।...बहुत समय है वत्स! आगे तुम्हारे पास। तुम्हारा अरण्यवास इसके लिए तुम्हें पर्याप्त अवकाश देगा। यह चिन्तन-मनन इसी प्रकार जारी रहना चाहिए।"

- कहकर भरद्वाज जी मुस्कुराये और हमें चित्रकूट का मार्ग समझाने लगे। -

"गंगा और यमुना के संगम पर जाओ। फिर तुम यमुना नदी की ओर बढ़ना। जो घाट यमुनातट पर सर्वप्रथम तुम्हें मिले जहाँ से नौकायन हो रहा हो वहीं ठहर जाना। फिर एक नौका के द्वारा यमुना जी को पार करना।...

"जब तुम सब यमुना के उस दूसरे तट पर पहुँचोगे तो तुम्हें वहीं आस-पास श्यामवट नामक एक बहुत प्रसिद्ध बड़ा-सा बरगद का वृक्ष मिलेगा। किसी बटोही से पूछ लेना। अपने केवट से ही पूछोगे तो श्यामवट का दिशाबोध वह करा देगा।...

"श्यामवट अत्यन्त शीतल-सुखद-छायादार स्थान है। मन करे तो कुछ देर वहाँ विश्राम कर लेना। उसके बाद आगे बढ़ना। आगे एक कोस की दूरी पर तुम्हें एक नीलवन मिलेगा। चीड़ और बेर के असंख्य वृक्षों से भरा-पूरा। यमुना जी के सन्निकट घाट का वह स्थान इसलिए भी अत्यन्त मनोरम है क्योंकि वहाँ नदी के दोनों कूलों पर हरे बाँसों के अनेक झुरमुट हैं। यहीं से चित्रकूट जाने का अच्छा मार्ग तुम्हें मिलेगा।"

उसके पश्चात् हमने चित्रकूट के लिए प्रस्थान किया। हम परम सौभाग्यशाली थे जिन्हें महर्षि भरद्वाज-जैसे महान् तपस्वी के दर्शनों का इस प्रकार लाभ मिला। संगमतट से मुनिवर के निर्देशानुसार हम रेतीले-पथरीले पथ पर चलते हुए यमुना जी के उस घाट की ओर बढ़े जहाँ हमें नावें मिलने की सम्भावना थी।

आज धूप बहुत कड़ी थी। हवा भी तेज चल रही थी। माता सीता के सिर का आँचल पवनवेग से उड़-उड़ जाता था जिसे वह बड़ी कठिनाई से सँभाल पा रही थीं। श्रीराम और श्रीसीता के पदचिह्न जो उस रेत में उभर रहे थे उड़ती रेत के कारण मिट-मिट जाते थे। महर्षि भरद्वाज ने चलते समय हमें ढेर-सारे कन्द-मूल-फल मार्ग में खाने के लिए बाँध दिये थे। एक कन्धे पर तीरों से बोझिल तरकश। दूसरे कन्धे पर फलाहारों का गट्ठर लिये मैं बड़े सँभल-सँभलकर कदम रख रहा था।

यमुना घाट पर जब हम पहुँचे तो संयोग से वहाँ कोई नाव हमें नहीं मिली। कुछ देर रुककर हमने प्रतीक्षा की। अपनी आँखों पर हाथ का साया बनाकर नदी के आर-पार और उसकी धारा पर इधर-उधर दृष्टि दौड़ायी। एक भी नाव आती-जाती दिखायी नहीं दी। भइया ने कहा -

"लक्ष्मण! हमें आज ही सायं तक चित्रकूट पहुँच जाना चाहिए। जानकी साथ में हैं...अन्यथा यदि हमें विलम्ब भी हो जाता तो दोनों भाई सारी रात चलते तो भी कोई बात न होती..."

जानकी जी ने भइया की ओर आपत्ति जताने की मुद्रा में एक बार देखा और मुझसे बोलीं - "कुछ उपाय करो वत्स! यमुना जी में अगाध जल है। हम इसे अन्यथा कैसे पार करेंगे?"

माता जानकी ने प्रभु श्रीराम के 'अन्यथा' शब्द का मर्म भाँपकर 'अन्यथा' शब्द के उपालम्भ का ही आश्रय लिया था। मैं भाभी माँ के मन की बेचैनी समझ गया।

मैंने आस-पास यमुनातट पर दृष्टि दौड़ायी। पीछे कुछ दूर पर हरे बाँसों का एक झुरमुट था। मैंने कन्धों के बोझ और धनुष को राम भइया के पास रेत पर गिरा दिया और कमरबन्द में लटकी म्यान से खंग निकालकर उन बाँसों की ओर बढ़ा।

मैंने कुछ बाँसों को तोड़कर उन्हें खंग से काट-तराशकर, आस-पास की जंगली घास और सरपतों से रस्सी बटकर, उसकी सहायता से बाँसों का एक सुदृढ़ बेड़ा बनाया। जामुन के कुछ वृक्ष भी आस-पास थे। उसकी टहनियों को तोड़कर उनकी पत्तियों की बिछावन से बेड़े के बीचोंबीच सीता जी के बैठने हेतु नरम स्थान बनाया। फिर उस बेड़े को राम भइया की सहायता से उठाकर हम यमुनातट तक लाये। साथ में दो लम्बे बाँस अलग से हमने ले लिये। बेड़ा सावधानी से यमुना जी में उतारा गया।

सीता जी को राम जी ने हाथ पकड़कर बेड़े पर बिठाया। मध्यभाग में। फिर हम दोनों भाई बाँस के लग्गे के सहारे बेड़े को यमुना जी के गहरे जल की सतह पर दोनों ओर खड़े होकर खेने लगे।

हमारा बेड़ा जब यमुना जी की जलधार के मध्य पहुँचा तो माँ सीता ने उसी प्रकार की प्रार्थना यमुना मइया से भी की जैसी उन्होंने गंगा जी को पार करते समय की थी। यह माताएँ भी प्रायः एक-जैसी होती हैं। नारीसुलभ प्रकृति की हर वस्तु से कितनी सरलता से इनका तादात्म्य स्थापित हो जाता है। प्रार्थना भी करेंगी तो अपने लिये नहीं अपने पति-पुत्रादि के लिए ही। और वह भी अधिकाधिक। मैं सोच रहा था।

यमुना पार उतरकर हमने अपना स्वनिर्मित बाँसों का बेड़ा तट की रेत पर ही छोड़ दिया। और हम घूमते-घामते श्यामवट तक पहुँच गये।

बरगद का वह प्राचीन महावट इतना विशाल एवं भव्य था कि उसके नीचे तो किसी की भी समाधि लग जाये। हुआ भी वही। जब हम तीनों उसकी छाया में विश्राम हेतु बैठे तो बड़ी देर तक ध्यानमग्न हो गये। जब हमें आस-पास आये कुछ बटोहियों की आवाजें सुनायी दीं तो मोरों की कर्णप्रिय पुकारें और पक्षियों का कलरव भी साथ-ही-साथ फिर से सुनायी देने लगा। हमारे तन-मन की सुधि तब वापस आयी।

इसी सब में सन्ध्या निकट आने लगी। हम तीनों ने फिर जाकर यमुना जी के एकान्त में रात्रि विश्राम का निर्णय लिया। स्वच्छ आकाश में तारे गिनते, कल-कल बहती यमुना नदी की मधुर ध्वनि सुनते वह रात्रि न जाने कैसे व्यतीत हो गयी? मैं जान ही नहीं सका।

प्रातःकाल शौचादि से निवृत्त हो हमने मार्जन एवं यमुना स्नान किया। फिर देवाराधन के पश्चात् हम चित्रकूट के निर्दिष्ट मार्ग को पकड़कर चल दिये।

●

5

कौन अहेरी आया है यह

मेरे मितभाषी भइया श्रीराम चित्रकूट पहुँचकर इतने प्रफुल्लित हुए कि आपको क्या बताऊँ। चित्रकूट प्राकृतिक सौन्दर्य से इतना समृद्ध था कि जो भी वहाँ जाता एक नवीन ऊर्जा से अनुप्राणित हुए बिना न रहता। मैंने इतने खुलकर और चहककर बोलते हुए अपने राम भइया को कभी नहीं देखा था। -

"सीते! देख रही हो यहाँ की हरीतिमा?...यह मनभावन स्फटिक सम स्वच्छ सरिता मन्दाकिनी? और वह चित्रकूट का रोमांचित कर देनेवाला कामदगिरि पर्वत? ... कितने विविध प्रकार के फलदार, छायादार और शोभाकार वृक्ष यहाँ नाना प्रकार के पुष्प-फल-लता-छाया से सुसज्जित हमारे लिये जैसे पलकें बिछाये खड़े हैं। कन्द-मूल-फल तो सुना है यहाँ प्रचुर मात्रा में उपलब्ध हैं। कदाचित् यही कारण है कि चित्रकूट का यह सुरम्य अंचल सहस्रों वर्षों से सिद्ध-मुनि-ध्यानी जन का एकान्त अभयारण्य एवं पावन तपःस्थली बना हुआ है।... प्रिय जानकी! उधर वह नृत्य करता हुआ सुन्दर मयूर तो देखो... अहा!!

"देख रहे हो सौमित्र! कितने रंग-बिरंगे पक्षी-शुक-सारिकाएँ-सारस-बगुले-गौरैयाँ और वन्य कपोत यहाँ चहुं ओर उड़-उड़कर इस वन कानन को कैसी स्वर्गिक सुषमा प्रदान कर रहे हैं?...यहाँ मृगादि वन्य जीवों की भी कोई कमी न होगी। कुछ हिंस्र पशु भी होंगे जिनसे तनिक सावधान रहना होगा।...

"लक्ष्मण! तपश्चर्या के लिए चित्रकूट तो मनोवांछित कामनापूर्ति करनेवाले कल्पवृक्ष-जैसा है।...हिमालय पर्वत की बड़ी सराहना सुनी है। लगता है जैसे यहाँ साक्षात् हिमालयराज ही अपने वामन-अवतार में समुपस्थित हो गये हों।... मेरा तो रोम-रोम पुलकायमान है। मन करता है कि हम सदा-सदा के लिए यहीं बस जायें।"

"सदा-सदा के लिए नहीं भइया! अधिक-से-अधिक चौदह वर्ष..." मैंने प्रभु श्रीराम को याद दिलाया।

"हाँ-हाँ वही सही...यदि मुझे चौदह वर्ष भी यहाँ रहना पड़े तो वह भी चित्रकूट में कम लगेंगे।"

"परन्तु हम रहेंगे कहाँ? -" भाभी माँ ने प्रसन्नतापूर्वक जिज्ञासा व्यक्त की।

"उसके लिए यह सौमित्र है न प्रिये!...जहाँ यह हमारे लिये एक कुटिया छवा देगा हम रह लेंगे।" राम भइया का उत्साह एवं आनन्द उस समय देखते ही बनता था। उसके पश्चात् हमने उस कामदगिरि पर्वत की एक परिक्रमा की। चित्रकूट में घूमते हुए हमें एक स्थान पर कुछ दूर एक पहाड़ी पर एक सुन्दर-सा आश्रम दृष्टिगत हुआ। उस अरण्य के मध्य फूस की कुटियों और बाँस की दीवार से घिरा एक अलग-थलग-सा दिव्य स्थान। एक पगडण्डी उस मनोरम आश्रम की ओर जाती हुई हमें दिखायी दी। घास, पत्तों एवं वृक्षों के मध्य से अपना मार्ग खोजती-सी पगडण्डी। हम तीनों के पग भी उसी पगडण्डी के इस छोर के निकट जाकर थम गये। तभी दो किशोर वय के वटुक हमें उस आश्रम की ओर से पत्थर काटकर बनायी गयी सीढ़ियाँ उतरकर आते दिखे। मुण्डित शीश, शीश के पृष्ठभाग में शिखा, श्वेत धोती कटि तक धारण किये, यज्ञोपवीतधारी वटुक। किन्हीं मुनिवर के शिष्य प्रतीत होते थे वे। उनके कन्धों पर थैले लटके थे और वे हाथों में भी कोई पात्र लिये हुए थे।

वह दोनों किशोर जब हमारी ओर आये तो राम भइया ने उनसे पूछा - "क्या आप उस आश्रम से आ रहे हैं ब्रह्मचारी बालकों?"

"जी प्रणाम।...हम वहीं के विद्यार्थी हैं।"

"किन महात्मा का आश्रम है वह?"

"हमारे परम पूज्य गुरुदेव महर्षि वाल्मीकि का।"

"अहोभाग्य!...बालको!! क्या परम पूज्य महर्षि का दर्शनलाभ हमें इस समय हो सकेगा?"

"अवश्य महानुभाव!...गुरुदेव आश्रम में ही हैं। प्रातःकालीन सत्र समाप्त हो चुका है। अब हम लोग भिक्षाटन के लिए गृहस्थों के ग्राम की ओर जा रहे हैं। आपका अन्य विद्यार्थीगण आश्रम में स्वागत करेंगे।" - कहकर वे दोनों अत्यन्त सुशील वटुक हमें प्रणाम कर चले गये।

"सीते! लक्ष्मण! - आओ चित्रकूट को अपना धाम बनाने से पूर्व हम सब महर्षि वाल्मीकि के पावन दर्शन कर उनका आशीर्वाद प्राप्त कर लें।" - भइया ने कहा।

हम तीनों आश्रम को जानेवाली उस पगडण्डी पर एक सीधी रेखा में आगे बढ़ चले। श्रीराम के चरण इतने उत्साहित थे कि उस समय उनकी गति देखते ही बनती थी। माँ सीता को भी लगभग भागते हुए उनके पीछे-पीछे पग धरने पड़ रहे थे। मैं भी पीछे-पीछे लम्बे डग भरता भइया-भाभी के साथ चल रहा था।

"तनिक धीरे चलिये नाथ!...क्या हो गया है आपको?" - सीता माँ बोलीं।

"कुछ न कहो सीते!...यह आश्रम मुझे बड़े प्रबल वेग से अपनी ओर खींच रहा है।"

"आकर्षित तो मैं भी अत्यन्त हूँ स्वामी! परन्तु इतनी शीघ्रता क्यों?"

"अरी प्रिये!...तुम्हें इन महर्षि के श्रीचरणों का दुर्लभ आशीष जो दिलाना है।"

भइया को तभी सहसा कुछ याद आया। चलते-चलते वह ठिठक गये। बीच मार्ग में ही मेरी ओर पलटकर देखा और बोले -

"याद है सौमित्र! हमारे गुरुकुल के दिनों में गुरुदेव वसिष्ठ ने इन ऋषिवर वाल्मीकि की हमसे एक बार चर्चा की थी जो कभी एक दुर्दान्त दस्यु हुआ करते थे और जो आज के युग के एक महान् तपस्वी और अतिशय वन्दनीय महर्षि बन चुके हैं। वही पूज्यपाद ऋषिवर वाल्मीकि हैं यह। बहुत सुना था विद्या एवं ज्ञान के आगार वाल्मीकि मुनि और उनके आश्रम के विषय में। आज यह साक्षात् हमारे सामने हैं। ...समझो प्रिय अनुज कि हमारे अनेक पुण्यों का फल हमें आज प्राप्त हो रहा है।"

"स्वामी!...महर्षि वाल्मीकि और दस्यु?...क्या कह रहे हैं आप?" भाभी माँ सीता ने अविश्वास से भरे नयनों से भइया की ओर देखते हुए कहा।

"हाँ जानकी! -" राम भइया बोले। फिर वह हमें उस पगडण्डी से हटाकर एक वृक्ष की शीतल छाया की ओर ले गये। श्रीराम अब जानकी जी की जिज्ञासा को शान्त करके ही वाल्मीकि आश्रम में जाना चाहते थे। अतः हम दोनों देवर-भाभी भी प्रभु श्रीराम के मुखारविन्द से महर्षि वाल्मीकि की जीवन-कथा सुनने के लिए उनके सम्मुख निश्चल खड़े हो गये।

श्रीराम भी अविचल खड़े एक हाथ में अपने धनुष को सीधा खड़ा कर धरती पर उसका निचला सिरा टिकाये हमसे यों अमृत वचन कहने लगे -

"नियति के खेल निराले हैं।...कब एक योगी पथभ्रष्ट हो जाये और कब एक कुमार्गी व्यक्ति सन्त का स्वभाव धारण कर ले, कहा नहीं जा सकता। जीवन में कभी-कभी ऐसे अप्रत्याशित परिवर्तन होते हैं कि व्यक्ति की समस्त जीवनधारा ही अभूतपूर्व मोड़ ले लेती है। वाल्मीकि मुनिवर के साथ भी ऐसा ही हुआ। एक आमूलचूल हृदय परिवर्तन।...

"कल्पना करो कि एक अत्यन्त क्रूर स्वभाव का दस्यु जो अपने युवाकाल में मार्ग में दिन दहाड़े मनुष्यों को लूट लिया करता था, जो विरोध करने पर किसी-किसी की नृशंस हत्या तक कर देता होगा, रातोंरात कैसे एक पतित से पुण्यात्मा के रूप में परिवर्तित हुआ होगा?...

"वाल्मीकि नीच प्रकृति के मनुष्यों के कुसंग में पड़कर लूटमार का गर्हित व्यवसाय किया करते थे। अपने जीवन के पूर्वार्द्ध में उन्होंने लूट, अपहरण, हत्या और दस्युकर्म-जैसे जितने दुष्कर्म हो सकते थे किये।...जिस बीहड़ वन में वह लूटमार करते पथिक भयाक्रान्त हो वह मार्ग ही छोड़ देते। वाल्मीकि फिर दूसरे वन प्रान्तर में जाकर अपनी गतिविधियाँ चलाते।...वह इसी भाँति अपना और अपने परिवार का भरण-पोषण किया करते थे।

"एक बार उनके वन्य क्षेत्र से परम तेजस्वी सप्तर्षि कहीं जा रहे थे। वाल्मीकि ने उनका मार्ग रोक लिया और उनसे उनका सर्वस्व माँगा। सप्तर्षियों के पास क्या था? बोले कि - हमारे पास ज्ञान और विवेकरूपी धन के अतिरिक्त और क्या है जो तुम ले सको?...अच्छा ऐसा करो कि तुम हमें समीप के उस वटवृक्ष से बाँध दो और हम अपने तपबल से तुम्हारे लिये कुछ स्वर्ण-रजत इत्यादि का प्रबन्ध करते हैं। किन्तु हमारी एक शर्त भी तुम्हें माननी होगी। वह यह कि पहले तुम जाकर अपनी पत्नी और परिजनों से यह पूछकर आओ कि तुम जो इस प्रकार पापकर्म से प्राप्त धन द्वारा उन सबका पालन-पोषण करते हो क्या उन पापकर्मों के फल को भोगने में भी वे लोग तुम्हारे सहभागी बनेंगे?

"दस्यु वाल्मीकि ने ऐसा ही किया। वह वन से अपने परिवार के निवास-स्थल गये। पत्नी से पूछा कि - मैं तुम्हारा तथा अन्य परिवार जन का पालन-पोषण करता हूँ अतः क्या तुम मेरी पापों के द्वारा कमायी सम्पत्ति के उपभोग के साथ मेरे पापकर्मों के फल में भी मेरी सहभागीदार बनोगी? इस पर उनकी पत्नी ने उत्तर दिया कि - परिवार के मुखिया होने के कारण परिवार का भरण-पोषण तुम्हारा कर्त्तव्य है।...हर व्यक्ति का कर्म उसके साथ चलता है। जो पाप करता है उसके पापों का फल भी उसकी ही आत्मा के साथ बँधा रहता है।...मैं तुम्हारी सहधर्मिणी हूँ। अपने गार्हस्थ्य-जीवन का भलीभाँति पालन करती हूँ। जो कुछ तुम कमाते हो उसका अल्पांश ही मैं स्वयं के जीवनयापन के लिए व्यय करती हूँ शेष को तुम्हारे पुत्रों और परिजनों की देखभाल में लगा देती हूँ इसलिए मेरा पुण्य मेरे साथ रहेगा और तुम्हारा पाप तुम्हारे साथ। पाप क्या होता है? मैं नहीं जानती। उसे तुम ही देखो, समझो और जानो।. ..

"पत्नी का यह उत्तर ही दस्यु वाल्मीकि के भावी जीवन को एक नवीन दिशा देनेवाला सिद्ध हुआ। इससे उनके मर्म पर एक गहरा आघात लगा। वह घर से उलटे पाँव वन में लौटे और सप्तर्षियों का बन्धन खोलकर उनके चरणों में गिर पड़े। फिर उन्होंने आर्त स्वर में अपने अपराधों की क्षमा माँगते हुए ऋषिगण से अपने पापों से उद्धार का उपाय पूछा।...

"सप्तर्षियों ने उन्हें प्रायश्चित्तस्वरूप कठोर तप करने की सलाह दी और दस्यु वाल्मीकि को यह समझाने का प्रयत्न भी किया कि नेत्र मूँदकर ध्यान कैसे किया जाता है। वाल्मीकि इतने पापाचार में संलिप्त रह चुके थे कि स्थिर बैठना तो उन्हें आता ही नहीं था। इस पर ऋषिगण ने उन्हें किसी ऐसे निर्जन वन में एक वर्ष तक सब-कुछ त्यागकर एकान्तवास करने की सलाह दी जहाँ मनुष्य तो क्या कभी मनुष्य की छाया तक न पड़ी हो। जहाँ केवल वन्य पशु-पक्षी ही निवास करते हों। ऋषियों का कहना था कि वाल्मीकि वर्षपर्यन्त सर्वसुख-भोजन-मैथुन आदि त्यागकर प्रकृति निरीक्षण ही करें। तप-साधना इत्यादि प्रकृति स्वयं उनसे करा लेगी।...

"अपने घर-परिवार और दस्युकर्म को त्यागकर वाल्मीकि घोर अरण्य के वासी बन गये। उन्होंने एक वर्ष ही एकान्तवास नहीं किया। पश्चात्ताप की अग्नि में भीतर-ही-भीतर जलते और परम सत्य की खोज में तप करते-करते उन्हें अनेक वर्ष बीत गये। समाधि की अवस्था में उनके शरीर के ऊपर ग्रीष्म-वर्षा-शरद् आदि ऋतुओं तथा आँधी-झंझावात इत्यादि का कोई भी प्रभाव पड़ना बन्द हो गया। शरीर पर सूखे पत्तों, झाड़-झंखाड़, धूल-मिट्टी आदि की परतें जम गयीं। दीमकों और चींटियों तक ने अपना रेत-मिट्टी का एक टीला जिसे 'वल्मीक' कहते हैं उनके ऊपर रच डाला।.,..

"साधना पूर्ण हो जाने पर जब वाल्मीकि को चेतना आयी तो उन्होंने अपनी उस विषम स्थिति को जाना। कठोर तपस्या से मिले तेज ने उन्हें एक योग साधक सिद्ध ऋषि के रूप में ढाल दिया। उन्होंने अपना नामकरण भी स्वयं ही 'वाल्मीकि' कर लिया। अपने पुराने नाम और स्वरूप से उन परम तपस्वी को अब कोई सरोकार नहीं रहा। जगत् ने अब ऋषिवर वाल्मीकि के रूप में उनका साक्षात्कार किया। तब से वेदों, आरण्यकों, उपनिषदों इत्यादि से ज्ञान अर्जित करना और अपने सम्पर्क में आये मनुष्यों को सन्मार्ग दिखाना ही उनका परम लक्ष्य बन गया। बड़े सौभाग्यशाली हैं वे शिष्य जो महर्षि वाल्मीकि-जैसे परम अनुभवी एवं सुयोग्य गुरुदेव से शिक्षा पाते हैं।...

"सीते! लक्ष्मण!!...इस प्रकार वाल्मीकि दस्यु से सर्वप्रथम एक सामान्य व्यक्ति बने। उनमें पशुता से मानवता आयी। फिर वह क्रमशः प्रकृतिप्रेमी, योगी, साधक और ऋषि के विभिन्न चारित्रिक सोपानों को पार करते हुए आज संसार में एक परम तेजस्वी महर्षि के रूप में विद्यमान हैं।...आओ अब हम-तीनों उन्हीं महात्मा वाल्मीकि के पावन दर्शन कर अपना यह जन्म सफल करें।"

हम तीनों महर्षि वाल्मीकि के आश्रम में पहुँचे। हमने दूर से ही उन्हें अपना नामोल्लेख कर परिचय दिया। महर्षि ने तब हमारा ऐसा स्वागत किया जैसे कोई स्नेहिल पिता एक लम्बे अन्तराल से बिछड़ी हुई अपनी प्रिय सन्तानों से मिलता हो।

श्रीराम ने सर्वप्रथम महर्षि के श्रीचरणों में शीश नवाया। फिर मैंने साष्टांग दण्डवत् किया मुनिवर को। सीता जी भी चरणस्पर्श के लिए झुकीं तो महर्षि वाल्मीकि ने उनके सिर पर अपने दोनों हाथ रखते हुए कहा - "सदा सुखी रहो...न-न तुम हमारे चरणस्पर्श न करो। तुम तो मेरी पुत्री हो वैदेही! दशरथनन्दन राम और लक्ष्मण से भी अधिक प्रिय हो मेरे लिये। यह मेरे आश्रम का नियम है कि पुत्रियाँ पुरुषों के पाँव नहीं छूतीं। क्योंकि वे देवी स्वरूपा होती हैं।"

महर्षि वाल्मीकि ने अपने सामने हम तीनों को एक-एक आसन देकर प्रेमपूर्वक बैठाया। फिर हमारे लिये अपने आश्रमवासियों से निर्मल जल तथा मीठे-मीठे कन्द-मूल-फल मँगवाकर परोसे। हमने देखा कि महर्षि वाल्मीकि का स्वरूप अत्यन्त प्रभामय था। रंग साँवला। चेहरे पर सफेद रंग की तराशी हुई दाढ़ी। उन्नत चमकता हुआ ललाट। इकहरी लम्बी कसी हुई देहयष्टि। गम्भीर मुखमुद्रा। परन्तु जब कभी मुस्कुराते तो शिशुवत् मधुर मुस्कान लोगों को उनके प्रति प्रबल आकर्षण उत्पन्न करा देती। ऊपर से उनके दस्यु से ऋषि में रूपान्तरण की अद्‌भुत कथा। मैं महर्षि को देख-देखकर अभिभूत था। यहाँ तक कि अतिथि-सत्कार के लिए प्रस्तुत खाद्य सामग्री को भी ग्रहण करना भूल गया था।

महर्षि वाल्मीकि ने मुझसे हँसते हुए आग्रह किया - ''त्यागमूर्ति लक्ष्मण! आप कुछ लेते क्यों नहीं...इन सात्त्विक फलों ने आपका क्या बिगाड़ा है? लीजिये-लीजिये-लीजिये...''

''जी महर्षे! ले रहा हूँ...ऐसी कोई बात नहीं।'' - मैंने अचकचाकर कहा और एक केला छीलकर शीघ्रतापूर्वक खाने लगा। भइया और भाभी मेरी ओर देखकर हँस पड़े।

फिर भइया ने कहा - ''पूज्यवर महर्षि!...आप तो त्रिकालदर्शी और सर्वज्ञ हैं। हमारे वन में आने का प्रयोजन तो जानते ही होंगे?''

''हाँ मर्यादापालक राम!...आपके सद्‌विचारों की सुगन्ध और सत्कीर्ति की शीतल बयार आपके यहाँ आने से पूर्व ही मेरे इस आश्रम में पहुँच गयी है।...आपको कुछ कहने की आवश्यकता नहीं। जिस आज्ञाकारी सुपुत्र की सिद्धान्तप्रियता का अनुसरण उसकी देवी समान पत्नी और उसके प्रिय अनुज पग-पग पर करते हों उनके माता-पिता-बन्धु-बान्धव और सम्पर्क में आनेवाले इस चराचर जगत् के समस्त प्राणी धन्य हैं।...राम! आपके लिए सोना और मिट्टी एक समान हैं। सुख और दुःख दोनों में कोई अन्तर नहीं। आप चाहे राजधानी में रहें चाहे किसी अरण्य में...सर्वत्र समभाव ही रखते हैं। अतः आज यदि इस वनाञ्चल में पधारे हैं तो कल...यहाँ मंगल ही करेंगे।''

मेरे लिये यह सुखद आश्चर्य का विषय था कि कठिन तपश्चर्या में वास्तव में कितनी आलौकिक शक्ति होती है जो महर्षि वाल्मीकि हमारे बिना कुछ कहे हमारी तत्कालीन दशा के पीछे की सारी कथा जान चुके थे। यही नहीं राम भइया की मनोदशा एवं स्वभाव का भी कैसा सटीक चित्रण उन्होंने अपने सम्बोधन में किया।

तब श्रीराम ने श्री वाल्मीकि से करबद्ध निवेदन किया - ''आपके उद्‌गारों को सुनकर मुझे वास्तविक दिशाबोध हुआ है मुनिश्रेष्ठ! परन्तु अपने कर्त्तव्यपथ पर अग्रसर होने के पूर्व मैं कोई ऐसा एकान्त स्थान चाहता हूँ जहाँ अपनी धर्मपत्नी और इस अनुज के साथ कुछ दिन शान्ति से निवास कर सकूँ। मुझे विश्वास है कि आपके

द्वारा सुझाया हुआ स्थान हमें अपने भावी जीवन के लिए संकल्पबद्ध होने और दृढ़ता प्राप्त करने में परम सहायक होगा।...कृपया बताइये कि हमारे लिये यहाँ सर्वोत्तम निवास का स्थान कहाँ है?''

इस पर महर्षि वाल्मीकि ने हँसते हुए भइया की ओर एक रहस्यमय दृष्टि से देखा और बोले - ''हे रघुकुल तिलक! आपका भविष्य अत्यन्त उज्ज्वल एवं उत्कृष्ट है। अभी तो यह आपके सत्कर्मों का शुभारम्भ मात्र है। आपके-जैसे शान्त, समदर्शी एवं समस्त विश्व के कल्याण की कामना करनेवाले महापुरुष जहाँ निवास करते हैं वहाँ का वातावरण स्वयं ही उनके अनुकूल बनता चला जाता है। आप-जैसे धर्मात्मा एवं महामनीषियों के कर्मपथ पर चाहे जितने संकट आयें यह उदारहृदया प्रकृति भी अन्ततः आप ही का साथ देती है। जहाँ-जहाँ आप जाते हैं वहाँ-वहाँ धरती पुलकित हो उठती है...आकाश कृपालु हो जाता है...जल में निर्मलता आ जाती है और संचरित होनेवाले पवन में शीतलता का वास हो जाता है। आप-जैसे साधु पुरुष के स्पर्शमात्र से पेड़-पौधे-पुष्प-पल्लव सभी खिल उठते हैं। खग-मृग-कीट-पतंग तक आपकी छाया में अपना आश्रय ढूँढ़ने लगते हैं। फिर हे दशरथनन्दन राम!...आपको मैं आपका निवास कहाँ से ढूँढ़कर दूँ?''

श्रीराम महर्षि वाल्मीकि के मुख से अपनी भूरि-भूरि प्रशंसा सुनकर तनिक संकोच में पड़ गये। मेरी भी हिम्मत नहीं पड़ रही थी कि मैं इस विषय में महर्षि से कुछ कहूँ। ऐसे में जनकदुलारी मेरी मातृस्वरूपा भाभी सीता हमारे काम आयीं। बोलीं- ''हे पितृतुल्य ऋषिवर! यह हमारा परम सौभाग्य है जो आज हमें आपके पावन दर्शन हुए। मेरा वश चले तो हम सदा-सदा के लिए आपके श्रीचरणों में ही इस सिद्ध आश्रम में बस जायें। परन्तु इनकी दण्डकारण्य में वास करने की प्रतिज्ञा का अनुपालन कदाचित् एकान्तवास के बिना भलीभाँति नहीं हो सकेगा। इसी से यह तनिक चिन्तित हैं और अपने अल्प विश्राम हेतु कोई उपयुक्त स्थल खोज रहे हैं। ...मुनिवर! तपस्या के मर्म को आपसे अधिक और कौन जान सकता है? अतः कृपा करके हमारा मार्गदर्शन करें।''

महर्षि वाल्मीकि सीता जी के मधुर वचनों को सुनकर गद्गद हो गये। उन्होंने दोनों हाथ उठाकर उन्हें आशीर्वाद दिया और कहा - ''अखण्ड सौभाग्यवती भव पुत्री सीते!...जहाँ तुम राम के साथ निवास करोगी वह स्थान स्वयं स्वर्ग से भी सुन्दर बन जायेगा। अभावों में भी वहाँ निरन्तर लक्ष्मी का वास बना रहेगा।...सुनो मैं तुम तीनों के लिए इस चित्रकूट में एक अत्यन्त रमणीक स्थल बताता हूँ जहाँ तुम जब तक चाहोगे अत्यन्त सुखपूर्वक निवास कर सकोगे।''

इसके बाद महर्षि वाल्मीकि ने अपने दो प्रिय शिष्यों को हमारे साथ किया और हमसे कहा कि - ''चित्रकूट पर्वत की तराई में मन्दाकिनी नदी के तट पर एक ऐसा निर्जन एवं मनोरम स्थान है जहाँ तुम अपनी पर्णकुटी बनाकर रह सकते हो। एकान्त

चिन्तन, साधना और आनन्द-प्राप्ति हेतु वैसा दूसरा स्थान यहाँ दुर्लभ है। मेरे यह शिष्य तुम्हें वहाँ ले जायेंगे।... मैं भी पहले जब एकान्त साधना हेतु व्यग्र होता था तो प्रायः वहीं जाया करता था।''

और इस प्रकार मैंने राम जी तथा सीता जी ने वाल्मीकि आश्रम के उन दोनों शिष्यों के साथ हमारे निवास हेतु महर्षि द्वारा सुझाया वह उत्तम स्थल चित्रकूट पर्वत की उस हरी-भरी सुरम्य तलहटी में जाकर देखा। उस स्थान को देखकर राम भइया अत्यन्त आह्लादित हो गये और भाभी माँ सीता से उसके कण-कण का ऐसा गुणगान करने लगे मानो वह स्थान और श्रीराम परस्पर अन्योन्याश्रित हों।

मैंने ऋषि-शिष्यों की सहायता से सीता-राम जी के लिए एक सुन्दर पर्णकुटी का निर्माण करना प्रारम्भ किया जिसे हम सब ने मिलकर उसी दिन सूर्य ढलने के समय तक सम्पन्न कर डाला। गुरुकुल के दिनों में सीखे गृहविज्ञान की शिक्षा आज हमारे काम आयी। भइया मेरा हस्तकौशल देखकर इतने भावविभोर हो गये कि पुरस्कारस्वरूप उन्होंने मुझे अपने प्रगाढ़ आलिंगन में देर तक आबद्ध कर लिया और मेरी सराहना के जैसे अनेक सेतु बाँध दिये।

मैं राम भइया के अंक में समाकर अपना दिनभर का सारा श्रम भूल गया। माँ सीता ने भी मुझे अनेकानेक आशीर्वाद दिये। हम सब ने मिलकर ऋषि-शिष्यों का भी उनकी सहायता के लिए हृदय से आभार व्यक्त किया और उन्हें सादर विदा किया। वह रात्रि मैंने एक सघन वृक्ष के नीचे काटी...जागते हुए...क्योंकि मेरे माता-पिता तुल्य जानकी जी और राम जी एक लम्बी कष्टप्रद यात्रा के बाद मेरी हस्तनिर्मित कुटिया में आज विश्राम कर रहे थे। मुझे यह ध्यान था कि सुबह मुझे स्नानादि के पश्चात् मन्दाकिनी नदी के तट से एक गागर में पेयजल लाना था। यज्ञ हेतु समिधा और आहार हेतु कुछ कन्द-मूल-फल जुटाने थे। और हाँ...अपने लिये भी एक छोटी-सी कुटिया बनानी थी जहाँ मैं अपने तथा भइया के धनुष-बाण इत्यादि सुरक्षित रख सकूँ।

चित्रकूट में निर्विघ्न निवास करते हुए हमें कुछ ही दिन बीते होंगे कि एक दिन मैंने उत्तर दिशा की ओर से धूल उड़ती हुई देखी। लगा जैसे कोई हवा का एक बहुत बड़ा तूफान हमारी ही ओर बढ़ा चला आ रहा हो।

रथों का घर्घर नाद, हाथियों की चिंघाड़ और अश्वों की टापों की ध्वनि और जन-कोलाहल के मिश्रित स्वरों को मैं दूर से पहचान सकता था। यह किसी चतुरंगिणी सेना के आने का सूचक था। मेरा मन किसी अनिष्ट की आशंका से विचलित हो उठा।

शंकानिवारण हेतु मैं चित्रकूट पर्वत के ऊपर ऊबड़-खाबड़ रास्ते से चढ़ने लगा। कोलाहल निकट आता जा रहा था। अतः मैं अधिक देर तक धैर्य धारण नहीं कर सकता था। इसलिए मैं शीघ्रतापूर्वक एक वृक्ष पर चढ़कर उसके शिखर से उस दूरस्थ दृश्य का विहंगावलोकन करने लगा।

वास्तव में अनेक ध्वज-पताकाओं को फहराते हुए एक विशाल चतुरंगिणी सेना धूल का बवण्डर उठाती हमारे चित्रकूट-धाम की ओर बढ़ी चली आ रही थी।

और यह लो...मैं क्या देखता हूँ कि कौशलराज्य का प्रतीकचिह्न सूर्य-ध्वज फहराता एक राजसी रथ उस चतुरंगिणी सेना के आगे-आगे चल रहा था, जिसमें चार बलशाली अश्व जुते हुए थे। हो न हो...यह अयोध्या के नये राजाधिराज भरत ही होंगे जो रथारूढ़ दिख रहे हैं दूर से। ओह तो उस कुलटा कैकेयी के इन सपूत की सत्तापिपासा कौशलराज्य का राजसिंहासन पाकर भी अभी शान्त नहीं हुई है और वे इस अरण्य में भी भइया श्रीराम की हत्या के कलुषित विचार से सेना सहित इस तरह बढ़े चले आ रहे हैं।

मेरे मन में यह विचार उसी क्षण आया। भरत के इस दुस्साहस का दण्ड उन्हें देना ही होगा। परन्तु उससे पहले मुझे राम भइया को इसकी तत्काल सूचना देनी होगी और भाभी को भी युद्ध से पूर्व चित्रकूट की किसी सुरक्षित कन्दरा में पहुँचाना होगा।

मैं एक गिलहरी की भाँति उस वृक्ष से उतरा और एक वानर की भाँति उछलता-कूदता पर्वत से उतरकर भइया श्रीराम के पास पहुँचा। भइया समूची सृष्टि से दृष्टि फिराये भाभी माँ के साथ किसी मधुर वार्त्तालाप में निमग्न थे। ऊँचाई पर चढ़ने, उतरने और भागकर आने के कारण मेरी साँस फूल रही थी। मैंने हाँफते हुए भइया से कहा -

"भइया! अयोध्या की दिशा से कैकेयीनन्दन भरत एक चतुरंगिणी सेना के साथ हमारी ओर बढ़े चले आ रहे हैं। मुझे उनके इंरादे नेक नहीं लगते। राज्यभार सँभालने के पश्चात् अपने राज्य को निष्कण्टक करने के लिए उन्होंने लगता है एक अहेरी की भाँति आपका वध करने हेतु अयोध्या से चित्रकूट का मार्ग पकड़ा है।"

"अरे लक्ष्मण! वत्स! यह तुम क्या कह रहे हो?" - श्रीराम ने तड़पकर मुझसे कहा - "भरत ऐसा करना तो दूर ऐसा सोच भी नहीं सकता।"

"और नहीं तो क्या?...यदि ऐसा नहीं तो हाथी-घोड़े-रथ-पदातिक सैनिकों की यह विशाल सेना लेकर इधर आने का क्या कारण हो सकता है...? मृगादि चपल पशुओं का आखेट छिपकर दबे पाँव किया जाता है। किन्तु सिंह का आखेट वन को घेरकर गाजे-बाजे, ढोल-नगाड़े और जन-कोलाहल के साथ होता है। हम नाहर ही तो हैं। इसीलिए हमें समाप्त करने के पतित उद्‌देश्य से ही अयोध्यापति भरत को

चित्रकूट की ओर एक विशाल सेना सहित कूच करने की आवश्यकता अनुभव हुई होगी।''

''सच?...क्या ऐसा है वीरवर लक्ष्मण? -'' भाभी माँ सीता भी मेरी बात सुनकर तनिक विचलित हुईं।

''और नहीं तो क्या माते! मैं सत्य कह रहा हूँ। भरत की अगवानी में आती हुई चतुरंगिणी सेना को अभी-अभी मैंने अपनी इन्हीं आँखों से देखा है। ऊपर पर्वत शिखर पर वह ऊँचा-सा वृक्ष देख रहे हैं आप?...वहाँ से...उस वृक्ष की चोटी से। अब आप शीघ्रता करें भइया!...यहाँ इस यज्ञवेदी की अग्नि को मैं अभी बुझाये देता हूँ। अन्यथा इसका धुआँ आततायियों को हमारी पर्णकुटियों का रास्ता सरलता से सुझा देगा।''

यह कहकर मैं अग्निशमन हेतु लपका ही था कि भइया ने अपनी विशाल भुजाओं से मेरे दोनों कन्धे पीछे से पकड़ लिये -

''ठहरो सौमित्र! यूँ अधीर न बनो। मेरी बात सुनो...''

''नहीं भइया! मैं यहीं ठहरकर उस मतिभ्रष्ट भरत और उसकी कुमार्गी सेना का सामना करूँगा। आप भाभी माँ को अविलम्ब यहाँ से ले जाइये। पहले इन्हें किसी कन्दरा में सुरक्षित पहुँचाना अनिवार्य है।''

''उसके बाद?'' - भइया ने पूर्ण सौम्यता के साथ कहा।

''सर्वप्रथम मैं अपने एक ही कालघाती बाण से भरत के वक्ष को भेदकर उन्हें धराशायी करूँगा और फिर उनकी समस्त सेना का संहार कर डालूँगा।''

''शान्त! वीरवर लक्ष्मण! शान्त!...'' भइया ने मुझे अपनी ओर खींचकर फिर सामने से झकझोरा। और कहने लगे - ''जानते हो मेरा प्रिय भरत कैसा है? हिमालय अपने हिम सहित गलकर सागर बन सकता है...सागर का जल प्रचण्ड तापमान से खौलकर पूर्णतः वाष्प में बदल सकता है...नदियाँ अपना मार्ग भूलकर पाताल में समा सकती हैं...पाताल में छिपे ज्वालामुखी विस्फोट के पश्चात् पलभर में राख का ढेर बन सकते हैं परन्तु मेरा अनुज और तुम्हारा अग्रज भरत एक ऐसा राजकुल में जन्मा संन्यासी है जो अद्भुत है अभूतपूर्व है। न भूतो न भविष्यति। अद्वितीय है और अविचल आत्मा है मेरा भरत। वह कभी अधर्म, अनीति, अन्याय और अहितकर विषय में सोच भी नहीं सकता।...लक्ष्मण! भावनाओं के आवेग में बिना सोचे-विचारे किसी पर लाँछन लगाना और बिना जाँचे-परखे किसी निष्कर्ष पर पहुँच जाना नितान्त अनुचित होता है।... वत्स! स्वयं को सँभालो। प्रिय भरत के आने का और भी कुछ कारण हो सकता है? पहले हम उसे जान लें। वही श्रेयस्कर होगा।''

मैं समझ गया कि राम भइया से अब किसी प्रकार का प्रतिवाद करना व्यर्थ है। फिर भी मैंने मन-ही-मन यह संकल्प किया कि यदि भरत भइया सेना को पीछे छोड़कर मुट्ठीभर लोगों के साथ आते हैं तभी उनकी विश्वसनीयता असन्दिग्ध होगी।

अन्यथा स्थिति में मुझे अपने प्राणों पर खेलकर रघुनाथ जी और जानकी जी की रक्षा करनी ही होगी।

अतः मैं भइया-भाभी पर सतर्क दृष्टि रखते हुए फिर से चित्रकूट पर्वत की आधी ऊँचाई पर चढ़कर अपने धनुष-बाणों सहित छिप गया और हृदय थामकर आनेवाले क्षणों की गिनती करने लगा।

मैंने देखा कि चित्रकूट के निकट पहुँचकर भरत ने अपने सैनिकों को आगे बढ़ने से रोक दिया और स्वयं हमारी खोज में आगे बढ़े। उनके साथ कुछ और लोग थे। ज्यों-ज्यों भरत निकट आते गये स्थिति स्पष्ट होने लगी। उनके पीछे अनुज शत्रुघ्न, सुमन्त्र जी और निषादराज गुह को भी आते हुए मैंने देखा। तब मेरा मन कुछ आश्वस्त हुआ। मैंने देखा कि मार्ग में तपस्वियों का एक दल भरत के सामने से जा रहा था। भरत ने उन्हें रोका और विनम्रभाव से उनसे कुछ पूछा।

एक तपस्वी ने हमारी दिशा में हाथ उठाकर संकेत किया। फिर वह अपनी तर्जनी को धरती से आकाश की ओर उठाकर पुनः हमारी पर्णकुटियों की ओर संकेत कर उन्हें कुछ बताने लगा।

मैं समझ गया कि उसने भरत जी को बताया होगा कि - "देख रहे हैं वह धूम्रवलय...आकाश की ओर उठता हुआ...यज्ञ की अग्नि से उठता हुआ वह धुआँ और कोई नहीं श्रीराम, सीता और लक्ष्मण का ही ठिकाना है।"

फिर मैंने देखा। अरे यह क्या? भरत जी तो दोनों हाथ जोड़कर वहीं धरती पर लेटकर साष्टांग दण्डवत् करने लगे। निषादराज गुह हमारी दिशा में लपके और शत्रुघ्न तथा सुमन्त्र जी भरतलाल को उठाने लगे। अब निषादराज आगे-आगे, भरत जी उनके पीछे-पीछे विह्वल अवस्था में। "श्रीराम! बड़े भइया कहाँ हैं आप?" भरत जी वहीं से आर्त्त-स्वर में पुकारने लगे।

मैंने देखा कि भरत भइया अत्यन्त दीन-हीन-से क्षीण-काया के साथ हमारी ओर लड़खड़ाते हुए चले आ रहे हैं। निषादराज गुह को भी आखिर पलटकर एक बार उन्हें सहारा देना पड़ा।

जब तक मैं अपने अन्वेषण स्थल से निकलकर नीचे आता, भइया श्रीराम भरत जी की दिशा में स्वयं दौड़ पड़े। यह दो दिशाओं का वेगवान् महामिलन था। दो महासागरों का संगम था। दो अभिन्न आत्माओं का आलिंगन था। भरत जी आते ही श्रीराम के चरणों में लेट गये। वह कटे वृक्ष की भाँति ऐसे गिरे रोते-बिलखते कि भइया के भी भारी प्रयत्नों के बाद भी देर तक उठाये न उठे। जब थोड़ा चैतन्य हुए तो भरत भइया स्वयं ही उठे। तब राम जी ने उन्हें तत्काल हृदय से लगा लिया।

वह एक अनोखा और अद्भुत दृश्य था। राम जी तो तापस वेश में थे ही। भरत जी भी एक साधारण-सा चीर और वल्कल वस्त्र धारण किये हुए, समस्त राजसी चिह्नों से विरत होकर वनवासी राम जी से भेंट करने आये थे। मुझे यह सब देखकर कुछ पल को अपने नेत्रों पर भरोसा न रहा।

राम-भरत का वह मिलाप मेरी समस्त आशंकाओं को निर्मूल करनेवाला सिद्ध हुआ। श्रीराम द्वारा कुछ देर पूर्व कहे वे शब्द सार्थक होकर अब मेरे कानों में फिर से गूँज रहे थे और मेरे मन में अब पश्चात्ताप की अग्नि प्रज्चलित हो उठी थी। मैंने भी अपने महान् भरत भइया के चरणों में तब शीश नवाया और आगे बढ़कर प्रिय शत्रुघ्न को गले लगाया। जब उन दोनों ने भाभी माँ सीता को देखा तो ग्लानि में भरकर वह उनके श्रीचरणों में गिर पड़े।

भरत भइया सेना को पीछे छोड़ आये थे। उनके साथ निषादराज गुह हमारी खोज में प्रयाग से चित्रकूट तक आये थे। शत्रुघ्न ने मुझे अलग से वार्त्तालाप में बताया कि पहले गुह ने भी भरत जी के अयोध्या से सेनासहित आगमन पर उन पर सन्देह किया था। परन्तु जब उन्होंने अपना समाधान कर लिया कि भरत जी भक्तिभाव से और समर्पणभाव से ही अपने बड़े भइया श्रीराम से मिलने जा रहे हैं, तो गुह उनकी सहायता के लिए साथ हो लिये।

अयोध्या से प्रयाग तक का वनमार्ग सुमन्त्र की सहायता से भरत जी ने तय किया था। भरत जी यदि चाहते तो अपेक्षाकृत सुगम और प्रचलित मार्ग से भी अयोध्या से प्रयाग तक पहुँच सकते थे। परन्तु अपनी माता के पाप की छाया में घिरे निरपराध भरत लज्जा से इतने गड़ चुके थे कि वह यह सोचते थे कि उनके ही कारण उनके परमप्रिय अग्रज श्रीराम आज वन गये हैं और वनवास का दंश उनकी पूज्य भाभी सीता तथा स्नेहिल अनुज लक्ष्मण को भी सहना पड़ रहा है। इसलिए भरत चाहते थे कि वह उसी-उसी मार्ग से वनगमन करें जिस राह पर राम-सीता-लक्ष्मण चलकर गये हैं। उनके अतिशय आग्रह पर सुमन्त्र जी भी सेनासहित अनेक बाधाएँ और वनमार्ग के कष्टों को सहकर कई दिनों में चलते-चलते यहाँ तक पहुँचे थे।

शत्रुघ्न ने मुझे यह भी बताया कि एकाकी चलना अथवा छोटे-से समूह में चलना कम समय लेता है और एक बड़ी भारी सेना को साथ में लेकर चलना, और वह भी राजपरिवार की स्त्रियों के साथ, अपेक्षाकृत अधिक श्रमसाध्य और समय लेनेवाला होता है।

मैं समझ गया कि भइया और भाभी माँ के साथ अयोध्या से चित्रकूट में पहुँचने में जितनी अवधि हमें लगी थी उससे प्रायः दूनी कालावधि भरत-शत्रुघ्न-सुमन्त्र-सेना और गुह आदि को हम तक पहुँचने में लगी होगी।

"परन्तु शत्रुघ्न! यह पूरी सेना यहाँ क्यों?" - मेरा सीधा प्रश्न था। इस पर शत्रुघ्न बोले - "यह सेना नहीं है लक्ष्मण! इसे आप कौशल साम्राज्य का एक प्रतीक जानिये जो अपने भावी सम्राट् श्रीरामचन्द्र जी को अपने साथ वापस ले जाने के लिए उनके श्रीचरणों में यहाँ नतमस्तक है।"

"और भरत भइया का राज्याभिषेक?"

"नहीं हुआ।"

"क्यों?"

"क्योंकि स्वयं भरत भइया ने ही उसे ठुकरा दिया।"

श्री भरत नतमस्तक श्रीराम के चरणों में बैठे थे। लज्जा, ग्लानि, हताशा, कुण्ठा के भाव उनके नेत्रों से अश्रुबिन्दुओं के रूप में झर-झरकर बह रहे थे। श्रीराम ने उन्हें उठाकर अपनी गोद में बैठाते हुए अपने चीर से उनके आँसू पोंछे। परन्तु भरत फिर स्वयं को छुड़ाकर उनके चरणों में ही बैठ गये। बोले -

"न भइया! अब मैं आपके स्नेह के योग्य नहीं हूँ।"

"अरे! ऐसा न कह भरत...तू तो मेरा हृदय है पगले...क्या तू चाहता है कि मेरा हृदय ही खण्डित हो जाये?"

"नहीं भइया...यह बात नहीं है -" कहकर विलाप करते भरत जी ने राम जी के दोनों पाँव कसकर पकड़ लिये - "किन्तु जो अपराध मैंने कैकेयी-जैसी कुमाता की कोख से जन्म लेकर किया है उसका मैं क्या करूँ?..."

श्रीराम अब भरत जी के पास उनसे लिपटकर धरती पर ही बैठ गये। भरत के सिर पर अपनी ठोड़ी टिकाये उन्हें समझाने लगे कि - "तुम तो मेरे अच्छे भइया हो भरत! परम ज्ञानी। परम धर्मज्ञ। अत्यन्त समझदार। फिर माता के विषय में ऐसे कुविचार और अपशब्द तुम्हारे लिये शोभनीय नहीं हैं। कैकेयी माँ तुम्हारे अकेले की नहीं मेरी भी माँ हैं। हम सब चारों भाइयों की माँ हैं। माँ माँ होती है। वह कभी कुमाता नहीं होती। मेरा मानना है कि माता-पिता यदि हमें कभी कोई अप्रिय आज्ञा भी देते हैं तो उसमें भी हमारे कल्याण का ही कोई भाव छिपा होता है। इसलिए..."

"हाँ हाँ क्यों नहीं...इसीलिए एक अयोग्य और कनिष्ठ पुत्र को राजगद्दी? और वंश के सबसे बड़े और सुयोग्यतम सुपुत्र को वनवास का अभिशाप?"

"भरत! कौन कहता है कि तुम अयोग्य हो?"

"हाँ मैं हूँ...जो इतने वर्षों तक आपकी शीतल छाया में पलने-बढ़ने के बाद भी इस संसार के लिए एक दाहक मात्र बनकर रह गया...जो कि आपके श्रीचरणों के प्रति अपनी असन्दिग्ध निष्ठा और अनन्य अनुराग को अक्षुण्ण न रख सका...जानते हैं भइया!...आपके अयोध्या से चले आने के पश्चात् जब मैं कैकेय देश से हमारी राजधानी में वापस लौटा तो एक-एक अयोध्यावासी ने मुझ पर सन्देह किया। राज्य स्वीकार न करने की मेरी सार्वजनिक घोषणा के पश्चात् भी कलंक का वह टीका जो मेरी माता ने मेरे भाल पर उस कुबड़ी दासी मन्थरा के उकसावे में लगा दिया है... वह मिटाये नहीं मिटता। भइया!...आपको मैं क्या बताऊँ? साधारण जन की तो छोड़िये...किन-किन महानुभावों ने मुझ पर मेरी आपके प्रति निष्ठा पर और मेरे चरित्र तक पर सन्देह नहीं किया। ये काका सुमन्त्र यहाँ खड़े हैं...इनसे पूछिये स्वयं इनके महर्षि भरद्वाज के इन निषादराज गुह के सभी के मन में मुझे देखते ही पहले-पहल शंका के बादल गहराये कि नहीं?...जब इन सभी ने मेरे वास्तविक मनोरथ को जाना तभी इन्होंने मुझे आप तक पहुँचने का मार्ग दिया।...हाय! मैं कैसा हतभाग्य हूँ!!" - यह कहकर भरत जी पुनः फूट-फूटकर रोने लगे।

तब मैंने और शत्रुघ्न ने आगे बढ़कर उन्हें सहारा दिया। ऐसा हमें इसलिए करना पड़ा क्योंकि हम तीनों भाइयों को सहारा देनेवाले हमारे सबसे बड़े भइया...श्री रघुनन्दन अपने अनुज भरत की मनोदशा को देखकर अब स्वयं बेहाल हो चुके थे और अपने दोनों घुटनों में मुँह छिपाकर हमसे आँखें चुराये हुए रो रहे थे। जानकी जी से यह सब देखकर नहीं रहा गया और वह भी अपनी कुटिया के भीतर अश्रुपात करती हुई चली गयीं।

तभी हमारे देखते-ही-देखते कुलगुरु वसिष्ठ की अगुआनी में हमारी तीनों माताएँ वहाँ आ गयीं...श्वेत वस्त्रों में। आभूषणविहीन। शृंगारविहीन। सूनी माँग। सूनी कलाइयाँ और कण्ठ में एक-एक तुलसी की माला धारण किये हुए। जिनके मुख कभी लाल सूर्य की भाँति दमका करते थे आज वही चन्द्रमा की भाँति ठण्डे और निस्तेज थे। मैं भाभी माँ को बताने कुटिया में भागा। अकस्मात् कुछ समझ न सका। माताओं का यह रूप? सीता जी जब तक कुटिया से बाहर आतीं राम जी पर मानो वज्र प्रहार हुआ। भरत जी ने माताओं की ओर संकेत कर कहा - "इन अभागिनी माताओं को देखिये भइया!...हमारे पिताश्री दशरथ अब इस संसार में नहीं रहे।"

"क्या कहते हो भरत?...यह कब हुआ?" - कहते हुए श्रीराम भरत जी से फिर से लिपट गये और दोनों भाई एक-दूसरे के गले में बाँहें दिये रोने लगे। मैं भी शत्रुघ्न से लिपटकर रो पड़ा। उधर जनकदुलारी सीता जी तीनों श्वतेवस्त्रा माताओं के चरणों में गिरकर रोने लगीं। सभी माताएँ धरती पर बैठकर उनसे लिपट गयीं। स्त्रियों के करुणक्रन्दन ने एकाएक समस्त वातावरण को जैसे विषाद के पारावार में डुबो दिया।

उसके बाद राम भइया और मैं माता कौशल्या और सुमित्रा से मिले। क्रमशः माता कैकेयी का भी भइया श्रीराम ने चरणस्पर्श किया। किन्तु मैंने उन्हें दूर से प्रणाम किया।

भरत भइया, शत्रुघ्न, माता कौशल्या, माता सुमित्रा, माता कैकेयी और अन्य कुछ स्वजनों की उपस्थिति में भइया श्रीराम और मैंने मन्दाकिनी नदी के तट पर उसी दिन स्वर्गीय पिता महाराजा दशरथ की स्मृति में तर्पण किया। श्राद्ध की विधि को सम्पन्न करने के पश्चात् सभी लोग पुनः हमारी पर्णकुटियों के स्थान पर वापस आये। अयोध्या से आयी सेना चित्रकूट में कुछ दूरी पर पूर्ववत् पड़ाव डाले रही।

अब लोगों को लगा कि भरत राम जी की अयोध्या वापसी हेतु यहाँ तक आये हैं। वह भी पूरे राजकीय प्रतीकचिह्नों और कौशल राज्य की स्वागतोत्सुक सेना तथा मन्त्रीगण एवं अयोध्या के कुछ गण्यमान्य व्यक्तियों सहित। कुलगुरु वसिष्ठ भी साथ में हैं। साधुसमाज के कुछ प्रतिनिधि भी आये हैं। अतः सम्भवतः कुछ सहमति उक्त दिशा में बननेवाली है। अतः सैन्य पड़ाव छोड़कर साथ में आये अन्य विशिष्ट जन भी अब हमारे आस-पास आ गये और भरत जी एवं राम जी के मध्य चल रहे विचार-विमर्श को ध्यान से सुनने लगे।

"भइया! मुझ अधम भरत को आपने क्षमा कर दिया है यह मैं तभी मानूँगा जब आप मेरी एक विनती स्वीकार करेंगे।" - भरत जी बोले।

"बोलो भरत!"

"आपको इसी समय हमारे साथ अयोध्या चलना होगा।"

"क्यों?"

"अपना राजभार सँभालने।"

"वह तो निर्णीत हो चुका है प्रिय अनुज! कौशल का राज्यसिंहासन तुम्हारा है। उसका राज्यभार सँभालना तुम्हारा उत्तरदायित्व है।"

"वह सब मैं नहीं मानता। इक्ष्वाकु राजवंश की सुस्थापित परम्परा है कि राज्य का उत्तराधिकारी सदैव राजा का ज्येष्ठ पुत्र होता है। इसलिए भी और इसलिए भी कि आप हम सब में श्रेष्ठतम हैं। आपको अयोध्या स्थित अपना राजभार सँभालना ही होगा।"

"नहीं भरत! स्वर्गीय पिताश्री के वचन के पालन का उत्तरदायित्व भी मेरे और तुम्हारे कन्धों पर है। तुम्हें कौशलराज्य का शासन सँभालना है और मुझे चौदह वर्ष इस वन-कानन में रहकर अपने मानवीय कर्त्तव्यों का निर्वहन करना है।"

"परन्तु भइया! एक कुमति की मारी स्त्री के मोह में दिया गया वचन?...पिताश्री का वह वचन निर्वाह करना हमारे लिये अनिवार्य तो नहीं?"

"अनिवार्य है प्रिय भरत! वह केवल वचभ नहीं है। न ही उसे एक पति का अपनी पत्नी के प्रति मोहग्रस्त होना कहा जाना उचित है। मत भूलो अनुज कि महाराजा दशरथ केवल हमारे पिता ही नहीं थे कि जिनका हमें पितृऋण चुकाना है, वह सूर्यवंशी चक्रवर्ती सम्राट् दशरथ थे जिनकी प्रतिज्ञापूर्ति स्वरूप हम दोनों पुत्रों पर वर्तमान में यह गुरुतर दायित्व है कि हम अपने कुल की उस महान् परम्परा का निर्वाह करें जिसके अनुसार रघुवंशी सदा से प्राण देकर भी अपने वचन का पालन सुनिश्चित करते आये हैं।"

"ठीक है भइया! अगर ऐसा है तो हम दोनों अपने दायित्वों का परस्पर विनिमय कर लेते हैं।" - भरत भइया बोले।

"अर्थात्?" - श्रीराम ने कहा।

"अर्थात् यह कि आप अयोध्या का राजसिंहासन स्वीकारिये और मैं आपकी जगह चौदह वर्ष तापसवेश में वनवास करूँगा।"

भइया श्रीराम तब अपने छोटे भाई श्री भरत को विस्मय से देखने लगे। वह कुछ क्षण चुप रहे। फिर मुस्कुराये और बोले -

"तुम्हारा प्रस्ताव, तुम्हारी सहृदयता, तुम्हारी सज्जनता अपने इस ज्येष्ठ भ्राता के प्रति तुम्हारी अनन्य निष्ठा का प्रमाण है भरत! मेरे लिये तुम्हारे हृदय में स्नेह का जो अगाध सागर है उससे मैं भलीभाँति परिचित हूँ। परन्तु तुम्हारे इस विनिमय प्रस्ताव से मैं सहमत नहीं।"

"क्यों भइया? इसमें क्या आपत्तिजनक है। पिताश्री की दी हुई दोनों व्यवस्थाओं का पालन भी हो जायेगा और उनकी प्रतिज्ञाओं का निर्वाह भी..."

"यह कौन कह रहा है?"

"यह मैं दशरथनन्दन रघुवंशी भरत आपसे कह रहा हूँ श्रीराम!"

"और मैं भी -" एक नारी स्वर उभरा। सारी दृष्टियाँ उसी ओर घूम गयीं। सबने देखा। कातर भाव से नेत्र झुकाये पैरों के अँगूठों से भूमि कुरेदतीं माँ कैकेयी। हाथ जोड़े माता कैकेयी एक बार पुनः बोलीं -

"पुत्र राम! भरत के प्रस्ताव से मैं अभागिन भी पूर्णतः सहमत हूँ।...यदि तुम इस प्रस्ताव को मान लो तो तुम्हारी इस कुमाता को अपने पापों से कुछ सीमा तक कदाचित् मुक्ति मिल सके।"

"नहीं माते! आप ऐसा न कहें। जब मैं और भरत आपकी सदा से दो आँखें रहे हैं तो आपने पिताश्री से वरदान माँगकर कोई पाप नहीं किया।...सच मानिये मैं

हृदय से कह रहा हूँ। मुझमें और प्रिय भरत में कोई अन्तर नहीं।...और भरत! तुम भी सुन लो यदि तुमने माता कैकेयी का और जी दुखाया तो समझ लेना कि तुम अपने इस अग्रज की अवज्ञा कर रहे होगे।...और कोई दूसरी अवज्ञा तो मेरा निष्कलुष अनुज कर ही नहीं सकता।''

- यह कहते हुए राम जी ने भरत जी को, जो उनके निकट एक मृगचर्म पर बैठे थे, अपने अंक में भर लिया। श्रीराम की यह उदारता देखकर उपस्थित जनसमुदाय में अनेक व्यक्तियों के नेत्र फिर से सजल हो गये।

भरत जी समझ गये कि श्रीराम डिगने की स्थिति में नहीं हैं। फिर वह बाल-हठ पर उतर आये। उन्होंने कहा -

''मैं कुछ नहीं जानता। मेरा यह प्रस्ताव आपको स्वीकार करना ही होगा। क्योंकि अब इसमें आपके कथनानुसार हमारी शुभचिन्तक माता कैकेयी की भी सम्मति जुड़ गयी है।''

श्रीराम गम्भीर हो गये। बोले -

''नहीं भरत! वचन अथवा प्रतिज्ञा हमारे स्वर्गीय पिता की थी जिसका अक्षरशः अनुपालन करना हम दोनों भाइयों के लिए अनिवार्य कर्त्तव्य है। मैं चौदह वर्ष वन में ही रहूँगा और तुम कौशल साम्राज्य का भार वहन करोगे। यही पूर्णतः धर्मसम्मत और नीतिसम्मत है।''

इतना सुनते ही भरत जी श्रीराम के निकट से आसन छोड़कर उठे और कुछ दूर एकान्त में जाकर पीठ फिराकर भूमि पर बैठ गये। भइया ने मेरी और शत्रुघ्न की ओर आँखों से संकेत किया कि जाओ भरत को समझाओ।

हम दोनों छोटे भाई भरत भइया के निकट गये। उनसे कहा कि - ''भइया श्रीराम आपको बुला रहे हैं। उन्हें सुन तो लीजिये।''

इस पर भरत भइया सिर झटककर उच्च स्वर में बोले -

''मुझे कुछ नहीं सुनना है। जाकर भइया से कह दो तुम लोग कि भरत अब अन्न-जल त्यागकर यहाँ बैठ गया है। वह उन्हें कल सूर्यास्त तक का समय दे रहा है। यदि तब तक उन्होंने अपना निर्णय नहीं बदला और अयोध्या प्रस्थान नहीं किया तो यह भरत कल सूर्यास्त के पश्चात् आत्मदाह कर लेगा।''

यह सुनते ही एकत्रित जन-समूह में खलबली मच गयी। कुलगुरु वसिष्ठ, ऋषि जाबालि, सुमन्त्र सभी भरत जी की ओर दौड़े और उन्हें भाँति-भाँति से समझाने लगे। भरत जब नहीं माने तो फिर श्रीराम ने अपने आसन से ही बैठे-बैठे भरत को आदेश के स्वर में पुकारा -

''भरत! यहाँ आओ! तुम्हारा यह ज्येष्ठ भ्राता तुम्हें बुलाता है।''

अब भरत जी सिर झुकाये उठे। उनके नेत्रों से गंगा-यमुना की धाराएँ बह रहीं थीं। आकर चुपचाप श्रीराम के चरणों में बैठ गये। मुख से कुछ न बोले। श्रीराम ने उनका सिर सहलाया और विहँसकर अत्यन्त वात्सल्य के स्वर में कहा -

"मेरा राजा भइया! मेरे हृदय का टुकड़ा!!...अच्छा सुन...चौदह वर्ष तो तू मुझे वनकानन में राज करने देगा न?"

भरत जी कुछ न बोले।

"पिताश्री की आज्ञा तो पालन करने देगा न?"

भरत अब भी कुछ न बोले।

"बोल भरत! पिताश्री के वचनों का निर्वाह तुझे भी करना है। तुझे राम की... सौगन्ध..."

"सौगन्ध न दें भइया...आपका आदेश मेरे जीवन की डोर से भी अधिक मूल्यवान् है। परन्तु..."

"परन्तु क्या?"

"आपको आज मेरी इतनी-सी विनय तो माननी ही होगी कि मैं अयोध्या का राज संचालित करूँगा और पूरे चौदह वर्ष तक करूँगा परन्तु उसे मात्र आपकी एक धरोहर समझकर।"

"अच्छा!...और कुछ?"

"और यह कि यदि चौदह वर्ष की कालावधि बीतने के अगले दिन आप नहीं आये तो भरत का यह आत्मदाह जो कल होना था वह उस दिन अवश्य घटित हो जायेगा।"

श्रीराम ने उठकर भरत को गले से लगा लिया। बोले -

"ठीक है अनुज! स्वीकार है मुझे।"

भरत जी ने तब श्रीराम से उनके प्रतिनिधायन के स्वरूप उनकी चरणपादुकाएँ माँगीं। श्रीराम ने सहृदयतापूर्वक श्रीभरत को अपनी चरणपादुकाएँ प्रदान कीं जिन्हें अपने शीश पर धारण कर भरत जी अयोध्या के लिए वापस चल दिये यह कहते हुए कि - "अब इन्हीं के निमित्त मैं राजकाज देखूँगा।... शत्रुघ्न! तुम मेरी सहायता में रहना।"

सब बड़ों को हम तीनों ने तब दण्डप्रणाम किया। जाते हुए भी किसी का वहाँ से जाने का मन नहीं हो रहा था। भइया और भाभी माँ का किसी को विदा करने का भी मन नहीं था। चलते हुए भी सभी इष्ट-मित्र-परिजन रुक-रुक जाते थे। कुछ तो लौटकर दो बातें और कर लेने की कसक मिटाने लगते।

ऐसे में चलते-चलते माता सुमित्रा एक बार पुनः आयीं। अपना मुँह आँचल से दबाकर मुझसे अश्रुपूरित नेत्रों के साथ बोलीं - "वत्स!...उर्मिला से क्या कहूँ मैं?"

मैं उपयुक्त शब्द नहीं खोज सका। इतना ही बोला - "उसे मेरा...कहना मैं ठीक हूँ...वह अपनी चित्रकला न छोड़े...मुझे वापस आकर यहाँ के वनों के कई सुन्दर चित्र बनवाने हैं उससे।...और हाँ माँ! आप अपना भी ध्यान रखना।"

माताओं सहित भरत-शत्रुघ्न के लौट जाने के बाद उस पूरी रात राम भइया अपनी पर्णकुटी में सो न सके। यह मैं तब जान पाया जब सीता जी को कुटिया में सोता छोड़कर भइया धीरे से बाहर आ गये।

अर्द्धरात्रि का समय था। आकाश में तारे परस्पर आँखमिचौली खेल रहे थे। मैं बाहर खुले में लेटा उन तारों में उनके जाल में बहुत देर से उलझा हुआ था।

माँ सुमित्रा जाते-जाते उर्मिला की सुधि दिला गयी थीं जिसे मैं जान-बूझकर कई दिन से भुलाये हुए था। माता ने उसका नाम क्या लिया मानो शान्त सरोवर में एक कंकड़ फेंक दिया। तब स्मृति-सरोवर के जल में गोल-गोल लहरें घूमने लगीं। हर आती हुई लहर उर्मिला की एक नयी छवि लेकर मेरे सामने आती...

वधू के वेश में उर्मिला...अंकशायिनी उर्मिला...रसोई में भोजन बनाती उर्मिला...उपवन में मेरे साथ-साथ डोलती उर्मिला...एक लम्बी-सी चोटी बनाये कुछ अनमनी-सी उर्मिला...सुबह-सवेरे भीगे खुले केशों के साथ सद्यःस्नाता उर्मिला...भगवान् को भोग लगाकर सन्ध्या-आरती करती उर्मिला...प्रफुल्लवदन चित्रकारी करती हुई उर्मिला...और...और वियोग की प्रतिमूर्ति...नहीं-नहीं। मुझे इस विषय से अपना ध्यान हटाना ही होगा। जितना मैं उसके बारे में सोचूँगा अपने कर्त्तव्यपथ से विचलित होऊँगा।

"क्या सोच रहे हो सौमित्र?" - कहते हुए राम भइया अचानक आकर मेरे निकट धरती पर ही बैठ गये।

"अरे भइया आप!...ठहरिये, मैं अपनी कुटिया से आपके लिए कुश-आसन ले आता हूँ।"

"रहने दो, रहने दो वत्स! -" राम जी बोले और उसी भाँति भूमि पर घास के बिछावन पर लेट गये जैसे कुछ क्षण पूर्व तक मैं लेटा था।

मैं भइया के पाँव दबाने लगा।

"जीते रहो प्रिय अनुज!" - कहकर श्रीराम ने एक लम्बी साँस ली।

बहुत देर तक हम दोनों में से कोई कुछ न बोला। भइया भी स्वच्छ आकाश को निहारते रहे मेरी ही तरह। फिर बोले -

"लक्ष्मण! देखो वह सप्तर्षि तारामण्डल।"

"जी भइया।"

"जैसे-जैसे रात्रि बीतती है ये सप्तर्षि अपना मार्ग बदलते रहते हैं...ध्रुव तारे की प्रतीक्षा करते रहते हैं...ध्रुव तारा भोर से कुछ समय पूर्व ही धराधामवासियों को अपने दर्शन देता है। परन्तु वह सदा स्थिर और अटल रहता है यात्रीगण को उत्तर दिशा का बोध कराने के लिए।...विधाता की लीला कितनी न्यारी है।"

"आप कहना क्या चाहते हैं?" - मैंने पूछा।

"तुम ध्रुव तारा बनो... तभी यह संसार तुम्हारी ओर आशाभरी दृष्टि से देखेगा।"

मैंने और भइया ने वह रात्रि आपस में ढेरों बातें करते-करते आँखों-ही-आँखों में काट दी। प्रातःकाल ब्रह्ममुहूर्त्त में भाभी माँ सीता की भी आँख अपनी कुटिया में खुल गयी। श्रीराम को वहाँ न पाकर वह कुटिया से बाहर आयीं।

"अरे आप दोनों यहाँ बैठे हैं? इतनी रात? सोये नहीं!"

"नहीं प्रिये! अब रात कहाँ? कुछ ही देर में सूर्योदय हो जायेगा।"

"फिर भी स्वामी! आपको तनिक विश्राम कर लेना चाहिए था।"

"ठीक कहती हो...परन्तु तुम्हारा यह देवर है न सौमित्र। इसने अपनी बातों में ऐसा उलझाया कि नींद ही उड़ गयी।"

इस पर मैंने कहा - "भाभी माँ! भइया की बातों पर न जाइये। यह स्वयं ही अपना शयनासन त्यागकर बाहर आये और मुझसे ध्रुव तारे और उसके चारों ओर नृत्य करनेवाले सप्तर्षि मण्डल की चर्चा करने लगे।"

"नहीं जानकी! तुम इस नटखट लड़के की बात न सुनो। यह मुझसे कहने लगा ध्रुव तारा देखना है। मैंने कहा कि वह तो भोर से कुछ पहले ही दिखता है तो कहने लगा कि..." राम भइया पूरे विनोद और छेड़खानी के भाव में थे, "...कहने लगा कि तब तो भोर की प्रतीक्षा कर ली जाये।"

"मैं क्यों ऐसा कहता? भोर की प्रतीक्षा मैं क्यों करूँ? ध्रुव तारा तो मेरे सामने है।"

"ओह हो! आप दोनों भाई भी न!..." - सीता जी बोलीं।

"कहाँ है? कहाँ है ध्रुव तारा बता?" - कहकर राम भइया ने मेरी कटि पर एक हाथ से एक बार गुदगुदा दिया और मैं छटपटाकर हँसता हुआ खड़ा हो गया।

अपना दाहिना हाथ बढ़ाकर दाहिने हाथ के संकेत से राम भइया को दिखाकर बोला - "यह क्या है मेरे सामने!"

भइया बोले - "कौन?"

मैंने कहा - "आप!...आज पूरी अयोध्या सप्तर्षि-मण्डल की भाँति आपके चारों ओर नाच गयी। परन्तु आप अपनी जगह अटल रहे।"

"इसी बात पर आप लोग उत्तर दिशा में चमकता हुआ वह देखिये वास्तविक ध्रुव तारा। वह रहा...उधर...वहाँ।" भइया ने बात को टालने के लिए अपनी एक

तर्जनी से आकाश की ओर संकेत किया। सममुच गगन में उत्तर दिशा में वह बहुप्रतीक्षित चमकदार ध्रुव तारा अब प्रकट हो चुका था।

इस प्रकार अपने वन-जीवन के प्रथम दस मास हमने चित्रकूट में बिताये। इस बीच आस-पास के क्षेत्रों से राक्षसों के उत्पातों के छुटपुट समाचार मिलने लगे। फिर उनका आतंककारी आक्रमण चित्रकूट के अंचल में एक स्थान पर हुआ। मैंने प्राप्त सूचनाओं के आधार पर राम भइया को बताया कि - "आज सायंकाल मन्दाकिनी सरिता के तट पर मुझे तीन-चार साधु मिले। वे बहुत डरे हुए थे। कह रहे थे कि सुना है राक्षसों का उत्पात आस-पास के कुछ वनाञ्चलों में फिर से प्रारम्भ हो गया है। उनके स्थानीय मुखिया खर ने कल पास के एक आश्रम को तहस-नहस कर उसमें आग लगा दी। कुछ ऋषि-मुनियों को घायल कर दिया। वे ऋषि-मुनि भयग्रस्त होकर अन्यत्र पलायन कर गये हैं।"

"तुमने मुझे पहले नहीं बताया?" - श्रीराम ने कहा।

"जी भइया! सोचा था बता दूँ। फिर मैंने सोचा कि पूरी जानकारी करके ही आपको बताऊँ।"

"लक्ष्मण! हमने ऋषि विश्वामित्र के यज्ञ को निर्विघ्न सम्पादित कराने हेतु जब ताड़का और सुबाहु का वध किया था तब बहुतेरे राक्षसगण भाग गये थे। भयग्रस्त मारीच भी दण्डकारण्य की ओर पलायन कर गया था। हो सकता है कि हम अब तक राक्षसों की आँखों का काँटा बन चुके हों। कायर राक्षस हमसे प्रतिशोध लेने से तो डरते होंगे। सम्भवतः इसीलिए वह यहाँ चित्रकूट में हमारी उपस्थिति जानकर निरीह ऋषि-मुनियों को सताने में लग गये हों।...यह तो बहुत बुरी बात है। चित्रकूट क्षेत्र बहुत सुरक्षित तपःस्थली रहा है अब तक। हमारे कारण यदि यह रणभूमि बन गया तो यहाँ से तपस्वियों को अन्यत्र भागने के अतिरिक्त और कोई विकल्प शेष न रह जायेगा।"

"हाँ भइया!...आप ठीक कहते हैं। और अब तो अयोध्यावासियों ने भी हमारा यह ठिकाना देख लिया है। वहाँ से भी कोई-न-कोई भेंट करने यहाँ आता-जाता रहेगा। इससे भी हमारी शान्ति भंग होगी।"

"हूँमम..." भइया ने एक दीर्घ निःश्वास छोड़ी और कुछ सोचकर बोले - "लगता है चित्रकूट छोड़ने का समय आ गया है। चलो कल ही चलते हैं मुनिवर अत्रि के आश्रम। उनसे मार्गदर्शन लेंगे तब दण्डकारण्य में आगे चलने की योजना बनायेंगे।"

अभी हम दोनों भाई परस्पर यह बातें कर रहे थे कि सीता माँ वहाँ आ गयीं। भइया उन्हें देखते हुए बोले -

"जानकी! कल प्रातः हमें शीघ्र तैयार होना है। हम अत्रि ऋषि के आश्रम चलेंगे।"

"अरे! अति सुन्दर! वहाँ मैं सती माँ अनुसूया के दर्शनों का भी सौभाग्य प्राप्त कर लूँगी।" - सीता जी चहककर बोलीं।

"हाँ...और उसके बाद अगले ही दिन हमें चित्रकूट छोड़ देना है।" - भइया ने बिना किसी भूमिका के भाभी माँ को अपना निर्णय सुना दिया।

"क्या? इतनी जल्दी?" - कहकर सीता जी अगले ही पल उदास हो गयीं।

"हाँ प्रिये! अब हमारा अधिक दिन चित्रकूट में निवास करना हमारे लिये और यहाँ के तपस्यारत अन्य प्रवासियों के लिए हितकारी नहीं है..."

फिर हम दिन के समय परम तपस्वी सिद्ध मुनिवर अत्रि के आश्रम में गये। भइया ने उनसे आगे की यात्रा हेतु परामर्श कर मार्गदर्शन प्राप्त किया। अत्रि मुनि की वयोवृद्ध धर्मपत्नी सती अनुसूया सीता जी से अत्यन्त वात्सल्यभाव से मिलीं। उन्होंने उनको एक माँ की भाँति पतिव्रत धर्म के कुछ आवश्यक सूत्र बताये। साथ ही यह भी बोलीं कि - "धीरज, धर्म, मित्र और नारी इन चारों की विपत्ति के समय ही परीक्षा होती है... सीता! तुमने तो अपने स्वयं के आचरण से ही समस्त विवाहित स्त्रियों के लिए एक नया आदर्श स्थापित किया है... दुःख में सुख में यहाँ तक कि वनवास-जैसे कष्टप्रद जीवन में भी अपने पति का इतनी सुन्दरता से साथ निभा रही हो तुम... इसलिए तुम्हें मैं और क्या बताऊँ पुत्री?"

- यह कहकर सती अनुसूया ने सीता जी को अपने कुछ दिव्य वस्त्राभूषण तथा सौन्दर्य प्रसाधन भेंटस्वरूप प्रदान किये और बताया कि इन्हें धारण करने पर तुम्हारा रूप-सौन्दर्य सौ गुना बढ़ जायेगा। इन वस्त्राभूषणों की चमक और उपयोगिता कभी नष्ट होनेवाली नहीं है। भाभी माँ ने माता अनुसूया के दिये हुए वे वस्त्राभूषण अंगराग आदि साभार स्वीकार किये। फिर उन्हें माता के ही आग्रह पर धारण करने दूसरी कुटिया में चली गयीं।

अत्रि ऋषि हमसे बोले - "राम! अब जब आपने सघन दण्डकारण्य में जाने का विचार कर ही लिया है तो कुछ बातों की सावधानी अपेक्षित होगी। विन्ध्य पर्वत की शृंखला के उस पार सुदूर दक्षिण तक फैला समस्त अरण्य प्रदेश बहुत जोखिम भरा है। वहाँ पग-पग पर दुष्ट राक्षसों का वास है। कई राक्षस पशु और पक्षी का भेस रचकर कपट करने और अवसर मिलने पर जीव-जन्तुओं पर आक्रमण करने में निष्णात हैं। अधिकतर नरभक्षी हैं। उन्होंने वहाँ तपस्यारत अनेक ऋषि-मुनियों को अपना ग्रास बना लिया है। किन्तु तपश्चर्या के लिए उपयुक्तता एवं प्राकृतिक पर्यावरण के कारण स्थान-स्थान पर आश्रम बनाकर अनार्यों के उस अभयारण्य में आर्य-तपस्वियों का प्रवास उनकी मजबूरी है?...अतः उन बीहड़ों में विचरण करते समय अपने अस्त्र-शस्त्र सहित तुम्हें सदैव चौकन्ना रहना होगा ...राम! तुम्हारे साथ जनकनन्दिनी सीता भी

हैं। ध्यान रहे कि उन्हें किसी भी परिस्थिति में कभी भी अकेला न छोड़ा जाये। लक्ष्मण!...पुत्र तुम्हें सुरक्षा के बिन्दु पर सदैव सावधान रहना होगा।''

श्रीराम एवं श्रीसीता जी ने अत्रि मुनि एवं माता अनुसूया का आतिथ्य ग्रहण कर वह रात्रिविश्राम उन्हीं के आश्रम में किया। किन्तु मैं उस रात सो न सका। क्योंकि मेरे लिये चिन्ता और चिन्तन का अब एक नया अध्याय प्रारम्भ हो गया था।

•

6

हम वनचारी तापस प्रहरी

अगले दिन हमने घने दण्डकारण्य में प्रवेश किया। हमारा वास्तविक अरण्य-जीवन यहीं से आरम्भ हुआ। वृक्ष, वनस्पति, झाड़-झंखाड़ों का एक ऐसा अन्तहीन सिलसिला जहाँ दिन में भी भीतर-भीतर अँधेरों की लोमहर्षित करनेवाली छायाएँ स्थान-स्थान पर विद्यमान थीं। हाथियों की चिंघाड़, सिंह की दहाड़, अजगर की लपेट, भेड़ियों और सियारों के मनहूस स्वर, चिमगादड़ों की चिचियाहट, नाना प्रकार के जीव-जन्तुओं की बोली और सरसराहट से गूँजते अनेकानेक सघन वन।

''लक्ष्मण! आओ हम अपने-अपने धनुष-बाण अपने हाथों में सँभाल लें। मैं आगे-आगे और तुम पीछे-पीछे। हमें हरदम सतर्क रहना होगा इन भयंकर जंगलों के मध्य से विचरते समय। और सीता! तुम...हमेशा ध्यान रखना कि हम दोनों भाइयों के बीच में सावधानी से तुम भी चलोगी... ठीक वैसे ही जैसे ब्रह्म और जीव के मध्य माया की स्थिति होती है...'' - राम भइया ने कहा।

''अच्छा स्वामी! मैं ऐसा ही करूँगी परन्तु कम-से-कम आप तो मुझे न डराइये वन मार्ग में!!'' - सीता भाभी बोलीं। भइया कुछ न बोले। इस पर मैंने भाभी की चिन्ताओं को यह कहकर कम करने का प्रयास किया कि - ''अरे नहीं माते! आप किसी भवानी से कम थोड़े ही हैं। आप तो आर्यपुत्री हैं। भला आपको कैसा भय? ...फिर आपके साथ में आपका यह बालक लक्ष्मण भी तो है न!''

हम दोनों भाई वन्य मार्ग की जटिलताओं को काटते-छाँटते अपने और सीता जी के लिए मार्ग बनाते उस अरण्य में लगातार चलते चले जा रहे थे। हाथों में धनुष-बाण। सामने-दाहिने-बायें सतत रूप से चौकन्नी दृष्टि। मैं तो कभी-कभी मुड़कर पीछे भी देख लेता।

झींगुरों की झनकार से युक्त उस वन में कभी किसी भी पल दुष्ट राक्षसों से हमारा पाला पड़ सकता था यह हम भलीभाँति जानते थे। वन्य-पशु-पक्षियों से हमें इतना डर नहीं था जितना कि नरभक्षी राक्षसों से।

राक्षस अर्थात् रावण की रक्षा-संस्कृति के उपासक क्रूर एवं असभ्य मनुष्य। आर्यों और अनार्यों के समान रूप से आखेटक। राक्षस जिनका सिद्धान्त था कि जो राक्षस नहीं वह आर्य-अनार्य-देव में से किसी भी श्रेणी का मनुष्य क्यों न हो उनका शत्रु है। उनका शिकार अथवा भोज्य पदार्थ है। रक्षा-संस्कृति का अर्थ था यदि तुम हममें से होगे तभी हमारी रक्षा के पात्र होगे किन्तु यदि तुम राक्षस नहीं तो हमारे लिये कुछ नहीं।...

सीता जी बीच-बीच में अपने मन के भय को कम करने के लिए राम जी से कुछ-न-कुछ वार्त्तालाप करती रहतीं। राम जी थोड़ी-थोड़ी देर में उन्हें किसी संकट के संकेत पर उँगली के संकेत से टोकते। आशय यह कि शान्त रहो जानकी! पहले हमें इस बीहड़ वन को पार कर लेने दो।

एक बार तो हम एक विचित्र-से घने वृक्ष के निकट से ज्यों ही गुजरने लगे उस वृक्ष के तने पर लिपटी कुछ वानस्पतिक लताएँ लहराकर हमारी ओर बढ़ती दिखीं। उनमें से कुछ सीता जी की बायीं कलाई से लिपटकर कसने लगीं। सीता जी आश्चर्य-मिश्रित भय से चिल्लायीं - "हाय स्वामी! यह क्या?"

श्रीराम विद्युत्-चपलता के साथ पलटे। कमर में बँधा कटार खींचकर उन्होंने कुण्डली मारती हरी-नीली उन लताओं को खच्च से बीच में ही काट दिया। सीता जी किसी तरह मुक्त हुईं।

"ओह! नरभक्षी वृक्ष भी हैं यहाँ?" - भइया बोले और सीता जी काँपती हुई राम जी से लिपट गयीं। "कोई बात नहीं...सौमित्र! सँभालना मैं सीता को दूसरी ओर से ले जा रहा हूँ।" - कहकर वह उन्हें लगभग घसीटकर उस वृक्ष से दूर ले गये।

"चिन्ता न करें भइया! इन रक्तपायी वनस्पतियों से निपटकर अभी आता हूँ मैं -" यह कहकर एक हाथ में खंग लेकर इधर-उधर से लपकती लताओं को मैं निर्ममता के साथ काटने लगा।

फिर स्वयं को बचाता हुआ मैं भी भागकर भइया-भाभी के पीछे-पीछे पुनः हो लिया। इसी तरह हम जंगल में बहुत भीतर निकल आये। अब कमल पुष्पों और पल्लवों से आच्छादित एक सुन्दर सरोवर हमें मिला। हमने उसके शीतल जल का पान किया। फिर हम तीनों पथिक कुछ देर के लिए उस सरोवर के निकट के एक पेड़ की छाया में बैठ गये।

विपत्ति कभी बताकर तो आती नहीं। ठीक उसी तरह एक विशालकाय बलशाली और भयानक मुखमुद्रावाला राक्षस वहाँ अचानक आ धमका। उसने अपने कन्धे पर एक बड़ा भारी त्रिशूल टिकाया हुआ था जिसकी तीनों नोकों से हाथी, हिरन और सिंह के कटे हुए सिर लटक रहे थे। अपने शरीर पर टपकी हुई रक्त की बूँदों के कारण वह राक्षस और भी भयानक दिखायी देता था।

श्रीराम, जानकी जी और मुझ पर दृष्टि पड़ते ही राह चलता वह राक्षस ठिठककर खड़ा हो गया। हम तीनों भी उठकर खड़े हो गये। उसे देखकर जानकी जी थर-थर काँपने लगीं और राम जी के पीछे छिपने लगीं। इस पर वह राक्षस दहाड़ मारकर बोला- "कौन हो तुम लोग? वेशभूषा से तो तपस्वी-जैसे दिखते हो फिर ये क्षत्रियों-जैसे अस्त्र-शस्त्र लिये यहाँ कैसे घूम रहे हो? और तुम्हारे साथ यह सुन्दर-सी स्त्री कौन है? इस जंगली जीवों से भरे जंगल में तुम लोग किसलिए आये हो?"

श्रीराम ने उत्तर दिया कि - "मैं हूँ अयोध्यावासी राम। यह मेरा छोटा भाई लक्ष्मण। तथा यह मेरी धर्मपत्नी सीता है। हम अपने माता-पिता की आज्ञा से तुम-जैसों को पाठ पढ़ाने इस दण्डकारण्य में आये हैं।"

भइया की बात सुनकर उस राक्षस ने अट्टहास किया। फिर उसने अपने त्रिशूल को झाड़कर हाथी, हिरन और सिंह के मुण्डों को एक ओर फेंक दिया और गरजकर पुनः बोला -

"राम! तुम क्या मुझे नहीं जानते? मैं हूँ इस दण्डकारण्य का कुख्यात राक्षस विराध। मेरे भय से अनेक ऋषि-मुनि यहाँ अपने-अपने आश्रम छोड़कर विभिन्न दिशाओं में भाग गये हैं। फिर तुम यहाँ क्यों मरने को आ गये?...अच्छा ऐसा करो कि अपने साथ की इस रमणी को मुझे दे दो और तुम दोनों भी अपने प्राण बचाकर यहाँ से तुरन्त भाग जाओ।"

"और यदि हम नहीं गये तो? -" मैंने ललकारकर विराध राक्षस से कहा।

"तो तुम दोनों मेरे ग्रास बन जाओगे और यह सुन्दरी मेरी भार्या।"

यह कहकर विराध ने सीता जी को झपटकर अपने एक हाथ से पकड़ लिया और उन्हें काँख में दबाकर वहाँ से जाने लगा।

"स्वामी! मुझे बचाइये...आर्य लक्ष्मण! बचाइये।" - सीता जी निरीह और भयग्रस्त अवस्था में चिल्लाने लगीं। मैंने भइया को किंचित् विचलित होते हुए देखा तो ललकारकर बोला - "उठाइये धनुष-बाण भइया! देख क्या रहे हैं...हम दोनों इस घृणित जीव को अभी नष्ट किये देते हैं।"

उसके बाद भइया और मैंने कई तीर उस रक्तपायी राक्षस को तान-तानकर मारे। उसके शरीर को बींधकर उसे जगह-जगह पीड़ा पहुँचायी। इससे आहत होते हुए उसने सीता जी को धरती पर छोड़ दिया और अपना त्रिशूल फेंककर हम दोनों को मारना चाहा। हम दोनों चपलता से दो तरफ को झुक गये और स्वयं को बचा ले गये।

तब उस राक्षस ने अपने शरीर की त्वचा को इस प्रकार झिटकारा कि उसमें गड़े हुए हमारे बाण यत्र-तत्र झड़ गये। बोला - "मैं वरदानी राक्षस हूँ। नहीं जानते? तुम्हारे यह बौने तीर मेरा कुछ नहीं बिगाड़ सकते। लो अब मैं तुम्हारा काम तमाम किये देता हूँ।"

यह कहकर विराध राक्षस ने अपनी विशालकाय भुजाएँ बढ़ाकर हम दोनों भाइयों को अपने एक-एक हाथ में उठा लिया और अपने नेत्रों से विद्युत्-स्फुल्लिंग छोड़ता हुआ हमें खा जाने का उपक्रम करने लगा। उस अवस्था में हम दोनों को कुछ क्षण को विवश देखकर सीता जी और जोर से चीखीं और उस राक्षस से कहने लगीं -

"मेरे पति और देवर को छोड़ दीजिये राक्षसराज! और बदले में मुझे खा जाइये।"

इस पर विराध राक्षस का ध्यान कुछ बँटा। तब हम दोनों भाइयों ने अपने-अपने खंग से अनेक वार करके उसकी दाहिनी और बायीं दोनों भुजाएँ काट डालीं।

पीड़ा से छटपटाता राक्षस इधर-उधर डोलने लगा। राम भइया और मैं जो अब तक धरती पर आ गिरे थे उसकी टाँगों पर अपने खंगों का प्रहार उसी तरह करने लगे जैसे कोई लकड़हारा कुल्हाड़ी से पेड़ काटता है। विराध के हाथ-पाँव कट गये। हाथ-पाँव कटा विराध राक्षस तब देखते-ही-देखते एक गड्ढे में जा गिरा। भइया श्रीराम उसकी गर्दन पर चढ़ गये और चिल्लाकर बोले - "शीघ्रता करो सौमित्र! इसे इसी गड्ढे में हम मिट्टी से दबा देते हैं। तब तो यह दुष्ट मरेगा ही।"

हमने ऐसा ही किया। ऐसा करने में जो समय लगा उस बीच भाभी माँ सीता भी काफी-कुछ सँभल गयीं। वह भी यथाशक्ति हमारी सहायता करने लगीं। विराध को गाड़ने के पश्चात् हम तीनों ने जाकर उस कमल सरोवर में स्नान किया और तब जाकर चैन की साँस ली। तभी कुछ वनवासी वहाँ आ गये। विराध-वध का समाचार हमारे मुख से सुनकर वह सभी प्रसन्नता से नाच उठे।

उन वनवासियों की सहायता से हम इस क्षेत्र में सुविख्यात वयोवृद्ध शरभंग मुनि के आश्रम में गये। यह तपोवन ऋषिवर की तपस्या से सर्वथा पावन एवं सुन्दर स्वरूप को प्राप्त था। आम्रवृक्ष, जामुन, पीपल, बरगद और कदलीफल आदि पर्णकुटियों को चारों ओर से घेरे आश्रम की शोभा बढ़ा रहे थे। आस-पास का वन बहुत घना नहीं था। काफी खुला-खुला-सा था यह भूभाग। नाना प्रकार के पुष्प और पौधे कुटियों के आस-पास सुसज्जित थे। एक-दो सुन्दर मोर इधर-उधर उड़ते हुए हमें दिखायी दिये। उनमें से एक तो उड़कर एक कुटिया की छत पर जा बैठा।

"कहाँ हैं पूज्य ऋषिवर?" - एक आश्रमवासी से हमने पूछा जो हमारी ओर ही द्रुतगति से चला आ रहा था। बोला -

"गुरुदेव आश्रम के पृष्ठभाग में आपकी ही प्रतीक्षा कर रहे हैं। अपनी योगशक्ति से आपका आश्रम में आगमन जानकर मुझे आपके स्वागत हेतु भेजा है। प्रणाम निवेदन करता हूँ।"

उसके पश्चात् हम उस आश्रमवासी के साथ-साथ उस आश्रम में वहाँ गये जहाँ शरभंग मुनि हमारी प्रतीक्षा कर रहे थे। हम तीनों ने मुनिवर को प्रणाम किया तो

उन्होंने सीता जी को हाथ उठाकर आशीर्वाद दिया और हम दोनों भ्राताओं को बारी-बारी से गले लगा लिया। कहने लगे -

"बड़ी उत्तम वेला में आये हैं आप श्रीराम! मैं इच्छामृत्यु के लिए अपनी चिता सजाकर अभी-अभी ब्रह्मलोक को जाने की तैयारी में था। मुझे आपके आने का समाचार प्राप्त हुआ तो एक-दो घड़ी के लिए रुक गया हूँ।...राम और लक्ष्मण! आप दोनों की कीर्ति विश्वामित्र जी के साथ आपके द्वारा शुभारम्भ किये गये राक्षस-दमन अभियान से इस दण्डकारण्य के समस्त आश्रमों में फैल चुकी है। आपने ताड़का और सुबाहु-जैसे महादैत्यों और अभी-अभी विराध-जैसे दुर्दम्य दैत्य का वध करके अपने अमित पौरुष, तेज एवं बल को प्रकट किया है। यह समूचा अरण्य आपके पधारने से धन्य हो गया है। दुष्ट राक्षसों से आक्रान्त ऋषि-मुनियों को आपके आने से अब बड़ा सहारा मिलेगा। आपकी जय हो कौशल्यानन्दन राम! और आपकी भी सदा ही जय हो सुमित्रानन्दन लक्ष्मण!..."

इसके बाद उस आश्रम में आगे जो घटित होने जा रहा था वह सोचकर मुझे भाभी माँ की चिन्ता हो आयी। मैंने देखा कि कुछ आश्रमवासी माताएँ एक ओर कुछ दूर पर संकोच में खड़ी थीं। "आइये आर्ये! -" कहकर मैं सीता जी को उनके समीप ले गया - "आप कुछ देर इन माताओं के साथ रहें। भइया और मैं मुनिवर से आज्ञा लेकर अभी शीघ्र आते हैं।"

सीता जी उन आश्रमवासी स्त्रियों का कुशलक्षेम पूछने उनके साथ चली गयीं। इधर शरभंग ऋषि भइया से बोले - "अब मुझे आज्ञा दो राम! मेरा मनोरथ तुम-जैसे महापुरुषों के दर्शन के साथ ही पूर्ण हुआ। अब मैं सुखपूर्वक ब्रह्मलोक को जाता हूँ।"

चिता तैयार ही थी। हमारे देखते-ही-देखते शरभंग मुनि उस पर जा बैठे। फिर अपनी योगाग्नि से उन्होंने वह चिता प्रज्वलित की और समस्त एकत्र आश्रमवसियों और हमारे समक्ष 'ॐ नमो भगवते वासुदेवाय नमः' का जाप करते हुए अनन्त में विलीन हो गये।

मेरे लिये यह इस प्रकार का प्रथम और नितान्त अप्रत्याशित अनुभव था। मैंने देखा कि भइया के मुखारविन्द पर अवसाद की एक क्षीण-सी रेखा कौंधी जिसे उन्होंने तत्परता से जाने कैसे नियन्त्रित कर लिया। मैंने सोचा कि महातपस्वी शरभन्ग का यह कैसा अविश्वसनीय एवं रोमांचकारी महाप्रयाण था?

शरभंग ऋषि के ब्रह्मलोक गमन और हमारे आगमन की सूचना अब तक आस-पास के ऋषि-मुनियों तक पहुँच चुकी थी। इससे पहले कि हम लोग वहाँ से प्रस्थान करते अनेक तपस्वीगण आकर वहाँ हमसे मिले और कहने लगे कि आपको हम अपने-अपने आश्रम और कुछ ऐसे स्थान दिखाना चाहते हैं जिन्हें देखकर आपको हमारी दयनीय दशा का अनुमान स्वयं लग जायेगा।

भइया ने तब भाभी को शरभंग ऋषि के आश्रम से साथ में लिया और उनके पीछे-पीछे चल पड़े। अब हमारे आगे-आगे दण्डकवन के तपस्वी साधुओं का एक प्रतिनिधिमण्डल चला जा रहा था जो हमें विभिन्न ऋषि-मुनियों के छोटे-छोटे आश्रम और उनके आवास दिखा रहा था।

एक स्थान पर खुले में हमने मानव अस्थियों-खोपड़ियों और नरकंकालों का एक महाविशाल ढेर लगा देखा। उसे देखकर सीता जी के कण्ठ से एक भिंची-भिंची चीख निकल गयी। मेरा हृदय वेदना और उत्तेजना से धड़कने लगा और श्रीराम द्रवीभूत हो गये। उन्होंने उन मार्गदर्शक साधुओं से पूछा कि - "यह सब क्या है?" इस पर हमें बताया गया कि - "यह सब उन अभागे ऋषि-मुनियों के अवशेष हैं जिन्हें यहाँ दण्डकारण्य में उत्पात मचानेवाले नरभक्षी राक्षसों ने समय-समय पर मारकर खा लिया है।"

मानव-अस्थिपंजरों के उस विशाल टीले के सम्मुख कुछ तपस्वीगण अपने नेत्रों से आँसू बहाते हुए कातर भाव से कहने लगे -

"हे अयोध्या के वीरकुमारों श्रीराम! और श्रीलक्ष्मण!...हम सब आपकी शरण में हैं। कृपया हमें इन आततायी राक्षसों के प्रकोप से बचाइये...आपने जैसे ऋषि विश्वामित्र के यज्ञ की रक्षा की थी उसी तरह कृपया हमारे यज्ञों की और हमारे कुटुम्बीजन की भी रक्षा करें।...हम अपना पठन-पाठन, हवन-पूजन आदि कुछ भी शान्तिपूर्वक नहीं कर पा रहे हैं क्योंकि हमारे सिरों पर सदैव मृत्यु का भय मँडराता रहता है।...रक्षा कीजिये रघुनन्दन! रक्षा कीजिये...हमारी आपसे हाथ जोड़कर विनती है।"

इस पर श्रीराम ने कहा कि - "आप मुझसे विनती क्यों करते हैं? आप तो मुझे आदेश देने के अधिकारी हैं।...हे तपस्वीगण! इस वन में मैं केवल आप लोगों की सेवा के लिए ही तो आया हूँ। मैं आपके समक्ष प्रतिज्ञा करता हूँ कि मैं इस दण्डकारण्य को राक्षसविहीन करने के लिए हर सम्भव प्रयत्न करूँगा। आप सबकी रक्षा ही आज से मेरा प्राथमिक कर्त्तव्य होगा।"

तब वे मुनिजन 'साधु-साधु' कहकर हमें आशीर्वाद देकर चले गये। शरभंग मुनि के आश्रम से हमारे साथ आये हुए उनके दो शिष्य, जो हमारे इस समय मार्गदर्शक भी थे, तत्पश्चात् हमें सुतीक्ष्ण मुनि के आश्रम तक ले चले।

मार्ग में मैंने उन दोनों तपस्वियों से पूछा कि - "इधर इस तपोवन में मैंने देखा है कि जहाँ-जहाँ आप लोगों के आश्रम हैं उनके आस-पास विभिन्न वनवासियों ने भी अपने घर अथवा बस्तियाँ बना रखी हैं। इन वनवासियों में कई आखेटक पुरुष भी होंगे। इनका आपसे कैसा सम्बन्ध है?"

"बहुत मधुर और सहज सम्बन्ध है वीरवर लक्ष्मण!...यहाँ के अधिकतर वनवासी अत्यन्त सीधे और सरल हैं। वन की लकड़ी, गोंद, मधु, कन्द-मूल-फल और आश्रम की दूसरी आवश्यकताओं की पूर्ति में ये वनवासी हमारा बड़ा सहयोग करते हैं।"

"तब आप आश्रमवासी इन वनवासियों के सहयोग से राक्षसों के आक्रमण का विरोध क्यों नहीं करते?"

"क्या विरोध करें हम और क्या विरोध करें ये बेचारे वनवासी? जंगली जड़ी-बूटियाँ बीनना तथा पशु-पक्षियों का आखेट करना और बात है और महाबलशाली राक्षसों का सामना करना और बात। हमें अपने जप-तप से ही अवकाश नहीं है और यह न तो इतने परस्पर संगठित हैं और न ही उतने अच्छे प्रशिक्षित।..." और यहीं से मुझे अपनी भावी योजना के सूत्र मिल गये। संगठन और प्रशिक्षण।...

मैंने मन-ही-मन निश्चय किया कि इन आदिवासी-वनवासी समूहों में मैं आत्मविश्वास के संचार हेतु उन्हें पहले उनकी बस्तियों में जाकर प्रबोधन दूँगा। फिर उनमें एकीकरण और संगठन के साथ-साथ प्रशिक्षण के मन्त्र फूँकूँगा।

उन्हें सिखाऊँगा कि संगठित गिरोहों के आक्रमण का मुँहतोड़ जवाब कैसे दिया जाता है? आत्मरक्षा के लिए कौन-कौन-से उपाय होते हैं? और आक्रमण के उत्तर के लिए कैसी तैयारियाँ और शस्त्राभ्यास अपेक्षित हैं?

बाद में जब वास्तविक युद्ध की स्थिति आये तो शत्रु को किस प्रकार से चुन-चुनकर काल के मुँह में ढकेला जा सकता है?...

भइया-भाभी-और मैं। हम तीनों चलते-चलते उस दिन सुतीक्ष्ण मुनि के आश्रम पर जा पहुँचे। बहुत साफ-सुथरा बाँसों की बाड़ से घिरा वह आश्रम बड़ा सुन्दर था। वृक्षों की डालों से कहीं-कहीं महात्माओं के धुले हुए चीर और वल्कल वस्त्र लटके हुए थे। यज्ञवेदी से हवन का धुआँ अभी भी हलका-हलका उड़ रहा था। पक्षी चहचहा रहे थे और कुछ गिलहरियाँ आस-पास की हरी घास पर इधर-उधर दौड़ लगा रही थीं। शरभंग मुनि के शिष्य हमें सुतीक्ष्ण मुनिवर के आश्रम के प्रवेश-द्वार तक छोड़कर वापस लौट गये।

भव्य स्वरूपवाले जटाजूटधारी सुतीक्ष्ण मुनि ने हमें अपनी कुटिया से ही देख लिया। वह अपनी काष्ठनिर्मित खड़ाऊँ के साथ खटपट करते बाहर निकल पड़े। भइया ने अपना परिचय देना चाहा -

"प्रणाम मुनिवर! मेरा नाम दशरथपुत्र राम..."

"अरे प्रिय श्रीराम! आइये...पधारिये। स्वागत है आप सबका।"

मुनिवर सुतीक्ष्ण ने दोनों हाथ बढ़ाकर श्रीराम को हृदय से लगा लिया। हम तीनों ने उन्हें प्रणाम किया। मुनिवर बोले -

"आप दोनों भाइयों और किशोरी जी की कई दिनों से हम सब प्रतीक्षा कर रहे थे। आपके अयोध्या से वनवास का एक वर्ष पूर्ण हो चुका है। आपके आगमन का

समाचार कुछ ही महीनों पूर्व इस दण्डकारण्य में...और आगे धुर दक्षिण के भी भरतखण्ड में फैल चुका है...आपके शौर्य की धमक भी साथ-ही-साथ सर्वत्र गूँज रही है।''

माँ सीता ने भइया राम की आँखों में एक क्षण को प्रश्नाकुलता के भाव से देखा। परन्तु मुनिवर के सम्मुख बात आयी-गयी हो गयी।

सायंकाल होने को आयी थी। वन्य पशुओं के झुण्ड-के-झुण्ड अपने-अपने अभयारण्यों में रात्रिविश्राम के लिए लौट रहे थे। उसी मध्य आश्रम के समीप से चंचल हिरणों का एक समूह भागता हुआ गुजर गया।

एक मृगशावक भटककर आश्रम के परिसर में आ गया। वह सीता जी के एकदम निकट आ गया। सीता माँ ने उसे ममत्व से अपनी गोद में उठा लिया। मृगशावक की मृगी माँ उसे खोजते हुए पीछे-पीछे आश्रम में आयी। उसे देखकर सीता जी ने झट उस शावक को भूमि पर छोड़ दिया। शावक अपनी माँ की ओर कूदकर भागा। हिरणी ने उसे एक-दो बार चाटा और फिर अपने साथ जंगल में लिवा ले गयी। मैंने देखा कि उस समय जैसे भाभी माँ एक पल को वनयात्रा की सारी थकान भूल गयीं। उस समय उनका आनन्द देखते ही बनता था।

सन्ध्या घिर आने पर श्रीराम ने पूजा-अर्चना की। तब प्रेम से गद्‌गद ऋषि सुतीक्ष्ण हमारे लिये तापसों के भोजन योग्य अन्न को लेकर स्वयं उपस्थित हुए - तिन्नी का भात, थोड़ा शाक और कुछ फल। वह रात्रि हमने सुतीक्ष्ण-आश्रम की अतिथिशाला में ही व्यतीत की।

हमारे लिये सुतीक्ष्ण जी के साथ वह भेंट एक सुखद अनुभव था। ऋषिवर का आतिथ्य और अतिशय स्नेह हमारे मन को बहुत भाया। ऋषिवर ने कहा कि - ''श्रीराम!...आपके साथ वीरवर लक्ष्मण भी आये हैं। यह बहुत शुभलक्षण है। वास्तव में दण्डकारण्य एक अत्यन्त विस्तृत क्षेत्र है। यहाँ सहस्रों की संख्या में तपस्वीगण एवं वनवासी रहते हैं। इनका जीवन राक्षसों के आये दिन के आक्रमण एवं अत्याचारों से अत्यन्त असुरक्षित रहता है। यह लोग करें तो क्या करें? कहाँ जायें? कुछ उपाय नहीं सूझता। अब आप दोनों आ गये हैं। अतः इन लोगों का आप ही उद्धार कीजिये।''

श्रीराम ने कहा - ''आप निश्चिन्त रहें ऋषिवर! इस कार्य के लिए हम पहले ही प्रतिबद्ध हो चुके हैं।''

प्रातःकाल स्नानादि और हवन के पश्चात् हमने ऋषिवर सुतीक्ष्ण से पुनः मिलने का वचन देते हुए उनके आश्रम से विदा ली।

सुतीक्ष्ण जी हमें कुछ और दिन अपने साथ रोकना चाहते थे। परन्तु राम भइया इस अरण्य प्रदेश का अब शीघ्रता के साथ भ्रमण, राक्षसों का संहार और उन्हें

दण्डकारण्य से खदेड़ने का मन बना चुके थे। अतः हमें भइया के आदेश पर अगले ही दिन वह आश्रम छोड़ देना पड़ा।

श्रीराम ने चलते समय अपने शारंग धनुष की प्रत्यञ्चा खींचकर एक जोर की टंकार की। पूरे वनाञ्चल में एक हलचल-सी मच गयी।

"एक बात कहूँ आपसे स्वामी! -" जानकी जी इस पर राम जी से बोलीं।

"हाँ सीते! कहो -" श्रीराम पत्नी से बोले।

"आपने यह जो सुतीक्ष्ण मुनि के आश्रम से निकलकर अपने धनुष की प्रत्यञ्चा खींच और छोड़कर अभी-अभी एक महाध्वनि उत्पन्न की है इसका क्या अर्थ है?"

"यह महाध्वनि एक चुनौती है सभी अत्याचारी राक्षसों के लिए।"

"किस बात की?"

"कि वह दण्डकारण्य छोड़ दें अन्यथा..."

"अन्यथा?"

"अन्यथा अब मेरे हाथों मारे जाने के लिए तैयार हो जायें।"

मैं देख रहा था कि भाभी माँ के मुखपर चिन्ता की रेखाएँ गहरी होती जा रही हैं। किन्तु भइया एकदम निर्विकार थे। वह बड़ी शान्ति से कह रहे थे -

"जानकी! अहिंसक ऋषियों की हिंसा करनेवाले राक्षसों के दुष्कृत्य मुझे स्वीकार नहीं।"

"किन्तु स्वामी! क्या आपने अपने इस नये व्रत के विषय में भी कुछ सोचा है?"

"क्या प्रिये?"

"यही कि आपने तापस-वृत्ति ग्रहण की है। आपके साथ-साथ भैया लक्ष्मण ने भी तपस्वी का बाना धारण किया है। चौदह वर्ष के वनवास पर हैं हम लोग।...उस पर से क्या अरण्य में तप-साधना के साथ-साथ अनावश्यक हिंसा करना उचित होगा? मैं तो कहती हूँ कि आत्मरक्षा के लिए शस्त्र उठाना कोई आपत्तिजनक बात नहीं परन्तु राक्षसों को इस तरह उकसाना विपत्ति को जान-बूझकर आमन्त्रण देने के समतुल्य होगा। इस पर भी आप तनिक विचार करें।"

श्रीराम कुछ न बोले। वह कुछ देर मौन रहे। जानकी जी अब खुलकर कहती गयीं - "हे आर्य! मेरी धृष्टता को कृपया क्षमा करें। मेरे कहने का आशय अन्यथा न लें। आप तो बहुविज्ञ हैं। सब समझते हैं। किन्तु फिर भी मैं आपसे कहती हूँ कि काम-क्रोध-लोभ-मोह इन चारों को नर्क का पन्थ कहा गया है।

"अनावश्यक क्रोध आप कभी करते नहीं। लोभ आपको छू नहीं गया है। मोहमाया आपको व्याप्त ही नहीं है, रह गया काम...तो मैं आपकी धर्मपत्नी होने के नाते यह पूर्ण विश्वास के साथ कह सकती हूँ कि कामजनित व्यसन से निवृत्त होने पर भी आप अब अनजाने में अधर्म की ओर प्रवृत्त होते प्रतीत हो रहे हैं।"

- कहते-कहते जानकी जी चुप हो गयीं। हम तीनों एक पथरीले भूखण्ड से गुजर रहे थे। जानकी जी कुछ श्रम का अनुभव कर एक शिला पर बैठ गयीं। प्रभु श्रीराम उनके निकट अपना धनुष और एक शब्दभेदी बाण अपने हाथों में सँभाले और कन्धे पर तूणीर का बोझ लिये खड़े रहे।

धूप की गर्मी से हमारे मस्तकों पर भी कुछ स्वेदबिन्दु उभर आये थे। अपने माथे को धोती के आँचल से पोंछते हुए सीता जी आगे कहने लगीं -

"स्वामी! काम से तीन व्यसन उत्पन्न होते हैं - मिथ्या भाषण, परस्त्रीगमन और अकारण हिंसा...प्रथम दो के विषय में आपको लेकर सोचना भी पाप है। हम सब जानते हैं कि आप सत्य और शुचिता की प्रतिमूर्ति हैं। असत्य सम्भाषण न कभी करते हैं और न ही कभी कर सकेंगे। परायी स्त्री में आपकी आसक्ति का भी प्रश्न ही नहीं उठता। यह मेरी अन्तरात्मा जानती है...

"अब रहा प्रश्न अकारण हिंसा का वह यहाँ अवश्य विचारणीय है। मुझे लगता है कि बिना वैर अथवा विरोध के दूसरों के प्राणों को हरने का जो निश्चय आपने किया है वह आगे चलकर अनेक संकटों को जन्म देगा। यही नहीं मुझे लगता है कि यह एक प्रकार से पाप भी होगा।"

इस पर भइया अत्यन्त कोमल स्वर में बोले -

"तुम ऐसा क्यों सोचती हो प्रिये! देखो मैंने अपने स्वयं के लिए उन दुष्ट राक्षसों का वध करने की प्रतिज्ञा तो नहीं ली है। मैंने तो इस अरण्य में राक्षसों द्वारा उत्पीड़ित ऋषि-मुनियों और भोले-भाले वनवासियों की प्राणरक्षा के निमित्त ही यह संकल्प लिया है। फिर इसमें हानि कैसी?"

"वह मैं जानती हूँ प्राणनाथ! परन्तु आप जरा यह विचार कीजिये कि क्षत्रियों का धर्म केवल अपने सम्मुख संकट आने पर असहाय प्राणियों की रक्षा करना है, परन्तु इस प्रकार जिस किसी को भी डराते फिरना अथवा अनावश्यक रूप से युद्ध के लिए चुनौती देना मुझे युक्तिसंगत नहीं दिखता...और फिर प्रजा का हितसाधन और उसकी सुरक्षा का दायित्व राजा और राज्य का होता है। जबकि आप तो इस समय वनवास में तापस-जीवन बिताने हेतु पिताश्री की आज्ञा से यहाँ आये हैं। अतः आपके द्वारा यहाँ के समस्त जनसाधारण की सुरक्षा का भार सँभालना और हिंसा के लिए स्वयं को प्रस्तुत करना मुझे नहीं भाता। आगे आप-जैसा उचित समझें। इसलिए यही कहूँगी कि जो भी करें सम्यक् रूप से सोच-विचारकर करें।"

श्रीराम मुस्कुराये। उन्होंने जानकी जी को सहारा देकर उठाया। फिर दोनों पति-पत्नी आगे चल दिये। मैं चारों ओर चौकन्नी दृष्टि डालता उनका पुनः अनुगमन करने लगा।

मैं सोच रहा था कि भइया ने राक्षसों के विनाश का उद्घोष कर वीरोचित कर्म के साथ-साथ विपत्ति तो मोल ले ही ली है। भाभी की भी चिन्ता अपने स्थान पर स्वाभाविक है। परन्तु मैं जानता हूँ भइया का स्वभाव भलीभाँति। उनका हृदय अत्यन्त विशाल और परदुःखकातर है। सदा से ही।

मेरे राम भइया शरणागत वत्सल हैं। वह किसी दुखियारे और शरण में आये मनुष्य की याचना को अस्वीकार कर ही नहीं सकते। फिर इस निर्मम अरण्य में ऋषि-मुनियों की सामूहिक प्रार्थना को भला वह कैसे ठुकरा सकते थे?

मार्ग में मैंने फिर करुणानिधान श्रीराम को जानकी जी को परितोष देते और उसके साथ यह कहते सुना -

"भले ही कौशल राज्य का मैं एक देशनिकाला पाया व्यक्ति हूँ और तपस्या करने वन में भेजा गया हूँ। परन्तु मैं क्षत्रियकुल से सम्बन्धित भी हूँ। यदि कुल, गोत्र और वर्ण को भी तिलांजलि दे दी जाये तब भी मैं एक धर्मप्राण मानव हूँ। और एक मानव का कर्त्तव्य सदैव दूसरे मानव की सहायता करना है। स्वयं के लिए तो सभी जीते हैं परन्तु जो मनुष्य परोपकार में विश्वास रखते हैं वही सच्चे अर्थों में धार्मिक हैं। वह ऋषि-मुनियों के अस्थि-पंजरों का पहाड़ मुझे मेरे मानव धर्म की रह-रहकर याद दिलाता रहेगा और इसीलिए मैंने प्रतिज्ञा ली है दुष्ट मानव-द्रोही और मानवभक्षी राक्षसों के संहार की और उन पर निरन्तर प्रहार करते रहने की।

दण्डक वन में विभिन्न आश्रमों में घूमते, उनमें ऋषि-मुनियों की जीवनचर्या में रमते, जहाँ-तहाँ राक्षसों से मुठभेड़ करते, हमारे वर्ष-पर-वर्ष बीतते गये।

भइया राम जिस आश्रम में कुछ काल तक अस्थायी रूप से ठहरते वहाँ के कुलपति महर्षि से ज्ञान प्राप्त करते और ब्रह्मचर्चा करते। अपने सद्गुणों की छाप उन पर छोड़ते और हमें भी एकान्त में ऋषिवर की वाणी और वचनामृतों से लाभान्वित करते।

माँ सीता आश्रमवासी स्त्रियों से सहज में घुल-मिल जातीं। किसी ऋषिपत्नी से तपस्वियों के योग्य आहार की कोई पाकविधि सीखतीं तो कभी अपनी समवयस्क स्त्रियों के साथ कुछ मनोविनोद करतीं। छोटी-छोटी कन्याओं के साथ वृक्षों के

नीचे झूला झूलतीं। कभी किसी मृगशावक से खेलतीं कभी आश्रम की शुक-सारिकाओं से बातें करतीं। सीता जी इस प्रकार प्रायः यह भूल जातीं कि किसी वन में उनका निवास है।

इधर मैंने भी स्वयं को वन के मूल निवासियों के साथ व्यस्त कर दिया था। भइया और भाभी की चिन्ता के अतिरिक्त मुझे जो भी समय मिलता उसमें से अधिकांश समय मैं वनवासियों के साथ बिताता। उन्हें समझाता कि राक्षस हमारे लिये आखेट के जीव के समान हैं। अहिंसक पशुओं के साथ दया की जानी चाहिए परन्तु हिंसक पशुओं से ममता व्यर्थ है। वन्य जीवों के भी कुछ नियम होते हैं। बिना भूख के सिंह और बाघ हिंसा नहीं करते। उनमें आहार और मैथुन आदि की अपनी सीमाएँ हैं। अतः जब तक वे नरभक्षी न हो जायें, मनुष्य के लिये अवध्य हैं। परन्तु नरभक्षी पशु अनिवार्य रूप से वध के योग्य हैं। ऐसे पशु जहाँ मिलें उन्हें मार देना चाहिए।

राक्षस भी क्योंकि नरभक्षी हो चले हैं और आये दिन हमारे जीवन में हस्तक्षेप कर हत्या, लूटपाट और स्त्रियों से बलात्कार-जैसे घिनौने कुकृत्य करते हैं अतः उन पर सामने से घात करने का मानवोचित नियम अब पुराना पड़ चुका है। ऐसे नरभक्षी और पतित आचरणवाले राक्षस जहाँ भी दिख जायें उनका हमें जंगली पशुओं की भाँति ही निर्मम आखेट करना चाहिए।

विचारणीय बात यह है कि इन दुष्ट राक्षसों में बड़ी एकता है। अतः दन्द-फन्द-छल से छिपकर अथवा प्रत्यक्ष जब्र जैसे हो हमें इन राक्षसों को यमलोक पहुँचाना है। उसके लिए समस्त कोल-भील-मुण्डा-उराँव आदि आदिवासियों को परस्पर मैत्रीभाव और एकता से रहना है। एक रहेंगे तो सबकी एकत्रित शक्ति राक्षसों के दमन में सहायक होगी।

मैंने जंगल के आदिवासियों को उनके परम्परागत अस्त्रों-यथा मुख से फूँकनेवाले विषैले तीरों, पत्थरों और लोहे के विविध हथियारों के साथ ही धनुष-बाण से सामूहिक प्रहार करने, आत्मरक्षा के उपाय करने, रात्रि में आक्रमण होने पर अग्निसन्धान कर प्रकाश करने और आक्रामक राक्षसों का चुन-चुनकर आखेट करने तथा आदिवासी बस्तियों तथा ऋषि-मुनियों के आश्रम में पहरा और चौकसी का सुप्रबन्ध करने का प्रशिक्षण दिया।

इसके अत्यन्त उत्साहवर्द्धक परिणाम सामने आये। अनेक राक्षस मारे गये। राक्षसों के आक्रमण विफल किये गये। वनवासियों की एकजुटता और उनके प्रहार के आगे दण्डकारण्य के कोने-कोने में राक्षसों के हौसले पस्त होने लगे। उनका विभिन्न अरण्यों से पलायन प्रारम्भ हो गया।

राक्षसों को मिटाना है उन्हें भगाना है। यह सन्देश जंगल की आग की तरह चारों ओर फैलता गया। आदिवासी नवयुवक अपनी वनजीवी संस्कृति और परम्पराओं तथा

बहू-बेटियों का मान बचाने के लिए सैन्य अभ्यास में दिन-रात रुचि लेने लगे। आत्मसम्मान का मन्त्र जो भी अपना लेता है उसे फिर सशक्त और उद्देश्यपूर्ण जीवन जीने से कोई रोक नहीं सकता।

पहले जो आदिवासी राक्षसों के भय से आक्रान्त हो आत्मसमर्पण की मुद्रा में दुम दबाये रहते थे अब वही उन्हें खुली चुनौती देने लगे थे। धीरे-धीरे यह क्रम इस तरह बढ़ा कि पूरा दण्डकारण्य-जैसे राक्षसों को हुंकारने लगा। राक्षस प्राण बचाकर जनस्थान की ओर भागने लगे। राक्षसों को वनवासी जहाँ-तहाँ से खदेड़ने लगे। आत्मरक्षा का स्थान अब आक्रमण ने ले लिया।

राक्षसों को देखते ही वनवासी जहाँ कहीं भी होते परस्पर 'हर-हर-महादेव!' का नारा लगाकर दौड़ पड़ते। उन पर टूट पड़ते। आदिवासी कबीलों को वीर रस की पराकाष्ठा पर पहुँचाने के लिए मैंने एक नया नारा दिया - 'जय महाकाल!'

राक्षस इस नारे को सुनते ही बिना सींग के बछड़ों की भाँति डरकर भागने लगते थे। कुछ ही वर्षों में समूचा दण्डकारण्य राक्षसों के भय से मुक्त हो गया और फिर उसी के मध्य जनस्थान का सीमित क्षेत्र पलायित राक्षसों की शरणस्थली बन गया।

ऐसा नहीं है कि मैंने आदिवासियों को तो बड़ा भारी प्रशिक्षण दिया और स्वयं उनसे कुछ भी नहीं सीखा। मैंने उन वनपुत्रों से बहुत-कुछ सीखा। मैंने सीखा कि लकड़ी कैसे काटी जाती है? चकमक पत्थर से अग्निसन्धान कैसे किया जाता है? जंगली जड़ी-बूटियाँ क्या होती हैं? विविध प्रकार की रुग्णता में उनके क्या उपयोग हैं? वन के दलदली क्षेत्रों में भ्रमण करते समय क्या सावधानियाँ बरतनी चाहिए? यदि शरीर में जोंक चिमट जाये तो उनसे मुक्ति कैसे पायी जाये? साँप-बिच्छू आदि के काटने पर उनके विष से कैसे बचा जाये? कन्द-मूल-फल कहाँ-कहाँ मिलते हैं? उनके अतिरिक्त कौन-कौन-सी घास और वृक्षों की छाल इत्यादि पकाकर खाने योग्य है? किस पशु अथवा पक्षी के बोलने से आस-पास किसी हिंसक पशु के होने का अनुमान लगाया जा सकता है? जंगल में वर्षा आने के पूर्व संकेत क्या होते हैं? रात्रि में जब पूर्ण चन्द्र दिखायी देते हैं तो कौन-कौन-से निशाचर सक्रिय हो जाते हैं? अमावस्या की रात में वन्य जन-जीवन को किन-किन कठिनाइयों का सामना करना पड़ता है? उनके लिए वनवासियों को किस प्रकार पहले से तैयारियाँ करनी चाहिए? और ऐसी ही अनेक जीवनोपयोगी बातें।

"आप यहाँ यह क्यों भूल जाते हैं कि आप भी हमारी तरह ही यहाँ वनवासी हैं?" - कोई अरण्यवासी जब मुझे इस बात की याद दिलाता तो वह मुझको अयोध्या के अपने किसी सहोदर-जैसा ही अति प्रिय लगने लगता। ऐसा आरण्यक तब मेरा पक्का मित्र बन जाता।

आप विश्वास करिये कि इसी तरह हमने दस वर्ष जंगल-जंगल भटकते हुए व्यतीत कर दिये और हमें पता ही न चला।

एक दिन कालक्रम से पुनः हम सुतीक्ष्ण मुनि के आश्रम पर जा पहुँचे। हमें देखकर मुनिवर अति प्रसन्न हुए। उन्होंने पूर्व की भाँति हमारी बड़ी आवभगत की। श्रीराम ने उनसे उनके गुरु जगत् प्रसिद्ध महर्षि अगस्त्य से भेंट करवाने की अभिलाषा व्यक्त की। सुतीक्ष्ण मुनि सुनकर आनन्दविभोर हो गये - "क्या ही हृदय को स्पर्श करनेवाली बात कही है आपने रघुनन्दन! पूज्य गुरुदेव को देखे हुए तो मुझे भी एक लम्बी अवधि बीत गयी है। आप कुछ दिन यहाँ मेरे आश्रम में विश्राम कीजिये फिर मैं भी आपके साथ गुरुदेव के दर्शनों को चलूँगा।"... - मुनिवर बोले।

"ऋषिवर! क्षमा करें। अब हमारे पास समय कम शेष है। हमारे वनवास को लगभग ग्यारह वर्ष बीत चुके हैं।...हम अभी तक दण्डकारण्य के सबसे श्रेष्ठ एवं वरिष्ठ महर्षि अगस्त्य के दर्शनों के लाभ से वंचित हैं। अतः यदि सम्भव हो तो क्यों न हम कल ही उनके आश्रम के लिए प्रस्थान करें।" - श्रीराम ने अनुरोध किया।

"एवमस्तु श्रीराम! आपके साथ कल प्रातः ही चलता हूँ वहाँ।" मुनिवर सुतीक्ष्ण ने हमें आश्वासन दिया। वह रात्रिविश्राम फिर हमने उन्हीं के आश्रम में किया। अगस्त्य मुनि से भेंट की उत्कण्ठा से मैं देर रात्रि तक सो न पाया। किसी तरह आँख लगी तो आश्रम के पहरुए की आवाज पर बड़े सुबह खुल भी गयी। वह ब्रह्ममुहूर्त्त का समय था।

प्रातःवेला में श्रीराम, जानकी जी और मैं सुतीक्ष्ण मुनि के मार्गदर्शन में महर्षि अगस्त्य के आश्रम के लिए निकल पड़े।

मार्ग में सुतीक्ष्ण मुनिवर ने हमें महर्षि अगस्त्य के प्रताप की एक अद्भुत कथा सुनायी। कथा इस प्रकार थी -

पूर्वकाल की बात है अत्यन्त क्रूर और हिंसक दो राक्षस हुआ करते थे - इल्वल और वातापि। वह योजनाबद्ध ढंग से ब्राह्मणों की हत्या किया करते थे। उन्होंने उस वन में रहनेवाले तपस्वियों के भी प्राण संकट में डाल रखे थे।

इल्वल ब्राह्मण का वेष धारण कर संस्कृत में भाषण करने की कला में निपुण था। वह मांसाहारी ब्राह्मणों को अपने यहाँ श्राद्ध का निमन्त्रण दे आता। उसका भाई वातापि कपट करके मेष का रूप धर लेता। इल्वल श्राद्ध में उस मेष की बलि देकर उसका मांस श्राद्धकर्म में परोसे जानेवाले भोजन के साथ आमन्त्रित ब्राह्मणों को खिला देता।

ब्राह्मणों द्वारा भोजन करने के पश्चात् इल्वल उच्च स्वर से अपने भाई को पुकारता हुआ कहता - वातापे! बाहर आ जाओ। भाई की पुकार को सुनते ही वातापि मेष के समान 'में-में' का उच्चारण करता ब्राह्मणों का पेट फाड़कर बाहर निकल आया करता था।

वस्तुतः वातापि को ब्रह्मा से अमरत्व का वरदान प्राप्त था। कोई उसे मार ही नहीं सकता था। इस प्रकार इल्वल और वातापि नामक उन राक्षसों ने न जाने कितने ब्राह्मणों की हत्या कर उनका मांस भक्षण कर डाला था।

ब्राह्मणों ने तब देवों की शरण ली। देवों ने महर्षि अगस्त्य की शरण ली। उनसे इल्वल और वातापि से छुटकारा दिलाने की गुहार लगायी। महर्षि अगस्त्य ने ब्राह्मणों की दशा पर द्रवीभूत होकर जानते-बूझते उस दुष्ट वातापि को मेष के मांस के रूप में श्राद्ध के उस नाटक में इल्वल के समक्ष प्रेमपूर्वक खा लिया और फिर एक लम्बी डकार ली।

अब इल्वल ने सदा की भाँति पुकार लगायी कि - "वातापे! बाहर आ जाओ" तो महर्षि हँस पड़े और उन्होंने कहा कि - "तुम्हारा दुष्ट भाई वातापि अब कभी बाहर नहीं आयेगा। उसे तो मैंने खाकर कब का पचा भी लिया है मूर्ख!"

इस पर अपने सिर के बाल नोचता और अपना मुँह पीटता हुआ इल्वल महर्षि अगस्त्य का वध करने को झपटा। ज्यों ही उसने महर्षि पर प्रहार किया त्यों ही उन्होंने योग के द्वारा अपनी दृष्टि से निकली अग्नि से उस राक्षस को भस्म कर डाला।

सुतीक्ष्ण मुनि ने अन्त में कहा कि -

"इस प्रकार गुरुदेव अगस्त्य ने उन दोनों पाखण्डी और दुर्दान्त दैत्यों का संहार किया।"

यह सुनकर मुझसे रहा न गया। मैंने सुतीक्ष्ण मुनि से कहा कि - "इस कथा के तथ्य कुछ विचित्र-से प्रतीत होते हैं। क्या ऐसा ही यथावत् घटित हुआ था?"

यह सुनकर मार्ग में चलते-चलते मुनिबर सुतीक्ष्ण हँसे और बोले - "वीरवर लक्ष्मण! आपकी जिज्ञासा उचित है। वस्तुतः हमारे गुरुदेव बहुत प्रतापी हैं। उनका विशद ज्ञान और विद्या अध्ययन ही इसके लिए एकमात्र उत्तरदायी नहीं। यह रहस्य मेरी तरह उनके बहुत-कम शिष्य जानते हैं कि गुरुदेव अगस्त्य को अपने द्वारा वास्तव में किये गये बड़े कार्यों को थोड़ा कल्पना के रंगों से रँगकर अन्यथा स्वरूप प्रदान करने और फिर अबोध व्यक्तियों के द्वारा उस तरह से बढ़ा-चढ़ाकर प्रचार कराने में बड़ा आनन्द आता है। गुरुदेव का मानना है कि यदि सीधे-सीधे कोई बात कही जाये तो उस बात का प्रभाव आतंक की सीमा तक नहीं पहुँच पाता। अतः अतिरंजना के सहारे अपने कृतित्व को अपरिमित प्रताप का स्वरूप देकर शत्रुओं के मनोबल को सम्यक् रूप से गिराया जा सकता है।"

"तो फिर इल्वल और वातापि के वध की वास्तविकता क्या है?"

"महर्षि अगस्त्य का शस्त्र और शास्त्र का ज्ञान अपरिमेय है। शस्त्र विद्या के वे जितने धनी हैं उनकी मन्त्र विद्या भी उतनी ही शक्तिशाली है। महर्षि ने जब इल्वल और वातापि का प्रकोप आर्यावर्त्त में भी फैलता देखा तो वह उनके विनाश हेतु सन्नद्ध हो गये। उन्होंने इल्वल और वातापि को उनके गढ़ में जाकर ललकारा। राक्षस इल्वल कहीं बाहर गया हुआ था। वातापि वहाँ उपस्थित था। महर्षि ने अपनी शस्त्र विद्या से उसे कुछ ही देर के संघर्ष के उपरान्त मार डाला।"

"और ब्रह्मा के वरदान की बात?"

"यह महर्षि ने ही प्रचारित करायी थी। अन्यथा मेष के रूप में मरकर पुनः जीवित हो जाने की बात पर कौन विश्वास करता?"

"और इल्वल का वध?"

"हाँ...इल्वल को जब वातापि के मारे जाने का समाचार मिला तो वह कुछ दिन बाद प्रतिशोध में तपस्यारत महर्षि अगस्त्य को मारने हेतु उन तक जा पहुँचा। यह बात सही है कि इल्वल को तब महर्षि ने अपनी योगाग्नि से ही जलाकर राख कर डाला था।"

इस प्रकार हम प्रातः से सायं तक वार्त्ता करते ऋषि सुतीक्ष्ण के साथ-साथ चलते रहे। सीता जी को बीच-बीच में प्यास लगती या हमें भूख लगती तो वनमार्ग में रुककर उसका समाधान किया जाता। प्रभु श्रीराम मौन भाव से कुछ आत्मचिन्तन करते-से सारे रास्ते हमारे साथ चलते रहे। रात्रि में हमें सुतीक्ष्ण मुनि के एक अन्य ऋषिभायी के आश्रम में विश्राम करना पड़ा। सूर्योदय के समय अगले दिन हम सभी ने परम तेजस्वी और अक्षय कीर्ति महर्षि अगस्त्य के आश्रम के लिए पुनः प्रस्थान किया।

दोपहर का समय था। हम लोग अगस्त्य मुनि के आश्रम में पहुँच गये। आश्रम क्या था पूरी विद्यापीठ थी जिसके प्रतापी कुलपति थे महर्षि अगस्त्य। वही महर्षि अगस्त्य जो आर्यावर्त्त को छोड़कर एक बड़े लक्ष्य की सिद्धि हेतु दक्षिणावर्त्त में आ गये थे।

भरतखण्ड संसार का एक विशाल भूखण्ड। इसके उत्तर में हिमालय, दक्षिण में महासागर और दोनों भुजाओं पर दूर-दूर तक सहस्रों योजन तक धरती और उसके बाद सागर फैले हुए। सप्तसिन्धु, गंगा, यमुना, सरयू, गोमती, मन्दाकिनी-जैसी अनेकानेक पवित्र नदियाँ उसकी हृदय तन्त्रिकाओं की भाँति सम्पूर्ण भरतखण्ड को सींचने और उसे सदा शस्य-श्यामल बनाये रखनेवाली।

भरतखण्ड के दक्षिणी भूभाग में अपने अनेक आश्रमों की स्थापना कर महर्षि अगस्त्य अब इस विद्यापीठ के सुविज्ञ संस्थापक एवं सुप्रसिद्ध संचालक थे, जो स्वयं में एक संस्था थे।

हमने देखा कि महर्षि अगस्त्य का यह आश्रम इतना लम्बा-चौड़ा था कि बाहर से इसका ओर-छोर माप सकना कोई सरल कार्य नहीं था। सुतीक्ष्ण मुनि आश्रम के भीतर ले जाते समय हमें सब-कुछ दिखा रहे थे। वह संकेत से बताते जाते -

"वह देखिये श्रीराम! उस ओर - गुरुदेव द्वारा स्थापित वेधशाला। वहाँ नक्षत्र विज्ञान का अध्ययन होता है। कुछ संयन्त्र तो गुरुदेव के ही आविष्कार हैं जिनसे रात्रि में आकाश में विद्यमान ग्रह-नक्षत्रों की गतिविधियों का सूक्ष्म अध्ययन होता है। ...और वीरवर लक्ष्मण! उधर देखिये वह है व्यायामशाला। वहाँ विद्यार्थियों को नियमित योगाभ्यास आदि कराया जाता है। उसके आचार्य अलग से नियुक्त हैं। ...पुत्री सीता! ...यहाँ कन्याओं की दीक्षा का भी सुन्दर प्रबन्ध है। आप उधर बायीं ओर उनका अलग विद्यालय परिसर देख सकती हैं। परिसर में ही कन्या छात्रावास है। ऋषि-पत्नियाँ छात्राओं की देखभाल करती हैं। यह अवश्य है कि अभी केवल कुछ राजकुल की तथा धनाढ्य परिवारों की कन्याओं को ही उनके माता-पिता गुरुकुल में शिक्षा हेतु भेजते हैं। अतः उनकी संख्या बहुत अधिक नहीं है।... और वह उधर दाहिनी ओर एक सीधी रेखा में अनेक वृक्ष जिनके चारों ओर प्रस्तर के चबूतरे बने हैं उन्हें देख रहे हैं आप...वह यहाँ अध्ययनरत छात्रों की विभिन्न कक्षाएँ हैं। खुले आकाश के नीचे उन वृक्षों की छाया में ही विभिन्न आचार्य छात्रों को वेदाध्ययन के साथ-साथ, विज्ञान, गणित, समाजशिक्षा, राजनीति, पर्यावरण, ज्योतिष आदि अनेक विषयों का ज्ञान प्राप्त कराते हैं। अब इस समय क्योंकि मध्याह्न का समय है विद्यापीठ से छात्र पढ़-लिखकर अपने छात्रावास को जा चुके हैं।...

"और सामने वह रही गुरुदेव अगस्त्य की बड़ी-सी कुटिया। उस कुटिया के पीछे आचार्यों के आवास हैं। उनके पीछे स्थित है बालकों का छात्रावास। भोजनालय आदि...बस आप कुछ क्षण मुझे प्रदान करें। मैं गुरुदेव के आवास में जाकर उन्हें आपके शुभागमन का सुसमाचार देकर आता हूँ।"

सुतीक्ष्ण मुनि का भीतर जाना था कि उनके साथ बड़ी चपलता के साथ दिव्यमूर्ति अगस्त्य मुनि आगे-आगे अपनी कुटिया से हमारे स्वागत को निकल पड़े।

हम भी अत्यन्त आदर भाव से झुके-झुके मुनिवर को प्रणाम करने आगे बढ़े। यों तो मैं सदैव भइया श्रीराम और सीता माँ के पीछे-पीछे चलता हूँ परन्तु उस समय अगस्त्य मुनि के व्यक्तित्व का ऐसा प्रबल आकर्षण मुझे हुआ कि मैं भी भइया के दाहिने पार्श्व में उनके बराबर चलकर आगे बढ़ने लगा।

हम तीनों ने एक साथ झुककर महर्षि अगस्त्य के चरण छुए और उन्हें अपने करों के माध्यम से अपने मस्तक से लगाया। अब हमारे सामने थे महर्षि अगस्त्य।

उनके पीछे उनके शिष्य सुतीक्ष्ण ऋषि। "कल्याण हो! सदा सुखी रहो -" प्रसन्नवदन हमें आशीर्वाद देते महर्षि के सामने आनन्दित खड़े थे हम तीन मूर्ति -

बीच में श्रीराम, उनके वाम भाग में विराजमान माँ सीता और श्रीराम के दाहिने पार्श्व में खड़ा हुआ मैं - लक्ष्मण।

"लोपा!..." अगस्त्य मुनि ने पीछे मुड़कर ऊँचे स्वर में पुकारा - "शीघ्रता करो ...हमारे द्वार पर अत्यन्त विशिष्ट अतिथि पधारे हैं।" - और हमारे देखते-देखते कुटिया के द्वार से एक लम्बी-सी गौर वर्ण की कान्तिमान् प्रौढ़ महिला बाहर निकलीं। ऋषिपत्नी की भाँति नहीं बल्कि सुघड़ गृहस्थों के परिवारों की महिलाओं के-से सुन्दर एवं सामान्य परिधान में। मुख पर एक शालीन मुस्कान। हाथों में एक दीपकयुक्त थाल लिये। आते ही बोलीं - "मैं महर्षि अगस्त्य की जीवनसंगिनी लोपामुद्रा हूँ।"

हम तीनों उनके चरणस्पर्श करने को ज्यों ही झुके कहने लगीं - "न...न...कृपया आप सीधे खड़े हों। अतिथि देवो भव। कृपया पहले मुझे अपना कर्त्तव्य निर्वहन करने दें।"

इसके पश्चात् देवी लोपामुद्रा ने सर्वप्रथम जानकी जी के मस्तक पर चन्दन-कुमकुम का टीका लगाया। फिर राम जी और अन्त में मुझे भी वैसा ही टीका लगाया। फिर उन्होंने हम तीनों की उसी थाल से आरती उतारी।

"आइये दशरथनन्दन राम!...अपने अनुज लक्ष्मण और भार्या सीता जी के साथ मेरे निवास में पधारिये।" - महर्षि अगस्त्य ने कहा।

इस पर लोपा अपने पति को कृत्रिम रोषपूर्ण भन्गिमा दिखाकर बोलीं - "क्यों ऋषिवर! आप यह क्यों नहीं कहते कि आओ जनकनन्दिनी सीता अपने पति राम और देवर लक्ष्मण के साथ पधारो।..."

हम तीनों जाकर अगस्त्य मुनि की वृहद् कुटिया के स्वागत-कक्ष में नीचे बिछे आसनों पर बैठ गये। अगस्त्य मुनि अपनी एक काष्ठ निर्मित बड़ी-सी मचिया पर सुखासन में बैठ गये। उनके निकट भूमि पर उनके शिष्य सुतीक्ष्ण जी भी बैठे। ऋषिपत्नी लोपामुद्रा कदाचित् अतिथि-सत्कार का प्रबन्ध करने आवास के भीतरी भाग में चली गयीं।

"देख रहे हो राम! यही हैं देवी लोपामुद्रा...तुमने इनकी कीर्ति तो सुनी होगी?"

"जी महर्षि! सम्पूर्ण आर्यावर्त्त विदुषी लोपामुद्रा जी के विशद ज्ञान और ब्रह्मविद्या का लोहा मानता है...सुना है कि माता शास्त्रार्थ में बड़े-बड़े ऋषि-मुनि-ज्ञानियों को भी परास्त करने की सामर्थ्य रखती हैं।"

"हाँ आर्य राम! सही कहा तुमने।...एक बात और जिससे मैं स्वयं लोपा से भयग्रस्त रहता हूँ -" कहकर अगस्त्य मुनि अनायास हँसने लगे - "स्त्रियों के समान अधिकार की मुखर प्रवक्ता हैं यह। पुरुषप्रधान समाज को आज के युग में निर्भीकता

से लोपा ही अकेले दम चुनौती देती हैं।...हमारी इस विद्यापीठ में बालिका शिक्षा और बालिका छात्रावास का शुभारम्भ इन्होंने ही किया है और इस प्रकार के स्त्री-शिक्षा निकेतन की वह प्रथम प्राचार्या हैं।''

राम भइया ऋषिवर की बातों को सुनकर शान्त भाव से मुस्कुराते रहे और तब सीता जी की मुखमुद्रा पर एक विशेष तेज देखा मैंने। मैंने सोचा कि वास्तव में आर्या लोपामुद्रा कितनी प्रगतिशील स्त्री हैं। वास्तव में ऐसे ही नर-नारी सामाजिक क्रान्ति के सूत्रधार बन सकते हैं। उसके बाद महर्षि अगस्त्य और माता लोपामुद्रा ने हमारी बड़ी आवभगत की। अपने हाथों से हमें जल और आहार दिया। सीता जी के प्रति लोपामुद्रा जी का स्नेह तो देखते ही बनता था।

ऋषिवर ने निकट के कक्ष में भइया-भाभी के विश्राम का प्रबन्ध किया और एक अन्य कक्ष में उन्होंने मेरे लेटने का प्रबन्ध किया। ऋषिवर स्वयं मुझे मेरे कुटी कक्ष तक छोड़ने आये। बोले - ''लक्ष्मण! आपके लिए थोड़ा विश्राम आवश्यक है। सन्ध्या-वन्दन के पश्चात् विस्तार से चर्चा होगी।''

सायंकाल मैं आश्रम में घूमने निकल पड़ा। विशाल परिसर। एक मुनिशिष्य मेरे साथ थे। मार्ग में वेदपाठी विद्यार्थी और आश्रमवासी आ-जा रहे थे। एक स्थान पर मैंने एक लौह अर्गलाओं से युक्त एक बहुत बड़ा भण्डारगृह-सा देखा। साथ के मुनिशिष्य से पूछा - ''यह विशाल भवन कैसा?''

उसने बताया कि - ''यह हमारे पूज्य महर्षि का शस्त्रागार है।''

''शस्त्रागार और यहाँ?''

''जी आर्य!'' - उस ऋषि का उत्तर था - ''गुरुदेव की विद्यापीठ में केवल अस्त्र-शस्त्र संचालन की शिक्षा ही नहीं दी जाती, यहाँ विविध प्रकार के परम्परागत और आधुनिक हथियारों का निर्माण भी होता है। धनुष-बाण-शूल-मुष्टि-परिधि-तलवार-गदा-आग्नेयास्त्र-प्रक्षेपास्त्र-शतघ्नी इत्यादि नाना प्रकार के मारक अस्त्र यहाँ बनाये और ढाले जाते हैं। राक्षसों से निपटने के लिए आर्य-अनार्य सभी को यहाँ से अस्त्र-शस्त्र क्रय करने की छूट है।''

मुझे अब अगस्त्य मुनि की दूरदृष्टि और वृहद् कार्य-योजनाओं का कुछ-कुछ भान होने लगा।

जब मैं घूम-फिरकर वापस लौटा तो अगस्त्य मुनि की ओर जाने लगा। मुनिवर राम भइया से वार्त्तालाप कर रहे थे।

तभी मुझे माता लोपामुद्रा की आवाज सुनायी दी। मुड़कर देखा तो निकट की उपत्यका में वह सीता जी के साथ घुल-मिलकर वार्त्तालाप कर रही थीं। मुझे देखते ही दूर से बालीं -

"वत्स लक्ष्मण! इधर आओ...उधर ऋषिवर की नीरस ब्रह्मचर्चा में क्या रखा है?"

मैं उनके आदेश को टाल न सका। मन में थोड़ी जिज्ञासा भी थी। एक तो अगस्त्य जी की धर्मपत्नी ऊपर से स्वयं एक अत्यन्त प्रसिद्ध नाम। उन्हें देखने-समझने का यह एक अवसर था मेरे लिये। मैं समीप गया। माता लोपामुद्रा और माँ सीता दोनों घास पर बैठी थीं।

"प्रिय लक्ष्मण!...जानते हो तुम दोनों भाइयों में क्या साम्य है?"

"क्या माते! -" मैंने झिझकते हुए पूछा।

"पहले यहाँ बैठो -" लोपामुद्रा ने एक करतल से धरती को थपथपाया। मैं कुछ दूर पर संकोच के साथ वीरासन में बैठ गया। वह बोलीं -

"देवों की भाँति मुखाकृति है तुम दोनों की। यक्षों की भाँति कमनीय देह और गन्धर्वों की भाँति मोहक स्वर। फिर भी चाल-ढाल एकदम मनुष्यों-जैसी।"

"अरे माते! किसके सामने कह रही हैं आप यह सब?" भाभी माँ सीता बोलीं - "मेरा देवर बहुत संकोची है। यह अपनी प्रशंसा भी नहीं सुन सकता।"

मुझे वास्तव में बड़ी झेंप लगी उस समय। भले ही लोपामुद्रा मातृतुल्य थीं पर थीं तो एक स्त्री ही। और हमारा परिचय भी अभी कुछ ही घड़ी पहले का था। परन्तु लोपा कोई साधारण स्त्री तो थीं नहीं। एक अध्ययन-मनन और जीवन अनुभवों में तपी-तपायी भद्र महिला थीं वह। खुले हुए आधुनिकतायुक्त विचारों से सम्पन्न। मेरे मन की दुविधा और सीता जी के वक्तव्य का आशय समझ गयीं। फिर बोलीं -

"क्यों? क्या एक स्त्री को पुरुषों के रूप की प्रशंसा का अधिकार नहीं? केवल पुरुष ही कामिनियों के नखशिख वर्णन के लिए अर्ह हैं?"

मैं उठकर खड़ा हो गया। लोपामुद्रा हँसीं - "आर्य लक्ष्मण!...अरे मैं तो परिहास कर रही थी। परन्तु तुम यह अवश्य सोचना कि इस भेंट-सत्र में मैंने क्या अनुचित कहा?"

"जी प्रणाम! अब मैं ऋषिवर की ओर जा रहा हूँ।" कहकर मैं जाने को मुड़ा।

"सुनो वीरवर सौमित्र! -" लोपा जी पुनः बोलीं - "दोनों भाइयों में साम्य की बात तो सुन ली परन्तु एक अन्तर भी है तुम दोनों में।..."

मैं समझ गया कि माता अब कोई और बड़ी रहस्यपूर्ण बात कहेंगी। अतः मैंने प्रश्नवाचक दृष्टि से उन्हें देखा। वह बोलीं -

"राम तो सीता के संग आये हैं और तुम अपनी अर्द्धाङ्गिनी के बिना। ऐसा क्यों?...वह भी यदि तुम्हारे साथ वन में आतीं तो वनवास की अवधि वास्तव में अर्थहीन बन जाती। यह तुमने अच्छा नहीं किया वत्स!"

मुझे लगा कि प्रखर नारीवादी लोपामुद्रा अब मुझे चैन से जीने नहीं देंगी। मैं शीघ्रतापूर्वक डग भरता हुआ भइया और ऋषिवर के सत्संग को सुनने उनकी ओर चला गया।

अगस्त्य ऋषि श्रीराम से कह रहे थे -

"इस प्रकार...सृष्टि के आरम्भ में परमब्रह्म अकेला ही था। उसके अतिरिक्त कुछ भी नहीं था। ब्रह्म ने लीला के लिए अपनी शक्ति से माया का सृजन किया। माया यों तो पूर्णतः ब्रह्म पर आश्रित है और ब्रह्म मूलतः निर्गुण निराकार है। एक प्रकाशपुंज सरीखा। परन्तु ब्रह्म जब स्वेच्छा से अपनी माया से आच्छादित हो जाता है तब यह सगुण रूप में व्यक्त होता है। तब यही माया अविद्या, संसृति और बन्धन आदि अनेक नामों से जानी जाती है।

"माया-शक्ति से ही आगे चलकर महत्तत्त्व उत्पन्न हुआ। उससे भी आगे चलकर अहंकार। अहंकार तीन प्रकार का जानिये - सात्त्विक, राजस और तामस।

"हे राम! तामस अहंकार से शब्द, स्पर्श, रूप, रस, गन्ध - ये पाँच सूक्ष्म तन्मात्राएँ हुईं और इनके गुणानुसार क्रमशः आकाश, वायु, अग्नि, जल और पृथ्वी यह पंचभूत उत्पन्न हुए। राजस अहंकार से दस इन्द्रियाँ और सात्त्विक अहंकार से इन्द्रियों के अधिष्ठाता देवता तथा मन उत्पन्न हुए। ध्यान देने योग्य तथ्य यह है कि इन सबसे मिलकर सूक्ष्मशरीर अर्थात् आत्मा प्रकट हुई।

"फिर पंचभूत, जिसका उल्लेख हम पहले कर चुके हैं, से विराट् उत्पन्न हुआ तथा विराट् पुरुष से यह सम्पूर्ण जड़-चेतनयुक्त संसार का प्रकटीकरण हुआ है।

"वास्तव में यदि देखा जाये तो काल और कर्म के क्रम से परमब्रह्म ही तथाकथित देव-दनुज, मनुष्य, पशु-पक्षी-जलचर आदि योनियों में प्रकट हुआ है। माया के गुणों के भेद के कारण ही निराकार ब्रह्म ने तीन साकार रूप धारण किये। रजोगुण से सृष्टिकर्त्ता ब्रह्मा जी, सत्त्वगुण से पालनहार विष्णु और तमोगुण से संहारकर्त्ता शिव की उत्पत्ति हुई।

"हे राम! यह माया सदा विद्या और अविद्या दो रूपों में भासती है। जो लोग प्रवृत्ति मार्ग में अर्थात् सांसारिकता में डूबे रहते हैं वे अविद्या के वशीभूत हैं। जो निवृत्ति मार्गी अर्थात् विरक्त स्वभाव के वेदान्त आदि पर विचार करनेवाले हैं और ईश्वर की भक्ति में लीन रहते हैं वे विद्यामय समझे जाते हैं।

"प्रथम प्रकार के व्यक्ति कर्मबन्धनों से युक्त होते हैं जिन्हें इस मृत्युलोक में बार-बार जन्म लेना पड़ता है। द्वितीय प्रकार के व्यक्ति विरक्त स्वभाव के ब्रह्म में

चित्त लगानेवाले होने के कारण कर्मबन्धनों से मुक्त होकर मोक्ष को प्राप्त करते हैं। अर्थात् ब्रह्मलोक का वरण करते हैं।''

पहले दिन तो मैं महर्षि अगस्त्य से संकोचवश कुछ न बोला। भइया ही उनसे वार्त्तालाप करते रहे। परन्तु दूसरे दिन मुझसे न रहा गया। प्रातःकाल का समय था। लोकविख्यात अगस्त्य मुनि संयोग से तब एक शिला पर बैठे प्रकृति के सौन्दर्य का रसपान करते एकान्त में मुझे मिल गये। मैं समझ गया कि ब्रह्ममुहूर्त्त में ही ऋषिवर अपना मन्त्रजाप-ध्यान-यौगिक क्रियाएँ आदि सम्पन्न कर चुके हैं।

मैंने उनके निकट पहुँचकर प्रणाम निवेदन किया फिर एक बालक की भाँति उनके चरणों में बैठ गया। ऋषिवर बोले - ''चिरंजीवी भव सौमित्र!...अरे वहाँ भूमि पर क्यों बैठ रहे हो। आओ यहाँ मेरे निकट बैठो।''

''नहीं पूज्यवर! मैं यहीं ठीक हूँ -'' मैंने कहा - ''यह हरी दूब का बिछौना धरती माँ ने दे रखा है यहाँ...बड़ा सुखकर है यह।''

महर्षि अगस्त्य ने विहँसकर तब पूछा -

''कहो...रात्रि कुटिया में निद्रा भलीभाँति तो आयी न...?''

''जी ऋषिवर! बहुत दिव्य...आखिर आपका आश्रम जो है यह...सब-कुछ अत्यन्त दिव्य है यहाँ।''

''सो तो है कदाचित्...यह भी हो सकता है कि वत्स! तुम मेरा मन रखने को यह सब कह रहे हो...?'' अगस्त्य ऋषि किंचित् कौतुक के साथ बोले।

मैं समझ गया कि अत्यन्त संघर्षशील और उद्यमी महर्षि अगस्त्य इस समय बहुत आनन्दमय मनोभाव में हैं। अतः अपनी जिज्ञासाओं के निवारण हेतु इससे सुन्दर अवसर आगे नहीं मिलेगा। मैं चहककर बालकों की भाँति पुनः उन महामना से बोला -

''आपसे एक बात पूछूँ?''

''हाँ अवश्य सौमित्र!''

''आप अन्यथा तो नहीं लेंगे?''

''वीरवर लक्ष्मण! तुम ऐसा क्यों कहते हो? मुझे ज्ञात है कि तुम श्रीराम के अनन्य सेवक हो। कौशल्यानन्दन श्रीराम की तुम पर अहैतुकी कृपा है। जगत् के लिए नवीन कीर्तिमानों की स्थापना करने जा रहे तुम दोनों भाइयों के लिए कुछ भी अगम्य नहीं...फिर मैं भला कौन होता हूँ तुम्हारी किसी भी बात को अन्यथा लेनेवाला?''

अपने लिये सराहनायुक्त यह वचन सुनकर मेरे नेत्र ऋषिवर के चरणों में झुक गये। मैंने फिर थोड़ा सोच-विचारकर ऋषि अगस्त्य से कहा - "पूज्य महर्षे! आपके श्रम-संघर्ष और अभियानों के अनेक प्रसंग जगत्‌विख्यात हैं। उनमें से कुछ तो किंवदन्ती बन चुके हैं..."

"जैसे?" - ऋषि बोले।

"जैसे कि विन्ध्याचल पर्वत का वह प्रसंग कि एक बार आप उत्तर से दक्षिण को जा रहे थे तो आपने देखा कि विन्ध्याचल पर्वत को अभिमान हो गया है और उसने सूर्य का मार्ग रोकने के लिए अपना कद ऊँचा करना शुरू कर दिया है। आपने जब उसे डपटा तो उसने त्रुटिवश आपको न पहचानकर आपके सामने ऊँचा और ऊँचा उठने की धृष्टता की। साथ ही आपका परिचय भी पूछा। जब आपने अपना परिचय दिया तो आपके लोकविश्रुत महान् तप से विज्ञ होने के कारण विन्ध्याचल थर-थर काँपने लगा और त्राहि माम करके झुककर उसने आपको दण्डवत् किया...." - मैं यह कहते हुए अगस्त्य मुनि के प्रभामण्डल को निहारने लगा।

"और? -" तेजस्वी ऋषि हँसे।

"फिर हमने यह भी सुना है कि आपने अपने कमण्डलु से उस पर जल छिड़का और मन्त्रोच्चार करते हुए उसे आदेश दिया कि - हे विन्ध्याचल! मैं दक्षिण दिशा की ओर जा रहा हूँ। लौटकर जब तक न आऊँ इसी तरह यहाँ अचल एवं झुका हुआ पड़ा रह।...यह कहकर आप अपनी चरणपादुका सहित उस पर चलकर उस अभिमानी पर्वत का दर्पदमन कर इस दक्षिण के वन्यप्रदेश में आ गये और तब से उत्तरी आर्यावर्त्त की ओर कभी नहीं लौटे।"

"तो फिर?"

"फिर मैं क्या बताऊँ ऋषिश्रेष्ठ! इस बात का रहस्य तो आप ही जानते होंगे। किंवदन्ती यहाँ तक है कि तब से आपने उत्तर दिशा में न लौटने की शपथ ले रखी है और उधर वह निरीह विन्ध्याचल पर्वत पठार की तरह झुका-झुका आज भी कराह रहा है।"

यह सुनकर अगस्त्य मुनि बड़ी जोर से ठहाका मारकर हँसे। उनका गोलमटोल उदर हँसी के नैरन्तर्य से ऊपर-नीचे हिलने लगा। यह देखकर पहले तो मैं एकाएक सहमा फिर मुझे भी हँसी आ गयी। मैं भी ऋषिवर के साथ खुलकर हँसने लगा।

यदि कोई उस अवस्था में हमें देख लेता तो वह भी अपने पेट में तरंगों का अनुभव किये बिना न रहता।

"ओह सौमित्र!...आज तो बड़ी पुरानी बात याद दिला दी तुमने। वह क्या है कि हम ऋषि-मुनियों की तपस्या और विशुद्ध सात्त्विक जीवन से लोग इतने प्रभावित होते हैं कि प्रायः वे हमसे मन-ही-मन आतंकित भी रहने लगते हैं। हमारे बारे में

जरा-सा कुछ सुन लेंगे तो हमसे पूछने के बजाय स्वयं ही उसमें कुछ उलटा-सीधा जोड़कर उसे नाना प्रकार से प्रचारित करने लगेंगे।"

"परन्तु आप कोई साधारण तपस्वी अथवा साधु थोड़े ही हैं मुनिवर! आपके पुण्य-प्रताप को इस संसार में कौन नहीं जानता? आपके कार्यों को दृष्टान्त मानकर जनसाधारण उनका शतांश ही सही अनुकरण करने की चेष्टा करते हैं।"

"अच्छा भई! तो तुमने वह महासागर खारा क्यों? वाली किंवदन्ती भी सुनी... होगी...?"

मैंने सुनी तो थी। परन्तु अगस्त्य मुनि को वह बताना उचित न समझा। यह सोचकर कि कहीं मेरे मुख से उसकी चर्चा सुनने से उनके अच्छे-भले मुख का स्वाद तिक्तता में न बदल जाये। बस इतना ही कहा - "वह किंवदन्ती क्या है मुनिवर? कृपया मुझे बताने का अनुग्रह करें?"

अगस्त्य मुनि पर जैसे पुनः हँसी का एक दौरा-सा पड़ा। कुछ देर बाद सहज होने पर उन्होंने बताया कि -

"लोग यह भी उड़ाते फिरते हैं कि मैं बड़े क्रोधी स्वभाव का हूँ। दुर्वासा से भी अधिक। जिद्दी तो इतने कि अपने आगे पर्वत-सागर-आकाश-पाताल किसी को भी नहीं गिनते।...जनश्रुति यह प्रचलित हो चली है कि एक बार मैंने दक्षिण में जाकर दक्षिणावर्त्त का पद पखारनेवाले महासागर को देखा। तभी वहाँ एक छोटी-सी टिटिहरी उपस्थित हुई और उसने रोते हुए मुझको बताया कि उसने सागर-तट पर कुछ अण्डे दिये थे जिन्हें वह सागर अपनी लहरों के द्वारा बहा ले गया है। अब वह उस सागर से अपने अण्डे माँग रही है परन्तु वह उसकी बात मान नहीं रहा। इस पर मैंने उस टिटिहरी की प्रार्थना पर महासागर से उस पक्षी के अण्डे लौटाने को कहा परन्तु महासागर नहीं माना। कहते हैं कि तब मैंने अपनी मन्त्रशक्ति से सम्पूर्ण महासागर को ही अपने कमण्डलु में भरकर पी लिया..."

"तब?..." - मेरे मुख से निकला। मैंने बड़े प्रयत्नों से अपनी हँसी को दबाया।

"कहते हैं कि सागर के मेरे द्वारा इस प्रकार उदरस्थ करते ही समस्त धरती पर हाहाकार मच गया। सृष्टि काँप उठी। तब देवताओं ने मुझसे हाथ जोड़कर प्रार्थना की कि इस प्रकार तो सृष्टि में असन्तुलन हो जायेगा। असमय प्रलय आ जायेगी। अतः आप कृपया महासागर को मुक्त कर दीजिये..."

"फिर क्या हुआ ऋषिवर..." - हँसी मेरे रोके से अब न रुकनेवाली थी।

"वह क्या कहते हैं यह मूढ़ मनुष्य? कि मैंने अपने शिश्न से मूत्र विसर्जित कर तब महासागर को इस धरती पर अवमुक्त किया...जानते हो लक्ष्मण! सुसरे आगे यह भी जोड़ते हैं कि अगस्त्य के मूत्र के रूप में पुनः प्रकट होने के कारण महासागर लवणयुक्त हो खारा हो गया है। हा - हा - हा - हा - हा - हा।"

- अगस्त्य का हँसी का विस्फोट इस बार दुगुना तीव्र था और मैं भी उनके साथ-साथ खुलकर हँस रहा था।

अब तक तो हुई हास्य प्रहसन की बात। वास्तविकता क्या थी? मेरे आग्रह पर महर्षि अगस्त्य ने पूर्वोक्त दोनों किंवदन्तियों का खुलासा क्रमशः इस प्रकार किया -

आर्यों ने भरतखण्ड के उत्तरी-पश्चिमी प्रखण्ड में स्थित सैन्धवप्रदेश में सर्वप्रथम अन्यत्र से प्रवेश कर यहाँ के मूल निवासियों पर आक्रमण किया। सतत संघर्ष के अनन्तर आर्यों ने अपनी सभ्यता का उत्तरी भरतखण्ड में विस्तार किया और उसे आर्यावर्त्त की संज्ञा दी। आर्यों ने यहाँ के मूल निवासियों को अनार्य की संज्ञा दी और उन्हें सर्वप्रथम अपना दास बनाया। जिन्होंने विरोध किया उनको मार-मारकर दक्षिणी भरतखण्ड की ओर खदेड़ दिया। आर्यों में जो अधिक सबल, सुशिक्षित थे उन्होंने अपने-अपने सत्ताकेन्द्र स्थापित कर लिये और स्वयं को देव घोषित कर अपनी एक अलग देंव संस्कृति रच डाली। वे ही इन्द्र, सोम, अग्नि, वरुण, अश्विन इत्यादि कहाये। देव राग-रंग-नृत्य-मदिरा में डूबे विलासी प्रकृति के आत्मकेन्द्रित आभिजात्यवर्गीय लोगों का एक अलग-थलग समुदाय बन गया। देव यद्यपि मूलतः आर्य ही थे। परन्तु जैसे-जैसे वह शक्तिशाली और स्वेच्छाचारी होते गये आर्य जाति से स्वयं को ऊपर मानकर स्वयं को आर्यों से श्रेष्ठ घोषित कर उनसे विलगप्राय हो गये। यहाँ तक कि देवों ने स्वयं को मनुष्य मानने से भी इनकार कर दिया। अब उनकी दृष्टि में मनुष्य थे तो केवल आर्य। और जो आर्य नहीं थे वे तो उनकी दृष्टि में मनुष्य भी नहीं थे। अर्थात् अनार्य जाति के लोग, उत्तर से दक्षिण में खदेड़े गये यहाँ के मूल निवासी और दक्षिण के वन्य प्रान्तरों में वहाँ पूर्व से निवास कर रहे आदिवासी यह सभी मनुष्य न होकर अमानुष सरीखे थे। देवों की दृष्टि में यह दानव थे, दैत्य थे, दास थे, दस्यु थे।

अब जब देवों ने अनार्यों को मनुष्य नहीं स्वीकारा तो आर्यों ने भी अपनी श्रेष्ठता एवं वर्चस्व स्थापित रखने के लिए अनार्यों को सदैव हेय दृष्टि से ही देखा। आगे चलकर आर्यों के पुरोहितों ने समाज की व्यवस्था को भी इसी प्रकार वर्गीकृत करने और संहिताबद्ध करने का आयोजन किया जो आज भी जारी है।

परन्तु महर्षि अगस्त्य पूर्वकाल में सैन्धवप्रदेश में आर्यों के एक प्रमुख पुरोहित थे। वह इस समस्त कुचक्र से सहमत नहीं थे। वह देवों की एक-एक हरकत का सूक्ष्म अध्ययन करते उस पर चिन्तन-मनन करते रहते थे। देव संस्कृति के मुखिया इन्द्र की सत्तालिप्सा, विलासिता, लम्पटता के कारण महर्षि अगस्त्य उससे बहुत चिढ़ते थे। आर्यों के साथ देवों का भेदभावपूर्ण आभिजात्य व्यवहार अगस्त्य को

रंचमात्र भी स्वीकार्य नहीं था। इसलिए उन्होंने प्रारम्भ में आर्यों को दीक्षित करने में अपना सारा श्रम और अर्जित ज्ञान लगाया। परन्तु धीरे-धीरे यह देखकर अगस्त्य का आर्यों से भी मोहभंग हो चला कि आर्य भी तो देवों की ओर इस क़दर झुके हुए हैं कि वह उन्हीं का अन्धानुकरण करते और भेदभावपूर्ण विलासिताभरे जीवन के लिए लालायित रहते हैं। देवों की भाँति आर्य भी अनार्यों को मनुष्य नहीं समझते। अपने अतिरिक्त दूसरे को कुछ न समझना, मानव-मानव में विभेद करना, यह सब-कुछ अगस्त्य के तर्कशील और न्यायप्रिय मस्तिष्क को जरा भी नहीं भाता था।

अगस्त्य मुनि से सोचा कि यदि मानव-समाज में, आर्यों-अनार्यों में ऊँच-नीच, घृणा, वैमनस्य की यही व्यवस्था रही तो एक दिन धरती पर समय से पूर्व वास्तव में प्रलय आ जायेगी। मानव सभ्यता ही मिट जायेगी। फिर या तो देव संस्कृति बचेगी या फिर सर्वत्र मृत्यु का सन्नाटा होगा। दोनों ही परिस्थितियों की कल्पना अगस्त्य-जैसे महामनीषी के लिए घोर पीड़ादायक थी।

इसलिए अगस्त्य विन्ध्याचल पर्वत को लाँघकर उत्तर से दक्षिण में मानवेतर जीवन जी रहे समस्त अनार्यों को जो कि विभिन्न वर्गों, समुदायों, जनजातियों में बँटे हुए थे संगठित करने के उद्‌देश्य से निकल पड़े थे। अनार्यों अर्थात् आर्येतर जातियों-जनजातियों को भी आर्यों की भाँति शस्त्र और शास्त्रविद्या से दीक्षित करने, सुसभ्य, सुसंस्कृत करने के एक महान् स्वप्न के साथ ऋषिवर अगस्त्य ने संकल्प लिया था कि वह जीवनपर्यन्त इस अभियान में जुटे रहेंगे और उत्तरी आर्यावर्त्त की ओर वापस नहीं लौटेंगे। विन्ध्याचल पर्वत उनके दक्षिण प्रवास और भ्रमण में अन्तिम सीमा चिह्न रहेगा। इसका कभी उल्लंघन न करने की उनकी शपथ अवश्य थी। परन्तु आर्य और अनार्य दो सभ्यताओं की एकता जो कि महर्षि अगस्त्य का अन्तिम स्वप्न रहा है उसे कायम रखने के लिए उन्होंने अपने शिष्यों एवं सन्देशवाहकों के माध्यम से स्वयं का एक सूचनातन्त्र सुदृढ़ कर रखा है। वह निरन्तर उत्तर-दक्षिण पूर्व-पश्चिम के ऋषि-मुनियों-राजपुरोहितों इत्यादि के सम्पर्क में बने रहते हैं। यथावश्यक उनसे जानकारियाँ प्राप्त करते हैं और आवश्यक परामर्श एवं सहयोग का भी आदान-प्रदान करते हैं। बीच-बीच में भ्रमण-अध्ययन आदि के उद्‌देश्य से भले ही अगस्त्य उत्तर दिशा में आर्यावर्त्त की यात्राएँ अपरिहार्य परिस्थितियों में कर लिया करते थे परन्तु सम्पूर्ण दक्षिणावर्त्त ही वास्तव में अब उनका स्थायी निवास था।

जहाँ तक विन्ध्याचल पर्वत के बढ़े कद के घटने का प्रश्न था इसे अगस्त्य मुनि ने प्रकृति का खेल बताया। उनके अनुसार उनका स्वयं का उससे कोई लेना-देना नहीं था। संयोग से जिन दिनों वह विन्ध्यक्षेत्र से गुजर रहे थे एक बड़ा भूकम्प आया जिससे विन्ध्याचल की अनेक पहाड़ियाँ धँस गयीं और कई भूभाग पहले से अधिक समतल दिखने लगे। अब लोगों का क्या है, जितने मुख उतनी बातें।

इसी प्रकार दूसरी किंवदन्ती। महर्षि अगस्त्य ने बताया कि उनकी ख्याति और आतंक उनके साथ-साथ चलता था। उनकी असाधारण उपलब्धियाँ कोई एक दिन का चमत्कार नहीं थीं। मनुष्यों को शिक्षित-प्रशिक्षित करने के उनके अभियान में जब वह दक्षिणाञ्चल में आये तो अनेक माह तक उन्हें दीक्षा हेतु चार शिष्य भी खोजे न मिले। धीर-धीरे उनकी बातों को उनके प्रवचनों को वहाँ के अनार्यों ने समझना प्रारम्भ किया। आर्यों के पुरोहित होने और स्वयं परम तेजस्वी आर्य-व्यक्तित्व होने के कारण पहले तो अगस्त्य लोगों को सन्दिग्ध और आर्यों का कोई भेदिया-जैसे ही प्रतीत हुए। अनार्यों में फैले जादू-टोने-अन्धविश्वास को समाप्त किये बिना उन्हें सभ्यता के सूर्य के दर्शन कराना भी कठिन था।

तब अगस्त्य ने पहले धीरे-धीरे स्वयं को कुछ काल के लिए उनकी आदिवासी सभ्यता-संस्कृति में रचाना-बसाना प्रारम्भ किया। उनसे उन्हीं की भाषा में बतियाना और जादू के चमत्कार दिखाकर उन्हें पहले स्वयं के प्रति आकर्षित करना, अपना मित्र बनाना, फिर उनमें से कुछ कुशाग्र बुद्धि के नवयुवकों को पहचानकर पहले उन्हें अपना शिष्य बनाना, फिर उन शिष्यों के माध्यम से उसी आदिवासी कबीले में चेतना और शिक्षा का संचार करने का गुरुगम्भीर कार्य किया।

एक कबीला, फिर दूसरा कबीला। एक क्षेत्र, फिर दूसरा क्षेत्र, फिर तीसरा प्रक्षेत्र...एक के बाद अनेक आश्रम...गुरुकुल। इस प्रकार महर्षि अगस्त्य इस समय तक पूरे दक्षिण भारत में स्वयं में एक वैश्विक विद्यालय बन चुके थे।

"परन्तु मेरा प्रश्न तो अभी भी अनुत्तरित है पूज्यवर महर्षि?" - मेरे पूछने पर गुरुदेव अगस्त्य पुनः हँसे और बोले - "अभी भी नहीं समझे लक्ष्मण? लोग प्रकृति को मेरे तथाकथित अलौकिक कृत्यों से जोड़ देते हैं। मुझे तो इस भूलोक को सुशिक्षित करने से ही अवकाश नहीं है फिर मैं प्रकृति के चमत्कारों का कर्त्ता कैसे बन सकता हूँ? समुद्र का जल खारा है तो खारा है। उसमें क्षारीय तत्त्व प्रकृति ने घोले हैं। मेरा मूत्र इसके लिए कहाँ से उत्तरदायी है?"

मैं ऋषिवर की ओर मुस्कुराते हुए एकटक देख रहा था। अगस्त्य ऋषि तब मेरी भावभंगिमा देखकर एक बार पुनः ठठाकर हँस पड़े। मैंने भी तब उनका भरपूर साथ दिया। ...बाद में मैं देर तक सोचता रहा कि मुनिवर मुझ पर कितने कृपालु हैं और मैं उनके प्रति कितना दुस्साहसी।

इस प्रकार अगस्त्य मुनि के आश्रम में जाने पर परम पूज्य मुनिवर ने, जो आर्यावर्त्त छोड़कर इस दक्षिणाञ्चल में वर्षों से विराजमान थे, जिन्होंने इधर घूम-घूमकर

अनार्य वनवासियों को भी आर्यों की भाँति सुसभ्य और सुशिक्षित बनाने का महाव्रत धारण किया हुआ था, हमारा बहुत प्रेमपूर्वक सत्कार किया।

उन्होंने श्रीराम और रघुकुल की मुक्त कण्ठ से प्रशंसा की। अगस्त्य मुनि ने यह भी कहा कि - "मुझे अयोध्या की सब सूचनाएँ मिलती रहती हैं। धन्य हो तुम दशरथनन्दन राम! जिसने माता-पिता की आज्ञा से चौदह वर्ष का वनवास और यह तपस्वी जीवन सहर्ष स्वीकार किया।

"धन्य हो तुम देवी सीता! जिसने पति के संघर्षकाल में उसका साथ नहीं छोड़ा और उसके पीछे अनेक कष्टों को सहती हुई इस दुर्गमयात्रा पर पग-पग धरती उसके साथ यहाँ तक आयी।

"और वीरवर लक्ष्मण! तुम्हारे त्याग, सेवा तथा अपने ज्येष्ठ भ्राता के प्रति पूर्ण समर्पण के विषय में क्या कहूँ? तुम्हें तो देखने मात्र से मेरे नेत्र शीतल हो जाते हैं।

"श्रीराम! तुम्हारे अन्य दोनों भाई भरत और शत्रुघ्न भी अयोध्या में तुम्हारे पीछे जिस प्रकार से प्रजापालन एवं दैनिक शासन संचालन का कर्त्तव्य निर्वहन तुम्हारे नाम-स्मरण के साथ जिस प्रकार से कर रहे हैं, वह सराहनीय है।

"रघुनन्दन! तुम इसलिए भी धन्य हो कि तुम्हें भरत-जैसा परम आदर्श बन्धु मिला जिसकी तुम्हारे चरणों में अनन्य निष्ठा है और जिसे सत्ता का रंचमात्र मोह नहीं। मुझे जो कुछ विश्वस्त समाचार अयोध्या से मिले हैं उनसे मैं यह निश्चयपूर्वक कह सकता हूँ कि यदि तुम भरत की स्वयं में अविरल भक्ति और उसके वर्तमान के नित्यप्रति आचरण के विषय में सुनोगे तो दंग रह जाओगे।"

महर्षि अगस्त्य के इतना कहते ही मैंने देखा कि भइया के नेत्रों से अश्रुओं की एक धारा बह चली, जिसे उन्होंने छिपाने का प्रयत्न भी नहीं किया - "मेरा भरत है ही ऐसा...मुनिवर! कृपया बताइये कैसा है वह?" - भइया ने व्यग्र स्वर में पूछा।

"बताता हूँ कौशल्यानन्दन! ध्यान से सुनो...चित्रकूट से तुम्हारी चरणपादुकाएँ लेकर जब भरत अयोध्या वापस आये तो उन्हें अपने बड़े भाई राम के अभाव में अयोध्या सारहीन और मृतप्राय प्रतीत हुई। परन्तु वनवासी राम से भेंट के पश्चात् भरत के भीतर दायित्वबोध भी कई गुना बढ़ चुका था। इसलिए वापस आकर भरत ने अयोध्या नगर की सुव्यवस्थाओं और कौशल राज्य के सुप्रबन्ध एवं सुरक्षा पर प्रमुख रूप से अपना ध्यान केन्द्रित किया।

"कुलगुरु वसिष्ठ के परामर्श से उन्होंने राजसभा बुलायी और सर्वप्रथम बड़े भइया श्रीराम द्वारा प्रदत्त चरणपादुकाओं को अत्यन्त भक्तिभाव से अयोध्या के राजसिंहासन पर विराजमान कराया। पश्चात् अनुज शत्रुघ्न के साथ उन चरणपादुकाओं पर अक्षत-कुमकुम-पुष्पादि अर्पित कर उनका विधिवत् पूजन किया। उस एकत्रित भरी सभा में भरत ने यह घोषणा की कि - "मेरे संकल्प के अनुसार आज से रघुकुलशिरोमणि श्रीराम...मेरे ज्येष्ठ भ्राता कौशल राज्य के सम्राट् हुए। श्रीराम की

यह चरणपादुकाएँ उनके नायकत्व का प्रतीक हैं। अब से मैं सूर्यवंशी दशरथनन्दन भरत सम्राट् श्रीराम के प्रतिनिधि के रूप में कौशल राज्य की समस्त प्रजा का दास बनकर शासन के नीतिगत विषयों का संचालन करूँगा। किन्तु मेरा व्यक्तिगत जीवन और रहन-सहन वन में निवास करनेवाले मेरे भाइयों श्रीराम और प्रिय लक्ष्मण के ही अनुरूप होगा। जब तक वह वनवास अवधि को पूर्ण कर अयोध्या वापस नहीं आ जाते मेरा जीवनक्रम भी ऐसा ही रहेगा। शासन के दैनन्दिन संचालन का कार्य अनुज शत्रुघ्न मेरे परामर्श से करेंगे। इस प्रकार राजा राम के हम दोनों ही भाई भरत और शत्रुघ्न प्रतिनिधि मात्र होंगे।''

इसके बाद अगस्त्य ऋषि ने हमें भरत भइया के कार्य एवं आचरण के विषय में जो कुछ बताया उससे मेरा मस्तक कैकेयीनन्दन के प्रति श्रद्धा से अनायास झुक गया। माँ सीता भी उसे सुनकर इतनी भावमय हो गयीं कि बारम्बार अपने आँचल से स्वनेत्रों को पोंछने लगीं। भइया श्रीराम की तो भरत जी के ध्यान में बड़ी देर तक मौन समाधि ही लग गयी।

अगस्त्य मुनि के कथनानुसार - ''शत्रुघ्न को भरत ने अनेक प्रकार से समझाया कि उन्हें मन्त्रीगण के परामर्श से राज्य संचालन हेतु प्रतिदिन किस प्रकार के उपक्रम करने होंगे। उन्हें राजमहल में तीनों माताओं की देखभाल हेतु प्रबोध कराया। पत्नी माण्डवी से विशेषकर उर्मिला वधू का ध्यान रखने का आग्रह किया।

''तत्पश्चात् भरत श्रीराम की माता कौशल्या और गुरु वसिष्ठ के श्रीचरणों में शीश नवाकर एक बार पुनः रामचन्द्र जी की चरणपादुकाओं को अपने शीश पर धारण कर अयोध्या नगर से निकलकर नन्दिग्राम नामक एक शान्त ग्राम्याञ्चल में अपनी एक पर्णकुटी छवाकर श्रीराम की चरणपादुकाओं के साथ वहीं निवास करने लगे। राजसुख और समस्त वैभव को त्यागकर भरत जी तब से अपने सिर पर जटाजूट धारण कर शरीर पर वल्कल वस्त्रों के साथ वनवासी तपस्वियों-सा कठोर जीवन जीते हैं।

''यही नहीं भरत अपने बड़े भाई श्रीराम की भक्ति में इतने निमग्न हैं कि वह सदैव ''राम! राम!!'' का ही नाम-जप करते रहते हैं। भरत कहते हैं कि जब मेरे राम वन के दुःसह कष्टों को मेरे कारण सह सकते हैं तो उनसे मैं पीछे कैसे रह सकता हूँ?

''मेरे राम पर्यङ्क और कोमल बिस्तर छोड़कर जब कठोर धरती पर सोते हैं तो मैं उसी धरती की सतह पर भी कैसे सो सकता हूँ? मैं तो राम जी का सेवक हूँ और सेवक का स्थान सदैव उसके स्वामी से नीचा होता है। धर्मात्मा भरत ऐसा सोचकर अपनी पर्णकुटी में धरती में एक गड्ढा खोदकर उसके तल में एक कुश का आसन बिछाकर सोते हैं।

''यही नहीं, भोजन-व्रत-नियम सभी बातों में भरत जी महान् तपस्वियों की भाँति कठिन दिनचर्या का निर्वहन करते हैं। एक वीतरागी का जीवन बिताते हुए भी भरत

अयोध्या के अपने परिवार, प्रजाजन, शासन और प्रशासन की कुशलता के प्रति पूर्ण सजग हैं। इस सम्पूर्ण उपक्रम में सर्वत्यागी भरत का शरीर शनैः-शनैः दुर्बल होता जा रहा है किन्तु उनका आत्मबल अकम्पित है।''

महर्षि अगस्त्य महान् शिक्षाविद् थे। ज्ञान के सागर थे। तपोपूत ऋषिश्रेष्ठ थे। इसके साथ-साथ देश, काल एवं परिस्थितियों के अनुसार वह एक महान् युग-द्रष्टा भी थे। इतना तो हम कुछ दिन के ही उनके साहचर्य से जान गये। वह आर्यों के प्रति, स्वयं आर्य होने के नाते, जितना जुड़ाव अनुभव करते थे पददलित, आदिवासी, निर्धन, असहाय और अशिक्षित के प्रति भी उनका उतना ही झुकाव था। स्त्री-विमर्श के प्रति भी वह सजग एवं अत्यन्त संवेदनशील थे। उनकी धर्मपत्नी लोपामुद्रा-जैसी विदुषी स्त्री के प्रति उनका अनन्य अनुराग एवं सम्मान स्वयं में समझा जाने योग्य था।

भाभी माँ सीता तो अधिकतर उन दिनों माता लोपामुद्रा के ही साथ बोलती-बतियाती रहीं। वह आश्रम की स्त्रियों, छात्रावास की बालिकाओं से भी मिलीं। लोपा जी ने अपने अनुसार उन्हें आश्रम का कोना-कोना दिखाया और ज्ञान-ध्यान की चर्चा की।

मैं और भइया श्रीराम कुलपति अगस्त्य के सान्निध्य में उनके आश्रम, विद्यापीठ, शस्त्र भण्डार, वेधशाला और व्यायामशाला आदि का निरीक्षण करते रहे। वहाँ के आचार्यों और छात्रों से मिलकर हमें विशेष प्रसन्नता हुई। भइया ने तो महर्षि अगस्त्य की अनुमति लेकर वहाँ के छात्रों से दो-तीन प्रश्न भी पूछे। हमें यह देखकर अत्यन्त आश्चर्य हुआ कि धुर-अरण्य में स्थापित इस विद्यापीठ में पठन-पाठन का स्तर कितनी उच्चकोटि का है। छात्रों ने श्रीराम के प्रश्नों के सटीक उत्तर दिये थे। यह था गुरुदेव अगस्त्य का अनुपम शिक्षालोक।

मुझे लगा कि अगस्त्य-आश्रम में हमारे जितने भी दिन बीते, हमारे निजी ज्ञान के लिए कम थे।

महर्षि अगस्त्य ने हमें विद्यापीठ से लौटते समय बताया था कि -

''राम! तुम्हारे-जैसा छात्र यदि मुझे मिलता तो मेरे लिये यह कितना सुखद होता। वस्तुतः श्रेष्ठ विद्यार्थी पाना गुरु के लिए भी बड़े सौभाग्य की बात होती है। ...मैंने अपने जीवन में अब तक सहस्रों विद्यार्थियों को पढ़ाया है। मेधावी और कुशाग्र बुद्धि शिष्य तो बहुत मिल जाते हैं परन्तु उनमें तुम-जैसा सर्वगुणसम्पन्न और समर्पित शिष्य नगण्यप्राय होते हैं। यदि कोई हुआ भी तो उसमें विनम्रता अथवा दूरदृष्टि-जैसे विलक्षण गुणों का कुछ-न-कुछ अभाव पाया जाता है।...

"मिला...परन्तु मुझे भी मिला था एक ऐसा आत्मीय छात्र। मेरे पूर्व जन्मों के पुण्यों के प्रतिफल-जैसा..."

"कौन गुरुदेव! -" झट मेरे मुख से अधीरता से निकला।

"अञ्जनिनन्दन हनुमान!" - कुलपति अगस्त्य का त्वरित उत्तर था।

"हमें श्री हनुमान के बारे में बतायें ऋषिवर!" - अब राम भइया बोले।

इस पर अपने पूर्व छात्र की भूरि-भूरि प्रशंसा करते हुए महर्षि अगस्त्य ने हमें बताया कि वह इस समय किष्किन्धा प्रक्षेत्र में निवास करता है। वनवासियों में एक वानर जाति होती है। उसी से है वह। बल-बुद्धि-विद्या-साहस-सज्जनता का आगार है। तिस पर से विनम्रता उसमें कूट-कूटकर भरी है। अत्यन्त पुरुषार्थी है हनुमान। साथ में दूर-द्रष्टा भी। एक ही कमी है उसमें कि वह अपनें सामर्थ्य को सदैव भूला रहता है। परन्तु हनुमान की भूलने की आदत स्वयं तक ही सीमित है। दूसरों के उपकार की जहाँ बात आती है वह पुरुषार्थी महावीर कभी कुछ नहीं भूलता।

महर्षि अगस्त्य जैसे वात्सल्य में डूब गये। हँसकर कहने लगे कि - "मेरा हनुमान सर्वज्ञ होने पर भी अबोध है। जैसे सागर स्वयं नहीं जानता कि उसमें कितनी गहराई है...अग्नि को स्वयं नहीं ज्ञात है कि उसमें कितनी दाहकता है...हिम को यह भान कैसे हो कि उसमें कितनी शीतलता है...धरती सब-कुछ धारण करती है परन्तु जैसे उसमें कोई अभिमान नहीं...वैसे ही नितान्त निरभिमानी और भोला है मेरा प्रिय हनुमान।"

- मैंने देखा कि यह सब कहते हुए गुरुदेव की आँखें छलक आयी थीं। इतनें दिनों में मैंने पहली बार महर्षि अगस्त्य के नेत्रों में तरलता देखी थी। वह भी उनके अपने किसी शिष्य हनुमान के लिए। भइया भी ऋषिवर के श्रीमुख से अपने एक शिष्य की ऐसी सराहना सुनकर अभिभूत थे।

"कभी किष्किन्धा जाना तो देखना राम।...कितना सुयोग्य और महान् है मेरा हनुमान!" - महर्षि अगस्त्य ने जैसे अपनी अन्तिम मोहर लगायी।

आश्रम में लौटते समय लोपामुद्रा जी का उत्तेजित स्वर हमें सुनायी दिया। वह अपनी कुटिया में बैठी जानकी जी से वार्त्ता करते हुए कह रही थीं -

"हम नारियाँ अनावश्यक शृंगार क्यों करें? सादगी का अपना एक सौन्दर्य होता है। जानकी तुम नहीं जानती। यह ढेर-सारे स्वर्णाभूषण, बिन्दी, काजल, लाली, महावर, अंगराग आदि पुरुष-मन का एक खटराग है। स्त्री की परतन्त्रता के चिह्न हैं यह सब। स्त्री के स्वतन्त्र व्यक्तित्व को अपने नियन्त्रण में रखने का वर्षों से चला आ रहा एक षड्यन्त्र है।...हम जब तक इन छोटी-छोटी बातों से मुक्त नहीं होंगे समाज को हम नारियाँ अपना कोई अमूल्य योगदान देने में समर्थ हो ही न सकेंगी..."

"लोपा!..."

"जी ऋषिवर!...आ गये आप?"

"हाँ देवि! हम तीन पुरुष पदयात्रा करके लौट आये हैं। अब क्या कुछ उदरपूर्ति के लिए मिलेगा हमें?"

- लोपामुद्रा विहँसकर जानकी जी के साथ अपनी कुटिया से बाहर आयीं और बोलीं - "इस प्राचार्या की रसोई तैयार है...राम और लक्ष्मण! तुम ऋषिवर के साथ हाथ-मुँह धोकर बैठो। आज मेरी इस पुत्री ने भी मेरा हाथ बँटाया है। इसके हाथ का एक मधुमिश्रित फलाहार खाओगे तो तुम लोग दंग रह जाओगे।"

भाभी माँ सीता जी किंचित् लजा गयीं और लोपामुद्रा जी के साथ उनकी रसोई में चली गयीं। अगले दिन हमें अगस्त्य आश्रम से पंचवटी के लिए प्रस्थान करना था। श्रीराम ने महर्षि अगस्त्य से अपनी यह आकांक्षा प्रकट की थी कि वह अपने वनवास की शेष अवधि किसी शान्त वन्यप्रान्त में एक पर्णशाला बनाकर बिताना चाहते थे।

ऋषिवर ने हमें तब सलाह दी कि - "मेरे आश्रम से लगभग दो योजन की दूरी पर पंचवटी नामक एक शान्त और सुरम्य स्थान है। गोदावरी नदी सन्निकट है। तुम तीनों वहीं जाकर बसो।...वहाँ स्वच्छ जल, हरे-भरे वृक्ष, कन्द-मूल-फल किसी भी वस्तु की कमी नहीं है...सुन्दर हिरणों, मोरों और तोतों से विहरित अरण्य का वह भाग अत्यन्त सुखकारक है।"

हमने कल ही प्रातः प्रस्थान का निश्चय किया। ऋषिवर ने यह भी बताया कि - "जब तुम पंचवटी पहुँच रहे होगे तो तुम्हें मार्ग में गीध जनजाति का एक विचित्र-सा मानव मिलेगा। जटायु नाम है उसका।...देवों में एक श्रेष्ठ देव कुबेर का नाम तो सुना होगा तुमने...आजकल वह बेचारा राक्षसराज रावण का बन्दी है...कुबेर ने कुछ आकाशगामी यानों का निर्माण किया है। रावण ने उसका विशिष्ट पुष्पक विमान भी अपने अधिकार में कर रखा है। कुछ कुबेर निर्मित आकाशगामी रथ भी रावण के कब्जे में हैं। रावण...महाबलशाली...ऋषि पुलत्स्य का पौत्र एक अत्यन्त विद्वान् किन्तु दुष्ट प्रकृति का मनुष्य है जिसने अपनी बहुचर्चित रक्ष-संस्कृति की स्थापना कर देव-आर्य-अनार्य, विशेषकर अनार्य जातियों से बहिष्कृत मानवों को राक्षस घोषित कर अपनी उस स्वघोषित संस्कृति का आतंक फैला रखा है।..."

महर्षि अगस्त्य रावण की चर्चा करते-करते आवेश में आकर मूल विषय से भटक गये कुछ देर के लिए। फिर एकाएक रुककर बोले -

"हाँ, तो मैं कह रहा था कि कुबेर ने तो केवल आकाश-यान बनाये। प्रखर-बुद्धि जटायु और उसके गीध-पति बड़े भाई सम्पाती ने पक्षियों की भाँति उड़नेवाले दो विशाल पंखों का ही आविष्कार कर डाला है। अब वे दोनों भाई पंख लगाकर किसी पर्वत की चोटी से कूदते हैं और अपने दोनों हाथों के सहारे अपने विशाल पंखों द्वारा आकाश में स्वतः उड़ने लगते हैं।...

"सम्पाती इन दिनों कहीं दक्षिणी सागर-तट पर चला गया है किन्तु जटायु इधर ही है। वह तुम्हें पंचवटी के पास मिलेगा। बड़ा मनमौजी मनुष्य है।"

"जी ऋषिवर! -" राम भइया ने इतना ही कहा।

अगले दिन हम तीनों को अपने परिवार के अभिन्न सदस्यों की भाँति ऋषिवर अगस्त्य और माता लोपामुद्रा ने अपने आश्रम से विदा किया। जब हमने दोनों ऋषि-दम्पति को दण्डवत् किया तो उन्होंने अपने हृदय से लगाकर हमें अनेक आशीर्वाद दिये। हम चलने लगे तो गद्गद वाणी में अगस्त्य मुनि परमपिता परमेश्वर को याद करने लगे - बोले - "जाओ तुम सब। तुम्हारी यात्रा मंगलमय हो -

शान्ताकारं भुजगशयनं पद्मनाभं सुरेशं
विश्वाधारं गगनसदृशं मेघवर्णं शुभांगम्।
लक्ष्मीकान्तं कमलनयनं योगिभिर्ध्यानगम्यं
वन्दे विष्णुं भवभयहरं सर्वलोकैकनाथम्।।

"लोपा! देखो मेरे राम को...एकदम भगवान् विष्णु-जैसा रूप-गुण-सम्पन्न...और वह रामानुज लक्ष्मण मानो राम को शेषनाग की छाया-सी प्रदान करनेवाला..."

"और मेरी पुत्री सीता? वह क्या किसी साक्षात् लक्ष्मी से कम है। -" लोपामुद्रा चहककर बोलीं।

मैंने महर्षि और माता के बीच दबे स्वर में चल रहे उस संवाद को सुन लिया था। अतः चलते-चलते मैंने पलटकर महर्षि की ओर देखा और किंचित् विनोदपूर्वक मुस्कुराकर कहा - "और पद्मनाभ कमल पर विराजमान ब्रह्मा जी जानते हैं कौन हैं? ...हमारे परम पूजनीय महर्षि अगस्त्य।"

हमें जाते हुए महर्षि अगस्त्य सजल नेत्रों से देख रहे थे। वह मेरा यह कथन सुनते ही ठठाकर हँस पड़े।

माता लोपामुद्रा भी स्नेहसिक्त हो हँसने लगीं।

●

7

यह मेरी रक्षा रेखा है

जब हम पंचवटी की दिशा में बढ़ रहे थे तो हमने मार्ग में एक चट्टान पर बैठे हुए एक वृद्ध एवं बलिष्ठ गृद्ध को देखा। थोड़ा निकट जाने पर वह हमें एक विचित्र-सा जीवधारी लगा। कुछ-कुछ आधा गृद्ध और आधा मानव-जैसा। भारी-भरकम पंखों से आच्छादित एक बूढ़ा-सा जंगली मनुष्य।

उसे देखकर हमें बड़ा आश्चर्य हुआ। राम भइया बोले कि - "लक्ष्मण! मेरा धनुष देना तो। देखो लगता है सामने कोई राक्षस बैठा है। गीध का भेस बनाये। ये दुष्ट राक्षस इसी प्रकार कपटपूर्वक निरीह ऋषि-मुनियों का भक्षण करते हैं। लाओ इसे अभी मृत्यु के मुख में पहुँचाये देता हूँ।"

श्रीराम का यह वचन सुनकर वह गीधमानव भय से व्यथित स्वर में बोला - "हे राम! मैं आपके द्वारा वध किये जाने योग्य नहीं हूँ। मैं राक्षस नहीं हूँ। इसी वन में पायी जानेवाली गीध जनजाति का मुखिया हूँ। लोग मुझे जटायु के नाम से जानते हैं। मैं तो आपके पिताश्री दशरथ का भी सखा रहा हूँ।..."

तब भइया श्रीराम, भाभी माँ जानकी और मैं उन गीधराज जटायु के सन्निकट गये और जाकर उन्हें प्रणाम किया।

श्रीराम ने कहा - "क्षमा करें जटायु महाराज! हम आपको पहचान न सके।"

इस पर जटायु ने कहा -

"कोई बात नहीं दशरथनन्दन!...प्रायः ऐसा हो जाता है। आपके वन में आने का समाचार मुझे भी मिल चुका है। पुत्री सीता और भइया लक्ष्मण भी आपके साथ हैं। यह अच्छी बात है। थोड़ा आगे पाँच वट वृक्षों से घिरा एक सुरम्य भूभाग है। गौतमी नदी से थोड़ा हटकर। हम वनवासी गौतमी को गोदावरी भी कहते हैं। वह पंचवटी नामक सुन्दर स्थान आपके निवास के लिए अत्यन्त उत्तम है। मैं भी यहाँ पास के एक ऊँचे वृक्ष पर अपनी कुटी छवाकर रहता हूँ।...आप सब लोग भी पंचवटी में अपनी कुटिया बनाकर वहाँ सुखपूर्वक निवास करें। मैं भी जब-तब आपकी कोई सेवा बनी तो प्रस्तुत रहूँगा।..."

इस पर सीता जी ने कहा कि - "हे तात! आपने मुझे पुत्री कहा है और आप इनके स्वर्गीय पिताश्री के मित्र हैं अतः हमारे पिता-जैसे हैं। अपनी इस पुत्री और इन दोनों वीर कुमारों को अपना आशीर्वाद दीजिये कि आप हमारे इस वन में पूज्य संरक्षक बनकर रहेंगे।"

जटायु महाराज प्रसन्न हो गये। बोले - "सदा सौभाग्यवती रहो पुत्री सीता! तुम सदा सुखी रहो। यह जटायु अवसर आने पर अपने प्राण रहने तक तुम्हारी रक्षा करेगा।"

पंचवटी पहुँचकर भइया ने मुझसे एक विशाल एवं सुन्दर कुटी बनवायी। मेरी हस्तकला के तो वह पुराने प्रशंसक थे। एक छोटी-सी कुटिया मैंने अपने लिये भी निर्मित की। हमारे इस कार्य में जटायु महाराज के कुछ आदिवासी साथियों ने हमारी बड़ी सहायता की। हमारा यह आश्रम पाँच वटवृक्षों के समीप तो था ही, उनके अतिरिक्त कदम्ब, पनस और आम्र आदि के अनेक छायादार और फलदार वृक्षों से घिरा हुआ था। प्रकृति के एक अनुपम वरदान सरीखा था हमारा यह अभयारण्य।

राम जी और सीता जी के साथ परिवार के तीसरे और एकमात्र सदस्य के रूप में निवास करते हुए मैं उन दिनों अत्यन्त गर्व एवं सौभाग्य का अनुभव किया करता था। भइया-भाभी की सुख-सुविधा का ध्यान रखना, उनके लिए स्वादिष्ट कन्द-मूल-फल विभिन्न वनाञ्चलों से खोज-खोजकर लाना और स्वयं भी ग्रहण करना, रात्रि में आश्रम की सुरक्षा का थोड़ा ध्यान रखना, यही सब मेरी दिनचर्या थी। प्रातः से रात्रि तक का समय किस प्रकार बीत जाता? कुछ पता ही न चलता। रात्रि में झींगुरों के स्वर और वन्यपशुओं की भाँति-भाँति की आवाजें मुझे यों भी सोने न देतीं। अरण्य जीवन में निशाचरों की कोटि में राक्षस भी थे। इस बात का भी सदा आभास मेरे मन में बना रहता। अतः मेरी ज्ञानेन्द्रियाँ स्वतः ही हर प्रकार की अप्रिय सम्भावनाओं का ध्यान रखती हुई चौकस रहतीं।

कभी-कभी मुझे भइया राम के साथ एकान्त में बैठने का अवसर मिलता तो मैं अपने मन की अनेक जिज्ञासाओं को उनसे शान्त कराता। राम भइया हमारे दीक्षाकाल से ही अत्यन्त कुशाग्रबुद्धि विद्यार्थी रहे थे। वह हम चारों भाइयों में अध्ययन के विषय में सबसे अधिक गम्भीर थे। गुरुजन, ऋषिगण आदि जिनसे भी और जब भी शिक्षा प्राप्ति का अवसर मिलता श्रीराम समस्त उपदेशों में से बड़ी कुशलता से शिक्षा का सार ग्रहण कर लेते। उनकी स्मृति क्षमता भी अद्भुत थी। अतः भइया से हम अपनी किसी भी शंका का समाधान कर लिया करते थे।

एक दिन पंचवटी प्रवास के प्रारम्भिक दिनों में माता सीता जब आदिवासी स्त्रियों के साथ झूला झूलने में संलग्न थीं मुझे भइया के साथ एकान्त का एक दुर्लभ अवसर

मिला। तब उस दिन मैंने श्रीराम से पूछा - "भइया!...आज मैं आपसे जानना चाहता हूँ कि मनुष्य अपने जीवन में किस प्रकार मोक्ष-प्राप्ति का साधन कर सकता है? मैं आपसे भक्ति, ज्ञान और वैराग्य के विषय में भी संक्षेप में जानकारी चाहता हूँ।"

श्रीराम बोले - "वत्स! सुन...मैं तुझे इन सबका रहस्य समझाता हूँ। हमारी यह जो बुद्धि है उसी में माया का वास है। माया ईश्वर की सृष्टि है जिसे उसने अपने मनोविनोद के लिए बनाया है। ईश्वर अर्थात् परमब्रह्म आदि-अनन्त काल से अकेला था। अतः उसने अपने आनन्द हेतु सर्वप्रथम माया को रचा। यह सारा जगत् उसी माया से आच्छादित है। वस्तुतः जीव की बुद्धि ही माया है। उसी के द्वारा इस संसार की कल्पना हुई है।..."

भइया की इस गूढ़ अभिव्यक्ति से मुझे चकित कर देनेवाली अनुभूतियाँ होने लगीं। भइया कुछ देर को ठहरकर मेरा मुख पढ़ने की चेष्टा करने लगे। जब मैंने कहा कि - "आगे कहें भइया..." - तो यह सुनकर भइया आश्वस्त हो किंचित् मुस्कुराये और स्नेहपूर्वक बताने लगे - "सौमित्र! माया के प्रारम्भिक दो रूप माने गये हैं - एक विक्षेप, दूसरा आवरण। विक्षेप-शक्ति परमब्रह्म से लेकर ब्रह्मा तक समस्त संसार की स्थूल और सूक्ष्म भेद से कल्पना करती है। जबकि दूसरी आवरण-शक्ति सम्पूर्ण ज्ञान पर ही आवरण डाले रहती है। परम सत्य को जानने के मार्ग में जो भ्रम की स्थिति बनी रहती है उसका कारण यही माया है। वस्तुतः इस नश्वर संसार में हम जो कुछ सदा सुनते, देखते और स्मरण करते हैं वह सब स्वप्न-जैसा है और असत्य है। हमारा यह शरीर ही इस संसार-रूप वृक्ष का मूल है। इसी के कारण पत्नी-पुत्र आदि का बन्धन है। अन्यथा आत्मा का इनसे क्या सम्बन्ध? यह शरीर पाँच स्थूल भूत, पंच तन्मात्राएँ, अहंकार, बुद्धि, दस इन्द्रियाँ, चिदाभास, मन और मूल प्रकृति का समुच्चय है। शरीर इन्हीं सबसे मिलकर बना है। परन्तु निर्दोष परमात्मास्वरूप जीव इन सबसे पृथक् है।"

"तो भइया!...यह जीव क्या है?"

"जीव और परमात्मा दोनों एक ही हैं। इनमें भेद करके हमें नहीं देखना चाहिए। जीव वस्तुतः ईश्वर का ही अंश है। यह अविनाशी है। यह सदैव चेतन अमल एवं सहज सुखराशि होता है। जो जीव विकारों से रहित होता है वही सच्चा आनन्द प्राप्त करता है। वस्तुतः विकारों से रहित जीव ही संसार में वास करते हुए भी समझो परमात्मा के निकट है। यों तो जीव परमात्मा से सदा अभिन्न है।"

"परमात्मा को पाने के कौन-कौन-से प्रमुख साधन हैं?"

"ज्ञानमार्ग और भक्तिमार्ग दो प्रमुख साधन हैं। वैराग्य अथवा अध्यात्म में अनुराग इन साधनों से ही उपजता है जो परमतत्त्व के सन्निकट होने में हमारी सहायता करता है।"

"ज्ञान किन साधनों से प्राप्त होता है?"

"सदाचरण तथा स्वाध्याय से ज्ञान प्राप्त होता है। सदाचरण से तात्पर्य है - अभिमान से दूर रहना, दम्भ और हिंसा आदि का परित्याग करना; दूसरों के आक्षेपों को सहन करना, सर्वत्र सरल भाव रखना, अपने सद्‌गुरु की मन-वचन-कर्म से सेवा करना, मन और शरीर को शुद्ध रखना, सत्कर्मों में तत्पर रहना, मन, वाणी और शरीर का संयम रखना, विषयों में प्रवृत्त न होना, जन्म, मृत्यु, जरा और रोग आदि कष्टों का विचार करना, पुत्र-स्त्री-धन आदि में मोह एवं आसक्ति न रखना, प्रिय और अप्रिय दोनों ही दशाओं में मन में समभाव रखना और ईश्वर में अनन्य बुद्धि रखना, एकान्तवास करना और सांसारिक लोगों से उदासीन रहना इत्यादि। जबकि स्वाध्याय से तात्पर्य है वेदान्त के अर्थ पर विचार करना, ज्ञानार्जन हेतु सतत अध्ययनशील रहना तथा आत्मज्ञान प्राप्त करने हेतु सदा प्रयत्नशील रहना।...इन्हीं साधनों से ज्ञान प्राप्त होता है। इनके विपरीत आचरण करने पर मनुष्य अज्ञान के मायालोक में अज्ञानी की भाँति विचरता रहता है। -" श्रीराम यह कहकर कुछ पल को रुके और नेत्र मूँदकर ध्यानस्थ-से हो गये।

"अच्छा भइया!...ज्ञानमार्ग तो कठिन और बहुत श्रमसाध्य है। परन्तु भक्तिमार्ग कहते हैं कि अपेक्षाकृत सरल है ईश्वर को पाने के लिए।..." मैंने कहा।

तब भइया बोले कि - "भक्तिमार्ग सरल है। परन्तु एक रहस्य यह भी है कि ईश्वर की सच्ची भक्ति जो मनुष्य प्राप्त कर लेते हैं उनके लिए ज्ञान, विज्ञान और वैराग्य भी सहजता से सुलभ हो जाते हैं। अर्थात् कठिन ज्ञानमार्ग भी भक्तों के लिए कोई दुष्कर-दुर्लभ क्षेत्र नहीं। भक्तों का सत्संग, ईश्वर और उनके भक्तों की सेवा करना, व्रत आदि रखना, अध्यात्म चर्चा करना, भगवान् की कथा का पठन-पाठन-श्रवण, पूजन-कीर्त्तन इत्यादि के द्वारा जो लोग ईश्वर के सतत चिन्तन में लगे रहते हैं उन्हें अन्ततः अविचल भक्ति प्राप्त होती है। फिर उनके लिए संसार में और संसार से परे कुछ भी दुर्लभ नहीं रह जाता।...इस प्रकार ज्ञान अथवा भक्ति से प्राप्त वैराग्य हमें ईश्वरोन्मुख करता है जिससे मोक्ष की प्राप्ति होती है। मोक्ष का अर्थ है इस नश्वर संसार में आवागमन से मुक्ति और परमब्रह्म परमेश्वर के परमधाम में चिरस्थायी आनन्दमय वास।..."

भइया के इन शब्दों ने मुझे अगले कई दिनों तक चिन्तन-मनन का उर्वर धरातल प्रदान कर दिया। अपने अब तक के जीवन-संघर्षों से मैंने जो कुछ सीखा था श्रीराम के इस उपदेश से उसमें अपूर्व वृद्धि हुई। मेरा जीवन संकल्प और भी दृढ़ हुआ। तब मेरी अन्तरात्मा जैसे मुझसे कहने लगी कि - हे सौमित्र! सदा सहज रहो। तनाव की स्थिति कभी न आने दो। आत्मविश्वास के साथ ईश्वर के प्रति पूर्ण विश्वास रखते हुए जीवन-संग्राम में डटे रहो। वीर बनो। धीर बनो। धैर्यपूर्वक सुसमय की प्रतीक्षा

करो। उचित अवसर पर पूरी शक्ति से उद्यम करो। सफलता अवश्य तुम्हारा वरण करेगी।

पंचवटी में हमारा प्रवास विविध अनुभवों से संयुक्त था। मेरे लिये तो अखण्ड रामायण-जैसा। अहर्निश सीता-राम सीता-राम। उन दिनों पंचवटी में रहकर मैं प्रायः आत्मविस्मृत हो चला था। चौबीसों घड़ी राम जी और सीता जी मेरे चिन्तन और कर्म के केन्द्र में बने रहते और मैं उनकी परिधि में।

राम जी जब कहते - "लक्ष्मण! सुनो मैं ऐसा चाहता हूँ कि आज..." उनकी वह माँग यदि मैं पहले से पूर्ण कर चुका होता तो रोमांचित हो जाता यह सोचकर कि मेरे भइया मेरे स्वामी उनके हृदय की तरंगों के मैं कितना निकट हूँ।

यदि भइया की किसी इच्छा को पूर्ण करने में मुझे कुछ समय लगता तो उस मध्य बीतता हुआ वह एक-एक क्षण मेरे लिये चुनौती भरा होता।

श्रीराम का स्नेह और आशीर्वाद मेरी पूँजी था और मेरी भाभी माँ का अनुराग एवं ममत्व मेरा सम्बल। दोनों के मुखारविन्द की प्रसन्नता में ही मुझे अपनी सफलता और उनकी चिन्ता में मुझे अपनी हताशा अनुभूत होती थी।

राम भइया जब सीता माँ के निकट होते, दिन के समय, तब ही मुझे दो-चार घड़ियों का अवकाश मिल पाता और मैं तब एकाकी गोदावरी के किनारे अथवा जंगलों अथवा गुफाओं में परिभ्रमण करने निकल जाता। जब भइया अपनी अर्द्धाङ्गिनी के निकट हैं तो मुझे क्या चिन्ता? यद्यपि चिन्ता तो मन के कोने में फिर भी रहती। किन्तु पंचवटी का वह शान्त एवं रमणीक वातावरण वन्य-पशुओं के अतिरिक्त राक्षसों के प्रकोपादि से प्रायः निरापद था उन दिनों।

परिस्थितियाँ हमारे नियन्त्रण में थीं। जीवन की दिनचर्या प्रायः सुखद एवं शान्तिपूर्ण थी। प्रातःकाल अनेक छोटे-मोटे दायित्वों का निर्वाह जैसे - गोदावरी के तट से जल लाना, जंगल से लकड़ियाँ जुटाना, फल-फूल आदि का प्रबन्ध करना तो मैं सहजता से कर ही लेता था। भाभी माँ जब कभी मिट्टी के चूल्हे पर भोजन पकातीं तो कभी-कभी उनकी सहायता करने में भी मुझे विशेष सुख मिलता।

राम जी ने अस्त्र-शस्त्रों की सँभाल करने और आस-पास के वृक्षों तथा फूल-पौधों की सेवा करने का कार्य अपने हाथों में ले रखा था। वह तो हमारे पंचवटी के इस छोटे-से परिवार के भी मुखिया थे। उन्हें हम अधिक परिश्रम करने का अवसर भला कैसे दे सकते थे?

भाभी माँ सीता के लिए श्रीराम का संग-साथ ऊषा और सूर्य के मिलन-जैसा था। मिलन क्या? ऊषा सूर्य पृथक् ही कब होते हैं? दोनों एक-दूसरे के पूरक एवं

पहचान हैं। एक ऐसा स्वरूप जिसमें कोई वैभिन्य ही नहीं। सीता के बिना राम अधूरे हैं और राम का सीता के बिना अस्तित्व ही कहाँ? मेरे लिये यह जुगल जोड़ी अयोध्या में यदि देवी-देवता के समान पूजनीय थी तो मेरे इस अरण्य में वह लक्ष्मी-नारायण के समान एकमात्र आराध्य थे। तुम तजि और कहाँ मैं जाऊँ...काम क्रोध-मद-मोह-स्वर्ग सुख-जगजीवन बिसराऊँ...

सायंकाल होते ही मेरे दायित्वों में भारी वृद्धि हो जाती। सुरक्षा-सुरक्षा- सुरक्षा। वन्य जीवों से भइया-भाभी की कुटिया की सुरक्षा। विश्राम करते सीता-राम जी की रात्रिपर्यन्त चौकसी। आस-पास यदि कोई पत्ता भी खड़कता तो मुझ लक्ष्मण की भेदक दृष्टि की सीमा में वह तुरन्त आ जाता। मेरा धनुष-बाण, खंग और कृपाण सदैव मेरी सहायता के लिए हाथों और कमर में चाक-चौबन्द रहते। मुझे नहीं स्मरण कि पंचवटी के दो वर्षों के कठोर प्रवास-काल में मैं रात्रि के समय कब सोया था?

अधिकतर जब दोपहर में किसी एकान्त वन-कन्दरा-जलाशय-सरिता पर जाता तो वहाँ घड़ी-दो घड़ी कुछ सो पाता। वह भी तब जब आस-पास की धरा पर किसी जीव-जन्तु की हलचल न होती। परन्तु अरण्य जीवन में ऐसे निरापद क्षण भी तो दुर्लभप्राय होते हैं।

मेरे बाहर जो घना-बहुविध अरण्य फैला था वह मुझे अवकाश न लेने देता कि मैं अपने भीतर के अरण्य में भी कुछ पल को झाँककर देख सकूँ। स्मृतियाँ आतीं किन्तु आँधी में सूखे पत्तों की भाँति उड़कर जाने कब और कहाँ चली जातीं? मुझे पता भी न चलता।

यह हाड़-मांस का मनुष्य मैं लक्ष्मण देखते-ही-देखते पत्थर-जैसा कैसा संवेदनाहीन और कितना कठोर होता चला गया यह तो वह समय ही जानता था। इस समय मैं उसकी क्या मीमांसा करूँ? मेरे लिये ऐसा कर पाना किंचित् भी सम्भव नहीं।

एक दिन मैंने भइया को भाभी से यह कहते हुए सुना -

"सीते! देख रही हो लक्ष्मण को?...वन में हमारी कुशल के लिए यह किस प्रकार से स्वयं को होम किये हुए हैं...पहले की अपेक्षा कितना मौन और अन्यमनस्क-सा रहने लगा है।"

"हाँ स्वामी!...देवर जी अपना तनिक भी ध्यान नहीं रखते। उनके हाथ-पाँव रूखे और काया वज्र-सी कठोर दिखने लगी है। भोजन भी ठीक से नहीं लेते। यह सोते कब हैं? मैंने कभी देखा ही नहीं...आप इन्हें समझाइये।"

"नहीं समझेगा...बहुत हठी है मेरा सौमित्र। बचपन से देखा है मैंने। जो ठान लेगा उसे पूर्ण किये बिना यह अपने-आपकी भी नहीं सुननेवाला। सचमुच इसे अरण्य में लाकर हमने बड़ा अन्याय किया है।..."

मैं सुनता रहा - सुनता रहा - दूर बैठा सुनता रहा। चाहता तो जाकर बीच में ही हस्तक्षेप कर देता। परन्तु यह सोचकर कि इन्हें अपने मन से इस विषय पर जी भरकर चर्चा कर लेने दो ताकि यह फिर कभी मेरे विषय में अनावश्यक चिन्तन न करें, मैं चुप रहा।

परन्तु लक्ष्मण की चर्चा हो और राम जी और सीता जी द्रवित न हों। मेरे हृदय में विराजमान वह युगलमूर्ति परस्पर बातें करते-करते बुरी तरह विचलित हो उठी।

भाभी माँ चर्चा करते-करते स्त्री-स्वभाव के वशीभूत रो पड़ीं। भइया भी पत्नी की हाँ में हाँ मिलाकर रोने लगे। बोले - "यह पगला यहाँ खट रहा है और उधर उस बेचारी उर्मिला का क्या हाल होगा? इसके बिना माता सुमित्रा न जाने कैसे जी रही होंगी? सीते!...लक्ष्मण को अरण्य में घसीटकर मैंने एक साथ तीन जीवन नष्ट कर दिये। मैं इन सबका अपराधी हूँ।..."

"हाँ स्वामी!...और मैं भी -" सीता जी बोलीं।

मैं इसके आगे सुन न सका। सीधा जाकर राम जी एवं जानकी जी के चरणों में कटे वृक्ष की भाँति गिर पड़ा - "दया कीजिये भइया! दया कीजिये माता!...मुझ दरिद्र पर दया कीजिये।"

मैं बिलख-बिलखकर रोने लगा। न जाने कैसे-कैसे कुछ टूटे-फूटे शब्द मेरे मुख से निकले -

"मेरे मौन और मेरी कठोरता पर यों न दुःखी हों कृपया।...आपका स्नेह आपकी करुणा ही मेरा सब-कुछ है...मेरी शक्ति है...मेरा आत्मबल है...यह सब कहकर उसे मुझसे मत छीनिये।"

श्रीराम और जानकी माँ ने मुझे उठाकर नेत्रों से बहते आँसुओं को पोंछने और मेरा सिर एवं गात सहलाने में परस्पर होड़-सी लगा दी। अवसाद के वह कठिन क्षण भी मेरे लिये तब ब्रह्मानन्द प्रदान करनेवाले सिद्ध हुए। पंचवटी में मेरी सूनी कुटिया भी जैसे उधर श्रीराम-जानकी की सुन्दर और बड़ी-सी पर्णकुटी को आमोद में भरकर मुँह चिढ़ाने लगी।

पंचवटी में हमारा जीवन कैसा था? यही जानना चाहते हैं आप? क्या-क्या बताऊँ? स्मृति-पटल पर अनेक दृश्य उभरने लगे हैं...

श्रीराम प्रसन्नवदन अपनी कुटिया के बाहर हैं। सीता जी कुटिया के द्वार से बाहर आती हैं...राम जी ने अपने चीर में कुछ फूल चुरा रखे हैं। विहँसकर कहते...हैं - "तुम्हें तो याद नहीं होगा जानकी! परन्तु मुझे याद है..."

"क्या स्वामी?" - सीता जी चहककर पूछती हैं।

"आज तुम्हारा जन्म-दिन है...जन्म-दिन शुभ हो प्रिये।" - कहकर वह माँ सीता को आलिंगन में भर लेते हैं।

सीता जी आनन्दविभोर हो जाती हैं। राम जी अपने हाथों में चुने हुए फूलों को सीता जी के जूड़े में सजाने लगते हैं। छोटी-छोटी श्वेत पुष्प कलिकाएँ उनके जूड़े में टाँकने के बाद खेल-खेल में दो-तीन बड़े फूल क्रमशः उनके शीश और चरणों पर भी रखते हैं और आह्लाद भरे स्वर में कहते हैं - "मेरी वनदेवी!..."

मैं भागकर निकटवर्ती वन में जाता हूँ। कुछ जंगली फूल इधर-उधर से चुनता हूँ। एक वृक्ष से लटकती महीन लचकीली लम्बी लता को तोड़कर उससे येन-केन-प्रकारेण उन पुष्पों को बींधकर एक माला-सी बनाता हूँ। भागकर पुनः भइया-भाभी के पास जाता हूँ। भइया श्रीराम को उनके पास जाकर वह माला देकर कहता हूँ -

"इसे माता को पहना दें प्रभु!...मेरी भी ओर से जन्म-दिन की कोटिशः बधाई।"

राम भइया कौतुक से कहते हैं - "तू स्वयं ही पहना न अपनी भाभी को।"

मैं संकोच में भर उठता हूँ। उस माला को फिर धीरे से भाभी माँ के चरणों में रख देता हूँ।...

घनघोर वर्षा हो रही है। आकाश में रह-रहकर विद्युत् कड़कती है। सारा वन प्रान्तर भीग रहा है। राम-जानकी जी की कुटिया भीग रही है। रात्रि का समय है। कितनी असुविधा हो रही होगी उन्हें। कहीं फूस की छत टपक न रही हो। बनायी तो मैंने बहुत देखभाल कर थी। मैं भइया-भाभी की चिन्ता में व्यग्र हो उठता हूँ। अपनी कुटिया से बाहर आता हूँ। वर्षा मूसलधार है। ठण्डी हवा भी चल रही है। आकाश लगता है कि धरती पर गिर पडेगा।

मेरे राम जी भीग रहे होंगे। जानकी जी भी अधीर होंगी। ऐसे में मैं क्या करूँ? मैं भागकर राम-जानकी जी की कुटिया तक जाता हूँ। छप...छप...छप...छप। कुटिया का द्वार बन्द है। क्या करूँ? संकोच मुझे रोकता है। परन्तु मन कहता है - लक्ष्मण! तू धृष्टता कर। पुकार अपने भइया को। और मैं बालकों की भाँति पुकारने लगता हूँ - भइया! भइया!!

राम जी झट अपनी पर्णकुटी का द्वार खोल बाहर झाँकते हैं - "क्या है लक्ष्मण?"

"आप ठीक तो हैं भइया?"

"अरे तू बाहर पानी में भीग क्यों रहा है? जल्दी जा अपनी कुटिया में। अस्वस्थ हो जायेगा।...अच्छा जल्दी से यहाँ आ जा...यहीं मेरे पास मेरी कुटिया में।"

"नहीं भइया...मैं ठीक हूँ। आप ठीक हैं? जल तो नहीं टपक रहा वहाँ?"

"अरे नहीं रे...हम बिलकुल ठीक हैं।"

"अच्छा भइया! मैं जाता हूँ...कोई आवश्यकता हो तो मुझे पुकार लीजियेगा -" कहकर मैं अपनी छोटी-सी कुटिया की ओर भाग चलता हूँ।...

"लक्ष्मण! देख आज मैंने तेरे लिये क्या बनाया है?...कमल ककड़ी। बहुत प्रिय है न तुझे -" सीता माँ मुझसे कहती हैं।

"यह कब मिली माते! -" मैं भाभी से पूछता हूँ।

"आज ही प्रातः निकट के सरोवर से तेरे भइया लाये थे। स्नान करने गये थे न। वहीं मिल गयी।"

कहते-कहते भाभी माँ त्रुटिवश एक गीली लकड़ी चूल्हे में डाल देती हैं। चूल्हा धुआँ देने लगता है और सीता जी को खाँसी आ जाती है। बहुत कोमल हैं मेरी माता। न जाने क्यों इस निर्मम जंगल में चली आयीं?

"हटिये भाभी...मुझे ठीक करने दीजिये। जल उधर रखा है उस गागर में...थोड़ा पी लीजिये...तब तक मैं पुनः अग्निसन्धान करता हूँ।" - कहकर मैं गीली लकड़ी निकालकर दो पतली-पतली सूखी लकड़ियाँ चूल्हे में डालता हूँ और चूल्हे पर झुककर फूँक मारने लगता हूँ।...

श्रीराम अपने धनुष की प्रत्यञ्चा चढ़ाते और अपने तूणीर से बाणों को निकालकर उन्हें धूप में सुखाते कुटिया के चबूतरे पर बैठे हैं। उधर सीता जी नदी तट से धोकर लाये चीर एवं वल्कल वस्त्रादि एक वृक्ष की झुकी हुई डाल पर सुखाने को डाल रही हैं तभी एक मोर कुछ दूर पर 'म्याऊँ-म्याऊँ' की मधुर ध्वनि करता नाचने लगता है हम तीनों वनवासियों का ध्यान आकृष्ट करता हुआ। मैं दबे स्वर से भइया से कहता हूँ - "भइया! इधर देखिये।" भइया मोर की ओर देखते हैं। नीला-नीला मोर हरे-हरे चन्द्राकार टिकुलीयुक्त सुन्दर पंख पूरे ऊपर को खुले हुए। मयूर अपनी ही जगह खड़ा-खड़ा दोनों पाँवों पर गोलाकार घूम रहा है धीरे-धीरे... कैसा मनोहर दृश्य है!

राम जी केवल एक बार पत्नी को पुकारते हैं - "जानकी! -" कहीं मोर सशंकित न हो जाये।

भाभी पलटकर इधर भइया को देखती हैं। भइया उँगली से मयूर की दिशा में संकेत करते हुए मुँह से निःशब्द बोलते हैं - ''उधर देखो...नाचता हुआ मयूर। -''

भाभी उधर ही देखती हैं। फिर उनका मुख सुखद-आश्चर्य से खुला-का-खुला रह जाता है।...

मैं एक पर्वत की ऊँचाई पर अकेला खड़ा हूँ। मध्याह्न का समय है। मन्द-मन्द समीर का संचरण हो रहा है। पत्थर की चट्टानों के किनारे से नीचे देखता हूँ कि नीचे कितना गहरा खड्ड है। एक घड़ी में ही मैं उस दुर्गम पर्वत पर कितना ऊँचा चढ़ आया हूँ। ऊपर स्वच्छ आकाश में कुछ चीलें मँडरा रही हैं।

फिर देखता हूँ कि सामने की पहाड़ी की दिशा से एक बड़ा-सा कोई पक्षी मेरी दिशा में उड़ा चला आ रहा है। अरे यह तो कोई विशालकाय गिद्ध है। मेरी ही ओर आ रहा है। कहीं यह मुझ पर आक्रमण न कर दे। मैं अपनी कमर से बँधा अपना खंग हाथ में ले लेता हूँ।

वह विशाल असामान्य-सा पक्षी निकट आता है। पंख फैलाये मस्ती में उड़ान भरता हुआ। निकट और निकट। फिर पक्षी और मानव की मिली-जुली एक आकृति स्पष्ट होने लगती है। ओह! तो यह हैं। गृद्धराज वयोवृद्ध जटायु।...पंचवटी आते समय हमसे जो मार्ग में मिले थे। उड़नमानव विद्या के आविष्कारक। अब आनन्द आयेगा कुछ देर।

पर्वत के निकट पहुँचकर जटायु के दोनों पैर नीचे लटक जाते हैं और वह देखते-ही-देखते अपने कृत्रिम पंख फड़फड़ाते हुए मेरे निकट एक पथरीली चट्टान पर उतर जाते हैं -

''कैसे है वीरवर लक्ष्मण? -'' जटायु हाँफते हुए-से पूछते हैं।

''मैं कुशल से हूँ तात जटायु!...आप कैसे हैं? बड़े दिनों बाद दिखे?''

''हाँ वत्स!...इधर कुछ दिनों को मैं सागर-तट की ओर चला गया था।''

''क्यों?''

''मेरे बड़े भइया हैं सम्पाती। उनकी अस्वस्थता का समाचार मिला था।...उन्हीं को देखने चला गया था।''

''अच्छा...कैसे हैं वे?''

''अब पहले से स्वस्थ हैं।...यह बताइये वीरवर! राम जी और जानकी जी कैसे हैं?''

''सब आपकी कृपा है।'' - मैं कहता हूँ। कुछ देर अरण्य की चर्चा के पश्चात् जटायु पुनः आकाश में उड़ान भरने के लिए अपने पंख फैलाकर पहाड़ की इस ऊँचाई

से खड्ड में छलाँग लगाते हैं। थोड़ा गिरते हैं। फिर ऊपर और ऊपर और ऊपर पंख पसारे-पसारे उड़ने लगते हैं। जटायु तब ऊँची उड़ान भरते हैं। मेरे दृष्टिपथ से ओझल हो जाते हैं। एक चमत्कार सरीखे।

जिसने जटायु को इस तरह उड़ते न देखा हो वह क्या विश्वास करेगा कि कोई मानव भी पक्षी की तरह इस प्रकार से उड़ सकता है।

मध्य रात्रि का समय है। राम जी और सीता जी अपनी कुटिया में सो रहे हैं। मैं जाग रहा हूँ। वीरासन में धनुष-बाण लिये। अपनी कुटिया के बाहर। झींगुरों के स्वर से सारा वातावरण साँय-साँय कर रहा है।

अचानक दूर पर कोई बन्दर किसी अंधियारे वृक्ष पर चीखता है - "आ की की की की की की..." मैं समझ जाता हूँ कि कोई बाघ अथवा सिंह हमारे निकट आ रहा है। सामने जलते अलाव में तीन-चार लक्कड़ और डाल देता हूँ। अग्नि की लपट इससे पहले कि तीव्र हो सके सामने की झाड़ियों से एक सिंह अपने बड़े-बड़े अयालों के साथ प्रकट होता है। वह मुझे देखकर गरजता है।

अग्निसन्धान तेज हो उठता है। मेरा हृदय धड़क उठता है। परन्तु साहस साथ छोड़ने को तैयार नहीं होता। झपटकर उस अलाव से जलती हुई दो लकड़ियाँ उठाता हूँ और उन्हें मशाल की तरह दोनों हाथों में उठाकर उस सिंह की दिशा में दौड़ लगाने लगता हूँ "हा - हा - हर्र्र्र" - ललकारता हुआ। सिंह सहसा मुड़कर भीगी बिल्ली-सा वापस भाग खड़ा होता है।

आज रात्रि मुझे और भी चौकस होकर पहरा देना होगा। पंचवटी अब संकटाकीर्ण होती जा रही है...

एक दिन की बात है। पूर्वाह्न का समय था। राम भइया और सीता भाभी हमारे आश्रम के निकट एक शिला पर सुखपूर्वक बैठे परस्पर हँस-हँसकर कुछ वार्त्ता कर रहे थे। समय उन क्षणों में जैसे कुछ ठहरा हुआ था। मैं भइया-भाभी से कुछ दूर बैठा भइया के लिए एक नयी चरणपादुका बना रहा था।

तभी न जाने कहाँ से एक सुन्दर-सी स्त्री हम सबके बीच आकर खड़ी हो गयी। वास्तव में एक मोहक बला-सी। वह राम जी और सीता जी को देखकर उनसे उनका परिचय पूछने लगी।

श्रीराम ने उसे अपना परिचय दिया। सीता जी का परिचय दिया। फिर उससे उसका परिचय पूछा तो उसने बताया कि वह यहाँ से पूर्व दिशा में कुछ योजन की दूरी पर स्थित जनस्थान से आयी है। वह जनस्थान जहाँ रक्ष-संस्कृति का उपनिवेश है जहाँ की वह अधिष्ठात्री है। अपना नाम उसने शूर्पनखा बताया और कहने लगी कि वह लंकाधिपति महान् राक्षसराज रावण की सगी बहन है। शूर्पनखा वनवासी राम के रूप एवं शरीर सौष्ठव पर मुग्ध एवं आसक्त हो गयी। उसने भइया से प्रणय-निवेदन किया और उनसे निर्लज्जतापूर्वक रतिदान भी माँगा।

राम जी ने सीता जी को अपनी पत्नी और एकपत्नी व्रत का पालन की बात कर उससे पीछा छुड़ाना चाहा। तब वह सीता जी को भला-बुरा कहने लगी। इस पर भइया ने उसका ध्यान बँटाने को उसे मेरी ओर भेज दिया। कहा कि - "वह है मेरा छोटा भाई लक्ष्मण। मेरी ही भाँति रूप-गुण-सम्पन्न। इस वन में अकेला आया है। तुम चाहो तो उसे वरण कर सकती हो।"

शूर्पनखा ने जब मुझे देखा तो अपने कामबाण वह मुझ पर छोड़ने लगी। मैं घबराकर खड़ा हो गया। मैं ठहरा इस वन में पूरे तेरह वर्ष तक कठोर ब्रह्मचर्य का पालन कर चुका एक तपस्वी। अब अन्त में एक वर्ष की शेष अवधि में क्या अपना तपभंग करता?

मैंने दोनों हाथ जोड़कर उस कामातुर स्त्री से कहा - "आप जाइये यहाँ से। यह सब उचित नहीं है। आप स्त्री हैं आपको अपनी मर्यादा में रहना चाहिए। रही बात मेरी तो मैं भी बड़े भइया की भाँति विवाहित हूँ और मेरी भी एक पत्नी है जो अयोध्या में मेरी प्रतीक्षा कर रही है।"

मेरे इतना कहते ही वह राक्षस-नारी और भी उत्तेजित होकर गर्म उसाँसें छोड़ने लगी। बोली -

"हे बाँके नवयुवक! मेरे इस उत्तप्त यौवन को तो देखो...तुम्हारा ज्येष्ठ भ्राता तो अपनी स्त्री के संग है। तुम इस वन में फिर किसलिए कामसुख को त्यागकर एकाकी विचर रहे हो?...आओ मेरा मीठा अधरपान तुम्हें चिरतृप्ति प्रदान करेगा। लो, इसका सुख लो।...अच्छा लजाते हो? तो आओ मैं स्वयं तुम्हें इस आनन्द से विभोर किये देती हूँ।"

- यह कहकर शूर्पनखा मेरी ओर भयानक उद्देश्य से बढ़ी। मैं समझ गया कि वह पूर्णतः कामान्ध और विक्षिप्त हो चली थी। माया का आवरण भी उसके ऊपर से हटने लगा और एक सुन्दर स्त्री का रूप उसके राक्षसरूप से हटने-मिटने लगा था।

मेरे पास आत्मरक्षा का कोई उपाय उस बलात्कारी नारी से बचने को अवशेष न रहा।

अपने पूज्य भइया-भाभी की सेवा और रक्षा का भार मुझ पर था। अखण्ड ब्रह्मचर्य ही मेरी सबसे बड़ी शक्ति थी। अब मरता क्या न करता। मैंने अपने कमर में बँधी

कटार निकाल ली और जैसे ही वह कामातुर राक्षस-नारी मेरे निकट पहुँची तत्क्षण उसका नाक-कान काटकर मैं एक ओर हट गया।

रक्त की फुहार छोड़ती शूर्पनखा तब वहाँ से भाग चली - "हाय! यह क्या किया? तुम लोगों ने मेरे प्रेम का यह प्रतिदान दिया?...याद रखूँगी आर्यपुत्रों तुम्हें। इसका बदला अवश्य लूँगी और इस सीता को तो अब मैं कहीं का न छोड़ूँगी। जाती हूँ। जाती हूँ मैं वापस अपने जनस्थान। इस दण्डकारण्य को तो तुम दोनों भाइयों ने अपना अभयारण्य बना दिया है। कोई बात नहीं। मेरा राक्षसराज भाई रावण भले ही दूर लंका में बैठा हो। मेरे मौसेरे भाई खर-दूषण तो यहीं हैं। उनके साथ आकर अब शीघ्र ही तुम सबका वध करूँगी।..."

यह कहती पाँव पटकती वह दुष्ट राक्षसी जहाँ से आयी थी फिर वहाँ चली गयी।

मैंने भइया से अकेले में वार्त्ता की कि भाभी सुनकर कहीं और भयभीत न हो जायें। हम दोनों भाई समझ चुके थे कि जो हुआ अच्छा नहीं हुआ। अभी तक तो हम रावण द्वारा प्रवर्तित रक्ष-संस्कृति की कमर तोड़ने में लगे थे भरतखण्ड के दण्डकारण्य में। राक्षसों को वनवासियों की सहायता और उनकी एकजुटता से प्रायः सभी अरण्यों से उनकी शेष रह गयी एकमात्र छावनी जनस्थान में खदेड़ भी चुके थे। रावण की ओर से अब तक हम पर कोई आघात नहीं हुआ था। यह बहुत-कुछ विचित्र-सा परन्तु एक सत्य था।

अब जबकि हमने उसकी बहन को ही कर्ण-नासिकाविहीन कर पंचवटी से भगाया था तब तो सीधे-सीधे रावण की निजी प्रतिष्ठा को ही हमने एक प्रकार से चुनौती दे डाली थी। राम भइया और मेरे बीच मन्त्रणा के अनुसार आगे से हमें सीता जी की रक्षा में सतत चौकस रहना था। उन्हें कभी अकेला नहीं छोड़ना था। राक्षसों के आक्रमण के लिए सदैव तैयार रहना था। अपनी सुरक्षा-व्यवस्था को पुनः सुदृढ़ करना था।

नाना प्रकार की दुश्चिन्ताओं में घिरी वह सारी रात्रि न जाने कैसे बीती। प्रातःकाल मैं भइया को सावधान कर अपने शुभचिन्तक मित्र जटायु से मिलने चल दिया। जटायु वृद्ध थे परन्तु उनमें उड़ने की शक्ति थी। उन्होंने बताया कि वह कभी हमारे पिता दशरथ के मित्र रह चुके थे। देवासुर-संग्राम में साथ-साथ लड़े थे एक बार। तभी से दशरथ जटायु के परम मित्र बन गये थे। हमारे वनवास की कथा और पिता राजा दशरथ के देहावसान का समाचार सुनकर बहुत व्यथित हुए थे। उन्होंने किसी भी विपत्ति के समय हमारी सहायता का हमें वचन दिया था। सीता जी को अपनी पुत्री कहा था।...यह भी कहा था कि यदि किसी कारणवश हम दोनों भाइयों

को एक साथ कहीं जाना पड़े तो उन्हें निःसंकोच बता दिया जाये, तब सीता जी की रखवाली वह स्वयं करेंगे।

एक-दो बार ऐसा हुआ भी। आज पुनः ऐसा अवसर हमारे सम्मुख आ खड़ा हुआ था। परन्तु इस बार का अवसर सबसे विकट था।

जब मैंने अरण्य में जटायु के आवास पर पहुँचकर उन्हें शूर्पनखा-विवाद की बात बतायी तो वह चिन्ता में पड़ गये। कहने लगे कि उन्हें विश्वास है कि राक्षस योद्धागण खर-दूषण और उनके मित्र त्रिशिरा राक्षस से तो हम दोनों शूरवीर भाई निपट लेंगे। उनकी सेना से भी निपटा जा सकता है किन्तु राक्षसराज रावण की शक्ति अपार है। उससे पार पाना वास्तविक चुनौती है। अतः अब से हर सम्भव सतर्कता अपेक्षित है।

जटायु मेरे आग्रह पर पंचवटी के निकट की उस पहाड़ी पर आ गये कुछ दिनों पहले जहाँ मेरी उनसे विगत भेंट हुई थी। वह वहीं से हमारी पर्णकुटियों पर अपनी गृद्धदृष्टि रखने लगे।

तीन-चार दिन बाद ही खर-दूषण आदि की सेना ने आकर हमारे अभयारण्य को घेर लिया। युद्ध के नगाड़े बजाती राक्षस सेना हमारी ओर बढ़ने लगी। तब राम भइया ने कहा कि - "लक्ष्मण! तुम सीता को लेकर उस ओर की पहाड़ी पर चले जाओ जिधर जटायु महाराज हैं। उधर की उस सुरक्षित गुफा में रुककर अपनी भाभी की रक्षा करना। मैं अकेला ही इन दुष्ट राक्षसों से युद्ध करने के लिए पर्याप्त हूँ।..."

मैं जानता था अपने भइया का बल। गृद्धराज जटायु आकाश में उड़कर पहले ही राक्षस सेना की संख्या और उनके अस्त्र-शस्त्रों की थाह ले आये थे। उनकी सूचना पर भइया ने तदनुसार अपनी सारी तैयारियाँ कर ली थीं। वह आश्वस्त थे। यह मैं भली-भाँति ज़ानता था। मुझे इस समय भइया के आदेश का पालन करना था। अतः मैं सीता जी को लेकर उस सुरक्षित गुफा में चला गया। अपने अस्त्र-शस्त्रों सहित।

और फिर मचा वहाँ पर एक महासंग्राम। वृक्षों की आड़ से चुन-चुनकर भइया द्वारा छोड़े गये बाणों से अनेक हरावल पंक्ति के राक्षस खेत रहे। राक्षसों के दल-के-दल आते। श्रीराम की ओर अस्त्र-शस्त्र-प्रस्तर-वृक्षादि फेंकते जिन्हें श्रीराम अपने विस्फोटक बाणों से धूल कण के समान बिखेर देते। तत्पश्चात् वह राक्षस समूहों को अपने प्रखर बाणों से मौत के घाट उतार देते। एक दल के बाद दूसरा दल आता और रघुनन्दन के सायकों के समक्ष काल के मुख में समा जाता। फिर भइया खुलकर युद्ध के मैदान में आगे आ गये। उनके हाथों का धनुष विद्युत्-जैसी चपल गति से इस प्रकार शरसन्धान करने लगा कि वह अदृश्यप्राय बड़ा-सा वृत्त सरीखा प्रतीत होने लगा। देखते-ही-देखते शूरवीर श्रीराम ने चौदह सहस्र राक्षसों का वध कर डाला और वह सारी रणभूमि मारे गये राक्षसों के रक्त से लाल हो गयी।

जटायु उस युद्ध का आँखों देखा हाल हमारी पहाड़ी से सुनाने लगे। भइया श्रीराम ने खर-दूषण-त्रिशिरा राक्षसों को जैसे ही चुन-चुनकर मारा उनके साथ की बची-खुची राक्षस सेना का मनोबल टूट गया और सब-के-सब वापस जनस्थान की दिशा में भाग गये। शूर्पनखा तो पहले ही बच-बचाकर रणक्षेत्र से पलायन कर चुकी थी।

"श्रीराम की जय हो! वीर दशरथनन्दन की जय हो।" - गीधराज जटायु हर्षातिरेक में चिल्ला उठे और उन्होंने मुझे झपटकर गले से लगा लिया। सीता जी से उनके सिर पर हाथ रखकर बोले - "कल्याण हो पुत्री सीते! तुम्हारा राम वास्तव में अजेय है। अब तुम जाओ। किन्तु लक्ष्मण अपनी रक्षापंक्ति अभी क्षीण न होने देना। वह दुष्टा शूर्पनखा अब अवश्य रावण के पास जायेगी और रोते-गाते जाकर उसे भी उकसायेगी।..."

होनी तो होकर रहती है। उसे कोई नहीं टाल सकता। हम तो बस पुरुषार्थ कर सकते हैं। बुरा समय आये तो स्वयं को सँभालकर अच्छे समय की प्रतीक्षा मात्र कर सकते हैं और पुरुषार्थी का काम कर्म करते जाना है। फल की चिन्ता में स्वयं को घुलाना कोई बुद्धिमत्ता का कार्य नहीं।

श्रीराम की वीरता का प्रतिफल उन्हें एक ऐसे छल से मिला जो हम दोनों भाइयों के लिए जीवन भर का पाठ था। एक ऐसा पाठ जिसे हमने किसी ग्रन्थ में नहीं पढ़ा था। कूटनीति के विषय में हम दोनों भाई राम और लक्ष्मण कच्चे-खिलाड़ी सिद्ध हुए।

मारे गये राक्षस चील-कौओं-गिद्धों-सियारों आदि का आहार बने। हमने स्वयं को गोदावरी में स्नान कर यज्ञादि के द्वारा पवित्र किया। फिर हम उस घटना को कुछ दिन के लिए भूल गये। मन में शंका का कीड़ा रेंगता जिसे हम स्वयं को सामान्य करने के लिए रह-रहकर झटक देते। इस प्रकार कई दिन बीत गये और उसके बाद अन्ततः वह अनहोनी घट ही गयी।

मैं कभी भी रात्रि के समय ऊषाकाल तक प्रभु श्रीराम और माता सीता की चिन्ता में आतुर रहकर सोता नहीं। परन्तु न जाने कैसे आज भोर में मेरी आँख लग गयी। एक स्वप्न देखने लगा। देखता क्या हूँ कि राम ज़ी और जानकी जी गोदावरी नदी के तट पर बैठे हैं बहती जलधारा में पाँव लटकाये। सरिता का जल नित्यप्रति की भाँति शान्त है। वे दोनों परस्पर मगन भाव से कल-कल बहती हुई उस पवित्र सलिला को देख रहे हैं।

अचानक गोदावरी में बाढ़ आ जाती है। नदी का जलस्तर देखते-ही-देखते बढ़ने लगता है और प्रभु श्रीराम और माता सीता की कटि तक पहुँच जाता है। दोनों घबराकर उठते हैं। राम जी सीता जी को सहारा देकर वापस लौटते हैं। राम जी सीता

जी को घसीटकर पंचवटी की हमारी कुटिया की ओर भागते हैं। वे भागते चले आ रहे हैं...भागते चले आ रहे हैं...और नदी में अचानक आयी हुई उस बाढ़ का रूप विकराल होता जा रहा है और बाढ़ जैसे राम जी और सीता जी का पीछा कर रही है।

मुझे दूर से ही वह दृश्य दिखायी दे जाता है। मैं अचानक बहुत घबराकर उनकी ओर बढ़ता हूँ। राम जी वहीं से चिल्लाते हैं दूर से - नहीं नहीं...लक्ष्मण! इधर मत आओ। इस नदी का रूप विकराल हो गया है। लगता है यह बाढ़ जो कि अचानक आयी है सब-कुछ तहस-नहस कर देगी। तुम तुरन्त कुटिया में जाओ और वहाँ रखे अपने और मेरे धनुष-बाण तुरन्त एकत्रित कर दूसरी ओर के पर्वत की ओर चलो। मैं सीता को लेकर आ रहा हूँ।

मैं देखता हूँ और तुरन्त बड़े भइया की आज्ञा का अनुपालन करता हूँ। भागकर अपनी और उनकी पर्णकुटी से जो कुछ बटोर-समेट सकता हूँ उसे कन्धे पर लादता हूँ ...अस्त्र-शस्त्रों को लेता हूँ ...और वास्तव में श्रीराम जिधर इंगित करते हैं उधर भाग चलता हूँ। मैं आगे-आगे भाग रहा हूँ। मेरे पीछे-पीछे प्रभु श्रीराम माता सीता सहित चले आ रहे हैं भागते हुए। पलटकर देखता हूँ सीता जी एक चीख मारती हैं ...यह क्या? श्रीराम से उनका हाथ छूट गया है...उस बढ़ी हुई बाढ़ में एक विकराल नारी मूर्ति जलराशि से ऊपर उभरती है और वह सीता जी को दोनों हाथों से पकड़ लेती है...कहती है लाओ इस बालिका को मुझे दे दो...मुझे इसकी आवश्यकता है ...

श्रीराम कहते हैं - नहीं नहीं। देवी आप कौन हैं? यह क्या कर रही हैं? वह नारीमूर्ति कुछ नहीं सुनती और सीता जी को लिये-लिये उस अपार जलराशि में न जाने कहाँ समा जाती है।

मैं देखता हूँ कि भइया श्रीराम भी उस जलधारा में बहने लगते हैं और असहाय-से सीते! सीते!! पुकारने लगते हैं। देखते-ही-देखते हमारी पर्णकुटियों को वह पूरी जलराशि आस-पास के वृक्षों और प्राकृतिक परिदृश्यों के साथ डुबोकर जलमग्न कर देती है। मैं भागकर एक पर्वत की ऊँचाई पर चढ़ने लगता हूँ...चढ़ने लगता हूँ और हाँफने लगता हूँ। यह क्या? लगता है जैसे चारों ओर प्रलय ही आ गया है।

और इसी के साथ-साथ मेरी आँखें खुल गयीं। मैंने पाया कि मेरा पूरा शरीर स्वेद की धारा में जैसे नहाया हुआ था। मैं उस अवस्था में बुरी तरह काँप रहा था। नेत्र विस्फारित हो चले थे।

मैंने देखा कि - नहीं सब-कुछ तो पूर्ववत् है। श्रीराम जी जानकी जी की कुटिया भी अपने स्थान पर है। मेरी भी छोटी-सी कुटी अपनी जगह सुरक्षित है। सब-कुछ पहले-जैसा है।

भोर की किरणें आकाश में लाली बनकर छा रही हैं। पक्षी चहचहाकर उड़ रहे हैं। सब-कुछ कल-जैसा ही दिख रहा था। ओह!...तो यह स्वप्न था। ऐसा दुःस्वप्न? इतना कष्टकारी और दारुण स्वप्न? मैंने सोचा कि भइया या भाभी को उसे बताऊँ तभी मुझे उर्मिला की बात याद आ गयी कि बुरे स्वप्न को कभी भी किसी अपने से नहीं बताना चाहिए...जाकर किसी वृक्ष से कह देना चाहिए। मैं उठा और जाकर पास के एक शमी वृक्ष से अपने उस स्वप्न का बखान करने लगा। मुझे समझ में नहीं आ रहा था कि मैं क्या कहूँ कैसे कहूँ? जो कुछ भी टूटा-फूटा स्वप्न मुझे स्मरण था उसे बालकों की भाँति मैं शमी वृक्ष से कहने लगा।

तब तक मैंने देखा कि अपनी पर्णकुटी का द्वार खोलकर राम जी और जानकी जी बाहर आये। दोनों ने मुझे शमी वृक्ष के पास खड़ा उससे बोलता-बतियाता देखा। राम जी विहँसकर बोले - "लक्ष्मण! यहाँ क्या कर रहा है? अरे इधर आ वत्स!..."

"जी भइया! -" मैं लौटकर आया।

राम जी बोले - "मैं सीता के साथ गोदावरी तट तक जा रहा हूँ। अभी हम लोग थोड़ी देर में स्नानादि करके वापस आयेंगे।"

"जी भइया! -" मन में आया कि कहूँ - ना भइया! आप उधर न जायें। बहुत संकट है उधर। पर तभी मेरे मन ने मुझसे कहा कि - रे लक्ष्मण! मूर्ख!! यह क्या कहना चाहता है तू। ऐसी बातें कही जाती हैं कहीं?

- मैं वास्तव में प्रत्यक्ष में कुछ न बोला। भइया और भाभी चले गये और वे दोनों एक घड़ी के पश्चात् प्रसन्नवदन वापस भी आ गये। अब मैंने गागर उठायी। नित्य की भाँति कि जाऊँगा और जब जंगल से वापस लौटूँगा तो नहा-धोकर गोदावरी के तट से पेयजल भी भरकर साथ में लेता आऊँगा। मैं उसके पश्चात् विचार करता रहा। चिन्तनरत रहा। और जब गोदावरी तट से जल ग्रहण कर वापस लौटा तो आगे आनेवाले क्षणों के विषय में सोच-सोचकर चिन्तित ही बना रहा।

दोपहर का समय था। मैंने देखा कि भइया और भाभी दोनों अभिन्न रूप से ईश्वर और आत्मा का स्वरूप बने हुए परस्पर आनन्दपूर्वक कुछ वार्त्तालाप कर रहे थे। कुछ हिरणों और अन्य वन्य जीवों की उपस्थिति हमारे उस छोटे-से आश्रम में उसके प्रांगण में बनी हुई थी। एक मृगशावक तो सीता जी के एकदम निकट आ गया। वह उनसे पूर्व से ही इतना हिला-मिला था कि उनके शरीर से सटकर अपना सिर उनकी गोद में देकर खड़ा हो गया।

आज प्रभु श्रीराम की भी शोभा निराली थी। अद्भुत छटा थी उनके मुख पर। ऐसा लगता था जैसे उन्हें किसी अनिष्ट या आशंका का भान भी न हो। पूरे संसार से जैसे निश्चिन्त वह अपनी प्रिया से मधुर सम्भाषण में लीन थे। एक गिलहरी आकर उनके कन्धे पर चढ़कर बैठ गयी मानो उनके कान में कह रही हो कि - प्रभु! कुछ

हम लोगों की ओर भी ध्यान दीजिये। हम बहुत भूखे हैं। प्रातः से माता ने और आपने हमें कुछ दिया नहीं।

इसी सबके बीच पर्याप्त समय बीत गया। मैं भइया और भाभी पर बहुत दूर से उन पर दृष्टि रखे था। एक आँख से कभी उन्हें देखता और दूसरी आँख से आस-पास के अरण्य पर दृष्टिपात करता हुआ आवश्यक चौकसी बरत रहा था।

अचानक देखते-ही-देखते दूर पर कहीं एक धमाका-सा हुआ और सारे हिरण और दूसरे पशु-पक्षी आस-पास से भयभीत हो भाग चले-उड़ चले। थोड़ी देर को माँ सीता भी हिल गयीं और भइया श्रीराम का ध्यान भी दूसरी ओर बँट गया। स्वाभाविक रूप से उनका हाथ अपने पास रखे धनुष पर चला गया। उसे उठाकर उन्होंने कन्धे पर टाँगा और आश्रम के परिसर में कुछ सोचते हुए वह तीव्रता से इधर-उधर टहलने लगे।

माता उठकर कुटिया के भीतर चली गयीं। जब बाहर आयीं तो उनके हाथों में जो कुछ ऋषि-मुनियों के आहार योग्य अन्न के दाने थे उन्हें उन्होंने आस-पास की धरती पर बिखेर दिया ताकि जो जीव-जन्तु अभी-अभी वहाँ से पलायन कर गये थे वे जब वापस लौटें तो उन्हें आहार हेतु कुछ मिल सके।

अचानक कहीं से तब एक बहुत सुन्दर और ऐसा अद्भुत मृग प्रकट हुआ जिसके शरीर पर बड़ी-बड़ी स्वर्णिम चित्तियाँ थीं। यदि उसे स्वर्णमृग कहा जाता तो अन्यथा न होता। भाभी सीता भइया राम से उस मृग को देखते ही कह पड़ीं -

''स्वामी! देखिये वह स्वर्णमृग। मुझे वह चाहिए। अभी और इसी समय।''

भइया ने उन्हें हँसकर समझाया कि - ''देवि! तुम्हारे पास किन आभूषणों की कमी है जो तुम्हें उस निरीह पशु की आवश्यकता है?''

इस पर सीता जी को न जाने क्या हुआ कि वह बालिकाओं की भाँति हठ करने लगीं। वह बारम्बार बच्चियों की भाँति अपने चरण हिलाती कहने लगीं - ''कुछ भी हो जाये। आपको मुझे वह स्वर्णमृग लाकर देना ही होगा। यदि पकड़ लायेंगे तो मैं उसे पाल लूँगी। इस आश्रम में उसे अपना सखा बना लूँगी। और यदि वह आपके हाथों मारा गया तो उसका मृगचर्म आपके आसन के रूप में काम आयेगा। यह मेरी अभिलाषा है।''

भइया ने भाभी से कहा - ''कभी-कभी तुम स्त्रियाँ बस अनावश्यक हठ करती हैं। चलो कोई बात नहीं। अब जब तुम्हारा आदेश है तो मुझे जाना ही होगा।''

और यह कहकर भइया अपना धनुष सँभाले उस पर एक बाण चढ़ाये सामने के अरण्य में जिधर वह स्वर्णमृग लुकता-छिपता दिखायी दे रहा था उस ओर भाग चले।

मुझे आज प्रातः से ही कुछ अच्छा नहीं लग रहा था। हमारे दिन वैसे भी कुछ इन दिनों असामान्य चल रहे थे। पहले वह राक्षसी शूर्पनखा। फिर खर-दूषण आदि।

और अब आज यह स्वर्णमृग। क्या है यह सब? कहीं कोई मायामृग तो नहीं यह? मेरे भीतर से एक आवाज आयी और आगे चलकर वह आवाज सही सिद्ध हुई।

भइया राम को स्वर्णमृग के पीछे गये आधी घड़ी से अधिक हो गया। भाभी माँ सीता इस बीच अधीर होने लगीं। बोलीं - "लक्ष्मण! तुम भी जाओ। देखो तुम्हारे भइया कहाँ रह गये?"

मैंने कहा - "वह आ जायेंगे। आप निश्चिन्त रहें।"

कुछ क्षण और बीते। कहने लगीं - "अब तक नहीं आये। इतनी देर तो नहीं लगनी चाहिए।"

मैंने कहा कि - "हिरण गति में अति चपल होता है। हो सकता है कि दूर निकल गया हो और भइया उसके पीछे अभी भी लगे हों।"

"मैंने नाहक उन्हें जाने दिया। कहीं कुछ हो न जाये उन्हें।"

"यह आप क्या कह रही हैं माते! मेरे भइया को बला-अतिबला इत्यादि अनेक प्रकार की दिव्य शक्तियाँ प्राप्त हैं। उन्हें कुछ नहीं हो सकता।"

"और यदि वन में कुछ वैरी राक्षस मिल गये तो?"

"तो भइया उनसे निपटने में पूर्ण सक्षम हैं।"

"अच्छा ठीक है - ठीक है। मुझे और कुछ नहीं सुनना। लक्ष्मण! तुम तुरन्त जाओ और अपने राम भइया को ढूँढ़कर यहाँ लाओ।"

"किन्तु मैं आपको यहाँ अकेला छोड़कर नहीं जा सकता..." - मुझे जानकी जी से कहना पड़ा - "क्योंकि मुझे भइया की आज्ञा नहीं है। आजकल हमारे दिन अच्छे नहीं चल रहे हैं। आपकी सुरक्षा का मुझे ध्यान रखना है।"

उसी समय सुदूर अरण्य से एक आर्त स्वर आया - "हा लक्ष्मण! कहाँ हो तुम ...मुझे बचाओ।" स्वर राम भइया से मिलता-जुलता था। ऐसा कैसे हो सकता है? अवश्य यह किसी मायावी की चाल है। मेरी छठी इन्द्रिय ने मुझसे कहा।

स्वर एक बार और आया। इस बार कुछ मध्यम - "सीते! भैया लक्ष्मण!!" सीता जी रोने लगीं। बोलीं - "क्या अब भी न जाओगे देवर जी? तुम्हारे बड़े भइया तुम्हें पुकार रहे हैं।"

मैंने उन्हें धैर्य रखने हेतु समझाना चाहा कि - "देव-दनुज-यक्ष-किन्नर-आर्य-अनार्य कोई भी राम भइया का बाल बाँका भी नहीं कर सकता है। आप नाहक शंका कर रही हैं माते!"

इस पर भाभी माँ बिफर गयीं। उन्होंने मुझ पर अनर्गल लाँछन लगाते हुए, मेरी नैतिकता एवं निष्ठा के प्रति ऐसे अपशब्द कहे कि मैं उन्हें किसी से कह नहीं सकता। मुझे तब मर्मान्तक पीड़ा हुई जब सीता माँ ने मुझसे यहाँ तक कह दिया कि - "सौमित्र! यदि तुम अब तत्काल नहीं गये तो मेरा मरा मुख देखोगे।" तो मुझे उनके सम्मुख घुटने टेकने पर बाध्य होना पड़ा। मेरे मुख से बस इतना निकला -

"आपका आदेश भला कभी टाला है मैंने? अपने इस पुत्र पर सन्देह कर आप बहुत अन्याय कर रही हैं। यदि मैंने कभी मन-वचन-कर्म से आपको माता सुमित्रा और भइया श्रीराम को पिताश्री दशरथ से कम या अन्य रूप में सोचा भी हो तो मेरे सारे पुण्य अभी इसी समय नष्ट हो जायें।"

उसके बाद मैंने अपने एक अमोघ बाण की नोक से श्रीराम और सीता माँ की पर्णकुटी के सामने एक अर्द्धवृत्ताकार रेखा धरती पर खींची। गुरु वसिष्ठ द्वारा दीक्षित गायत्रीमन्त्र को सात बार उच्चारित करके। और दोनों हाथ जोड़कर देवी सीता से प्रार्थना की कि - "यह मेरी रक्षा रेखा है। मेरे समस्त पुण्य इस रेखा के ऊपर दाँव पर लगे हैं। मैं जा रहा हूँ भइया की खोज में। जब तक लौटकर न आऊँ कृपया किसी भी परिस्थिति में आप इसे लाँघियेगा नहीं माते!"

यह कहकर मैं अपने धनुष-बाण-तरकश सहित अरण्य में उसी दिशा में भाग चला जिधर मुझसे पूर्व मेरे प्रभु श्रीराम गये थे। अपने स्वामी की आज्ञा के उल्लंघन का यह पहला अवसर था मेरे लिये जो आगे चलकर जीवनपर्यन्त एक अत्यन्त कटु एवं शिक्षाप्रद अध्याय सिद्ध हुआ।

अभी मैं अरण्य में आधे रास्ते ही गया होऊँगा कि मुझे राम भइया कुछ चिन्तित भाव से शीघ्रतापूर्वक वापस आते दिखे। मुझे देखते ही बोले -

"क्या हुआ लक्ष्मण? तुम इस तरह जानकी को अकेला छोड़कर इधर क्यों चले आ रहे हो? सब कुशल तो है?"

"भइया!...वो आपकी पुकार सुनी तो भाभी माँ अत्यन्त विचलित हो गयीं कि आप किसी संकट में घिरे हमें पुकार रहे हैं..."

"अरे वह तो उस मायावी की चाल थी। वह स्वर्णमृग नहीं बल्कि एक मायामृग निकला। जानते हो कौन था वह?"

"कौन भइया!"

"मारीच। वही दुष्ट राक्षस ताड़कापुत्र -मारीच जिसे हमने विश्वामित्र मुनिवर के आश्रम से मार भगाया था। आज वही मेरे हाथों मारा गया। मरते-मरते वही अपने अन्तिम कपट के रूप में तुम लोगों को भी मेरी आवाज में छल रहा था। और सौमित्र! ...तुम यहाँ पर्णकुटी छोड़कर आ गये। यह तुमने अच्छा नहीं किया।...मुझे लगता है कि हमारे साथ कोई बड़ा षड्यन्त्र हुआ है।...मेरा मन भारी आशंका से ग्रस्त है।"

फिर हम दोनों भाई तीव्रता से राम-जानकी की कुटिया की ओर भाग चले। सारे रास्ते भइया उत्तेजित अवस्था में बार-बार यही कहते रहे -

"तुमको यहाँ नहीं आना चाहिए था..."

"सीता को अकेला नहीं छोड़ना था..."

"कहीं कोई राक्षस उसे मारकर खा न ले..."

"कोई अपहरण न कर ले..."

"समझ में नहीं आता कि तुम वैदेही को छोड़कर आये ही क्यों? जब मेरी आज्ञा थी कि उसे किसी भाँति अकेला न छोड़ा जाये फिर ऐसी अवज्ञा क्यों?"

भइया का अन्तिम वचन मुझे किसी तीक्ष्ण बाण की तरह बींध गया। भला मैं और प्रभु श्रीराम की अवज्ञा? न चाहते हुए भी मुझे कहना पड़ा कि - "मैंने सीता माँ को बहुत समझाया परन्तु वह मेरी एक न मानीं। उन्होंने मेरी सदाशयता को कदाशयता समझा। यहाँ तक कि उन्होंने मुझे अपनी माता के सतीत्व पर कुदृष्टि रखनेवाले महापातकी मनुष्य की कोटि में भी जब परिगणित कर दिया तब मैंने वहाँ से चल देना ही हितकर समझा। इसके लिए मैं आपके सम्मुख लज्जित एवं क्षमाप्रार्थी हूँ भइया!"

श्रीराम समझ गये। आगे कुछ न बोले। हम दोनों जब अपने आश्रम परिसर में पहुँचे तो वहाँ का समूचा दृश्य ही कुछ और था?

कुटिया के बाहर एक मृत्तिका पात्र भूमि पर टूटा पड़ा था जिसमें से अन्न, फल, पुष्पादि बिखरे पड़े थे। कुटिया का द्वार खुला था। सीता जी वहाँ कहीं न थीं। न भीतर न बाहर।

"सीते! सीते!! कहाँ हो तुम -" श्रीराम तब व्याकुल होकर तथा चारों ओर घूम-घूमकर अपनी पत्नी को पुकारने लगे।

"लक्ष्मण देखो वही हुआ जिसकी मुझे आशंका थी। लगता है जानकी को कोई राक्षस उठा ले गया। हो सकता है कि अब तक वह उसे कहीं खा गया होगा। - सीते! हा जानकी! हा वैदेही -"

भइया फिर रोते हुए अर्द्धविक्षिप्त-से अरण्य की ओर भागे। मैं भी उनके पीछे-पीछे भागा।

"भाभी माँ! कहाँ हैं आप?" मैंने भी कई बार आवाजें लगायीं। वन का कोना-कोना छान मारा। फिर हम गोदावरी तट पर गये। आस-पास की पर्वत कन्दराओं में जाकर सीता जी को खोजा।

विकल श्रीराम को जब चैन न पड़ा तो वह दुःख की पराकाष्ठा में पेड़-पौधों, पशु-पक्षियों तक से सीता जी का नाम ले-लेकर उनसे पूछने लगे कि कहीं तुमने मेरी प्राणप्रिया को देखा है? वही मृगनयनी सीता जो तुम सबसे अपार स्नेह रखती थी। तुम्हें खिलाती और सेवती थी आज कहीं खो गयी है। उसका कुछ पता-ठिकाना पता हो तो मुझे बताओ। अपार कृपा होगी तुम्हारी।

सब ओर दौड़-फिरकर हम हमारी पर्णकुटी पर वापस आये। तब रो-रोकर बेहाल हुए जाते राम भइया की वह दशा मुझसे देखी नहीं जा रही थी। अपने हृदय पर पत्थर रखकर मैंने उन्हें सान्त्वना देने की हर सम्भव चेष्टा की। कहा कि - "आप धीरज धरिये भइया! हम सीता माँ को प्रत्येक दशा में खोज लेंगे। उन्हें कुछ नहीं होगा।" परन्तु वह किसी भी तरह मानने को तैयार न थे।

बालकों की भाँति जब धरती पर बैठकर विलाप करते मैंने अपने राम भइया को देखा तो मैं भी मुँह फेरकर रो पड़ा। परन्तु जानता था कि उस घोर विपत्ति के समय मैं ही अपने स्वामी का एकमात्र सहारा था। यदि मैं दुर्बल पड़ा तो उनका क्या होगा? इसलिए मैंने अपने चीर से निज मुख पोंछकर फिर भइया को धरती से उठाया। कुटिया से लाकर उन्हें जल पिलाया तब वह कुछ स्थिरचित्त हुए और कहने लगे -

"सौमित्र! तुम नहीं जानते हम दोनों पति-पत्नी के परस्पर सम्बन्धों के बारे में। ...हमारे लिये तो तुम बालक के समान हो। आज तुम्हें बताता हूँ जब से हम इस वनवास यात्रा पर आये हैं भले ही परस्पर पति-पत्नी की भाँति रहते हों दो प्रेमी युगल की भाँति प्रेमालिंगन भी करते हों परन्तु चौदह वर्ष के तापस-जीवन की शपथ के कारण मैंने आज तक कठोर ब्रह्मचर्य का पालन किया है। काम-विकार को कभी अपने पास फटकने नहीं दिया। और तुम्हारी भाभी माँ जानकी?...उस बेचारी ने भी इसमें पूरा साथ दिया मेरा। हाय सीते! कितने दुःख सहे तुमने मेरे लिये...विदेह जनक की लाडली पुत्री...तुम्हें मैं कोई सुख न दे पाया...न अयोध्या में न इस अरण्य में।. ..तुमने दुःख-ही-दुःख सहे मेरे लिये और मैं अभागा तुम्हें कुछ भी न दे सका। धिक्कार है मुझ पर। मेरे क्षत्रियत्व पर कि अन्ततः मैं तुम्हारी इस निर्जन में रक्षा तक न कर सका..."

कभी-कभी सन्ताप की पराकाष्ठा का सबसे सशक्त निदान आँसुओं का बह जाना ही हुआ करता है। भइया फिर रोते-रोते अचेत हो गये। वह लेट गये और मैं उनके सन्निकट बैठकर उनका सिर सहलाता रहा। जब उन्हें कुछ देर बाद चेतना आयी तो "सीते! सीते!! कहाँ हो तुम?" कहते वे सहसा फिर उठकर बैठ गये।

मैंने कहा - "हाँ भइया चलिये...उठिये। हम आगे चलते हैं और सीता माँ को खोजते हैं।"

और फिर हमने पंचवटी को उसी दशा में सदा के लिए छोड़ दिया तथा जनकनन्दिनी सीता जी की खोज में निकल पड़े।

हमने देखा कि हमारे आश्रम से दक्षिण-पश्चिम दिशा की ओर कुछ पगचिह्न बने थे बड़े और छोटे आकार के। छोटे पगचिह्न निःसन्देह भाभी माँ के थे परन्तु विशाल पगचिह्न अवश्य किसी आततायी के रहे होंगे। फिर कुछ दूरी पर हमें एक रथ के पहियों की लीक-सी दिखी। साथ में कुछ अश्वों के पगचिह्न...कहीं हलके कहीं गहरे फिर वह रथ से उभरे चिह्न एकाएक धरती से ओझल हो गये।...यह कैसा रहस्य?

हम दोनों भाई आगे बढ़ते गये। अरे इस जंगल के खुले भूभाग में वह छटपटाता हुआ गिरा पड़ा कौन महाजीवधारी है?

अपने धनुष-बाणों को सँभाले हम सावधानी से आगे बढ़े। पास जाकर देखा। अरे!...यह तो जटायु हैं...गृद्धमानव जटायु...क्षत-विक्षत अवस्था में एक पंख, एक बाँह दूर कटी गिरी हुई। रक्त से रंजित। अन्तिम साँसें भरते हुए -

"राम! लक्ष्मण! आ गये तुम लोग..." जटायु बोले - "क्षमा करना मैं पुत्री सीता को बचा न सका -"

"क्या कहा? -" भइया राम हाहाकार कर उठे।

"अरे नहीं-नहीं राम! वह बात नहीं है।...जीवित है सीता। किन्तु उसे एक मायावी राक्षस आकाश रथ से ले उड़ा है।"

"किधर है? किधर गयी मेरी सीता! गृद्धराज बताइये कृपया।" - राम अधीर हो गये।

"दक्षिण दिशा की ओर गया है वह पापी। मैंने उड़कर उसे रोका। जी भरकर घायल भी किया परन्तु वृद्ध हूँ न...अधिक देर युद्ध न कर सका। वह महाबलशाली राक्षसराज रावण था। रोती-छटपटाती सीता को हर ले जा रहा था वह। बेचारी उस विवश स्थिति में निरन्तर हा राम! हा लक्ष्मण! पुकार रही थी!! मैं जब बचाने आया तो मुझे बताया कि यह दुष्ट रावण संन्यासी के भेस में आया और मुझसे "भिक्षाम् देहि" कहकर भिक्षा माँगी और अब यह पापी मेरा अपहरण करके मुझे लिये जा रहा है। रक्षा कीजिये! रक्षा कीजिये तात जटायु!!...मैं लड़ा राम! बहुत लड़ा प्रिय लक्ष्मण! किन्तु अन्ततः उस दुष्ट रावण ने खंगप्रहार कर मेरा एक पंख काट दिया और और मैं...हे राम! -" जटायु कुछ और कहते कि उनके प्राण पखेरू उड़ गये।

एक सुहृद्-शुभचिन्तक-पितृतुल्य मित्र को इस प्रकार उस निर्मम निर्जन में हमने सदा-सदा के लिए खो दिया। श्रीराम जटायु के मृतशरीर को लिपटाकर तब इस प्रकार रोये मानो अपने पिता दशरथ की पार्थिव देह को ही अंक में भरे हुए हों। क्या पता कि प्रभु राम अपने जीवन के उस अभावमय क्षण की पूर्ति आज इस रूप में कर रहे हों।

हम दोनों भाइयों ने वन से लकड़ियाँ बीनकर स्वर्गीय जटायु के लिए एक चिता बनायी। फिर उस पर उनका यथासम्भव सम्मानजनक दाहसंस्कार किया। उसके बाद गोदावरी सलिला में स्नान कर तर्पण करने के उपरान्त सीता जी की खोज में आगे बढ़े।

अब यह तो निश्चित था कि वैदेही का बलात् अपहरण हुआ था और वह दक्षिण दिशा की ओर ले जायी गयी थीं। अतः हम उसी सूत्र के सहारे दक्षिण दिशा की ओर बढ़ रहे थे जिधर उँगली उठाकर स्वर्गीय जटायु संकेत कर गये थे।

चलते-चलते एक घने वन में हमारा सामना कबन्ध नामक एक भीमकाय दानव से हुआ। उसका स्वरूप विचित्र था। गोल-मटोल विरूप काया। सिर पेट सब एक।

चरणरहित। दो लम्बे-लम्बे अजगर-जैसे विशाल हाथ। हम दोनों भाइयों को अपनी उन सर्पीली भुजाओं से पकड़कर उसने उदरस्थ करना चाहा। इस पर हमने उसकी भुजाएँ काट डालीं। तब वह राक्षस छटपटाता हुआ भूमि पर गिरा। उसने हमारा परिचय जानना चाहा। भइया द्वारा परिचय देने पर बोला कि - ''आज आपके द्वारा मेरा उद्धार हो गया। अब शीघ्र मेरी मृत्यु हो जायेगी। कृपया आप दोनों मेरा दाहसंस्कार कर दीजिये। यही एक और प्रार्थना है। हाँ...यदि मैं आपके किसी काम आ सकूँ तो बताइये मैं स्वयं को धन्य समझूँगा।''

तब श्रीराम ने अपनी पत्नी अपहृत सीता के बारे में बताकर पूछा कि यदि कुछ उसका पता-ठिकाना बता सको तो बताओ। इस पर कबन्ध राक्षस, जिसका अन्तिम क्षणों में अन्तःकरण शुद्ध हो गया था, ने कहा कि - ''राम! मुझे उस विषय में तो कुछ नहीं पता। परन्तु एक सलाह देता हूँ। आप ऋष्यमूक पर्वत पर जाकर सुग्रीव नामक वानर से मिलिये। उससे मैत्री कीजिये। वह भी इस समय कठिनाई में है। मेरी जानकारी के अनुसार इस समय अपने अग्रज वानरराज बाली से तिरस्कृत सुग्रीव अपने चार साथियों के साथ ऋष्यमूक पर्वत पर रहता है। वह सत्यवादी, विनयशील, बुद्धिमान् और कार्यकुशल होने के साथ विश्वसनीय भी है। हो सकता है कि आपकी सहायता पाकर वह आपकी कुछ सहायता कर सके।''

''सुग्रीव कैसे मिलेंगे?'' - श्रीराम ने कबन्ध से पूछा।

कबन्ध ने वहाँ से दक्षिण दिशा में पुनः संकेत किया और कहा कि - ''वह रास्ता ऋष्यमूक पर्वत को जाता है। आगे जाने पर आपको एक अत्यन्त रमणीक स्थल पम्पा सरोवर के नाम से मिलेगा। पम्पा सरोवर के पश्चिमी तट पर स्वर्गीय मतंग ऋषि का आश्रम है। वहाँ एक भीलनी शबरी रहती है। वह ऋषि आश्रम की एक सेविका एवं वयोवृद्ध स्त्री है। ईश्वर की परम भक्त है। शबरी से ज्ञात करियेगा सुग्रीव के विषय में।'' कहकर कबन्ध ने अन्तिम साँस ली। इसके बाद हम कबन्ध राक्षस का अन्तिम संस्कार कर पुनः आगे बढ़े।

इस प्रकार जटायु और कबन्ध के इन संसर्गों और उनके कष्टमय अन्त को देखकर भइया अपने कष्ट और उसके आघात से अब धीरे-धीरे उबरने लगे थे। हमारा अगला पड़ाव मतंग ऋषि आश्रम अर्थात् भीलनी शबरी का अवस्थान होना था। अतः उसके विषय में सोच-विचार करते हम दोनों भाई अपने-अपने हृदयों को समेटे किसी तरह उस अरण्यमार्ग पर आगे बढ़े जा रहे थे।

पम्पा सरोवर पहुँचते-पहुँचते श्रीराम अपने-आपमें फिर से डूबते चले गये। ''भइया! शीघ्रता कीजिये... हमें मतंग ऋषि आश्रम पहुँचना है। दिन ढलने से

पहले।" किन्तु लगता कि भइया जैसे कुछ सुन ही न रहे हों। मेरे पीछे-पीछे भारी चाल से चलते हुए जैसे किसी भाँति स्वयं को घसीटते चले आ रहे थे वह।

कभी-कभी तो मैं मुड़कर देखता कि वह आ भी रहे हैं या नहीं? तो पाता कि बहुत पीछे छोड़ आया हूँ उन्हें। वह उधर ही खड़े हैं जड़ बने हुए। दूर कहीं किसी दिशा में निहारते।

मैं उन तक वापस भागकर जाता। उनके हाथ पकड़कर अपनी ओर आगे घसीटता। लड़खड़ाकर श्रीराम आगे बढ़ते। शून्य में उसी तरह ताकते हुए। मेरे मन में रह-रहकर हूक उठती। यह क्या हाल बना लिया है प्रभु ने अपना? मेरे प्रभु सँभालिये अपने-आपको। मन-ही-मन उनसे कहता। परन्तु प्रत्यक्षतः कुछ न कहता। खुलकर कुछ कहने से श्रीराम और गहरे अवसाद से घिर जाते हैं। यह मैं धीरे-धीरे अनुभव करने लगा था। कभी-कभी तो जो समझाओ उसका उलटा ही सोचते थे।

मैं भइया को हाथ पकड़कर अपने साथ बार-बार आगे को खींचता - बस इतना कहते हुए - "आइये भइया! देर हो रही है...पम्पा सरोवर आनेवाला है। वहाँ शबरी जी से भेंट करनी है हमें।" भइया रघुनन्दन को मैं उस दिन तो इस तरह से अपने साथ लेकर चल पा रहा था जैसे कभी किसी अड़ियल गऊ को रस्सी बाँधकर घसीटना पड़ता है। वास्तव में मेरे सिंह समान भइया की इस समय यह कैसी एक निर्बल गऊ-जैसी अवस्था हो गयी थी?

कौशल के महान् साम्राज्य के सच्चे उत्तराधिकारी! भावी सम्राट्! जन-जन के हृदय आधार! करुणा के सागर! धैर्य और धर्म की प्रतिमूर्ति श्रीराम! मेरे प्राणप्रिय भइया! मेरे स्वामी! मेरे आश्रयदाता! आज कितने असहाय, अशक्त, दिग्भ्रमित और ठगे-से इस तरह पराश्रित-से मेरे पीछे-पीछे घिसटते चले आते थे। क्या बताऊँ आपसे? किस तरह मैं भइया श्रीराम को लेकर पम्पा सरोवर तक पहुँचा यह मैं ही जानता हूँ।

सचमुच उस स्थल का प्राकृतिक सौन्दर्य अतुलनीय था। पम्पा सरोवर-जैसा दूसरा रमणीक स्थल मैंने अन्यत्र आज तक नहीं देखा था। अपार निर्मल जलराशि। चहुँओर खिले हुए सहस्र दल-कमल। वास्तव में सरोवर के निर्मल जल में सर्वत्र विकसित-विलसित गुलाबी रंग के कमल अपने चौड़े-चिकने हरित पात-पल्लवों के साथ इस प्रकार शोभायमान थे जिस प्रकार शारदीय स्वच्छाकाश में टिमटिमाते हुए असंख्य तारागण। तैरते हुए असंख्य हंस, सारस, क्रौंचादि नाना प्रकार के मनोहर पक्षी। सरोवर को चारों ओर से घेरे हुए हरे-हरे अनेक वृक्ष नाना प्रकार के रंग-बिरंगे पुष्पों से आच्छादित। उनके पीछे पम्पा सरोवर की सुषमा को आकाश की ऊँचाइयाँ देती एक नयनाभिराम पर्वतशृंखला।

मैंने जिधर भी दृष्टि दौड़ायी शान्ति और नीरवता ही उस हरे-भरे वातावरण में दिखायी दी। कहीं किसी मनुष्य का आवागमन नहीं। दूर सरोवर के उस पार हाथियों

और हथिनियों का एक विशाल समूह अपने सूप-जैसे कानों को हिलाता विहार करता दिखा।

परन्तु इधर भइया थे कि इन सबके मध्य होते हुए भी जैसे सबसे विलग थे। सब-कुछ व्यर्थ था उनके लिए अपनी प्रिया के बिना। निःसार। निर्जीव।

मैं जान-बूझकर देर तक पम्पा सरोवर के इस छोर पर उन्हें लिये बैठा रहा। भइया पैर फैलाये सूनी-सूनी आँखों से सब-कुछ निहारते रहे। कुछ भी न देखने के भाव से। जब देर तक वह न हिले तो मैंने सरोवर में घुसकर कुछ देर स्नान किया। इस प्रकार भइया की ओर हँसकर-तैरकर देखा कि वह कुछ मेरी ओर आकर्षित हों। परन्तु राम भइया की जड़ता नहीं गयी तो नहीं गयी।

कुछ देर में सरोवर से निकलकर मैंने पहला कार्य यह किया कि अपने हाथों में दो-तीन बार ले जाकर भइया का मुख धुलवाया। फिर अपना तूणीर खाली कर उसमें जल भरकर उस जल से भइया के हाथ-पाँव धोये। कन्धे से उतारी हुई पोटली में से एक धुला चीर निकालकर उससे राम भइया का शिशुओं की भाँति मुख पोंछा। ऐसा करते हुए मेरे नेत्र सजल हो आये। किन्तु इसकी जानकारी मैंने भइया को न होने दी। वैसे भी जब उन्हें उन क्षणों में स्वयं अपना ही भान न था तो वह मेरी आँखों की तरलता कैसे भाँप सकते थे?

और फिर हम पम्पा सरोवर के किनारे-किनारे चलते अन्ततः स्वर्गीय मतंग ऋषि के आश्रम पहुँचे जो अब एक भीलनी शबरी का अध्यात्म जगत् था। जब हमने उस आश्रम में प्रवेश किया तो चहुँओर परम शान्ति थी। कहीं कोई गतिविधि नहीं। किन्तु कोने में एक छोटी-सी कुटिया का द्वार खुला हुआ था जिसमें से अगरु-चन्दन की सुगन्ध बाहर आ रही थी।

"कोई है यहाँ? -" मैंने बाहर से पुकारा।

"कौन है भाई..." भीतर से एक महिला स्वर बाहर आया।

"हम हैं अयोध्या से आये दशरथनन्दन लक्ष्मण और श्रीराम।"

- इस बार मुझे ही परिचय देना पड़ा। वह कार्य जो अब तक हर स्थान पर भइया श्रीराम करते आये थे।

"दशरथ के लाडले पुत्र राम और उनके भइया लक्ष्मण?..." - कहती हुई एक वृद्धा और श्यामवर्णा-संन्यासिनी गिरती-पड़ती बाहर आयीं। लगा कि जैसे युगों से उन्हें हमारी प्रतीक्षा थी। बोलीं -

"धन्यभाग्य जो आप दोनों मुझ निर्धन भीलनी के द्वार पधारे। आज मेरे परम पूज्य महामुनि मतंग जी की वाणी सत्य हुई...ठहरिये। ठहरिये राम जी! और भइया लक्ष्मण!! मैं अभी आयी।"

वह भागकर अपनी कुटिया में गयीं और एक हाथ की बुनी बड़ी चटाई लायीं हमारे लिये। उसे एक स्वच्छ स्थान पर बिछाकर बोलीं - "मेरा नाम शबरी है। बैठिये बिराजिये। अभी आती हूँ मैं।"

और वह पुनः भीतर चली गयीं। इस बीच भइया के कन्धों से उनके धनुष और तूणीर को अलग किया मैंने। श्रीराम प्रभु बैठ गये। मैं भी अपने धनुष, तूणीर और अन्य बोझ से मुक्त होकर भइया के बराबर में बैठ गया।

आश्रमवासी शबरी मेरे देखते-ही-देखते बाहर आयीं। उन्होंने एक मिट्टी के पात्र में कुछ पुष्प और दूसरे मिट्टी के पात्र में कुछ फल थाम रखे थे।

शबरी ने सर्वप्रथम राम भइया के सिर पर पुष्पों की वर्षा की। तत्पश्चात् मुझ पर भी कुछ पुष्प बिखेरकर देवताओं की भाँति हमारा स्वागत किया। फिर कहा -

"कहिये श्रीराम! आप इतने चुपचाप क्यों हैं?...यह शबरी आपके लिए क्या कर सकती है कौशल्यानन्दन?"

श्रीराम अब जैसे सोते-से जगे। बोले - "लक्ष्मण! प्रणाम करो माता को..."

और बिना मेरी प्रतिक्रिया के शबरी के चरणों में उन्होंने साष्टांग दण्डवत् किया। यह देखकर शबरी जी को विद्युत् स्पर्श-जैसा अनुभव हुआ और वह छटपटाकर खड़ी हो गयीं।

"नहीं-नहीं क्यों पाप लगाते हैं मुझे? आप तो निराश्रितों के नाथ हैं राम!...कहाँ मैं निम्न जाति की एक साधारण-सी स्त्री...और कहाँ आप एक राजकुल के महापुरुष। शबरी आपके इस सम्मान के योग्य नहीं।" कहकर वह राम भइया को दण्डवत् करने लगीं।

"नहीं माता!...आज बहुत दिनों बाद आप अपने इस पुत्र से मिली हैं...आप यह क्या करती हैं। उठिये। आप नहीं जानतीं कि अपने इस अभागे राम के लिए आप क्या हैं धरती के इस अपरिचित छोर पर? कितने ही वर्ष बीत गये आपको देखे माते! अन्तिम बार कब देखा था आपको? स्मरण नहीं...मुझे छोड़ न जाने कहाँ चली गयी थीं आप...तो फिर आज अयोध्या से यहाँ इस निर्जन आश्रम में कैसे आ गयीं? और यह कैसा रूप बनाया है माँ आपने?...अपने पुत्र की वेदना में घुलकर आप ऐसी कैसी हो गयी हैं..." - कहकर मेरे राम जी रो पड़े - "माता...मेरी अच्छी माता...बहुत दिनों बाद मिलीं आप इस पुत्र को।" वह आगे बढ़कर शबरी जी के गले से लिपट गये।

मुझे कुछ-कुछ समझ में आ रहा था और कुछ-कुछ नहीं भी। भइया का व्यवहार कब क्या हो जाय? मैं कुछ कह नहीं सकता था। माता शबरी अनुभवी थीं। वह राम जी की मनोदशा को कुछ-कुछ समझ गयीं।

उन्होंने घुटनों के बल बैठे-बैठे ही भइया के अश्रु अपने दोनों हाथों से पोंछे - "ना ना पुत्र रोते नहीं...आप तो शूरवीर और अनाथों के नाथ हैं...परम ज्ञानी हैं। शान्त ....शान्त हो जाइये...अच्छा देखिये मैं आपके लिए कितने-कितने मीठे फल लायी हूँ। अपने हाथों से खिला दूँ?"

- और यह क्या? मैंने देखा कि संन्यासिनी शबरी की ममता राम जी के लिए तब कौशल्या माँ की भाँति छलक उठी थी। कदाचित् राम जी भी घोर हताशा में डूबे जीवनाभावों के उस दौर में शबरी में माता कौशल्या के ही दर्शन कर रहे थे।

शबरी चुन-चुनकर बेर और दूसरे मधुर फल राम जी को खिलाने लगीं। राम जी बड़ी ललक के साथ उनके हाथों से वैसे ही खाने लगे जैसे कभी हमारी राजमहिषी माताओं के हाथों से बालपन में खाया करते थे।

एक-दो बार ऐसा भी हुआ कि उस प्रेम-भोग के समय कोई बेर शबरी जी ने भी चखा। वह खट्टा निकला तो उसे उन्होंने चखकर उसी पात्र में रख दिया और एक अन्य बेर को मीठा पाकर प्रभु श्रीराम को खिला दिया। भइया ने बड़े चाव से वह जूठा बेर भी खाया। राम जी ने मुझसे कहा - "लक्ष्मण! तुम भी खाओ। माता के यह फल अत्यन्त मीठे और स्वादिष्ट हैं...वास्तव में।"

मैंने कहा - "ना भइया!...आप ही खायें। मुझे भूख नहीं है।"

मैं इतना तो अब जान ही गया था कि मेरे उदार हृदय बड़े भइया का हृदय वास्तव में कितना सरल है। यही अन्तर है उनमें और मुझमें। माता शबरी में उन्हें माता कौशल्या की रूपछवि दिखी किन्तु मैं अपनी ममतामयी सुमित्रा माँ को उनमें नहीं खोज पाया। वास्तव में श्रीराम इसीलिए अद्वितीय हैं। उनके-जैसा महामानव इस पूरी सृष्टि में दूसरा कोई हो ही नहीं सकता।

"माता! हम अब आज्ञा चाहेंगे। आपसे मिलकर हमारा यहाँ तक आना सार्थक हुआ" - मैंने कहा।

"हाँ माँ शबरी!...अब मैं पहले से बहुत स्वस्थ चित्त हूँ। आपने आज पूरे तेरह वर्ष के पश्चात् मेरे वनवास में मेरे लिये माता कौशल्या के अभाव की पूर्ति की है। मैं धन्य हुआ आपके दर्शन पाकर -" श्रीराम ने कहा। मैं भइया को आश्चर्य से देखने लगा। फिर मैंने सन्तोष की एक गहरी साँस ली।

भइया अब पूर्ण चैतन्य अवस्था में आ चुके थे। इससे हमारी आगे की पदयात्रा और सहज हो जानेवाली थी।

"माता! हमें वानरश्रेष्ठ सुग्रीव से भेंट करनी है...कृपया हमें बताइये वह कहाँ मिलेंगे?" अबकी बार राम भइया ने ही पूछा।

इस पर शबरी जी ने एक पहाड़ी की ओर संकेत कर बताया कि - "हरी-भरी उन सुदूर पहाड़ियों के बीच उस छोटी पहाड़ी को देखिये जिस पर वनस्पति और वृक्षादि कुछ कम दिखते हैं और प्रस्तर की खड़ी चट्टानें अधिक दिख रही हैं...वह ऋष्यमूक पर्वत है हमारे परमसिद्ध गुरुदेव मतंग जी का पुराना तपकेन्द्र। आजकल सुग्रीव का वही शरणस्थल है। आस-पास फैला हुआ यह पर्वतों और जंगलों का जो विस्तृत क्षेत्र आप देख रहे हैं इसे किष्किन्धा प्रक्षेत्र कहते हैं।"

उन्होंने हमें बताया कि अपने गुरु महर्षि मतंग के आदेश पर, जो कुछ ही वर्षों पूर्व ब्रह्मलोक को सिधार चुके हैं, शबरी जी हम राम और लक्ष्मण की ही प्रतीक्षा कर रही थीं। त्रिकालदर्शी ऋषिवर मतंग ने उनसे कहा था कि ऋषि-मुनियों के हित में धरती से राक्षसों का भार कम करने का दायित्व विधाता ने हम दो क्षत्रिय भ्राताओं के लिए ही चुन रखा था। अतः हमारे आगमन और सेवा के उपरान्त ही शबरी को यह मृत्युलोक छोड़ना था।

गुरु एवं ईश्वर के श्रीचरणों में अनन्य भक्ति रखनेवाली शबरी जी ने हमारे आश्रम छोड़ने से पूर्व ही उस आश्रम में हमारे सम्मुख स्वयं को योगाग्नि से भस्म कर परमधाम को प्रस्थान किया।

वास्तव में शबरी कोई साधारण स्त्री न थीं। वह परमज्ञानी थीं। जाने से पूर्व माता शबरी श्रीराम की ओर अपलक देखती रहीं ओर यह कहती रहीं - "श्रीराम! आपकी जितनी प्रशंसा गुरुमुख से और ऋषि-मुनियों के मुख से मैंने सुनी थी उससे कहीं अधिक बढ़कर आपको पाया। आप एक आदर्श पुत्र, आदर्श पति, आदर्श भ्राता और आदर्श मानव हैं। मुझे विदित है कि इस समय आप अपनी प्रिय पत्नी सीता के वियोग में हैं परन्तु आपने मुझे अपनी माता का स्थान देकर न केवल विश्व का सर्वोच्च स्थान प्रदान किया बल्कि अपनी इस माता को पूर्ण सम्मान भी देते हुए उसके द्वारा जो भी रूखा-सूखा और जैसा भी मिला प्रेमपूर्वक खाकर एक पुत्र की मर्यादा का कितनी सहजता से निर्वाह किया।...

"आपने मेरे मन की अवस्था और मेरे शरीर की गति तथा मेरे स्त्री होने का भी ध्यान रखा। मुझसे सुग्रीव का पता तो पूछा परन्तु और कुछ नहीं कहा। यदि आप चाहते तो अपनी पत्नी जनकनन्दिनी सीता के रावण द्वारा अपहरण की करुण कथा तथा अपने हृदय की व्यथा का उल्लेख भी कर सकते थे। परन्तु आपने ऐसा जान-बूझकर नहीं किया। यह सोचकर कि बेचारी शबरी को दुःख होगा। जिसे माता कहा उसे क्षण भर को भी दुःख क्यों दूँ?...

"वास्तव में धन्य हैं देवी कौशल्या जिन्होंने आप-जैसे लालों के लाल को जन्म दिया। और धन्य हैं आपके पिता स्वर्गीय दशरथ जिनके हृदय में आपने उनके अन्तिम क्षण तक निवास किया और जिनका आशीर्वाद आज भी मैं देख सकती हूँ आपकी अनेक उपलब्धियों पर स्वर्ग से अदृश्य पुष्पवर्षा कर रहा है।...

"इसलिए हे प्रिय राम! आप शोक त्यागकर स्वयं को सँभालिये। आपको अभी इस धराधाम पर बहुत-कुछ सँभालना है। पीड़ित मानवता की राक्षसी मनोवृत्तियों से रक्षा करनी है। ऋषि-मुनि-साधु-सन्तों को आतंकवादी अधर्मी राक्षसों के अत्याचारों से मुक्त करना है। यह कार्य आप और केवल आप कर सकते हैं और इस कार्य में ओजस्वी लखनलाल आपके प्रधान सहायक होंगे। आप अब जहाँ-जहाँ जायेंगे

सफलता आपके चरणों का स्पर्श करेगी यह इस अकिंचन शबरी का भी आशीर्वाद है।...

"लोक के मन को स्पर्श करनेवाले रघुकुल तिलक राम! आपकी भावनाओं की अभिव्यक्ति आपके विशाल हृदय तथा उदार स्वरूप को दर्शाती है। आपके स्वरूप के अनुसार ही आपका नाम सत्य है। आपकी जय हो। यह शबरी आपको प्रणाम करती है और अब जाती है उस परमधाम को जिस पर मेरे पूज्य गुरुदेव ऋषि मतंग गये, अनेक ऋषि-मुनि ध्यानी जन गये। जहाँ जाकर इस भवसागर से सदा-सदा के लिए मुक्ति मिल जाती है।..."

●

8

क्या तुमने माँ को देखा है

देवी सीता की खोज में हम दोनों भाई वन-वन भटक रहे थे। आगे-आगे भग्न हृदय श्रीराम चले जा रहे थे। पीछे-पीछे उनका यह शोकसन्तप्त अनुज लक्ष्मण। हम ऐसे पथिक थे जिनकी समस्त श्री-सम्पदा लुट चुकी थी। जितना अवसाद भइया के मन में रहा होगा उससे कहीं अधिक अपराध-बोध मेरे मन में था। परन्तु व्यक्तिगत क्षति भइया को हुई थी और नैतिक क्षति मेरी। इसलिए भइया का दुःख मेरे सन्ताप से कहीं बड़ा था। मैं जानता था कि विपत्ति की उन असम्भव-सी घड़ियों में भइया को सँभालना मेरा ही दायित्व था। एकमात्र दायित्व।

मध्य दिवस का समय था। हम चलते-चलते ऋष्यमूक पर्वत के निकट पहुँच गये। यह पर्वत, आस-पास के अन्य पर्वत, पम्पा सरोवर आदि किष्किन्धा प्रदेश कहलाता था। सघन अरण्य से घिरा यह पर्वताञ्चल वानर नामक जनजाति का रम्य स्थल था। पहले भी कई ऋषि-मुनियों ने हमें बताया था कि अनार्यों में वानर एक शान्तिप्रिय और अपने काम-से-काम रखनेवाली जनजाति है। यह वनवासी स्त्री-पुरुष स्वयं में मस्त रहते और स्वयं को अपने क्षेत्र में ही सीमित रखते आये हैं। अर्थात् वे किष्किन्धा प्रदेश छोड़कर शायद ही कहीं आते-जाते हों। परन्तु वह बड़े बलिष्ठ, कामी, क्रीड़ाप्रेमी, उद्यमी और साहसी जीव हैं। उनकी जिजीविषा और जीवट दोनों अद्भुत हैं।

ऋषि-मुनियों ने यह भी बताया था कि वानर अपराजेय हैं। एक-दो बार कुछ आक्रान्ता राजाओं ने किष्किन्धा पर आधिपत्य जमाने हेतु आक्रमण किया। परन्तु वानरों द्वारा मुँह तोड़ उत्तर देने पर उन्हें प्राण बचाकर सेना सहित भागना पड़ा। वर्तमान में किष्किन्धा का शासक है बाली। बाली अपने नाम के अनुरूप अत्यन्त बलवान् तथा अहंकारी है। उसे राक्षसराज रावण ने एक बार ललकारा था और मल्लयुद्ध में मुँह की खायी थी। तब से दोनों के मध्य युद्ध-विराम सन्धि हो गयी थी। इसी से वह राक्षसों के प्रति तटस्थ है। परन्तु बाली का भाई सुग्रीव विपरीत स्वभाववाला है।

इस प्रकार हम आशा की एक क्षीण किरण के सहारे किष्किन्धा नगरी की ओर बढ़ रहे थे। सर्वप्रथम हमारे मार्ग में ऋष्यमूक पर्वत पड़ा। राम भइया एक छायादार वृक्ष के निकट बैठकर विश्राम करने लगे। मैं उनके निकट खड़ा होकर आस-पास के रमणीक दृश्यों का अवलोकन करने लगा। मैंने देखा कि सामने के उस पर्वत के एक भाग से एक दुग्धधवल-सा जलप्रपात झर रहा था। उस प्रपात ने उस निर्जन वन की शोभा को और भी बढ़ा दिया था।

तभी हमें कुछ दूर से एक गेरुआ वस्त्रधारी व्यक्ति आता दिखा। उस व्यक्ति ने निकट आकर हमें प्रणाम किया। भइया ने भी नवागन्तुक को खड़े होकर सादर प्रणाम किया। मैंने देखा कि वह कोई मध्य आयु का लम्बे कद का तपस्वी था। काले बाल पीछे सीधे कढ़े हुए। मस्तक पर वैष्णव तिलक। कण्ठ में रुद्राक्ष माला। काँधे पर जनेऊ। बलिष्ठ देह। कठोर मुख किन्तु आत्मीयतायुक्त नेत्र।

कुल मिलाकर उस आगन्तुक का व्यक्तित्व ऐसा था कि मैंने उसकी ओर एक अज्ञात-सा आकर्षण अनुभव किया। हाथ जोड़कर उस तपस्वी ने श्रीराम से कहा - "मेरा नाम हनुमान है...और आप महानुभाव?"

भइया ने अपना परिचय शान्त स्वर में दिया- "मैं कौशलनरेश दशरथ का पुत्र राम -" फिर मेरी ओर संकेत कर बोले - "यह मेरा अनुज लक्ष्मण...हम दोनों अपने पिता के वचन का पालन करने इधर वन में आये हैं...हमारे वनवास की तेरह वर्ष की अवधि बीत चली थी कि एक राक्षस ने..."

भइया यह कहते हुए शोकमग्न होकर चुप हो गये। भाभी माँ की विवश छवि उनके स्मृति-पटल के कल्पनालोक में बरबस नाच गयी होगी। अतः आगे उनसे कुछ कहते न बना। वह खोये-खोये-से शून्य में देखने लगे।

"आइये हनुमान!...हम उधर उस प्रपात की दिशा में कुछ दूर चलते हैं। आप मुझे इस क्षेत्र के विषय में कृपया कुछ बतायें।" - यह कहकर उन तपस्वी हनुमान को राम भइया से कुछ देर के लिए मैं दूर ले गया। ऐसे अवसरों पर श्रीराम को इन दिनों अकेला छोड़ देना ही उचित होता था। इतना मैं जान चुका था।

हम दो अपरिचित-मूर्ति एक शिलाखण्ड पर जा बैठे। अभी मैं सोच ही रहा था कि हनुमान से क्या बात करूँ कि हनुमान स्वयं मुखर हो गये। मेरे आश्चर्य का ठिकाना तब न रहा जब उन्होंने हमसे अयोध्या के विषय में बात की और कहा कि वह पूर्व से हमारा परिचय जानते हैं। कहा कि -

"प्रिय लक्ष्मण! आप दोनों भ्राताओं के विषय में मैंने अपने गुरुदेव महर्षि अगस्त्य से बहुत-कुछ सुन रखा है। परन्तु मैं आपका परिचय आप लोगों के श्रीमुख से ही सुनना चाहता था।"

"वह क्यों?" मैंने पूछा।

"तो सुनिये...सामने वह ऋष्यमूक पर्वत देख रहे हैं न आप? जहाँ वह मनोहर प्रपात उसके शीर्ष से गिर रहा है?"

"हाँ।"

"वही मेरे परम मित्र सुग्रीव का वर्तमान निवास एवं शरणस्थल है।...सुग्रीव किष्किन्धा नरेश बाली का छोटा भाई। बालपन से सुग्रीव और मैं दोनों अभिन्न मित्र हैं।"

"परन्तु बाली तो सुना है कि...वानर है? और आप विप्र।"

"कुमार लक्ष्मण!" हनुमान ने इस पर मुस्कुराकर कहा कि -

"मैं भी वानर ही हूँ...वह तो सुग्रीव के संकट को ध्यान में रखकर हमें यहाँ हरदम सतर्क रहना पड़ता है। इसीलिए क्षमा कीजिये इस विप्र वेश में यहाँ आकर मुझे आपकी परीक्षा लेनी पड़ी।...वस्तुतः सुग्रीव को लगा कि कहीं आप उस दुष्ट बाली के भेजे कोई गुप्तचर तो नहीं? इसलिए उन्हीं के आग्रह पर मैं यह भेस बदलकर आप और श्रीराम तक आया हूँ।"

"ओह!...तो अब शंका मिट गयी आपकी - हनुमान?" -

मैंने विहँसकर कहा।

"जी लक्ष्मण जी! आप सुमित्रानन्दन हैं और आपके अग्रज कौशल्यानन्दन।"

"अरे! आप तो बहुत-कुछ जानते हैं?..." मेरे मुख से निकला।

"जी थोड़ा-बहुत।" - दोनों हाथ जोड़कर विनम्रतापूर्वक कुछ लजाते-से हनुमान जी बोले।

"तो फिर आप यह भी जानते होंगे कि हमारी एक माता और हैं?"

"जी सौमित्र!...कैकेयी नाम है उनका। आपकी सबसे छोटी माता। जिनके कारण आप लोगों को यह वनवास मिला।"

अब मेरे कहने को कुछ नहीं था। मात्र हनुमान से ही सुनने को सब-कुछ था। हनुमान कहने लगे -

"महर्षि अगस्त्य मेरे परम पूज्य गुरु हैं। यह मेरा सबसे बड़ा सौभाग्य है कि मैंने उनसे ही वेदों तथा अन्य शास्त्रों की विद्या प्राप्त की। शस्त्र विद्या और बहुत-कुछ अकथनीय ज्ञान गुरुदेव से प्राप्त किया।...

"मुनिवर अगस्त्य ने ही हमें आपके विषय में बताया था। कौशल राज्य सहित सम्पूर्ण आर्यावर्त्त के विषय में सुविज्ञ कराया था। इस दण्डकारण्य के चप्पे-चप्पे की जानकारी महर्षि को है। यहाँ विभिन्न वनाञ्चलों में निवास करनेवाली अनार्य जातियों को वर्षों से सुसभ्य करते और उनमें एकता की भावना का संचार करते हुए आये हैं गुरुवर।... गुरुवर अगस्त्य का सूचनातन्त्र अत्यन्त विकसित है। वह अपने सुप्रशिक्षित सूचना वाहक शिष्यों एवं व्यक्तियों के माध्यम से ऋषि विश्वामित्र, गौतम,

भरद्वाज, अत्रि, वाल्मीकि, मार्कण्डेय, कश्यप, कात्यायन, जाबालि आदि से लेकर कौशल राज्य के कुलगुरु महर्षि वसिष्ठ तथा दूसरे राज्यों के अन्यान्य कुलगुरुओं के निरन्तर सम्पर्क में बने रहते हैं।..."

हमें पता ही नहीं चला कि भइया श्रीराम न जाने कब स्वस्थचित्त होकर हमारे पीछे आकर खड़े हो गये थे।

"मैं न कहता था लक्ष्मण! इन ऋषि-मुनियों की कोई बड़ी योजना है..." अचानक श्रीराम की वाणी सुनकर हम दोनों चौंक पड़े।

"जी भइया!... आ गये आप? -" कहकर मैं खड़ा हो गया। हनुमान भी झट से खड़े हो गये। बोले -

"आइये प्रभु!...यहाँ विराजिये।"

श्रीराम अपना लम्बा धनुष सँभालते हुए उसी शिलाखण्ड पर बैठ गये। उन्होंने अपना तरकश उतारकर कुछ देर को उसी शिलाखण्ड पर अपने बराबर में रख लिया। वह सामने गिरते निर्झर की सुषमा को अनिमेष निहारने लगे। उधर वह प्राकृतिक सौन्दर्य। उस पर इधर से टिके हुए दो कमलनयन। हनुमान मेरे साथ श्रीराम की अद्भुत मुखछवि का रसपान करने लगे। मेरे भइया थे ही ऐसे कि कोई भी उनके श्याम सुन्दर मुख की भव्यता पर मुग्ध हो जाये। श्रीराम बोले -

"हाँ आगे कहो हनुमान! पूज्य महर्षि अगस्त्य के विषय में क्या कह रहे थे? ...मैं भी जानना चाहता हूँ।"

हनुमान जी राम जी के चरणों के निकट दूब घास की प्राकृतिक बिछावन पर बैठ गये। मैं भी वज्रासन में उनके निकट अपना धनुष धरती पर रखकर बैठ गया। किन्तु मेरा बाणों से बोझिल तरकश मेरे काँधे पर ही टिका रहा।

श्रीराम के आग्रह पर हनुमान बताने लगे कि -

"आज से लगभग दो सौ वर्ष पूर्व महर्षि अगस्त्य उत्तर में स्थित आर्यावर्त्त को त्यागकर अनार्यों के इस दक्षिण में स्थित अभयारण्य में आये थे। उन्होंने राक्षसों के प्रकोप से पहले तो आर्यावर्त्त के तपस्वी क्षेत्रों को बचाना चाहा। आर्यावर्त्त, जहाँ तथाकथित देव-संस्कृति का गुणगान करनेवाली शक्तिशाली आर्य सभ्यता का विस्तार था। परन्तु आर्य जन अपने ही वैभव की चमक-दमक में इतने मग्न थे कि उन्हें ऋषि-मुनियों के संन्यास-स्थलों की शान्ति-शुचिता एवं गरिमा को बनाये रखने का अवकाश ही नहीं था।

"वन, उपवन और गहन अरण्यों में अनार्यों की विभिन्न जनजातियाँ अत्यन्त दरिद्रतापूर्ण और असभ्यता का जीवन जीती आयी थीं। सहस्रों वर्ष पूर्व उनके पूर्वज, जो भरतखण्ड के मूल निवासी थे, उत्तर से दक्षिण की ओर देव-संस्कृति के उपासक आर्यों द्वारा खदेड़े गये थे, जो कि दीन-हीन अवस्था में जंगली जीवन जीने के लिए अभिशप्त थे। महर्षि अगस्त्य ने जब भोग-विलासी आर्यों की उपेक्षा के कारण ऋषि

समाज को उपेक्षित और राक्षसों से असुरक्षित पाया तो वह आर्यावर्त्त को त्यागकर भरतखण्ड के दक्षिण भाग में प्रस्थान कर गये।

"तब उन्होंने अनार्यों के मध्य स्वयं को अधिक सहज अनुभूत किया। यज्ञ-पूजन-चिन्तन-मनन और तप के लिए उन्हें समूचा दक्षिणाञ्चल अधिक प्रीतिकर एवं उपयुक्त प्रतीत हुआ।...अब जब इतना बड़ा तपस्वी कहीं जायेगा तो उसके तप-ज्ञान का प्रसाद उस परिक्षेत्र के निवासियों को सौभाग्यवश मिलेगा ही।...वही हुआ। रक्ष-संस्कृति से सताये ऋषि-मुनियों को जब अनार्यों ने उनके आग्रह पर मित्रता का हाथ बढ़ाकर अपने प्राणों पर भी खेलकर उन्हें सुरक्षा प्रदान की तो महर्षि अगस्त्य उनकी ओर उत्तरोत्तर आकृष्ट एवं सहानुभूतिशील होते चले गये। एक समय ऐसा आया कि अनार्य जातियों का उद्धार महर्षि के जीवन का एक प्रधान लक्ष्य ही बन गया।"

"वह कैसे?" - मैंने हनुमान से जिज्ञासा की।

"वह ऐसे कि पहले महर्षि अगस्त्य ने अनार्यों में चेतना और शिक्षा का संचार किया। उन्हें धीर-धीरे सभ्य बनाया। विभिन्न सामाजिक कुरीतियों से मुक्ति दिलायी। फिर उन्हें संगठित किया। विभिन्न अनार्य जनजातियों को यह समझाया कि पारम्परिक एकता से ही शक्ति मिलती है और विकास होता है।...अनार्यों को शस्त्र और शास्त्र की विद्या देनी भी अब महर्षि ने प्रारम्भ कर दी है। उनका स्वप्न है कि अनार्य आर्यों की भाँति फिर से सामर्थ्यवान् एवं आत्मनिर्भर बन जायें ताकि वह राक्षसों और उनकी रक्ष-संस्कृति का भी डटकर प्रतिरोध कर सकें।..."

"हाँ तुम ठीक कहते हो हनुमान!...मुझे महर्षि विश्वामित्र ने एक बार एकान्त में बताया था कि ऋषि-मुनियों के मध्य इन दिनों एक विवाद छिड़ा है कि क्या आर्यों और अनार्यों का एकीकरण किया जाये अथवा नहीं?..."

अब श्रीराम कह रहे थे - "...कुछ ऋषिगण का विचार है कि हाँ इससे रक्ष-संस्कृति के पतन और देव-संस्कृति के उन्नयन का मार्ग प्रशस्त होगा...जो अनार्य आज राक्षस बन गये हैं वह आर्यों का साथ मिलने पर अथवा आर्यों द्वारा अपने में विलय कर लिये जाने पर...आगे चलकर जैसी भी स्थिति बने...ऐसे अनार्य राक्षस-वृत्ति छोड़कर देव-संस्कृति को अपना लेंगे...आर्यों की मुख्यधारा में लौट पड़ेंगे किन्तु..."

"किन्तु क्या? -" मेरे मुख से तपाक से निकला।

"किन्तु कुछ मनीषीगण का मानना है कि इस आर्य-अनार्य एकीकरण की प्रक्रिया में यदि अनार्य आर्यों के समकक्ष हो गये तो वे आर्यों के साथ विलय होने के लिए तत्पर ही हो जायेंगे इसमें सन्देह है..."

"फिर?" मुझे भइया के द्वारा किये जा रहे इस रहस्योद्घाटन से बड़ा विस्मय हो रहा था।

"एकीकरण से असहमत ऋषि-मुनियों में से कुछ का यहाँ तक विचार है कि यदि अनार्यों को उन्नति करने, शस्त्र-शास्त्र विद्या में आर्यों की बराबरी करने में छूट दी जायेगी तो एक दिन वह आर्यों के रहन-सहन-परम्पराओं-जीवनादर्शों और उनकी सभ्यता-संस्कृति को ही नहीं वरन् उनकी पहचान को भी नष्ट कर देंगे।...तब वे अपने महापुरुषों और अपनी स्वयं की मान्यताओं को समाज में स्थापित करने हेतु प्राणपण से जुट जायेंगे और आर्यों के वैदिक काल से चले आ रहे वर्चस्व को धो डालेंगे।"

"भइया! और क्या कहा था महर्षि विश्वामित्र ने? आर्य-अनार्य एकता के समर्थन में कौन-कौन ऋषिगण हैं? और विपक्ष में कौन-कौन?"

"लक्ष्मण!... यह अत्यन्त विस्तृत विषय है। संक्षेप में इतना जान लो कि एकता के पुरोधा हैं मुनिवर अगस्त्य। विश्वामित्र जी उनके शिष्य ही हैं। अतः वह इस कार्य-योजना के दूसरे प्रमुख समर्थक हैं। स्वर्गीय मतंग मुनि के बाद सुतीष्ण मुनि भी इसी कड़ी में आते हैं। स्वर्गीय शरभंग ऋषि पुराने विचारों के मनीषी रहे थे परन्तु वे भी कुछ-कुछ झुकाव अनार्यों के प्रति अवश्य रखते थे। कट्टर आर्य समर्थकों में गौतम, कश्यप, वसिष्ठ और भरद्वाज आदि ऋषिगण रहे हैं। इनमें से गुरुवर वसिष्ठ को तो विश्वामित्र मुनि ने अपनी ओर झुका ही लिया है। भरद्वाज अभी कुछ दुविधा में हैं।"

"और महर्षि वाल्मीकि?"

"वह तो तुम जानते ही हो कि उनका युवाकाल किन दारुण परिस्थितियों से निकला है। अतः वाल्मीकि जी तो भेदभावपरक किसी भी विचार अनुभूति अथवा चिन्तन से परे हैं। वह विशुद्ध रूप से मानवतावादी हैं। उनकी दृष्टि में न कोई आर्य है और न कोई अनार्य। देवत्व उन्हें स्वीकार्य नहीं और राक्षसत्व उनके लिए सर्वथा त्याज्य।..."

मैं इस सम्भाषण में गहरी रुचि के साथ संलग्न था कि तभी भइया ने वार्त्ता की दिशा ही मोड़ दी। श्रीराम बोले - "यह सब तो फिर कभी भी... इस समय हमें यह बतायें हनुमान! कि किष्किन्धानरेश बाली महाराज कहाँ हैं? वह कैसे व्यक्ति हैं?"

"बाली को महाराज न कहें श्रीराम! वह इस आदर के योग्य नहीं।"

"ऐसा क्यों भाई हनुमान?" - मैंने पूछा।

"वीरवर लक्ष्मण! हमने प्रभु श्रीराम और स्वयं आपके द्वारा राक्षसों के संहार, दीन-दुखियारों की रक्षा, सात्त्विक जीवन और अपने पूर्वजों के आदर्शों के अनुपालन

की अनेक कथाएँ सुन रखी हैं। इसी से कहता हूँ कि यदि उस दुष्ट आततायी और महादम्भी बाली की करतूतें आप सुन लेंगे तो आप भी उससे घृणा किये बिना नहीं रह सकेंगे।''

हमारे उस प्रथम मिलन में ही हनुमान ने हमें बाली-सुग्रीव वैर की रोमांचक कथा सुनायी जो कि इस प्रकार थी। हनुमान जी ने बताया कि -

''बाली और सुग्रीव दो भाई हैं। दोनों वानरवीरों में श्रेष्ठ हैं। मल्लयुद्ध में विशेष रूप से निपुण हैं। विकट योद्धा हैं। परन्तु बाली अपरिमित बलशाली है। वह सुग्रीव से बड़ा है। देखने में दोनों भाई वैसे तो इतनी समान देहयष्टि और मुखाकृति के लगते हैं मानो जुड़वाँ भाई हों। परन्तु सुग्रीव की अपेक्षा बाली का बल अत्यधिक है। वस्तुतः अतुलनीय है। बाली इतना बलशाली है कि एक बार मल्लयुद्ध में राक्षसराज रावण द्वारा ललकारे जाने पर वह रावण को भी पछाड़ चुका है। यही नहीं, वह अखाड़े में परास्त रावण को अपनी एक काँख में दबाये-दबाये बड़ी देर तक घूमता रहा। अन्त में रावण द्वारा अपनी हार स्वीकार करने पर ही बाली ने उसे छोड़ा था। तब से रावण ने कभी किष्किन्धापुरी की ओर दुबारा आने का साहस आज तक नहीं दिखाया है।

बाली ने किष्किन्धा का राज्य अपने उसी बल पर सुदृढ़ किया है और तब से वह यहाँ का एकच्छत्र शासक है। परन्तु बाली बड़ा भोग-विलासी और दम्भी भी है। अपने समक्ष वह किसी को नहीं गिनता। यद्यपि बालपन में बाली, सुग्रीव, हनुमान और कई प्रबुद्ध वानर महर्षि अगस्त्य के शिष्य रह चुके हैं। परन्तु ज्यों-ज्यों सब युवा होते गये सबके स्वतन्त्र व्यक्तित्व बनते गये। बाली निरंकुशता में, सुग्रीव न्याय में और हनुमान ब्रह्मचर्य में विश्वास रखनेवाले वानर योद्धाओं के रूप में आज विख्यात हैं।

एक बार भैंसे की-सी आकृतिवाला दुन्दुभी राक्षस आया। बाली उस समय ऋष्यमूक पर्वत पर भ्रमण कर रहा था। दुन्दुभी ने बाली को युद्ध के लिए ललकारा। बाली को भला कहाँ यह सहन होता। उसने दुन्दुभी से मल्लयुद्ध किया। अन्ततः दुन्दुभी राक्षस को उसने सींगों से पकड़कर पहले तो पत्थर की चट्टानों पर इस प्रकार पटका जिस प्रकार धुलाईवाला कपड़ा फटका जाता है। फिर उसके रक्तरंजित शरीर को हवा में घुमाकर अपने पूरे बल के साथ बाली ने दूर फेंक दिया। दुन्दुभी गिरा और उसके प्राण पखेरू उड़ गये। किन्तु उसके रक्त के छींटे एक तपस्यारत ऋषि के शरीर पर भी जाकर गिरे। वह ऋषिवर थे सुप्रसिद्ध महर्षि मतंग जो उन दिनों ऋष्यमूक पर्वत पर एकान्त में एक स्थान पर तपस्यारत थे। राक्षस के रक्त के छींटों से ऋषिवर की तपस्या भंग हो गयी। इस पर मतंग ऋषि ने बाली को शाप दिया - ''रे अभिमानी

वानर!... जा जिस शारीरिक बल पर इतना बौराया हुआ है तू वह इसी क्षण नष्ट हो जाये।''

महर्षि का शाप अमोघ था। बाली शक्तिविहीन होकर कदली वृक्ष की भाँति धरती पर गिर पड़ा। उसे अपनी भूल का तत्काल भान हो गया। वह गिड़गिडाता हुआ अधमरे सर्प की भाँति मुनिचरणों के समक्ष अपना सिर पटक-पटककर क्षमा याचना करने लगा। इस पर ऋषिवर को उस पर दया आ गयी। बाली से तब उन्होंने कहा कि - ''अच्छा जा। जाकर पम्पा सरोवर में स्नान कर और कोई एकान्त स्थल खोजकर एक वर्ष साधनारत रहकर प्रायश्चित्त कर। उसके पश्चात् तू अपने समस्त खोये हुए बल एवं तेज को पुनः प्राप्त कर सकेगा।''

बाली जब वहाँ से जाने लगा तो मतंग ऋषि ने उससे यह भी कहा कि - ''सुन बाली!... यह ऋष्यमूक पर्वत साक्षी है तेरी इस धृष्टता का। इसलिए शाप के बाद मेरे इस वरदान के साथ एक प्रतिबन्ध भी जुड़ा रहेगा। वह यह कि जीवनपर्यन्त तेरा बल अथवा तेज इस पर्वत पर पूर्णतः निष्प्रभावी रहेगा। कहे देता हूँ...तू मन्दबुद्धि वानर है। यदि दुबारा कभी इधर आया तो इस ऋष्यमूक पर्वत पर चरण धरते ही तू पुनः शक्तिहीन और निस्तेज हो जायेगा।''

लाचार बाली ने ऋषि आज्ञानुसार वैसा ही किया। सर्वप्रथम पम्पा सरोवर में जाकर स्नान किया फिर एक वर्ष तक सब-कुछ छोड़कर तपस्यारत हो गया। बाली की अनुपस्थिति में सुग्रीव ने किष्किन्धा का राजकाज देखा। बाली एक वर्ष बाद जब पुनः अपनी राजधानी वापस आया तो अनुज सुग्रीव को सुखपूर्वक राज करते देख उसे सुग्रीव से बड़ी ईर्ष्या हुई। परन्तु क्या करता? सुग्रीव ने अपने अग्रज को आदरपूर्वक उसका राजसिंहासन तुरन्त सौंप दिया और पूर्ववत् उसका सहायक बनकर रहा।

इसके बाद एक ऐसा अवसर आया जब वानरराज बाली सुग्रीव से अत्यन्त विक्षुब्ध हो गया। तब उसका छोटे भाई से विश्वास ही उठ गया। हुआ यों कि एक मायावी असुर से बाली का मल्लयुद्ध हुआ। युद्ध करते-करते बाली और वह असुर एक गुफा में जा घुसे। वहाँ लम्बे समय तक उनका युद्ध चला। दोनों लड़ते-लड़ते बुरी तरह थक चुके थे। घायल भी हो चुके थे। फिर भी लड़ रहे थे। बाली ने अपने पीछे आये सुग्रीव को यह निर्देश दिये कि वह गुफा द्वार पर ठहरा रहे और जब तक वह उस असुर का वध करके वापस न आ जाये सुग्रीव बाहर ही प्रतीक्षा करे।

बाली के हाथों वह मायावी असुर मारा गया। परन्तु मरते-मरते उसने ऐसा अट्टहास किया जिससे सुग्रीव को कन्दरा के मुख पर खड़े-खड़े ऐसा लगा जैसे विजयश्री उस असुर के हाथों लगी हो और बाली मारा गया हो। कुछ देर बाद रक्त की एक धार कन्दरा से बाहर आती देख भयाक्रान्त सुग्रीव की दुश्चिन्ता निश्चय में बदल गयी। बलशाली राक्षस बाहर निकलकर कहीं किष्किन्धा पर और अधिक आतंक न ढाये यह सोचकर एक बड़े शिलाखण्ड को ढकेलकर सुग्रीव ने उस कन्दरा

का मुख बन्द कर दिया और वापस लौट गया। उसने सबको वानरराज बाली की मृत्यु का समाचार किष्किन्धा पहुँचकर सुनाया। फिर सुग्रीव ने कुछ दिन बाद अपने अग्रज बाली का तर्पण आदि करके स्वयं को राजा घोषित कर दिया। उधर कुछ कालावधि के पश्चात् पुनः स्वास्थ्य लाभकर बाली अपनी राजधानी में वापस लौटा। जब उसने सुग्रीव को राजसिंहासन पर बैठे देखा तो उसके अमर्ष की सीमा न रही।

बाली ने सुग्रीव को गालियाँ बकते हुए राजसिंहासन से घसीटकर धरती पर गिरा दिया। फिर पूरी राजसभा में सारे मन्त्रीगण एवं सभासदों के सामने उसे पटक-पटककर मारा। हनुमान तब सुग्रीव की रक्षा हेतु आगे आये। उन्होंने किसी तरह उसकी प्राणरक्षा की। सुग्रीव फिर बाली से प्राण बचाकर भागा। बाली ने उसका पीछा किया। सुग्रीव भागते-भागते ऋष्यमूक पर्वत पर जा चढ़ा। क्योंकि उसे बाली को दिये गये मतंग ऋषि के शाप और वरदान की बात याद थी। अतः उस पर्वत के निकट पहुँचकर बाली थम गया। सुग्रीव को जान से न मार पाने के पछतावे में वह हाथ मलता रह गया। परन्तु प्रतिशोध की अग्नि उसके भीतर शान्त न हो सकी। उसने शपथ ली कि जब भी उसे अवसर मिलेगा सुग्रीव की हत्या वह अवश्य करेगा।

अपनी उस आधी विजय से झुँझलाया हुआ बाली जब किष्किन्धा वापस गया तो सुग्रीव की पत्नी रूमा अपने जेठ के चरणों में रोती कलपती गिर पड़ी। वह अपने पति सुग्रीव के प्राणों की भीख माँगने लगी। तब उस मदान्ध और कामान्ध वानर बाली ने उस अनुजवधू रूमा को भी नहीं छोड़ा। वह उस अबला को उठाकर अपने महल में ले गया और वहाँ उसने उसके साथ अनेक दिवसों तक बलात्कार किया।

सुग्रीव ने हमारा बड़ा स्वागत किया। हनुमान ने जब उनसे हमारा परिचय कराया तो वह बोले - "श्रीराम! श्री लक्ष्मण!... आप तो उस महान् रघुकुल के गौरव हैं जिसकी यशगाथा हम ऋषियों, मुनियों एवं ज्ञानीजन के श्रीमुख से सदा से सुनते आये हैं। आपने राक्षसी ताड़का का वध किया। सुबाहु-मारीच-खर-दूषण आदि अनेक राक्षसों का संहार किया। दण्डकारण्य में जनस्थान से आकर अनेक आतंकवादी गतिविधियों की संचालिका उस मायावी शूर्पनखा का नासिका-कर्ण विच्छेद कर उसे यहाँ से भागने पर विवश कर दिया।...

"आप अस्त्र-शस्त्र विद्या में तो निपुण हैं ही मैंने ऋषिवर वसिष्ठ, विश्वामित्र आदि से मिली आपकी उच्चकोटि की अन्य विद्याओं के विषय में भी बहुत-कुछ सुन रखा है। कुछ अपने गुरुश्रेष्ठ अगस्त्य मुनि से और कुछ अपने इस परम गुणी सखा हनुमान से। हे अयोध्या के वीर राजकुमारो!... आज आप दोनों के दर्शन कर मैं धन्य हो गया।"

भइया श्रीराम तब अपनी करुणासिक्त वाणी में सुग्रीव से यों बोले - ''हमें भी आपसे भेंट कर अत्यन्त प्रसन्नता हुई है मित्रवर सुग्रीव!... हम तो अपना एक बड़ा दुःख लेकर इस वन्यक्षेत्र में भटक रहे थे वानरश्रेष्ठ! परन्तु हनुमान से आप पर जो बीती उसे सुनकर अपना दुःख भूल-सा गये हैं। कहिये मित्र! यदि हम आपके किसी काम आ सकें तो हमें बहुत सन्तोष मिलेगा।''

- ऐसा कहते हुए अजानुबाहु श्रीराम अपनी दोनों भुजाएँ फैलाकर सुग्रीव की ओर बढ़े। सुग्रीव भी आगे आया। श्रीराम ने सुग्रीव को मित्रवत् अपने दृढ़ आलिंगन में निबद्ध कर लिया। प्रभु राम के गले लगते ही सुग्रीव के नेत्र छलक आये। बोले -

''जिसे आप-जैसा महान् आत्मोत्सर्गी एवं शौर्यवान् महापुरुष अपना मित्र कहे उसके-जैसा सौभाग्यशाली इस संसार में और कौन हो सकता है श्रीराम!...किन्तु हे करुणाकर!... आप हमारे अतिथि हैं। इतनी दूर से चलकर इतने वर्षों का घनघोर संघर्ष करते हुए आप हम तक आये हैं। अतः मुझ आतिथेय का यह दायित्व बनता है कि पहले मैं आपका सत्कार करूँ फिर आपको अपनी सुध-बुध लेने दूँ।''

दोनों मित्र आमने-सामने की दो शिलाओं पर बैठ गये। हनुमान सुग्रीव के साथ बैठ गये और मैं भइया के साथ उनके निकट। सुग्रीव को कहने की आवश्यकता न पड़ी। उसके दो वानर साथी कन्द-मूल-फल लेकर सेवा में उपस्थित हुए। उन्होंने जलपात्र द्वारा पहले भइया श्रीराम के हाथ-पाँव धुलवाये। पुनश्च मैंने भी उनकी सहायता से प्रक्षालन किया।

हमें वास्तव में बड़ी भूख लगी थी। हमने वह फलाहार कृतज्ञतापूर्वक ग्रहण किया। मैंने तो मन-ही-मन सुग्रीव और हनुमान को उसके लिए कोटिशः आशीर्वाद दिये।

...सायंकाल का समय होने को था। प्रभु श्रीराम का उस परित्यक्त-से पर्वताञ्चल में निवास करने से किसी प्रकार की प्रतिज्ञा भंग नहीं होती थी। क्योंकि सुग्रीव तो स्वयं ही हमारी तरह उस वन प्रदेश में एक निर्वासित का जीवन जी रहा था। अन्तर केवल इतना था कि श्रीराम पिता की प्रतिज्ञा का पालन सुनिश्चित करने हेतु स्वेच्छा से गृह त्यागकर वन आये थे और यहाँ आकर अपने वनवास के अन्तिम वर्ष में अपनी प्रिय पत्नी के अपहरण के विषाद से ग्रस्त थे। जबकि सुग्रीव अपने ही बड़े भाई द्वारा अपमानित और प्रताड़ित करके राजमहल एवं गृह से निष्कासित कर दिया गया था और उसकी धर्मपत्नी उसी के नीच भ्राता द्वारा उठाकर ले जायी गयी थी। इस प्रकार सुग्रीव बाली के घोर अत्याचार से सन्त्रस्त था।

वास्तव में देखा जाये तो सुग्रीव के मन का घाव भइया के कष्ट से कम न था। मैंने अनुभव किया कि दुःखी ही दुःखी की भावना को भली-भाँति समझ सकता है। जब कोई अवसाद ग्रस्त मन परदुःखकातर हो उठता है तब यदि दोनों उसी अवस्था

में हुए तो दोनों के मध्य परस्पर उपजी सहानुभूति सच्ची सहानुभूति होती है। वह सहानुभूति सहयोगकारी भी होती है, बाध्यकारी भी और हितकारी भी।

अब हम चार व्यक्ति रात्रिकालीन अन्धकार में उस गुफा में विश्राम हेतु एकत्र थे। मशालें जल रही थीं। सुग्रीव के दो विश्वस्त साथी नल और नील गुफा के बाहर पहरा दे रहे थे। भले ही बाली शापवश ऋष्यमूक पर्वत पर स्वयं नहीं आ सकता था किन्तु वह समय-समय पर अपने गुप्तचरों एवं सैनिकों को सुग्रीव पर दृष्टि रखने और अवसर मिले तो घात करने के निर्देश के साथ भेजता रहता था। अतः सतत चौकसी अपेक्षित थी।

उस गुफा में घास-फूस के बिस्तर बिछे थे। एक ओर सुग्रीव दाहिनी कोहनी के बल हथेली पर सिर टिकाये लेटे थे। वह श्रीराम की ओर उन्मुख थे। हनुमान उनके पीछे बैठे थे। दूसरी ओर श्रीराम अपने बायें हाथ का तकिया बनाये सुग्रीव की ओर मुख किये लेटे थे। मैं भइया के चरण दबा रहा था। दोनों पक्षों के मध्य आत्मीय संवाद चल रहा था। अपना-अपना हाल दोनों कह चुके थे। राम जी ने संयत शब्दों में सीता जी के अपहरण की व्यथा सुग्रीव के समक्ष रखी। सुग्रीव ने श्लीलता-अश्लीलता की परवाह किये बिना बाली के विविध अत्याचारों तथा निज पत्नी रूमा के साथ बाली के अनैतिक सम्बन्धों तक के वृत्तान्त हमें कह सुनाया।

श्रीराम सुग्रीव की पत्नी के साथ बाली द्वारा किये जा रहे दुराचार की बात सुनकर जैसे किसी सोच-विचार के महासागर में डूब गये। वह देर तक मौन रहकर सुग्रीव की बात सुनते रहे। मुख से कुछ न बोले। तब मैंने सुग्रीव से कहा कि - ‘‘वानरश्रेष्ठ!... आप दुःखी मत होइये। आपके अपमान का प्रतिकार अवश्य लिया जायेगा। यदि आप चाहेंगे तो हमारे भइया श्रीराम उस दुष्ट बाली को दण्ड देंगे और इस कार्य में मैं भी आपका साथ दूँगा।’’

उसके पश्चात् हम सभी ने रात्रि विश्राम किया। प्रातःकाल हमने उस गुफा से बाहर आने पर एक अद्भुत दृश्य देखा। सूर्यदेव किष्किन्धा पर्वत की शृंखला के पीछे से धीरे-धीरे उदित हो रहे थे। अनेक पक्षी चहचहाकर हरे-भरे वनाञ्चल पर उड़ते हुए प्राकृतिक सौन्दर्य को कई गुना बढ़ा रहे थे। मन्द-मन्द समीर शरीर का सुखद स्पर्श कर रही थी।

जब हम नित्यक्रिया से निवृत्त हो पुनः पहाड़ी पर एकत्र हुए तो जो हमने देखा उससे हमारे आश्चर्य की सीमा न रही। हमने देखा कि हमारे मध्य सुग्रीव के उस मित्र समूह में कई विचित्र-से नये चेहरे और जुड़ गये थे। एक-से-एक बलिष्ठ योद्धा। सभी योद्धा विचित्र वेशभूषा और परिधानों में सज-धजकर आये थे। वानर और रीछ-जैसे परिधान पहने जिनके पीछे लांगूल अर्थात् दुम भी लटक रही थी। कृत्रिम किन्तु वास्तविक-सी लगनेवाली पूँछ। वानर अथवा रीछ-जैसे रँगे-पुते मुख। सभी के

हाथों में बड़े-बड़े बल्लम, गदा अथवा खंग। सिर पर रजत मुकुट-जैसे शिरस्त्राण। उनके साथ दो वृद्ध नायक भी थे। उनमें से एक वानरों के साथ स्वर्णमुकुट पहने। दूसरा रीछों के एक दल के साथ उन्हीं की रीछ पोशाक में। यह वयोवृद्ध रीछ नायक भी एक स्वर्णमुकुट धारण किये हुए थे।

मैं अभी आश्चर्य के साथ इन नवागन्तुकों को देख ही रहा था और भइया से आँखों-ही-आँखों में कुछ कहना चाह रहा था कि अपनी-अपनी गुफाओं से सुग्रीव, हनुमान, नल और नील भी निकल पड़े। यह भी वानरों की वेशभूषा और पूँछयुक्त परिधानों में थे अब।

मैंने धीरे से हनुमान जी से पूछा - "यह सब क्या है? रात-ही-रात में इतना चमत्कारी परिवर्तन?"

हनुमान जी मुस्कुराये। बोले - "यह कोई चमत्कारी परिवर्तन नहीं। इस समय दिवस के आरम्भ के साथ-साथ हम सभी लोग अपने-अपने वानर-कबीलों अथवा रीछ-कबीलों के औपचारिक परिधानों में प्रस्तुत हैं।"

"ऐसा?" - मैंने पुनः जिज्ञासा की।

"जी लक्ष्मण जी! हम अनार्य वनवासी कबीले प्रकृति के अति निकट हैं। दिन के समय उससे तादात्म्य रखने हेतु इसी तरह रहते हैं। यह परिधान, ये लांगूल और यह वानर अथवा रीछ का वेश हमारी परम्पराओं का हिस्सा है...हमारी पहचान है...।"

भइया श्रीराम ने धीरे से मुझसे पूछा - "क्या बात हो रही है?"

मैंने उनके कान में बताया कि हनुमान जी बता रहे हैं कि - "वानर-कबीले रीछ-कबीले और जटायु के गीध-कबीले की भाँति कुछ दूसरे कबीले भी इस अरण्य क्षेत्र में पशु-पक्षियों से मिलते-जुलते परिधान धारण करते हैं और उन्हीं की भाँति रंग पोतकर चेहरे-मोहरे बनाते हैं। यह उनके यहाँ परम्परागत ढंग से शताब्दियों से होता आया है। उसी के अनुसार वानर और रीछ समुदाय के यह मनुष्य अपने योद्धा परिधानों में अपनी लांगूल सहित उपस्थित हैं। यह इनका औपचारिक गणवेश है।"

श्रीराम ने मेरी बात सुनकर गम्भीरता से अपना सिर हिलाया और कहा - "आदिवासियों की अपनी मान्यताएँ, पहचान तथा वेशभूषा होती है। उस पर हमें कोई टीका-टिप्पणी नहीं करनी चाहिए। उनका उसी रूप में सम्मान करना चाहिए। आदिवासी परम्पराओं में अवांछनीय हस्तक्षेप किसी भी भाँति उचित नहीं। इसका हमें सदैव ध्यान रखना होगा।"

सुग्रीव जी ने आगे बढ़कर वानर दल के मुखिया से सर्वप्रथम परिचय कराया - "श्रीराम! यह हैं महाबली केसरी। श्री हनुमान के पिता।" फिर रीछदल के साथ आये उनके वयोवृद्ध नायक का परिचय कराने लगे - "और ये हैं रीछपति जामवन्त... राम और लक्ष्मण!!..." "मुझ बूढ़े रीछ-मानव को कुछ लोग जाम्बवान् भी पुकारते

हैं...हँह हँह हँह।" - जामवन्त जी हँसते हुए स्वयं बोल पड़े। हमारे बीच अभिवादन का आदान-प्रदान हुआ।

दोपहर का समय था। राम भइया और सुग्रीव में कुछ मन्त्रणा चल रही थी। वह उधर शिला पर बैठे परस्पर वार्त्तालाप कर रहे थे। इधर मैं और हनुमान एक शिला पर बैठे विचार-विमर्श कर रहे थे। नल-नील आदि दूसरे वानर पहरे पर दूर-दूर टहल रहे थे। तीसरी ओर केसरी और जामवन्त भी विराजमान थे।

मैंने हनुमान से अपने पंचवटी प्रवास और जटायु महराज के मुख से सीता माँ के अपहरण का प्रसंग भारी मन से कह सुनाया। मैंने उनसे कहा कि - "क्या आप में से किसी ने मेरी माता को देखा है?" इस पर हनुमान को सहसा कुछ याद आया। वह उठे और झट अपनी गुफा में गये। लौटे तो उनके हाथों में एक उत्तरीय चौपर्द कर रखा हुआ था। हनुमान जी ने उत्तरीय खोलकर दिखाया। उसमें कुछ आभूषण थे। बोले -

"हम चार वानर सामने उस पर्वत शिखर पर कुछ दिन पूर्व बैठे थे। तब एक आकाशगामी रथ पर आरूढ़ एक राक्षस को हमने एक स्त्री को आकाश मार्ग से ले जाते देखा था।...उस विलाप करती स्त्री ने इसी वस्त्र में लपेटकर अपने यह आभूषण हमें देखकर नीचे फेंक दिये थे।...तनिक पहचानिये लक्ष्मण जी इन्हें।"

मुझे भाभी माँ का वस्त्र जाना-पहचाना-सा लगा। परन्तु आभूषण मैं पहचान न सका। पैरों के दो नूपुर अवश्य पहचान में आये जिन्हें मैं प्रायः सीता माँ के चरण स्पर्श करते देखता था। मैं उन आभूषणों और उत्तरीय को लेकर भइया के पास गया और उन्हें हनुमान की कही बात बतायी।

उन वस्त्र-आभूषणों को देखते ही भइया के नेत्र भीग गये। बोले - "ये मेरी जानकी के ही तो हैं।...आह प्रिये! कहाँ हो तुम?" भइया पुनः विह्वल हो गये।

हनुमान और सुग्रीव ने श्रीराम को रोते हुए पहली बार देखा तो वे स्तब्ध रह गये। विशेषकर वीरवर हनुमान। उन्होंने धैर्य और शौर्य के मूर्तिमान् प्रतीक श्रीराम की यशगाथा अपने गुरु के मुख से पहले ही सुन रखी थी। उन्हीं असाधारण मानव राम को जब उन्होंने बालकों की भाँति आँसू बहाते देखा तो उनसे रहा नहीं गया। बोले -

"अपने-आपको सँभालिये प्रभु!...आपका इस प्रकार से शोक करना उचित नहीं। आप तो स्वयं सन्तप्त प्राणियों के आश्रयदाता हैं। न जाने कितने ऋषि-मुनियों-वनवासियों की आपने रक्षा की है। दुष्ट-आततायियों को मृत्यु की नींद

सुलाकर धरती का भार हलका किया है।... जन-जन का उद्धार करनेवाले श्रीराम! यदि आप इस तरह शोकमग्न होंगे तो कैसे काम चलेगा?... धैर्य-धैर्य प्रभु धैर्य।''

श्रीराम को हनुमान के प्रबोधन से चेतना आयी। हनुमान जी के वचनों ने जैसे वास्तव में उन पर जादू-सा प्रभाव छोड़ा। मुझे वह आभूषण उसी उत्तरीय में लपेटकर उन्होंने वापस सौंपे और कहा - ''इन्हें सुरक्षित रख लो सौमित्र! यह हमें जानकी को लौटाने होंगे।...'' - फिर वह सुग्रीव की ओर घूमे और कहने लगे - ''मित्र सुग्रीव! आइये चलते हैं हम उन सात ताड़ वृक्षों की ओर जिनको आप दिखा रहे थे।''

यह कहकर श्रीराम ऋष्यमूक पर्वत की ऊँचाई से नीची ढलान की ओर तेजी से उतरने लगे। सुग्रीव, हनुमान और मैं भी साथ हो लिये। नल-नील को भी सुग्रीव ने बुला लिया। पहाड़ की तलहटी में उतरकर सुग्रीव हमें उस-उस स्थान पर ले गये जहाँ पर एक सीधी रेखा में ताड़ के सात विशाल वृक्ष विद्यमान थे।

भइया ने मुझे बताया कि मित्र सुग्रीव का कहना है वानरराज बाली बहुत बलशाली है। वह प्रातःकालीन अभ्यास में बड़े-बड़े शिलाखण्डों को उखाड़ फेंकता है। कई कोस की दौड़ बिना थके लगाता है। इन सात ताड़ के वृक्षों को बाली एक ही झपाटे में दौड़ता हुआ अपने एक हाथ से छूकर हिलाकर रख देता है। अतः अनुज मैं सुग्रीव को आश्वस्त करने के लिए आज इन पर शरसन्धान करता हूँ।

और तब हम सबके देखते-ही-देखते श्रीराम ने अपने धनुष पर एक तीर चढ़ाकर उसे कान तक खींचकर छोड़ा। तीर एक ओर से दूसरी ओर सातों वृक्षों को बींधता हुआ उस पार निकल गया। सुग्रीव की प्रसन्नता की सीमा न रही। कहने लगा कि -

''अब मुझे विश्वास हो गया श्रीराम! आपके बल और शौर्य का गुणगान लोग यों ही नहीं करते हैं। आप बाली का वध करने में निश्चय ही समर्थ हैं। कहिये अब मुझे क्या करना होगा?''

''वही... जैसा मैंने आपसे कहा है।'' - श्रीराम बोले।

अगले दिन हम किष्किन्धानगरी की ओर गये। योजनानुसार सुग्रीव ने नगरद्वार पर जाकर बाली को ऊँचे स्वर में पुकारना शुरू किया -

''दुष्ट बाली!... बाहर आ। मैं सुग्रीव आज तुझे चुनौती देने तेरे द्वार तक आया हूँ।''

दूतों ने जाकर बाली को बताया होगा कि किष्किन्धा के दुर्गद्वार पर उनका छोटा भाई सुग्रीव बाहर खड़ा-खड़ा बड़े अपमानजनक ढंग से उन्हें ललकार रहा है।

भइया तो प्रतिज्ञावश किसी नगर में जा नहीं सकते थे। वह केवल सुग्रीव की सहायता के लिए ही यहाँ तक आये थे। इसलिए इधर कुछ दूर जंगल में ही खड़े रहे। हम भी उनके साथ सभी लोग वृक्षों की आड़ में अगले क्षणों की प्रतीक्षा में खड़े

रहे। कुछ ही देर में बाली दुर्गद्वार खोलकर बाहर आया। एक विशालकाय बलिष्ठ वानर। सिर पर स्वर्णमुकुट धारण किये। अपनी कमर पर दोनों हाथ टिकाये।

हमने देखा कि दूर से सुग्रीव और बाली दोनों में अन्तर कर पाना बड़ा कठिन था। यदि बाली सिर पर राजमुकुट न पहने होता तो दोनों शत-प्रतिशत एक रूप दिखते। फिर दोनों में बिना किसी भूमिका के मल्लयुद्ध प्रारम्भ हो गया। बाली ने सुग्रीव पर अवसर पाकर मुक्कों की बौछार कर दी। सुग्रीव मुख से रक्तवमन कर उठा। श्रीराम ने अपने धनुष पर एक तीर चढ़ाया। तभी सुग्रीव ने अपने सिर से बाली के उदर में एक जोरदार टक्कर मारी। बाली लड़खड़ाकर गिर गया। अगले ही क्षण वह उठा और पुनः सुग्रीव से भिड़ गया। भूमि पर गिरने से बाली का स्वर्णकिरीट उसके सिर से गिरकर भूलुण्ठित हो गया। इस प्रक्रिया में महाबली बाली भी नंगे सिर हो गया। अब दोनों मल्लयुद्धरत भाइयों में रही-सही असमानता भी जाती रही। दोनों एक-से दिखते रहे। एक वानर दूसरे वानर को उठा-उठाकर पटकता रहा। कौन किसे पटक रहा है? यह निश्चित करना बहुत कठिन हो गया। भइया द्वारा धनुष पर रखा बाण भी इस असमंजस में धरा-का-धरा रह गया। इस अन्तराल में जिस वानर की सर्वाधिक पिटायी हुई वह सुग्रीव निकला।

भयग्रस्त सुग्रीव अन्ततः हार मानकर किष्किन्धा द्वार से हमारी ओर भाग निकला। उधर बाली भी पटका-पटकी में थक चुका था। अतः उसने इस बार सुग्रीव का पीछा नहीं किया। वहीं से हाँफता खड़ा-खड़ा सुग्रीव को गरियाता रहा। फिर वह तिरस्कारपूर्ण अट्टहास करता हुआ अपने राजमहल की ओर लौट गया।

हम सब वापस अपने ठिकाने पर लौट आये। रास्ते भर घायल सुग्रीव ने हममें से किसी से बात नहीं की। वह केवल अपनी चोटों को सहलाता रहा। जब हम सुग्रीव की गुफा पर पहुँचे तो श्रीराम और मैं भी अन्य वानरों के साथ उसके पीछे-पीछे जाने लगे। राम भइया सुग्रीव की शारीरिक अवस्था तथा मनोदशा को समझ ही रहे थे। अतः स्वयं कुछ न बोले। फिर सुग्रीव एकाएक पलटा और भइया से बोला - ''मुझे आपसे यह आशा नहीं थी राम!... मैं उधर मार खाता रहा और आप चुपचाप खड़े देखते रहे? आप तो मेरी सहायता का वचन देकर साथ गये थे? कहाँ गया वह वचन?''

''मित्र सुग्रीव!... मैं अपने वचन पर अभी भी दृढ़ हूँ -'' श्रीराम ने कहा - ''बस हमसे एक चूक हो गयी। वह यह कि मुझे नहीं पता था कि आप दोनों भाइयों में शारीरिक रूप से इतनी समानता है। मैंने बाली पर इसलिए बाण नहीं छोड़ा कि कहीं वह भूल से आपको विदीर्ण न कर दे। अगली बार ऐसा न होगा। मगर उसका कुछ उपाय करना होगा।''

और तब सुग्रीव अपनी कन्दरा में विश्राम करने चला गया। हम सब भी विश्राम करने अपनी कन्दराओं में चले आये। अगली प्रातः भइया ने एक पुष्पमाला सुग्रीव

की ग्रीवा में पहनायी और कहा कि - "यह आपकी विजयमाल है। इसे धारण कर आप आज पुनः बाली से युद्ध कीजिये। बाली का अन्त इस बार निश्चित है।"

वही हुआ। कल की कथा पुनः दोहरायी गयी। बाली इस बार दुगुने क्रोध से दुर्गद्वार से बाहर आया। इस बार तो यद्यपि उसके सिर पर मुकुट भी नहीं था। लगता है कि सुग्रीव के पुनः दुस्साहस से वह इतना आवेशित हो चुका था कि उसे अपने राजसी चिह्नों को धारण करने की भी सुध-बुध न रही।

आते ही वह सुग्रीव से भिड़ गया। दोनों में गुत्थम-गुत्था होने लगी। सुग्रीव के गले में पड़ी पुष्पमाला से इस बार वह दूर से पहचाना जा रहा था। सुग्रीव पुनः निर्बल पड़ता जान पड़ा। परन्तु श्रीराम ने विलम्ब नहीं किया। एक बाण वृक्षों की आड़ से तानकर ऐसा मारा जो कि सीधा बाली की छाती में जा घुसा। एक चीत्कार के साथ बाली छटपटाकर धरती पर जा गिरा। सुग्रीव ने देखा कि उसका बलशाली अग्रज असहाय और अशक्त हो रक्त में नहाया धरती पर गिर गया है तो उसका सोया हुआ भ्रातृत्व जाग उठा और वह वहीं घुटने के बल धरती पर बैठकर रोने लगा। विलाप करते हुए सुग्रीव ने तब बाली के चरण पकड़ लिये। कहने लगा -

"हा भइया! आपको यह क्या हो गया? ....मुझ अधम के कारण ही आपकी यह दशा हो गयी?..."

सुग्रीव दोनों हाथों से अपना मुँह पीटने लगा। बाली कराहता हुआ सीधा आकाश की ओर निहार रहा था। अब तक राम भइया, मैं, हनुमान जी आदि उन दोनों के निकट जा पहुँचे थे।

बाली ने फिर श्रीराम की ओर ग्रीवा मोड़कर देखा और बोला - "आप ही राम हैं?... आपका तो बहुत नाम सुना था... आपको मुझसे क्या शत्रुता थी राम? जो आपने मुझ पर इस प्रकार से छिपकर घात किया...सुग्रीव आपको प्रिय है और मैं आपका वैरी हूँ?...मुझे आपके इस कार्य का कोई कारण समझ में नहीं आया। तारा ने बताया था...उसे अंगद ने बताया था कि आप दोनों भाई इधर किष्किन्धा क्षेत्र में कुछ दिनों से देखे गये हैं...मुझे सावधान भी किया था। परन्तु मुझे गुप्तचरों ने सूचना दी कि आप दोनों तो अयोध्या से आये क्षत्रिय राजकुमार हैं...आप पर अविश्वास होते हुए भी मुझे इतना तो विश्वास था कि क्षत्रिय कभी छिपकर वार नहीं करते हैं। लड़ते हैं तो सामने आकर लड़ते हैं...इसलिए मैंने चिन्ता न की...किन्तु आपका यह कायरतापूर्ण शरसंचालन क्या क्षत्रियोचित है राम?"

इस पर प्रभु श्रीराम बोले -

"बाली! यह सत्य है कि प्रत्यक्ष युद्ध क्षत्रियों और वीरों के लिए धर्मसंगत है। परन्तु शत्रु यदि मानवता के मूलभूत गुणों से वंचित हो चुका हो, समस्त सामाजिक मर्यादाओं को तिलांजलि दे चुका हो तो ऐसा व्यक्ति चाहे कितना वीर अथवा बलशाली

क्यों न हो पशु-समान ही होता है। अनुज की पत्नी, बहन और पुत्रवधू इन तक को भी जो अपनी कामपूर्ति हेतु न छोड़े वह मनुष्य कैसा? वह पाप का पर्याय एवं साक्षात् पशु ही होता है। और पशु से युद्ध नहीं किया जाता है उसका आखेट किया जाता है।... बाली! मुझे दुःख के साथ कहना पड़ रहा है कि तुम्हारे पापाचरण और अपने मित्र सुग्रीव के प्रति मेरी प्रतिबद्धता के कारण मैंने तुम्हारा छिपकर पशुवत् आखेट किया है।...यह मुझे करना पड़ा। अतः तुम्हारे इस तरह वध में कोई पाप नहीं है।"

धीर-गम्भीर स्वर में श्रीराम के इन वचनों को सुनकर बाली को बड़ा पश्चात्ताप हुआ। उसकी आँखों से आँसू बहने लगे। उसी घायल अवस्था में उसने अपने हाथ जोड़कर श्रीराम को प्रणाम किया और धराशायी अवस्था में ही बड़ी कठिनाई से कहने लगा - "धन्य हुआ मैं आज आप महात्मा को देखकर। सचमुच आप शीलवान् और नीतिज्ञ हैं राम!...कृपया मेरे अपराधों को क्षमा करिये।...हो सके तो अपने इस मित्र सुग्रीव को समझाइयेगा कि किष्किन्धा का राज्य सँभालते हुए यह मेरे प्रति वैरभाव को भी भुला दे।..."

तभी बाली की पत्नी तारा और उसका पुत्र युवराज अंगद वहाँ आ गये। तारा मृतप्राय रक्तरंजित बाली के शरीर पर आर्त्तनाद करके ढह गयी। उसके और अंगद के रुदन से किष्किन्धापुरी का समग्र वातावरण विषादमय हो उठा।

मरते हुए बाली को फिर सुग्रीव ने वचन दिया कि वह किष्किन्धा राज्य का संचालन द्वेषरहित रहकर पूर्ण निष्ठा और न्याय के साथ करेगा। किष्किन्धा के युवराज अंगद ही रहेंगे जिन्हें वह सदैव पुत्रवत् स्नेह देगा। तारा का भी वह ध्यान रखेगा एवं सम्मान करेगा।

बाली ने तब अन्तिम साँस लेने से पूर्व नवयुवक अंगद से भी वचन लिया कि वह अपने काका की आज्ञाओं का पालन करेगा। यह भी कि वह महात्मा श्रीराम के चरणों में पूर्ण आस्था रखकर रामकाज में अपना सर्वस्व न्योछावर करेगा।

इस प्रकार परम बलशाली बाली राम जी की जो सेवा अपने जीवनकाल में न कर सका वही सेवा श्रीराम को समर्पित करने हेतु उसका पुत्र अंगद अपने पिता के देहावसान के समय उनकी इच्छानुसार संकल्प लेकर उठ खड़ा हुआ।

तुंगभद्रा नदी के तट पर महाराज बाली का पूर्ण राजकीय सम्मान के साथ अन्तिम संस्कार किया गया। चन्दन की चिता बनायी गयी। बाली के शव को उसके पुत्र अंगद ने मुखाग्नि दी। ज्यों ही चिता को आग दी गयी सारा वातावरण 'हा वानर महाराज' के करुण क्रन्दन से गूँज उठा। इसके पश्चात् सुग्रीव ने तारा और अंगद के साथ दिवंगत बाली को जलाञ्जलि दी। सभी लोग तब अपने-अपने घरों को लौटे।

हनुमान जी ने राम जी से प्रार्थना की कि प्रभु! अब शीघ्र ही सुग्रीव का राज्याभिषेक सम्पन्न करायें। इस पर श्रीराम ने कहा कि - "मुझे चौदह वर्ष की कालावधि पूर्ण होने तक पिता की आज्ञानुसार किसी ग्राम अथवा नगर में प्रवेश करना वर्जित है। अतः वानर स्वयं ही आपके मार्गदर्शन में अपनी प्रथाओं एवं विधि-विधान के साथ सुग्रीव का राज्याभिषेक करें। आप मेरी ओर से लक्ष्मण को अपने साथ ले जायें।"

सुग्रीव का राज्याभिषेक सम्पन्न हुआ। सुग्रीव विधिवत् किष्किन्धापति बन गये। समस्त वानर समाज ने एक भव्य समारोह में सुग्रीव को बधाई देते हुए उनके जय-जयकार से आकाश को गुँजा दिया। सुग्रीव ने भी राम जी की सलाह और अपने अग्रज बाली की स्मृति का मान रखते हुए अंगद को युवराज के पद पर अभिषिक्त कर दिया।

महाराज सुग्रीव तब मेरे और हनुमान जी के साथ श्रीराम के पास उनकी कन्दरा में आये। आकर उन्होंने उन्हें प्रणाम कर अपनी कृतज्ञता ज्ञापित की और कहा - "श्रीराम! आप तो जानते ही हैं कि वर्षाकाल प्रारम्भ हो रहा है। आकाश में जल से भरे मेघ छा गये हैं। वर्षा प्रारम्भ होते ही जंगली प्रदेशों में जन-जीवन बहुत अस्त-व्यस्त हो जाता है। मार्ग दुर्गम तथा अनेक स्थानों पर यात्राएँ असम्भव हो जाती हैं। नदी-नाले इतराने लगते हैं। सर्प, बिच्छू, जोंक और अनेक विषैले जीव-जन्तुओं का धरती पर प्रकोप बढ़ जाता है। ऐसे में लगभग चार माह सीता जी की खोज बहुत कठिन होगी। अतः यदि उचित समझें तो यह अभियान हम शरद् ऋतु में प्रारम्भ करें। तब तक प्रतीक्षा की जाये?"

श्रीराम ने कहा - "तुम ठीक कहते हो मित्र!...श्रावण मास आरम्भ हो चुका है। प्रतीक्षा के अतिरिक्त इन परिस्थितियों में हमारे पास और कोई विकल्प नहीं। व्यर्थ में इन दिनों वानर सैनिकों के प्राण संकट में डालने का कोई औचित्य नहीं।..."

"प्रभु रघुनन्दन!... मेरा और हनुमान का यह अनुमान है कि वह राक्षस जो जानकी जी को हरकर ले गया है वह लंकापति रावण ही होगा। क्योंकि आकाशमार्ग से यात्रा करने का सामर्थ्य केवल उसी को प्राप्त है।"

"हाँ सुग्रीव!... गीधराज जटायु ने भी कहा था कि वह दुष्ट रावण ही था।" - मैंने कहा। इस पर किष्किन्धापति बोले -

"लक्ष्मण!... यद्यपि रावण की राजधानी लंका दक्षिण दिशा में है। परन्तु इन राक्षसों का कोई ठिकाना नहीं। क्या पता रावण ने सीता जी को कहाँ ले जाकर रखा हो? परन्तु आप लोग निश्चिन्त रहें। हम चार माह की अवधि बीतते ही अपने खोजीदल चारों दिशाओं में भेजेंगे और दुष्ट रावण ने सीता देवी को धरती पर अथवा पाताल में जहाँ कहीं भी छिपा रखा होगा खोज निकालेंगे।"

यह कहकर सुग्रीव किष्किन्धापुरी लौट गये। हनुमान हमारी देख-रेख हेतु आते-जाते रहे। फिर राजमहल के वैभव एवं भोगविलास में सुग्रीव ऐसे डूबा गया जैसे कोई पत्थर गिरकर सरोवर के तल में समा जाता है।

भइया ने एक शैलशिखर पर एक बड़ी-सी गुफा खोज निकाली थी। गुफा पर्याप्त सुविधाजनक थी। इसलिए हम दोनों भाइयों ने चौमासे में इसे ही अपना निवास बना लिया। भइया ने मुझसे कहा - ‘‘प्रिय लक्ष्मण! यह स्थान रमणीय और अद्‌भुत है। हमारा मन यहाँ लगा रहेगा और यह कठिनाई भरे दिन भी किसी तरह कट जायेंगे। इसलिए आओ अब हम यहीं रहें।...’’

‘‘जी भइया।’’ मैंने सहमति जतायी। किन्तु कैसी विडम्बना! कैसा धैर्य!! मेरा मन भीतर-ही-भीतर अत्यन्त व्यथित हुआ भइया के बारे में यह विचारकर कि इतने बड़े कौशल राज्य के उत्तराधिकारी जिन्हें आज राजा होना चाहिए था कैसे एक भिक्षुक की भाँति इतनी सहजता से अपने विश्राम का ठिकाना ढूँढ़ते फिर रहे हैं? एक पर्वतीय कन्दरा तनिक सुविधाजनक लगी और यह उसी में सन्तुष्ट हो गये। जैसे कि कोई बहुत बड़ा राजमहल पा गये हों।...एक ऐसा व्यक्ति जिसका राज्य छिन गया हो ...जिसे देशनिकाला दे दिया गया हो और ऊपर से सबसे हृदयविदारक क्षति यह कि जिसकी प्रिय पत्नी का अपहरण हो चुका हो किसी के लिए उससे अधिक दुर्भाग्य की बात और क्या होगी?...परन्तु मेरे भइया को कोई देखे तभी समझ सकेगा कि वह किस तरह इन असम्भव परिस्थितियों में भी अपने हृदय पर पत्थर रखे हुए थे।... भइया! कोई समझे अथवा न समझे। यह लक्ष्मण तो है आपके पास आपका दर्द समझने को।...आप मेरे अग्रज हैं मेरे आराध्य हैं। मेरी इतनी क्षमता तो नहीं जो आपकी पीड़ा को बाँट सकूँ। परन्तु कम-से-कम आपसे सहानुभूति तो रख ही सकता हूँ।...पीड़ा और अवसाद की हिला देनेवाली स्थितियों में व्यक्ति को सहानुभूति के साथ-साथ उसे धैर्य दिलाने के दो शब्द भी पर्याप्त होते हैं। ऐसे में यदि पीड़ित व्यक्ति को उसकी आन्तरिक शक्ति का भान कराया जाये तो उसे थोड़ा बल मिलता है।...

भइया कभी कन्दरा के बाहर बरसते जल को देखकर गगन में चमकती विद्युत् और गरजते मेघों की ध्वनि को सुनकर वर्षा की प्रशंसा करते तो अगले ही पल अपनी प्रियतमा को स्मरण कर मुझसे न जाने क्या-क्या कहने लगते। मैं धर्मसंकट में पड़ जाता। भइया यह सब मुझसे क्यों कह रहे हैं? भाभी माँ के साथ आमोद-प्रमोद के क्षणों का वर्णन क्या मुझ अनुज से करना उचित है? भइया अपने आपे में नहीं थे इन दिनों। वह कब हँसने लगेंगे? कब रोने लगेंगे? कब अत्यधिक बोलने लगेंगे? और कब स्वयं में ही खो जायेंगे? कुछ पता नहीं रहता था।...उस एकान्त अरण्यवास में मैं उनके साथ नितान्त अकेला था।

प्रायः गुफा के बाहर मूसलधार वर्षा होती रहती। वर्षा-वृष्टि कुछ देर को थमती तो हम दोनों भाई अकुलाकर बाहर निकल आते। परन्तु भइया बहुत दूर न जाते। कन्दरा के आस-पास ही टहलते रहते। मन-ही-मन कुछ सोचते। योजना बनाते-से। मैं भी उनके पीछे एक निश्चित दूरी बनाये टहलता। न जाने कब वर्षा पुनः प्रारम्भ हो जाये? अथवा भइया को कोई आवश्यकता ही पड़ जाये?...

बीच में किसी दिन यदि संयोग से धूप निकल आती आकाश कुछ-कुछ स्वच्छ दिखता उस दिन किष्किन्धा में चारों ओर फैले वनाञ्चल का दृश्य ही कुछ और होता। वन्य-जीवों के झुण्ड-के-झुण्ड निकल पड़ते हमारी तरह ही चहलकदमी करने। यह हिरण भागे जा रहे हैं पम्पा सरोवर की ओर... अब यह जंगली भैंसों का समूह जा रहा है प्यास बुझाने...कुछ इधर-उधर मुँह मारने...हम अपने पर्वतशिखर से ही जंगल का सुरम्य दृश्यावलोकन करते। और ये जा रहे हैं अब मस्त गजराज...हाथी-समूह के मुखिया...आगे-आगे। पीछे-पीछे अनेक हथनियाँ उनके हाथी-शिशु और कुछ दूसरे हाथी।...लंगूरी वानर भी वृक्षों की शाखाओं पर एक स्थान से दूसरे स्थान पर छलाँगें मार रहे हैं। एक बड़ा-सा लंगूर तो प्रभु श्रीराम के निकट उधर उस स्फटिक-सी चिकनी शिला के ऊपर ही आकर बैठ गया है। लगता है कि जैसे उन दोनों में जन्म-जमान्तर का कोई परिचय हो। भइया के मुखारविन्द पर आज अनेक माह बाद मैं वही चिरपरिचित स्मित मुस्कान देखता हूँ और मेरे नेत्र भर आते हैं।

लंगूरी वानर के चले जाने पर भइया पुनः उदास मुख कन्दरा के भीतर चले जाते हैं। प्रायः मुझसे कहा करते हैं कि - "लक्ष्मण! यह प्रकृति का समस्त सौन्दर्य मेरे किस काम का? जब मेरी प्रिया ही मेरे संग नहीं तो यह सूर्योदय, यह सूर्यास्त, यह प्रपात, यह सरोवर, यह वर्षा, यह पवन मुझे तनिक भी विभोर नहीं करते। सीता के बिना मेरा जीवन ही व्यर्थ है। फिर इस संसार का मेरे लिये क्या अर्थ?"

ऐसे अवसरों पर मैं भइया को जैसे भी बन सके धीरज देने की चेष्टा करता हूँ। एक तो मैं स्वयं ही इन अरण्यों में भटकता-फिरता वज्र की भाँति कठोर हो चला हूँ कि मुझे कोमल शब्द और सान्त्वना के भाव ढूँढ़े नहीं मिलते ऊपर से सीता माँ के विरह में राम भइया का तिल-तिलकर जलना मुझे भी मेरे अन्तर्तम में झुलसाता है। ... मुझे दिवास्वप्न दिखने लगे हैं इन दिनों। कभी मुझे आकाश में भाभी माँ को ले जा रहे किसी राक्षस का निर्मम अट्टहास सुनायी देता है...साथ में भाभी माँ का अश्रुओं से भीगा मुख...कभी मुझे अयोध्या में कौशल्या माँ मुझसे प्रश्न पूछती दिखती हैं - मेरा राम कहाँ है? कैसा है वह? तू उसके साथ है न वत्स?...ऐसे करुण स्वप्न कब दिवास्वप्न से रात्रिस्वप्न में बदल जाते हैं मैं जान नहीं पाता। एक दिन हद तो तब हो गयी जब उर्मिला मेरे स्वप्न में आकर मुझे उलाहना देने लगी - इसीलिए गये थे आप वन में? मेरी दीदी को खो दिया। क्या यही कर्त्तव्य निर्वहन करना था आपको?

मुझे मेरी सीता दीदी वापस चाहिए...लाइये स्वामी दीदी को यहाँ लाइये...लाकर दीजिये।...

"भाभी माँ!" यह कहकर मैं अर्द्धरात्रि में उठ बैठा। राम भइया जाग रहे थे। बोले - "क्या है लक्ष्मण?" मैंने कहा - "कुछ नहीं भइया!"

यह तो कहिये कि अच्छा हुआ कि भइया मेरा सम्बोधन सुन नहीं पाये। अन्यथा व्यर्थ में ही और उदास हो जाते। राम भइया रात्रि में वैसे भी भली-भाँति सो नहीं पाते हैं। मुझे उठ-उठकर उन्हें मृगचर्म उढ़ाना पड़ता है। जब वे निद्रा में बड़बड़ाते हैं तब जान पाता हूँ कि भइया की नींद कच्ची है। तब मैं उनके पैर दबाने लगता हूँ। कभी-कभी तो वह निद्रा की दशा में ही सीते! जानकी! वैदेही! का करुण स्वर निकालते हैं। लगता है कि भाभी माँ की स्मृतियाँ उन्हें चारों प्रहर आठों याम घेरे रहती हैं। इसीलिए दिन में अब मैं प्रायः उन्हें सरलता से अकेला नहीं छोड़ता। कुछ-न-कुछ बोलता-बतियाता रहता हूँ। कभी अपने बाल्यकाल की चर्चा छेड़ता हूँ। भइया उसमें थोड़ी देर विचर नहीं पाते तभी किसी ऋषिवर के आश्रम की चर्चा छेड़ देता हूँ।... कभी जब देखता हूँ कि राम भइया पर मेरी बातों का प्रभाव नहीं पड़ रहा है अथवा अवसाद की छाया उन्हें कुछ अधिक ही जकड़ रही है तो मैं ऊटपटाँग हरकतें करने लगता हूँ।...आप हँसेंगे सुनकर। उदाहरण के लिए मैंने एक दिन भइया के समक्ष अपने उदर में शूल उठने का अभिनय किया। भइया विचलित हो उठे। मेरी देखभाल करने लगे। न जाने कहाँ से कोई जड़ी-बूटी वन में घूमकर ले आये और उसे एक पत्थर पर पीसकर मुझे पिलाने लगे।... मैंने सोचा चलो अच्छा है। भइया ने मेरे दुःख में कुछ देर ही सही अपना दुःख तो भूला।

एक दिन पुनः मैंने पेट में दर्द का अभिनय किया। भइया इस बार कुछ-कुछ समझ गये। किष्किन्धा से एक वानर सैनिक हनुमान जी ने हमारा समाचार लेने भेजा था। श्रीराम ने उससे कहा - "हनुमान जी से कहो कि शीघ्र यहाँ आयें किसी वैद्य को लेकर। लक्ष्मण के उदर में बहुत पीड़ा हो रही है। उसका शीघ्र उपचार वैद्य जी आकर करें।"

वानर सैनिक जाने को हुआ तो मैंने उसे तत्काल मना किया - "नहीं-नहीं, वैद्य जी को बुलाने की आवश्यकता नहीं...अब मैं ठीक हूँ। प्रातः की अपेक्षा पीड़ा बहुत घट गयी है। आवश्यकता होगी तभी उन्हें बुलाना उचित होगा।"

इस पर भइया ने अपनी नाक पर हथेली से दो बार स्पर्श कर अपनी मुस्कान रोकी और बोले - "प्रिय सैनिक!... अच्छा तुम जाओ। वैद्य के लिए मत कहना। परन्तु हनुमान जी से कहना कि राम ने उन्हें याद किया है। यथाशीघ्र आयें। बहुत दिन हुए उन्हें देखे।"

और वह वानर सैनिक चला गया। मैं राम भइया से अपनी दृष्टि चुराने लगा। जब कुछ न सूझा तो अपनी घास-फूस की शय्या पर कन्दरा-भित्ति की

ओर करवट लेकर लेट गया। ये भइया भी बस।... न स्वयं चैन से जीते हैं न मुझे जीने देते हैं।

एक दिन पर्वत की पथरीली चट्टानों से नीचे कूदते समय मेरे पैर में काँटा चुभ गया। वास्तव में काँटा चुभा था। बड़ा-सा। पैर से रक्त निकलने लगा। मेरे राम भइया विह्वल हो उठे। उस समय मुझ अनुज पर उनके नेत्रों से बहनेवाली करुणा मुझ पर उनका वात्सल्य उनकी चिन्ता का जो सम्मिश्रित भाव था वह अवर्णनीय है। मेरे भइया मेरे लिये बेहाल हो गये। लगता था कि चोट मुझे नहीं सीधे उनके शरीर पर कहीं लगी हो। कई दिन मेरी सेवा-शुश्रूषा में लगे रहे भइया। मैं बड़ा निष्ठुर बन गया उन दिनों में। ईश्वर मुझे उस पाप के लिए क्षमा करे। मेरा पैर तो दो-तीन दिन में ठीक हो गया। परन्तु उसके कई दिन बाद तक मैं अपनी कन्दरा और कन्दरा के बाहर के भाग में लँगड़ाकर चलता रहा जान-बूझकर। भइया को यह दिखाने को कि राम भइया! देखिये आपके इस अनुज को कितना कष्ट है? तलुए में अभी भी पीड़ा शेष है। मुझसे भली-भाँति चला नहीं जा रहा।... इसलिए आप अपने दुःखदर्द को छोड़िये और अपने सौमित्र की चिन्ता कीजिये।...

एक दिन मैं अपनी गुफा से निकलकर कुछ ऊपर की ओर एक शिला पर बैठा एकान्त में मनन कर रहा था। भइया गुफा के भीतर आज कई दिन के बाद सोये थे। मैं कन्द-मूल-फल चुनकर लाया था। जब मैंने भइया को चैन की नींद सोते देखा तो उन्हें जगाना उचित नहीं समझा। पर्णपात्र में धीरे से उनके सिरहाने कुछ फल रखकर गुफा से बाहर आ गया। आकर पश्चिम दिशा की ओर मुख करके उस चट्टान पर बैठ गया।

सूर्यदेव धीरे-धीरे अस्ताचल की ओर जा रहे थे। आकाश आज स्वच्छ एवं मेघरहित था। सारसों की एक पंक्ति कहीं से कहीं को उड़ती चली जा रही थी। श्वेत सारस एक सीध में हवा में पंख डुलाते।

श्रावण माह बीत चुका था। भादों का महीना लग गया था। नदियों के भीतर जलस्तर घटने लगा था। आम्रवृक्षों से विविध रंग के आम पककर गिर रहे थे। अब तो काले-काले जामुन भी मिलने लगे थे। पम्पा सरोवर की भी छटा निराली थी। उनमें भाँति-भाँति के पक्षी और जल-कुक्कुट क्रीड़ा करने लगे थे। सरोवर का जल तो इतना मीठा था कि पीते-पीते तृप्ति न हो पाती। सर्ज और कदम्ब के पुष्पों सहित नाना प्रकार के पुष्पों का आकर्षण प्रकृति में बढ़ता ही जा रहा था।

मैं एकान्त में बैठा-बैठा प्रकृति की सुषमा को निहार रहा था। सोच रहा था कि आषाढ़ और श्रावण बीत गये। अब यह भाद्रपद प्रारम्भ है। यदि प्रकृति इस प्रकार

बाधक न होती तो हम अब तक सीता माँ को ढूँढ़ चुके होते। जब इस तरह बीतते हुए यह दिवस और मास क्षण-प्रतिक्षण मुझे इतने भारी लगते हैं तो राम भइया के हृदय पर क्या बीतती होगी। वहाँ मेरी फूल-सी कोमल भाभी माँ उन राक्षसों के मध्य न जाने किन कष्टों को सहती होंगी? कैसे जी रही होंगी? जीवित होंगी भी अथवा? नहीं-नहीं यह मैं क्या सोच रहा हूँ। मुझे दुबारा ऐसा नकारात्मक विचार अपने मन में आने ही नहीं देना है। यदि मैं ही असमंजस में पड़ गया तो अपने भइया को कैसे सँभालूँगा। मुझे तो स्वयं से अधिक उन्हें दृढ़ता प्रदान करनी है।...

गरजता-बरसता आषाढ़ बीता। रिमझिम सावन भी बीत गया। अब भादों का मनभावन महीना आ गया है। फिर क्वार का महीना आयेगा। नदियों के कछारों में तब काँस फूलने लगेंगे। नदी-सरोवर आदि का जल और भी निर्मल हो जायेगा। अभी तो कोकिल के स्वर अमराइयों में सुनायी दे रहे हैं फिर मयूर पुकार उठेंगे। क्वार अर्थात् आश्विन के महीने में जंगल का जीवन और सहज हो उठेगा। उस समय तक सुग्रीव यदि अपने वानर समूहों को एकत्रित कर उन्हें माता सीता की खोज में भेज सके तो अति उत्तम होगा।...भइया तो कह रहे थे कि कार्तिक मास में सीता की खोज का प्रयास किया जा सकता है। परन्तु मैंने कहा कि कार्तिक से पहले आश्विन में ही खोजी दल क्यों न भेज दिये जायें?...

अभी इसी उधेड़बुन में था कि तभी हनुमान जी आ गये। मुझे अकेला बैठे देख शीघ्रता से मेरी ओर आये। बोले -

"प्रणाम भ्राता लक्ष्मण!..."

"आइये भ्राताश्री हनुमान! -" कहकर मैंने खड़े होकर हनुमान जी का अभिनन्दन किया।

"आप इधर बैठे हैं... मैं कन्दरा में गया था तो देखा प्रभु राम सोये हुए हैं। अतः आपको खोजता इधर आ गया..."

"हाँ...भइया आज बड़े दिन बाद इस समय सोये हैं।"

"तो क्या प्रभु तीसरे प्रहर में तनिक भी नहीं सोते?"

"नहीं महावीर!... दिन के समय तो छोड़िये भइया रात में भी बड़ी कठिनाई से घड़ी-दो घड़ी सोते होंगे। आप जान ही रहे हैं सब..."

"जी सौमित्र! अभी कल ही मैंने सुग्रीव से कहा है कि वानरों को पन्द्रह दिन में एकत्रित करने हेतु सन्देशवाहक अभी से भेज दिये जायें।..."

"तो फिर?"

"वानरराज ने आज्ञा तो दे दी है।"

कहकर हनुमान मौन हो गये। वह कुछ चिन्तित-से दिखे। मैंने उनको देर तक स्वयं में डूबता-उतराता देखा तो अपने को रोक न सका। उनसे पूछ ही बैठा -

“क्या बात है भ्राता हनुमान!... सब कुशल तो है न?”

“जी सौमित्र! सब कुशल है।” हनुमान अब शीघ्रता से बोले।

“अच्छा यह बताइये कि महाराज सुग्रीव राजकाज तो ठीक से कर पा रहे हैं?”

“हाँ भ्राता!... वे राजकाज में पर्याप्त व्यस्त रहते हैं। किन्तु जब कार्य के बोझ से थक जाते हैं तो विश्राम हेतु अन्तःपुर में चले जाते हैं।”

अब हनुमान पुनः चुप हो गये। लगा जैसे उनसे बोलने में कुछ भूल हो गयी। विकट ब्रह्मचारी हनुमान अन्तःपुर का शब्द कदाचित् उच्चारित नहीं करना चाहते थे। क्यों? क्या मैं उसका कारण था? या वे स्वयं जो कि बाल-ब्रह्मचारी थे। जो भी हो संसार में रहकर सांसारिक व्यवस्थाओं और अवस्थाओं को भले ही हम भोगें अथवा उनसे विरत रहें, उनके अस्तित्व से कैसे मुख मोड़ सकते हैं?

“अन्तःपुर से प्रायः संगीत-नृत्य-वादन इत्यादि की ध्वनियाँ निविड़ रात्रि के समय इधर हमारे इस पर्वत शिखर तक भी सुनायी दे जाती हैं हनुमान जी!...” मैंने संकेत-भाषा में अपनी बात कही।

हनुमान जितने बुद्धिमान् थे उतने ही सरलहृदय एवं निष्कपट भी। बोले-

“अब आपसे क्या छिपाना लक्ष्मण जी! आप स्वयं इतने कुशाग्रबुद्धि हैं। मेरा थोड़ा कहा बहुत समझिये।”

“फिर भी भ्राता हनुमान!...कुछ तो कहें।” एक चंचल मुस्कान उस समय जाने कैसे मेरे अधरों पर तैर गयी। मुझे लगा कि हनुमान जी अपने गुरु अगस्त्य की भाँति कुछ देर को ही सही, विनोद की मुद्रा में आ जायेंगे। परन्तु हुआ इसके विपरीत। वह और भी गम्भीर मुखमुद्रा बनाकर मुझसे कहने लगे -

“वह बात यों है कि सुग्रीव भले ही किष्किन्धापति बन गया हो परन्तु है तो मेरा बालसखा ही। उसकी नस-नस का भेद मैं समझता हूँ, यह वह नहीं समझता। ... प्रगाव गें कभी-कभी भूल भी जात। है।”

“वही तो मैं आपसे जानना चाहता हूँ कपिवर! आप मुझे बतायें वहाँ उस राजमहल में इन दिनों हो क्या रहा है?”

“क्या बताऊँ सौमित्र!... जो भी हो रहा है स्वाभाविक ही है।”

“वह कैसे?”

“वह क्या है कि सुग्रीव जब कभी राजकाज की जटिलताओं से थक जाता है तो अन्तःपुर में जाने पर दासियाँ, परिचारिकाएँ, नृत्यांगनाएँ इत्यादि उसे घेर लेती हैं ...वहाँ अपने महाराजा को अपने मध्य पाकर· नृत्य-संगीत से सुन्दरियाँ उसका मन बहलाने लगती हैं...सुग्रीव तब घड़ी-दो-घड़ी विश्राम करने लगता है।”

“स्वाभाविक ही है...” मेरा स्वर व्यंग्यमय था।

"जी नितान्ततः।... परन्तु गड़बड़ तब होती है जब... वह वहाँ...किंचित् सुरापान कर लेता है।"

"ओह! -" मेरे मुख से निकला - "किन्तु सुग्रीव पीता ही क्यों है?"

"पीता कहाँ है वह? सुरा-सुन्दरियों की सभा में उसे कोई पिला देता होगा।"

"धन्य हैं सुग्रीव महाराज... क्या बात कही आपने केसरीनन्दन! अच्छा तो आगे फिर?"

"बस यहीं से सुग्रीव विवश हो जाता है...सुना है तब सुन्दरियों में अपने स्वामी को सुरापान कराने और नाना प्रकार के व्यञ्जन खिलाने की होड़-सी लग जाती है। ... एक प्रतियोगिता-सी मच जाती है जिसमें उसको अपने तन-मन की सुधि ही बिसर जाती है...किंकर्त्तव्यविमूढ़ और दिग्भ्रमित हो जाता है वह...वास्तव में बड़ा ही अबोध है मेरा सुग्रीव।"

"हाँ वास्तव में आपका सुग्रीव अबोधों में भी अबोध है।... अरे हनुमान जी! दया कीजिये मुझ पर। अब तो मेरे पास भी सहानुभूति के लिए कोई शब्दावली शेष नहीं रही। क्या कहूँ? संसार का सबसे बड़ा निरीह प्राणी है आपका वह मित्र!...न-न अब और कुछ न कहियेगा। इसके आगे कुछ कहियेगा तो उस बेचारे का कातर मुख मेरे सामने प्रकट हो जायेगा। और मैं रो पड़ूँगा।"

- मैं यह सब कहे जा रहा था और हनुमान जी चुपचाप सब-कुछ सुन रहे थे। यह समझने के प्रयत्न में कि लक्ष्मण जो कुछ कह रहा है गम्भीरता से कह रहा है अथवा व्यंग्य में? क्योंकि मेरा मुख इस समय हनुमान जी से अधिक गम्भीर था। वैसे, हँसी अब मुझे भी नहीं आ रही थी। हनुमान जी कितनी चतुराई से वानरराज सुग्रीव की वर्तमान दुर्दशा एवं पतन का यथार्थ चित्रण कर मेरी जिज्ञासापूर्ति भी कर गये थे और स्पष्ट शब्दों में अपने उस परम मित्र की निन्दा भी नहीं की थी उन्होंने।

प्रस्रवण गिरि पर एकान्तवास करते हमें चार माह बीतने को आये। बताइये ...हम आजकल अर्द्धपशु-अर्द्धमानव की भाँति इस पर्वतशृंखला पर एक कन्दरा में पड़े हुए हैं और उधर वह सुग्रीव किष्किन्धानरेश क्या बना कि राजसी वैभव की चमक-दमक में बौराकर सारे संसार को ही भूल गया?...

एक माह बीता। दो माह बीते। तीसरा माह भी बीता। और अब चौथा माह भी बीत रहा है।...आगे शरद् ऋतु प्रारम्भ होने को है और उस विलासी वानर की कामतृप्ति और सुरापान की लालसा का कोई अन्त ही नहीं?...

मेरे भइया भी कितने भोले हैं? जिसे एक बार मित्र कह दें उसके प्रत्यक्ष दोष को भी अनदेखा कर देना जैसे उनके स्वभाव का अंग बन चुका है। सुग्रीव राजमद में माता हुआ अपनी राजधानी में समस्त भोगों में आलिप्त पड़ा-पड़ा विश्राम कर रहा है और राम भइया हैं कि कितनी सरलता से उसे राजकीय कर्त्तव्यों के बोझ तले दबा मानकर सन्तोष किये ले रहे हैं।...हुँह! राजकीय कर्त्तव्य...। पता है मुझे कैसा कर्त्तव्यपालन कर रहा है इन दिनों वह दुष्ट!... बिना कुछ कहे उसकी करतूतों की अच्छी झाँकी दिखा गये थे उस दिन हनुमान।...

भइया यदि विरह वेदना से स्वयं संयुक्त न होते तो बताता उन्हें सुग्रीव के राग-रंग के कच्चे चिट्ठे। हनुमान के दूत जब प्रस्रवण गिरि पर कुछ समय के लिए आते हैं तो एकान्त में बैठकर कैसी-कैसी चर्चाएँ करते हैं परस्पर...एक-दो बार वे चर्चाएँ मेरे कानों में भी न पड़ी होतीं तो सुग्रीव को सन्देह का लाभ दिया भी जा सकता था। परन्तु अब तो मेरे मन में दर्पण की भाँति सब-कुछ स्पष्ट है। कितना विरूपित, स्वार्थान्ध, मदान्ध, लोलुप और पतनशील हो चुका है वह नया-नया वानरराज।... कृतघ्न कहीं का।...सुग्रीव - सुग्रीव - सुग्रीव...जब देखो मित्रवर सुग्रीव...वानरराज सुग्रीव...यह भइया भी बस!...इससे तो अच्छा होता कि सुग्रीव की जगह बाली से सहायता ली जाती...व्यर्थ ही राम भइया ने उस बेचारे को मारा वह भी इस वचनद्रोही के लिए! क्या पता बाली अधिक सक्षम और सहायक होता भाभी माँ की खोज अभियान के हित में? क्या पता कि अब तक हमारा कार्य सिद्ध भी हो चुका होता? ...

मूषक ब्योपारी भया पहरेदार बिलार?...बाकुल बने महातमा मत्स्य करैं परनाम? ...भूखा सोवै सारा गाँव कौआ बोलै काँव-काँव?...सिंह करै आखेट सियरऊ रमण करैं?...

आजकल तो हनुमान जी का भी कुछ पता नहीं। एक माह पूर्व आये तो कह रहे थे कि गुरुदेव अगस्त्य के आश्रम जा रहा हूँ...बुलावा आया है गुरुवर का। पता नहीं लौटे कि नहीं?...वह बेचारे भी क्या करते। मित्र किष्किन्धानरेश बना हुआ सुरा-सुन्दरियों के बीच भ्रमर बना डोलता है। सात्त्विक हनुमान को वह वातावरण परिहासमय नर्क-सम प्रतीत होता होगा। ठीक ही किया जो अगस्त्य की शरण में चले गये।...

हनुमान एक दिन कह रहे थे कि श्रीराम ने यह प्रस्रवण गिरिशृंग यों ही नहीं खोज निकाला है। यह अत्यन्त पवित्र ऋषि-मुनियों का वास रहा है... सहस्रों वर्ष से। इस गिरि में स्थित अनेकानेक गुफाएँ कभी आदि-मानवों के भी आश्रयस्थल थे। उस आदिकाल से जब मानव पूर्णतः असभ्य था। पत्थरों के अस्त्रों से आखेट करता था। कच्चा मांस खाता था। नग्न रहता था। आग जलाना भी नहीं जानता था। क्योंकि अग्निसन्धान से परिचित ही नहीं था तब तक।...प्रस्तर युग के पश्चात् लौह युग

आया। अग्नि और धातु का जीवन में समावेश हुआ। मानव अर्द्धसभ्य हुआ। पशुचर्म लपेटकर अर्द्धनग्न रहने तथा समूह में रहने का अभ्यासी होता गया। आखेट के मांस को अग्नि पर भूनकर वह खाने लगा। तब से नरभक्षी मानवों के समूह धरती पर तीव्रता से घटने लगे।...आज के कतिपय राक्षस-समूहों को यदि छोड़ दिया जाये तो नरभक्षियों की जनसंख्या भी बहुत कम हो चली अब। हनुमान जी के कथनानुसार हम तो आज के युग में अब बहुत विकसित हो चले हैं। असभ्यता के जो भी चिह्न हैं वे प्रत्यक्ष न होकर हमारी आन्तरिक मनोवृत्तियों में निहित हैं। समय-समय पर हमारे कुकृत्यों एवं कदाचरण में वे प्रकट होते रहते हैं।

हनुमान यह भी बता रहे थे कि इस असभ्यता के कभी चरम पर रहे मानव का साक्षी रहे इस प्रस्रवण गिरि की कन्दराएँ यदि आप देखेंगे तो उनमें से कुछ ऐसी मिलेंगी जिनकी भित्तियों पर आज भी आदिम सभ्यता के चिह्न अंकित हैं। प्रस्तर की नोक से बने आदिम चित्र। टेढ़ी-मेढ़ी आकृतियाँ। जैसी छोटे शिशु खचीने खींचकर चित्र-सा बनाते हैं। नर - नारी - पशु - पक्षी - रेखाएँ - वृत्त आदि। मैंने भी इन तीन-चार महीनों में बड़े परिश्रम से एक ऐसी आदिमानव की कन्दरा खोज निकाली है। भित्तियों पर अंकित विविध प्रकार की आकृतियाँ बिखरी-बिखरी-सी। परन्तु परस्पर कुछ साम्य-सा दर्शातीं। कुछेक स्थलों पर तो पर्याप्त स्पष्ट कुछ चित्र देखे मैंने। एक हाथी... भाला लेकर घेरते कुछ मनुष्य...फन काढ़े हुए सर्प...कुछ विचित्र आकृतियाँ जिनका अर्थ मैं समझ न सका। उर्मिला होती तो उसे दिखाता...सम्भवतः वह कुछ समाधान कर पाती।

अब लो।...हे असावधान लक्ष्मण! अब यह तू इस गिरिकन्दरा में उर्मिला को कहाँ घसीटने लगा? चलता हूँ। देखूँ...राम भइया क्या कर रहे हैं?

ऐसा नहीं था कि धैर्य हर बार मेरा ही समाप्त होता हो। हर व्यक्ति के धैर्य की एक सीमा होती है। श्रीराम का हृदय पर्वत शिखर से भी ऊँचा और सागर से भी विशाल है। पर इसका अर्थ यह नहीं कि वह मनुष्य नहीं। श्रीराम एक ऐसे ज्वालामुखी सरीखे हैं जो अपने अन्तस्तल में अग्निकण को समेटे तब तक धैर्यवान् रह सकते हैं जब तक वह धधकते लावे में स्वयं सुलगने न लग जायें। और जब लावा पक जाता है तो ज्वालामुखी को फटने से कौन रोक सकता है?

जब मैं भइया के पास पहुँचा तो वह तमतमाये हुए बैठे थे। मुझे देखते ही उत्तेजिंत स्वर में बोले -

"लक्ष्मण! लगता है सुग्रीव अपना वचन भूल गया है। सीता का वियोग अब असहनीय है। चार माह बीतनेवाले हैं। खोज अभियान प्रारम्भ करने का समय आ पहुँचा है और उधर वह दुष्ट राजमद में न जाने कहाँ विलीन है? न कोई भेंट न सन्देश...हे सौमित्र! तुम इसी समय किष्किन्धापुरी जाओ और जाकर मेरे क्रोध के परिणाम का उसे परिचय दो। जाकर कहो कि बाली राम के जिस बाण का लक्ष्य

बनकर परलोक गया है वैसे अनेक बाण अभी भी मेरे तूणीर में शेष हैं और उन बाणों की धार अभी कुन्द नहीं हुई है।''

भइया के इस प्रकार के ओजपूर्ण वचन आज महीनों बाद मेरे कानों में पड़े थे। उनको सुनकर हर्ष और विषाद दोनों एक साथ मेरे भीतर कौंधे। हर्ष इसलिए कि भइया अब पूर्ण चैतन्य और वीरोचित मनःस्थिति में पुनः पदार्पण कर चुके थे। विषाद इसलिए कि कौशल-जैसे शक्तिशाली राज्य का सुयोग्यतम उत्तराधिकारी और भावी सम्राट् आज एक निरीह वनवासी बना दूसरे वनवासियों की सहायता की बाट जोहता इस तरह एक आहत सिंह-सा हुंकार रहा था।...यदि सुग्रीव वास्तव में आज वचन भंग कर हमसे पीठ फेर ले तो क्या करेंगे हम?...परन्तु कुछ भी हो जाये अब उस प्रमादी वानर को उसके विश्वासघात का दण्ड तो देना ही होगा।

''भइया! आप चिन्ता न करें...उस पामर सुग्रीव को अब मैं नहीं छोड़ूँगा। जाता हूँ अभी।...यदि तनिक भी प्रतिवाद किया उसने तो वहीं उसका वध करके अंगद को किष्किन्धा की राजगद्दी पर बैठा दूँगा और फिर आकर आपसे अगली आज्ञा प्राप्त करूँगा। देखता हूँ कहाँ है मेरा धनुष-बाण?''

''सुनो...सुनो लक्ष्मण! तनिक ठहरो!...मेरी बात का अर्थ समझो। मैं सुग्रीव की हत्या नहीं चाहता उसे सन्मार्ग पर लाना चाहता हूँ। इतना बुरा नहीं है वह। लगता है कि वर्षों वन में निष्कासन के दिन बिताने पर चार सुखमय दिन पाकर अपना विवेक खो बैठा है वह।...उसे डाँट-डपटकर किन्तु अपने आवेश पर नियन्त्रण रखकर तुम्हें समझाना होगा। हमारी मैत्री-सन्धि की याद दिलाना उसे। मित्र है हमारा। समझ जायेगा...''

मैं कन्दरा से निकलकर जाने लगा तो भइया फिर बोले - ''लक्ष्मण! ध्यान रखना...सुग्रीव को समझाना। किन्तु अपना विवेक मत खोना।''

विवेक...विवेक...भइया के निर्देशों से निकला यह शब्द मेरे मस्तिष्क में गूँज रहा था और मैं अपने क्रोधावेश को एक इसी शब्द के सहारे नियन्त्रित करने के प्रयत्न में अपने-आपसे लड़ रहा था। भइया जब मेरे साथ रहते हैं तब उनकी उपस्थिति मात्र मेरी सारी उत्तेजना को रह-रहकर हिम की-सी शीतलता प्रदान करती रहती है। मैं जानता हूँ कि अधैर्य और आवेश का सहसा उभरनेवाला आवेग मेरी कमजोरी है। परन्तु राम भइया की कृपा-छाया मुझे मेरे अधैर्य एवं आवेश के पाश से हर बार बचा ले जाती है। परन्तु आज मेरे सामने परीक्षा की वास्तविक घड़ी है।...

विकट परिस्थिति सामने आ खड़ी हुई है। भइया किष्किन्धापुरी जा नहीं सकते। उनकी प्रतिज्ञा उनके सामने अड़ी खड़ी है। उधर उस अन्तःपुर में पड़े उस रमणियों

के साथ विहार करते मदमस्त नरकुंजर को घसीटकर मुझे अकेले बाहर निकालना है। उसके वानर सैनिकों ने यदि मुझ पर आक्रमण का दुस्साहस किया तो अकेले ही उन्हें भी मुँहतोड़ उत्तर मुझे ही देना है। ऐसे में मैं अपने इस बढ़ते हुए क्रोध को किस तरह ठण्डा रख पाऊँगा मैं?

विवेक...लक्ष्मण! अपना विवेक मत खोना...राम भइया के यह वचन एक अदृश्य डोर से बँधे जैसे मेरे आगे-पीछे किष्किन्धा के मार्ग पर साथ-साथ चल रहे थे। धनुष-बाण हाथों में लिये कमर में खंग कसे और कन्धों पर बोझिल तीरों से ठसाठस तरकश लिये मार्ग के अवरोधों को ठोकर मारता चला जा रहा हूँ मैं। मेरे पैरों में काठ की खड़ाऊँ भी खट-खट करती जैसे मुझसे कहती जा रही थी - विवेक... विवेक में...इन्हीं विचारों में खोया आज पूरी पृथ्वी को उलट-पुलटकर डालने के इरादे के साथ मैं निकल पड़ा था। पथरीले दुर्गम पथ को पार कर अरण्य के उस सुपरिचित मार्ग पर एक नाहर की भाँति निरन्तर आगे बढ़ता हुआ मैं बहते हुए निर्झर-नालों को उथले भूखण्डों से पार करता चला जा रहा था।

आज नहीं बचेगा सुग्रीव तू मेरे हाथों से।...यदि सीधे-सीधे मेरी बात नहीं मानी तो सीधे बाली के पास पहुँचाऊँगा तुझे...तू देख तो आज। तेरा आज राम से नहीं लक्ष्मण से पाला पड़ा है। देखना क्या हाल करता हूँ मैं तेरा।...

और फिर मैं रोष में भरा हुआ किष्किन्धापुरी के मुख्य द्वार पर जा पहुँचा। वही दुर्गद्वार जिसे खोलकर कभी बाली सामने आया था जिसने ललकारते हुए सुग्रीव को हमारे सम्मुख धूल चटा दी थी।...यह कायर है ही इसी योग्य। कैसा कसमसा रहा था बाली की बलशाली जकड़ में? यदि भइया न होते तो बाली निश्चित ही उसके प्राण ले लेता। पहले दिन नहीं तो दूसरे दिन अवश्य। परन्तु उनका अग्निबाण इसके हित में चला था बाली पर। और यह?...

मैंने सावधानीवश अपने धनुष पर एक प्रचण्ड बाण क्या चढ़ाया कि दुर्गद्वार पर खड़े वानर प्रहरियों में भगदड़-सी मच गयी। इससे पहले कि कुछ वानर वह भारी-भरकम मुख्यद्वार बन्द कर पाते उनकी इस चेष्टा को असफल कर मैं दौड़कर दुर्ग में प्रवेश कर गया। रहे-सहे वानर तुड़ाकर भागे। लगता है वह पहले से सावधान नहीं थे। अपने राजा के शिथिलगात होने के कारण स्वयं भी नियन्त्रणविहीन हो चले थे। मैं बिना किसी प्रतिरोध अथवा विरोध के नगर के मुख्यद्वार से सुग्रीव के राजमहल की ओर बढ़ता चला गया - एक आँधी अथवा वायु के बवण्डर-जैसा।

सुग्रीव के भवन में मैं हाथों में थमे धनुष पर बाण का सन्धान किये-किये भीतर-ही-भीतर घुसता चला गया। ड्योढ़ी को पार कर भीतरी बगिया को लाँघकर मुख्य भवन की सीढ़ियाँ चढ़कर जैसे ही मैं आगे बढ़ा कि मुझे सामने से अपने दो सचिवों के साथ आता हुआ युवराज अंगद दिखा। द्वारपालों ने मेरे धावे की सूचना दे दी होगी उसे कदाचित्।

अंगद मेरे उस रौद्र रूप को देखकर थर-थर काँपने लगा। उसने करबद्ध होकर मात्र इतना कहा -

"क्षमा करें वीरवर लक्ष्मण! आप इस प्रकार क्रोध न करें।"

मैंने कहा - "युवराज अंगद!...कहाँ है तुम्हारा काका सुग्रीव? उससे जाकर कहो कि लक्ष्मण खड़ा है उसके द्वार पर। वह आता है या मैं आऊँ?"

अंगद ने सचिवों को संकेत किया। वह भीतर अन्तःपुर की ओर भाग चले। अंगद ने कहा -

"आइये...आप आइये लक्ष्मण जी! हम अभी उन्हें बुलाते हैं। तब तक आप हमारे स्वागत-कक्ष में पधारें।"

"नहीं...हमारे पास बैठने का समय नहीं है। बस सुग्रीव से केवल दो बातें करनी हैं। तुम हमें उससे अभी तत्काल मिलवाओ।"

मेरा आवेश बढ़ता ही जा रहा था। व्यग्रता में मैं अंगद की उपेक्षा कर आगे बढ़ चला।

एक दूसरी ड्योढ़ी पारकर एक बड़े-से आँगन में जा पहुँचा। अंगद हाथ मलता मेरे साथ-साथ चलता रहा। उस आँगन को पारकर जैसे ही मैंने अन्तःपुर में प्रवेश किया मेरा साक्षात्कार महारानी तारा से हुआ। उसी तारा से जिसे मैंने विकल अवस्था में बाली की मृत्यु के समय देखा था रोते-कलपते। आज वही स्त्री सोलह शृंगार में मेरे सामने खड़ी थी। अब वह सुग्रीव की दूसरी पत्नी बन चुकी थी। उसे देखकर मर्यादावश मेरे नेत्र झुक गये। तारा ने कहा - "स्वागत है राजकुमार आपका।...आइये पधारिये। आपके इस प्रकार क्रोध करने का क्या कारण है? आपके हाथों में यह धनुष-बाण वह भी युद्ध मुद्रा में? क्यों??...यहाँ कौन आपका शत्रु है वीरवर?"

तारा के कोमल स्वर ने आग पर जल के छिड़काव-सा कार्य किया। मैंने धनुष-बाण समेटकर उन्हें उनके सामान्य स्वरूप में ला दिया। तब मैंने तारा से कहा- "देबि! आप सम्भवतः मेरे आने का कारण जानती होंगी। फिर सुग्रीव को समझाती क्यों नहीं? चार माह की अवधि बीत रही है। वह अवधि जिसे वानरराज ने स्वयं नियत करते हुए कहा था कि सीता माँ की खोज में अवधि पूर्ण होने से पूर्व वानर दल विभिन्न दिशाओं में भेजे जायेंगे। और उन चार महीनों में सुग्रीव ने हमारी खोज-खबर तक नहीं ली? फिर वह सीता माँ को क्या खोजेगा?...ऐसा लगता है कि यहाँ इस रनिवास में विषय-भोगों में आसक्त होकर सुग्रीव अपने वचन, अपने कर्त्तव्यों और स्वयं अपने-आपको भूल चुका है। भइया श्रीराम के द्वारा किये हुए उपकार को भी पूरी तरह विस्मृत कर चुका है वह हतभाग्य। यदि आप लोग उसे सचेतन नहीं कर सकते तो मुझे बताइये। मैं ही उसका कुछ उपचार करूँ?"

इस पर तारा ने कहा - "कुमार लक्ष्मण! आपको वानरराज सुग्रीव के विषय में ऐसे कठोर वचन नहीं कहने चाहिए। सुग्रीव न तो अपने कर्त्तव्यों को भूले हैं और

न ही श्रीराम को दिये अपने वचन को। अभी कुछ ही दिन पहले उन्होंने सभी जगह अपने सन्देशवाहक भेजकर यूथपतियों एवं वानर सैनिकों को किष्किन्धा में एकत्रित होने का आदेश दिया है।...आइये मैं आपको किष्किन्धापति से मिलवाती हूँ।...अंगद! वत्स तुम जाकर स्वागत-कक्ष में कुछ फलाहार का प्रबन्ध करो हमारे अतिथि कुमार लक्ष्मण के लिए।"

अंगद चले गये। अब मैं बड़े संकोच के साथ उस अन्तःपुर में चला। भीतर की ओर न चाहते हुए भी। महारानी तारा के पीछे-पीछे मुझे देखकर अनेक युवतियाँ और दासियाँ अन्तःपुर में अपने अंगवस्त्रों को सहेजने लगीं। यह सब देखकर मेरे नेत्र धरती की ओर पुनः गड़ गये। मैं तारा के पैरों की ओर देखता दृष्टि झुकाये सुग्रीव के शयनागार में जा पहुँचा।

सामने सुग्रीव बाल बिखराये मदिरा के मद में चूर अपनी पत्नी रूमा को अपनी भुजाओं में समेटे हुए था। यह देखकर मेरा सिर घूम गया। मैंने तत्काल सुग्रीव से ललकारकर कहा -

"अरे सुग्रीव!...सावधान!! क्या करता है? सँभाल अपने-आपको।"

मुझे देखते ही सुग्रीव को मानो एकाएक चेतना आ गयी। वह कूदकर अपनी शय्या से उतर पड़ा। रूमा उसके बाहुपाश से विलग हो भीतर को भागी। फिर मैंने आवेश में आकर सुग्रीव को जी भरकर खरी-खोटी सुनायी।

मेरे शब्दों की चोटों से सुग्रीव बड़ा लज्जित हुआ। फिर उसने कहा कि - "सुमित्रानन्दन! श्रीराम के उपकार का ऋण तो मैं सौ जन्मों में भी चुकाने में समर्थ नहीं हूँ। मैं अपने संकल्प को भूला नहीं हूँ। आप विश्वास करें। सीता जी अवश्य मिलेंगी और रावण का भी शीघ्र संहार होगा। इसमें श्रीराम का बल-पौरुष और आपका तेज ही विशेष सहायक होगा। मैं तो केवल निमित्त मात्र हूँ। आपसे क्या बताऊँ? मैं इस अभियान में कुछ दिन पूर्व आवश्यक पहल ले चुका हूँ। शीघ्र ही मेरे विश्वसनीय वानर दल एकत्र होने जा रहे हैं। मुझे अपनी योजना को अन्तिम रूप देने में थोड़ा और समय दें। शीघ्र ही सब-कुछ हमारे-आपके नियन्त्रण में होगा। मैं आज ही आपके साथ श्रीराम के दर्शन हेतु चल रहा हूँ।...और हाँ वीरवर लक्ष्मण! संसार में सभी से कुछ-न-कुछ अपराध अवश्य होता है। यदि मुझसे भी अति आत्मविश्वास अथवा अपने अनभिव्यक्त प्रेमवश कोई अपराध हुआ है तो मैं आपसे उसके लिए क्षमा प्रार्थी हूँ।"

मैंने तब सुग्रीव को उसके वचनों के लिए साधुवाद दिया। उसी अवसर पर जब हम दोनों स्वागत-कक्ष में पहुँचे तो वहाँ हनुमान भी पधार चुके थे। मैंने हनुमान जी को देखकर अपने हृदय में परम सन्तोष का अनुभव किया और हनुमान जी को अंक में भेंटकर अपने रहे-सहे तनाव से भी मुक्ति पा ली। फिर मैं और हनुमान, अंगद

और सुग्रीव वहाँ से श्रीराम से भेंट करने हमारे उस पर्वतीय निवास-स्थल की ओर चल दिये।

श्रीराम जब एक लम्बी कालावधि के बाद सुग्रीव से मिले तो उन्होंने उसे पूर्व की भाँति अपने दृढ़ आलिंगन में समेट लिया। दोनों की मित्रता तब और भी प्रगाढ़ हो गयी। सुग्रीव ने कहा -

''क्षमा करें श्रीराम! आपने मेरे कारण बड़े कष्ट सहे। यह आप ही की कृपा का फल है जो मैं आज इस राजसुख को भोग रहा हूँ और किष्किन्धा के राज्य का अधिकारी बना हूँ।...मित्र! अब मैं आपको और दुःख सहन करने नहीं दूँगा।''

श्रीराम ने सुग्रीव से कहा - ''तुम मुझे मेरे भाई भरत के समान ही प्रिय हो मित्रवर!...अब कुछ ऐसा उपाय करो जिससे यथाशीघ्र सीता का समाचार मिल जाये। ताकि उसे हम उस मायावी राक्षस की पकड़ से मुक्त करने की अगली रणनीति पर विचार कर सकें।''

सुग्रीव का कथन सत्य सिद्ध हुआ। अभी हम बात ही कर रहे थे कि हमारे देखते-ही-देखते सहस्रों वानर किष्किन्धा में चारों दिशाओं से धूल उड़ाते आ पहुँचे। सब-के-सब राजधानी के दुर्ग के सामने और अरण्य के उस विस्तृत भू-भाग में अपने-अपने गणवेशों में एकत्रित हो किष्किन्धापति सुग्रीव की जय! युवराज अंगद की जय! महावीर हनुमान की जय! इत्यादि नारों का उद्घोष कर धरती-आकाश को गुँजाने लगे। तब सुग्रीव के सचिवों ने एकत्रित वानर समूह के मध्य व्यवस्था बनायी और उनके भोजन आदि का प्रबन्ध प्रारम्भ किया। किष्किन्धा के दुर्ग के भीतर और बाहर बड़े-बड़े कड़ाहों में पकवान तैयार होने लगे। अनेक खुले स्थानों पर सैन्य छावनियाँ बनाकर वानर सैनिकों के लिए छोलदारियों, बिस्तर इत्यादि को जुटाया जाने लगा। इसी के साथ एक उपयुक्त स्थल पर एक सभामंच भी तैयार किया जाने लगा।

सायंकाल सूर्यास्त से एक घड़ी पूर्व वानरराज सुग्रीव श्रीराम और मुझको लेकर उस सभामंच तक गये। सुग्रीव व श्रीराम एक साथ मंच पर चढ़े। उनके पीछे मैं, हनुमान एवं अंगद ही उस मंच पर गये। अन्य किसी को मंच पर आने की अनुमति नहीं थी।

सुग्रीव को मंच पर देखते ही वानरवीरों ने पुनः गगनभेदी नारे लगाने आरम्भ कर दिये। वानरराज सुग्रीव की जय! किष्किन्धानरेश सुग्रीव की जय!!... सुग्रीव ने हाथ उठाकर सभी का अभिवादन स्वीकार किया। फिर उन्होंने सभी वानरसमूहों से शान्त हो जाने का आग्रह किया। सभा में सन्नाटा छा जाने पर सुग्रीव ने उच्च स्वर में गरजकर भाषण देना प्रारम्भ किया - ''हे किष्किन्धा में दूर-दूर से पधारे हुए मेरे वानर-वीरो! आपका यह सुग्रीव अपनी राजधानी में आपका स्वागत करता है।''

''महाराज सुग्रीव की जय!''

''महाराज सुग्रीव की जय!!''

“शान्त-शान्त...समस्त कपिवर शान्त हो जायें। आप सभी मेरे आह्वान पर इतनी बड़ी संख्या में आज यहाँ एकत्र हुए हैं। आपको देखकर मेरा सीना गर्व से फूल गया है। यह देखिये -” कहकर सुग्रीव ने अपने वक्ष पर वास्तव में एक जोरदार मुक्का मारकर सबको दिखाया। वानर समुदाय में हर्ष और उत्साह की एक लहर-सी दौड़ गयी। सुग्रीव ने आगे कहा कि - “अतुलित बल के सागर मेरे प्रिय वानरो!... आप सदैव किष्किन्धा की एक पुकार पर धनुष से छूटे बाण की भाँति इस धरती पर एकजुट होते आये हैं। यही कारण है कि हमारी इस मातृभूमि पर कुदृष्टि डालने का साहस आज संसार की किसी भी शक्ति में नहीं।...आज भी आप उसी उत्साह, उसी साहस और उसी वेग के साथ यहाँ उपस्थित हुए हैं।... मैं देख सकता हूँ कि कितना अपार बल है आप सबके इस ऐतिहासिक संगम में।... यहाँ से जहाँ तक मेरी दृष्टि जाती है मुझे वानरों के सिर-ही-सिर दिखायी दे रहे हैं। इस जनसमुद्र को कैसा भी कोई भी शत्रु क्यों न हो भेदकर इस पार से उस पार तक नहीं जा सकता।...”

नारे फिर से लगने लगे - “महाराज सुग्रीव की जय! किष्किन्धापुरी की जय! वानरों के राजाधिराज की जय!”

“जय! जय!! जय!!!”

“एक-से-एक महाबली योद्धा और यूथपति यहाँ आज उपस्थित हैं...अपने-अपने वानर दलों के साथ। मैं देख रहा हूँ मेरे बायीं ओर...वह रहे मेरे काकाश्री और हनुमान के पिता वानरराज केसरी अपने सर्वदमनकारी वानरयूथ के साथ...उनसे दाहिने प्रियवर नल और नील खड़े हैं अपने शिल्पी वानरयूथ को लेकर...और सामने मेरे क्रीड़ाप्रिय रणकुशल भ्रातागण गज, गवाक्ष और गवय अपने-अपने अद्वितीय योद्धाओं के साथ...महापराक्रमी हनुमान तो स्वयं मेरे साथ इस मंच पर समुपस्थित हैं...इनके वानरों का नेतृत्व कौन कर रहा है?”

“मैं सुग्रीव! -” दाहिनी ओर से एक आवाज आयी। सुग्रीव ने देखा वानरों के एक विशाल समूह से निकलकर रीछपति जामवन्त सामने आये। उनके साथ तीन रीछ और थे। - “मैं वानरराज मैं ...जामवन्त।...हनुमान जी को आप मन्त्रणा हेतु अपने साथ ही रखिये। इनके वानरदल का प्रभार भी मैंने अपने रीछदल के साथ सँभाल लिया है।”

धीर-गम्भीर स्वर में जामवन्त जी के द्वारा कहे गये इन शब्दों को सुनकर समूचा वानर समुदाय खिलखिलाकर हँस पड़ा। सभास्थल पर चारों तरफ खुसर-फुसर होने लगी। कुल जमा चार रीछ और कहते हैं रीछदल।...इसे भी कोई दल कहते हैं? जामवन्त पुनः बोले - “हँसों मत वानरो...अभी आ जायेंगे मेरे दूसरे रीछ साथी। तुम सबके लिए वन से मधु का प्रबन्ध करने के लिए गये हैं सब-के-सब।...हाँ तो आप बोलिये प्रिय सुग्रीव!...” वयोवृद्ध जामवन्त जी ने अपने स्थान से खड़े-खड़े हाथ उठाकर कहा।

सुग्रीव मंच से पुनः बोले - "आदरणीय जाम्बवान् जी हमारे सबसे वरिष्ठ एवं प्रमुख सलाहकार हैं। उनका बल और पौरुष ज्ञात है आपको? स्वयं देवराज इन्द्र भी इनके समक्ष टिक नहीं सकता। इनका एक-एक रीछयोद्धा सौ-सौ सैनिकों का बल रखता है। मैं इस मंच से रीछपति जाम्बवान् जी को प्रणाम करता हूँ।...यह तथा दूसरे वानर यूथों के यूथपति भी मेरे सामने हैं। किस-किस का नाम लूँ? अग्निपुत्र, सुहोत्र, शरगुल्म, वृषभ, उल्कामुख, पनस, धूम्र, विनत, सुषेण, शतबलि और तार...सभी तो हैं। और हाँ...मैं पीछे खड़े युवराज अंगद को कैसे भूल सकता हूँ? वीर अंगद का बल अतुलनीय है। अकेले सौ हाथियों के बल से संयुक्त है मेरा अंगद। हनुमान यदि मेरी दाहिनी भुजा हैं तो अंगद मेरी बायीं भुजा। बोलिये वानर वीरो!...फिर है किसी में इतना साहस जो आपके इस किष्किन्धापति को हरा सके?..."

"किष्किन्धापति सुग्रीव महाराज की! जय!!!!" - समूची सभा ने तब एक गगनभेदी सामूहिक जयघोष किया।

"वानर वीरो!...आज हम यहाँ एक विशेष अभियान के लिए एकत्र हुए हैं। अत्यन्त महत्त्वपूर्ण अभियान होगा यह। अभी इस सभा के पश्चात् आपके यूथपतियों के साथ मेरी एक आवश्यक बैठक होगी। उसमें विचार-विमर्श के उपरान्त अभियान की रूपरेखा तय होगी। कल प्रातः हम सब पुनः इसी सभास्थल पर एकत्र होंगे। तब आपके यूथपति आपको अलग-अलग दायित्व बतायेंगे। उसी के पश्चात् विभिन्न वानर दल विभिन्न दिशा-मार्गों पर उस अभूतपूर्व अभियान के लिए निकल पड़ेंगे।"

हनुमान जी ने मंच पर ही सुग्रीव के कानों में धीरे से कहा - "श्रीराम और श्रीलक्ष्मण का परिचय तो कराइये सुग्रीव!"

"हाँ-हाँ...अब मैं आपका परिचय अपने इन परम मित्र और इनके परमतेजस्वी अनुज से कराता हूँ वानर वीरो! -"

मैं तनिक पीछे खड़ा था। सुग्रीव ने मुड़कर अपना एक हाथ बड़ी कोमलता के साथ मेरे बायें स्कन्ध के पृष्ठभाग में रखा और मुझे आगे कर भइया श्रीराम के बराबर में खड़ा कर दिया। उस स्थान पर अभी तक वह स्वयं खड़े थे। अब वह मेरे बायें स्कन्ध की ओर हटकर खड़े हो गये। बोले - "यह हैं परम तेजस्वी वीरवर लक्ष्मण ...और इनके साथ खड़े हैं इनके अग्रज और मेरे अभिन्न मित्र करुणानिधान परम शूरवीर श्रीराम।...बोलो श्रीरामचन्द्र की!..."

"जय!!" - पूरी वानर सभा ने जयघोष किया।

"वीरवर लक्ष्मण की!..."

"जय!!!!"

सुग्रीव उन क्षणों में कर्त्तव्यबोध की पराकाष्ठा में भावुक हो उठे। बोले - "वानर वीरो!...हम वानर जाति के लोग अपनी आन पर मर मिटनेवाले लोग हैं। बड़े-से-बड़े

संकट के सामने हम स्वयं महासंकट बन जाते हैं। हमारे विकट साहस के सामने यह जंगल, यह पर्वत, नदियाँ और सागर तो क्या समूची पृथ्वी भी काँप उठती है। ... आज हमारे सामने एक बहुत बड़ी चुनौती आ खड़ी हुई है। अयोध्या से पधारे मेरे मित्र श्रीराम आज हमारे मध्य हैं। इनके उपकार का ऋण मैं अपने इस जीवन में तो क्या जन्म-जन्मान्तर तक नहीं चुका सकता हूँ। मेरी घोर विपत्ति से श्रीराम प्रभु ने ही मुझे उबारा था। अब इनके कठिनाई भरे इन दिनों में मुझे भी अपना तुच्छ योगदान देना है। इसमें मुझे आप सब की सहायता चाहिए...वानर वीरो! और मेरे रीछ मित्रो! सुग्रीव की जय बहुत हो चुकी...अब आगे से हमें श्रीराम की जय बोलनी है। इन्हें विजयश्री दिलानी है। अतः कल से प्रारम्भ हो रहा विशेष अभियान वस्तुतः सुग्रीव के महान् मित्र श्रीराम का महाभियान होगा जिसमें हम सब प्राणपण से जुटेंगे।...अब से सुग्रीव की जय कोई नहीं बोलेगा। हम सबका एक और एकमात्र नारा होगा - जय श्रीराम!...बोलिये साथियों जय श्रीराम! -"

"जय श्रीराम!!"

श्रीराम के नाम का यह जयघोष तब जैसे वानर सैनिकों के लिए पराक्रम और दायित्वबोध का मूल मन्त्र बन गया। गगनभेदी जयघोष के मध्य सुग्रीव ने भइया श्रीराम से पूछा - "प्रभु!...यदि आज्ञा हो तो सभा विसर्जित की जाय?" इस पर श्रीराम ने कहा - "मैं भी आपके वानर वीरों से दो शब्द कहना चाहूँगा सुग्रीव! ...यदि आपकी अनुमति हो तो।"

इसके बाद प्रभु श्रीराम अपनी सारगर्भित वाणी में प्रथम बार सुग्रीव के वानर सैनिकों को सम्बोधित कर बोल उठे - "बन्धुओ! प्रिय वानर और रीछ वीरो!...यह धरा और गगन आप-जैसे शूरवीरों और सज्जनों के कारण ही श्रीसम्पन्न है।...मैं दशरथनन्दन राम अपने अनुज प्रिय लक्ष्मण सहित आपके मध्य स्वयं को पाकर आज अतिशय गौरव की अनुभूति कर रहा हूँ। आप किष्किन्धा राज्य के कोने-कोने से चलकर यहाँ पधारे हैं। अपने नगर ग्राम और वनाञ्चलों से निकलकर यहाँ तक आने में आपने अनेक कष्ट सहे होंगे...हमारे लिये। आपकी इस उदारता और एकजुटता को मैं प्रणाम करता हूँ।...मैं और मेरे साथ मेरे अनुज वीरवर लक्ष्मण इस अनुग्रह के लिए आपके अत्यन्त आभारी हैं।...हमने मित्रवर सुग्रीव एवं प्रियवर हनुमान से ही नहीं दण्डक वन के अनेक ऋषि-मुनियों के श्रीमुख से आप वानरों की बहुत प्रशंसा सुनी है। आपकी कीर्ति और कर्मठता के अनेक आख्यान इस दक्षिणाञ्चल में तो विख्यात हैं ही...महर्षि अगस्त्य आदि अनेक महात्मा आपका गुणगान उत्तर के आर्यावर्त्त तक प्रतिध्वनित कर रहे हैं।...मैं आप-जैसे अद्‌भुत वनवासी बन्धुओं के दर्शनमात्र से अभिभूत हूँ। निश्चय जानिये कि मैं यदि चाहूँ भी तो मेरे पास आप-जैसे सरल, सहज, प्रकृति-पुत्रों की सराहना के लिए शब्द नहीं हैं।...

"सुग्रीव मेरे परम मित्र हैं। मैं जानता हूँ कि वह बार-बार आपसे किसी अभियान की बात तो कह रहे हैं परन्तु मेरे प्रति अनन्य आदर भाव के कारण अथवा संकोचवश उस अभियान को इस मंच से सार्वजनिक नहीं कर रहे।...मेरे आत्मीय वीरो! मैं कौशल्यानन्दन राम आपसे स्वयं कहता हूँ कि मेरे जीवन का एक प्रमुख सिद्धान्त है और सदा रहेगा - पारदर्शिता।...जो मेरे हितैषी हैं और जिनसे मैं प्रेम करता हूँ उनसे अपने हृदय की बात कभी नहीं छिपाता। यह राम अपने स्नेहीजन का दास है।... इसलिए मैं स्वयं आपको उस अभियान के बारे में बताता हूँ जिससे हम सब अब जुड़ने जा रहे हैं।...मैं चौदह वर्ष के वनवास पर दण्डकारण्य में आया था...पिता के एक वचन का पालन सम्पन्न करने के लिए। मेरी प्रिय पत्नी सीता और मेरा यह अनुज सौमित्र-लक्ष्मण भी स्वेच्छा से इस वनवास को स्वीकार कर मेरे साथ आये। ...आज से कुछ माह पूर्व मेरी धर्मपत्नी सीता का हरण हो गया है। कहते हैं कि रावण नामक कोई राक्षसराज उनको धोखे से उठाकर ले गया है। देवी सीता इस समय कहाँ हैं? जीवित भी हैं अथवा नहीं? मुझे कुछ नहीं पता।...उन्हीं की खोज में हम दो अयोध्या के राजकुमार वन-वन भटकते हुए आपकी इस किष्किन्धापुरी में आये हैं। मित्र सुग्रीव से हमारी भेंट मेरा व्यक्तिगत सौभाग्य है। यह मेरी ही सहायता को आज आगे आये हैं और इसमें हमें आप सबकी सहायता की आवश्यकता है।...

"क्या आप सब मुझ अपरिचित प्राणी की सहायता करेंगे? मैं प्रतिदान में अपने स्नेह और सम्मान के अतिरिक्त आपको कुछ नहीं दे सकूँगा।...बन्धुओ!...सीता मेरा सर्वस्व थी और है। उसे वह दुष्ट राक्षस हरकर ले गया है। मैं एक बहुत साधारण-सा मनुष्य हूँ। मान-अपमान को परे रखकर इस वन में आया हूँ। एक दिन अपने घर-द्वार को लौट जाऊँगा। इतना अवश्य चाहता हूँ कि जब अपनी अयोध्या वापस जाऊँ तो अपनी खोयी हुई श्रीसम्पदा के साथ ही यहाँ से लौटूँ... और मेरी श्रीसम्पदा हैं सीता। मैं जीव हूँ तो जीवात्मा हैं सीता। मैं शरीर हूँ तो प्राण हैं मेरी सीता। क्या आप सभी वीर वानर और रीछ मित्र अपने इस वनवासी राम की सहायता करेंगे? यह अभियान और कुछ नहीं है मेरी अस्मिता रूपी सीता की खोज और उसकी सम्मानजनक वापसी का अभियान है।...और क्या कहूँ?"

- यह कहकर श्रीराम एकाएक चुप हो गये। जितनी देर भइया बोलते रहे सारा वानर समुदाय मन्त्रमुग्ध-सा उनको सुनता रहा। सभास्थल पर ऐसी गहरी शान्ति सारे भाषण के समय परिव्याप्त रही कि सूचिका भी यदि गिरती तो ध्वनि करती।

श्रीराम की इतनी सरल, सहज और स्पष्ट भावभिव्यक्ति को सुनकर और एकाएक उनके चुप हो जाने पर कई क्षणों तक कोई कुछ न बोला। फिर अचानक सभास्थल पर किसी की तन्द्रा टूटी होगी। उधर से एक करतल-ध्वनि हुई। उसके बाद समूचा सभास्थल सामूहिक करतल-ध्वनि से देर तक गूँजता रहा। अब इस मंच से हनुमान जी ने नारा लगाया - "जय श्रीराम!!"

सभास्थल से प्रत्युत्तर में तुमुलनाद-सा हुआ - "जय...श्रीराम!!!!" और फिर श्रीराम के नाम का जयघोष सभा के विसर्जन के बाद भी जारी रहा।

मध्यरात्रि प्रारम्भ होने में अभी चार घड़ियाँ शेष थीं। समस्त यूथपतियों के साथ सुग्रीव श्रीराम से भेंट करने हमारी कन्दरा में पधारे। उनके प्रधान सलाहकारों के रूप में हनुमान तथा जामवन्त उनके उभयपार्श्व में बैठे। मैं भइया के साथ कन्दरा में अपने कुश-आसन पर। सभी यूथपति यथास्थान धरती पर ही बैठ गये। विशेष मन्त्रणा बैठक प्रारम्भ हुई। सुग्रीव के कुछ सैनिक कन्दरा में पर्याप्त मशालें साँझ ढलते ही जला गये थे।

किसे कहाँ किस दिशा में भेजा जाये? इस विषय पर खुलकर विचार-विमर्श हुआ। व्यक्ति की योग्यता, अनुभव, ज्ञान और भौगोलिक परिस्थितियों के अनुरूप उसकी जाँच-परख कर पाने की क्षमता आदि पर गहराई से मनन किया गया। सभी यूथपतियों को लोकतान्त्रिक ढंग से अपनी बात रखने का अवसर प्रदान किया गया। एक-एक सुझाव पर गम्भीरता से वार्त्ता की गयी। तदुपरान्त निर्णय वानरराज सुग्रीव पर छोड़ दिया गया। सुग्रीव ने श्रीराम से कहा कि "प्रभु! यह तो लगभग निश्चित है कि सीताहरण लंकाधिपति राक्षसराज रावण द्वारा ही किया गया है और लंका दक्षिण में समुद्र के बीच स्थित एक द्वीप में कहीं है। भरतखण्ड का वह दक्षिणी भू-भाग जहाँ से लंकापुरी तक पहुँचा जा सकता है समुद्र से लगभग सौ योजन की दूरी पर होगा...वहाँ सागर को लाँघना सबसे दुष्कर कार्य होगा। अतः दक्षिण दिशा में हमें अपने सबसे शक्तिशाली एवं सुयोग्य वानरों को भेजना होगा।...परन्तु हम इस सम्भावना को भी नकार नहीं सकते कि वह मायावी राक्षस देवी सीता को दक्षिण की ओर न ले जाकर अन्य किसी दिशा में जा छिपा हो। इसलिए हमें उत्तर-दक्षिण-पूर्व-पश्चिम सभी दिशाओं में अपने खोजी दल भेजने होंगे। अतः सभी सुझावों एवं प्रस्तावों पर गम्भीरतापूर्वक विचार करने के उपरान्त मैं इस निष्कर्ष पर पहुँचा हूँ कि वानर यूथपति शतबलि अपने चुने हुए वानरों के साथ उत्तर दिशा में जायें। यूथपति विनत को पूर्व की दिशा में सीता की खोज का दायित्व सौंपा जाये। मेरे श्वसुर सुषेण स्वयं पश्चिम दिशा के खोजी दल का नेतृत्व करें और...दक्षिण दिशा में हमारा यह अन्वेषण-अभियान सर्वाधिक महत्त्वपूर्ण है अतः मैं चाहूँगा कि दक्षिण को जानेवाले वानर और रीछ यूथपतियों, योद्धाओं और सैनिकों के दल का नायक युवराज अंगद को नियुक्त किया जाये। अंगद परम बलशाली हैं किन्तु अभी नवयुवक हैं। अतः इनके साथ हम सबमें सर्वाधिक अनुभवी रीछ यूथपति जाम्बवान् स्वयं अंगद के प्रमुख सलाहकार एवं मार्गदर्शक के रूप में उनके साथ जायें...इस दल में मेरे मतानुसार गज, गवाक्ष, शरभ,

ऋषभ, गन्धमादन, मैन्द, द्विविद आदि योद्धागण का साथ रहना उनकी शारीरिक क्षमता एवं योग्यता के अनुसार अनिवार्य है। यह सभी अंगद को सहयोग प्रदान करेंगे।...''

तभी वयोवृद्ध जाम्बवान् ने वार्त्ता के बीच में हस्तक्षेप किया और कहा - ''और बल-बुद्धि-विद्या के आगार वानरश्रेष्ठ हनुमान?...वह क्या हमारे साथ नहीं जायेंगे?''

इस पर सुग्रीव ने विहँसकर कहा - ''अरे जाम्बवान् जी!...हनुमान हम सबमें सर्वोत्तम हैं। मेरे किष्किन्धा में सुयोग्यतम सलाहकार और प्रधान सचिव हैं। कम-से-कम उन्हें तो आप मेरे लिये यहाँ छोड़ दीजिये...क्यों रघुनन्दन?''

भइया ने कहा - ''जैसा आप उचित समझें मित्रवर सुग्रीव! आपको इस अभियान का कुशल संचालन करना है, आपका भौगोलिक ज्ञान अद्वितीय है। अतः अपने वानर वीरों के विषय में समुचित निर्णय लेने में आप ही सक्षम हैं। मैं इस सम्बन्ध में क्या कहूँ?''

परन्तु अपने इतने दिनों के हनुमान से साक्षात्कार, सम्पर्क और उनसे हुए विचार-विनिमय का मुझे ध्यान था। अतः मुझे सीता-माँ की इस खोज में हनुमान जी को सम्मिलित न करने का सुग्रीव का विचार कुछ गले नहीं उतरा। इसलिए मैं बैठक में जामवन्त जी के समर्थन में बोल पड़ा -

''भइया और महाराज सुग्रीव!!...मुझे लगता है कि जामवन्त जी ठीक कह रहे हैं। महाबली हनुमान के बिना सीता माँ की खोज का अभियान अधूरा रह सकता है।''

''जी वानरराज! -'' जामवन्त बोले - ''कृपया मेरे प्रस्ताव को अन्यथा न लें। दक्षिण को जानेवाला हमारा खोजी दल वीर हनुमान के संयुक्त होने से पूर्णता को प्राप्त करेगा।''

युवराज अंगद ने भी अब मेरे और जामवन्त जी के स्वर-में-स्वर मिलाया - ''वज्रांगबली हनुमान को हमारे साथ जाने की आज्ञा दें काकाश्री!...वस्तुतः कोई भी महाभियान हनुमान जी की शक्ति के बिना अधूरा है।...मुझे विश्वास है कि यदि उनका आशीर्वाद मिला तो हम अवश्य सफल होंगे।''

थोड़ी हिचकिचाहट के साथ सुग्रीव ने हनुमान जी को प्रातःकाल अंगद के दल के साथ प्रस्थान करने की अनुमति प्रदान कर दी।

भइया ने बैठक के समाप्त होने पर हनुमान जी को एकान्त में बुलाया और उन्हें अपनी एक मुद्रिका प्रदान की। श्रीराम हनुमान से बोले -

''यह मेरी मुद्रिका मेरी पहचान है। यदि आप देवी सीता तक पहुँचें तो इसे दिखाने पर वह सुगमता से आपका विश्वास कर लेंगी। तब वह आपसे किसी प्रकार

का भय नहीं करेंगी और अपनी व्यथा-कथा भी निश्चिन्त होकर आपसे कह सकेंगी।''

सुग्रीव के यूथपतियों की यह रात्रिकालीन बैठक देर रात्रि में समाप्त हुई। सुग्रीव ने बैठक के विसर्जन के समय सभी को एक अन्तिम राजाज्ञा सुनायी। कहा कि सभी दलों को देवी सीता की खोज एक माह के भीतर पूर्ण कर वापस किष्किन्धा लौट आना है। यदि एक मास की अवधि पूर्ण हो जाने के बाद कोई वापस आया और वह भी बिना किसी समुचित सूचना के, तो वह मृत्युदण्ड का भागी होगा। सुग्रीव ने कल प्रातः की वानर-सैनिकों की सभा में अपने-अपने दल के वानर सदस्यों के चयन और इस दण्डाज्ञा के बारे में सभी को भली-भाँति अवगत कराने के निर्देश देकर सबको विदा किया।

अगली प्रातः समस्त खोजी दल सहस्रों वानरों के साथ चारों दिशाओं में तीव्रता से कूच कर गये। पीछे रह गये लाखों वानर योद्धाओं और सैनिकों को दैनिक युद्धाभ्यास, क्रीड़ा एवं व्यायाम आदि के लिए किष्किन्धा में ही रोक लिया गया। श्रीराम और मेरे समक्ष भी सीता जी के समाचार हेतु एक माह और प्रतीक्षा करने के अतिरिक्त अन्य कोई विकल्प शेष नहीं बचा। प्रस्रवण गिरि पर अभी हमें एक माह और किसी-न-किसी तरह काटना था।

हनुमान जी के चले जाने से मुझे बहुत सन्तोष प्राप्त हुआ। यदि वह अंगद के खोजी दल के साथ न जाते तो हम इतने आश्वस्त नहीं हो पाते जितना अब स्वयं को पा रहे थे। यद्यपि उनके चले जाने पर मैं व्यक्तिगत रूप से उनकी कमी भी महसूस कर रहा था। क्योंकि इतने दिनों में हनुमान ही वह व्यक्ति थे जिनसे किष्किन्धा में मेरी सबसे अधिक पटती थी। एक तरह से भइया के बाद वह मेरे इस अरण्य जीवन में दूसरे अग्रज थे। अग्रज के साथ-साथ वह मेरे बहुत आत्मीय मित्र भी बन गये थे। हनुमान जितने ज्ञानवान् थे उतने ही विनम्र। जितने बलवान् थे उतने ही सुशील। वह गूढ़-से-गूढ़ बात सरल-से-सरल शब्दों में कह देते। बड़ी-से-बड़ी पहेली चुटकियों में हल कर देते।...सुग्रीव ऐसे ही नहीं इतना निर्भर थे हनुमान पर। हनुमान के परामर्श और सहयोग के बिना सुग्रीव की क्षमता आधी भी न रहती थी। राजकाज से लेकर वैयक्तिक जीवन में हनुमान उनके लिए कल्पवृक्ष के समान थे। ...

मुझे हनुमान जी की एक बात सबसे प्रिय थी कि वह ऊपर से जितने गम्भीर दिखते थे भीतर से उतने ही कौतुकप्रिय थे। उनका हास्य उनके चेहरे पर नहीं झलकता था, उसे केवल उनके वचनों और कर्मों से ही कुछ सीमा तक जाना जा

सकता था। मैं हनुमान जी को अपने एकान्त क्षणों में पाकर इतना आनन्दित होता कि प्रायः अपने अनेक कष्टों को भूल जाता। ज़ो बातें मैं राम भइया से नहीं कह पाता अथवा उनसे कहने में संकोच करता उन्हें भ्राता हनुमान से कहकर हलका हो जाता। मैंने यह अनुभव किया कि हनुमान का चुम्बकीय व्यक्तित्व हर चिन्ता, हर तनाव को खींचकर पल भर में अलग कर देता है। उनका हमारे निकट आना ही जैसे किसी संकटमोचक के आगमन जैसा होता है।...अब वही सर्वगुणसम्पन्न और महावीर हनुमान जब सीता माँ की खोज में निकले हैं तो मुझे लगता है कि राम जी का कार्य अवश्य सिद्ध होगा।...

इधर श्रीराम और मैं। हम दोनों भाई सीता जी की खोज में गये महाभियान के दलों की प्रतीक्षा में एक-एक दिन काट रहे थे। उन दिनों हम पूरी तरह सुग्रीव की सैन्यशक्ति, उसकी कार्य-कुशलता और नेतृत्व क्षमता पर ही पूरी तरह निर्भर थे। प्रतीक्षा के अतिरिक्त और कोई मार्ग नहीं था। अपने पर्वत के ठिकाने पर बैठे-बैठे प्रत्येक सुबह हम वहीं से सामने दूर घाटी में स्थित सुग्रीव का प्रशिक्षण-शिविर और वहाँ नित्यप्रति चलनेवाला युद्धाभ्यास देखा करते। वानरों के समूह विभिन्न व्यूह रचनाएँ बदल-बदलकर अभ्यास करते। सैनिकों की भाँति एकजुट हो कूच का अभ्यास करते और किष्किन्धापुरी के सामने के उस विशाल भूभाग के समूचे वातावरण में शरद् ऋतु में भी ऊष्मा और उत्साह का संचार करते। उन वानर सैनिकों को उनके यूथपति बहुत श्रम से प्रशिक्षण एवं अभ्यास कराते। सप्ताह में दो बार वानरराज सुग्रीव भी प्रातःकालीन प्रशिक्षण सत्र में वहाँ आते और वह उसी मंच से वानर दलों का अभिवादन स्वीकार करते। वह मंच जो वानरों के एकत्र होने के प्रथम दिवस से ही निर्मित कर उस मैदान में खड़ा किया गया था। जहाँ से भइया ने भी वानरों को पहली बार सम्बोधित किया था।

पन्द्रह दिन बीत जाने पर सुग्रीव हमारे पास आये और उन्होंने राम भइया को बताया कि पूर्व दिशा में गया खोजी दल वापस लौट आया है। उन्हें वहाँ सीता जी नहीं मिलीं। पूर्व दिशा में यूथपति विनत को वानरदल के साथ भेजा गया था। विनत देश और काल के अनुसार नीति का प्रयोग करने और अपने अधीनस्थों से कार्य लेने में अत्यन्त कुशल है। उसने पूर्व दिशा की पृथ्वी पर दुर्गम वनों, पर्वतों, नदियों एवं कन्दराओं में हर स्थान पर सीता देवी की खोज की और राक्षस द्वारा आकाशमार्ग से किसी स्त्री को ले जाये जाने के विषय में स्थानीय लोगों से भी जानकारी प्राप्त की। परन्तु ऐसी कोई जानकारी उधर कहीं से नहीं मिली। यूथपति विनत का खोजी दल दिये गये दिशा-निर्देशों के अन्तर्गत गंगा-यमुना-सरस्वती-सरयू-ब्रह्मपुत्र-जैसी अनेक नदियों और काशी-कौशल-विदेह-मालव आदि अनेक समृद्ध राज्यों को पारकर आगे के विशाल भूभागों को पारकर विभिन्न यात्रा-संसाधनों से, बिना एक भी क्षण गँवाये, जावा और सुमात्रा-जैसे अनेक सुन्दर एवं आकर्षक द्वीपों तक गया। परन्तु यह दल

कहीं भी किसी प्राकृतिक अथवा सांसारिक आकर्षण में बँधे बिना अपने अभियान को पूर्ण कर लौट आया है। इस सूचना के साथ कि पूर्व दिशा में सीता जी के प्रवास अथवा उन्हें ले जाये जाने की कोई सम्भावना अथवा सूचना नहीं है।

श्रीराम ने सुग्रीव को उनकी सूचना और गम्भीर प्रयासों के लिए हृदय से धन्यवाद दिया। सुग्रीव अपनी राजधानी को चले गये। उनके कुछ आज्ञाकारी वानर हमारे न चाहते हुए भी प्रस्रवण गिरि पर हमारी सेवा में इधर-उधर बने रहे। भले ही हम उनकी कोई प्रत्यक्ष सेवा नहीं लेते थे परन्तु अवसर पड़ने पर सुग्रीव तक हमारे सन्देशवाहक का कार्य करने में निःसन्देह वह हमारे बड़े सहायक थे।

भइया ने सुग्रीव के जाने पर भाभी माँ के सम्बन्ध में तो मुझसे नहीं कहा। इतना अवश्य बोले - "लक्ष्मण! वह वानर यूथपति विनत कितना भाग्यशाली है जिसने अपने इस अभियान में मेरी मातृभूमि और माँ सरयू के दर्शन किये होंगे।"

"जी भइया!...और उसके दल के समस्त परिश्रमी वानर भी।" - मैंने कहा।

एक सप्ताह के पश्चात् सुग्रीव ने मुझे घाटी में स्थित उस प्रशिक्षण-शिविर में बुलवा भेजा। प्रातःकाल जब मैं उस विशालकाय मैदान में पहुँचा तो मुझे वहाँ सीधे मंच पर ले जाया गया। उस समय सुग्रीव सामने एकत्र वानरों के युद्धाभ्यासी समुदाय को सम्बोधित कर रहा था। - "...यह सब-कुछ सुन्दर है परन्तु अभी पर्याप्त नहीं। ...वानरवीरो! मैं आपके प्रशिक्षकों के मनोयोग से प्रसन्न हूँ। आपके परिश्रम की भी सराहना करता हूँ। परन्तु अभी मैं पूरी तरह सन्तुष्ट नहीं।...याद रखिये कि प्रशिक्षण और सतत अभ्यास ही युद्धकौशल को बनाये रखने और हमें जगाये रखने में सहायक होता है। उत्तम प्रशिक्षण उत्तम सफलता दिलाता है। और प्रशिक्षण-शिविरों में शान्ति के दिनों में जो हम सतत अभ्यास करते हैं - चाहे वह एकल पंक्ति कूच हो, त्रिपंक्ति में प्रस्थान हो, विभिन्न व्यूह रचनाएँ हों, आक्रमण अथवा प्रतिरक्षा की विविध प्रविधियाँ हों - हमारा यह सतत अभ्यास ही हमारी चेतनाशक्ति को प्रखर करता है। ...लीजिये वीरवर लक्ष्मण जी हमारे बीच पधार गये हैं। अब हम इन्हें अपना सामूहिक अभिवादन करेंगे।..."

उसके बाद मंच से ही वानरराज सुग्रीव ने स्वयं प्रधान सेनापति की भाँति उच्च स्वर से वानर सैनिकों को नियन्त्रण-पुकार दी -

"समस्त वानर सैनिको!...सावधान!!"

सारे वानर सावधान की मुद्रा में आ गये। अविचल निःशब्द सीधे खड़े हो गये। मैदान में पूर्ण नीरवता व्याप्त हो गयी। सुग्रीव ने तब दूसरी नियन्त्रण - पुकार दी। -

"सारे दल एक साथ अभिवादन करेंगे।... अभिवादन दें -"

इसी के साथ सभी वानर सैनिकों ने एक साथ अपने दोनों करतल सामने जोड़कर अपने वक्ष से प्रणाम की मुद्रा में लगाये। और मुख से भी एक सामूहिक स्वर में कहा - "प्रणाम!"

लाखों वानर सैनिकों का वह गगनभेदी स्वर इतना गूँजता हुआ था कि निश्चित ही वहाँ दूर पहाड़ी पर बैठे राम भइया तक भी वह प्रणाम निवेदन गया होगा जो वहीं से एक चट्टान पर बैठे-बैठे हमारी गतिविधियों पर दृष्टिपात कर रहे थे। उसके बाद सुग्रीव ने अन्तिम नियन्त्रण-पुकार लगायी -

"वानरो!... विश्राम!!"

सभी वानर दोनों हाथ पीछे कर और दोनों सटे हुए पाँव दूर-दूर कर विश्राम की मुद्रा में आ गये। सुग्रीव इसी के साथ मंच से मुझे लेकर नीचे उतर लिये। वह मुझे फिर एक ओर एकान्त में ले गये। खड़े-खड़े ही उन्होंने बताया - "कल सायंकाल तारा के पिताश्री सुषेण के नेतृत्व में पश्चिम दिशा में गया हुआ वानरदल भी लौट आया है। इन लोगों को भी देवी सीता का कोई सुराग नहीं मिल सका है। परन्तु चिन्ता की कोई बात नहीं हमारे दो महत्त्वपूर्ण खोजी दल अभी भी उत्तर और दक्षिण की दिशाएँ छान रहे हैं। सफलता आज नहीं तो कल मिलनी ही है लक्ष्मण जी!"

मैंने पूछा - "इस पश्चिमोन्मुखी दल ने कहाँ-कहाँ के भूमण्डलों की यात्रा की सुग्रीव जी?"

इस पर सुग्रीव ने बताया कि -महाबली सुषेण अपने दल के साथ मरुभूमि, नदियों, तपोवनों और दुर्गम पर्वतों को पार करते हुए समुद्र-तट तक जा पहुँचे। गिरिकन्दराओं में भी उन्होंने सीता जी को खोजा और सिन्धु आदि सात नदियों को पारकर वह पश्चिम दिशा में बहुत दूर तक गये। उन्होंने दुष्ट राक्षसराज द्वारा अपहरण की गयी एक स्त्री की बात कह विभिन्न जनपदों, ग्रामों और वनाञ्चलों में वहाँ के लोगों से जानकारी चाही। परन्तु हर स्थान पर उन्हें लोगों की अनभिज्ञता ही दर्शित हुई। कोई निराशा की बात नहीं है। हमारा यह अभियान जारी है। वानरगण अपने प्राणों की बाजी लगाकर खोज अभियान में जुटे हैं।

और इसी तरह एक पूरा माह बीतते-बीतते उत्तर दिशा में गया हुआ तीसरा खोजी दल भी खाली हाथ वापस आ गया। एक वानर सैनिक ने जब हमारी कन्दरा में आकर यह बात बतायी तो भइया घोर निराशा में घिर गये।

मैंने उस वानर सैनिक से कहा - "तुम्हारी सूचना के लिए धन्यवाद सैनिक! तुम जाओ। जाकर वानरराज सुग्रीव से कहो कि हम स्वयं ही उनसे भेंट करने किष्किन्धा दुर्ग के द्वार तक मिलने आयेंगे।...अभी कुछ देर बाद।"

"जो आज्ञा प्रभु! -" कहकर वह वानर सैनिक चला गया।

तब उस कन्दरा के एकान्त में श्रीराम कहने लगे - "एक-एक कर तीन दिशाओं से सुग्रीव के सारे अन्वेषक वापस लौट आये हैं और सीता का कुछ पता नहीं चल

रहा।...लक्ष्मण! मेरा मन अब बहुत अशान्त है। सीता के बिना मैं अयोध्या किस मुँह से वापस जाऊँगा? माताओं को क्या उत्तर दूँगा? उसकी लाडली बहनों उर्मिला, माण्डवी, श्रुतिकीर्ति की तीक्ष्ण-दृष्टियों का कैसे सामना करूँगा।...अयोध्या की पूरी जनता भी मुझे कापुरुष कहकर धिक्कारेगी कि एक स्त्री की भी मैं रक्षा न कर सका। निज पत्नी को एक राक्षस के हाथों अपहरण कराकर एक कायर की भाँति लौट आया हूँ। इससे तो अच्छा है कि मैं अब अयोध्या ही वापस न जाऊँ।... भरत तो है ही कौशल राज्य की देखभाल के लिए।''

''आप यह कैसी बातें कर रहे हैं भइया?...परम ज्ञानी और परम वीर होकर भी आप इस प्रकार के नकारात्मक विचारों को मन में पनपने ही क्यों दे रहे हैं? आप कदाचित् भूल रहे हैं कि भइया भरत भी आपके वनवास की अवधि बीतने तक ही वहाँ शासन संचालन का संकल्प लेकर बैठे हैं। वह भी आपके प्रतिनिधि के रूप में केवल।...यदि चौदह वर्ष के बाद एक दिन भी बीता तो भरत निश्चय ही आत्मघात कर लेंगे। हममें से कौन नहीं जानता कि रघुवंशियों की प्रतिज्ञा अटल होती है।''

''भरत तो बाद में आत्मघात करेगा। यदि सीता नहीं मिली तो राम उससे पहले इस वनवास में ही आत्मघात कर लेगा...''

''भइया! - फिर वही।...सँभालिये अपने-आपको।''

''कैसे सँभालूँ सौमित्र!...मेरे धैर्य का बाँध अब टूटने को है। सीता न मिली तो निश्चय ही मैं यह जीवन त्याग दूँगा।''

''अच्छा!...तो फिर मेरा क्या होगा? अपने इस अनुज की किंचित् भी चिन्ता नहीं है आपको?''

''तुम...तुम तब अयोध्या वापस चले जाना और भरत से सब हाल कहकर अयोध्यावासियों से मेरी ओर से क्षमा माँग लेना। कहना कि भरत ही आगे भी राजा रहेंगे।''

''किन्तु आपका यह सन्देशा सुनकर क्या भरत भइया वही प्रतिक्रिया करेंगे जो आपको अभीष्ट है?''

''भरत मेरा आदेश कभी नहीं टाल सकता। कहना भइया ने कहा है कि उसे ही राजपाट सँभालना है।''

''और यदि भरत भइया न माने तो?''

''क्यों नहीं मानेगा?''

''क्योंकि मैं देख चुका हूँ कि भरत आपसे कम साधु-प्रवृत्ति के नहीं हैं। इसलिए।...''

''ठीक है सौमित्र!...यदि भरत संन्यास का हठ करे तो तुम उसका पाँव पकड़कर उसे मनाना। न माने तो प्रार्थना करना कि वह राज्य का संरक्षक बनकर रहे और...''

"और?"

"और तब उस दशा में फिर तुम कौशल राज्य का भार सँभालना...लक्ष्मण! हाँ मुझे तुम्हारी योग्यता, क्षमता, अनुभव और वीरता में लेशमात्र भी सन्देह नहीं। भरत की मानसिक दृढ़ता की छाँव में तुम मेरी जगह अयोध्या के सुयोग्यतम शासक सिद्ध होंगे।"

"अहा!...क्या बात कही है आपने भइया!!...इस धरती पर पड़नेवाली अपनी परछाहीं सरीखे इस अनुज सौमित्र को आपने अयोध्यापति बनने का यह अच्छा सुनहरा स्वप्न दिखाया है। बस-बस बहुत हो चुका। आगे मैं आपकी एक नहीं सुननेवाला। जब तक दक्षिण दिशा का खोजी दल वापस नहीं आ जाता आपको किसी अन्तिम निष्कर्ष पर पहुँचने की आवश्यकता नहीं। यदि इसके बाद भी आपने स्वयं को नहीं सँभाला तो मैं पूरे एक सप्ताह तक आपसे बात नहीं करूँगा।" यह सुनकर भइया श्रीराम ने एक लम्बी साँस ली और मुझसे कहा कि - "अच्छा वत्स! तुम जाओ। सुग्रीव से पता करो कि उत्तर दिशा से लौटे दल ने उन्हें क्या सूचनाएँ दी हैं?"

मैं समझ गया कि भइया अतल-जलतल में जाते-जाते पुनः प्राणदायक-धरा पर वापस आ चुके थे। अतः - "जैसी आज्ञा भइया! मैं अभी शीघ्र वहाँ की अद्यतन स्थिति जानकर आता हूँ। आप तनिक इस कन्दरा से बाहर आकर सूर्य रश्मियों का आनन्द लें।" - कहकर मैं बाहर निकला। भइया उठे और मेरे साथ कन्दरा से बाहर आये। जब वह पीपलवृक्ष के निकट की एक शिला पर सुस्थिर होकर विराजमान हो गये तो मैं धनुष-बाण सहित सुग्रीव जी से भेंट करने चल पड़ा।

पर्वत की ढलान से उतरकर अभी मैं कुछ ही दूर गया होऊँगा कि महाराज सुग्रीव अपनी पूर्ण ठसक के साथ एक स्वर्ण-शिविका पर बैठे मेरी ओर आते दिखे। निकट आने पर उनके निर्देश पर स्वर्ण-शिविका धरातल पर रख दी। सुग्रीव उतर पड़े। मैंने उन्हें और उन्होंने मुझे प्रणाम किया। सुग्रीव कहने लगे -

"आपने क्यों कष्ट करना चाहा। मैं तो स्वयं ही राम प्रभु को सब समाचार देने इधर आ रहा था।..."

"वह क्या है सुग्रीव जी! आप तो भइया की मनोदशा जानते ही हैं। उत्तरी दल के लौट आने की सूचना मिलते ही वह पुनः व्याकुल हो उठे हैं। इसी से उन्होंने मुझे ..."

"चलिये मैं स्वयं राम प्रभु से सब समाचार कहे देता हूँ।"

"अरे आप क्यों कष्ट करेंगे सुग्रीव जी! मुझी से कह दीजिये। मैं भइया को बताये देता हूँ।"

"नहीं-नहीं लक्ष्मण जी! भला ऐसा कहाँ सम्भव है श्रीराम के इतने निकट आकर उनसे दूर रह पाना? उन राजीव-लोचन के दर्शन किये बिना मन को शान्ति नहीं मिलती। जो भी दिन उनसे मिले बिना व्यतीत होते हैं वे अब तो मुझे व्यर्थ लगते हैं।...यह सौभाग्य भी न जाने कितने दिन मेरे भाग्य में बदा है? कह नहीं सकता।"

सुग्रीव जी के ऐसे आत्मीय शब्दों ने मुझे निरुत्तर कर दिया। उन क्षणों में मैंने वानरराज के नेत्रों में एक अनिवर्चनीय सुख व्यापता देखा। सुग्रीव ने तब साथ आये शिविका के श्रमिकों और अपने छोटे-से सैनिक दल को वहीं प्रतीक्षा करने के लिए रोक दिया। फिर पैदल ही मेरे साथ वह पर्वत पर श्रीराम से मिलने को चल दिये।

हम दोनों सधे कदमों से पर्वत की चढ़ाई चढ़ने लगे। बीच-बीच में सुग्रीव जी का सम्भाषण चलता रहा -

"उत्तर दिशा का हाल तो राम प्रभु के सम्मुख ही आपको सुनाऊँगा। सीता जी अथवा रावण उधर नहीं है।...मैंने कहा था न कि राक्षसराज रावण की लंका दक्षिण में है। वह दुष्ट मायावी सीता के अपहरण के पश्चात् उधर ही गया होगा। इस बात की प्रबल सम्भावना भी यही है। अन्य दिशाओं में हमारी खोजबीन किन्तु समस्त अन्य सम्भावनाओं को निर्मूल करने हेतु अनिवार्य थी। वह हम अब तक कर चुके हैं।...रावण का जहाँ तक प्रश्न है लक्ष्मण जी! वह कोई साधारण शत्रु नहीं है।...यह भी जान लीजिये। वह ऋषि और राक्षस के रक्त से उत्पन्न एक अनोखी सन्तान है। वह महर्षि पुलस्त्य के पुत्र विश्रवा मुनि के वीर्य और राक्षस माल्यवान् सुमाली की पुत्री कैकसी की कोख से जन्मा एक परम तेजस्वी और अतुलित बलशाली कुपुत्र है।"

मैं चुपचाप ऊँचाई चढ़ता हुआ सुग्रीव जी को सुनता रहा। - "राक्षसराज रावण अपने बलवीर्य के बल पर और अपने इष्टदेव भगवान् शंकर को प्रसन्न कर अब त्रिलोक विजेता समान हो चुका है। उसने अपने एक सौतेले भाई कुबेर को पराजित कर उसकी राजधानी लंका और उसका सम्पूर्ण राज्य एवं वैभव छीन उसे उत्तर में स्थित हिमालय पर्वत की ओर खदेड़ दिया है। रावण ने अपनी नवप्रतिपादित रक्ष-संस्कृति की संस्थापना देव-संस्कृति के समानान्तर कर दी है। वही देवगण जिनकी प्रशंसा आपके आर्यजन करते नहीं थकते हैं, इन दिनों रावण की चौखट पर जा-जाकर अपनी नाक रगड़ते हैं और उसे 'कर' देकर अपने जीने-खाने का अधिकार प्राप्त करते हैं। इस प्रकार वह राक्षसराज इन दिनों देवाधिपति इन्द्र का भी स्वत्व छीनकर उसका भी अधिनायक बन बैठा है।... राक्षसकन्या कैकसी ने रावण के बाद उसके दो भाइयों कुम्भकर्ण और विभीषण को भी जन्म दिया और रावण की बहन शूर्पनखा भी कैकसी की ही सन्तान है। वही शूर्पनखा जिसका नासिका-कर्ण-विच्छेदन आप कर चुके हैं सौमित्र!...

"रावण सम्पूर्ण मानव जाति का शत्रु है। वह आर्य-मानवों के उच्चतम एवं परम सम्पन्न वर्ग जिन्हें आप और हम देवता कहते हैं का प्रबल-प्रतिद्वन्द्वी है। वह आर्य-मानवों के मध्यवर्ग एवं निम्नवर्ग का तो शत्रु है ही, हम अनार्य-मानवों को भी वह चैन से जीने नहीं देता। हमें भी परास्त, पदमर्दित करने का कभी कोई अवसर रावण ने नहीं छोड़ा है। अनार्यों से कहता है कि या तो तुम राक्षस बन जाओ नहीं तो मेरे राक्षसों के हाथों मारे जाओ। अपने नरभक्षी राक्षसों के कुछ कबीलों को उस महापापी ने आर्यों-अनार्यों के मांसभक्षण-अभियान में भी लगा रखा है।...

"देव-आर्य-अनार्य जो भयवश अथवा किसी सामाजिक कुण्ठा के चलते उसकी रक्ष-संस्कृति में सम्मिलित हुए वे सभी मनुष्य राक्षस-मानव बन गये।...रावण उन रक्ष-संस्कृति अपनाये मानवों को सिर पर दो नकली सींगों को लगाकर मानवेतर गुणों को अपनाने का पाठ पढ़ाता रहता है। उसके खोले हुए रक्ष-संस्कृति का प्रचार-प्रसार करनेवाले विद्यालय आज समस्त प्रकार की अनैतिक शिक्षाओं के केन्द्र हैं।...अब क्या-क्या बतायें आपसे लक्ष्मण जी?"...

इस प्रकार हम दोनों कुछ ही देर में पर्वत की ऊँचाई चढ़ते-चढ़ते वहाँ जा पहुँचे जहाँ प्रभु श्रीराम प्रकृति के उस एकान्त में अपने सम्पूर्ण तापस-तेज के साथ स्फटिक-शिला पर विराजमान थे। पीपलवृक्ष के पत्ते वेग से चलते पवन की छुवन में थरथराते हुए कम्पायमान् थे। प्रभु का चीर उनके कन्धे से खुल-खुलकर उड़-उड़कर वायु में लहरा रहा था। परन्तु वह किसी गहरे ध्यान में डूबे हुए थे।

आज पहली बार मैंने महाराज सुग्रीव को वनवासी राम के सम्मुख भक्ति भाव से साष्टांग दण्डवत् करते हुए देखा।

"प्रणाम श्रीराम प्रभु! -" लगभग हाँफते-से सुग्रीव ने कहा और उनके चरणों के निकट अपना मस्तक नवाया। मैंने देखा कि पीपलवृक्ष के नीचे संन्यासी-से बैठे राम भइया के श्रीमुख पर अवसाद की कोई रेखा न होकर इस समय एक अद्भुत कान्ति थी। उन्होंने प्रणाम करते सुग्रीव को जब देखा तो अपना दाहिना हाथ अभयमुद्रा में उठाकर उसे आशीर्वाद दिया -

"दीर्घायु भव! यशस्वी भव प्रिय सुग्रीव!...तुम जीवन में कभी असफलता का मुख न देखो मित्र। सदा नीरोग एवं सुखी रहो। मेरी तपस्या का चौथाई अंश तुम्हें प्राप्त हो।"

सुग्रीव गद्गद हो पुनः चरणों में गिर पड़े। मुझे कौतुक सूझा। बालकों की भाँति भइया से बोल पड़ा - "और मेरा चतुर्थांश?"

इस पर श्रीराम सहज भाव से बोले - "तुम तो मेरे पूर्वजन्म की तपस्या का प्रतिफल ही हो प्रिय अनुज जो मुझे इस जन्म में मिले।...तुम भला एक अंश लेकर क्या करोगे?"

भइया के वचन सुनकर मैं स्वयं को रोक न सका और अपना धनुष-बाण एक ओर फेंककर भइया की कटि से लिपटकर फफक पड़ा। घुटनों के बल वहीं बैठा-बैठा रोने लगा।

"क्षमा करें भइया! मैं आपको क्या-क्या कहता रहता हूँ आजकल।...मेरी जिह्वा पर नियन्त्रण समाप्त हो चला है। हे कृपानिधान!...मुझे क्षमा कर दें।"

"अरे नहीं लक्ष्मण! वत्स! तू सही जान...मैं कभी असत्य नहीं कहता। वह तो रही पूर्वजन्म की बात। इस जन्म में तो तेरा तप मेरे तप से भी कहीं बढ़कर है।"

अब मैं भइया श्रीराम को जकड़े हुए और भी फूट-फूटकर रोने लगा। मुझे अपनी प्रशंसा में कहे भइया के वे वचन बहुत मर्माहत कर रहे थे। भइया स्थितप्रज्ञ हो चले थे।

बड़ी देर तक यह स्थिति रही। सुग्रीव जी भूमि पर ही बैठे हुए थे। सुखासन में। हम दो भाइयों के इस प्रेमालिंगन और निजी क्षणों के साक्षी बन वह भी कुछ देर को समाधि की अवस्था को प्राप्त हो गये।

कुछ देर बाद जब भावों का वह प्रचुर उद्रेक कुछ शान्त हुआ तो सुग्रीव जी ने हमें बताया कि -

"उत्तर दिशा में जो खोजी दल गया था वह मेरे एक सेनाध्यक्ष शतबलि के नायकत्व में किष्किन्धा पर्वत से चलता हुआ विभिन्न भू-भागों को छानता-घूमता पर्वतराज हिमालय तक जा पहुँचा। उत्तर दिशा में पुलिन्द, शूरसेन, भरत, कम्बोज और यवन आदि अनेक राज्य स्थित हैं। इन्हें लाँघते हुए हमारे वीर वानर सैनिकों का यह द्रुतगामी अन्वेषक-दल जब लोध्र और पद्म की झाड़ियों तथा देवदारु के घने वनों से सुशोभित हिमालय पर्वत पर पहुँचकर खोजबीन करने लगा तो वहाँ तक उन्हें सीता देवी की कोई जानकारी नहीं मिल पायी। हिमालय पर स्थित कुछ ऋषि-मुनियों ने अपने तप-बल से ध्यान केन्द्रित कर शतबलि को बताया कि हिमालय पर कहीं भी सीता जी का होना आभासित नहीं होता है। सम्भव है यहाँ से आगे कैलास पर्वत पहुँचने पर कुबेर से कुछ संकेत मिल सके। खोजी दल तब अथक परिश्रम कर देव-कुबेर के नव-राज्य में पहुँच गया। यह राज्य उसने कैलास पर्वत पर उसके उच्च शिखर से आधी ऊँचाई पर कुछ ही सौ वर्ष पूर्व बसाया है, जब से वह रावण द्वारा लंका से अपदस्थ कर निष्कासित किया गया।

सुग्रीव ने आगे बताया है कि उत्तर दिशा के इस खोजी दल ने जब कुबेर से भेंट की तो उसने रावण के सीता जी सहित उत्तर दिशा में आने की सम्भावना को सिरे से निरस्त कर दिया। उसका कहना था कि उत्तर दिशा में एक तो मैं बैठा हूँ इधर भगवान् भूतभावन कैलासपति शिवजी के श्रीचरणों में। शिवशम्भु रावण के आराध्य हैं। अतः किसी अपवित्र भावना से साध्वी सीता को लेकर वह पतित रावण शिवलोक की ओर आने का विचार भी नहीं कर सकता। ऊपर से मुझ-जैसा उसका

परम शत्रु इधर निवास करता है। यदि वह क्षणभर को इधर आ भी जाता तो मेरे गुप्तचरों और देव-मानवों की दृष्टि से बच नहीं पाता। इसलिए कैलास तक उसके आने का प्रश्न ही नहीं है और न ही यह घटित हुआ है। फिर भी पृथ्वी की विशालता अपार है। उत्तर दिशा कैलास पर्वत के उस पार भी है। बहुत बड़ा भूभाग और फिर हिमाच्छादित सागर उस ओर है। किन्तु कैलास और हिमालय को पार किये बिना उस पार किसी का जाना असम्भव है। कुबेर ने वहाँ से हमारे दल के माध्यम से मुझे यह सन्देश भेजा है कि उसकी सलाह मानकर हम अपना अभियान दक्षिण की ओर ही केन्द्रित करें। वह क्षुद्र और विलासी रावण स्वर्णमयी लंका में ही विद्यमान है। अन्यत्र कहीं नहीं। क्योंकि इस बात की उन्हें पक्की सूचना है।

जब अमावस्या की घोर अन्धकारमय रात्रि होती है उसी के बाद से शुक्लपक्ष प्रारम्भ होता है। चन्द्रदेव फिर क्रमशः प्रतिपदा, द्वितीया, तृतीया, चतुर्थी, पंचमी, षष्ठी, सप्तमी, अष्टमी, नवमी, दशमी, एकादशी, द्वादशी, त्रयोदशी और चतुर्दशी के सोपानों पर चढ़कर पूर्णिमा की पूर्ण प्रकाशमयी रात्रि में धरती पर अपना दिव्य आलोक बिखेरते हैं और सन्तप्त प्राणियों को अपनी कृपादृष्टि से शीतलता प्रदान करते हैं।

हमारे अरण्य-जीवन की उस अमावस्या में अन्ततः आनन्ददायक पूर्णिमा का समावेश एक दिन हो ही गया जब हम दोनों भाइयों ने सम्पूर्ण किष्किन्धा प्रक्षेत्र में अभूतपूर्व हर्ष का तुमुलनाद सुना। मध्याह्न का समय था। ...हम दोनों भाई अपनी कन्दरा से तत्काल बाहर आ गये। हमने देखा कि सुग्रीव के तीन-चार वानर सैनिक भागे-भागे हमारी ओर चले आ रहे हैं। उनमें से एक ने लगभग चिल्लाते हुए हमें बताया -

"शुभ समाचार मिल गया...सीता माता का पता चल गया। बजरंगबली हनुमान जी ने खोज निकाला है उन्हें प्रभु! -"

"कहाँ पर हैं हनुमान?...शीघ्र कहो।"

"सब-के-सब इधर ही आ रहे हैं दयानिधि!...वह देखिये। उधर नीचे की ओर ...हमारे पीछे-पीछे।..."

और हमने देखा कि वानरों की एक विशाल सेना ढोल-नगाड़े-तुरही-मृदंग बजाती नृत्य करती-सी एक टिड्डी-दल की तरह हमारे प्रस्रवणगिरि को घेरकर हमारी ही ओर चलती चली आ रही थी। कुछ वानर तो वास्तव में हाथ नचा-नचाकर मटक रहे थे।

अद्‌भुत दृश्य था। स्वयं सुग्रीव ने सबके बीच हनुमान जी को, जो पुष्पहारों से लदे थे, अपने कन्धों पर उठा रखा था। उनके दाहिने-बायें वज्रांगी हनुमान जी का

जयघोष करते हुए जामवन्त, अंगद, नल, नील और अनेक वानर योद्धा हर्षित मुख और कम्पित गात के साथ चलते चले आ रहे थे। जब समस्त वानरों का अधिपति स्वयं एक महावीर वानर योद्धा को कन्धों पर बिठाकर चल रहा हो तो ऐसे में उसकी वह विशाल सेना क्यों न संयम और अनुशासन बरतती? कोई धक्का-मुक्की नहीं। उस विजय-जुलूस में प्रचण्ड उत्साह और आनन्द की तरंगों के बाद भी हर व्यक्ति आत्मानुशासित था और वानर-भालुओं के उस जुलूस की शोभा बढ़ा रहा था।

ढोल-नगाड़ों और जय-जयकारों के स्वर थमने का नाम ही नहीं ले रहे थे। हर कोई उस विशाल जनसमूह में हनुमान जी महाराज की जय हो! पवनसुत हनुमान जी की जय हो! अंजनी के लाल की जय हो! मारुतिनन्दन की जय हो! के गगनभेदी नारे लगा रहा था। श्रीराम के निकट पहुँचकर महाराज सुग्रीव ने हनुमान जी को धरती पर उतार दिया और हर्षातिरेक में वानरों की भाँति ही एक किल-किल नाद किया। यह साथ के सभी वानरों के लिए एक संकेत था कि अब उनके आनन्द से विभोर अधिपति के बोलने का समय है। युवराज अंगद ने दोनों हाथ उठाकर पीछे मुड़कर सभी वानरों को शान्त होने का मौन निर्देश दिया। सारे वानर इत्यादि शान्त हो गये। मैं राम भइया के पास खड़ा था। मैंने देखा कि वह अपने जीवन के एक सबसे शुभ समाचार को सुनने के लिए बेचैन-से थे। अतः श्रीराम उन अपूर्व क्षणों में मुझ अनुज का सान्निध्य और भी तीव्रता से चाह रहे थे। भइया ने अपना हाथ बढ़ाकर मेरी एक बाँह पकड़ी और आवेश एवं स्नेह के साथ मुझे अपने बराबर में स्फटिक-शिला पर बिठा लिया।

सुग्रीव ने तब सबसे पहले आगे बढ़कर श्रीराम के चरणों में अपना मस्तक नवाया और उसके बाद पीछे हटकर वह पलटा और दोनों भुजाएँ आकाश की ओर फेंकते हुए सिंहगर्जना के साथ उसने किष्किन्धा में उपस्थित समस्त जनसमुदाय के सम्मुख श्रीराम के नाम का जयघोष किया। -

"प्रभु श्रीरामचन्द्र की जय!"

समस्त जनसमुदाय ने साथ दिया - "जय! जय!! जय!!!"

हनुमान जी के गले में नाना प्रकार के रंग-बिरंगे पुष्पों की जो वैजयन्ती मालाएँ भरी हुईं थीं उससे उनका मुख छिप-छिप जा रहा था। उन्होंने पहले भी उन मालाओं को उतारने की चेष्टा की थी परन्तु साथ के वानर योद्धाओं ने उन्हें ऐसा करने से रोक दिया था। प्रभु श्रीराम के सामने जाते ही हनुमान जी अत्यन्त संकोच में पड़ गये। झटपट उन्होंने उन मालाओं को स्वयं ही उतार डाला जिन्हें अंगद ने आगे बढ़कर अपने हाथों में थाम लिया। अंगद ने उन मालाओं को दूसरे वानरों को सौंपना चाहा तो हर्ष और संकोच दोनों में डूबते-उतराते हनुमतलाल जी ने झपटकर उन्हें पुनः अपने अंक में समेट लिया और प्रभु श्रीराम से गद्‌गद स्वर में बोले -

"प्रभु! कृपया मेरी धृष्टता को क्षमा करियेगा -" और यह कहते-कहते कुछ देर पूर्व सबकी पहनायी हुई वह सारी मालाएँ हनुमान जी ने श्रीराम के चरणों में ले जाकर

रख दीं। इसी के साथ हनुमान श्रीराम के सम्मुख दोनों हाथ आगे प्रणाम की मुद्रा में जोड़ते हुए सर्वाङ्ग रूप से अपना मस्तक धरती पर रखते हुए लेट गये।

श्रीराम ने तत्काल झुककर उनको उठाया और कहा - "चिरंजीवी भव प्रिय हनुमान! कहिये सब कुशल तो है?"

इस पर हनुमान जी ने बड़ी कठिनाई के साथ मात्र इतना कहा - "प्रभु! जो कार्य आपने सौंपा था वह आपकी कृपा से सकुशल सम्पन्न हुआ। माता मिल गयीं हैं और सुरक्षित हैं।"

यह सुनते ही प्रेमाश्रुओं का एक प्रवाह श्रीराम के राजीवनयनों से बह चला और उन्होंने हनुमान जी को ठीक उस प्रकार से अपने बाहुपाश में जकड़ लिया जैसे एक पिता अपने पुत्र को आनन्द के चरम क्षणों में अपने अंक में भर लेता है। अब जामवन्त जी श्रीरामचन्द्र जी महाराज की जय के साथ-साथ पवनसुत हनुमान जी की जय के भी नारे लगवाने लगे। फिर एकाएक वह थमे और उन्होंने जनसमुदाय को एक नया नारा दिया -

"बोलिये माता जानकी की जय!"

जनसमुदाय ने उतने ही उत्साह से साथ दिया - "जय! जय!! जय!!!"

जामवन्त जी ने पुनः सभी का आह्वान किया - "अब सभी मिलकर एक साथ कहेंगे - जय सियाराम!"

"जय सियाराम!" ...

"जय सियाराम!!"...

"जय सियाराम!!!"

सिया-राम की जय के यह पावन स्वर सम्पूर्ण किष्किन्धा प्रदेश की विभिन्न पहाड़ियों से टकराकर आनन्दमयी प्रतिध्वनियाँ सर्वत्र करने लगे।

वयोवृद्ध रीछराज जामवन्त जी तब श्रीराम से प्रणाम निवेदन कर गद्‌गद वाणी में बोले - "हे दीनानाथ!...पवनसुत हनुमान ने जो असम्भवप्राय कार्य किया है उसकी प्रशंसा सहस्रों मुख से भी की जानी सम्भव नहीं। हम सब तो निराश हो चले थे। अपने प्राणों की आशा खो बैठे थे..." यह कहकर जामवन्त जी ने सुग्रीव की ओर तिर्यक् दृष्टि से देखा। सुग्रीव मुस्कुराये और सारा वानर-भालू समाज हँस पड़ा। वातावरण सहज हो गया। जामवन्त ने आगे कहा -

"प्रभु! यह हनुमान ही थे जिन्होंने सीता देवी को खोज निकाला। इन्होंने रावण की सोने की लंका जलाकर विध्वंस कर दी और सौ योजन का समुद्र इधर-से-उधर पार किया। लंका में अपने अद्‌भुत करतब करके फिर उतनी ही चपलता से सौ योजन वापस सागर लाँघकर हमारे पास लौटकर यह शुभ समाचार सुनाया।"

जामवन्त जी के यह वचन सुनकर वानर समुदाय ने जोरदार नारा लगाया - "बोल सियावर रामचन्द्र की!"... "जय!!!!"

सुग्रीव ने भइया श्रीराम से अनुमति चाही कि दक्षिण के इस खोजी दल की सफलता का पूरा समाचार उपस्थित वानर समुदाय को जाम्बवान् जी अपने श्रीमुख से सुना दें। भइया ने सहर्ष अपनी सहमति प्रकट की। तब सुग्रीव निकट की ही एक दूसरी चट्टान पर चढ़ गये और ऊँचे स्वर में बोले - "शान्त हो जाइये सब लोग ...जो जहाँ है वहीं बैठ जाये।"

सब लोग अपने-अपने स्थान पर झटपट बैठ गये। हनुमान जी श्रीराम प्रभु के चरणों में जा बैठे। जाम्बवान् एक ओर किनारे खड़े थे। सबके निश्चल बैठ जाने पर सुग्रीव चट्टान से कूदकर उतरे और जाम्बवान् जी के निकट आकर खड़े हो गये। उन्होंने कहा - "अब आप शुभारम्भ करें रीछराज!"

जाम्बवान् जी तब गला खँखारकर कहने लगे - "प्रभु श्रीराम और मित्रो! युवराज अंगद के कुशल नेतृत्व में हम खोजियों का दल किष्किन्धा से प्रस्थान कर मार्ग की अनेक बाधाओं को पार करता आगे बढ़ा। अब यात्रा के कष्टों का आपसे क्या वर्णन किया जाये? लम्बी यात्रा पर जब हम जाते हैं तो उसके अपने कष्ट भी होते हैं ...और आनन्द भी। इस अन्वेषण-अभियान में हम कोई अकेले तो थे नहीं। तीन अन्य बड़े दल यहाँ से उत्तर, पूरब और पच्छिम दिशाओं में हमारी तरह ही गये थे। उन दलों के सदस्यों ने भी अपार परिश्रम किया होगा तथा मार्ग के अनेक कष्ट सहे होंगे। परन्तु अभियान की सफलता का श्रेय रामजी की कृपा से हमारे दक्खिनी दल को ही कदाचित् मिलना था...सो मिला। यह हमारा परम सौभाग्य है।...

"हम विद्युत् की-सी चपलता से दौड़ते-चलते कई दिन बाद जब सागर-तट पर पहुँचे उससे पूर्व हम अनेक भूभागों, वनों, कन्दराओं, नदियों और सरोवरों के आस-पास के हर सम्भावित ठिकानों को छान चुके थे... जहाँ-जहाँ भी जानकी जी मिल सकती थीं। हमें मार्ग में विभिन्न व्यक्तियों से जो-जो सूत्र मिलते गये उनकी छान-बीनकर जिधर उस राक्षसराज रावण का आकाशगामी रथ जाना विदित हुआ ...हम उधर ही बढ़ते गये।...

"मार्ग में जो मिला खा लिया...जो पीने को मिला उसे देख-भालकर पी लिया ...जो नहीं मिला उसमें भी सन्तोष किया। और हम आगे बढ़ते गये। हमारे दल में अंगद के साथ मैं तो निमित्त-मात्र के लिए ही गया था। परन्तु हमारे साथ-साथ गज-गवाक्ष-शरभ-ऋषभ-गन्धमादन-मैन्द-द्विविद-जैसे अनेक यूथपति और वानरयोद्धा चल रहे थे। इन सभी अत्यन्त सुयोग्य सेनानायकों के अनुभव और इनके सुझाव सारे रास्ते बहुत काम आये। परन्तु प्रभु! मैं आपसे क्या बताऊँ? हनुमान जी सारी यात्रा में बहुत ही शान्ति से हम सबके साथ चलते रहे। इनकी तो प्रतिक्रिया भी जान पानी बड़ी कठिन होती है जब तक यह स्वयं न चाहें। हनुमान इस महा-अभियान में अंगद

के आदेशों का पालन उसी सहजता और अनुशासन के साथ निरन्तर करते रहे, जैसा दल के सभी सदस्य निष्ठापूर्वक करते थे। हनुमान ने पूरे मार्ग में कहीं भी अपनी विशिष्टता अथवा महानता का आभास तक नहीं होने दिया। यद्यपि इनके सर्वगुण सम्पन्न स्वरूप से यहाँ कौन परिचित नहीं? यह हनुमान ही हैं जिन्हें कभी कोई अभिमान नहीं व्यापता। हम सब यह वर्षों से देखते आये हैं और सीता जी के इस खोज-अभियान में भी अन्त तक यही रवैया रहा वज्रांगबली का।...''

कहते-कहते जामवन्त जी भावुक हो गये। उनके कुछ क्षण चुप रह जाने पर तथा उपस्थित समुदाय की बढ़ती अधीरता को देख सुग्रीव ने अंगद से कहा - ''वत्स! आगे का वृत्तान्त अब तुम कहो।''

अंगद कहने लगा - ''हम अन्ततः सागर-तट पर पहुँच गये। हम बहुत भूखे-प्यासे थे। वहाँ समुद्र के खारे पानी के अतिरिक्त और क्या था? अनेक वानरों का तो जल के बिना प्यास से बुरा हाल था। हमने चारों ओर दृष्टि दौड़ायी तो पास के पर्वत के मध्य हमें एक गुफा ऐसी दिखी जो स्वयं में बहुत विचित्र थी। हमने देखा कि नाना प्रकार के बहुरंगी पक्षी उस गुफा में उड़-उड़कर भीतर और बाहर आ-जा रहे हैं। हमें लगा कि वहाँ भीतर अवश्य जीवन का संचार होगा। अतः प्राणरक्षा के निमित्त हम उस गुफा में गये। भीतर कुछ दूर जाने पर हमें एक अनोखा हरा-भरा-सा लोक मिला। वहाँ नाना प्रकार के बाग-बगीचे एवं प्रपात खुले आकाश के नीचे अपनी मनोरम छटा बिखेर रहे थे। हमने देखा कि वह गुफा अत्यन्त शीतल थी। यही कारण था कि वहाँ वे आते-जाते पक्षी स्वर्गिक आनन्द की अनुभूति करते होंगे। वहाँ हमें एक वटवृक्ष के नीचे तप करती हुई एक सुन्दर नारी के दर्शन हुए। हमने क्षमा-याचना के साथ उस तपस्विनी को अपना परिचय दिया और प्रभु श्रीराम की धर्मपत्नी माता सीता की खोज हेतु अपने वहाँ आने की बात बतायी। यह सुनकर उस तपस्विनी नारी ने अपना नाम स्वयंप्रभा बताया और अति प्रसन्न होकर हमसे कहा कि हमारा कार्य अवश्य सिद्ध होगा। उसने हमें उस उपवन के मीठे और स्वादिष्ट फल खाने की भी अनुमति प्रदान की और वहाँ के निर्मल जलस्रोतों का जल ग्रहण करके शीघ्र आने को कहा।

''खा-पीकर तृप्त होकर जब हम तपस्विनी स्वयंप्रभा के पास पहुँचे तो हम चारों ओर पर्वतों से घिरे हुए उस रहस्यमय स्थान से निकलने का अपना प्रवेश मार्ग भूल चुके थे। तब उस योगिनी ने विहँसकर हमारी सहायता की और हमें आशीर्वाद देकर अपने हाथ का संकेत कर बाहर का सीधा मार्ग दिखा दिया। इस प्रकार हम पुनः सागर-तट पर जा पहुँचे।...''

रीछराज जामवन्त अब पुनः कहने लगे - ''पुत्र अंगद और हम सब यह सोचकर निराश हो चले थे कि सुग्रीव की दी हुई एक माह की अवधि भी बीत गयी थी और हम अभी तक सीता जी को खोज नहीं पाये थे। मार्ग में कुछ ऋषि-मुनियों ने हमें

बताया था कि रावण नाम का राक्षसराज उन्हें इसी दक्षिण की ओर लेकर अपने उड़नरथ से गया था...सागर के पार कहीं।...हम गर्जन-तर्जन करते उस सागर के तट पर रेत में पड़े-पड़े बहुत निराश हो चले थे। अपनी अब तक की असफलता की हताशा से मृतप्राय थे। उसी समय हमारी भेंट गीधराज सम्पाती से हुई जो महेन्द्र पर्वत की एक कन्दरा से निकलकर एक शिला पर बैठे-बैठे बड़ी दूर से हमें देख रहे थे। यह अंगद साहस कर जब सम्पाती के पास गया तो वह चहककर बोले - "अहा! मेरा आहार खुद चलकर मेरे पास आ रहा है। इसके साथ और भी कई हैं। लगता है कि ऊपरवाले ने कई दिन तक इस भूखे गीध-मानव के आहार का प्रबन्ध कर दिया है।"...

"जब अंगद निडर होकर सम्पाती के और भी निकट गया तो वह बोले - "क्या देख रहा है बालक?...क्या तू ने कभी गीध-मानव नहीं देखा?"

अंगद ने कहा कि - "मैंने आप ही की तरह एक गीध-मानव जटायु को जंगल में पंख पसारकर उड़ते देखा है परन्तु आपके पंख तो कुछ जले-जले से..."

"जलकर झुलस चुके हैं। मैं उसी जटायु का बड़ा भाई सम्पाती हूँ। हम दोनों ने ही मिलकर इन उड़नेवाले पंखों का कभी आविष्कार किया था। यह विद्या केवल हम दोनों को ही आती है। हमारी देखादेखी हमारे कबीले के दूसरे मनुष्य भी हमारी नकल में पंख लगाकर रहने लगे। परन्तु वे बेचारे उड़ना नहीं जानते।..."

"तो फिर आपके इन पंखों को क्या हुआ? -" अंगद ने पूछा। उसे बात करता देख हमारे दल के दूसरे कुछ वानर और मैं भी सम्पाती के पास चले गये। हमने हनुमान को भी वहाँ बुलाना चाहा। परन्तु वह तो दूर पर एकदम सागर के किनारे गुमसुम बैठे सागर की आती-जाती लहरों में जैसे खोये हुए थे। "मैं हूँ जामवन्त रीछपति।...प्रणाम गीधराज।" - मैंने सम्पाती को अपना परिचय दिया।

"आयुष्मान् भव!...मेरे यह पंख एक बार अनुज जटायु के साथ आकाश में ऊँची उड़ान भरते सूर्य के तेज से झुलस गये। मैं अशक्त होकर नीचे गिरने लगा तो जटायु ने ही मुझे किसी तरह बचाया। हम आकाश से एक सरिता के गहरे जल में एक-दूसरे को लिये-दिये गिरे। इस प्रकार हमने जैसे दूसरा जीवन पाया। मैंने बड़ी कठिनाई से स्वयं द्वारा आविष्कृत अपने ये पंख तब से इसी नष्ट-भ्रष्ट अवस्था में सहेज रखे हैं। वह हमारी युवावस्था के मस्ती के दिन थे। अब मैं अत्यन्त बूढ़ा और अशक्त हो चला हूँ और यहाँ इस गिरिकन्दरा में बैठा-बैठा अपने दिन गिन रहा हूँ..."

सहसा वयोवृद्ध सम्पाती को जैसे चेतना-सी जागी। बोले - "कहाँ है मेरा भाई जटायु? कैसा है वह? अभी तुम उसका नाम ले रहे थे..."

"अंगद के यह बताते ही कि गीध-मानव जटायु अब इस संसार में नहीं रहे और वह माँ सीता की रावण से रक्षा के प्रयासों में वीरगति को प्राप्त हुए हैं... उनके अग्रज सम्पाती उस वज्रपात से कुछ पल को मूर्च्छित हो गये। फिर हमारे सहारे से वह

सागर-तट पर गये और वहाँ उन्होंने अपने स्वर्गीय भाई को स्मरण कर उसका श्राद्ध-तर्पण किया। तत्पश्चात् सम्पाती ने हमें बताया कि रावण सीता का हरण कर यहाँ से सौ योजन दूर सागर पार एक द्वीप पर ले गया है। उस द्वीप में स्थित त्रिकूट पर्वत पर उसकी स्वर्णमयी लंकानगरी है।...सीता वहीं मिलेंगी।''...

''अब हमारे सामने एक नया और सबसे कठिन प्रश्न यह उपस्थित हो गया कि उस अलंघ्य सागर को पारकर शत्रु तक पहुँचा कैसे जाये? दो-चार योजन नहीं पूरे एक सौ योजन विस्तीर्ण सागर को पार करना कोई साधारण कार्य नहीं था। हमारे पास कोई जलपोत भी नहीं था। साधन के अभाव में हम करते तो क्या करते? तब सभी वानरों ने अपने बलाबल पर विचार कर सागर को पार करने में अपनी क्षमता आँकी और बताया कि वह कितनी दूर तक तैरकर सागर में आगे जा सकते हैं।...

''वानर योद्धा गज ने तत्क्रम में कहा कि वह दस योजन तक जा सकता है। गवाक्ष ने कहा कि वह बीस योजन जा सकेगा। शरभ ने तीस योजन तक जाने की अपनी क्षमता बतायी। इसी प्रकार ऋषभ ने चालीस योजन, गन्धमादन ने पचास योजन, मैन्द ने साठ योजन, द्विविद ने सत्तर योजन और सुषेण ने अस्सी योजन तक समुद्र को लाँघ पाने की अपनी शक्ति का दावा प्रस्तुत किया।...तब इस बूढ़े रीछ ने भी इन वानरों से कहा कि युवाकाल की बात और थी यदि तब यह अवसर आया होता तो कदाचित् मैं सौ योजन पार जाकर वापस भी आ जाता परन्तु अब तो लगता है कि नब्बे योजन से अधिक तैर पाने की मेरी सामर्थ्य नहीं।...

''तब वीर अंगद ने कहा कि भाइयो! प्रयत्न करने पर मैं सौ योजन की दूरी पार तो कर लूँगा परन्तु पुनः सौ योजन वापस लौट पाने में मुझे सन्देह है।...

''इस पर दल के सभी सदस्यों ने अंगद से कहा कि भले ही वह लंका जाकर वहाँ से लौट आने में भी समर्थ हों किन्तु दलपति होने के नाते हम यह खतरा मोल नहीं ले सकते क्योंकि युवराज अंगद का नेतृत्व हमारे लिये बहुत महत्त्वपूर्ण है।...

''इसी सब सोच-विचार में हम सब बहुत चिन्तित एवं व्यथित थे कि तभी मेरी दृष्टि हनुमान पर पड़ी। मैंने देखा कि हमारे यह सर्वशक्तिमान् हनुमान सागर-तट पर पूरे संसार को बिसराये हुए-से न जाने किस चिन्तन में डूबे एक ओर चुपचाप बैठे थे। मुझे सहसा याद आया कि यह तो बालपन से ही अपने प्रचण्ड बल और अपरिमित क्षमताओं को भूले रहने के लिए अभिशप्त हैं। शाप भी ऐसा कि जब तक हनुमान जी को कोई इनका बल याद न दिलाये यह अपने स्थान से टस-से-मस नहीं होते। और फिर यही सोचकर मैंने इनके अभूतपूर्व कृत्यों की विरुदावली इनके समक्ष बखाननी प्रारम्भ की...

"प्रभु श्रीराम! आपके विशाल व्यक्तित्व और अपार तेज का भी इन्हें स्मरण कराकर मैंने उन्हें कसकर झकझोरा और कहा - हे पवनतनय! यह आप क्या गुमसुम-से बैठे हैं? अपने अतुलित बल को याद कीजिये। संसार में ऐसा कौन-सा कठिन कार्य है जिसे आप नहीं कर सकते? आप हर प्रकार से समर्थ और सक्षम हैं। इन परिस्थितियों में इस रामकाज को आप और केवल आप ही सम्पन्न कर सकते हैं। मुझे तो लगता है कि आपका जन्म ही श्रीराम के कार्य को सिद्ध करने के लिए हुआ है।...

"हनुमान यह सुनकर जैसे सोते से जाग गये। मेरी युक्ति काम कर गयी। तब वह सागरतट की रेत पर से उठ खड़े हुए। उसके बाद इन्होंने तब न जाने कौन-सा गुरुमन्त्र पढ़ा...विद्या बुद्धि के भण्डार तो यह हैं ही। हमारे देखते-ही-देखते हनुमान की देह बढ़कर एक छोटे-मोटे पर्वत शिखर-सी विशाल और ऊँची होती चली गयी। फिर इन्होंने अपनी दोनों मुट्ठियाँ भींचकर अपने वक्ष पर अनेकानेक मुक्के मारते हुए एक विशाल वनमानुष की भाँति किल-किल नाद किया।

"उस समय हम सब इनके घुटनों सरीखे बौने-से इनके आस-पास खड़े अचरज से इन्हें देखते रहे। हनुमान तब गरजकर हमसे बोले - "आप सब यहीं इस समुद्र-तट पर विश्राम कीजिये। मैं अपने गुरुदेव अगस्त्य के आशीर्वाद और प्रभु श्रीराम के प्रताप से अब लंका जाता हूँ। वहाँ से माँ सीता की सुधि लेकर शीघ्र ही वापस लौटूँगा। तब तक आप सब कन्द-मूल-फल खायें और मेरे लौटने की यहीं प्रतीक्षा करें।"...

"यह कहकर हनुमान चले और कूदकर महेन्द्र पर्वत के एक शिखर पर जा चढ़े। वहीं से इन्होंने समुद्र की ओर एक लम्बी छलाँग लगायी। तब सागर के इस पार से लंका की ओर महावीर हनुमान ऐसे चले जैसे कि श्रीराम का अमोघ बाण चलता है।"

वानरराज सुग्रीव ने तब अंगद के कान में धीरे से कुछ कहा। अंगद ने जामवन्त जी के कान में कहा। जामवन्त एकाएक चुप हो गये। सुग्रीव ने तब उच्च स्वर में कहा - "सभी वानरवीरो! आगे की कथा आपको युवराज अंगद आपकी छावनी में सुनायेंगे। अब आप सभी जाइये। अंगद आपके साथ जा रहे हैं। हम सूर्यास्त से पूर्व आप सबसे पुनः भेंट करने वहीं आयेंगे। नल-नील-गज-गवाक्ष आप यहीं रुकें। शेष सभी योद्धा भी अंगद के साथ जायें।"

- और इसके साथ ही समस्त वानरसैनिकों का समुदाय वानरों की छावनी की ओर चल दिया। प्रस्रवण गिरि का यह कोना कुछ ही देर में पुनः रिक्त-सा हो गया। अब प्रभु श्रीराम और मेरे आस-पास सुग्रीव, हनुमान, जामवन्त, नल, नील, गज और गवाक्ष ही शेष रह गये तब राम भइया जो अब तक शान्त थे बोले - "सभी वानरों को क्यों भेज दिया मित्रवर सुग्रीव!...वह भी सब सुनकर जाते..."

"प्रभु! अंगद उन्हें जानने योग्य सारा वृत्तान्त बता देगा। आप तो जानते ही हैं कि युद्ध की कूटनीति के अन्तर्गत शत्रु के बलाबल की जानकारी की कुछ बातें सेना

के निम्नस्तर तक नहीं बतायी जानी चाहिए। सैनिकों का मनोबल बनाये रखने हेतु उनके सेनापतियों द्वारा सोच-समझकर ही कुछ कहना-सुनना उचित होता है। और फिर सीता जी वहाँ किस दशा में हैं? यह जानना सर्वप्रथम आपके लिए आवश्यक है। अधिक-से-अधिक आपके कुछ विश्वस्तों तक उसकी चर्चा हो जाये वही उपयुक्त प्रतीत होता है।'' - सुग्रीव ने कहा।

''मित्र सुग्रीव!...आपके विचारों से मैं अंशतः ही सहमत हूँ। शत्रु की शक्ति और क्षमता आदि के विषय में सेना के उच्चस्तर पर विचार-विमर्श और उसकी यथा आवश्यक जानकारी अपने सैनिकों को रणक्षेत्र में ही उपयुक्त समय पर दी जानी चाहिए, यह मैं मानता हूँ। परन्तु युद्ध का कारण और हमारा उद्देश्य सेना के सभी स्तरों पर स्पष्ट होना चाहिए। सीता अब केवल मेरी पत्नी मात्र नहीं, इस अभियान के प्रारम्भ होते ही उसका उद्धार हम सभी का अन्तिम लक्ष्य बन चुका है। अतः सीता की वास्तविक स्थिति किसी से छिपी नहीं रहनी चाहिए।...''

''भइया!...पहले हम तनिक भाभी माँ की स्थिति की सही जानकारी तो कर लें।'' मैंने धृष्टतापूर्वक हस्तक्षेप किया। मैं जानता था कि राम भइया यदि पुनः यहाँ अपने दर्शन को व्याख्यायित करने लग गये तो घटनाक्रम की अभिव्यक्ति का जो तारतम्य बना हुआ था वह भंग हो जायेगा। कोई महत्त्वपूर्ण सूचना भावुकता में बह जाने से हमारे हाथ लगते-लगते छूट भी सकती थी।

यह मेरी स्पष्ट अवधारणा थी कि भइया का पारदर्शिता का सिद्धान्त ऐसे अवसर पर आड़े नहीं आना चाहिए था। जिनसे हमें कार्य लेना है उनसे बहुत अधिक भाई-बन्दगी भी ठीक नहीं। वरिष्ठ और कनिष्ठ में एक समुचित दूरी का भी होना कार्यहित में आवश्यक है। नेतृत्व प्रदान करनेवाले के प्रति एक आदरयुक्त भय भी उसके अनुयायियों में बना रहना अनुशासन के लिए परम आवश्यक होता है। व्यक्ति की उदारता एक सीमा तक ही उसके और सबके लिए हितकर होती है।

श्रीराम ने तब हनुमान जी से कहा - ''सीता की सुधि लाकर आपने मेरे जीवन का सबसे बड़ा उपकार किया है प्रिय हनुमान!...कैसी है मेरी सीता?...वह किस हालत में है? मुझे स्मरण करके बहुत करुण स्थिति में रहती होगी न वह? आपको देखकर वह भयभीत तो नहीं हुई? रावण की प्रताड़ना से सीता को हर क्षण मानसिक तनाव रहता होगा...एक बार इस तरह छली जाने पर किसी स्त्री को स्वयं पर ही भला कितना विश्वास रहता होगा?...''

- कहकर श्रीराम करुणाविगलित हो उठे। तब हनुमान जी उनके चरणों के पास से उठे। उन्हें जैसे कुछ याद आया। अपनी कटि में बँधे अँगरखे को टटोलकर उसमें बँधी एक गाँठ उन्होंने खोली। उसमें से एक मणि निकालकर उन्होंने अत्यन्त आदरपूर्वक अपने दोनों करतलों के मध्य रख उसे श्रीराम को समर्पित किया और कहा- ''प्रभु!...सर्वप्रथम देखिये माँ सीता की दी हुई उनकी यह चूड़ामणि। इसे देते

हुए उन्होंने आपसे यह कहने का मुझे निर्देश दिया है कि मैं आपको स्मरण कराऊँ कि इस बहुमूल्य मणि को वह एक आभूषण के रूप में आप दोनों के विवाह के समय से अपने मस्तक पर धारण करती आयी हैं।...यह भी बताया है माता ने कि इसे उनके पिता राजा जनक ने अपनी पुत्री के प्रति विशेष स्नेह के उपहारस्वरूप उन्हें भेंट किया था।"

चूड़ामणि हाथ में लेते ही श्रीराम उसे पहचान गये कि वह उनकी प्रिय पत्नी सीता की ही है और तब उसे उन्होंने सबके सम्मुख अपने हृदय से लगा लिया। हनुमान बोले - "हे करुणानिधान! उधर आपकी दी हुई वह मुद्रिका भी लंका की अशोक वाटिका में तपस्यारत माँ सीता से प्रथम भेंट में वास्तव में मेरी बड़ी सहायक हुई। अन्यथा माता मुझे रावण का ही कोई भेस बदला हुआ प्रतिनिधि समझती रहतीं।...जब आपकी उस मुद्रिका को उन्होंने देखा और मेरे मुख से आपके वनवास आदि के कुछ प्रसंग सुने तभी माता को मेरा विश्वास हो सका।...प्रभु! यह मेरा परम सौभाग्य है जो आपके बाद इन दुर्दिनों में भी एक महान् पतिव्रता एवं साध्वी का जीवन जीती माँ सीता के मुझे पावन दर्शन हुए।...आप निश्चिन्त हो जायें रघुवर! माँ सीता वहाँ जैसी भी हैं सुरक्षित हैं।...इसके अतिरिक्त अब आपकी कृपा से मैं लंका में आपका वह प्रताप थोड़ा-बहुत छोड़ आया हूँ जिससे वहाँ कोई भी राक्षस अथवा राक्षसी तो क्या स्वयं रावण भी माता का बाल बाँका करने का दुस्साहस न कर सकेगा। ..."

यह सुनकर राम भइया तड़पकर उठे और उन्होंने हनुमान जी को अपनी ओर खींचकर गले से लगा लिया। करुणा के अश्रु जो प्रभु श्रीराम के कमलनयनों में थिरक रहे थे अब स्नेहाश्रुओं में बदल गये। राम भइया के मुखमण्डल पर प्रसन्नता की वह खोयी हुई चमक लौटती हुई मैंने आज महीनों बाद देखी जिसकी सबसे बड़ी प्रतीक्षा मुझ अनुज को ही थी। मेरा हृदय भी इस महान् उपकार पर परमप्रिय हनुमान जी के लिए भर आया।

अग्रज हनुमान एक देव-सरीखे महान् पुरुष थे। एक ऐसे व्यक्तित्व जिनके द्वारा स्थापित कीर्तिमान युगों-युगों तक स्थापित रहते हैं जिन्हें तोड़ना तो दूर कोई छू भी नहीं सकता। परन्तु यह भी सत्य है कि महान् व्यक्तित्व सदा हनुमान की भाँति परम सामर्थ्यवान् होकर भी स्वभाव से अत्यन्त विनम्र और सहज होते हैं। प्रथम दृष्टि में कोई व्यक्ति उनकी असाधारणता का अनुमान भी नहीं लगा सकता। क्योंकि ऐसे महापुरुष का सदाचरण किसी को इसका अवसर ही प्रदान नहीं करता है।

बजरंगबली हनुमान ने अपने लंका-लंघन-लाघव की कथा अत्यन्त संक्षेप में बड़े संकोच के साथ हमें सुनायी जिसे हम सबने बड़े विस्मय के साथ सुना। जो भी प्रसंग उन्होंने सुनाये वे मनन करने योग्य हैं।

अपनी शक्ति और वीरता का बखान कोई भी सच्चा वीर अपने श्रीमुख से कभी नहीं करता। अपने ज्ञान और गुणों का वर्णन भी कोई साधु-पुरुष प्रत्यक्ष रूप से कदाचित् ही करता हो। व्यक्ति के कृतित्व के सार तत्त्व को आप अपने नीर-क्षीर विवेक द्वारा ही ग्रहण कर सकते हैं। हनुमान भी भला इसके अपवाद कैसे हो सकते थे? अतः हमारी उस एकान्त गोष्ठी में सागर लाँघकर लंका पहुँचने, वहाँ सीता जी की खोज करने तथा लंका से सफलतापूर्वक लौटने का जो सारगर्भित वृत्तान्त हनुमान जी ने अपने श्रीमुख से सुनाया उससे कुछ निष्कर्ष इस प्रकार प्राप्त होते हैं -

बाहुबली श्रीहनुमान ने सौ योजन का वह समुद्र साहस के साथ तैरकर पार किया। मार्ग में सागर के मध्य में मैनाक पर्वत आदि की जो पर्वतश्रृंखलाएँ अथवा चट्टानें उन्हें उभरी हुई मिलीं उन्हें स्पर्श करते उन पर उछलते-कूदते वह सागर में आगे और आगे अपने बढ़े हुए देहबल के सहारे तैरते गये।

बुद्धिमान् श्रीहनुमान की नागमाता-सुरसा से सागर के मध्य भेंट हुई। वह उनकी परीक्षा लेने वहाँ आयी थीं। देव-मानवों की गुप्तचर सुरसा भरतखण्ड और लंका के मध्य उस जलमार्ग पर प्रायः चक्कर लगाती रहती थीं। जब सुरसा ने हनुमान को श्रीराम के विशेष-दूत की भाँति सीता की खोज में जाते हुए देखा तो वह उनकी बल-बुद्धि की थाह लेने मार्ग रोककर खड़ी हो गयीं। श्रीहनुमान को उनके गुरु अगस्त्य से कुछ ऐसी मन्त्रशक्तियाँ प्राप्त थीं जिनसे वह विलक्षण कार्य करने में सक्षम थे। वह आवश्यकतानुसार वेश बदल सकते थे। स्वयं को अदृश्य कर सकते थे। अतिविशाल पर्वताकार देहयष्टि विस्तार कर सकते थे। पलक झपकते ही अति लघुरूप भी धारण कर सकते थे। श्रीहनुमान ने इसी विद्या से सुरसा को परास्त कर लंका की यात्रा का क्रम जारी रखा। मार्ग में अन्य विषैले जलचरों का संहार तो हनुमान के निजी बल का ही प्रतिफल था। यही नहीं उन्होंने अपनी देह को सूक्ष्माकार करने और विस्तार करने की मन्त्रशक्ति का प्रयोग लंका प्रवेश के बाद भी अनेक अवसरों पर किया।

सूझ-बूझ के धनी श्रीहनुमान अति लघुरूप धरकर ही रावण की लंकानगरी में प्रविष्ट हुए। वह भी रात्रि के समय जबकि सारा नगर सो रहा था। मात्र एक प्रधान प्रहरी लंकिनी नामक निशाचरी अपने पहरे पर ऊँघती हुई जाग रही थी। सूक्ष्मरूप से उड़ते श्रीहनुमान यदि चाहते तो उसकी दृष्टि बचाकर सरलता से लंका के प्रवेशद्वार से ऊपर उड़कर जा सकते थे। परन्तु उन्होंने जान-बूझकर ऐसा नहीं किया। वह एक मच्छर के समान उसके कानों के आस-पास ध्वनि करते चक्कर काटने लगे। लंकिनी ने जब विचलित होकर उन पर अपना हाथ चलाया तो वह छिटककर सामने खड़े

हो गये और अपने सामान्य शरीर में प्रकट हो गये। तब उस लंका की निशाप्रहरी को उन्होंने दण्ड दिया। उस पर प्रहार के बाद भी सोते हुए पहरेदारों की जब तन्द्रा नहीं टूटी तो वह जान गये कि सारे-के-सारे राक्षस सैनिक मद्यपान कर अपने दायित्वों से विमुख हो इधर-उधर लुढ़के पड़े हैं। श्रीहनुमान इस प्रकार यह जान गये कि लंका की कथित अजेयता का भ्रम कितना खोखला है।

अन्वेषी श्रीहनुमान लघुरूप में ही सारी लंका में विचरे। वह एक भवन से दूसरे भवन में घुसकर वहाँ के नागरिकों के जीवन और उनके आन्तरिक रहन-सहन की पड़ताल करते रहे। इस महल से उस महल के परकोटों, अटारी, अन्तःपुरों, कक्षों और तहखानों तक में सीता जी को खोजते फिरे। उन्होंने रावण के राजमहल में भी प्रवेशकर भाभी माँ की खोज की। लंकाधिपति रावण को भोग-विलास की शय्या पर अनेकानेक सुन्दरियों से घिरकर सोते हुए उन्होंने देखा। एक अलग शय्या पर रावण की पटरानी मन्दोदरी भी उन्हें सोते हुए मिली। किन्तु सीता जी वहाँ कहीं नहीं दिखीं। श्रीहनुमान समझ गये कि तपस्वी श्रीराम की श्रीसीता स्वयं किसी साध्वी से कम तो न होंगी। अतः यहाँ इस रावण के अन्तःपुर में उनका मिलना असम्भव है।

इन परिस्थितियों में दो भाव उनके मन में आये कि रात्रि में दूसरों के शयन-कक्षों में घुसकर उनका इस प्रकार से छिपकर रमणियों का अर्द्धनग्न-अनावृत रूप-यौवन देखना क्या पाप नहीं है? दूसरे, सीता जी कहीं भी लंकानगरी में दृष्टिगोचर नहीं हो रहीं ऐसा तो नहीं कि रावण की हठधर्मी का विरोध करने के कारण यह दुष्ट राक्षस अथवा इसका कोई मांसभक्षी अनुचर उन्हें मारकर खा गया हो? श्रीहनुमान ने प्रथम शंका शमन यह सोचकर कर लिया कि रावण की स्त्रियों एवं अन्य राक्षस-पत्नियों को मैंने देखा अवश्य परन्तु ऐसा करते मेरे मन में कोई विकार अथवा कामभाव उत्पन्न नहीं हुआ। सीता जी की खोज के लिए इन स्त्रियों के मुख पर दृष्टिपात करना एक आवश्यक प्रक्रिया थी। अतः इसमें कोई दोष नहीं। अपनी दूसरी आशंका अपहृता सीता के मारे जाने के विचार को श्रीहनुमान ने एक नकारात्मक भाव की भाँति कुछ क्षण उपरान्त ही झटककर परे कर दिया और आशा की एक किरण थामे हुए वह उनकी खोज निरन्तर करते रहे।

सकारात्मक सोचवाले श्रीहनुमान को सीता जी अन्ततः लंका की अशोक वाटिका में मिलीं। एक वृक्ष के नीचे मलिन वस्त्रों में। दीन, हीन तथा कृषकाय अवस्था में। क्रूर एवं वाचाल राक्षसियों से घिरी। सहमी, सिमटी रामनाम जपती। सीता जिनके लिए उनका पति ही सर्वस्व था। सीता जिनका सतीत्व अविचल था। रामदूत हनुमान जब सीता जी से भेंट करने का विचार कर ही रहे थे उसी अवसर पर रावण अपनी बत्तीस रमणियों के द्वारा उठायी एक विशाल शिविका में बैठकर अशोक-वाटिका में आया। उसने सीता जी को अपने शब्दों के भ्रमजाल से आकर्षित करने और उन्हें भाँति-भाँति के प्रलोभन देने के हर सम्भव प्रयत्न के उपरान्त उनकी चारित्रिक दृढ़ता

से परास्त होकर अन्त में वह उन्हें सन्त्रास देनेवाले अनेक वचन कहकर अपने राजमहल में वापस लौट गया। ऐसे में एक वृक्ष के ऊपर छिपे बैठे श्रीहनुमान ने उस अशोक वाटिका में भी युक्ति से कार्य लिया। वह पहरे पर लगीं राक्षसियों से अपनी उपस्थिति को गोपनीय रखकर ही विरहिणी सीता जी से मिले और उन्होंने श्रीराम की मुद्रिका भेंटकर बहुत विनम्रता और सान्त्वना भरे शब्दों से सीता जी को आश्वस्त करने का पूरा प्रयास किया। सीता माँ का विश्वास अर्जित करने के बाद श्रीराम प्रभु का उनके प्रति अनन्य अनुराग, उनकी खोज में अब तक किये गये प्रयासों और उन्हें मुक्त कराने हेतु चल रहे अभियान की उन्हें संक्षिप्त जानकारी दी।

श्रीहनुमान यदि चाहते तो सीता जी से अशोक वाटिका में भेंट करने के तत्काल बाद लंका से वापस हो जाते। परन्तु दूरदर्शी हनुमान ने ऐसा नहीं किया। उन्होंने सोचा कि शत्रु के गढ़ में तो वह प्रवेश कर ही चुके हैं अब उसके बल और उसकी सजगता को भी जान लें और उसके सचिव-सलाहकारों इत्यादि का मस्तिष्क भी पढ़ लें, तो चलें। रावण की शक्ति विश्वविख्यात है। ऐसा क्या है उसमें जो उसे निरंकुशता प्रदान करता है और अभी तक अपराजेय बनाये हुए है? उसकी सामर्थ्य क्या है? उसकी सीमाएँ क्या हैं? इन सबको जानने के लिए लंका की राजसभा में घुसकर स्वयं रावण से ही उनका संवाद होना परम आवश्यक था। परन्तु दिन के समय दुर्ग के भीतर की सुदृढ़ सुरक्षा-व्यवस्था के चलते उस राक्षसराज तक पहुँच पाना कोई सरल कार्य न होता।

प्रत्युत्पन्नमति श्रीहनुमान ने तब इसकी भी युक्ति खोज निकाली। बिना किसी असाधारण कारण के लंकाधिपति राक्षसराज रावण के दरबार में पहुँचना असम्भव था। अतः वह स्वयं ही वह कारण बन गये। उन्होंने अशोक वाटिका को देखते-ही-देखते उजाड़ना प्रारम्भ कर दिया। सीता माँ से तो वह मात्र फल खाने की ही इच्छा व्यक्त करके गये थे परन्तु अशोक वाटिका के अनेक वृक्ष उन्होंने जान-बूझकर उखाड़ दिये। वाटिका के रखवाले जब उन्हें रोकने को आगे बढ़े तो उन्हें वानरश्रेष्ठ हनुमान ने मुष्टिकाप्रहार द्वारा मारकर भगा दिया। शिकायत नीचे से ऊपर तक होते हुए राजाधिराज रावण के पास जब पहुँची तब उसने अपने अनेक योद्धा तथा सैनिक उत्पात कर रहे उस बलशाली वानर को मारने हेतु भेजे। महाबली हनुमान ने खेल-खेल में उन महाभटों को मार गिराया। फिर रावण के द्वारा भेजा गया उसका प्रियपुत्र अक्षकुमार भी उनके हाथों लड़ता हुआ मारा गया।

अन्ततः रावण के आदेश पर उसके सर्वोत्तम योद्धा सपूत इन्द्रजीत मेघनाद तक को श्रीहनुमान से युद्ध के लिए आना पड़ा। दोनों महाबली योद्धाओं के मध्य शक्ति-परीक्षण हुआ। अन्त में वानरश्रेष्ठ जब एक विशाल वृक्ष को जड़ से उखाड़कर इन्द्रजीत की ओर झपटे तो उसने अपना नागपाश-बाण उन पर छोड़ा। यद्यपि वज्रांगी इस अस्त्र से भी निपटने में सक्षम थे किन्तु वह नागपाश से निकले बन्धन में

जान-बूझकर बँध गये और उसी बहाने एक बन्दी की भाँति सीधे रावण के दरबार तक जा पहुँचे।

अनुभवी श्रीहनुमान ने उस राजदरबार में बहुत-कुछ अपने संज्ञान में लिया। दरबार की बनावट, स्वर्णिम राजसिंहासन की भव्यता, रावण के किरीट और वस्त्राभूषण आदि से रावण का वैभव निरखा। दरबार के मध्य राक्षसराज रावण के समक्ष मन्त्रियों, सचिवों एवं सलाहकारों के वार्त्तालापों से उनके ज्ञान, बुद्धि के स्तर, मनोवृत्तियों तथा शासन संचालन के गुण-दोषों को परखा। उन्होंने स्वयं द्वारा अशोक वाटिका को उजाड़ने तथा प्रतिरोध में आये महाभटों सहित राक्षसों के संहार के अत्यन्त साधारण से कारण गिनाकर रावण को यह सोचने पर विवश किया कि उसका पाला किसी असाधारण क्षमता के युद्धवीर से पड़ा है।

शान्तिदूत श्रीहनुमान ने रावण से सीता जी को सादर लौटाकर श्रीराम से अनावश्यक वैर को टालने का प्रस्ताव भी रखा। परन्तु उसके द्वारा प्रतिवाद करने पर निर्भीकता के प्रतिरूप श्रीहनुमान ने युद्ध की दशा में श्रीराम के कोप से रावण के विनष्ट हो जाने की चेतावनी भी भरी सभा में उसे सुना दी। उस अपमान से तिलमिलाये रावण ने बन्दी के रूप में खड़े पवनपुत्र को जब मृत्युदण्ड की आज्ञा सुनायी तो उसके धर्मज्ञ अनुज विभीषण ने दूत को मारना नीतिविरुद्ध बताते हुए कोई अन्य लघुदण्ड देकर छोड़ने की सलाह दी। तब विनाश काले विपरीत बुद्धि स्वरूप लंकेश ने सीता जी के अपहरण के पश्चात् अपने जीवन की दूसरी सबसे बड़ी भूल करते हुए वनवासी हनुमान की लांगूल में आग लगाकर उन्हें सारे नगर में घुमाने का मूर्खतापूर्ण दण्ड सुनाया।

कौतुकप्रिय श्रीहनुमान को तो जैसे मनोवांछित वरदान-सा मिल गया। कृत्रिम पूँछ में आग लगते ही वह वास्तव में पवनपुत्र सरीखे लंका नगरी में एक के बाद एक भवन पर लंगूर की भाँति चढ़ते-कूदते गये और उसी पूँछ से आग लगाकर विभिन्न ज्वलनशील पदार्थों के संयोग से उन्होंने पूरी लंका में आग लगा दी। रावण के अनेक स्वर्णमहल भी धधकती अग्नि की भेंट चढ़ गये। इस महाविध्वंस के द्वारा श्रीराम के प्रतिनिधि हनुमान यह सिद्ध करने में सफल रहे कि जब उनका एक वानर सैनिक इतना विकट है तो सम्पूर्ण वानरसेना कितनी शक्तिशाली होगी इसका अनुमान करना भी कठिन होगा। इस प्रकार उन्होंने शत्रुपक्ष का मनोबल बुरी तरह गिराकर उस पर प्रारम्भ से ही बढ़त प्राप्त कर ली।

कार्यकुशल श्रीहनुमान ने इतने बड़े संघर्ष को अकेले झेलने के बाद भी अपना विवेक नहीं खोया। वह माँ सीता से पुनः अशोक वाटिका में मिले और उन्होंने उन्हें धैर्य रखने और श्रीराम द्वारा वीर-वानर-वाहिनी के साथ शीघ्र आने का आश्वासन देकर उनकी पहचान के रूप में चूड़ामणि प्राप्त की, जिसे वह प्रभु श्रीराम को देकर उन्हें भी आश्वस्त कर सके। उन्होंने इस प्रकार एक प्रतीक्षारत बन्दिनी पत्नी का सन्देश

अपने मुक्तिदाता पति के लिए दूरदेश में पहुँचकर प्राप्त किया। यह श्रीहनुमान का ही जीवट था जो वह माता सीता का समस्त आशीर्वाद प्राप्त कर, श्रीराम के अभीष्ट कार्य को सम्पन्न कर, और भी दुगुने उत्साह एवं शक्ति से संयुक्त हो, पुनः सौ योजन का गहरा सागर पारकर अपने साथियों के बीच सकुशल लौट आये।

इस प्रकार मैं समझता हूँ कि श्रीहनुमान भाभी माँ के इस खोज-अभियान में एक ऐसा ज्वलन्त एवं अनुपम उदाहरण बनकर उभरे हैं जिनका उल्लेख भइया श्रीराम की उपलब्धियों के साथ-साथ किये बिना स्वयं श्रीराम की कथा ही अधूरी रहेगी। श्रीहनुमान का यह महान् चरित्र मानव की उपलब्धियों की पराकाष्ठा है। हनुमान केवल एक व्यक्ति नहीं वह बल, बुद्धि, इन्द्रियनिग्रह, सकारात्मक सोच, प्रत्युत्पन्नमति, अनुभव, निर्भीकता, कौतुकप्रियता और विवेक इत्यादि समस्त मानवीय सद्‌गुणों की खान हैं। वह वीभत्सता में भी सुन्दरता और अनास्था में भी आस्था का संचार करनेवाले अप्रतिम व्यक्तित्व हैं।

•

9

होगा अब अभियान भयंकर

और तब श्रीराम की अनुमति से वानरराज सुग्रीव ने अपनी विशाल वानर सेना को लंका के लिए कूच का आदेश दिया। किष्किन्धा से लाखों रणबाँकुरे वानर सैनिक हनुमान, अंगद, नल, नील, गज, गवाक्ष, गवय, मैन्द, द्विविद, विनत, शतबलि, सुषेण और केसरी-जैसे महाबलशाली योद्धाओं एवं यूथपतियों की अगुवायी में शौर्य एवं उत्साह की प्रचण्ड लहरों के रूप में चल पड़े। उनका साथ देने के लिए रीछराज जाम्बवान् भी अपने जुझारू भालू सैनिकों को लेकर निकल पड़े। तुरही-ढोल-नगाड़ों की धुन और थाप पर झूमती हुई सुग्रीव की यह भयंकर कटक एक बार जो शत्रु के दर्प को पदमर्दित करने हेतु चल दी तो फिर यह संसार की किसी भी शक्ति के रोके रुकनेवाली नहीं थी।

मेरे लिये वनवासी वीरों की यह सेना एक विचित्र प्रकार का अनुभव थी। न कोई रथ, न कोई गज, न ही किसी अश्व पर आरूढ़ कोई योद्धा। सारे लड़ाके पदाति सैनिक। तीर, तलवार, बरछी, भाले, गदाओं और ढाल एवं शिरस्त्राणों से लैस। वानर सैनिकों के कुछ दस्ते तो ऐसे देखे मैंने जो मुँह से बाँस के टुकड़ों में छोटे-छोटे फुँकने-तीर तथा लकड़ी की गुलेलों में नोकदार पत्थर द्वारा शत्रु से मुठभेड़ करने के अभ्यासी थे।

समस्त रीछयोद्धा और वानरयोद्धा युद्ध हेतु प्रस्थान करते समय अपने-अपने कबीलों के सम्पूर्ण गणवेश में सज-धजकर चेहरे पर और भी चटख रंगों को लगाकर पहले से और भी क्रूर स्वरूप प्रकट किये अपनी परम्परागत लांगूल को विशेष रूप से हिलाते-डुलाते एक-दूसरे को ढकेलते और उत्साह में उछलते सम्पूर्ण कटक में यहाँ-वहाँ मस्ती में चले जा रहे थे। युवराज अंगद ने धनुष-बाण से सुसज्जित भइया श्रीराम से कहा - "प्रभु! अब आप हम सबके प्रधान नायक हैं। हमें आप ही के नेतृत्व में लंका-विजय करनी है। हम नहीं चाहते कि आपको किंचित्मात्र भी मार्ग-कष्ट हो। आप कृपया मेरे कन्धों पर बैठ जायें।"

भइया ने अंगद का गाल सहलाकर स्नेह जताया। मुस्कुराये परन्तु कुछ न बोले। मैंने देखा कि काष्ठ की खड़ाऊँ के कारण सेना के साथ तेज चलने में भइया को कुछ असुविधा हो रही थी। इसलिए मैंने उन्हें रोककर कहा - "प्रभु यह चरणपादुकाएँ मुझे दे दीजिये। अंगद की बात मान लीजिये।..."

श्रीराम ने कहा - "नहीं लक्ष्मण! यह उचित न होगा। यह सारे वानरादि राम के कार्य से निकले हैं। तब राम इन्हें छोड़कर किसी पालकी अथवा कन्धे पर कैसे बैठ सकता है?...अंगद! वत्स! तुम चिन्ता न करो। राम अब तुम्हारे साथ कन्धे-से-कन्धा मिलाकर आगे बढ़ेगा।"

और यह कहकर प्रभु श्रीराम ने झुककर स्वयं अपनी चरणपादुकाएँ पैरों से अलग कर मुझे पकड़ा दीं और वह उस वानर सेना की गति का हिस्सा बनकर उसे और भी गति प्रदान करते चल दिये। एक वानर सैनिक ने भइया की चरणपादुका के साथ-साथ मेरी भी चरणपादुकाएँ ले लीं और उन्हें एक थैले में रखकर कन्धे पर टाँग लिया।

प्रभु श्रीराम जब इस प्रकार युवकोचित उत्साह से बढ़ चले तो उनके नाम के नारों से जल, थल और आकाश चतुर्दिक् गुंजायमान होने लगे। मुझे भइया का यह रूप बहुत भाया। मैं भी दूने उत्साह से उनके पीछे-पीछे अपना धनुष और तूणीर सँभालता हुआ बढ़ चला।

हम दोनों भाई सेना के मध्य में चल रहे थे। अंगद हमारे आगे थे। गज और गवाक्ष प्रभु के दाहिने और बायें। प्रभु के पीछे-पीछे मैं और गदाधारी हनुमान गतिमान् थे। मैंने हनुमान जी से पूछा - "महाराज सुग्रीव नहीं दिख रहे?"

हनुमान जी बहुत कम मुस्कुराते थे। इस बार स्मित मुस्कान के साथ बोले - "इस समय सुग्रीव सेना के अग्रभाग में हैं और वह भी सबसे आगे। उनका भौगोलिक ज्ञान हम सबमें श्रेष्ठ है न।"

मैं भी अब मुस्कुराये बिना न रह सका। जब अग्रज हनुमान सीता माँ के खोज-अभियान में प्रस्थानित हुए थे उससे पूर्व उन्होंने मेरी एक जिज्ञासा का बड़ा संक्षिप्त-सा उत्तर दिया था। मैंने पूछा था कि -

"सुग्रीव को चारों दिशाओं की भौगोलिक परिस्थितियों का इतना उत्तम ज्ञान कैसे है?"

तब मारुतिनन्दन एक रहस्यपूर्ण भंगिमा के साथ बोले थे - "जिन दिनों बाली इनके पीछे पड़ा था समस्त पृथ्वी इनके लिए छोटी पड़ गयी थी।"

वही हनुमान अब इस प्रयाण में हमारे साथ थे। यह मेरे लिये उत्तेजनात्मक आनन्द की सबसे सुन्दर बात थी। श्रीराम, मैं और हनुमान सुग्रीव की उस दहला

देनेवाली सेना का हिस्सा बने एक त्रिभुज के आकार में निरन्तर आगे की ओर बढ़ते चले जा रहे थे।

लंका-अभियान पर प्रस्थान से पूर्व श्रीराम, सुग्रीव, हनुमान, अंगद, जाम्बवान् और मेरे बीच शिखरवार्त्ता हुई थी। उसमें -

श्रीराम ने हनुमान जी के साहसिक कार्यों की भूरि-भूरि प्रशंसा की और कहा कि- "हनुमान ने जो असम्भव-से कार्य किये हैं उन्हें सौ देवता भी एक साथ मिलकर सम्पन्न नहीं कर सकते। सौ योजन विस्तारवाले समुद्र को पार कर दुर्दान्त राक्षसों से सुरक्षित लंकापुरी को अकेले ध्वस्त कर देने की सामर्थ्य हनुमान के अतिरिक्त और किसी में नहीं हो सकती।...इन्होंने हम सब पर विशेष उपकार किया है। मुझ पर तो इनका व्यक्तिगत उपकार है जिसके प्रत्युपकार में इन्हें देने को मेरे पास इस हृदय के अतिरिक्त आज कुछ नहीं...अंजनिकुमार हनुमान को मैं उसमें स्थायी निवास का अधिकार प्रदान करता हूँ।"

इस पर हनुमान जी ने राम जी के चरणों में सजल नेत्रों के साथ अपना मस्तक नवाया और पुनः अपना स्थान ग्रहण किया।

श्रीराम पुनः बोले - "सीता की खोज का कार्य तो सकुशल सम्पन्न हुआ परन्तु सागर का स्मरण कर मेरा मन चिन्ता से व्याकुल हो जाता है। जैसा कि उस दुष्ट रावण के बारे में हनुमान ने बताया है सीता को उसकी दी हुई दो माह की अवधि भी तीव्रता से व्यतीत हो रही है। इतने कम समय में हम सागर-तट पर पहुँचकर उसे कैसे पार करेंगे? भयंकर जल-जन्तुओं से संयुक्त सौ योजन सागर को पार कर पाना कोई सरल कार्य नहीं। कैसे होगा यह सब?" - यह कहकर श्रीराम कुछ व्यथित-से दिखने लगे।

तब सुग्रीव ने कहा - "प्रभु! आप चिन्ता न करें। हम वहाँ पहुँचकर कोई-न-कोई प्रबन्ध कर ही लेंगे। न होगा तो बड़ी-बड़ी नौकाओं का निर्माण करेंगे और उनके द्वारा सागर को पारकर लंका पर चढ़ दौड़ेंगे।"

इस पर जामवन्त जी बोले - "अरे वानरराज!...हमारी इतनी बड़ी सेना के लिए इतनी संख्या में नावों का निर्माण क्या कोई हँसी-खेल है?...समयाभाव को देखते हुए हमें कोई और उपाय सोचना पड़ेगा।"

मैंने कहा - "अब यह तो समुद्र-तट पर पहुँचने के पश्चात् स्थानीय भौगोलिक परिस्थितियों तथा तात्कालिक विचार-विमर्श के समय सोचा जायेगा। पहले हमें इस बात पर विचार करना चाहिए कि शत्रु की शक्ति और उसके दुर्ग इत्यादि की क्या

स्थिति है?...हम आक्रमण करनेवाला पक्ष हैं जबकि रावण आत्मरक्षावाला पक्ष होगा। कई अर्थों में लंका-विजय हमारे योजनाबद्ध अभियान पर ही निर्भर है।''

श्रीराम ने कहा - ''प्रिय हनुमान!...आप लंका में प्रवेश कर उसे निकट से देखकर आये हैं। अतः रावण की सुरक्षा-व्यवस्था से हमें अवगत कराइये।''

हनुमान जी बोले - ''रावण एक अत्यन्त समृद्धिशाली शासक है। लंका प्रकृति के वरदान से आच्छादित एक सुन्दर नगरी है। कहते हैं कि विश्वकर्मा नामक संसार के सबसे महान् वास्तुविद् के मार्गदर्शन में इसे बनाया और बसाया गया है। वृक्षों-गुल्मों-वन-वनस्पतियों से घिरे विशाल त्रिकूट पर्वत के शिखर पर विद्यमान है रावण की स्वर्णमयी लंका नगरी। अब तो उतनी सुन्दर नहीं रही होगी क्योंकि मुझ उत्पाती वानर द्वारा अग्निकाण्ड किये जाने से पूर्व की अपेक्षा पर्याप्त श्रीविहीन हो चुकी होगी।...मैंने उस संक्षिप्त अभियान में लंका के कई परकोटे ध्वस्त कर दिये थे और दुर्ग के चारों ओर की खाई उनके मलबों से कई स्थानों पर पट गयी थी।...लंका के सुदृढ़ दुर्ग में चारों दीवारों के मध्य एक-एक सिंहद्वार है जो कि गहरी खाई से घिरा है। खाई में पर्याप्त गहराई तक जल भरा है जिसमें रावण ने मकर आदि मांसभक्षी जलचर पलवा रखे हैं। सिंहद्वारों तक पहुँचने के लिए संक्रम अर्थात् लकड़ी के यन्त्रचालित पुल हैं। आवश्यकता के अनुसार वे पुल उठाये अथवा गिराये जाते हैं। आते समय लंकापुरी का जो उत्तरमुखी सिंहद्वार था उसका संक्रम भी मेरे उस धावे में ध्वस्त हो गया था। परन्तु रावण ने अब तक उसका पुनर्निर्माण करा लिया होगा। ...''

इस पर मैंने हनुमान जी से कहा - ''भ्राता हनुमान!...अब हमें कृपया रावण की सेना के बारे में बताइये। उसका क्या और कैसा स्वरूप है?''

हनुमान जी बोले - ''प्रिय लक्ष्मण!...यद्यपि हमारी वानरसेना अपरिमित और दुर्धर्ष-संघर्ष की क्षमता से संयुक्त है किन्तु हमें शत्रु की शक्ति को कम करके नहीं आँकना चाहिए। रावण वास्तव में सेना की दृष्टि से अपार क्षमता-संयुक्त है। उसके पास चतुरंगिणी कटक है। हाथी-घोड़े-रथ एवं पदाति सैनिक सभी। मैंने देखा है कि लंका के उत्तरी द्वार पर उसका जो सैन्य शिविर है उसमें अश्वारोहियों के भी बड़े दल हैं। सहस्रों पदाति सैनिक तो हैं ही।...पूर्वी द्वार पर लाखों पदाति सैनिकों की छावनी है। दक्षिणी द्वार के बाहर भी कई लाख सैनिक लंका की सुरक्षा में डेरा डाले हैं। मैं समझता हूँ कि वहाँ रावण ने अपनी आरक्षित-वाहिनियों को रख छोड़ा है। क्योंकि राक्षस वीरों का जमावड़ा मुझे उधर ही सर्वाधिक दिखा। रिक्त भूभाग भी उधर पर्याप्त है और दक्षिणी सीमा से रावण को लंका पर आक्रमण का इतना संकट भी नहीं प्रतीत होता होगा।...लंकापुरी का पश्चिमी द्वार सैकड़ों गजारोही सैनिकों द्वारा सेवित है।..एक बात और। दुर्ग के चारों द्वार केवल कल-संचालित संक्रमों से ही संयुक्त नहीं वहाँ उन द्वारों तथा दुर्ग की प्राचीरों को शीर्ष भाग में लगी अनेक शतघ्नियों अर्थात्

आग उगलनेवाली तोपों से भी सुरक्षा प्रदान की गयी है।...मैं समझता हूँ कि आक्रमण की दशा में हमारे वानरों को पहले उन शतघ्नियों का मुख भी शान्त करना होगा।''

अंगद ने कहा - ''यह कार्य आप सब मुझ पर छोड़ दीजियेगा। मेरे पास दुर्ग की दीवारों पर गोह के माध्यम से चढ़कर शत्रु की रक्षा-पंक्ति को भेदने में सक्षम एक विशिष्ट दस्ता है। समयानुसार उसका प्रयोग किया जायेगा। दुर्ग के परकोटों की गतिविधियों को निष्प्रभावी करने में हमारा वह सुप्रशिक्षित वानरदल बहुत काम आयेगा।''

सुग्रीव ने हर्ष से कहा - ''बहुत सुन्दर युवराज!...हम प्रसन्न हुए।''

शिखरवार्त्ता में बैठे हम सभी यह सुनकर मन्त्रणा की उन महत्त्वपूर्ण घड़ियों में मुस्कुराये बिना नहीं रह सके। हनुमान जी ने अपने सूक्ष्म अवलोकन से जुड़ी अन्य कई महत्त्वपूर्ण बातें भी हमें बतायीं।

तब सुग्रीव ने कहा - ''प्रभु श्रीराम!...मेरी समस्त वानर सेना आपके चरणों में समर्पित है। अब से आप ही हमारे नायक हैं और यह सुग्रीव आपका प्रधान सेनापति। आज्ञा दीजिये प्रभु!...मेरी अक्षौहिणी सेना आपके आदेश की प्रतीक्षा में है।''

प्रभु श्रीराम बोले - ''धन्यवाद सुग्रीव!...सेना से कहिये कि रावण के अत्याचारों के अन्त का समय आ गया है। यह रघुकुलनन्दन राम एक दृढ़ संकल्प के साथ उसके विरुद्ध उठ खड़ा हुआ है। इस समय अभिजित मुहूर्त्त का उत्तम समय है। मेरी दाहिनी भुजा फड़क रही है। आप इसी समय सभी वानर सैनिकों को कूच की आज्ञा दीजिये।''

भइया श्रीराम के श्रीमुख का क्षत्रियोचित तेज उस समय देखते ही बनता था। अपने नायक की उस ललकार के साथ ही हम सब उठ खड़े हुए।

श्रीराम की वानर सेना इस प्रकार अत्याचार का अन्त करने, अहंकार का हनन करने और अधर्म का नाश करने के चरमलक्ष्य से अनुप्राणित उन्हीं के नेतृत्व में अब चली जा रही थी। सारा वानर एवं भालू सैनिक-समुदाय अपने इस महानायक को श्रद्धा और विश्वास के साथ देखता हुआ एक साथ बढ़ा चला जा रहा था।

मार्ग में कोई एक छोटी-सी नदी पड़ी। कुछ वानरों को विभिन्न स्थलों से नदी की गहराई की थाह लेने के लिए जल में उतारा गया। जहाँ जल गहरा था वहाँ वे वानर नदी को तैरकर पार कर गये। एक स्थल पर कमर से लेकर कहीं-कहीं वक्ष तक जल था। नदी को उसी भाग से सेना द्वारा पार कराने का निश्चय किया गया। देखते-ही-देखते हमारी सेना पार होने लगी।

जब आधी सेना पार हो गयी तब सुग्रीव ने शेष सभी को रोक दिया और एक ओर किनारे खड़े हम दोनों भाइयों से कहा - "श्रीराम और श्रीलक्ष्मण!!... अब आप आयें और इस सरिता को पार करें। शेष कटक आपके पश्चात् आयेगी।..."

हम चलने को हुए तो हनुमान जी हाथ जोड़कर सामने खड़े हो गये। श्रीराम से बोले - "प्रभु! अब आपको हमारी विनती स्वीकार करनी ही होगी। मेरे कन्धों पर विराजिये। मैं आपको यह सरिता जल में भीगते हुए पार नहीं करने दूँगा।"

भइया प्रिय हनुमान के आग्रह को टाल न सके और वह उनके दोनों स्कन्ध पर आगे पैर लटकाकर आरूढ़ हो गये। तब अंगद भी भला यह सुअवसर कैसे चूकता? उसने भी मेरे मना करते-करते मुझे अपने कन्धों पर उसी भाँति उठा लिया।

हनुमान और अंगद हमें उठाकर इस प्रकार से वह नदी पार कराने लगे। पीछे वानर सेना हमारे नामों का जयघोष करने लगी -" प्रभु श्रीरामचन्द्र की... जय!!"

"वीरवर लक्ष्मण जी की...जय!!!"

नदी पार होते ही श्रीराम ने हनुमान जी से कहा - "अब आप मुझे नीचे उतार दें हनुमान!"

हनुमान बोले - "प्रभु!...थोड़ी और देर मुझे अपने गौरवपूर्ण सान्निध्य का आनन्द लेने दें कृपया।" - यह कहते हुए हनुमान जी चलते रहे।

मैंने अंगद से कहा - "वत्स!...तुम तो मुझे उतारो।" - अंगद कुछ न बोला। वह भी हनुमान जी के बराबर में चलता रहा।

वानर सेना निरन्तर चल रही थी। नदी पार करते ही पैदल प्रयाण करती सेना की गति फिर से तेज हो गयी थी। महाबलशाली हनुमान के कन्धों पर सवार श्रीराम सेना के मध्य ऐसे दिखायी पड़ते थे जैसे कि सुमेरु पर्वत के शिखर पर बैठा हुआ कोई नाहर। परन्तु मुझे अंगद के कन्धों पर बैठकर भइया के साथ उस तरह चलते हुए बड़ा संकोच हो रहा था। मैंने अंगद से कहा - "अंगद!...तुम्हारा कोटिशः धन्यवाद। किन्तु अब मुझे उतार दो। देखो...श्रीराम प्रभु हम सबके नायक हैं। हम सबकी श्रद्धा के वह एकमात्र केन्द्र हैं। अतः मैं भी तुम्हारी तरह उनकी उपस्थिति में पैदल ही चलना चाहता हूँ।...मैं चाहता हूँ कि सम्पूर्ण सेना उन्हीं से प्रेरणा ग्रहण करती हुई आगे बढ़े और हम सब उनका अनुगमन करें।"

मेरे तर्क का युवा अंगद के मन पर तात्कालिक प्रभाव पड़ा और उसने मुझे धीरे से धरती पर उतार दिया।

श्रीराम ने मेरी ओर देखा अपनी वही चिरपरिचित स्मित मुस्कान छोड़कर। एक लम्बे समय के पश्चात् भइया ने आज मुझे इस तरह देखा था। मैं उन्हें कन्धों पर उठाये हनुमान जी के साथ प्रसन्न भाव से चलता रहा। भइया मुझे अपनी एक अँगुली से नीचे वज्रदेहयुक्त हनुमान जी को दिखाकर संकेत में बिना मुख से कुछ बोले कह रहे थे - इनसे कहो कि मुझे भी उतारें। परन्तु मैंने भी भइया से अपने दोनों हाथ आधे ऊपर को उठाकर उन्हें हिलाते हुए आँखों-ही-आँखों में कहा- ना-ना भइया...अभी थोड़ी देर और...

सुग्रीव द्वारा वानर सेना को निर्देश दिये गये थे कि मार्ग में पड़नेवाले खेतों और निजी वाटिकाओं को वे नहीं उजाड़ेंगे। भूख लगने पर आनेवाले पड़ाव की प्रतीक्षा करेंगे। यदि किसी जंगल में प्रकृति के वरदानस्वरूप सार्वजनिक उपयोग के वृक्षों पर फल लगे मिल जायें तो अवश्य वे उनसे अपनी क्षुधा शान्त कर सकते हैं। परन्तु कुछ उद्दण्ड तत्त्व हर समूह में होते हैं। ऐसे कुछ वानर सैनिक जब कोई ईख का खेत अथवा बाग-बगीचा इत्यादि देखकर उधर को लपकते तो उनके यूथपति उन्हें कठोरता से घुड़ककर अनुशासित करते।

एक वन में जब हमने प्रवेश किया तो उसे नाना प्रकार के पुष्पों और फलों से आच्छादित पाया। वहाँ पहुँचकर सारे वानरों की तो जैसे बाँछें खिल गयीं। सब कोई दौड़ पड़े चारों ओर। अब किसी यूथपति का किसी वानर पर कोई नियन्त्रण न रहा। कोई वानर-वीर किसी का नियन्त्रण मानता भी तो क्यों? वह तो खुला जंगल था किसी की बपौती थोड़ी? सबने खूब छककर फल खाये। मैन्द और द्विविद भी जाकर हमारे लिये मीठे फल तोड़कर लाये। पास में एक जल से भरा सरोवर था। उसमें उन फलों को धोकर उन्होंने हमारे समक्ष प्रस्तुत किया। प्रभु श्रीराम और मैंने उन वानर योद्धाओं का आभार व्यक्त किया। फिर सुग्रीव, अंगद और हम सभी ने उन फलों का रसास्वादन किया। जामवन्त जी एक फल खाते हुए इधर-उधर देख रहे थे। तभी उनके दो भालू-सैनिक कहीं से खोजकर एक मिट्टी के पात्र में थोड़ा मधु ले आये। जामवन्त जी ने राम भइया से कहा - ‘‘लीजिये प्रभु!...तनिक इस मीठे मधु का भी स्वाद लीजिये।’’

राम भइया बोले - ‘‘इतना तो आपके ही लिये पर्याप्त न होगा रीछराज!’’

जामवन्त बोले - ‘‘है तो कम...परन्तु थोड़ा-सा आप अवश्य चखें।’’

इस पर राम भइया ने कृपापूर्वक दो अँगुली मधु में डुबोकर उसे चख लिया। जामवन्त जी ने मृत्तिका-पत्र फिर मेरी ओर बढ़ाया। मैंने भी भइया की भाँति उन्हें अनुगृहीत किया। सुग्रीव ने कहा - ‘‘इधर भी...’’ तब तक जाम्बवान् सुग्रीव की बात को अनसुना कर मधुपात्र को अपने मुँह से लगाकर गटागट प्रारम्भ कर चुके थे।...

सायंकाल घिरने लगा था। अतः आज रात्रि के लिए समस्त वानर सेना ने इसी जंगल में अपना डेरा डाल दिया।

प्रातःकाल मैं पास के सरोवर में स्नान करने गया। श्रीराम हनुमान जी के साथ पहले ही स्नान कर आये थे। अधिकतर वानर आदि विभिन्न दिशाओं में नित्यक्रिया से निपटने गये हुए थे। सरोवर के उस एकान्त भाग में जब मैं स्नान करने हेतु उतरा तो मुझे कुछ दूर पर झाड़ियों में बैठे दो वानर सैनिकों का परस्पर ऊँचे स्वर में चल रहा वार्त्तालाप सुनायी दिया। -

"अरे खा ले न...जब से आया है तूने एक भी फल नहीं खाया।" - एक कह रहा था।

"नहीं खाऊँगा। क्यों मेरे पीछे पड़ा है?" - दूसरा तुनककर कह रहा था।

"ओए हिरनू!...इन जंगल के फलों ने तेरा क्या बिगाड़ा है ससुर?"

"जंगल जाये भाड़ में। नहीं खाऊँगा यहाँ का एक भी फल।"

"क्यों नहीं खायेगा? ये फल तो जंगल के हैं इन पर कोई रोक थोड़े ही है... वह तो शतबलि जी ने हमें मार्ग की उस वाटिका में ही जाने से रोका था।"

"रोका था?...यह देख मेरा पृष्ठभाग। कितना सूजा हुआ है। हाथ से छूता हूँ तो दुखता है। शतबलि पूरे जल्लाद हैं। इतने जोर से सण्टी मारी थी कि देख तो ...नीली पड़ गयी होगी।"

"हाँ रे!...तेरी पिछाड़ी तो वास्तव में नीली पड़ गयी है।...पर तू लपका ही क्यों था उधर...किसी की निजी बगिया की ओर?"

"भाड़ में जाये बगिया और भाड़ में जाये यह जंगल। वह अपमान हुआ है मेरा ...कि किसी को पूरी कटक में अपना मुँह दिखाने लायक नहीं हूँ।"

मुझे उन वानरों की बातें सुनकर बड़ा आनन्द आ रहा था। मन किया कि जाकर देखूँ कौन हैं वे सैनिक? स्नान करने हेतु सरोवर में प्रवेश कर ही चुका था। शीघ्रता से मैंने दो डुबकी मारी और बाहर आ गया। अपने वल्कल वस्त्र बदलकर फिर मैं उस ओर बढ़ा जिधर उन दो वानर सैनिकों की वार्त्ता का क्रम चल रहा था।

"देख मंगलू!...मुझे तंग मत कर और न ही तू अपने शतबलि जी की प्रशंसा का पुल बाँध मेरे सामने...कहे देता हूँ हाँ।"

"अच्छा अच्छा मेरे प्यारे हिरनू!...नहीं बाँधूँगा। मगर पहले तू यह वाला फल अवश्य चख ले।"

"फिर वही?"

"फिर वही क्या?...कल रात तेरा यह अपमान कहाँ गया था जब छावनी में पका भोजन सबके सामने भकोस-भकोसकर खा रहा था।"

"उससे क्या?...वह तो वानर सेना के लिए बनाया ही गया था...हमारा अधिकार है उस पर। सैनिकों का भोजन था...किसी कउवे का माल थोड़े ही था?"

"ओए हिरनू!...यह कउवा किसे बोला? शतबलि जी को? जाऊँ कहूँ उनसे?"

"अरे जा-जा मंगलू के बच्चे!...उन्हीं का तो लट्टू है तू...चपरघट्टू कहीं का।"

मैं जैसे ही उधर पहुँचा घास पर बैठे वह दो वानर सैनिक उछलकर खड़े हो गये। मैंने देखा एक वानर अत्यन्त दुबला-पतला था। दूसरा बहुत मोटा-सा। मैं स्नेह भरे स्वर में उनसे बोला - "क्या बात हो रही है भई?...यह यूथपति शतबलि जी से सम्बन्धित क्या बात है?"

मेरे इतना कहते ही दोनों वानर सैनिक भयग्रस्त हो मेरे चरणों में गिर पड़े। दोनों गिड़गिड़ाकर कहने लगे - "हमें क्षमा कर दे लछमन जी! हमसे बड़ी भूल हो गयी।" -

"शतबलि जी से मत कहियेगा...वह हमें मार डालेंगे।"

"अरे-अरे यह क्या कहते हो वानर वीरों? उठो-उठो...खड़े हो जाओ।" - कहकर मैंने दोनों को उठाया। दोनों खड़े हो गये। मैंने देखा दोनों हाथ जोड़े काँप रहे थे। तब मैंने प्रेमपूर्वक उनसे पुनः कहा - "डरो नहीं...मैं किसी से कुछ नहीं कहूँगा। वचन देता हूँ।...अच्छा यह बताओ तुममें से हिरनू कौन है और मंगलू कौन?"

तब पतलावाला वानर बोला - "हिरनू मैं।"

मोटा वानर भी झट से बोला - "और मंगलू मैं हूँ लछमन जी!"

- यह कहते ही वह दोनों वानर सैनिक वहाँ से सिर पर पैर रखकर हिरन हो गये। मैं बड़ी देर तक उन वानरों के उस नटखट व्यवहार को याद करके हँसता रहा। जैसे भी थे दोनों ही थे बड़े भोले और भले। दाँत-काटे मित्र प्रायः ऐसे ही होते हैं।

हमारी विशाल वानर सेना की वह लम्बी पदयात्रा कई दिनों तक चलती रही। सैन्य पड़ाव हेतु उपयुक्त स्थल न मिलने पर हम कई बार रात्रिकाल में भी चलते रहते। सुग्रीव कभी सेना के अग्रभाग में चलते। कभी वह नल-नील इत्यादि को आगे कर देते, जिन्होंने पहले ही भरतखण्ड के दक्षिण भूभाग की वह यात्रा कर रखी थी। तब स्वयं सुग्रीव भी सहर्ष श्रीराम के साथ चलने लगते। किन्तु बजरंगबली कन्धे पर अपनी भारी-भरकम गदा लिये हुए अधिकतर हम दोनों भाइयों के साथ ही आगे अथवा पीछे चलते रहते। जब मार्ग दुर्गम होता तो हनुमान एक सेवक की भाँति आगे-आगे

चलने लगते कि श्रीराम प्रभु को कोई कष्ट न हो। जब मार्ग सुगम होता तो वह श्रीराम को आगे चलने देते। स्वयं पीछे हो जाते।

उन्हीं क्षणों में कभी-कभी मेरा हनुमान जी से वार्त्तालाप भी हो जाता। हनुमान का साथ मार्ग की थकान का अनुभव नहीं होने देता। ऐसे ही एक अवसर पर उस सैन्य-प्रयाण में चलते-चलते मैंने हनुमान जी से पूछा - "राक्षसराज रावण के बन्धु-बान्धवों के बारे में क्या जानकारी है कपिवर?"

हनुमान बोले - "मुझे तो अधिक जानकारी नहीं परन्तु सुग्रीव को है।"

"वह कैसे?"

"जब उसके अच्छे दिन थे तो उसे उसके अग्रज बाली ने कभी बताया था।"

"क्या बताया था?"

"यही कि रावण तीन भाई और एक बहन है।...सबसे बड़ा भाई रावण स्वयं। दूसरा भाई है कुम्भकर्ण और तीसरा भाई विभीषण।...उनकी एकमात्र बहन का नाम है शूर्पणखा।"

"हाँ-हाँ...वह मुझे मालूम है।...आप मुझे कुम्भकर्ण और विभीषण के विषय में ही कृपया बतायें।"

"कुम्भकर्ण अत्यन्त भीमकाय और बलशाली है। मैं तो मन्त्रशक्ति से कभी-कभी पर्वताकार रूप धर लेता हूँ। परन्तु कुम्भकर्ण का सामान्य शरीर ही पर्वताकार है। आप कह सकते हैं कि शरीर के भीतर के किसी रासायनिक दोष के कारण वह राक्षस ऐसा है।...परन्तु सुनते हैं कि कुम्भकर्ण उतना दुष्ट नहीं है जितना कि वह धूर्त रावण। एक शाप भी जुड़ा है कुम्भकर्ण के साथ।..."

"वह क्या?"

"वह भीमकाय राक्षस वर्ष में छह महीने सोता है और छह महीने जागता है। रावण उसकी बड़ी देखभाल करता है।..."

"और विभीषण?"

"विभीषण तीनों भाइयों में सबसे छोटा है। मैंने रावण के राजदरबार में उसका व्यवहार देखा था। वह नीतिवान् और बड़ा सज्जन पुरुष लगा मुझे। रावण के स्वभाव से एकदम विपरीत..."

"और रावण के पुत्रादि?"

"उसका सबसे बड़ा पुत्र है मेघनाद।...वह अत्यन्त शूरवीर है। इन्द्र को भी एक बार जीत चुका है। परन्तु अपने पिता की भाँति वह भी हठी और अभिमानी है। रावण का एक अन्य पुत्र अक्षकुमार अभी मेरे हाथों लंका में मारा ही जा चुका है। सुना है कि और भी असंख्य वैध और अवैध सन्तानें हैं उस राक्षसराज रावण की।..."

हमारी यह बातें साथ में आगे चलते भइया के भी कानों में पड़ती होंगी। परन्तु वह मुख से कभी कुछ बोलते नहीं थे। चुपचाप वानर-सेना के साथ चलते रहते थे। अन्त में सब लोग मलयाचल और सह्याद्रि पर्वतों को पार करते अनेक चित्रविचित्र वनों को निहारते हुए एक दिन भयंकर गर्जन-तर्जन करनेवाले सागर-तट पर जा पहुँचे।

समुद्र तक जाकर समाप्त होनेवाला वह विस्तृत रेतीला भूभाग वस्तुतः तीन ओर से समुद्र से घिरा था। इस स्थान को स्थानीय निवासी धनुषकोटि के नाम से पुकारते थे। धनुषकोटि नामक धरती का वह सिरा तीन ओर से उस अपार जलराशि को छूता था। वहाँ वह एक खिंची हुई धनुष की प्रत्यञ्चा-सरीखा अर्द्धवृत्ताकार दिखता था। सागर को छूता धरती का वह रेतीला विस्तार जहाँ पर जाकर समाप्त हो जाता था वहाँ से आगे नीला-नीला समुद्र-ही-समुद्र था। अथाह जलराशि। उसमें डोलती असंख्य लहरें और जल तरंगें। धरती कि उस छोर पर स्थानीय मछुआरों के द्वारा डाली गयी एक फूस की मढ़ैया थी। उसके नीचे एक काष्ठ निर्मित चौकी बिछी थी। प्रभु श्रीराम जाकर उस पर बैठ गये। मैं उनके पीछे अपने और उनके धनुष-तरकश आदि सहेजकर बैठ गया। फिर हम उस सागर की अनन्त जलराशि को निहारने लगे। वानर-भालुओं की थकी हुई सेना ने जब वह नीला-नीला सागर वहाँ लहराता हुआ देखा तो वह उस लम्बी-चौड़ी रेतीली धरती पर गिरकर यत्र-तत्र पसर गये। कुछ वानर उमड़ती-घुमड़ती सागर की लहरों में बढ़कर उस खारे जल में कूद-कूदकर छपछैय्या करने लगे।

श्रीराम ने सुग्रीव से कहा- "वानरराज सुग्रीव! अपने यूथपतियों से कहिये कि वह अपने वानर-सैनिकों के साथ रहें। उन्हें सागर की लहरों में अधिक आगे जाने न दें। इधर भेस बदलकर शत्रु के गुप्तचर भी घूमते मिल सकते हैं। अतः उस दृष्टिकोण से भी सावधानी अपेक्षित होगी।"

सुग्रीव ने समस्त यूथपतियों को एक स्थान पर एकत्रित कर उन्हें आवश्यक दिशा-निर्देश दिये।

अपनी अपार जलराशि के साथ इस समय सागर प्रशान्त था और उसके समक्ष प्रभु श्रीराम सुशान्त भाव से बैठे अस्ताचल की ओर जाते हुए सूर्य को देख रहे थे। रावण के आतंक का राज्य तिरोहित होती सूर्यरश्मियों की भाँति अस्त होने की मानो बाट जोह रहा था। केवल बाधा थी तो यही सागर जिसे किसी प्रकार लाँघकर श्रीराम की सेना को उस पार जाना था।

भइया श्रीराम की यह चिन्ता वास्तव में पूरे रामदल की चिन्ता थी कि अगाध जलनिधि को हमारी इतनी विशाल वानरसेना के साथ कैसे पार किया जायेगा? वह जब से सागर-तट पर पहुँचे थे निरन्तर सुग्रीव, हनुमान, अंगद, जामवन्त और मुझे सम्मुख बैठाकर विभिन्न चरणों में मन्त्रणा कर रहे थे। दल के सभी प्रमुख योद्धाओं को अलग-अलग बुलाकर उनके साक्षात्कार लिये गये तथा समस्या पर उनके बहुमूल्य विचार जाने गये।

किसी का विचार था कि बड़ी-बड़ी नावों का निर्माण कराया जाये। उनसे सागर पार कराया जाये।...किसी का सुझाव था कि स्थानीय मछुआरों की सहायता से अधिक-से-अधिक उनकी नौकाएँ एकत्रित की जायें और उनसे वानर सेना के चुने हुए कुछ दस्ते लंका भेजे जायें। हनुमान अंगद आदि बलशाली योद्धा साथ में जायें और सीता जी को रावण की अशोक वाटिका से मुक्त कराकर उन्हीं नावों से वापस लौटने का प्रयत्न करें।...किन्तु कुछ का कहना था कि इस प्रकार सीता माँ की वापसी उनकी सुरक्षा की दृष्टि से उचित न होगी। अतः जो वानर योद्धा नौकाओं के द्वारा लंका पहुँचें पहले वह यह ज्ञात करने का प्रयत्न करें कि रावण और उसके राक्षसजन सामुद्रिक परिवहन में किन संसाधनों का प्रयोग करते हैं। तब हो सके तो उनमें से कुछ जलपोतों इत्यादि पर आक्रमण कर उन पर अधिकार जमा लिया जाये और फिर उन्हीं के माध्यम से शेष वानर सेना क्रमशः धनुषकोटि से लंका तक की जलयात्रा सुनिश्चित करे।...

परन्तु रामदल के चिन्तन-सत्रों में एक-एक कर ऐसे समस्त सुझाव और विचार विभिन्न तर्कों के द्वारा निरस्त होते चले गये। जैसे-जैसे समय बीतता गया सागर-तरण की विशद समस्या को लेकर रामदल में तनाव बढ़ता गया। एक पूरा दिन और पूरी रात अनिश्चिय की स्थिति में व्यर्थ चले गये।

अगले दिन दोपहर का समय था। लंका की दिशा से सागर के क्षितिज पर एक छोटा-सा जलपोत उभरा। वह जलपोत हमारी ओर ही आ रहा था। सारे वानर-भालू और हम सब उधर ही देखने लगे। जैसे-जैसे वह जलपोत हमारे निकट आता गया हम सभी का कौतूहल बढ़ता गया।

वानरराज सुग्रीव अपने कुछ चुने हुए विश्वस्त सहायकों के साथ समुद्र के किनारे आगे जाकर खड़े हो गये। वह जलपोत सागर की जलराशि में कुछ दूर रुक गया। उसमें से पाँच लोग कूदकर उतरे और अपने कुछ विशिष्ट राजसी परिधानों से संयुक्त हमारी ओर बढ़े। सबसे आगेवाले व्यक्ति के सिर पर एक स्वर्णकिरीट था। उसके अन्य चार साथी नंगे सिर थे।

सुग्रीव ने आगन्तुक का परिचय पूछा तो उसने अपना नाम विभीषण बताया। स्वयं को लंकाधिपति रावण का छोटा भाई और साथ के अन्य चार साथियों का भी परिचय कराते हुए कहा कि - "राक्षसराज रावण से मतभेद होने के कारण उन्होंने

मुझ विभीषण को...अपने इस अनुज को अविश्वसनीय मानकर लंका से निष्कासित कर दिया है...और अब मैं अपने इन चार निकट मित्रों के साथ श्रीराम की शरण में आया हूँ। कृपया हमारी उनसे भेंट करा दें।''

सुग्रीव से वहाँ उपस्थित उसके सभी प्रमुख सहायकों ने उन राक्षसों पर विश्वास न करने की सलाह दी कि क्या पता विभीषण शत्रुपक्ष का भेजा कोई भेदिया हो जो श्रीराम की सेना की संख्या और शक्ति का अनुमान लगाने हेतु सागर के इस ओर के तट पर आया हो। विभीषण से सुग्रीव ने पहला प्रश्न यह किया कि - ''यह हम कैसे विश्वास कर लें कि तुम राक्षसराज रावण के अनुज विभीषण ही हो?''

उत्तर मिला - ''हमें कृपया वानरश्रेष्ठ हनुमान से मिलवा दें। उनको मेरा स्मरण होगा। वह मुझे देख लेंगे तो पहचान लेंगे।''

''परन्तु राक्षस तो मायावी होते हैं। क्या पता तुम विभीषण का भेस धरे रावण के कोई गुप्तचर ही हो?''

''बन्धुवर!...माया ही करनी होती तो इस तरह सीधे-सीधे दिवस के प्रकाश में आप लोगों के मध्य हम क्यों आते?...हमें प्रभु श्रीराम से मिलवा दें। उन्हें हम सारी बात बता देंगे।''

तब विभीषण के उन चार साथियों को वानर सैनिकों की देख-रेख में पीछे छोड़कर वानरराज सुग्रीव विभीषण नामक उस अपरिचित राक्षस को श्रीराम से मिलवाने आये। राम जी के पास बैठे हनुमान जी ने विभीषण को देखते ही पहचान लिया।

विभीषण ने भइया का चरणस्पर्श कर कहा कि - ''आपकी वर्षों से बहुत प्रशंसा सुनता आया है यह विभीषण श्रीराम!...आप दयालु तथा शरणागत वत्सल भी हैं। इसलिए अपने कुबुद्धि भ्राताश्री रावण से हताश एवं ठुकराया हुआ मैं बड़ी आशा एवं अवसाद की दशा में आप तक आया हूँ।''

हनुमान जी को छोड़कर दूसरे सभी वानर योद्धा विभीषण को स्वीकार नहीं किये जाने की सलाह भइया को देते रहे। जामवन्त जी भी अपना विचार व्यक्त करते हुए दुविधा की स्थिति में दिखायी दिये। परन्तु भइया श्रीराम ने कहा कि वह शरण में आये हुए व्यक्ति को चाहे वह कोई भी हो कभी ठुकरा नहीं सकते। विभीषण तो विभीषण यदि कल को स्वयं रावण भी उनकी शरण में आ जाये तो वह उसे भी क्षमा कर देंगे।

विभीषण ने बताया कि - ''भ्राताश्री रावण की बुद्धि भ्रष्ट हो चुकी है। वह इन दिनों अपने वरिष्ठ मन्त्री तथा हमारे नाना माल्यवान् की भी नहीं सुन रहे। भाभीश्री मन्दोदरी जो कि उनकी पटरानी हैं उन तक की सलाह को मानने को वह तैयार नहीं हैं। उन्होंने तथा मैंने हर प्रकार से लंकापति रावण को यह समझाने का प्रयत्न किया कि देवी सीता को ससम्मान वापस लौटा दिया जाये और आपसे वैर त्याग दिया जाये।

किन्तु सीता जी को लेकर उनकी आसक्ति अब विवेकशून्यता की स्थिति में पहुँच चुकी है। रावण के अधिकांश चाटुकार सभासद-राक्षसगण महापार्श्व, महोदर, कुम्भ, निकुम्भ, अतिकाय, सेनापति प्रहस्त आदि सभी रावण के सामने उनकी पूर्व विजयों का गुणगान करके और अपने भी बलाबल की डींगे मारकर उन्हें सातवें आकाश पर चढ़ाये हुए हैं। यहाँ तक कि उनका शक्तिशाली युवराज मेघनाद भी उन्हें भ्रमित किये हुए है। यद्यपि वहाँ कुछ थोड़े-बहुत सभासद ऐसे भी हैं जो सही दिशा में सोचते हैं परन्तु राक्षसराज रावण के भय से कोई अपना सद्विचार प्रकट नहीं करता। रावण के दूसरे अनुज और मेरे अग्रज कुम्भकर्ण ने भी सीता-हरण को भ्राताश्री रावण की गम्भीर भूल बताकर उनकी आलोचना की परन्तु रावण पर उसका भी कोई प्रभाव नहीं पड़ा।''

विभीषण ने अन्ततः बताया कि - ''मैंने भ्राताश्री को यह तक समझाने का प्रयास किया कि पर-स्त्री को हरकर लाना अधर्म और पाप है। सीता जी उनके जीवन में कालरात्रि के समान आयी हैं। यदि शीघ्र ही उन्हें रघुनाथ जी को वापस नहीं किया गया तो उनका प्रकोप उन्हें उनके परिजनों सहित नष्ट कर देगा और फिर पूरी लंका वानरसेना के निशाने पर होगी। परन्तु रावण ने मेरी एक न सुनी उलटे राजसभा में अपने इस अनुज को अपमानित कर अपने राज्य और हृदय से भी बाहर निकाल दिया। अपने अग्रज द्वारा राक्षसकुल में अधम बताकर धिक्कारे जाने पर दुःखी होकर मैं रावणदल से आप श्रीराम प्रभु की सेवा में आया हूँ। सीताहरण का कलंक मैं रावण के साथ रहकर अब और अधिक वहन नहीं कर सकता। अतः हे करुणानिधान!.. ..आपसे विनती है कि मुझे और मेरे समानचेता चारों मित्रों मलय, रुचित, द्रुमुख एवं विरूप को जो मेरे साथ आये हुए हैं अपने श्रीचरणों में स्थान प्रदान करने की कृपा करें।''

तब प्रभु श्रीराम ने उदारतापूर्वक शत्रुपक्ष से निकलकर आये हुए विभीषण को अत्यन्त सहजता से अपना लिया और कहा - ''विभीषण! मित्र! आपका कल्याण हो।...आज आप जो चाहें मुझसे माँग सकते हैं।'' उन्होंने यह कहते हुए उठकर विभीषण को गले से लगा लिया। विभीषण गद्गद बाणी में बोले - ''प्रभु! आपकी शीतल छाँव मुझ अधम-राक्षस को मिल गयी यही क्या कम है? मुझे और कुछ नहीं चाहिए। अब से मेरा यह सारा जीवन आपको समर्पित है।''

तब प्रभु ने कहा कि - ''विभीषण!...भले ही आप मुझसे कुछ भी अपेक्षा न करें परन्तु जिस आस्था और समर्पण भाव के साथ आप मेरे पास आये हैं वह मेरे लिये अनमोल है। मैं आपको अभी इसी क्षण लंका का भावी सम्राट् घोषित करता हूँ। प्रिय लक्ष्मण!...तुम समुद्र से जल लेकर आओ...मित्रवर विभीषण का लंका के राज्य पर मैं अभिषेक किये देता हूँ। जब तक इस पृथ्वी पर राम की कथा रहेगी तब तक विभीषण का राज्य भी स्थिर रहेगा।''

और इस प्रकार राम भइया ने स्वयं राज्यविहीन रहते हुए एक के बाद एक कर दो दुखियारे मित्रों को अपने लाघव एवं प्रताप से राजसत्ताएँ प्रदान कीं। सुग्रीव को बालीवध के पश्चात् तो विभीषण को रावणवध के पूर्व। वास्तव में मेरे राम भइया-जैसा अद्वितीय महात्मा एवं दानी पूरी सृष्टि में मिलना असम्भव है।

सागर पार करने की मन्त्रणा पुनः हुई। अब श्रीराम के सलाहकारों में विभीषण भी जुड़ चुके थे। विभीषण वास्तव में एक धर्मज्ञ एवं सज्जन पुरुष थे। हनुमान जी के यह विचार धीरे-धीरे प्रत्यक्ष हो चले थे। विभीषण ने इतना ही कहा कि - "प्रभु! इस समुद्र के दक्षिणी तट अर्थात् लंका के द्वीप पर आपके चरण रखने के पश्चात् यदि मतिमन्द रावण से युद्ध की स्थिति आयी...जिसकी सर्वाधिक सम्भावना है...तो उसमें मैं आपको निष्ठापूर्वक अपनी हर सम्भव सहायता दूँगा। इतनी बड़ी कटक को सागर पार उतारने में यहाँ सभी प्रबुद्ध लोग जो सलाह दें उस पर कृपया विचार करें। हाँ यह अवश्य है कि सागर भी इस अभियान में सहायक हो इसके लिए उसका पूजन-अर्चन किया जाना उचित प्रतीत होता है।"

इस पर भइया ने विभीषण की उक्ति पर सहमति व्यक्त करते हुए कहा - "ऐसा ही किया जाये। यदि विधाता अनुकूल होंगे तो भाग्य साथ देगा।"

मुझे भइया की यह बात सुनकर बहुत क्लेश हुआ। मैंने तत्काल उनसे कहा- "भाग्य के भरोसे बैठना कायरों का काम है। आलसी मनुष्य दैव, विधाता, भाग्य अथवा भाग्यवादिता की बातें करते हैं। पुरुषार्थी मनुष्य ही श्रेष्ठ हैं जो कर्म करते हैं। अतः हमें निरीहता को त्यागकर गम्भीरता से सिन्धुतरण के विषय में तत्काल सोचना चाहिए।"

इस पर भइया ने विहँसकर मुझसे थोड़ा धैर्य रखने को कहा और वह सागर को प्रणाम कर उसके किनारे कुश बिछाकर बैठ गये।

भइया श्रीराम ने तीन दिन तक सागर की मनौतियाँ कीं। उसका पूजन-अर्चन किया। मानो कि वह समुद्र अपने मध्य से किसी चमत्कारपूर्ण ढंग से लंका तक का सीधा मार्ग वानर सेना को प्रदान कर देगा। भाभी माँ की चिन्ता और उनकी राक्षसों से मुक्ति आदि की व्यथा में राम भइया एक विचित्र-सी मनःस्थिति में पहुँच चुके थे। श्रीराम ने तीन दिन बाद घोर मानसिक तनाव की स्थिति में क्रोध करते हुए समुद्र को ब्रह्मास्त्र से सुखा देने हेतु भी कमर कस ली। चारों ओर महाविनाश की आशंका को लेकर हाहाकार-सा मच गया।

अचानक स्थानीय निवासियों का एक दल धनुषकोटि के सागरतट पर आया। वस्तुतः यह मछुआरों के कुछ पारिवारिक जन थे। उन लोगों ने बताया कि उनके

परिवारों के मुखिया अपनी चार बड़ी नावों के साथ आज से पाँच दिन पूर्व सागर में जाल लेकर मछली पकड़ने के लिए गये हुए हैं। अभी तक वापस नहीं लौटे। वे लोग उन्हीं की प्रतीक्षा में आतुर थे कि यहाँ श्रीराम के दुःख-सन्ताप को जानकर वह और भी व्यथित हो गये हैं।

वे मछुआरे अभी यह बातें कर ही रहे थे कि हमने सागर की ओर से एक नाव आती देखी। उसके कुछ देर बाद सागर के क्षितिज पर एक साथ तीन और नावें समानान्तर रूप से उभरीं। उन चारों नावों को हमारी ओर आता देखकर मछुआ परिवारों में हर्ष की एक लहर-सी दौड़ गयी। उनमें से एक नवयुवक ने भइया श्रीराम को बताया कि - "मेरा नाम शिवसागर है। यदि आनेवाली नौकाओं में हमारे पिता और काका आदि सुरक्षित मिल जाते हैं तो हम सब भी आपकी जो भी सेवा बन पड़ेगी उसे करना अपना सौभाग्य समझेंगे।"

शिवसागर की आशाएँ पूर्ण हुईं। उनके परिवारों के सभी मुखिया समुद्र में दूर-दूर से पकड़ी गयी मछलियों के भण्डार सहित सकुशल वापस लौट आये थे।

उसके पश्चात् घटनाक्रम तीव्रता से संचालित हुआ। जाम्बवान् जी ने बताया कि- "सम्पाती ने एक रहस्य की बात और कही थी कि इस धनुषकोटि से लंका के त्रिकूट पर्वत तक गृद्धकूट गिरिशृंखला समुद्र के गर्भ में भीतर-ही-भीतर जलमग्न चली गयी है। बीच में एक स्थान पर मैनाक पर्वत भी समुद्र की सतह से उभरा हुआ एक बड़ा गिरिशृंग है। अतः कहीं-कहीं समुद्र में तैरते हुए विश्राम करना भी सम्भव है और कहीं-कहीं तो सेतुबन्धन तक हो सकता है..."

सेतुबन्धन की अभी कोई चर्चा ही नहीं हुई थी। शिवसागर नामक वह सागरपुत्र अचानक यह सुनकर बोला - "हाँ...बात तो सही है। हम लोग जब भी इधर समुद्र में गोता लगाते हैं तो हमें भीतर-ही-भीतर बहुत-से पर्वत और उनकी ऊँची-नीची पथरीली चट्टानें जल के भीतर डूबी हुई दिखायी देती हैं। कुछ स्थानों पर तो यह चट्टानें इतनी उभरी हुई हैं कि सागर का ज्वार घटने पर वे एकाएक ऊपर आ जाती हैं।"

सुग्रीव ने तब नल और नील से कहा - "देखो तो यह नवयुवक क्या कह रहा है? तुम लोग तो शिल्पी हो। सेतुबन्धन में भी सिद्धहस्त हो। किष्किन्धा राज्य की कई छोटी-बड़ी नदियों पर तुमने सेतु निर्मित किये हैं। तनिक विचार करो।"

"वह तो सत्य है...परन्तु नदी और सागर में बड़ा अन्तर होता है! सुग्रीव प्रभु!" - नील ने कहा।

इसके विपरीत नल अधिक आशावान् निकला। छूटते ही बोला - "यदि हमें नावें, रस्से, पाषाण, वृक्षों के तने, कुल्हाड़ियाँ, आरे, जाल और लौहधातु-जैसी वस्तुएँ पर्याप्त संख्या और मात्रा में मिल सकें तो सेतुबन्धन का प्रयास किया जा सकता है।"

''नावें, जाल, लौहधातु, रस्सों, कुल्हाड़ियों और आरे इत्यादि का प्रबन्ध मैं और मेरे मछुआ मित्र मिलकर कर देंगे। अगर गोताखोरी की आवश्यकता पड़ी तो उसमें भी हम अपनी सेवाएँ देने को तैयार हैं।'' - शिवसागर ने कहा।

''तो वृक्ष पाषाण और श्रमशक्ति जुटाने में ही कौन-सी बड़ी समस्या है?...हमारी यह अपार वानर सेना फिर किस दिन काम आयेगी?!'' - युवराज अंगद ने उत्साह के प्रबल आवेग में भरकर कहा।

सुग्रीव ने भइया श्रीराम से पूछा कि - ''यदि आज्ञा हो तो सागर पर सेतुबन्धन का यह अभिनव अभियान प्रारम्भ किया जाये?''

श्रीराम ने कहा - ''मित्र सुग्रीव! आपका प्रस्ताव उत्तम है। नल-नील सहित सारी सेना को मैं अपना समस्त आशीर्वाद देता हूँ। वत्स अंगद और प्रिय शिवसागर!!... तुम्हें भी। लक्ष्मण! हनुमान!!...आप लोग शुभारम्भ कराइये। सेतुबन्ध का यह अभूतपूर्व मानव-अभियान प्रारम्भ किया जाये।...अब इसमें देर किस बात की?''

बजरंगबली ने तब एक बार पुनः इस सागर-तट पर गर्जना की - ''बोल सियावर रामचन्द्र की...जय!!... किष्किन्धापति महाराज सुग्रीव की...जय!!!!''

तब श्रीराम ने अपने आराध्य भगवान् शिव की आराधना हेतु वहाँ रामेश्वर महादेव नाम से एक शिवलिंग की स्थापना कर उनका पूजन एवं अभिषेक किया। और उसी के साथ प्रारम्भ हुआ विश्व का एक सबसे अनोखा मानव अभियान - सागर के विशाल वक्ष पर एक असम्भव-से सेतु का निर्माण। सैकड़ों नावें, पर्वत की चट्टानें, वृक्षों के तने, अनेक प्रकार के प्रचुर संसाधन, लाखों वनवासियों की श्रमशक्ति तथा असंख्य मछुआरों, गोताखोरों एवं जनसाधारण का विराट् योगदान। इस प्रकार सबने श्रीराम के उस महान् धर्मयज्ञ में एकजुट होकर लगातार पाँच दिनों के भीतर रात्रि-दिवस चले उस भगीरथ-अभियान में एक असम्भव कृत्य को इस संसार में सम्भव कर दिखाया।

धनुषकोटि से लंका तक सागर पर सौ योजन लम्बा एक ऐसा सेतु बनकर तैयार हुआ जिसको सबसे पहले हमारे युग के महानायक प्रभु श्रीराम ने मेरे साथ सुग्रीव, अंगद, महावीर हनुमान और स्वयं नल-नील-जैसे महान् अभियन्ता-शिल्पियों की देख-रेख में पार किया। फिर देखते-ही-देखते उसी रामसेतु से लाखों वानरों की विशाल सेना अनेकानेक रीछ दलों के साथ उस समुद्र को पारकर लंका की धरती पर जा उतरी।

इस प्रकार सुग्रीव की अक्षौहिणी सेना सहित सुरक्षित और इतनी द्रुत गति से पैदल चलकर हमारे द्वारा सागर-लंघन किया जाना एक ऐसा अद्भुत चमत्कार था जिसकी हमारे परमशत्रु लंकानरेश महाबली रावण ने कभी स्वप्न में भी कल्पना न की होगी।

बज उठा गगन में राम नाम का डंका
जब आयी कटक उतरकर सारी लंका।
पहले देखा सुवेल-पर्वत अति बंका
घेरा वानर वीरों ने तजकर शंका।।
जागी इच्छा फिर झलक एक हम देखें
है कैसी लंकानगरी किंचित् परखें।
चढ़ गये शिखर पर हँसकर दोनों भाई
अंगद संग लक्ष्मण हनुमत संग रघुराई।।
निरखी त्रिकूट पर्वत पर लंका न्यारी
विस्तीर्ण दुर्ग चहुँ ओर चहरदीवारी।
नाना प्रकार के भवन ध्वजा और तोरण
खाई-संक्रम-तोपें अनेक यदि हो रण।।
वन-सुषमा हरित-सुपल्लव सुरभित-शोभित
गिरि पर्वत सागर मध्य द्वीप में विलसित।
ऐसा था रावण-दल का छिपा ठिकाना
था पड़ा जहाँ श्री रामचन्द्र को आना।।

लंका के उत्तरी सागर-तट पर उतरी श्रीराम की वानर सेना का सुवेल-पर्वत के निकट सैन्य-शिविर स्थापित हुआ। श्रीराम ने मुझसे और सुग्रीव से परामर्श कर सम्पूर्ण सेना को सुरक्षा के दृष्टिकोण से तीन भागों में विभक्त कर गरुड़ाकार व्यूह रचना के अन्तर्गत उस छावनी में ठहरवाया। अर्थात् शिविर का एक भाग आगे की ओर, उसके दो भाग दाहिने और बायें पंखों के स्थान पर फैले हुए ताकि शत्रु आगे-पीछे-दाहिने-बायें किसी भी ओर से आगे तो उसे शिविर के प्रत्येक भाग में निवास करनेवाले सैनिक दूर ही से आता देख सकें।

हमारा प्रथम रात्रिविश्राम हुआ। विभीषण की कृपा से रावण के भेजे दो बड़े गुप्तचर शुक और सारंग उसी रात्रि में शिविर में घुसपैठ करते पकड़े गये। पहरे पर सजग वानरों ने जब उन्हें दबोचा और उन्हें मारते-पीटते उनके द्वारा भइया श्रीराम के पास लाया गया तब श्रीराम ने विहँसकर मात्र उनसे इतना कहा- "जाओ। तुमने जो कुछ यहाँ पर देखा उसका यथावत् वर्णन अपने स्वामी से कर दो और उससे कहो कि वह युद्ध के लिए अब तैयार हो जाये।...इन्हें जाने दिया जाये मित्र सुग्रीव!..." तब वह मुक्त हुए राक्षस-चर अपने सिर पर पैर रखकर भागे।

हमारे वानर सैनिकों की सजगता और सतर्कता के चलते अगले दिन रावण के चार और राक्षस-गुप्तचर जो वानरों का भेष धारण कर हमारे शिविर में आ घुसे थे उन्हें भी पकड़ लिया गया। तदुपरान्त उन भेदियों को शिविर के प्रहरी वानरों ने लात-घूँसों

से जी-भरकर पीटा। बन्दी बनकर जब वे राक्षस सामने आये तो उनकी कलई खुल चुकी थी। विभीषण ने उनके मुखिया शार्दूल तथा अन्य को तुरन्त पहचान लिया। अनेक वानर यूथपति उन बन्दी गुप्तचरों को प्राणदण्ड देने की सलाह देने लगे। इसलिए कि वे हमारी कटक की संख्या, हमारे अस्त्र-शस्त्र तथा हमारे हर प्रकार के बलाबल की सूचना एकत्रित करने के लिए आये थे। यद्यपि वे पकड़ लिये गये थे किन्तु प्रायः सभी सलाहकारों का मानना था कि इन्हें यहाँ से जीवित बचकर जाने दिया गया तो वे शत्रु को वापस जाकर हमारी सेना के सारे भेद बता देंगे।

परन्तु श्रीराम इससे सहमत नहीं हुए। उन्होंने अपने प्राणों की रक्षा की गुहार लगाते उन राक्षस-गुप्तचरों को भी बन्धनमुक्त करा दिया और कहा कि - "गुप्तचरो! जाकर अपने राजा से कहो कि अब भी समय है। राम अपनी सीता को लेने तुम्हारी लंका के द्वार तक आ पहुँचा है। सीता को सादर लौटा दे वह। अपने किये का पश्चात्ताप करे तो राम बिना युद्ध के ही वापस लौट जायेगा। कहना कि व्यर्थ का रक्तपात यदि रावण चाहे तो टाला जा सकता है।"

प्राणदान पाये वे राक्षस श्रीराम की जय-जयकार करते रावण की लंका की ओर भाग गये। इसके बाद ही भइया श्रीराम और मैं हनुमान और अंगद के आग्रह पर उनके कन्धों पर आरूढ़ होकर सुवेल-पर्वत की चढ़ायी चढ़ उसके शिखर पर जा पहुँचे। वानरराज सुग्रीव भी अत्यन्त उत्साह से हमारे साथ आये। विभीषण भी साथ में सुवेल-पर्वत पर आये।

विभीषण हमसे बता रहे थे कि - "रावण के गुप्तचर विभाग में अनेक राक्षसचर हैं। लंका का गुप्तचर विभाग शुक और सारण नामक दो विभागाध्यक्षों की देख-रेख में कार्य करता है। उनमें शुक बहुत अनुभवी तथा वरिष्ठ है। अतः वह रावण की अजेय क्षमता को सुदृढ़ता प्रदान करने के लिए देश-देशान्तर तक अपने गुप्तचरों का जाल बिछाये देव-यक्ष-गन्धर्व-किन्नर-आर्य-अनार्य इत्यादि समस्त मानवों के ऊपर और उनके राजाओं की गतिविधियों पर पैनी दृष्टि रखता है। वह अत्यन्त महत्त्वपूर्ण सूचनाएँ रावण तक पहुँचाता है। शुक जैसा कि उसका नाम भी है अवसर आने पर तोते का भेष धरने और उड़ने की विद्या में भी पारंगत है। उसने इसकी विशेष मायावी सिद्धि प्राप्त कर रखी है।"

सुग्रीव ने चढ़ायी चढ़ते हुए विभीषण से पूछा - "तो क्या हमने जिसे सागर उस पार एक बार पकड़ा था और जिसके पर इत्यादि वानरों ने नोच-नाच दिये थे...शुक क्या वही तोता है?"

"हाँ, भई वही...सेतुबन्ध के दौरान बेचारा पहली बार पकड़ा गया था। श्रीराम की दूत को अवध्य मानने की उदार नीति के कारण ही छोड़ दिया गया। तब जाकर इसकी जान बची थी।...एक-दो बार और मैंने इसको तोते के रूप में उड़ते हुए इधर देखा है। सेतु निर्माण के बाद जब आपकी कटक इस पार आयी तब से।...अवश्य

ही इसने श्रीराम सहित आप लोगों के सागर पार आने की सूचना महाराज रावण को दी होगी।''

''बड़ा दुष्ट है यह शुक...आज वही सारंग के साथ पकड़ा गया था न?'' - सुग्रीव ने कहा।

''हाँ, आज यह अपने वास्तविक रूप में था इसलिएं धरती पर विचरते हुए यह सरलता से पकड़ लिया गया।'' - विभीषण बोले।

''और सारंग?...गुप्तचर अध्यक्ष के रूप में वह कैसा है?''

''देख तो लिया आपने कितना सुयोग्य है वह?...केवल लंका में बैठा-बैठा गुप्तचरी करता रहता है और शरीर पर कितनी अनावश्यक चर्बी पाल रखी है इसने।'' - विभीषण जी की बात सुनकर सुग्रीव हँस पड़े।

फिर सुवेल-पर्वत के शिखर पर चढ़कर जब हम सभी ने सामने के त्रिकूट पर्वत पर स्थित लंकानगरी पर दृष्टिपात किया तो उसकी सुदृढ़ता एवं सौन्दर्य को देखकर हम चकित रह गये। विभीषण ने एक और रहस्योद्घाटन किया -

''प्रभु श्रीराम!...आपके जिस कुशल शिल्पी वानरश्रेष्ठ नल ने नील के साथ मिलकर उस अद्भुत समुद्रसेतु का निर्माण किया है वह वास्तव में विश्वप्रसिद्ध वास्तुविद् विश्वकर्मा का सुपुत्र है। विश्वकर्मा इन दिनों रावण की मुट्ठी में हैं। हनुमान जी लंका-दहन कर जो कुछ भी विध्वंस कर आये थे रावण ने विश्वकर्मा की सहायता से एक सप्ताह में ही पुनर्निर्माण कराकर स्वर्णमयी लंका का उजड़ा हुआ वैभव यथावत् स्थापित कर दिया।...वह देखिये पहले की भाँति चमकती हुई लंका नगरी।...थोड़ा ध्यान से देखें वह जो बीचोंबीच एक सबसे ऊँचा महल दिखायी दे रहा है वह राक्षसराज रावण का महल है।...और वहाँ उस महल के परकोटे से नींचे झाँकता वह जो एक व्यक्ति दिखायी दे रहा है न...जिसके सिर पर रखे स्वर्णमुकुट की चमक सूर्यप्रभा में रह-रहकर कौंध रही है?...''

श्रीराम प्रभु ने कहा - ''हाँ।''

मैंने कहा - ''हाँ मैं भी देख रहा हूँ।''

इस पर विभीषण बोले - ''वही है लंकाधिपति रावण...इस समय अपने राजमहल की छत पर टहल रहा है।''

अभी हम परस्पर कुछ और बात करते कि न जाने वानरराज सुग्रीव को क्या हुआ? वह हमारे पास से किलकिलाकर एक बड़े वानर की भाँति आकाश में उछले और विभिन्न वृक्षों, चट्टानों पर उछलते-कूदते, एक के बाद एक वृक्ष से लटकी मोटी लताओं को थामते, उनकी डालियाँ पकड़कर पुनः ऊपर-नीचे उछलते न जाने किस उत्तेजना एवं कौतुक में लंका के दुर्ग पर जा चढ़े। वहाँ से कूदते-फाँदते वह रावण के राजमहल की छत पर भी जा चढ़े।

मैंने हनुमान जी से कहा - "यह अचानक सुग्रीव को क्या हो गया है? रोकिए उन्हें।"

हनुमान जी मुस्कुराये। बोले - "गुरुदेव अगस्त्य का यह भी तो शिष्य है। इसे शरीर को हलका और भारी करने का एक मन्त्र सिद्ध है।...उत्तेजित हो गया है मेरा सुग्रीव। अब यह किसी के रोके रुकनेवाला नहीं।...कर लेने दीजिये इसे भी अपने मन की कुछ।"

और फिर देखते-ही-देखते सुग्रीव और रावण वहाँ महल की उस छत पर परस्पर भिड़ गये। दोनों एक-दूसरे पर चाँटे-थप्पड़ों और घूँसों का प्रहार करने लगे। दोनों एक-दूसरे को उठा-उठाकर पटकने लगे। सुग्रीव यदि महाबलशाली थे तो उस मल्लयुद्ध में रावण भी कोई कम नहीं था। रावण का स्वर्णमुकुट तो पहले ही प्रहार में सिर से छिटककर दूर जा गिरा था। परन्तु वह किसी भी भाँति हार मानने को तैयार न था। किन्तु जब उसने सुग्रीव को मल्लयुद्ध में स्वयं से इक्कीस पाया तो वह अपनी मायावी शक्ति के प्रयोग पर उतर आया।

सर्वप्रथम उसने एक हाथ सिकोड़कर कुछ मन्त्र पढ़ा और एक विद्युत् स्पर्श-जैसा झटका सुग्रीव को दिया। सुग्रीव उस आघात से जैसे ही छिटककर दूर जाकर गिरे रावण ने झुककर अपना स्वर्णकिरीट उठा लिया और उसे पुनः अपने सिर पर धारण करने लगा। सुग्रीव समझ गये कि रावण अब माया करने पर उतर आया है। इस पर उन्होंने वहाँ से तुरन्त खिसक लेना ही अब श्रेयष्कर समझा। और जिस प्रकार वह सुवेल-पर्वत से त्रिकूट पर्वत तक गये थे उसी तरह चपल गति से वापस भागकर श्रीराम के चरणों में आ गिरे।

श्रीराम ने कुछ हर्ष और कुछ चिन्ता मिश्रित भावों के साथ सुग्रीव से कहा - "मित्र सुग्रीव! मैं आपके इस अद्भुत साहस एवं पराक्रम की सराहना करता हूँ। किन्तु आप ऐसी क्षणिक उत्तेजना में इतना बड़ा निर्णय बिना परामर्श किये कृपया पुनः मत लीजियेगा।..."

सुग्रीव बोले - "हे राघव! मैं क्या कहूँ...वस्तुतः आपकी पत्नी श्रीसीता का अपहरण करनेवाले उस नीच रावण को देखकर मैं अपने पर संयम नहीं रख सका।"

तब मल्लयुद्ध से क्षतविक्षत शरीरवाले वानरराज सुग्रीव को श्रीराम प्रभु ने अपने हृदय से लगा लिया और अत्यन्त मधुर स्वर में बोले - "आप तो स्वयं परम बुद्धिमान् एवं ज्ञानी हैं सुग्रीव जी!...इस समय आप ही हमारी सेना के प्रधान सेनानायक हैं यदि सेना के अध्यक्ष के साथ कुछ अनहोनी घटित हो जाये तो सेना का मनोबल तत्काल गिर जाता है। ऐसे में बिना युद्ध के ही हमारी पराजय तक हो सकती है। ...और फिर मित्र! मेरे जीवन की अपेक्षा आपका जीवन कहीं अधिक मूल्यवान् है। क्योंकि मैं आज भी एक वनवासी हूँ और आप किष्किन्धापति जिनके कन्धों पर सम्पूर्ण वानर-राज्य का भार है।"

यह कहकर श्रीराम ने अंगद के साथ सुग्रीव को विश्राम करने हेतु भेज दिया। भइया के उत्कृष्ट ज्ञान का तो मैं सदा से साक्षी रहा हूँ। आज मेरी यह अवधारणा पुनः पुष्ट हो गयी कि भइया महान् ज्ञानी होने के साथ ही शब्दों के भी बहुत बड़े जादूगर हैं।

मध्यरात्रि का समय था। प्रहरियों को छोड़कर हमारी वानरसेना के सारे योद्धा और सैनिक सो रहे थे। प्रभु श्रीराम का आदेश था कि कल प्रातः लंका पर चढ़ायी का श्रीगणेश होगा। अतः सैन्य शिविर में हर कोई आज भरपूर नींद लेगा। ताकि शत्रु के दुर्ग पर प्रथम आक्रमण इतना शक्तिशाली हो कि प्रथम दिवस ही वह राक्षसों को दहलाकर रख दे। अच्छा प्रारम्भ अच्छा परिणाम भी देता है। श्रीराम प्रभु ने इसीलिए अपने शिविर के बाहर जलती मशाल को सबसे पहले बुझवा दिया था। अनुयायी सदैव शीर्ष नेतृत्व का आचरण करने की चेष्टा करते हैं।

इस समय शिविर के मध्य में एक अलाव को तापते हुए कुछ छह विशिष्टजन जाग रहे थे। विभीषण जी, उनके चार अभिन्न मित्र और एक मैं। विभीषण जी मुझसे बोले -

"वीरवर लक्ष्मण!...आज्ञा हो तो आपसे कुछ निवेदन करूँ?"

"अवश्य।"

"यह जो मेरे चारों मित्र हैं - मलय, रुचित, दुर्मुख एवं विरूप..."

"जी विभीषण जी! -"

"यह मेरे बालपन के सखा हैं। मेरे दुःख और सुख में मेरा सदा से साथ देते आये हैं।...लंका से जब मैं राक्षसराज को छोड़कर चला तो यह भी मेरे साथ-ही-साथ अपने घर-द्वार-परिवार छोड़कर निकल आये।"

"वह तो मैं देख ही रहा हूँ। निःस्वार्थ मित्र बहुत सौभाग्य से मिलते हैं बन्धुवर।"

"मेरे यह चारों मित्र मेरे प्रधान सलाहकार, सचिव और मेरे सर्वस्व हैं। यों समझें कि एक बार मैं अपनी दोनों आँखों और दोनों कानों पर भरोसा छोड़ सकता हूँ किन्तु इन चारों का कोई भी कथन मेरे लिये मिथ्या हो ही नहीं सकता।"

मलय ने कहा - "विभीषण की बात को अधिक गम्भीरता से न लें श्रीलक्ष्मण! ...यह बहुत भावुक है परन्तु हम सबमें श्रेष्ठतम है।"

रुचित ने कहा - "क्या मित्र तुम भी?...व्यर्थ में हमारा पंचांग ले बैठे। वह भी इतनी शीत-रात्रि में..."

“नहीं मित्रों...यह समय और विषय एकदम उपयुक्त है। हमारे सम्बन्धों से अधिक हमारे कर्त्तव्यों की गोपनीय जानकारी लक्ष्मण जी के संज्ञान में लाना मेरे लिये परम आवश्यक है।” - कहते हुए विभीषण ने पुनः मेरी ओर देखा।

“निःसंकोच कहें लंकापति! -” मेरे मुख से निकला। विभीषण का राजतिलक भइया धनुषकोटि के सागरतट पर कर ही चुके थे अतः उन्हें लंकापति कहना मुझे असहज नहीं लगा। किन्तु विभीषण इस सम्बोधन से कुछ क्षण के लिए संकोच में पड़ गये। तब उनका मित्र दुर्मुख बोला -

“मित्र विभीषण ने आज ही हम चारों मित्रों को कुछ विशिष्ट दायित्व सौंपते हुए हमारे मध्य गोपनीय कार्य विभाजन किया है। मित्र विरूप क्या तुम बताओगे?”

विरूप ने कहा - “नहीं विभीषण को ही बताने दिया जाये। यही उचित होगा।”

इस पर मैंने कहा कि - “विभीषण जी! आपके मित्र ठीक कह रहे हैं। कृपया अपनी योजना का विस्तार से आप ही उल्लेख करें।”

“जी वीरवर लक्ष्मण! बताता हूँ...कल से राम-रावण युद्ध अवश्यम्भावी है। अतः मैंने भी पाँच मित्रों की इस युद्ध में सहायता हेतु अलग-अलग भूमिकाएँ आज ही तय कर दी हैं। इसे मैं केवल आपको सूचित कर रहा हूँ। श्रीराम प्रभु का आज रात्रि में सम्यक् रूप से विश्राम करना परम आवश्यक है। इसलिए उन्हें इस समय कष्ट देना उचित नहीं। आप अवसर देखकर उनके संज्ञान में ला ही देंगे।”

“जी हाँ विभीषण जी! आप कहें -”

“मैं तो सदा युद्ध में आपके और श्रीराम के संग-संग ही रहूँगा। विश्राम के समय भी इस शिविर में रहकर शत्रु के गुप्तचरों पर सतत दृष्टि रखूँगा। मैंने अपने इन चारों मित्रों को लंका के चारों द्वारों तथा उनके भीतर-बाहर रावण की सेना और उसकी गतिविधियों पर सतत दृष्टि रखने का दायित्व सौंप दिया है।...मेरे यह मित्र बाहर की ओर से - दुर्ग के उत्तर में मलय, दक्षिण की ओर रुचित, पूर्व दिशा से दुर्मुख और पश्चिम दिशा से विरूप यह दायित्व सँभालेंगे। मैं तो प्रतिज्ञाबद्ध हूँ और जब तक अग्रज रावण अपना निरंकुश शासन लंका में संचालित करते रहेंगे वहाँ भूले से भी प्रवेश नहीं करूँगा। परन्तु मेरे यह मित्र मेरी आज्ञानुसार लंका के गढ़ में यदा-कदा छिपकर प्रवेश कर वहाँ की जानकारी भी प्राप्त करते रहेंगे। जो भी सूचना यह मुझ तक पहुँचायेंगे श्रीराम प्रभु को वह सूचना अविलम्ब देना मेरा दायित्व होगा।...”

“जी लंकेश! अत्यन्त धन्यवाद आपका।”

“एक विशेष निवेदन और...वीरवर!”

“हाँ-हाँ कहें।”

“वह लोकोक्ति तो सुप्रसिद्ध ही है कि - दीवारों के भी कान होते हैं...”

“जी!” “और कूकुर की नाक में गिद्ध की आँख?” मैंने कहा।

सभी मित्र धीरे से हँस पड़े।

"सत्यवचन सौमित्र!..." विभीषण बोले - "हमारी यह योजना केवल अपने और प्रभु श्रीराम तक ही सीमित रखियेगा। अधिक-से-अधिक महावीर हनुमान इसे जान सकें।...इसी में हम पाँचों मित्रों का हित है। युद्ध अभियान में यह परम गोपनीयता बहुत सहायक होगी। ऐसा मेरा विश्वास है।"

"आप निश्चिन्त रहें बन्धु विभीषण!" - मैंने कहा और वह एकान्त गोष्ठी विसर्जित हो गयी। पुरुषार्थ से पहले मेरे लिये भी अब थोड़ा विश्राम कर लेने का समय था।

सूर्योदय से पूर्व ब्रह्ममुहूर्त्त में सारी वानरसेना जाग गयी। मुँह अँधेरे ही समस्त सैनिक यूथपति आदि जंगलों में निकल गये और अत्यन्त शीघ्रता से तैयार होकर स्नानादि से निवृत्त हो अपना शिविर छोड़कर युद्ध के लिए प्रयाण करने हेतु अपने गणवेश, अस्त्र-शस्त्रों और दृढ़ निश्चय के साथ खुले भूभाग में जा डटे।

उन्हें प्रतीक्षा थी अपने प्रधान सेनापति एवं राजा सुग्रीव के आह्वान की। उन्हें प्रतीक्षा थी प्रभु श्रीराम के मार्गदर्शी उद्बोधन की। एक आवाज पर सभी रणबाँकुरे शत्रु पर टूट पड़ने को तैयार थे। कहना चाहिए कि धरती को उलट-पलटकर देने की शपथ लेकर अपने प्राणों को हथेली पर लिये शत्रु को प्रलय का मुख दिखाने को वे तैयार खड़े थे। सारे वानर सैनिक एवं भालू योद्धा एक साथ। उनके यूथपतियों अंगद, नल, नील, गज, गवाक्ष, शरभ आदि सभी को प्रतीक्षा थी अपने युद्ध नायकों सुग्रीव, हनुमान, जामवन्त आदि की। सबसे ऊपर इस महायुद्ध के महानायक श्रीराम की।

श्रीराम ने मेरे, सुग्रीव, हनुमान, जामवन्त के साथ अन्तिम क्षण की मन्त्रणा की। विभीषण साथ में थे ही। लंका के दुर्ग को उत्तरी, पूर्वी, पश्चिमी तीन द्वारों की ओर से घेरकर धावा बोलने का निर्णय हुआ था। शत्रु को उसकी माँद से बाहर निकालकर उसे युद्ध का प्रथम पाठ पढ़ाने की योजना बनी थी। परन्तु भइया अपना शान्ति-प्रस्ताव अन्तिम बार रावण को युद्ध से पूर्व और भेजना चाहते थे। युवराज अंगद को उसके लिए सबसे उपयुक्त समझा गया। सेना के समक्ष श्रीराम के पीछे दृढ़ता से पग भरते हम सभी चलकर सामने की ओर एक ऊँचे स्थान पर खड़े हो गये। श्रीराम ने एक हाथ से सुग्रीव को संकेत किया। सुग्रीव आगे आये। उन्होंने सिंह की तरह ऊँचे स्वर में जयघोष किया - "प्रभु श्री रामचन्द्र की..."

"जय!!!! -" पूरी सेना ने एक स्वर में साथ दिया।

"किष्किन्धा के वीरो!...अब समय आ गया है लंका को हमारे शौर्य का स्वाद चखाने का।...आपमें से एक-एक वानर सैनिक शत्रु के सौ-सौ कायर सैनिकों से भी अधिक शक्तिशाली हैं। किष्किन्धा का इतिहास रहा है कि उसके शूरवीरों के सामने आज तक कोई टिक नहीं सका। हमने कभी किसी पर आक्रमण नहीं किया। कभी किसी के राज्य को हथियाने का स्वप्न तक नहीं देखा। परन्तु यदि किसी ने हमारी

धरती की ओर आँख उठायी तो हमने उसे जीवित बचकर जाने का अवसर भी नहीं दिया।...आज हम और आप यहाँ वानरों की वीरता का एक नया इतिहास रचने आये हैं। हम पहली बार आक्रमण के लिए अपने घरों से कमर कसकर निकले हैं और पहली बार शत्रु की धरती पर अपना आत्म-गौरव लेकर खड़े हुए हैं ...अपने श्रीराम प्रभु के साथ। शत्रु चाहे कितना ही बलशाली हो हम उसे दिखा देंगे कि किष्किन्धा का कोई वीर कभी युद्ध में पीठ नहीं दिखाता। हम राक्षसों को उनके गढ़ में घुसकर मारेंगे। हम पलक झपकते ही उसके दुर्ग की दीवारों पर उसके परकोटों और कंगूरों पर चढ़ जायेंगे। हमारी राह में जो भी शत्रु आयेगा वह हमारे प्रहार और हमारे अस्त्रों की पैनी धार से जीवित बचकर नहीं जा पायेगा। हम सुनेंगे तो केवल अपने यूथपतियों की सुनेंगे। उनकी एक पुकार पर हम आगे बढ़ेंगे और उनकी थमने की पुकार पर ही थमेंगे।...सारे महत्त्वपूर्ण निर्देश आपके सुयोग्य यूथपतियों को पहले ही दिये जा चुके हैं। आपको बस उनके आदेश के अनुसार अपना कर्त्तव्य करना है।...

"अन्त में एक सबसे महत्त्वपूर्ण बात। हम सबके हृदय के सम्राट् प्रभु श्रीराम कहते हैं कि यह महायुद्ध एक धर्मयुद्ध है। दानवता के विरुद्ध मानवता का युद्ध है। और अन्याय के विरुद्ध न्याय का युद्ध है। क्योंकि हम सदा से मानवता और न्याय के पक्षधर हैं इसलिए यह युद्ध हमीं जीतेंगे।...अभी कल ही श्रीराम प्रभु ने मुझसे कहा कि समूची किष्किन्धा का भार मेरे कान्धों पर है। मैंने इस पर बहुत विचार किया। आज मैं आप सभी के सामने श्रीराम प्रभु से कहता हूँ कि मेरे भार से सहस्रों गुना भार आप पर है। क्योंकि आप पर सारी मानवता का भार टिका हुआ है। और आपके द्वारा न्याय के लिए किये जा रहे इस महान् संघर्ष में हम सब आपके साथ हैं।... श्रीराम! आपकी जय हो।"

युवराज अंगद ने तब हुंकार भरी - "जय श्रीराम!!"

सारी राम सेना ने सिंहनाद किया - "जय...श्रीराम!!!!"

सुग्रीव ने प्रणाम की मुद्रा में राम भइया से अब सम्बोधन का अनुरोध किया और स्वयं पीछे हट गये। भइया श्रीराम अपना लम्बा शारंग धनुष हाथ में थामे, कन्धे पर तीरों से भरा तरकश धारण किये एकदम शान्त मुद्रा में वानरसेना के समक्ष अपने दिव्य तेज को झलकाते सम्मुख हुए। उनके मुख पर उत्तेजना अथवा आवेश का लेशमात्र भी चिह्न नहीं था। निर्विकार भाव से किन्तु ऊँचे स्वर में प्रभु श्रीराम ने अपना युद्धपूर्व का प्रथम सन्देश सारी सेना को इस प्रकार दिया -

"भरतखण्ड के सेनानियो! आज हम सत्य के पक्ष में युद्ध करने के लिए यहाँ एकत्र हुए हैं। संसार में जो भी कुछ शुभ है सुन्दर है वही सत्य है। शेष सब असत्य। सत्य में ही न्याय और नीति का वास है। सत्य में ही ईश्वर बसता है और सत्य में ही हमारी आत्मा का भी निवास है।...वानरवीरो और हमारे अन्य सभी साथियो!!

विश्वास करिये कि मनुष्य की आत्मा कभी उससे असत्य सम्भाषण नहीं करती। यदि हम अपनी आत्मा की आवाज को सुन सकें तो फिर जीवन में कोई भूल हमसे हो ही नहीं सकती। हम माया-मोह में फँसकर अपनी अन्तरात्मा को सुनना यदि बन्द रखते हैं तभी हमसे अपराध और पाप होते हैं। सृष्टि में जहाँ कहीं भी अन्याय, अत्याचार, अनीति, अपहरण और शोषण है वे सब सत्य के मार्ग से विमुख होने के कारण ही हैं। प्रिय साथियो!...हमने सत्य का मार्ग पकड़ा है। मुझे अपने से अधिक आप पर विश्वास है कि आप अब इस सत्य के मार्ग को कभी नहीं छोड़ेंगे। वास्तव में यह सत्य का असत्य से युद्ध है और इसीलिए यह सम्पूर्ण मानव जाति का धर्मयुद्ध है। असत्य और अधर्म के प्रतीक रावण तथा उसकी राक्षससेना पर हमारी विजय अवश्य होगी। याद रहे कि हम अहिंसा के पुजारी हैं किन्तु अकारण हिंसा करनेवालों के विरुद्ध हम महा-प्रतिहिंसक हैं। आप सब मेरी जय कहते हैं किन्तु मैं यह धनुष उठाकर कहता हूँ कि - "सत्य के सेनानियों की...जय!"

सुग्रीव, अंगद, हनुमान, मैंने और सम्पूर्ण वानरसेना ने तब एक साथ मिलकर जयघोष किया - "जय!...जय!!...जय!!!"

श्रीराम ने दोबारा दुगने उत्साह से हुंकार भरी - "हमारी वीर वानरसेना की... जय!!"

अब गगनभेदी सामूहिक नाद हुआ - "जय!!...जय!!!...जय!!!!"

अन्त में श्रीराम ने कहा - "अपनी वाणी को विराम देने से पूर्व मुझे एक बात और कहनी है आपसे। ....हमने निर्णय लिया है कि लंका की घेराबन्दी के उपरान्त प्रिय अंगद मेरा शान्ति सन्देश लेकर रावण की सभा में जायेंगे। उसे मेरी ओर से कहेंगे कि - दुष्ट रावण! मैं अपराधियों को दण्ड देनेवाला एक मानव हूँ। तुमने अपनी राक्षसी मनोवृत्ति के कारण सीता-हरण का जो घोर पाप किया है उससे मुझे भारी कष्ट पहुँचा है। तुम्हें उस जघन्य पाप और मानवता के विरुद्ध किये गये तुम्हारे समस्त अपराधों का दण्ड देने के लिए मैं अपनी सत्यमार्गी सेना के साथ तुम्हारी लंका के द्वार पर खड़ा हूँ। सीता को तुम ससम्मान वापस कर दो और अपने अब तक के किये की क्षमा माँग लो। अन्यथा तुम्हारे प्रतिवाद की स्थिति में मेरे तीक्ष्ण बाण रणक्षेत्र में तुम्हारा स्वागत करेंगे। और तब मेरी वीर वानरसेना तुम्हारे अधर्म में तुम्हारा साथ देनेवाले समस्त राक्षस सैनिकों से इस धरती को विहीन कर देगी। उस दशा में हे रावण! तुम्हारा भी अन्त निश्चित है।"

लंका नगरी को तीन ओर से घेर लिया गया। योजना के अनुसार अंगद श्रीराम का शान्ति-सन्देश लेकर द्रुत गति से रावण के राजदरबार में जा पहुँचे। उन्होंने वहाँ

जाकर सर्वप्रथम श्रीराम के शब्दों को रावण के समक्ष शब्दशः दोहराया। फिर वह उस दम्भी राक्षस के द्वारा हठधर्मी पर उतर आने पर उसके सीने में लात मारकर और उसके आज्ञाकारी राक्षस सैनिकों को कूट-पीटकर उन्हें चकमा देते हुए उसी चपलता के साथ लंका दुर्ग से बाहर आ गये। रावण से संवाद और उसके दरबार का समस्त वृत्तान्त उन्होंने वहाँ से आकर हमें सुनाया।

श्रीराम ने कहा कि - "कोई बात नहीं...सौमित्र! सुग्रीव! विभीषण! हनुमान! अंगद! जामवन्त जी!...अब उस आततायी रावण से युद्ध अनिवार्य है।...राक्षसराज रावण भी उधर मन्त्रणा कर रहा होगा। अतः कुछ क्षण और..."

सुग्रीव अधीरता से बोले - "प्रभु! अब प्रतीक्षा किस बात की? हमें आक्रमण की आज्ञा दीजिये।"

श्रीराम मुस्कुराये। पूर्ण आत्मविश्वास से भरे हुए। बोले - "संकेत आने दीजिये सुग्रीव!...पहल हमें न करनी पड़े तो और भी उत्तम होगा। शत्रु को प्रत्युत्तर देने का आनन्द ही कुछ और है।"

मैंने इधर देखा था कि सुग्रीव एक व्यक्ति के रूप में मुझसे भी अधिक अधैर्यवान् थे। राम भइया के साथ इतने वर्ष झंझावात झेलते उनका एक ही गुण तो कुछ सीमा तक सीख सका था मैं - आत्मनियन्त्रण।

हम सब साँस रोके प्रतीक्षा कर रहे थे कि तभी लंका में रणभेरी, मृदंग और युद्ध के नगाड़ों के स्वर गूँज उठे। दुर्ग के परकोटों से छनकर जब यह रोमांचकारी ध्वनियाँ बाहर आयीं तो समस्त वानरसेना आन्दोलित हो उठी। हमारे वानर-भालू सैनिक और उनके जियाले यूथपति युद्ध को आमन्त्रित करनेवाले इन स्वरों को सहन न कर सके और वह हमारी ओर से तथा सब ओर से सामूहिक सिंहनाद कर उठे। -

कंकड़ का प्रत्युत्तर पत्थर से दिया जाता है। समस्त वानर-दल अपने युद्ध-नायकों के नाम का सामूहिक जयघोष करने लगा -

"श्री रामचन्द्र की...जय!"

"वीरवर लक्ष्मण की...जय!!"

"महाबली सुग्रीव की...जय!!!"

"बजरंगबली की...जय!!!!"

वानरों के यह जयघोष जब इधर हमारी ओर से गूँजे तब उधर पूर्व से भी वानरसेना जयघोष करने लगी। हम समझ गये कि उधर नल और नील की अगुआई में वानर-सैनिकों ने किले के पूर्वी द्वार के समक्ष अपना मोर्चा सँभाल लिया है।

जयघोष के स्वर लंका के दुर्ग के पश्चिमी द्वार की दिशा से भी आकाश में गूँजे। यह गज-गवाक्ष और गवय के नेतृत्व में उस ओर से घेरा डाले हुए वीर वानर सैनिकों की ललकार थी।

लंका को घेरे हुए लाखों वानर सैनिकों के वह गगनभेदी स्वर इतने भयंकर थे कि उसके अब तक के अजेय दुर्ग में भी राक्षसों के हृदय काँप उठे होंगे।

भइया श्रीराम ने तब समस्त गुरुजन एवं सूर्यदेव के नामों का स्मरण कर शंख फूँका और फिर देखते-ही-देखते विभिन्न भागों में बँटे हुए लाखों वानर सैनिक श्रीराम के उस शंखनाद रूपी युद्ध के आह्वान के साथ ही एक साथ लंका के दुर्ग की ओर चढ़ दौड़े। आक्रमण इतना भीषण था कि उसने प्रारम्भ में ही यह दर्शा दिया कि लंका की धरती पर एक भयंकर संग्राम के परिणाम रावण को भुगतने होंगे। वानर शतघ्नियों की आग और दुर्ग की ओर से आनेवाले तीरों की बौछार की परवाह न कर लंका के परकोटों पर चढ़ गये। वानरों ने जल से भी गहरी खाइयों को जगह-जगह मिट्टी घास-फूस, कटे वृक्षों और पत्थरों से भर दिया। इसके पश्चात् उनके यूथपति भी लंका के दुर्ग पर चढ़ गये। उन्होंने अपने वानर सैनिकों की सहायता से वहाँ सबसे पहले शतघ्नियों के मुख बन्द किये और उन्हें चला रहे राक्षसों को मार डाला।

इसी के साथ वानरों और राक्षसों के समूहों के एक-दूसरे के आमने-सामने भिड़ जाने से लंका की धरती पर एक भयंकर युद्ध छिड़ गया। गदा, शक्ति, शूल, फरसों और तलवारों से घात-प्रतिघात होने लगे। वानर-वीर शस्त्रों के अतिरिक्त मल्लयुद्ध करते हुए राक्षसों को अपने नखों और दाँतों से विदीर्ण करने और मुक्कों की मार से भी घायल करने लगे। अनेक वानरों ने पत्थरों की शिलाओं के प्रहार से भी राक्षसों का संहार किया। कहीं वानर राक्षसों पर तो कहीं राक्षस वानरों पर भारी पड़ते दिखे। दोनों के शरीर के अंग कट-कटकर गिरने लगे। युद्ध भूमि में रक्त की धाराएँ बह चलीं।...

जिस समय वानर और रीछ यूथपति राक्षस सेनानायकों से भिड़कर युद्ध कर रहे थे और सैनिकों से सैनिक भिड़े हुए थे मैं युद्ध के स्वरूप और उसके योद्धाओं एवं उनके रणकौशल का सूक्ष्म निरीक्षण कर रहे राम भइया की निजी अभिरक्षा में सन्नद्ध खड़ा था। मेरे धनुष पर चढ़ा हुआ बाण और कमर पर कसा बाणों से ठसाठस तरकश हरदम शत्रु से दो-दो हाथ के लिए तैयार थे। हम दोनों भाई एक ऊँचे टीले पर खड़े होकर उस युद्ध का समस्त परिदृश्य देख रहे थे। राम भइया ने युद्ध की विभीषिका प्रारम्भ होते ही मुझे निर्देश दिया था -

''लक्ष्मण! हमें सतत सावधान रहना है और अपनी ऊर्जा को बचाकर इनके महायोद्धाओं के आने की प्रतीक्षा करनी है क्योंकि हम क्रमशः उन्हीं से युद्धरत होंगे।''

दिनभर युद्ध चलता रहा। युद्ध का यह प्रथम दिवस था जो कि सूर्यास्त होने पर भी नहीं रुका। रात्रि के अँधेरे में भी दोनों पक्ष डटे रहे। उस दिन राक्षसों ने युद्ध के किसी भी नियम को स्वीकार न करने की मानो कोई सौगन्ध ले रखी हो। अतः वानर सैनिक भी डटे रहे। चारों ओर अन्धकार में मारो-काटो-रुक जाओ- कहाँ भाग

रहे हो? जैसे भयंकर चीत्कार ही सुनायी दे रहे थे। इस घमासान में कई सैनिक तो अपने ही सैनिकों का वध किये जा रहे थे। कोई किसी को देख नहीं पा रहा था। ...

विभीषण जी ने मुझे बताया कि - "वीरवर सौमित्र!...अभी तक तो भाभी मन्दोदरी और हमारे नाना माल्यवान् ही भ्राताश्री रावण को समझाते रहे हैं। रावण का सेनापति और उसका एक समझदार पुत्र प्रहस्त जो पहले थोड़ा दुविधा में था सूचना मिली है कि अब इस मत का हो गया है कि श्रीराम से वैर त्यागकर सीता जी को लौटा दिया जाये। श्रीराम और लक्ष्मण कोई साधारण मानव प्रतीत नहीं होते। जिनके निर्देशन में समुद्र पर सेतुबन्ध-जैसा असम्भव कार्य करके वानरों की विशाल सेना साहस कर लंका तक पहुँच गयी उनसे सन्धि कर लेने में ही समझदारी होगी। यदि प्रहस्त रावण का प्रियपुत्र और एक सुयोग्य सेनापति न होता तो भ्राताश्री उसे कभी क्षमा न करते। उन्होंने रानी मन्दोदरी, नाना माल्यवान् और पुत्र प्रहस्त सभी को यह कहकर चुप करा दिया है कि यम, कुबेर, दिक्पाल और स्वयं देवराज इन्द्र की भी क्या मजाल है जो युद्ध में रावण को परास्त कर सकें...फिर वन-वन भटकते उन दो निरीह मानवों की क्या बिसात कि वे रणभूमि में रावण से टक्कर ले सकें?..."

भइया श्रीराम भी विभीषण जी को चुपचाप सुनते रहे। मैंने उन्हें विभीषण जी के सूचनातन्त्र की बात आज दिन ही में बता दी थी।

मैंने विभीषण जी से पूछा - "रावण को दशशीश अथवा दशानन क्यों कहते हैं? ...क्या उसके दस सिर हैं?"

विभीषण बोले - "नहीं लक्ष्मण जी!...रावण की बौद्धिक क्षमता तथा उसकी स्मृति दोनों अपार हैं। उसके पास दस मस्तिष्कों के बराबर बुद्धि है। यह किंवदन्ती इसीलिए सर्वजन में प्रचलित है कि रावण के एक सिर में दस सिर हैं।"

अब श्रीराम भइया ने मौन तोड़ा - "लेकिन इस समय तो लगता है कि उसका एक भी सिर काम नहीं कर रहा है..."

"अब क्या कहें रघुवर?..." विभीषण जी मात्र इतना ही बोल सके।

वयोवृद्ध जाम्बवान् जी पास खड़े थे। वह बोले कि - "नहीं प्रभु!...रावण का जो एक सबसे कुबुद्धिकारक गधे का शीश है वह कार्य कर रहा है। जब आपके प्रखर बाण चलेंगे तो वह भी काम करना बन्द कर देगा।"

अभी हम रात्रि के उस अन्धकार में परस्पर सम्भाषण कर ही रहे थे कि अचानक युद्धक्षेत्र में कोलाहल कई गुना बढ़ गया। हमारी समझ में नहीं आ रहा था कि चारों

ओर फैले हुए उस अन्धकार में वास्तव में कहाँ क्या चल रहा है? ऊपर से अब यह त्राहि-त्राहि के स्वर सर्वत्र क्यों गूँजने लगे?

कुछ देर बाद हमें यह पता चला कि वानरसेना द्वारा बड़ी संख्या में राक्षससेना के संहार से क्रोध में बौखलाये रावण ने अपने सबसे बड़े और युद्धकुशल पुत्र मेघनाद को सीधे-सीधे युद्धक्षेत्र में उतार दिया है। विभीषण जी की भाषा में कहें तो इन्द्रजित् मेघनाद। वह मायावी धनुर्धर अन्धकार का लाभ उठाकर अपने बाणों की वृष्टि स्वयं अलक्ष्य रहते हुए चारों ओर कर रहा था। मेघनाद बड़ा दुष्टबुद्धि राक्षस प्रतीत हुआ मुझे। वह कायर अपने बल का प्रयोग हम धनुर्धरों अथवा दूसरे बलशाली योद्धाओं पर न कर सामान्य वानर सैनिकों पर कर रहा था। अपने सैकड़ों बाणों को छोड़कर उन्हें हताहत करने में लगा हुआ था।

अतः मैंने उस कथित इन्द्रजित् को सामने से युद्ध के लिए ललकारते हुए एक आग्नेयास्त्र आकाश की ओर छोड़ा जिससे कि युद्धभूमि में चारों ओर कुछ देर के लिए प्रकाश हो गया। दूर पर जैसे ही रथारूढ़ मेघनाद मुझे दिखायी दिया उस पर अपने मन्त्रसिद्ध बाणों को छोड़कर मैंने उस दुष्ट को घायल कर दिया। शरविद्ध हो जाने पर वह मायावी कपट पर उतर आया। भइया ने एक दूसरा प्रबल आग्नेयास्त्र आकाश की ओर प्रक्षिप्त किया जिससे बड़ी देर तक सर्वत्र प्रकाश-ही-प्रकाश व्याप्त हो गया मानो रात्रि में सूर्योदय हो गया हो। इस बीच मेघनाद स्वयं को अन्तर्धान कर पुनः वानरसेना को पददलित करता हुआ सब ओर नाना प्रकार के शस्त्र और बाण-समूहों की वृष्टि करने लगा। सहस्रों वानर उसके इस कायरतापूर्ण कृत्य से घायल हुए तथा सैकड़ों मृत्यु को प्राप्त हुए।

तब भइया श्रीराम क्रोध से अग्नि के समान धधक उठे और बोले - "लक्ष्मण! मेरा धनुष देना तो...मैं एक क्षण में अपने ब्रह्मास्त्र से इस दुष्ट दानव को भस्म किये देता हूँ। अब तुम देखो कैसे मैं इस आतंकवादी का विनाश करता हूँ।"

मैंने भइया के हाथों में जैसे ही उनका धनुष थमाया अदृश्य मेघनाद के बाणों की वृष्टि अचानक थम गयी। श्रीराम ने अपने विशाल धनुष की एक भीषण टंकार की। उससे मेघनाद की मायावी शक्ति विलुप्त हो गयी। युद्धभूमि में वह पुनः सशरीर प्रकट हुआ। बहुत चालाक था मेघनाद। राम भइया के दृढ़ इरादे को भाँपकर विभीषण जी का वह कथित इन्द्रजित् तत्काल युद्धक्षेत्र से पलायन कर गया।

राम-रावण युद्ध लगभग दस दिन चला। इस युद्ध की विशेषता यह थी कि सुग्रीव और उसकी वीर वानरसेना ने अद्‌भुत साहस एवं शौर्य का परिचय देते हुए प्रतिदिन राक्षसराज रावण के योद्धाओं और उसके सैनिकों को प्रायः हर मोर्चे पर

मुँहतोड़ पराजय का सामना कराया। युद्ध में यदि लाखों राक्षस मारे गये तो हमारे भी सहस्रों वानर वीरगति को प्राप्त हुए। भालुओं के योद्धा-सैनिकों ने भी अपने प्रतिद्वन्द्वियों के दाँत खट्टे किये तथा उसमें से भी अनेक वीरतापूर्वक लड़ते हुए बलिदान हुए।

रावण के अनेक शूरवीर राक्षस योद्धा बारी-बारी से उसके आदेश पर आये और उनका मार्ग सुग्रीव, अंगद अथवा उनके किसी-न-किसी वानरयोद्धा ने रोका और फिर डटकर सामना किया। उनका एक सेनानायक आता। विकट युद्ध करता। अन्त में धराशायी होता। उसके मरकर गिरते ही युद्ध के मैदान से उसकी बची-खुची राक्षस-सेना भाग खड़ी होती। फिर रावण अपना दूसरा लड़ाका भेजता और जब वह भी मारा जाता तो दुश्चिन्ता में घिरा रावण अपने अगले सूरमा को युद्धभूमि में भेज देता। इसी क्रम में - धूम्राक्ष नामक महाबली राक्षस महावीर हनुमान के हाथों मारा गया।...

भागती हुई राक्षस-सेना को रावण के दूसरे विकट योद्धा वज्रदंष्ट्र ने आकर सहारा दिया। वह महारथी अपने रथ पर चारों ओर घूम-घूमकर अपने तीखे बाणों से वानरों का वध करने लगा। तब क्रोधाविष्ट अंगद उसके रथ पर जा चढ़े। उन्होंने वज्रदंष्ट्र को किटकिटाकर उसके रथ से घसीटकर भूमि पर गिरा दिया। फिर वह राक्षस उठा और अंगद से मल्लयुद्ध करने लगा। दोनों बहुत देर तक उठा-पटक करते रहे। अन्ततः अंगद ने अपनी उत्तम एवं तीखी धारवाली तलवार से वज्रदंष्ट्र का सिर काट डाला। उसके मरते ही हताश राक्षस सैनिक लंकानगरी की ओर भाग गये।...

तब रावण ने अकम्पन नामक भयानक राक्षस को रणक्षेत्र में भारी सैन्यबल के साथ भेजा। उसने भी वानरसैनिकों पर निर्ममता से प्रहार करते हुए उन्हें विचलित कर दिया। तब हनुमान पुनः वानरों की प्राणरक्षा के लिए सामने आये। उन्होंने पर्वत की शिलाओं और धरती से उखाड़े हुए वृक्षों को अकम्पन पर उछालकर फेंका। अपने बाणों के द्वारा उस राक्षस ने उनका निषेध किया। तब हनुमान जी ने धरती पर रख छोड़ी अपनी भारी-भरकम गदा उठायी और एक छलाँग में अकम्पन के सिर पर दे मारी। गदाप्रहार इतना भीषण था कि उस राक्षस योद्धा के तुरन्त प्राण पखेरु उड़ गये और रावण के युद्धरत सैनिक हाहाकार करते लंका के किले में प्राण बचाकर भाग गये।

कुछ राक्षसों ने डरते-डरते राक्षसराज रावण को अकम्पन-जैसे शक्तिशाली सेनानायक के हताहत होने तथा युद्ध की भयावहता की सूचना दी। तब बड़ी देर तक लंका के दुर्ग के द्वार बन्द रहे। लगता था कि रावण का मन्त्रिमण्डल बड़ी देर तक किसी गहन विचार-मन्थन में डूब गया था। इधर घायल वानरों का जड़ी-बूटियों से उपचार चलता रहा। दो घड़ियाँ बीत गयीं। कोई हलचल नहीं। ऐसा प्रतीत होता था कि जैसे किसी चक्रवात के आने से पूर्व की शान्ति चहुँओर फैली हो।

अचानक लंका के पूर्वी द्वार की ओर से मारो-काटो-शत्रु को ध्वस्त कर दो...की आवाजों के साथ घमासान युद्ध आरम्भ होने के संकेत आने लगे। श्रीराम की जय और राक्षसराज रावण की जय के नारे भी सुनायी दिये। भइया ने अपनी ओर शीघ्रता के साथ आ रहे विभीषण से पूछा - "मित्रवर! कहीं स्वयं रावण तो नहीं आ गया उधर?"

विभीषण ने कहा - "नहीं प्रभु! विश्वस्त सूत्रों से अभी-अभी ज्ञात हुआ है कि रावण का समझदार बेटा सेनापति प्रहस्त पूर्वी द्वार से जान हथेली पर लेकर निकल पड़ा है। आपके महायोद्धा नल और नील स्वयं उससे भिड़े हुए हैं।..."

देर सायं तक पूर्वी मोर्चे पर युद्ध चला। फिर वीर नल और नील के हाथों शूरवीर प्रहस्त का भी प्राणान्त हो गया। उस रात्रि में विभीषण जी ने पुनः हमें बताया कि पुत्र प्रहस्त की मृत्यु ने रावण को हिलाकर रख दिया है। सूचना मिली है कि उसने श्रीराम की सेना की शक्ति और क्षमता को अभी तक कम करके आँकने को अपनी भूल मानकर अब कल प्रातः स्वयं युद्धक्षेत्र में उतरने का निर्णय ले लिया है।...

रावण का विश्वविजयी होने का दम्भ उसी क्षण दरक उठा जब उसने वनवासी अनार्यों और आर्य श्रीराम से स्वयं युद्ध करने के लिए रणक्षेत्र में उतरने की विवशता का अनुभव किया। अपने समक्ष वह मनुष्यों को तुच्छ समझता था। सुग्रीव और जाम्बवान् के वीर सैनिकों को वह निकृष्ट बन्दर, भालू तथा हमें वह निरीह मानव कहता था। ऐसा हनुमान और अंगद दोनों ने हमें उस समय बताया था जब वे रावण से उसकी राजसभा में साक्षात्कार करके हमारे पास आये थे। रावण स्वयं को मनुष्य न मानकर मनुष्येतर मानता था। रक्ष-संस्कृति का संस्थापक रावण पूरे विश्व का निरंकुश अधिनायक बनकर सारी मानवजाति को एक दिन राक्षस-धर्म में दीक्षित करने का स्वप्न देख रहा था। आज उसकी दानवता और हमारी मानवता के मध्य हमारा प्रथम शक्ति-परीक्षण होना था। अतः प्रातःकाल सूर्योदय के समय से ही पूरी रामसेना भली-भाँति सुसज्जित होकर उस आततायी राक्षसराज की प्रतीक्षा में थी। सभी के मन में लंकापति रावण को पहली बार प्रत्यक्ष देखने का भी भारी कौतूहल था।

विभीषण ने हमें बताया कि रावण ने यह घोषणा की है कि - "प्रज्वलित अग्नि जिस प्रकार वन को जलाकर राख कर देती है उसी प्रकार अब मैं अपने प्रखर बाणों से राम, लक्ष्मण और उसके साथ के वानर-भालुओं को भस्म कर दूँगा। सुग्रीव की सेना के शोणित से मैं इस पृथ्वी को तृप्त कर दूँगा।"

रावण अपने दिव्य रथ पर सवार होकर रणभूमि में आया। उसे देखकर समस्त वानरसेना ने मेघों के समान गर्जन किया। यह देखते ही वह उनकी छातियों को अपने धनुष से छोड़े गये असंख्य बाणों से विदीर्ण करने लगा। रावण की राक्षस-सेना भी आज प्रचण्ड उत्साह के साथ श्रीराम की वानर-सेना पर टूट पड़ी। राक्षसों का आज का पहला आक्रमण अत्यन्त प्रबल था जिससे कुछ समय के लिए वानरों के पैर उखड़ गये।

यह देखकर वानरराज सुग्रीव बड़े कोप के साथ एक बड़े पर्वत-खण्ड को उखाड़कर रावण की ओर दौड़े। उन्होंने रावण को चुनौती दी -

"अरे दुष्ट! इन वानर सैनिकों पर क्या बल प्रयोग करता है?...तू मुझसे युद्ध कर।"

यह कहकर उन्होंने उस भारी शिला को रावण की ओर दे मारा। रावण ने तत्काल अपने स्वर्णिम पंखवाले एक बाण से उसे खण्ड-खण्ड कर दिया। सुग्रीव ने उछलकर तब रावण पर गदा प्रहार किया। रावण एक ओर हटकर उस वार को भी बचा गया। सुग्रीव ने रावण पर कुछ और शिलाखण्ड फेंके। रावण ने उन्हें भी अपने बाणों से चूर-चूर कर दिया।

उसके बाद रावण ने सुग्रीव का वध करने के लिए प्रज्वलित अग्नि-सम एक भयंकर बाण का सन्धान किया। उसे सुग्रीव पर छोड़ा। सुग्रीव के वक्ष पर लगे कवच को भेदकर वह बाण उसे जा लगा और सुग्रीव अचेत होकर पृथ्वी पर गिर पड़े। इसके बाद रावण पुनः अपने बाणों की वर्षा से राम-सेना के वानर सैनिकों को आहत करने लगा। रणक्षेत्र में विचरता अपने धनुष से असंख्य बाणों को प्रक्षिप्त करता वह एक-एक से घूमकर पूछता फिर रहा था - "कहाँ है वह वनवासी राम? कहाँ है उसका भायी लक्ष्मण? सामने क्यों नहीं आते अब? क्या रावण से भयभीत हो किसी कन्दरा में जा छिपे दोनों?"

श्रीराम टीले पर खड़े रावण के युद्ध कौशल का सूक्ष्मता से अध्ययन कर रहे थे। वानरों की आर्त्तवाणी को सुनकर जब भइया स्वयं रावण से युद्ध के लिए प्रस्थान हेतु जाने लगे तो मैंने उन्हें यह कहकर रोका - "आर्य! इस दुरात्मा का वध करने के लिए मैं पर्याप्त हूँ। आप मुझे आज्ञा दीजिये। मैं इसका नाश करता हूँ।"

श्रीराम ने मुझे अपने हृदय से लगा लिया। उनकी दिव्य शक्तियों का स्वतः संचार-सा मुझमें हुआ। फिर मुझे आज्ञा देते हुए श्रीराम बोले - "जाओ लक्ष्मण! विजयी होकर लौटो। परन्तु यह मत भूलना कि रावण अत्यन्त साहसी और पराक्रमी है। उसके वेग को सहना कोई साधारण कार्य नहीं।...यदि तुम उसके छिद्रों एवं शरसंचालन में निहित न्यूनताओं पर विशेष ध्यान दोगे तो उनसे लाभ उठाओगे और विजय सुनिश्चित हो जायेगी।"

भइया के प्रति कृतज्ञता प्रकट करता हुआ मैं रावण से भिड़ने के लिए चल पड़ा उधर रावण के द्वारा त्रस्त वानरों की पुकार को सुनकर हनुमान जी दौड़कर रावण वे रथ पर चढ़ गये और उसे भयग्रस्त करते हुए बोले - "तूने देवताओं, किन्नरों, नाग आदि से ही नहीं मारे जाने की सिद्धि प्राप्त कर रखी है। परन्तु हम वनमानुषों र तो तुझे भयभीत होना ही चाहिए।...देख अपने दाहिने हाथ के मुक्के से तुझ पर मै ऐसा प्रहार करता हूँ कि तेरा प्राण तेरी छाती से बाहर आ जायेगा।"

हनुमान अभी रावण को यह चेतावनी ही दे पाये थे कि अतिरिक्त-सतर्क रावण ने एकाएक हनुमान की छाती में एक घूँसा मार दिया। घूँसा इतना शक्तिशाली थ कि वीर हनुमान को भी चक्कर आ गया। परन्तु उन्हें उससे सँभलने में अधिक समर नहीं लगा। तब हनुमान ने भी रावण के मुँह पर एक तमाचा जड़ दिया जिससे वह हिल उठा।

तब तक वानर यूथपति नील ने आकर वहाँ मोर्चा सँभाल लिया। अब हनुमान रावण की सेना का मर्दन करने हेतु निकल पड़े। मार्ग में उन्हें जो भी राक्षस योद्ध मिला उसे उन्होंने पटककर सीधा यमलोक भेज दिया।

वानरवीर नील भी रावण से उलझकर उससे गदायुद्ध करने लगा। नील के बल की रावण ने भी सराहना की किन्तु फिर उसने उसे दूर ढकेलकर अपने एक बाण से नील को भी बींध दिया जिससे वह वानर श्रेष्ठ अचेत होकर पृथ्वी पर गिर पड़ा

रावण का आतंक पुनः युद्धक्षेत्र में आरम्भ हुआ देख मैं उसके सामने आ गया रावण जिसने अपने रोबीले मूँछदार चेहरे पर अपनी क्रोधाविष्ट लाल-लाल आँखों वे ऊपर चौड़े भाल पर शिव-त्रिपुण्ड लगा रखा था और जो हर प्रकार के अस्त्र-शस्त्र शिरस्त्राण, कवच आदि से सुसज्जित था, ने पहले मुझे बड़े ध्यान से देखा और बोला- "तो तू ही है राम? वह निरीह मानव जिसे उसके पिता ने घर से निकाल दिया है?. ..जो वन-वन की ठोकरें खाकर इन बन्दर-भालुओं के साथ मेरे हाथों यहाँ मरने आया है?...आज मेरा बल और पराक्रम तुझे भूमिसात् करेगा।"

इस पर मैंने रावण को ललकारा - "दुष्ट राक्षस! तू श्रीराम से क्या लड़ेगा ...पहले उनके इस अनुज लक्ष्मण से मिल।...तेरे तथाकथित पराक्रम और बल से मैं भली-भाँति अवगत हूँ।...अरे कायर! मेरी भाभी माँ सीता को एकान्त में पाकर तू चोरी से उन्हें हर लाया और स्वयं को बड़ा पराक्रमी कहता है?...तेरी दुष्टता और पापों का दण्ड देने हेतु ही मैं यहाँ आया हूँ। व्यर्थ की बकवास बन्द कर और मेरे साथ युद्ध कर।"

रावण ने मुझे बड़े अचरज से सुना। मानो मन-ही-मन मेरी थाह ले रहा हो। उन क्षणों में यदि उसे कोई देखता तो ऐसा लगता कि वह राक्षस युद्ध करने का जैसे कोई विचार ही नहीं रखता हो अथवा वह अन्तरिक्ष से आया हुआ कोई ऐसा जीव हो जो मेरे-जैसे साधारण मानव को बड़े आश्चर्य से निरख-परख रहा हो।

फिर रावण हँसा न जाने क्या सोचकर? मैंने अपना धनुष सन्धानित किया। तब रावण ने अचानक गम्भीर होकर तीखे बाणों को मुझ पर चलाना प्रारम्भ कर दिया। उसके प्रत्येक बाण को मैंने एक के बाद एक व्यर्थ कर दिया। बड़ी देर तक हमारा युद्ध चला। फिर मैंने रावण के धनुष को ही अपने एक तीर से काट दिया। फिर अपने दो बाणों से रावण को बुरी तरह घायल कर दिया। तब वह क्रोध में भरकर झुका। रथ पर पड़ा हुआ कोई शस्त्र उठाया उसने और पूरे वेग से मुझ पर फेंका। मुझे उसके बाद कुछ ध्यान नहीं। चेतना आने पर मैंने देखा कि जाम्बवान् जी सम्मुख खड़े हैं। मैं धरती पर लेटा हूँ। सुग्रीव के श्वसुर रानी तारा के पिता वानरराज सुषेण एक कुशल वैद्य भी थे। जंगली जड़ी-बूटियों से उपचार करने में सिद्धहस्त। देखा कि वह सुषेण वैद्यराज मेरी छाती पर झुके हुए किसी लेप से मेरा उपचार कर रहे हैं। मैं तत्काल उठ बैठा। मैंने उठते ही कहा - "कहाँ है? कहाँ है वह दुष्ट रावण?"

"श्रीराम प्रभु उससे निपटने के लिए निकल चुके हैं। आप तनिक विश्राम करें लक्ष्मण जी! श्रीराम ने आदेश दिया है कि जब तक वह लौटकर वापस न आ जायें आप यहीं रुकेंगे।..." - जाम्बवान् जी बोले।

"मुझे क्या हुआ था?"

"आपको रावण की फेंकी शक्ति लगी थी।"

"तब?"

"आप मूर्च्छित हो भूमि पर गिर पड़े थे वीरवर!...रावण ने स्वयं आपको उठाकर लंका ले जाना चाहा। परन्तु महाबली हनुमान उसके सामने आ गये। उन्होंने रावण के ऊपर एक ऐसा मुष्टिकाप्रहार किया कि वह उसके आघात से अचेत हो गया।"

"अच्छा?...फिर?"

"तब सौमित्र! स्वयं हनुमान जी अपने दोनों हाथों में आपको उठाकर यहाँ श्रीराम प्रभु के पास इस टीले पर ले आये।"

वैद्यराज सुषेण ने कहा - "वीरवर लक्ष्मण! अब चिन्ता की कोई बात नहीं है। ...हनुमान के अद्वितीय पुरुषार्थ का आज हम सबने पुनः लाभ उठाया। युद्ध में आहत होनेवाले सैनिकों के उपचार में चार प्रकार की ओषधियाँ परम सहायक होती हैं - विशल्यकरणी, सावर्णकरणी, सन्धानकरणी और मृतसंजीवनी। इनमें से विशल्यकरणी घावों को अच्छा करती है। सावर्णकरणी घाव को सुखाकर उसके द्वारा त्वचा पर पड़े दागों को मिटा देती है। सन्धानकरणी हड्डी टूटने पर उसे जोड़ने में बड़ी सहायक होती है। मृतसंजीवनी तो एक प्रकार से अन्तिम और सर्वश्रेष्ठ ओषधि है जिसका आयुर्वेद में कोई विकल्प नहीं। यह ओषधि मूर्च्छित और मृतप्राय मनुष्य को भी जीवित कर देती है। ...आज आपके प्राणों की रक्षा दुर्लभ ओषधि मृतसंजीवनी से ही सम्भव हुई है।"

"वह दुर्लभ ओषधि मिली कहाँ से?"

"हाँ यही सबसे कठिन प्रश्न था जिसे अत्यल्प अवधि में हनुमान ने सम्भव कर दिखाया।...अन्य तीन ओषधियों की जड़ी-बूटियाँ तो प्रायः जंगलों में ढूँढ़े मिल जाती हैं। यहाँ लंका के जंगलों में भी वे कहीं-कहीं उपलब्ध हैं। किन्तु मृतसंजीवनी को तैयार करने की दुर्लभ जड़ी-बूटी केवल हिमालय पर्वत पर उपलब्ध होती है। उसके विषय में मैंने जाम्बवान् जी से परामर्श किया तो इन्होंने बताया कि सागर उस पार जब यह महेन्द्र पर्वत पर गये थे तो इन्होंने वहाँ भी वैसी एक बूटी तपस्विनी स्वयंप्रभा की कन्दरा के सन्निकट देखी थी।...हनुमान को हमने वहीं भेजा और उन्होंने रामसेतु से पवनवेग से जाकर वह मृतसंजीवनी बूटी खोज निकाली। किंचित् सन्देह होने पर वह पूरा पर्वतखण्ड ही वहाँ से उठा लाये।...लक्ष्मण जी! समझिये हनुमान के कारण ही आपको दूसरा जीवन मिला है आज।" मैंने मन-ही-मन हनुमान जी के प्रति अपना आभार व्यक्त किया। जिसके श्रीराम और श्री हनुमान-जैसे दो-दो अग्रज हों भला उसका कौन बाल बाँका कर सकता है?

भइया श्रीराम के आदेश को मानकर तब मैं वहीं खड़े होकर आगे के महायुद्ध को उस विस्तृत युद्धभूमि में घटित होता देखने लगा। मैंने देखा कि दूर रण के मध्य भइया श्रीराम राक्षसराज रावण के रथ के सम्मुख एक निश्चित दूरी पर जा डटे थे। एक ओर रावण का वह विशाल वैभवशाली रथ और उस पर सवार वह भीमकाय रावण। दूसरी ओर पीत-वर्ण के चीर और वल्कल वस्त्रों में सिर पर जटा का मुकुट धारण किये वैष्णव तिलक लगाये पैदल खड़े मेरे परम तेजस्वी राम भइया। अपना शारंग धनुष थामे उस पर शरसन्धान करते। दोनों ओर से बाणों का आदान-प्रदान होने लगा। रावण के चलाये तीरों को भइया ने उनके निवारक अस्त्रों से नष्ट कर डाला और श्रीराम के तीरों को रावण ने भी उनके निवारक बाणों से खण्डित करने का उपक्रम किया।

राम और रावण दोनों का यह प्रारम्भिक युद्ध वहाँ उपस्थित समस्त राक्षसों एवं वानरों के लिए अत्यन्त विस्मयकारक सिद्ध हुआ। प्रायः समस्त योद्धा और सैनिक परस्पर युद्ध करना भूलकर कुछ देर के लिए राम और रावण के उस अद्भुत रणसंग्राम को ही देखने लगे।

इधर मेरे साथ सुषेण, जाम्बवान्, विभीषण भी उस भयंकर युद्ध को देखने लगे। रणक्षेत्र में राक्षस और वानर सभी दूर-दूर छिटककर खड़े हो गये। युद्ध को स्थगित कर वह मानो दर्शकों की भूमिका में आ गये थे। किसी ने युद्ध से विरत होने के लिए किसी से नहीं कहा था परन्तु सब-के-सब अजेय-रावण से सुकीर्ति-सम्पन्न श्रीराम का वह अभूतपूर्व रण अपने नेत्रों से देख लेना अपने जीवन की सबसे बड़ी उपलब्धि समझ रहे थे। युद्धरत रावण और श्रीराम तब ऐसे दिखायी देते थे जैसे कि आमने-सामने भिड़ते हुए एक गजराज और एक सिंह!...

श्रीराम ने तब अन्त में रावण को चकित करते हुए उस पर विद्युत् की चपलता से धनुष पर अनेकानेक बाणों का एक के बाद एक सन्धान कर उसके कवच और मुकुट को काट गिराया। उसके दूसरे धनुष को भी, जिसे उसने मेरे द्वारा खण्डित किये गये धनुष के उपरान्त धारण किया था, प्रभु ने खण्ड-खण्ड कर डाला। फिर अनेक बाणों से प्रभु श्रीराम ने रावण के शरीर को बींध दिया।

रावण की देखते-ही-देखते उन्होंने दयनीय दशा कर दी। श्रीराम के बाणों से घायल लंकापति रावण असहनीय पीड़ा का अनुभव करने लगा। पीड़ा की अधिकता के कारण अब वह कोई दूसरा अस्त्र-शस्त्र भी उठा नहीं सकता था। तब इस प्रकार श्रान्त-क्लान्त-आहत और शस्त्रविहीन रावण को देखकर श्रीराम ने कहा - "हे राक्षसराज! यद्यपि तुमने आज निरीह वानर-सैनिकों पर शस्त्रप्रहार कर भारी अपराध किया है जो कि एक युद्धवीर के लिए कोई गर्व की बात नहीं और जिसके लिए तुम निश्चय ही दण्ड के पात्र हो तथापि मैं किसी निःशस्त्र योद्धा पर शस्त्र नहीं उठाता। इस समय इस स्थिति में मैं तुम्हारा वध नहीं करूँगा। तुम जाओ और जाकर लंका में विश्राम करो। पुनः स्वस्थ हो जाना तब अस्त्र-शस्त्र ले रथारूढ़ हो मुझ वनवासी राम का आकर सामना करना।"

यह सुनकर लज्जित रावण युद्धक्षेत्र से प्रस्थान कर गया। हमने देखा कि हनुमान जी ने तब भइया श्रीराम को उठाकर अपने ऊँचे कन्धों पर बैठा लिया। पूरी वानर-सेना हर्षोल्लास से श्रीराम प्रभु की जय के नारे लगाने लगी। वह सब हमारी ओर ही आने लगे।

राक्षस-सेना पराजय का स्वाद चखकर अपने स्वामी की अपराजेयता का पराभव देखकर अत्यन्त निम्नस्तर पर गिरे हुए मनोबल के साथ उसके राजसी-रथ के पीछ-पीछे मुँह लटकाये लौट गयी।

विभीषण जी ने बताया कि श्रीराम के बाणों से रावण का शरीर जितना घायल हुआ है उसका मन उससे भी अधिक भीतर तक हिल चुका है। अपने भ्राताश्री के स्वभाव को वह अच्छी तरह समझते हैं। एक-दो दिन स्वयं न लड़ पाने की स्थिति में होने के कारण भ्राता रावण को अब रामसेना से युद्ध के लिए अपनी टक्कर का कोई योद्धा रणक्षेत्र में उतारना होगा। इसके लिए उनके पास अब दो ही विकल्प बचे हैं। या तो रावण का भाई महाकाय कुम्भकर्ण या फिर इन्द्र को भी पराजित कर चुका उनका ज्येष्ठ पुत्र मेघनाद। विभीषण का कहना था कि देखना है कि श्रीराम के हाथों युद्ध के मैदान में अपने जीवन में परास्त होने का पहला कड़ुवा घूँट चख चुके भ्राताश्री अब किसे श्रीराम और लक्ष्मण से लड़ने को भेजते हैं?

सायंकाल का समय था। वानरसेना के शिविर में चौकसी बढ़ा दी गयी थी। मायावी राक्षसों का क्या ठिकाना? घायल योद्धाओं एवं सैनिकों का वानर-शिविर में सुषेण जी की देख-रेख में उपचार चल रहा था।

भइया श्रीराम के साथ उनके निकट उस समय केवल हम दो ही व्यक्ति थे। मैं और विभीषण जी। भइया के चेहरे पर एक देदीप्यमान् तेज था जिससे हम दोनों चकित-से थे। भइया सुशान्त भाव से कह रहे थे -

"रावण का आज नहीं तो कल मारा जाना निश्चित है। किन्तु वास्तविक प्रश्न रावण का अन्त नहीं उसकी प्रदूषित विचारधारा के अन्त का है। मेरी समस्या यह है कि मैं इस समय दो सभ्यताओं के मध्य खड़ा हूँ। आर्य और अनार्य। आज मेरे पक्ष में खड़े होकर अनार्य ही अनार्यों से युद्ध कर रहे हैं। जब यह युद्ध समाप्त हो जायेगा तो हम अपने आर्य जन के पास लौट जायेंगे। तब इन्हें स्वयं से जोड़े रखने के लिए हमारे पास क्या रह जायेगा? हम दोनों भाई अयोध्या को जब लौट जायेंगे तब यह वानरादि दक्षिण भरतखण्ड में तथा यह रावण द्वारा भ्रमित राक्षसगण इस लंका क्षेत्र और पृथ्वी के दूसरे भूभागों में क्या इसी भाँति एक-दूसरे से कटा-कटा और अर्द्ध-सभ्य जीवन फिर से ऐसे ही जीते रहेंगे?"

"तो प्रभु!...इसका समाधान क्या है?" - विभीषण जी ने कहा।

"समाधान तो सतत प्रयासों में ही निहित होता है बन्धुवर विभीषण!...विशद समस्याओं का सरल समाधान नहीं होता है। सतत चिन्तन से प्राप्त विचारधारा का क्रियान्वयन ही इच्छित फल देता है। युद्ध किसी समस्या का अन्तिम हल नहीं है। विरोधी को शक्ति के बजाय विचारधारा से मारना और भी प्रभावशाली परिणाम दे सकता है। साथ ही, मेरा विचार है कि उद्देश्य यदि पवित्र होगा तो वह दूरगामी फल देगा। उसके पीछे कार्य कर रही विचारधारा एक न एक दिन अवश्य रंग लायेगी। किन्तु अपवित्र लक्ष्य को लेकर चल रही विचारधारा अधिक दूर तक नहीं जा सकती, तात्कालिक परिणाम भले ही दे दे। विभीषण!...रावण के पश्चात् आपको लंका का भार सँभालना होगा। उस समय आपको अपने ही राक्षस-समुदाय में अनेक अन्तर्विरोधों का सामना करना होगा। आप विद्वान्, विचारवान् और एक धर्मप्राण व्यक्ति हैं। यदि मेरे इन विचारों पर मनन करेंगे तो आप शीघ्र ही सबका हृदय जीत सकेंगे। रावण की प्रदूषित विचारधारा को इधर आपको अपने सन्तुलित विचारों से समाप्त करना होगा और उधर मुझे आर्यावर्त्त में अवसर आने पर प्रथमतः आर्य और अनार्य सभ्यताओं के मध्य एक सेतु का कार्य करना है फिर यदि सम्भव हुआ तो उनके मध्य एकीकरण का भी।..."

"भइया!...यह कार्य क्या आप अकेले कर पायेंगे? आप तो आर्य हैं...अनार्यों की ओर से कौन आपका साथ देगा? -" मैंने श्रीराम से सहज जिज्ञासा की।

"श्री हनुमान हैं न हमारे साथ! -" भइया ने छूटते ही कहा - "वह जननायक हैं। हम दोनों मिलकर इस महान् उद्‌देश्य के लिए कार्य करेंगे।"

एक वानर प्रहरी ने आकर बताया कि विभीषण जी से उनके एक मित्र भेंट के लिए आये हैं। विभीषण उठकर चले गये। कुछ देर में लौटकर आये तो उन्होंने बताया कि - "लंका से सूचना मिली है कि कल प्रातः महाकाय कुम्भकर्ण भइया को नींद सें जगाकर युद्ध में भेजने का आदेश दिया है अग्रज रावण ने। कुम्भकर्ण छह माह सोने तथा छह माह जागने के लिए अभिशप्त है। अभी उसे सोये हुए एक माह भी नहीं बीता है। उसे जगाकर युद्ध हेतु भेजने का रावण का विचार उसके मन की घोर हताशा और घबराहट को दर्शाता है।..."

"तो क्या प्रगाढ़-निद्रा से कुम्भकर्ण जगाया जा सकेगा?" - मैंने पूछा।

"कठिन कार्य है वीरवर लक्ष्मण! और मैं समझता हूँ कि अमानुषिक भी। परन्तु स्वार्थान्ध रावण को इससे क्या?...ढोल-नगाड़े-पानी की बौछारें-शूल चुभाने-जैसे समस्त हथकण्डे अपनाकर भ्राता रावण किसी-न-किसी भाँति कुम्भकर्ण को उठा ही लेंगे।"

जैसा कि पूर्व अनुमान था सूर्योदय के साथ ही लंका के दुर्ग के भीतर से शंख-तुरही-ढोल और नगाड़ों के सामूहिक कर्कश स्वर सुनायी देने लगे। लगता था कि लंका के कोने-कोने से उठकर सारे वादकगण लंका के पश्चिमी द्वार के भीतर कहीं एक जगह एकत्र हो गये थे और प्राण झोंककर वाद्य-ध्वनियाँ उत्पन्न कर रहे थे।

विभीषण ने बताया कि कुम्भकर्ण की काया इतनी विशाल है कि उसके लेटने-बैठने के लिए लंका दुर्ग की पश्चिमी दिशा की आधी प्राचीर की लम्बाई में उसका विशाल महल निर्मित है। यह महल कुम्भकर्ण की सुविधा के लिए विशेष रूप से रावण ने निर्माण करा रखा है। पहले वह अपने कायादोष के कारण लंका के खुले जंगलों में ही निवास करता था। अब भी करता है जब छह माह वह जागृत अवस्था में होता है। परन्तु जब सोता है तो सुरक्षा की दृष्टि से रावण उसे उसके विशिष्ट महल में लंकानगरी में ही रखता है।...

कुम्भकर्ण अब जागेगा। उसे जागने पर विकट भूख लगेगी। तब उसे असंख्य मुर्गे, बकरे, भैंसे और विविध प्रकार का भोजन क्षुधापूर्ति के लिए रावण की ओर से प्रस्तुत किया जायेगा। परन्तु भ्राता कुम्भकर्ण का उदर भी उसी की भाँति बहुत बड़ा है। वह रणक्षेत्र में जब आयेगा तो उसकी काया जितनी भयानक होगी उससे भी भयानक होगी उसकी अतृप्त क्षुधा। वह वानर-सैनिकों को मारने से अधिक उनके

भक्षण में अधिक रुचि लेगा। अतः विभीषण का सुझाव था कि वानरों को यह सन्देश दे दिया जाये कि वह पर्वताकार कुम्भकर्ण से यथासम्भव दूर रहें। दूर से ही उस पर दृष्टि रखकर अन्य राक्षसों से युद्ध करें। वानरों में पहले से यह भी प्रचारित किया जा सकता है कि कुम्भकर्ण कोई राक्षस न होकर एक यन्त्रचालित लौहमानव है। ताकि वे उससे अनावश्यक भयभीत न हों।...

एक महत्त्वपूर्ण सूचना यह भी प्राप्त हुई है कि लंका के पिछले अर्थात् दक्षिणी द्वार के बाहर जो राक्षसराज रावण की आरक्षित सेनाएँ थीं उनमें से आधी से अधिक सेना लंका के पश्चिमी द्वार की ओर कल रातोंरात बुला ली गयी हैं। इसका अर्थ है कि कुम्भकर्ण का आक्रमण पश्चिमी द्वार की ओर से होगा। वैसे भी वह अपनी विशाल काया के कारण उधर से ही लंका से बाहर आता-जाता है।...

लंकानरेश इस समय स्वयं कुम्भकर्ण के महल में जाकर उससे अपना दुखड़ा रो रहे होंगे। उसे बलिदान देने अथवा बलिदान लेने हेतु उकसा रहे होंगे। भ्राता कुम्भकर्ण हृदय के बुरे नहीं हैं किन्तु रावण के प्रति उनकी प्रतिबद्धता भी असन्दिग्ध है।...

ढोल-नगाड़ों के स्वर अचानक शान्त हो गये। कुछ देर वातावरण में मृत्यु का-सा सन्नाटा छा गया। यह वास्तव में किसी बड़े संकट के आने का संकेत था। सारी रामसेना सभी मोर्चों पर सतर्क थी। विभीषण का सन्देश कानोंकान बिना उसका नाम लिये वानरों में प्रसारित करा दिया गया था कि रावण आज सम्भवतः एक विशाल लौहमानव भेज रहा है।...उससे सावधान रहकर युद्ध करना है।

भइया और मैं विभीषण की सूचना एवं पूर्वानुमान पर लंका के पश्चिमी मोर्चे की ओर चल दिये। विभीषण, हनुमान, अंगद, जामवन्त और दूसरे कुछ योद्धागण जिनमें नल, नील, गवाक्ष और द्विविद भी सम्मिलित थे हमारे साथ पश्चिमी मोर्चे की ओर प्रस्थान कर गये। पूर्वी मोर्चे को केसरी तथा शतबलि के नेतृत्व में रखा गया। लंका के उत्तरी द्वार पर डटी वानरसेना की अभिरक्षा को उपेक्षित नहीं छोड़ा जा सकता था। इसलिए वानरराज सुग्रीव स्वयं वहाँ रह गये। भइया श्रीराम के अनुरोध पर उन्होंने अकेले ही उत्तरी मोर्चा सँभाल लिया।

अभी हम पश्चिमी मोर्चे की ओर बढ़ते हुए आधी दूरी ही तय कर पाये थे कि लंका में असंख्य शंख एक साथ बजे। एक अभूतपूर्व दृश्य हमने देखा। एक बहुत ऊँचा लम्बा-चौड़ा दैत्यनुमा योद्धा एक हाथ में विशाल आकार का खंग और दूसरे हाथ में एक भारी-भरकम ढाल लिये आकाश में सिर उठाये अपने दोनों टाँगों से लंका की पश्चिमी प्राचीर को ऊपर से लाँघकर धरती को कँपाता युद्ध के पश्चिमी मैदान की ओर निकल पड़ा। दुर्ग की वह दीवार उसने जब ऐसे लाँघी तो उस प्रस्तर प्राचीर की ऊँचाई उस पर्वताकार पुरुष के घुटनों से भी नीची दिखायी दी। हमारे सामान्य खंग

से दस गुना लम्बा-चौड़ा खंग उसके पास था और दस गुना आकार की ही एक गोलाकार ढाल।

उसे देखते ही पश्चिमी मोर्चे पर वानर सेना में हाहाकर मच गया। कुम्भकर्ण अपने पैरों से हमारे सैनिकों को कुचलता भूमि से अपनी मुट्ठी में एक साथ अनेक वानरों को पकड़कर अपने मुख में डालकर चबाता इधर-उधर साक्षात् काल की प्रतिमूर्ति बना विचरने लगा। उसके मुख से टपकती रक्त की बूँदें वानरों की सारी सेना को दहला देने के लिए पर्याप्त थीं।

वानर सैनिकों के फेंके हुए सैकड़ों शूल उसके सीने-बाँहों आदि में इस तरह लगते जैसे किसी व्यक्ति को जंगल में विचरते हुए छोटी-मोटी रक्तपायी जोंकें चिपट जाती हैं। अनेक शूल-फरसे आदि तो उसकी वज्रसम देह से टकराकर बिना किसी प्रभाव के नीचे गिर जाते। वानर योद्धाओं द्वारा फेंकी गयी बड़ी-बड़ी शिलाएँ भी उसके दैत्याकार शरीर पर छोटे-मोटे पत्थर-जैसी प्रतीत होतीं।

कुम्भकर्ण जब क्रोध में अट्टहास करता हुआ अपने विशाल आकार के खंग को धरती पर हनककर मारता तो एक साथ पचास-साठ वानर सैनिक गाजर-मूली की तरह कट जाते। यही नहीं उसके प्रहार की चपेट में आकर अनेक राक्षस सैनिक भी हताहत हो जाते। इस प्रकार महाकाय कुम्भकर्ण ने अपने आक्रमण से पूरी वानरसेना में भगदड़ मचा दी। वानर-भालुओं को जिधर ठौर दिखा उधर वे भाग चले।

लंका की सेना के हाथी और घोड़े भी जहाँ-जहाँ कुम्भकर्ण के धम-धम करते विशालकाय पैर धरती पर पड़ते वहाँ से वह बिदककर मनमानी दिशा में छिटककर भागते और उनके भागते समय राक्षस अथवा वानर सेना में कोई विभेद न हो पाता। हाथियों के पैरों के नीचे आये शत्रु-मित्र सैनिक जहाँ-तहाँ कुचल जाते। घोड़ों की टापें अनेक सैनिकों को आहत कर डालतीं।

कुम्भकर्ण के विकराल रूप को देखकर केवल वानर सैनिक ही भयभीत नहीं हुए, नल-नील-गवाक्ष आदि योद्धा भी साहस छोड़कर पीछे हटने लगे। यह देखकर अंगद ने सभी को उच्च स्वर में सम्बोधित कर कहा - "वानर वीरो! अरे क्या तुम अपने बल और पराक्रम को भूल गये हो। युद्धभूमि से इस प्रकार कायरों की भाँति भागना तुम्हें शोभा नहीं देता।...क्या प्राण नित्य हैं जो इनके मोह में तुम इतनी दुर्बलता का परिचय दे रहे हो? यह शत्रु हमारे साथ युद्ध करने की शक्ति नहीं रखता है। जैसे पागल हाथी को घेरकर मारा जाता है हम इसे उसी भाँति घेरकर मारेंगे।..."

हम लोग इसी अवसर पर उस युद्धक्षेत्र में पहुँचे। हमने अंगद को वानरों को कुम्भकर्ण से एकजुट होकर लड़ने के लिए ललकारते हुए यह कहते हुए भी सुना- "साथियो! युद्ध में यदि हम शत्रु को पराजित करते हैं तो हमें सुकीर्ति मिलती है और यदि हम लड़ते हुए मारे गये तो स्वर्ग। सो इस दुष्ट राक्षस से डरना कैसा? आगे बढ़ो और इसे धूल चटा दो।"

सारे वानर योद्धा उस महाभटों के महाभट कुम्भकर्ण से पुनः युद्ध हेतु सन्नद्ध हो गये। इसी क्रम में द्विविद वानर ने एक पर्वत खण्ड को उखाड़कर उसे कुम्भकर्ण के सिर पर दे फेंका। वह शिला कुम्भकर्ण के सिर को घायल कर राक्षस सेना के एक भाग पर गिरी। उससे अनेक राक्षस दबकर मर गये। कुम्भकर्ण का खंग उसके हाथ से छूटकर दूर जा गिरा जिसकी झोंक में अनेक युद्धरत वानर और राक्षसों को व्यर्थ में अपने प्राणों से हाथ धोना पड़ा।

तभी हनुमान जी ने वहाँ पहुँचकर कुम्भकर्ण की ओर अनेक शिलाएँ फेंकी। परन्तु वह राक्षस अपने शूल से उन्हें निष्प्रभावी करता रहा। यह शूल कुम्भकर्ण ने अपनी माया से उत्पन्न किया था। फिर उसने वह शूल वज्रांगी पर छोड़ा। शूल की चोट से व्याकुल हो उन्होंने मुख से रक्तवमन करते हुए आर्त्तनाद किया। हनुमान को आहत अवस्था में देखकर वानरों का रहा-सहा धैर्य भी समाप्त होने लगा। अब एक अन्तिम प्रयास में हनुमान ने सँभलकर कुम्भकर्ण पर एक पर्वत फेंका। उससे वह कुछ क्षण के लिए डगमगाया। तब तक अनेक वानर यूथपतियों ने आगे बढ़कर एक साथ कुम्भकर्ण पर धावा बोल दिया। ऋषभ, शरभ, नील, गवाक्ष और गन्धमादन नामक यूथपति कुम्भकर्ण के शरीर के विभिन्न भागों से चिमट गये। उसे वह जगह-जगह मुक्कों से पीटने और दाँतों से काटने लगे।

परन्तु जिस प्रकार से ग्रीष्म ऋतु में दावानल शुष्क अरण्य को जला देता है उसी प्रकार कुम्भकर्ण वानर सेना को त्रस्त एवं ध्वस्त करने लगा।

निराश, भयग्रस्त और असमर्थ दशा में अनेक वानर श्रीराम की शरण में जाकर कहने लगे कि - "प्रभु! हम राक्षसों से तो लड़ सकते हैं किन्तु इस असम्भव-से जन्तु से कौन लड़े? अब आप ही हमारी रक्षा करिये। यह दानव हममें से एक भी वानर को जीवित नहीं छोड़ेगा।"

उधर अंगद बड़े वेग से हवा में उछला और उसने पूरी शक्ति से कुम्भकर्ण की छाती में एक घूँसा मारा जिससे वह राक्षस कुछ क्षण को मूर्च्छित हो गया। परन्तु सचेत होते ही उसने भी एक मुक्का अंगद की ओर उछाला। अंगद उसके प्रहार से उछलकर मूर्च्छित हो दूर जा गिरा।

कुम्भकर्ण के द्वारा भारी संख्या में वानर सेना के संहार का समाचार सुनकर स्वयं वानरराज सुग्रीव लंका का उत्तरी द्वार छोड़कर इधर पश्चिम के रणक्षेत्र में आ गये। सुग्रीव एक शिलाखण्ड को लेकर कुम्भकर्ण की ओर चढ़ दौड़े। उन्होंने शिलाखण्ड को घुमाकर बड़े वेग से उस राक्षस की ओर फेंका। शिलाखण्ड को अपनी ओर आता देख अपनी छाती को फुलाकर कुम्भकर्ण ने वज्रसम कर लिया। शिलाखण्ड उससे टकराकर चूर-चूर हो गया। परन्तु इस झटके से उस मायावी का शूल छूटकर धरती पर गिर गया। कुम्भकर्ण ने झुककर उसे उठाना चाहा जिसे हनुमान ने उससे छीन लिया और उसके उन्होंने टुकड़े-टुकड़े कर दिये।

शूल के टूट जाने पर कुम्भकर्ण प्रथम बार कुछ चिन्तित-सा दिखायी दिया। तब उसने भी एक शैलशृंग उखाड़ा और उसे सुग्रीव की ओर फेंककर उसे अचेत कर दिया। कुम्भकर्ण ने धरती पर अचेत होकर गिर पड़े सुग्रीव को झुककर उठा लिया और अपने कन्धे पर डालकर लंका की ओर चल दिया इस विचार से कि अपने राजा से विहीन होकर वानरसेना युद्ध से विरत हो जायेगी और राक्षसों की विजय स्वयमेव सुनिश्चित हो जायेगी।

अभी वह चार-पाँच पग ही चला होगा कि सुग्रीव की चेतना लौट आयी। सचेत होते ही सुग्रीव ने अपने तीक्ष्ण दाँतों से कुम्भकर्ण के दोनों कान नोच डाले और उसकी नाक काटकर उसकी पसलियों में अपने दाँत गड़ा दिये।

इससे दुःखी होकर कुम्भकर्ण ने सुग्रीव को अपने शरीर से अलगकर पृथ्वी पर पटक दिया। तब वह महाकाय राक्षस उस वानरराज को अपने पैरों तले रगड़ने लगा। सुग्रीव किसी भाँति स्वयं को वहाँ से छुड़ाकर उछले और फिर सीधे श्रीराम के पास पहुँचकर उन्होंने उनसे भेंट की। वानरराज सुग्रीव की वह दुर्दशा मुझसे देखी नहीं गयी। मैं भइया से आज्ञा लेकर कुम्भकर्ण से क्रोधाविष्ट हो लड़ने चल दिया।

मैंने अपने अनेक बाणों की वर्षा से कुम्भकर्ण को व्याकुल कर दिया। मेरे अधिकतर बाण उसने अपनी विशाल आकार की चमकती हुई ढाल से निरस्त कर दिये। कुछ बाण उसकी बाँहों और कन्धों पर जा लगे। उसने कई एक बाण उखाड़कर फेंक भी दिये। परन्तु मैं उस पर बाणों की वृष्टि निरन्तर करता ही रहा। इस पर वह शूरवीर राक्षस मेरी प्रशंसा करने लगा। बोला -

"हे वीरवर! तुम्हारे इतनी निर्भीकता से मेरे साथ युद्ध करने से मैं तुमसे अत्यन्त प्रसन्न हूँ।...क्या तुम मुझे अपना नाम बताओगे?"

"मेरा नाम है सौमित्र-लक्ष्मण।" - मैंने कुम्भकर्ण की आँखों में देखते हुए कहा।

तब वह बोला - "लक्ष्मण!...मेरे समक्ष देवराज इन्द्र भी नहीं टिक सका। अनेक देवताओं को मैंने एक साथ पराजित किया है। स्वयं यमराज भी यदि युद्ध में आ जाये तो उसे भी मैं पराजित करने की शक्ति रखता हूँ।...मैं तुम्हारे सराहनीय पराक्रम के पश्चात् अब तुम्हारे अग्रज राम का पराक्रम देखना चाहता हूँ। अतः मुझे उससे युद्ध करने हेतु जाने दो।"

मेरे बाणों से क्षत-विक्षत कुम्भकर्ण की उस बात से मुझे हँसी आ गयी। मैंने उससे कहा - "इन्द्र को पराजित करने की तुम्हारी गर्वोक्ति सत्य है इसे मैंने भी तुम्हें युद्धभूमि में आज देखकर अनुभव किया है। यदि तुम्हें श्रीराम से ही युद्ध करने की इच्छा है तो आओ इधर देखो भइया मेरे निकट खड़े हैं।"

तब कुम्भकर्ण ने मुझे छोड़कर भइया श्रीराम को युद्ध के लिए ललकारा। श्रीराम

ने रौद्रास्त्र के प्रहार से कुम्भकर्ण की छाती में अनेक घाव कर दिये। वह उन घावों से इतना विचलित हुआ कि माया से उत्पन्न की हुई उसकी गदा हाथों से छूट गयी। तब क्रोध में भरकर वह पुनः एक पर्वत शिखर की ओर लपका। उसे उखाड़कर उसका शिलाखण्ड उसने श्रीराम की ओर फेंका। अपने बाणों से रघुनन्दन ने उसे चूर-चूर कर दिया।

अब भइया ने वायव्य अस्त्र का सन्धान कर उसे कुम्भकर्ण पर छोड़ा। उससे उसकी दाहिनी भुजा कटकर दूर जा गिरी। कुम्भकर्ण ने एक चीत्कार भरी। परन्तु उसने साहस नहीं छोड़ा। अपने बायें हाथ से एक ताड़ के वृक्ष को उखाड़ लिया और उसी से भइया को मारने दौड़ा। तब राम भइया ने मेरे देखते-ही-देखते मन्त्र पढ़कर ऐन्द्रास्त्र को प्रकट किया। उस तीक्ष्ण बाण को उन्होंने धनुष पर रखकर उस राक्षस पर छोड़ा और उसकी दूसरी भुजा भी काट डाली।

दोनों भुजाओं के कट जाने पर भी आर्त्तनाद करता कुम्भकर्ण जब श्रीराम की ओर झपटा तो उन्होंने अपने तीखे अर्द्धचन्द्राकार शीर्षवाले बाणों से उसके दोनों पैर काट डाले। पैर कटते ही कुम्भकर्ण धरती पर अपने शेष शरीर से नीचे धँसककर गिरा। फिर हमारे श्रीराम प्रभु ने एक अत्यन्त वेगवान् बाण से कुम्भकर्ण के सिर को धड़ से अलग कर उसे वीरगति प्रदान की। कुम्भकर्ण के मारे जाने के तुरन्त बाद लंका की सारी बची-खुची सेना डरकर उलटे पाँव भागी। वीर वानरों ने उसे दौड़ा लिया। भागते हुए राक्षसों को उन्हीं के हाथियों ने कुचल दिया। रथ और घोड़े सभी भाग चले। देखते-ही-देखते युद्धभूमि राक्षसों से ऐसी साफ हुई जैसे आँधी सूखे पत्तों को उड़ा ले जाती है। पीछे रह गये तो सहस्रों वानरों एवं राक्षसों के हताहत शव। समरभूमि रक्त से लाल हो एक भयावह दृश्य उपस्थित कर रही थी। घायल वानर योद्धा और हम विजयोल्लास की जय-जयकारों के मध्य अपने सैन्य-शिविर की ओर लौटे।

कुम्भकर्ण की मृत्यु ने रावण की कमर तोड़कर रख दी। अब तक उसकी दो-तिहाई सेना का संहार हो चुका था। लंका के दुर्ग के तीन ओर युद्ध का मैदान वीरगति पाये दोनों पक्षों के सैनिकों के शवों से पट चुका था। उन भूभागों में राक्षसों तथा वानरादि द्वारा अपने-अपने पक्ष के मृतकों के अन्तिम संस्कार किये जा रहे थे। धू-धू करती चिताओं ने सारा परिक्षेत्र घेर रखा था। अतः हमने आगे के युद्ध के लिए एक अलग समरभूमि का चयन कर अपनी सेना को वहाँ व्यवस्थित कर दिया। अब हमें लंका को घेरने की आवश्यकता नहीं थी। शत्रु को उसके गढ़ में घुसकर हमने मारा था। बाहर भी भारी पराजय दी थी। इससे बिलबिलाया रावण अब मारो या मरो की मानसिकता में पूरी तरह जा पहुँचा था। अपनी अवशेष सेना तथा योद्धाओं को भी

अब यही पाठ वह पढ़ा रहा था। विभीषण ने बताया था कि रावण कुम्भकर्ण की मृत्यु पर शोकग्रस्त होकर फूट-फूटकर रोया। तब उसको वहाँ त्रिशिरा, देवान्तक, नरान्तक और अतिकाय आदि राक्षसों ने सहारा दिया।

उन राक्षसों ने रावण को धैर्य बँधाते हुए यह शब्द कहे कि - "आपकी तपस्या से प्रसन्न होकर ब्रह्मा जी ने आपको शक्ति, कवच और धनुष-बाण दे रखे हैं। ऐसा हमने सुन रखा है। इसके अतिरिक्त मेघ के समान घर्घर-नाद करनेवाला शक्तिशाली रथ है आपके पास। आप अपने अस्त्र-शस्त्रों से अनेक बार देवों तक को पछाड़ चुके हैं। आप अपने शत्रु राम को दण्ड देने में पूर्ण सक्षम हैं।...यदि आप शोकग्रस्त होने के कारण अभी युद्ध में नहीं जाना चाहते तो हमें आज्ञा दीजिये। जैसे गरुड़ सर्पों का संहार करते हैं वैसे ही हम अपने राक्षस-सैनिकों के साथ वहाँ जाकर राम और उसके सैनिकों को ठिकाने लगा देंगे।"

विभीषण जी ने बताया कि अब वे सभी राक्षस शीघ्र ही युद्धरत होने को आते ही होंगे। उसके पश्चात् पुनः एक घमासान युद्ध हुआ। उस युद्ध में नरान्तक का वध अंगद ने किया। नरान्तक के वध से क्रुद्ध त्रिशिरा राक्षस ने अंगद को चुनौती दी। उसकी सहायता के लिए देवान्तक और महोदर भी आ गये। युवराज अंगद को तीन-तीन राक्षस सेनापतियों से घिरा देखकर वानरराज सुग्रीव ने हनुमान और नील को उसकी सहायता के लिए भेजा। हनुमान ने देवान्तक के सिर पर इतनी शक्ति से उछलकर मुष्टिप्रहार किया कि उससे देवान्तक का मस्तक फट गया और उसके नेत्र और दाँत तक बाहर आ गये। वह दुर्दान्त राक्षस अपने प्राणों से हाथ धोकर धरती पर ढह गया। उधर वानरवीर नील ने महोदर से लोहा लिया। एक शिलाखण्ड के भीषण प्रहार से अन्ततः नील ने उस राक्षस को यमलोक पहुँचा दिया।

तब त्रिशिरा राक्षस के साथ महाबली हनुमान का बहुत देर तक युद्ध चला। एक ओर से बाण तो दूसरी ओर से शिलाखण्ड। शक्ति, खंग सभी कुछ उस राक्षस ने वानरश्रेष्ठ हनुमान पर प्रयोग किये। परन्तु क्रुद्ध हनुमान ने उन्हें बीच में ही अपनी गदा घुमाकर परे फेंक दिया अथवा अपने एक हाथ से पकड़कर नष्ट कर डाला। अन्त में त्रिशिरा के मस्तक को हनुमान जी ने अपनी गदा के भीषण प्रयोग से ध्वस्त करके उसका अन्त कर दिया।

इसी क्रम में एक के बाद एक कर अनेक राक्षस योद्धा मारे गये। कहाँ तक नाम गिनाये जायें। उनमें सर्वाधिक बली दानव महापार्श्व को वानरवीर ऋषभ ने और रावण के विशाल कायाधारी पुत्र अतिकाय को स्वयं मैंने मार गिराया। मेरे द्वारा रावणनन्दन अतिकाय के मारे जाते ही उस युद्धक्षेत्र से बची-खुची सारी राक्षस सेना डरकर भाग गयी।

विभीषण जी के सूचनातन्त्र के माध्यम से हमें लंका के भीतर के समाचार मिलते रहते थे। रावण के महल से लेकर अशोकवाटिका में सीता माँ तक के समाचार। रावण

का दिनोंदिन गिरता मनोबल, उसकी वाचालता, उसके प्रत्याशित और अप्रत्याशित निर्णय, उसकी भाँति-भाँति की सनकपूर्ण बातें। सभी कुछ समय-समय पर हमें विदित होता। जानकी जी की कुशलता ही हमारे लिये सर्वाधिक चिन्ता का विषय थी।

विभीषण ने बताया कि - ''इधर युद्ध में राम सेना के हाथों पिटता रावण अपनी खीझ को अशोकवाटिका में श्रीराम की प्रतीक्षा में रत सीता पर भी अनेक तरीकों से निकालता है। वह उन्हें भाँति-भाँति से सन्त्रास देने का प्रयास करता रहता है। कभी अपनी पहरेदार राक्षसियों से उन्हें गालियाँ दिलवाता है। कभी कहलवाता है कि सीता मान जाये अन्यथा अगली सुबह वह उनकी हत्या करवाकर उनका मांस अपने रसोइयों से पकवाकर खायेगा।...कभी वह उनके देवर लक्ष्मण के युद्ध में मारे जाने का अशुभ समाचार भेजता है।...

''त्रिजटा नामक एक राक्षसी सीता जी को बहुत मानती है। एक भली स्त्री है वह। उसे हम इन युद्ध के दिनों की वास्तविकताओं से परिचय कराते रहते हैं। त्रिजटा ही सीता देवी को ढाँढ़स बँधाती रहती है और अवसर मिलने पर एकान्तवार्त्ता में मिथ्या प्रचारों का खण्डन उनसे करती रहती है। एक दिन तो हद हो गयी जब रावण ने माया से श्रीराम का एक कटा हुआ सिर ले जाकर सीता को दिखलाया। उसे देखकर परम साध्वी सीता दुःख, सन्ताप और आघात से अचेत हो गयीं। रावण के चले जाने पर जब उनकी चेतना लौटी तो त्रिजटा ने उन्हें सँभाला और उस अशुभ एवं असत्य बात का खण्डन किया।...

''श्रीराम ने जिस प्रकार से खेल-खेल में कुम्भकर्ण को वीरगति प्रदान की उसे सुनकर रावण को मूर्च्छा आ गयी। जब उसे अपने तन-मन की सुधि आयी तो वह उठकर विलाप करने लगा। इन्द्रजित् ने भी अपने चाचा की मृत्यु का समाचार सुना। वह अपने पिता को शोक में विह्वल जानकर उनके पास आया और बोला कि पिताश्री आप शोक मत कीजिये। जब तक आपका यह सुपुत्र मेघनाद जीवित है आपको दुःख मनाने का कोई कारण नहीं। आप तो देवताओं के लिए भी स्वयं कालस्वरूप हैं। पूरी पृथ्वी पर आपके प्रभुत्व का डंका बज रहा है। साधारण मानवों से आपको चिन्ता करने की कोई आवश्यकता नहीं। अतः आप स्वस्थचित्त हो जाइये। मैं अभी सब-कुछ सँभाल लेता हूँ। इन वनवासी शत्रुओं को मैं अवश्य मार डालूँगा। आप निश्चय जानिये।...''

विभीषण ने इसके बाद अत्यन्त चिन्तित स्वर में हमें बताया कि - ''इन्द्रजित् मेघनाद भ्राताश्री रावण को सान्त्वना प्रदान कर स्वयं रणक्षेत्र में उतरने से पूर्व निकुम्भिला देवी की गुफा में उनका पूजन-आराधन कर उनसे शक्ति अर्जित करने

चला गया है। वहाँ उसने लाल रंग के वस्त्र और लाल फूलों की माला तथा रक्तचन्दन का तिलक धारण कर हवन करना प्रारम्भ कर दिया है।...हे श्रीराम! यदि निकुम्भिला देवी की प्राणप्रतिष्ठित मूर्ति के समक्ष इन्द्रजित् का यह प्रारम्भ किया यज्ञ निर्विघ्न सम्पन्न हो गया तो फिर वह दुरात्मा देव-दनुज-मनुज किसी के द्वारा जीता नहीं जा सकेगा। अतः मैं चाहता हूँ कि श्रीलक्ष्मण मेरे साथ उस यज्ञस्थल पर शीघ्र चलें और उस रावणकुमार का यज्ञ विध्वंस कर उसे पराभूत करें।''

इस पर श्रीराम ने कहा कि - ''यदि ऐसा है तो उस बलशाली शत्रु इन्द्रजित् को मारने के लिए मैं स्वयं जाऊँगा। मेरा समस्त राक्षसों को मारने में सक्षम आग्नेयास्त्र उसके वध में काम आयेगा।''

विभीषण बोला - ''इन्द्रजित् मेघनाद कोई साधारण राक्षस नहीं है। उसने घोर तपस्या कर ब्रह्मा जी को प्रसन्न किया हुआ है और उनसे ब्रह्मास्त्र के अतिरिक्त उसने यह वरदान भी प्राप्त कर रखा है कि जिस व्यक्ति ने बारह वर्ष तक लगातार निद्रा और सामान्य आहार को त्याग दिया हो तथा कठोर ब्रह्मचर्य का पालन किया हो केवल वही व्यक्ति उसका वध कर सकेगा।...इसलिए हे रघुनाथ! लक्ष्मण जी की कठोर तपस्या से यहाँ कौन अपरिचित है? अतः मुझे विश्वास है कि इन्द्रजित् को पराजित करने का कार्य असाधारण तपस्वी लक्ष्मण जी ही अवश्य कर सकेंगे।''

तब प्रभु श्रीराम बोले - ''भइया लक्ष्मण! तुम सब प्रकार से समर्थ और सबल हो। फिर भी...यह लो मेरा धनुष और जाओ आज इससे तुम युद्ध करो। आज धनुष मेरा होगा और बाण तुम्हारे। शक्ति तुम्हारी होगी और आशीर्वाद मेरा। शूरता तुम्हारी होगी और विजय मेरी। बोलो स्वीकार है?''

''स्वीकार है भइया!'' यह कहकर मैंने श्रीराम के चरणों को स्पर्श कर उन्हें मस्तक से लगाया और कथित इन्द्रजित् का आसन डुलाने हेतु अन्य समस्त साथियों के साथ वहाँ से चल पड़ा।

निकुम्भिला की गुफा में मेघनाद के यज्ञ को विध्वंस करने हनुमान, जाम्बवान्, कुछ अन्य यूथपति, विभीषण और उनके सहयोगीगण तथा छापामार युद्धकला में प्रवीण कुछ सहस्र वानर और रीछ सैनिक मेरे साथ चल दिये। मध्यरात्रि का समय था। हम सभी लोग उस गोपनीय अभियान में निःशब्द एवं अस्त्र-शस्त्रों से लैस हो जंगल के मार्ग से होकर एक साथ चले जा रहे थे। विभीषण और उनके साथी हमारे कुशल मार्गदर्शक के रूप में हमारे साथ थे ही। अतः मार्ग में व्यर्थ होनेवाले समय और छोटे-मोटे अवरोधों के अतिरिक्त हमें किसी विशेष कठिनाई का सामना नहीं करना पड़ा।

हम सारी रात चलते रहे। ब्रह्ममुहूर्त्त से कुछ ही समय पूर्व हम अपने गन्तव्य के निकट पहुँचे। हमने दूर ही से निकुम्भिला की गुफा देखी। घने वृक्षों से घिरी हुई एक पहाड़ी...उस पहाड़ी पर थोड़ी ऊँचाई पर सीढ़ियाँ चढ़कर एक गुफा सामने की

ओर किंचित् गहराई में। उसमें एक विशाल चतुर्भुज देवी की विकराल मूर्ति। हाथों में खंग-खप्पर-मानवमुण्ड और एक व्याघ्र का मुण्ड लिये।...निकुम्भिला देवी की वह मूर्ति उस पर्वत को ही काट-तराशकर निर्मित की गयी प्रतीत होती थी। एक बलिष्ठ-सा व्यक्ति रक्तवर्ण के अंगराग को अपने शरीर में मले हमारी ओर पीठ किये देवी के सम्मुख एक बड़ी-सी यज्ञवेदी में आहुतियाँ देता बैठा दिखा हम सबको। विभीषण ने बताया कि वही इन्द्रजित् है।

उस हवन करते हुए राक्षस को चारों ओर से घेरकर कुछ दूरी पर राक्षसों की एक भारी सेना वहाँ उपस्थित थी। सभी सतर्कता से पहरा दे रहे थे। इधर हम सब वृक्षों के झुरमुट में छिपे हुए थे। विभीषण ने मुझसे कहा कि - "लक्ष्मण जी!...उन राक्षसों को देखिये। सर्वप्रथम राक्षस-सेना को नष्ट करने का प्रयत्न कीजिये। सेना के बड़े भाग के नष्ट हो जाने के साथ ही उस पर धावा बोलकर शेष सेना को नष्ट करने का उपक्रम करना होगा।...हमारा यह कृत्य यज्ञरत इन्द्रजित् को विचलित कर देगा। तब उसका यज्ञ स्वतः भंग हो जायेगा।" हमने ऐसा ही किया। मैंने और हमारे कुछ चुने हुए धनुर्धर वानरसैनिकों ने एक साथ सैंकड़ों बाणों की बरसात करके मेघनाद की सेना के राक्षस-सैनिकों को मृत्यु के घाट उतार दिया।

जब तक वे सँभले-सँभले हमारे समस्त यूथपति और सैनिक प्रस्तरशिलाओं, परशु, खंग, यष्टि, तोमर, भाला, बरछी आदि के साथ चढ़ दौड़े। अपने फुँकने बाँसों से विषाक्त तीर छोड़नेवाले आदिवासियों के विशिष्ट दल भी हमारे साथ गये थे। वह भी उस धावे में सधे कदमों से पीछे-पीछे आये। हमारी वानर सेना को अतिरिक्त सहायता प्रदान करने हेतु। राक्षस-वानर-भालू सभी परस्पर भिड़ गये। भयंकर मारकाट और वह कोलाहल सूर्योदय की उस वेला में उस जंगल में मचा कि पशु-पक्षी, जीव-जन्तु जो भी उस एकान्त अरण्य में थे जान तुड़ाकर चारों ओर भाग चले। शत्रु पक्ष का कोई योद्धा अथवा सैनिक यदि वानरदल पर भारी पड़ता दिखता तो फुँकने आदिवासी अपना विषैला तीर उसके मस्तक अथवा कण्ठ में फूँककर उसे धराशायी कर देते।

...इस अकस्मात् आक्रमण एवं उससे उपजे विकट कोलाहल ने मेघनाद का वास्तव में ध्यान भंग कर दिया। वह फिर भी अविचल बना हुआ अपना यज्ञ कार्य करता रहा। क्योंकि पूर्ण आहुति का समय निकट ही था। इस बीच अंगद उछलता-कूदता इन्द्रजित् तक पहुँच गया। उसने एक लात मेघनाद की पीठ पर जमायी। शक्तिशाली मेघनाद आगे को औंधे मुँह यज्ञवेदी में गिरते-गिरते बचा। उसका चेहरा यज्ञ की अग्नि में झुलस गया। तब वह एक बहुत बड़ा खंग लेकर उठ खड़ा हुआ। उसने अंगद को खंग से मारना चाहा। चपल अंगद उछलकर पीछे हट गया और मेघनाद का प्रहार बचा गया। अंगद मेघनाद को छकाने लगा। तब तक

हनुमान जी वहाँ पहुँच गये और उन्होंने सारी पूजन और यज्ञ-सामग्री उस अग्निकुण्ड में झोंककर उस यज्ञ को विध्वंस कर डाला।

मैं निरन्तर सावधान की मुद्रा में मेघनाद के प्रत्याक्रमण की प्रतीक्षा में था। विभीषण मेरे निकट खड़े थे। अंगद और हनुमान यज्ञ के सण्ड-भण्ड होते ही वापस युद्धरत वानर सेना की सहायता हेतु वहाँ पहुँच गये।

कुण्ठित और क्रोधित मेघनाद अपनी सेना को इस प्रकार कटता-पिटता देखकर निकुम्भिला देवी की अर्चना को छोड़कर उस पर्वत की सीढ़ियाँ उतर आया। वहाँ उपस्थित अपने रथ पर सवार हुआ वह। हाथ में धनुष उठाकर उसने मेरी ओर आकर मुझे ललकारा। बोला कि - "लक्ष्मण! मुझ इन्द्रजित् को अभी भी नहीं पहचान सके तुम?...आज तुम यहाँ से जीवित बचकर जा नहीं सकोगे।" फिर उसे मेरे निकट खड़े विभीषण दिख गये। मेघनाद कठोर शब्दों में उनसे कहने लगा - "अरे काका! तुम भी यहाँ हो?...लंकापुरी में जन्मे तुम यहीं का अन्न खा-खाकर बड़े हुए। मेरे पिता के सगे अनुज हो। फिर भी तुमने हम स्वजनों को छोड़कर शत्रुओं का दासत्व स्वीकार कर लिया? धिक्कार है तुम्हें।...मैं तुम्हारे पुत्र के समान हूँ तब भी तुम मुझसे द्रोह कर रहे हो। निश्चय ही तुम कृतघ्न और कायर हो।"

यह कहकर उसने अपने भारी धनुष की प्रत्यञ्चा खींचकर एक भयंकर टंकार की और दर्प के साथ बोला - "आज मैं लंका की भूमि को वानरविहीन किये देता हूँ। लो सँभलो।"

प्रत्युत्तर में मैंने मेघनाद से इतना ही कहा - "पुरुषार्थी कर्म करते हैं, बातें नहीं। अब तुम सँभलो।" और पलक झपकते ही शरसन्धान कर मैंने एक के बाद एक-दो तीक्ष्ण बाण मेघनाद पर छोड़े यह कहते हुए - "यह बाण भइया श्रीराम की ओर से ...और यह दूसरा मेरी ओर से।"

दोनों बाण मेघनाद को छाती में लगे जिससे मुहूर्त्त भर के लिए उसे मूर्च्छा की अनुभूति हुई। फिर वह सँभल गया। अपने एक हाथ से दोनों बाण खींचकर उसने निकाले। इन्द्रजित् वास्तव में वीर था। उसने फिर विद्युत् गति से मुझ पर अनेकानेक बाणों की वृष्टि प्रारम्भ कर दी। उसके अधिकांश बाणों को मैंने अपने बाणों से काट दिया। फिर भी उसके कुछ बाण मुझे लगे। और कुछ ने हनुमान जी तथा विभीषण को भी बींध दिया।

इस प्रकार हमारे मध्य एक भीषण संग्राम छिड़ गया। दोनों ओर से अस्त्र-शस्त्रों का ऐसा आदान-प्रदान हुआ कि अब मैं क्या बताऊँ? हम दोनों योद्धाओं की शस्त्रविद्या की कठिन परीक्षा का समय था वह। हमारे शरीर रक्त से नहाये हुए थे और यह युद्ध किसी एक योद्धा की मृत्यु के समापन पर आ टिका था। जब मेघनाद ने अपने बाणों से मेरे शरीर के कवच को भी छिन्न-भिन्न कर गिरा दिया तब मैंने भी अपने बाणों के द्वारा मेघनाद के सारथी और अश्वों को मारकर उसके रथ को ध्वस्त

कर दिया। फिर उसके धनुष को भी काट गिराया। तब माया से उसने दूसरा धनुष प्रकट किया और उससे लड़ने लगा।

माया से इधर-उधर अदृश्य और प्रकट होता वह राक्षस चारों ओर बाणों की वृष्टि करने लगा। उससे वानरों के मध्य एक भारी बेचैनी व्याप्त हो गयी। तब मैंने भइया श्रीराम को स्मरण कर अपने तूणीर से महाघातक ऐन्द्र बाण निकाला और उसे गुरुमन्त्र से सिद्धकर पूरी शक्ति से मेघनाद की ओर लक्ष्य कर छोड़ा। यही बाण मेघनाद के लिए प्राणघातक सिद्ध हुआ और उसका सिर कटकर धड़ से अलग हो गया।

इन्द्रजित् मेघनाद के मारे जाते ही समस्त वानरदल मेरा गुणगान करने लगा जिससे मुझे हर्ष के साथ बड़ा संकोच हुआ। मैंने भइया श्रीराम के नाम का जयघोष किया और अपने चीर में बँधे शंख को खोलकर उससे विजयसूचक एक सर्वव्यापी शंखनाद किया। बचे-खुचे सारे राक्षस भाग गये और मेरे विस्मय के मध्य आज स्वयं बजरंगबली हनुमान जी ने मुझे अपने कन्धों पर उठा लिया। वैसे ही जैसे वह भइया श्रीराम को प्रायः उठाया करते थे।

हम विजयी राम-सैनिकों ने प्रभु श्रीराम के पास जाकर जब मेघनाद-वध का सुसमाचार उन्हें सुनाया तो भइया ने अतिप्रसन्न होकर मुझे हृदय से लगा लिया और मेरा सिर सूँघकर मेरी प्रशंसा में न जाने क्या-क्या कहा?

संकोच में गड़कर मैं उनसे इतना ही कह सका कि - "भइया! यह तो सब आपकी कृपा और आपके दिये इस धनुष का प्रताप है।"

राम भइया विहँसकर वात्सल्य से बोले - "किन्तु बाण तो तेरे ही थे वत्स।"

मैंने कहा - "उनके अग्रभाग में भी आप ही का आशीर्वाद था।"

ज्ञानवान् हो जो अनीति का साथ दिया करते हैं,
कुम्भकरण का वही मनुज पर्याय हुआ करते हैं।
देवों को भी जीत भले ही जायें ऐसे मानव,
मेघनाद-से धरती का आतंक बने फिरते हैं।।

राम-लक्ष्मण नीतिवान् मानवता के उद्धारक,
वर्ष सहस्रों बाद तपस्या हेतु जन्म लेते हैं।
जीत न पायें घोर निशा से हार सभी जब जायें,
ऐसे तापस योद्धा ही तब तिमिर हरण करते हैं।।

छिपी प्रबल जनशक्ति ज्वार-सी उसमें ऐसा मानें,
वानर सेना नहीं कोई साधारण सेना जानें।
अन्यायी के राज में बन्दी बनी हुई मानवता,
लंकानगरी में अपहृत सीता को वैसा जानें।।

अन्याय-असत्-आतंक-अशुभ का मूर्तिमान् सम्पोषक,
रावण कायर-अधिनायक अपसंस्कृति का उद्घोषक।
पीड़ा-पारावार धरा जब सहन नहीं कर पाई,
लंकाधिराज का वध करने तब निकल पड़े रघुराई।।

भइया श्रीराम ने वानरश्रेष्ठ सुषेण से मेरा एवं मेघनाद युद्ध में घायल सभी वानरवीरों का उपचार कराया। उनके आशीर्वाद ने समस्त वानरसेना के मनोबल को ऊँचा उठाया और सुषेण जी की ओषधियों ने सबको तीव्रता से स्वास्थ्य लाभ कराया।

उधर अपने सुयोग्यतम पुत्र मेघनाद को युद्धभूमि में खो देने से रावण भीतर तक टूट गया। जब उसे उसकी मृत्यु का समाचार मिला तो वह शोक के आघात से मूर्च्छित हो गया। चेतना आने पर अपनी छाती को कूटता हुआ दशानन बुरी तरह विलाप करने लगा। इसी क्रम में प्राप्त सूचनाओं के आधार पर विभीषण ने हमें बताया कि रावण पुत्रशोक में इतना विक्षिप्त हो गया था कि वह उसकी मृत्यु का प्रतिकार लेने के लिए अपने महल से हाथ में खंग लेकर सीता-वध करने को अशोक-वाटिका की ओर दौड़ा। सेवको, स्त्रियों आदि के रोकते-कहते भी वह सीता जी तक पहुँचकर उन्हें मारने को उद्यत हुआ। तभी सुपार्श्व नामक रावण के एक सुशील मन्त्री ने उसे यह कहकर रोक लिया कि एक असहाय स्त्री का वध करके वह लोक में अपयश का भागी क्यों बनना चाहता है? वह शूरवीर, महारथी, बुद्धिमान् है। श्रीराम से युद्ध कर विजयी बने तो सीता स्वयं ही उसकी हो जायेगी। यह सुनकर रावण तब सामान्य मनःस्थिति में लौटा और युद्ध के लिए अपने अवशेष महाभट राक्षसों को तैयार करने के लिए उसने आकस्मिक बैठक बुला ली।

रावण ने प्रारम्भ में स्वयं न आकर हमसे युद्ध के लिए अनेक राक्षस योद्धाओं को भेजा। हमारे वानरयोद्धाओं ने उनका वीरतापूर्वक सामना किया। हमारी अब तक की बड़ी-बड़ी विजयों के कारण हमारे योद्धाओं का मनोबल शीर्ष स्थान पर था जबकि रावण के योद्धा अपने राजा की गिरती हुई आन को बचाने के लिए एक निरन्तर हारती हुई लड़ाई लड़ रहे थे। अतः उनका मनोबल भी उतना सुदृढ़ न था।

एक-एक कर रावण के अनेक योद्धा उस युद्ध में मारे गये। रावण की सेना के एक बड़े भाग का सफाया हो गया। तब रावण 'मारो अथवा मरो' का लक्ष्य लेकर युद्धभूमि में उतरा। परन्तु भइया श्रीराम के सधे हुए बाणों ने उसे देर तक टिकने नहीं दिया। रावण के घोड़े तथा सारथी तो मेरे बाणों द्वारा ही मारे गये। रावण राम भइया के बाणों से घायल हुआ। उसके बाद उसने एक दूसरा रथ मँगवाया और वह उस पर सवार होकर हमारी वानर सेना को बड़ी संख्या में तीर बरसाकर मौत के घाट उतारने लगा।

तब भइया उस घमासान के बीच पुनः रावण का मार्ग रोककर खड़े हो गये। वह उससे आमने-सामने का युद्ध करने लगे। मैं भइया से कुछ दूर खड़ा शत्रुओं पर कड़ी दृष्टि रख रहा था। मैं श्रीराम पर अन्य राक्षसों द्वारा धोखे से किये जानेवाले आघातों को अपने तीरों से विफल कर रहा था। ज्यों ही कोई राक्षस योद्धा रावण से युद्धरत राम भइया की ओर बढ़ता त्यों ही वह मेरे तीक्ष्ण बाण का आखेट बनता। उधर विभीषण जी भी भइया श्रीराम के साथ ही खड़े मनबढ़-राक्षसों पर गदा प्रहार कर रहे थे। वह भइया के दूसरे रक्षाकवच का कार्य कर रहे थे।

रावण ने विभीषण को देख लिया। उसकी पूरी देह क्रोध से मानो सुलग उठी। उसने एक भीषण शक्ति विभीषण पर चलायी। राम भइया विभीषण को बचाने के लिए उसके आगे आ गये। तब तक मैंने इधर से अपने बाणों से वह शक्ति खण्ड-खण्ड कर डाली।

इसके बाद भइया ने एक विशिष्ट बाण चुनकर अपने तरकश से निकाला। उसके अग्रभाग को कोई मन्त्र पढ़कर एक बार जोर से फूँका। तत्पश्चात् उन्होंने वह बाण कान तक खींचकर अपने धनुष से छोड़ा जो कि सीधा रावण की छाती में जा धँसा। रावण भहराकर अपने रथ के भीतर ही गिर पड़ा और व्याकुल हो उसने लंका लौट चलने का संकेत अपने सारथी को दिया। रावण के युद्धभूमि छोड़ते ही उसकी बची-खुची राक्षस सेना भी घबराकर भाग खड़ी हुई।

रावण इस प्रकार दूसरी बार श्रीराम के हाथों से परास्त हुआ था। निश्चय ही अपनी अजेयता से उसका स्वयं का मोहभंग हो गया होगा। यही कारण था कि रावण-जैसे महापराक्रमी को पुनः शक्ति अर्जित करने की आवश्यकता अनुभूत हुई। उसने अपने गुरु से परामर्श किया। गुरु ने बताया कि हे दशानन!...तुम जैसे बन पड़े एकान्तवास करके हवन करो। यदि तुम्हारा यज्ञ निर्विघ्न सम्पन्न हो गया तो तुम पुनः अजेय हो जाओगे।

रावण एकान्त वन में मेघनाद द्वारा किये गये निकुम्भिला के यज्ञ की परिणति से भिज्ञ था। अतः इस सम्बन्ध में वह कोई और संकट मोल नहीं लेना चाहता था। विभीषण ने बताया कि रावण ने अपने महल में ही रातोंरात एक पाताल के समान गहन गुफा खुदवाकर वहाँ सारी हवन-सामग्री जुटायी है। अब वह कल प्रातः से उसमें बैठकर अपने इष्ट रुद्र को प्रसन्न करने हेतु अपने गुरु से प्राप्त हुए मन्त्रों के द्वारा हवन कार्य प्रारम्भ करेगा। यदि यह यज्ञ निर्विघ्न सम्पन्न हो गया तो वह पुनः अपराजेय हो जायेगा।

इस सम्बन्ध में योजना यह बनी कि प्रातः जैसे ही रावण का यज्ञ आरम्भ हो लंका के दुर्ग को चारों ओर से घेरकर उस पर वानर सेना धावा बोल दे। इस बार लंका

के दुर्ग में घुसकर शत्रुसेना की कटाई करनी है और राक्षसराज रावण के यज्ञ का विध्वंस सुनिश्चित करना है। हनुमान, अंगद और कुछ बलशाली वानर यूथपति सेना के साथ लंका में घुसकर शत्रु की कमर तोड़ेंगे।

प्रातः वेला में विभीषण ने लंका के बीच से एक बड़ा भारी धुआँ आकाश की ओर उठता देख उसे हमें दिखाया और कहा - "देखिये वहाँ लंकेश ने हवन प्रारम्भ कर दिया है। वानर सेनापतियों को आदेश देने का यही सही समय है।"

तब प्रभु श्रीराम की आज्ञा से अंगद, हनुमान, नल, नील, गज, गवाक्ष, गवय आदि अनेक महाबलवान् वानरवीर लंका के परकोटों के ऊपर चढ़ गये। उनके पीछे-पीछे सहस्रों छापामार वानर सैनिक भी लंका नगरी के भीतर घुस गये।

वानरों के अचानक हुए उस भीषण हमले से भयभीत नागरिक भागकर अपने-अपने घरों में जा घुसे। जो राक्षस सैनिक अथवा योद्धा टक्कर लेने को हुए उन्हें उनके अनेक हाथियों एवं घोड़ों सहित वानरों ने मार डाला। लंका का सिंहद्वार हमारे सैनिकों ने खोल दिया। उस उत्तरी द्वार के खुल जाने से सहस्रों वानर सामने से भी लंका में प्रवेश कर गये। फिर वहाँ वह भयंकर मार-काट मची कि बाहर युद्ध के मैदान में भीतर के कोलाहल के अतिरिक्त हमें कुछ भी सुनायी नहीं पड़ रहा था।

भइया ने सुग्रीव से कहा कि - "क्या आपने वानरों को यह सन्देश दे दिया है कि स्त्रियों, बच्चों और शान्तिप्रिय नागरिकों को न छेड़ा जाये?"

सुग्रीव ने कहा - "रावण के महल की तो मैं नहीं कह सकता। वहाँ युवराज अंगद स्वविवेक से निर्णय लेंगे। शेष स्थानों के लिए - हाँ।"

मैंने कहा - "वानर सैनिकों से जो मुचैटा लेगा वह कोई राक्षस सैनिक हुआ अथवा नागरिक, वानर उसे नहीं छोड़ेंगे...इतना मैं जानता हूँ।"

भइया श्रीराम ने तब एक लम्बी श्वास भरी और छोड़ी। तभी एक वानर सैनिक लंका से भागकर आया और उसने बताया कि युवराज अंगद और हनुमान जी रावण की पाताल गुफा में घुस गये हैं जहाँ वह राक्षस यज्ञ कर रहा है। शेष वानरयोद्धाओं ने उसके द्वारपाल और महल के रक्षकों को मार डाला है। भीतर नगर में सड़कों और गलियों में हर जगह विकट युद्ध छिड़ा हुआ है।

रावण का महायज्ञ वानरसेना ने तहस-नहस कर दिया। प्राप्त सूचनाओं से विदित हुआ कि अंगद और दूसरे कुछ वानरयोद्धा पहले तो हवन कर रहे रावण से लिपटकर उसे दाँत काटने और पदप्रहार करने-जैसे उपक्रमों में लगे रहे। परन्तु जब रावण उस यज्ञवेदी से सरलता से नहीं डिगा और न जाने किस शक्ति के बल पर अपने आसन पर जमा बैठा रहा तब अंगद और दूसरे कुछ वानरयोद्धा महल में जाकर

महारानी मन्दोदरी और महल की दूसरी स्त्रियों को अभद्रतापूर्वक वहाँ घसीट लाये और उनसे दुर्व्यवहार करने लगे। इस पर हनुमान जी ने उन्हें रोका। मन्दोदरी रोती हुई रावण को उसकी कापुरुषता के लिए उलाहने देने लगी। पत्नी के धिक्कार पर रावण का संयम टूट गया और वह हवन को बीच में छोड़कर उठ खड़ा हुआ। तब तक यज्ञवेदी में जल भरकर उसे बुझा दिया गया और सारी पूजन-सामग्री उसी में डालकर उसे विध्वंस कर दिया गया। सारे वानरयोद्धा रावण को धकिया और धमकाकर उसके महल से बाहर आ गये। और फिर वे सब-के-सब हमारे पास सकुशल लंकानगरी से वापस लौट आये। इस प्रकार जो भी हुआ, एक दुःखद अध्याय का अन्त हुआ।

सूत्रों ने बताया कि रानी मन्दोदरी ने महाराज रावण को रो-रोकर पुनः बहुत समझाने का प्रयास किया कि - "अब भी हठ छोड़ दीजिये स्वामी!... रामचन्द्र जी को उनकी सीता वापस लौटा दीजिये।...अपने अनेक बन्धु-बान्धवों और पुत्रों को खोने के बाद आप उनसे नाहक वैर ठाने हुए हैं।...हे प्राणनाथ!...यह अच्छा नहीं है। निरन्तर अपशकुन हो रहे हैं। विधवा राक्षसियाँ जिनकी माँगों के सुहाग उजड़ गये और वृद्ध माताएँ जिन्होंने इस भयानक युद्ध में अपने पुत्र-पौत्रादि खो दिये दिन-रात विलाप करती हैं। रात-रात भर सियार नगर की ओर मुँह उठाकर बाहर के जंगलों में रोते हैं और उन्हें सुनकर बहुतेरे नगर-श्वान भी सामूहिक क्रन्दन करने लगते हैं। स्वप्न में चुड़ैलें नृत्य करती हुई हँसती हैं।...इसी से मैं कहती हूँ कि आप अब भी जानकी को रघुनाथ जी के पास भेज दीजिये। फिर हम दोनों विभीषण को राज्य देकर वन को चले चलेंगे।"

इस पर उन्हीं सूत्रों ने हमें बताया कि रावण ने मन्दोदरी का प्रस्ताव ठुकराकर कहा कि - "युद्ध में अपने भ्राता, पुत्र और राक्षस-समूह का नाश कराकर मैं वनवासी होकर कैसे जीवन काट सकता हूँ? अब तो मेरे पास युद्ध का ही मार्ग शेष है। मेरे लिये यही श्रेयस्कर होगा कि या तो मैं उस वनवासी राम को मार दूँ गा फिर उसी के हाथों मैं भी मरकर मुक्ति पाऊँ। युद्ध में आत्मसमर्पण कर नारकीय जीवन जीने से सहस्र गुना श्रेष्ठ है वीरगति पाकर स्वर्ग को प्राप्त करना।"

और फिर राम-रावण का दुर्निवार युद्ध हुआ। लंकाधिपति रावण अपने प्राणों की अन्तिम बाजी खेलने युद्धक्षेत्र में आया। महाभयंकर राक्षसों से घिरा हुआ। एक विशाल एवं सुदृढ़ रथ पर आरूढ़। पिशाच के मुख-जैसे गधों से जुता उसका रथ समस्त प्रकार के अस्त्र-शस्त्रों एवं युद्ध-सामग्रियों से सुसज्जित अति भयानक जान पड़ता था। इस प्रकार महाभयंकर इरादों के साथ राक्षसराज रावण अपनी लंकापुरी से निकला था।

युद्ध में भीषण स्वरूप धरकर इस बार आनेवाले रावण को देखकर वानरसेना अत्यन्त भयभीत हो गयी। तब हनुमान जी सर्वप्रथम रावण से युद्ध करने के लिए

कूदकर सामने आये। उन्होंने कसकर एक मुट्ठी बाँधी और झपटकर रथारूढ़ रावण की छाती में एक प्रबल प्रहार किया। एक-दो क्षण की मूर्च्छा के साथ ही रावण को चेत हुआ। रावण ने हनुमान जी से कहा - "मैं मानता हूँ कि तू वास्तव में बड़ा शूरवीर है।"

हनुमान जी बोले - "अरे रावण! धिक्कार है मुझे कि मेरा प्रहार सहकर भी तू जीवित रह गया। अच्छा ले अब तू मेरी छाती में घूँसा मार। फिर मेरा घूँसा लगने पर तू प्राण छोड़ ही देगा इसमें सन्देह नहीं।"

तब रावण ने - "अच्छा तो यह ले" - कहकर हनुमान जी की छाती में एक घूँसा मारा। कपिवर कुछ देर को हिल गये और रावण के रथ से उतरकर उन्होंने स्वयं को सँभाला। फिर जैसे ही हनुमान जी पुनः रावण को मारने हेतु स्वस्थ हुए वह भयग्रस्त होकर अपना रथ दौड़ाता कहीं अन्यत्र चला गया।

हनुमान, अंगद, नल, नील चारों ने एकत्र होकर अपने सम्मुख अग्निवर्ण, सर्परोमा, खंगरोमा और वृश्चिकरोमा नामक चार भयंकर राक्षसों को खड़े देखा। तब उन चारों वानर योद्धाओं ने उन चारों महापराक्रमी राक्षसों से द्वन्द्वयुद्ध कर उन्हें मार डाला। तत्पश्चात् वे चारों शूरवीर महाबली वानर पृथक्-पृथक् गर्जन करते हुए प्रभु श्रीराम के पास आकर खड़े हो गये। गदाधारी विभीषण भइया के दाहिनी ओर खड़े थे तथा अपने तीर और धनुष के साथ मैं स्वयं उनके बायीं ओर खड़ा था।

सुग्रीव और अंगद युद्ध के मैदान में डटे हुए शत्रुओं के विरुद्ध अत्यन्त कुशलता से सैन्य संचालन कर रहे थे। आज इस निर्णायक युद्ध में रीछराज जाम्बवान् जी भी अपने भालु-योद्धाओं के साथ राक्षसों से विकट युद्ध कर रहे थे। वास्तव में एक-एक भालू योद्धा दस-दस राक्षस योद्धाओं पर भारी था। उधर वानरों का शौर्य भी आज सातवें आकाश को छूता-सा प्रतीत होता था।

यह एक असामान्य युद्ध था। इसमें विश्व का माना हुआ आततायी रावण एक विशाल रथ पर सवार था। जबकि हमारे जन-जन के प्रिय श्रीराम रथविहीन एक पदाति-सैनिक की भाँति उसके सम्मुख थे। यह देखकर विभीषण ने चिन्ता व्यक्त की कि - "प्रभु!...आप पैदल कैसे इस रथारूढ़ शत्रु का सामना कर सकेंगे?"

प्रभु श्रीराम ने कहा - "देखते जाओ मित्र! -" यह कहकर वह मुस्कुराये और पुनः बोले - "आत्मबल से बड़ा कोई बल नहीं होता और व्यक्ति के चरित्र से बड़ा ऐसा कोई रथ नहीं कि जिस पर आरूढ़ होकर वह किसी भी संघर्ष में सफलता अर्जित कर सके। व्यक्ति की नैतिकता और मानवीयता ही उसे अन्तिम विजय दिलाती है। हाँ...युद्ध में शौर्य का कोई विकल्प नहीं। सो विभीषण!...राम और उसकी सेना में शौर्य की कोई कमी नहीं है यह तो तुम देख ही रहे होगे?"

इस बीच क्रूर रावण दाँतों से अपने होंठ चबाता आग्नेय नेत्रों से श्रीराम को देखता हुआ उनकी ओर दौड़ा। भइया श्रीराम ने बाणों की बौछार कर उसके रथ का

मार्ग अवरुद्ध कर दिया। बाणों की अनेक पंक्तियाँ युद्धभूमि में गड़ी हुई नुकीली कीलियों की तरह उसके रथ के आगे अवरोधक-सी बन गयीं। रथ में जुते गधों को उनसे प्राणभय हो गया। उसका सारथी रथ को घुमाकर ले जाता इससे पूर्व मैंने भी रथ के दाहिने और बायें बाण-वृष्टि करके उसी प्रकार के मार्ग अवरोधक खड़े कर दिये।

फिर श्रीराम और रावण के मध्य आमने-सामने का विकराल युद्ध आरम्भ हो गया। रावण ने एक अग्निबाण छोड़ा। युद्धभूमि में जहाँ-तहाँ आग लग गयी। बहुत-से जीवित सैनिक भी उस आग में जलने लगे। तब श्रीराम ने तुरन्त वरुणास्त्र का सन्धान कर उसे आकाश में छोड़ा जिससे कि हर ओर जलवृष्टि होने लगी और रावण की लगायी आग तत्काल बुझ गयी। रावण ने देवान्तक बाण चलाया तो भइया ने इन्द्रास्त्र के प्रक्षेप से उसे नष्ट कर दिया। रावण ने फिर एक सर्पमुख बाण छोड़ा जिससे सैकड़ों सर्प उत्पन्न होकर रणभूमि में विचरने लगे तथा वानरसेना को जहाँ-तहाँ डसने लगे। तब श्रीराम ने अपने धनुष पर गरुड़ास्त्र का सन्धान किया। उसे छोड़ते ही सर्पों का भक्षण करनेवाले अनेक गरुड़ पक्षी वायुमण्डल में प्रकट हो गये और उन्होंने रेंगते हुए सर्पों को मारकर खा लिया।

उसके बाद अपने अनेक अस्त्रों को श्रीराम द्वारा निरस्त होता देख रावण बौखला गया। वह फिर अन्धाधुन्ध शरसन्धान कर एक से अनेक बाण निकालनेवाले असंख्य बाणों को प्रक्षिप्त करने लगा। श्रीराम ने गुरु वसिष्ठ, विश्वामित्र और अगस्त्य से प्राप्त धनुर्विद्या के सिद्ध मन्त्रों के साथ रावण के प्रत्येक बाण संचालन का सटीक प्रत्युत्तर दिया। उसके बाणों को काटकर उसके शरीर को भी अनेक स्थानों पर शरविद्ध कर दिया।

श्रीराम को इसमें किन्तु बहुत परिश्रम करना पड़ रहा था। वह जितनी बार रावण की भुजाएँ काटते उनकी जगह नयी भुजाएँ उत्पन्न हो जातीं। तब श्रीराम ने अपने बाणों से रावण का शिरोच्छेदन प्रारम्भ कर दिया। अपने अनेक बाणों से उन्होंने रावण का सिर अनेक बार काटा। किन्तु हर बार रावण का नया सिर उसके काँधों बीच उत्पन्न हो गया। भइया चिन्ताग्रस्त हो गये। यह देखकर उनके पास खड़े विभीषण ने उन्हें बताया कि - "ब्रह्मा जी की तपस्या कर रावण ने यह सिद्धि प्राप्त कर रखी है कि उसकी भुजाएँ और सिर काटकर समाप्त नहीं किये जा सकते क्योंकि उसकी नाभि के भीतर एक अमृतकोष है। वह उसके अंगों की होनेवाली क्षतिपूर्ति तत्काल कर देता है।...अतः आप इसकी नाभि में प्रहार कर उस अमृतकोष को विनष्ट कर दीजिये। फिर रावण की जीवनशक्ति समाप्त हो जायेगी और वह अधिक समय तक जीवित नहीं रह पायेगा।"

तब प्रभु श्रीराम ने अपना अमोघ बाण शारंग धनुष पर चढ़ाया और मन-ही-मन भगवान् शिवशंकर को प्रणाम कर उनसे क्षमा माँगते हुए अपने परमशत्रु रावण की नाभि को लक्ष्य कर पूरे वेग से छोड़ दिया।

उस अमोघ बाण के लगते ही रावण का बड़ा भारी धनुष उसके हाथ से छूटकर गिर गया। रावण अपने रथ से उछलकर पृथ्वी पर दूर जा गिरा। उसे पृथ्वी पर गिरता देख मरने से बचे राक्षस अनाथ होने के भय से चारों ओर भाग गये। रावण युद्धभूमि में जीवित है अथवा मृत? किसी ने यह जानने का भी प्रयत्न नहीं किया।

इधर रावण के धराशायी होने का समाचार फैलते ही पूरी वानरसेना में हर्ष की एक प्रचण्ड लहर दौड़ गयी। उधर लंकानगरी में इस अशुभ समाचार ने रावण के परिजनों को शोक के परावार में डुबो दिया और सारे नगर में हाहाकार मच गया। रावण का अन्त तो होना ही था। किन्तु एक विश्वविजयी सम्राट् का उसी की धरती पर ऐसा सर्वनाशक अन्त होगा यह लंका में कदाचित् ही कभी किसी ने सोचा होगा।

●

10

ज्ञानी सदा पूज्य होता है

श्रीराम रणभूमि में धराशायी रावण के समीप गये। अभी वह जीवित था। अपने जीवन की अन्तिम साँसें ले रहा था। क्षत-विक्षत देह के साथ रक्त के उत्स को अपनी नाभि से छोड़ता रावण, जहाँ उसे श्रीराम का अमोघ बाण लगा था, इस समय पूर्णतः असहाय एवं परित्यक्त अवस्था को प्राप्त था।

राक्षसों एवं वानर सैनिकों के शवों से पटी हुई रणभूमि अवर्णनीय अवस्था को प्राप्त थी। ऐसे में आर्य श्रीराम अपने परमशत्रु के समक्ष स्वयं चलकर गये। उन्होंने उसे अत्यन्त आदर के साथ शीश झुकाकर दोनों हाथों से प्रणाम किया। फिर कमलनयन श्रीराम बोले - "रक्ष-संस्कृति के प्रवर्तक राक्षसराज रावण!...आपको इस रघुकुलनन्दन राम का प्रणाम।...महापण्डित रावण!...मैं आपके अनुपम ज्ञान के समक्ष नतमस्तक हूँ और युद्ध में प्रकट किये गये आपके महान् शौर्य की हृदय से सराहना करता हूँ।...इस महायुद्ध के समापन के साथ आशा है आपका मुझसे निजी वैर भी समाप्त हो गया होगा। और मैं भी आपको विश्वास दिलाता हूँ कि मेरे मन में अब आपके अथवा लंका की प्रजा के लिए कोई विक्षोभ नहीं।...

"आप यदि चाहते तो यह युद्ध टल सकता था। किन्तु ऐसा हो न सका। इस अवसर पर मैं अपने भीतर की उथल-पुथल को आपसे बाँटना चाहता हूँ। मैं सोचता हूँ कि जिन्हें दक्षिणोन्मुख होना चाहिए था वे उत्तरमुखी बने बैठे रहे और जिन्हें उत्तरोन्मुख होना चाहिए था वे दक्षिण के ही होकर रह गये। देव-संस्कृति और रक्ष अथवा राक्षस-संस्कृति के मध्य यह मानव सभ्यता आज पिसकर रह गयी है। मानव आर्य एवं अनार्य के द्वन्द्व में फँसकर इस पृथ्वीलोक में दर-दर भटक रहे हैं।...

"आर्यजन अपने ही बीच के प्रगतिशील आर्यों को बहिष्कृत कर स्वयं से विमुख कर देते हैं और अनार्यों को तो वह अस्पृश्य और इतना तुच्छ समझते हैं कि उन्हें अपनाना उन्हें अप्रतिष्ठाकारी लगता है।...

"उधर दण्डकारण्य एवं जनस्थान में घूमते-फिरते हुए मैंने चौदह वर्षों में यह अवलोकन किया कि अनार्य वनवासी जनजातियाँ, घुमन्तू और विभिन्न कबीले

अज्ञान, अन्धविश्वास, कुरीतियों और कुण्ठाओं की भँवर में इतने घिरे हुए हैं कि वे किसी विधि उनसे उबर नहीं पा रहे हैं। उन्हें कोई उबार भी नहीं रहा है। जो उबार सकते थे वे देवगण स्वयं भोग-विलास में इतने संलिप्त हैं कि उन्हें अपने दायित्वों का उचित बोध तक नहीं रह गया है।...

"इधर देव-संस्कृति की प्रतिद्वन्द्विता में उत्कर्ष की ओर जाती आपकी रक्ष-संस्कृति भी अनार्यों के साथ न्याय न कर सकी।...परम विद्वान् महाराज रावण!...आपने और आपके अनुयायी राक्षसों ने भी स्वयं को मनुष्य न मानकर सृष्टि की एक अलग प्रजाति के रूप में अपने को परिगणित कर सदैव आर्यों का भक्षण और अनार्यों का दमन ही किया।...

"काश! आप ही अपने अद्वितीय अध्ययन, मनन और ज्ञान के सहारे मानव-मानव में विभेद का मार्ग न अपनाकर उसके भक्षण के स्थान पर रक्षण का और दमन के स्थान पर उत्थान का व्रत लेते।...

"आगे क्या कहूँ हे ज्ञानशिरोमणि रावण!...अब आप ही कुछ कहें।"

इस पर घोर पीड़ा और शारीरिक कष्टों के रहते राक्षसराज रावण के अधरों पर एक क्षीण मुस्कान और नेत्रों में हलका-सा तेज उत्पन्न हुआ। रावण ने कहा -

"हे जनहितकारी राम!...आप तो स्वयं परम ज्ञानी और सात्त्विक पुरुष हैं। तिस पर इस प्रकार के वचन मुझसे कहते हैं। लगता है आप मुझ घोर तामसिक व्यक्ति की परीक्षा लेना चाहते हैं?...हे मर्यादापुरुषोत्तम!...आपने कहा कि रक्ष-संस्कृति ने आर्यों और अनार्यों का दूसरे शब्दों में सम्पूर्ण मानव-जाति का कोई हित नहीं किया। मुझे बताइये कि फिर देव-संस्कृति ने ही उनका कौन-सा हित साधन किया है?...

"क्या यदि देवता चाहते तो इस धरती पर अन्याय, शोषण, अशिक्षा, अज्ञान, अपराध, भेदभाव, अस्पृश्यता, घृणा, छल-कपट-विद्वेष आदि कुछ भी अवशेष रह पाता? क्या जो अव्यवस्थाएँ, असमानताएँ, असन्तोष, कुशासन, षड्यन्त्र आदि इस धरती पर विभिन्न देशों, प्रदेशों, नगर, ग्राम, गृह, गली आदि में न्यूनाधिक रूप में विद्यमान हैं उनका अस्तित्व बना रह पाता?...

"देवों ने कुछ नहीं किया। उलटे अपने कुकृत्यों से असहमत हो चुके कुछ देवों को उन्होंने अपने बीच में से ही बहिष्कृत कर निकाल फेंका। हम राक्षस उन्हीं बहिष्कृत देवों की ही तो सन्तानें हैं। इसलिए वे देव आज हमारे सर्वप्रमुख शत्रु हैं। उनके अन्धभक्त आर्य भी हमारे शत्रु हैं। और जब हमारा वश देवों और आर्यों पर नहीं चलता है तो हम अपना आक्रोश अनार्यों पर भी निकालते हैं।...

"श्रीराम!...आप परम उदार हैं सत्यवादी हैं समर्थ हैं पुरुषार्थी हैं और जितेन्द्रिय हैं।...किन्तु आप-जैसे महापुरुष कितने हैं इस धरती पर?...मुट्ठी भर न?...वैसे ही

जैसे कि अन्धकार के पारावार में गिने-चुने कुछ प्रकाश-स्तम्भ! अब आप ही बताइये महाभाग! यदि इस संसार में अन्धकार न होगा तो प्रकाश के महत्त्व को कौन समझेगा?...

"आप-जैसे देवतुल्य युगपुरुष सहस्राब्दियों के पश्चात् इस धराधाम पर आते हैं मानव-जाति के कल्याणार्थ और आते रहेंगे। फिर भी मानव-जाति खण्ड-खण्ड में बँटी है और अभी सहस्राब्दियों तक बँटी रहेगी। ऐसे में आप-जैसों का मार्ग रोकनेवाला भी तो कोई चाहिए? रावण की भूमिका भी यही है। और इस भूमिका का भी अपना महत्त्व है। बिना क्रिया के प्रतिक्रिया नहीं होती और न ही बिना घात के प्रतिघात। तथाकथित देवगण भी तो भूले हुए हैं कि मूलतः वे भी मनुष्य ही हैं। यह मानव और दानव का विभेद उन्हीं के द्वारा उत्पन्न किया हुआ है। आर्यों और अनार्यों को परस्पर लड़ाने की उन्हीं की कुत्सित चाल है जिसे वह नेपथ्य से अपने क्षुद्र स्वार्थों की पूर्ति के लिए चलाते रहते हैं।...

"हे करुणानिधान श्रीराम!...आप यह भी तो देखिये कि देवगण किस निम्नतम सीमा तक आत्मकेन्द्रित, स्वेच्छाचारी और व्यभिचारी बन गये हैं। ऐसे अनेक निरंकुश आततायियों को इस रावण ने सदैव अपने घुटनों के तले दबाकर रखने का प्रयत्न किया है। यह देवगण इतने प्रमादी, स्वार्थान्ध एवं भ्रष्ट हो चुके हैं कि निरीह अनार्य-मानवों का यह भरपूर शोषण करते हैं और समृद्ध आर्य-मानवों का अपने स्वार्थों की पूर्ति में मनचाहा उपयोग।...

"रक्ष-संस्कृति तब तक कायम रहेगी जब तक देव-संस्कृति कुमार्गी रहेगी और वह मानव-मानव के मध्य समरसता स्थापित करने हेतु सचेष्ट न होगी। अन्यथा जिस दिन ऐसी अनुकूलता बनी उसी दिन से देव-दनुज, आर्य-अनार्य और मानव-मानव के मध्य के विभेद स्वतः समाप्त होने लगेंगे।...

"मैं तो अब जा रहा हूँ। अब आगे आप-जैसे महापुरुषों को सब देखना है। सत्य-अहिंसा-नीति-धर्म का पालन मानव-जाति किस प्रकार करे? इसके सूत्र निरन्तर खोजने हैं अपने ही सदाचरण और सत्कर्मों से।"

- यह कहकर रावण मौन हो गया। तब श्रीराम ने एक बार पुनः वीरगति को प्राप्त हो रहे उस महायोद्धा को प्रणाम किया और वहाँ से वापस लौट पड़े। उनके साथ गये हनुमान, सुग्रीव और जामवन्त जी भी उनके साथ वहाँ लौट आये जहाँ मैं अंगद, नल, नील और दूसरे कुछ वानर योद्धाओं के साथ अपने शरीर के घाव धो रहा था। विभीषण अपने चार विश्वासपात्र मित्रों के साथ कुछ दूर शोकग्रस्त हो आँसू बहाते सिर पकड़े बैठे थे।

राम भइया के साथ रावण के उपर्युक्त वार्त्तालाप की जानकारी मुझे उस समय तक नहीं थी। इसके विषय में हनुमान जी ने मुझे बाद में बताया था। मुझे यह तो

लगा था कि भइया मरणासन्न रावण से देर तक कुछ वार्त्ता करते रहे थे जिसके लिए मेरे मन में विस्मयबोध भी था। परन्तु वह सब मुझे तब बड़ा अटपटा लगा था।

भइया ने आते ही मुझसे कहा - "लक्ष्मण जाओ...तुम भी राक्षसराज रावण के अन्तिम दर्शन कर लो। वे महाज्ञानी हैं।"

"और महाभिमानी भी।...ऐसे व्यक्ति से मिलने से क्या लाभ भइया जो आपका परमशत्रु रहा हो?"

"ज्ञान कहीं से भी मिले उसे ग्रहण कर लेना चाहिए प्रिय लक्ष्मण!...भले ही लंकापति रावण हमारे शत्रु रहे हों किन्तु वह प्रकाण्ड पण्डित एवं ज्ञान के आगार हैं। देवाधिदेव शिव के परम उपासक हैं।...क्या पता उनसे तुम्हें दुर्लभ गुरुज्ञान सरीखे कुछ सूत्र ही मिल जायें?"

"परन्तु भइया! -"

"किन्तु परन्तु कुछ नहीं...सौमित्र! जाओ जाकर रावण को प्रणाम करो। यह मेरी आकांक्षा है।"

भइया की आकांक्षा। उनकी कोई भी इच्छा मेरे लिये कभी किसी आदेश से कम नहीं। अतः अनमने मन से ही सही मुझे रावण के पास जाना ही पड़ा। मेरे दोनों हाथ रिक्त न रहें और उनसे मुझे रावण को करवद्ध प्रणाम न करना पड़े इसलिए मैंने एक हाथ में अपना धनुष और दूसरे हाथ में एक बाण कसकर पकड़ लिया। फिर धीरे-धीरे डग भरता हुआ मैं समरभूमि में लेटे हुए विशालकाय रावण के समीप पहुँचा और उसके सिरहाने जाकर खड़ा हो गया।

रावण के दोनों नेत्र बन्द थे। होंठ पीड़ा से भिंचे हुए। शरीर रक्त सरोवर में नहाया हुआ। विशाल वक्षःस्थल तीव्रता से ऊपर-नीचे गिरता हुआ।

"प्रणाम लंका नरेश!" - मैंने कहा।

"कौन?" - रावण ने नेत्र बन्द किये-किये ही पूछा।

"मैं लक्ष्मण...श्रीराम का अनुज।"

"चिरंजीव भव!...यहाँ क्यों आये हो?"

"आपसे कुछ गुरुज्ञान प्राप्त करने।"

"हँह हँह हँह -" रावण पीड़ा में भी किंचित् हँसा और धीरे से बोला - "गुरुज्ञान तो चरणों की दिशा से ही प्राप्त होता है वत्स!"

अब मुझे अपनी भूल का भान हुआ। रणभूमि की ऊष्म उत्तेजना में मुझे अपने तन-मन का बोध पूरी तरह अब तक नहीं था। मैंने तत्काल अपनी भूल सुधारी और रावण के चरणों की ओर जाकर मैंने पुनः अपना प्रणाम निवेदन किया। इस प्रक्रिया में मेरे धनुष-बाण और दोनों हाथ प्रणाम की मुद्रा में राक्षसराज रावण के भव्य व्यक्तित्व के समक्ष कुछ क्षण को अनायास एकाकार हो गये।

तब रावण ने पहली बार कठिनाई से नेत्र खोलकर मुझ पर एक बार दृष्टिपात किया और वह बोले - "वीरवर लक्ष्मण!...मेरे पास अब समय कम है। अपने मन के केवल पाँच प्रश्न मुझसे पूछ लो...संक्षेप में उत्तर दूँगा।"

"जो आज्ञा...मेरा प्रथम प्रश्न है - मनुष्य का सबसे बड़ा शत्रु कौन है?"

"उसका अहंकार।...अहंकार श्रेष्ठ-से-श्रेष्ठ व्यक्ति के व्यक्तित्व का विनाश कर देता है। यदि व्यक्तित्व समाप्त तो समझो व्यक्ति समाप्त। जैसे कि मैं...रावण।"

"द्वितीय प्रश्न यह - मनुष्य के पुरुषार्थ के मार्ग में उसकी सबसे बड़ी दुर्बलता क्या होती है?"

"उसका अधैर्य।...धैर्यवान् व्यक्ति ही कठिन-से-कठिन अभियान में सफलता अर्जित करते हैं। जैसे तुम्हारे अग्रज...राम।"

"शासन की सफलता का वास्तविक रहस्य क्या होता है?"

"शासन राजा के सामर्थ्य के प्रताप से चलता है। राजा की दृष्टि राज्य के हर कोने में भले ही न पहुँच पाये किन्तु राज्य का हर कोना राजा पर दृष्टि रखता है। ...आदर्श शासक सुव्यवस्था के जनक होते हैं और सुविधाभोगी शासक अराजकता के। शासन की सफलता इसी एक सूत्र पर बहुत-कुछ निर्भर करती है कि - यथा राजा तथा प्रजा।"

"सत्य क्या है?"

"ब्रह्म ही सत्य है।"

"फिर मिथ्या क्या है?"

"यह जगत्।...वत्स रामानुज!...अब मुझे नींद आ रही है। तुम्हारी पाँच जिज्ञासाएँ पूर्ण हुईं। अब मैं सोना चाहता हूँ चिरनिद्रा में।"

रावण के सटीक उत्तरों से अभिभूत मैं मौन हो गया। आगे कुछ कहने-सुनने को शेष ही क्या था? तभी मैंने विद्वान् रावण के मुखमण्डल पर एक अद्भुत तेज देखा। एकाएक अपने दोनों नेत्र खोलकर मेरी ओर देखते हुए वह अपनी पूरी शक्ति लगाकर बोले -

"श्रीराम वास्तव में महात्मा हैं।...लक्ष्मण! उनसे कहना कि हो सके तो मेरा अपराध क्षमा करेंगे। उनकी सीता गंगा की भाँति पवित्र है।...राम जितेन्द्रिय हैं इसीलिए महात्मा हैं। अपने व्यक्तित्व के अनुरूप ही सत्य है नाम...राम का।"

और यह कहते-कहते लंकाधिपति रावण का परम ओजस्वी और गम्भीर स्वर सदा-सदा के लिए शान्त हो गया।

•

11

अग्नि-परीक्षा क्यों दें माता

युद्ध समाप्त हो जाने और राक्षसराज रावण का अन्तिम संस्कार सम्पन्न हो जाने के उपरान्त विभीषण लंका के सिंहासन पर आरूढ़ हुए। मैंने राम भइया के आदेश पर लंकापुरी जाकर विभीषण जी का राज्याभिषेक अपनी उपस्थिति में पूर्ण विधि-विधान के साथ सम्पन्न करवाया। उसके पश्चात् विभीषण ने नये लंकाधिपति के रूप में समुद्रतट आकर प्रभु श्रीराम से भेंट की और उनके अनुग्रह एवं उपकार के लिए उनका चरण स्पर्श कर अपनी कृतज्ञता ज्ञापित की।

तब राम भइया ने भाभी माँ सीता को अशोक-वाटिका से लिवा लाने का विभीषण जी से अनुरोध किया। श्रीराम ने कहा -

''मित्र विभीषण!...सीता ने लंका में एक लम्बा त्रासदायक और दुष्कर जीवन जिया है। न जाने किन-किन दारुण परिस्थितियों का सामना करना पड़ा होगा उसे?...बन्दी का जीवन काटनेवाले व्यक्ति के लिए अपने शरीर एवं आन्तरिक चेतना को व्यवस्थित रख पाना बड़ा कठिन होता है।...इसलिए हे लंकापति विभीषण! आप जाइये और सीता को लंकापुरी की गृहिणियों की सहायता से उबटन आदि लगवाने के बाद सिर से स्नान कराकर और उसे स्वच्छ वस्त्र एवं आभूषण आदि धारण कराकर मेरे पास सादर यहाँ ले आइये।...हनुमान से रावण-वध एवं लंका-विजय का शुभ समाचार मैं उसे पहले ही भिजवा चुका हूँ। आपके अविस्मरणीय सहयोग और किष्किन्धापति सुग्रीव की विशाल वानरसेना तथा रीछपति जामवन्त जी के जुझारू दल के अभूतपूर्व पराक्रम, प्रिय हनुमान के महान् योगदान, नल-नील की अनुपम अभियान्त्रिकी और प्रिय लक्ष्मण के आत्मोत्सर्गी शौर्य के बल पर ही सीता की वापसी का यह महाभियान पूर्ण हुआ है।...यह महायुद्ध असत्य पर सत्य की, अन्याय पर न्याय की और पाप पर पुण्य की विजय के रूप में मानव के इतिहास में जाना जाता रहेगा।''

इस पर राक्षसराज विभीषण ने कहा - ''हे कृपानिधान श्रीराम!...आपका विनय और शील अतुलनीय है। आपकी उदारता की कोई थाह नहीं। विजय का सारा श्रेय

दूसरे सभी वीरों को देकर भी आप स्वयं के अपार धैर्य, शौर्य, विवेक और पराक्रम का उल्लेख करना भी उचित नहीं समझ रहे। राम-रावण का इतना बड़ा युद्ध आपके महानायकत्व एवं मार्गदर्शन में लड़ा गया जिसका परिणाम हम सबके सामने है। फिर भी आप अपनी स्वयं की महती भूमिका के प्रति इतने उदासीन?... प्रभु!...आपका यही धीरोदात्त व्यक्तित्व हम सबके लिए अत्यन्त प्रेरणादायक है। हम ही क्या? समस्त पृथ्वी पर आपकी यह यशगाथा युगों-युगों तक अमर रहेगी।''

राम भइया विभीषण के उद्‌बोधन के उपरान्त भी कुछ न बोले। न जाने क्यों वह विजय के उल्लास से संयुक्त होने के स्थान पर किसी गहरी सोच में डूबे हुए अत्यन्त गम्भीर थे? विभीषण जी अशोक-वाटिका से सीता माँ को लाने हेतु लंकानगरी की ओर चले गये।

सागर की लहरें उस तट पर उमड़-घुमड़ रही थीं जहाँ हम सभी तथा वानरदल आदि सीता माँ के आगमन की अधीरता से प्रतीक्षा कर रहे थे।

आकाश में हलके-हलके बादल थे। सागर-तट पर धूप-छाँव की आँखमिचौनी का खेल चल रहा था। हम लंका के उस युद्धक्षेत्र से बहुत दूर निकल आये थे जहाँ विगत दिनों वानरों और राक्षसगण के मध्य महासंग्राम चला था और जहाँ की धरती दोनों सेनाओं के वीरगति पाये योद्धाओं के रक्त से लाल हो गयी थी।

भइया श्रीराम युद्ध की विभीषिका से निकलकर एक धधकते ज्वालामुखी-से लाखों वानर योद्धाओं के मध्य विद्यमान थे। एक ऐसा पर्वतशिखर जिसके मुख से अग्नि का ज्वार मानो धूम्र में परिणत हो चुका हो परन्तु जिसकी स्वयं की दाहकता अभी शान्त न हुई हो। भइया श्रीराम का रौद्र रूप रावण से युद्ध के समय मैंने प्रथम बार देखा था। इससे पूर्व उनके रणकौशल प्रायः युद्धवीरों के खेल-सरीखे हुआ करते थे। रावण से युद्ध करते समय श्रीराम का क्रोध उनके व्यक्तिगत अपमान की अग्नि में पड़े हुए घृत के समान था। इसलिए उसकी उग्रता असीम थी।

भाभी माँ सीता नये लंकाधिपति विभीषण की अगुआई में राक्षस-सैनिकों के दल से घिरी एक स्वर्ण-पालकी में लायी गयीं। भइया मेरे निकट उदास एवं निश्चल बैठे थे। लंकानगरी से अपनी अपहृत पत्नी को इस प्रकार राक्षसों द्वारा पालकी पर लाये जाने का वह अकल्पनीय दृश्य देखकर राम भइया कुछ देर को हतप्रभ-से हो गये। उनके मुखारविन्द पर आने-जानेवाले क्रोध, हर्ष और दीनता के मिश्रित भावों को मैं स्पष्ट रूप से उस समय पढ़ सकता था। दूर से आती भाभी माँ की पालकी को देखकर भइया ने कुछ देर को अपने कमलनयन बन्द कर लिये।

पालकी लाकर सागर-तट पर कुछ दूर मध्य भाग में रेत के ऊपर रख दी गयी। सागर का गर्जन-तर्जन वातावरण में घुमड़ता रहा। लगा कि जैसे भाभी माँ के आ जाने से वह गर्जन-तर्जन भी कुछ और ध्वनि करने लगा था।

समस्त वानर-भालू समुदाय के लिए सीता जी की स्वर्ण-पालकी एक विचित्र-सी आकर्षण की वस्तु थी। अतः सब-के-सब उसे घेरकर खड़े हो गये। उचक-उचककर इस प्रकार से वे सब उस पालकी को देखने लगे मानो उसमें कोई प्रदर्शनी की वस्तु विद्यमान हो जो शीघ्र ही सबके सामने निकलकर बाहर आयेगी। वैसे तो यह स्वाभाविक ही था उन अपूर्व परिस्थितियों में परन्तु भइया के मन के लिए वह सब बड़ा क्लेशकारक था। यह मैं जान रहा था।

तब श्रीराम को ध्यानमग्न जानकर भी विभीषण जी शीघ्रता से उनके पास आये और उन्होंने हर्ष के साथ भइया को प्रणाम कर उन्हें सीता जी के आगमन की सूचना दी। मैं भइया के पास से उठा और भाभी माँ के स्वागत हेतु जाने लगा कि भइया ने मेरा हाथ पकड़कर मुझे रोक लिया और उत्तेजित स्वर में विभीषण से बोले - "इस तरह जानकी को पालकी में लाने की क्या आवश्यकता थी?"

विभीषण हकबका-से गये। बोले - "जी प्रभु!...मैं समझा नहीं?"

"पैदल ही लाना था उसे..."

"किन्तु प्रभु! सीता देवी आपकी गृहलक्ष्मी हैं। उन्हें..."

"छोड़िये मित्र!...अब ऐसा कीजिये कि जानकी को पालकी से उतारकर मेरे पास पैदल ही लाने का प्रबन्ध कीजिये।"

भइया का यह कठोर वचन सुनकर धर्मात्मा विभीषण असमंजस में पड़ गये। वह हमारे पास से जाकर सब तमाशा देखनेवालों को वहाँ से हटाने का प्रयत्न करने लगे। उनको सक्रिय देखकर पालकी के साथ आये राक्षस भी वहाँ एकत्र हुए वानर-भालुओं को दुत्कारने लगे। कुछ ही देर में विभीषण के साथ आये राक्षस सैनिक और सभी वानर-भालू सैनिक सीताजी की पालकी के पास से हटकर दूर-दूर खड़े हो गये। यद्यपि उन सबके हटते समय बड़ा हो-हल्ला मचा परन्तु कुछ ही देर में सब शान्त हो गया।

जब विभीषण वानरादि को पालकी के पास से हटा रहे थे तो श्रीराम को उनका यह कार्य भी अच्छा नहीं लगा। परन्तु वह करते तो क्या करते? उन्हें वानरों-भालुओं के प्रति बड़ी दया आयी और स्वयं के प्रति बड़ा क्षोभ हुआ। उन क्षणों में श्रीराम की आँखें क्रोध से लाल हो गयीं। बोले - "विभीषण!...मत करिये यह सब। आप मेरे लोगों को क्यों सता रहे हैं? अपने लोगों को मना करिये। यह सब मेरे स्वजन ही हैं।...आप इस प्रकार से जो आवरणयुक्त पालकी में सीता को लाये हैं उसे आपका यह राजसत्कार कोई ओट अथवा आड़ प्रदान नहीं कर सकता।...वैसे भी इष्टजन का विछोह होने पर, राज्य में विप्लव के समय, रणभूमि में, स्वयंवर सभा में, यज्ञशाला में और विवाहोत्सव में स्त्रियों का जनसामान्य के समक्ष निरावरण मुख आना दोषपूर्ण नहीं होता। सीता भारी विपत्ति से पीड़ित है। ऐसे में विशेषकर मेरी उपस्थिति में उसका बिना परदे के आना कोई दोष की बात नहीं। अतः हे विभीषण!...सीता जिस

हालत में हो उसे वैसे ही मेरे पास लाया जाये जिससे मेरे सभी शुभचिन्तक-स्वजन लंका-प्रवासिनी सीता को देख सकें।''

जैसे-जैसे भइया श्रीराम विभीषण जी से यह सब कहते गये मैंने अनुभव किया कि उनका स्वर कठोर-पर-कठोर होता चला गया। उन बोझिल क्षणों में रामचन्द्र जी का ऐसा निर्मम रूप देखकर मैं ही क्या सुग्रीव, हनुमान, जामवन्त और अंगद भी अत्यन्त दुःखी हुए। पति के उच्चस्वर से कहे गये कठोर वचन निश्चय ही अब सीताजी को भी सुनायी दे रहे होंगे, जिन्हें सुनती हुई मेरी निर्दोष सीता माँ पालकी से उतरीं। यद्यपि वह दिव्य वस्त्राभूषणों से सुसज्जित थीं तथापि लज्जा से सिकुड़ी हुई धरती में जैसे गड़ी जा रही थीं। आगे-आगे रेत पर सँभलकर पग धरती सीता माँ। पीछे-पीछे लंकानरेश विभीषण जी।

हर कोई मौन था। वातावरण में समुद्र की लहरों और आकाश में यत्र-तत्र टिंटियाते पक्षियों के स्वर के अतिरिक्त और कोई स्वर नहीं।...एक-एक पल जैसे एक-एक प्रहर की भाँति बीत रहा था। इस प्रकार सार्वजनिक रूप से एक प्रदर्शनी-सी बनी सीता जी लज्जावश अपने आँचल से अपना मुख ढकने की असफल चेष्टा कर रही थीं परन्तु सागर की ओर से आ रही वेगवती हवाओं के कारण उनका घूँघट उड़-उड़ जाता था। राम जी के पास पहुँचकर क्षीणकाय सीता जी - ''हे आर्यपुत्र! -'' कहकर बेबसी में रो पड़ीं।

श्रीराम बहुत देर तक उनसे मुँह फिराये बैठे रहे। महीनों बाद सीता जी पति का चन्द्रमुख देख रही थीं। अतः नेत्रों से बहती अविरल अश्रुधारा के रहते भी वह उन्हें विस्मय, हर्ष और प्रेम के वश होकर देखती रहीं।

दुर्भाग्य का एक महासागर लाँघकर मेरे देवतुल्य भइया देवीतुल्य मेरी भाभी से आज मिले भी तो उन्हें निजता का एक क्षण भी नहीं सुलभ हो सका। वह एक बड़ा सौभाग्यशाली क्षण उन दोनों के हाथ में आने से पहले ही जैसे छूट चला था। कैसी विडम्बना थी? भइया जिन्हें भाभी माँ के वियोग का एक-एक पल एक एक युग की भाँति भारी प्रतीत हुआ करता था आज उनसे मिले भी तो कैसे इस तरह पाषाणवत् हो चले थे?

''स्वामी!...आप मेरी ओर देख क्यों नहीं रहे हैं? तनिक देखिये मेरी ओर...'' सीता जी ने भावनाओं के उद्रेक में कहा।

श्रीराम ने तब सीता जी को इस प्रकार देखा जैसे कोई अपरिचित व्यक्ति किसी दूसरे व्यक्ति को देखता है। जानकी जी भीतर तक हिल गयीं राम जी की उस दृष्टि से। पुनः साहस जुटाकर बोलीं - ''आर्यपुत्र! ऐसे क्यों देख रहे हैं मुझे? क्या बहुत अप्रसन्न हैं मुझसे?...मानती हूँ कि आपके विरह के बाद भी यदि आज मैं जीवित हूँ तो यह मेरा एक सबसे बड़ा अपराध है। परन्तु इसकी यातना और दण्ड मैं भुगत चुकी हूँ। इधर आपने भी मेरे लिये अपार कष्ट सहे हैं। उनसे भी मैं परिचित हूँ।

परन्तु आपकी दृष्टि में छिपी यह उपेक्षा मेरे लिये मृत्यु से भी अधिक दुःखदायी है।...हे प्राणनाथ! क्या मुझे बतायेंगे कि और क्या भूल हुई है मुझसे?"

"भूल।...सत्य कहती हो वैदेही! तुमसे कोई भूल नहीं हुई। भूल तो मुझसे बहुत बड़ी हुई जो पंचवटी में तुम्हें अकेला छोड़कर तुम्हारे दुराग्रह पर उस मायामृग के पीछे गया था मैं।...उसके बाद तुमने मेरे आज्ञाकारी अनुज इस लक्ष्मण की भी एक न सुनी..." श्रीराम बोले।

"भैया! -" मैंने राम भइया को शान्त करना चाहा।

"तुम बीच में मत बोलो लक्ष्मण!... यह संवाद हम दो पति-पत्नी के बीच का है।...हाँ तो सीते! तुमने तो कभी कोई भूल नहीं की। फिर भी सौमित्र को तुमने अपशब्द कहे और उसके चरित्र पर भी उँगली उठायी। इस प्रकार तुमने तब भी कदाचित् कोई भूल नहीं की। भूल तो हमारे-तुम्हारे दुर्भाग्य की थी जो कि उस राक्षसराज के रूप में तुम्हारे सामने आ खड़ा हुआ और हमारे कुल की मर्यादा को कलंकित करता हुआ तुम्हें अपनी गोद में बिठाकर वह लंका ले गया।...बताओ अब तुम्हारी पवित्रता और सतीत्व पर कौन विश्वास करेगा? मैं कर भी लूँ तो क्या यह समाज कर लेगा?...इस प्रकार तुम्हारे चरित्र में यह जो सन्देह उत्पन्न हो गया है उसके कारण अब तुम मेरे लिये असम्भव हो चुकी हो।...मैंने तुम्हारे कारण हुए अपने अपमान को दूर करने के लिए और कुल की कीर्ति बचाने के लिए जो कुछ भी पुरुषार्थ हो सकता था किया।...रावण का संहार किया। अपने शत्रु के हाथ से तुम्हारा उद्धार वैसे ही किया जैसे आत्मस्वरूप को जाननेवाले महर्षि अगस्त्य ने दुर्धर्ष दक्षिण दिशा का उद्धार राक्षसों से किया था। वह भी महावीर हनुमान के सागर लंघन, मित्र सुग्रीव और उनकी सेना के शौर्य प्रदर्शन और महानुभाव विभीषण के बहुमूल्य सहयोग के सहारे मैं ऐसा कर सका। यदि वत्स लक्ष्मण विपदा की इस कठिनतम अवधि में क्षण-प्रतिक्षण मेरा साथ न देता तो पता नहीं दैव भी मेरे सहायक होते अथवा नहीं? ..."

भइया का स्वर इतना ऊँचा था कि पूरा वानर समाज, भालू समाज और राक्षस समाज अपने उस महानायक की एक-एक बात सुन रहा था। लगता था जैसे वह पत्नी से वार्त्तालाप न कर सार्वजनिक रूप से कोई भाषण दे रहे हों। मैं चाहकर भी कोई हस्तक्षेप नहीं कर पा रहा था। मैं सोच रहा था कि इतने दिनों के भरे हुए हैं भइया। इनका आक्रोश, विक्षोभ और कुण्ठा यदि इसी भाँति निकल जाये और इन्हें किसी तरह शान्ति मिल जाये तो आगे जैसे-तैसे सँभाल लूँगा मैं। ऐसे में यदि इन्हें बीच में रोकने का प्रयत्न करूँगा तो फिर कहीं अर्थ का अनर्थ न हो जाये?

परन्तु मेरा अनुमान व्यर्थ सिद्ध हुआ। अनर्थ तो होना ही था। भइया मन में ही जैसे कुछ ठानकर बैठे हुए थे और अन्ततः वह उन्होंने कर ही डाला। भाभी माँ से बोले - "तुमको जो करना था किया और परिणाम भोगा। मैं जो आर्योचित कर सकता

था मैंने किया। तुम्हारा अपहर्त्ता रावण मारा गया। तुम अवमुक्त हो गयी। अब मैं यदि चाहूँ भी तो तुम्हें सन्दिग्धावस्था में अपने साथ नहीं रख सकता। अतः मेरी ओर से तुम पूर्ण स्वतन्त्र हो। जहाँ जिस किसी के साथ भी जाना चाहो रहना चाहो जा सकती हो।''

''ये क्या कह रहे हैं आप आर्यपुत्र?'' - सीता जी ने घोर पीड़ा के साथ तब अकुलाकर कहा।

''और नहीं तो क्या? -'' भइया बोले - ''तुम्हारा दिव्य एवं मनोहर रूप देख रावण ने जो चाहा होगा क्या नहीं किया होगा? तुम जो उसके घर में इतने दिन से रहती आयी हो?''

पति के मुख से प्रेम के दो शब्द सुनने की आशा में इतने दिन से मर-मरकर जीनेवाली सीता जी ने जब श्रीराम के मुख से इतने अप्रिय वचन सुने तो वह किसी गजेन्द्र द्वारा झकझोरी गयी लता की भाँति थर-थर काँपने लगीं और तिरस्कार की अवस्था में सिर नीचे किये हुए बुरी तरह रोने लगीं।

मेरा मन भी अब भीतर से हाहाकार कर उठा। पहली बार मुझे मेरे राम भइया आज एक विरूप खलनायक-से दिखे। उनका ऐसा व्यवहार भाभी माँ के प्रति लंकाभियान की सफलता के पश्चात् मैं देखूँगा इसकी मैंने कभी स्वप्न में भी कल्पना नहीं की थी। जो व्यक्ति गौतम ऋषि की पत्नी अहल्या के उद्धार के समय इतना उदार था आज अपनी स्वयं की पत्नी के विपत्तिमोचन के समय एकाएक इतना निष्ठुर और इतनी गर्हित सोचवाला कैसे हो गया?

भाभी माँ रोते हुए कहने लगीं - ''हे वीर! आप ऐसी अनुचित, कर्णकटु और रूखी बातें क्यों कर रहे हैं? आपने मुझे इतनी गिरी हुई स्त्री कैसे समझ लिया? मैंने मन, वचन और कर्म से सदैव आप ही को अपना प्रियतम एवं पति माना है। फिर भी आप यहाँ मेरे साथ एक पुरुष द्वारा किसी तुच्छ स्त्री से किया जानेवाला व्यवहार कर रहे हैं। यह आपको शोभा नहीं देता।...पति-पत्नी का सम्बन्ध तो लोक-परलोक का सम्बन्ध होता है। यदि इसे समझकर भी आप आज समझना नहीं चाहते तो इसमें मैं क्या कर सकती हूँ।...प्रभु! यदि मेरी इसी प्रकार अन्त में उपेक्षा ही करनी थी तो वीर हनुमान को भेजकर आपने मुझे जीवन की आशा क्यों प्रदान की थी? उन्हीं के माध्यम से मेरे परित्याग की बात भी कहला भेजी होती तो मैं तभी अपने प्राण त्याग देती। फिर आपको इतने सारे प्राणों को संकट में डालने और इतना परिश्रम करने की आवश्यकता ही नहीं होती।...''

तब मेरी भाभी माँ किसी कातर हिरणी की भाँति निहारतीं मेरी ओर घूमीं और बोलीं - ''हे सौमित्र!...इस मिथ्या अपवाद से पीड़ित होकर अब मैं जीना नहीं

चाहती।...वत्स! मेरे लिये एक चिता बना दो। अब आत्मदाह ही इस रोग की एकमात्र ओषधि है।''

भाभी माँ के ये शब्द मुझे भीतर तक भेद गये। मैंने भइया श्रीराम की ओर क्रोध में भरकर देखा। भइया मुख से कुछ न बोले। परन्तु सीता जी की अग्निपरीक्षा की उन्होंने एक प्रकार से मौन स्वीकृति दे दी। अब मेरी अन्तरात्मा ने मुझसे विद्रोह कर दिया। उन भइया को जिन्हें मैं आज तक भगवान् की तरह पूजता आया था, जिनकी मैंने जीवन में एक भी बात नहीं काटी थी, जिनसे किसी बिन्दु पर यदि मैं असहमत भी हुआ तब भी कभी उनसे प्रतिवाद नहीं किया, जिनकी आज तक एक भी इच्छा का मैंने अनादर नहीं किया; आज अपने उन्हीं आदर्श बड़े भइया का भाभी माँ के प्रति किया जा रहा ऐसा दुर्व्यवहार मेरे लिये असहनीय था। मैं राम भइया के पास से खिन्न मन से उठ खड़ा हुआ और दोनों हाथों से उन्हें प्रणाम कर बोला - ''क्षमा करें भइया! आज आपके इस अन्याय में मैं आपके साथ नहीं। माता सीता के साथ आप यह जो कुछ भी कर रहे हैं उन्हीं का नहीं यह पूरी नारी-जाति का अपमान है। माता पूरी तरह निर्दोष और पवित्र हैं और आपके प्रति पूर्णतः समर्पित हैं। यह आप भी जानते हैं। यदि इसके बाद भी आप आज उन्हें अग्निपरीक्षा देने पर बाध्य करते हैं तो याद रखिये यह मानव-जाति के इतिहास की सबसे बड़ी भूल होगी जिससे आनेवाली पीढ़ियाँ स्त्री-पुरुष के मध्य न्याय और अन्याय के विमर्श हेतु अभिशप्त हो जायेंगी।...इस अन्याय को रोक लीजिये भइया! क्योंकि इसे केवल आप ही रोक सकते हैं।''

भइया ने अब मुझसे भी मुँह फेरकर सुग्रीव को अपने निकट बुलाया और कहा- ''वानरराज सुग्रीव! सीता अग्निपरीक्षा देना चाहती है। यदि यह निष्पाप और निष्कलंक है तो इसे यह परीक्षा देने दी जाये।...मैं सहमत हूँ।''

''और मैं असहमत हूँ। इस विचार से इस व्यवहार से और इस निन्दनीय सोच से भी। भ्राताश्री के इस अधम कृत्य में यह सुमित्रानन्दन लक्ष्मण सम्मिलित नहीं। ...भाभी माँ! यदि आप अपने इस वत्स पर तनिक भी स्नेह रखती हैं तो मत दीजिये अग्निपरीक्षा। आपको मेरी सौगन्ध।''

भाभी माँ सीता तब बारम्बार अपने आँचल से अपना विषादारक्त मुख पोंछती हुई बड़ी कठिनायी से मुझसे इतना बोलीं - ''प्रिय वत्स! सौगन्ध देकर क्या करोगे? ...जो अभागिनी अपने पति का ही विश्वास नहीं रख सकी उसमें भला इतनी शक्ति कहाँ जो तुम्हारी पवित्र सौगन्ध का मान रख सके।''

अब सारा संसार जैसे मेरे लिये असहनीय हो उठा। तब अपना भग्नहृदय लेकर मैं उस समुद्र-तट से भीतर के अरण्यों की ओर कहीं अपना मुख छिपाने हेतु चल दिया। पीड़ा का एक अपार पारावार मेरे भीतर हिलोरें मार रहा था। इसलिए बाहर

के उस सागर का मैं क्या करता?...मैं समझ चुका था कि वाद-विवाद की समस्त सम्भावनाओं से परे अब वही होना था जो भइया के दर्शन के अनुसार दैव चाहते थे।

सुग्रीव के संकेत पर कुछ वानर सैनिक सागर-तट पर एक कोने में अपराधी की भाँति खड़ी सीता जी के लिए लकड़ियाँ एकत्र कर एक चिता का निर्माण करने लगे। जामवन्त वयोवृद्ध होने के नाते राम जी को कुछ समझाने-बुझाने का अन्तिम प्रयास करते रहे। मैं अरण्य की ओर चलता गया। तभी हनुमान जी ने पीछे से मुझे आवाज दी। मेरे निकट आकर बोले - "लक्ष्मण!...आप चलिये उधर। एक बार हम सब मिलकर प्रभु को समझाते हैं।"

"क्या समझायेंगे आप अपने पारदर्शी प्रभु को? कोई लाभ नहीं।...सुना नहीं आपने... किष्किन्धा की जनसभा में उन्होंने क्या कहा था?"

"प्रिय सौमित्र!...कृपया विचलित होने के स्थान पर ठण्डे मन-मस्तिष्क से विचार करिये। श्रीराम इस समय भारी मानसिक दबाव में हैं। उन्हें राक्षस गृह से इतनी कठिनाई और संघर्ष के पश्चात् अपनी खोयी हुई प्रतिष्ठा वापस मिली है जिसे लेकर उन्हें वापस अयोध्या जाना है जहाँ उन्हें आर्यों के सामाजिक सिद्धान्तों का सामना करना पड़ सकता है।...इधर हम अनार्यों के समाज के मध्य वह अपनी अपहृत पत्नी को शत्रु के घर से स्वतन्त्र कराकर लायी जाने पर उनसे सार्वजनिक रूप से मिल रहे हैं। ....सीता माता को प्राप्त करने के लिए कितना संघर्ष झेला है प्रभु श्रीराम ने।" - हनुमान जी ने कहा।

"संघर्ष क्या अकेले राम भइया ने झेला है? भाभी माँ का संघर्ष क्या संघर्ष नहीं?...हनुमान! आप तो जानते हैं कि कहाँ अयोध्या और कहाँ लंकापुरी?...उत्तर से दक्षिण तक सहस्रों योजन की कष्टभरी पदयात्रा करके नाना प्रकार के दुःख सहती हुई आयीं मेरी भाभी माँ सीता। चित्रकूट के पश्चात् विन्ध्याचल पारकर निर्मम दण्डकारण्य में वन-वन ठोकरें खातीं वन्य-पशुओं और राक्षसों के मध्य विचरीं सीरध्वज राजा जनक की राजकुमारी-राजकुमारी जानकी जी हमारे साथ।...हम अयोध्या के दो आज्ञाकारी सपूत जो उन्हें राजमहिषी का गौरव प्रदान करना तो दूर एक सामान्य गृहिणी के योग्य साधारण सुख भी दिला न पाये। वह सीता स्वेच्छा से अपने पति श्रीराम के पीछे-पीछे वन में आती हैं और एक राक्षस द्वारा पंचवटी से हरकर ले जायी जाती हैं दण्डकवन और जनस्थान से भी सहस्रों योजन दूर आगे किष्किन्धा, मलयाचल और सह्याद्रिवनों के दुर्गम प्रदेशों और एक विशाल महासागर को भी पारकर एक अज्ञात द्वीप में...लंका जिसका नाम है। लंका जिसे आपने खोज निकाला हमारे लिये और जिसे हम सबने मिलकर विजित किया सीता माँ को पाने के लिए।... अब यहाँ यह सब हो रहा है? यह भइया को हो क्या गया है? स्त्री क्या केवल पुरुष की अस्मिता है और स्त्री की स्वयं की अस्मिता का क्या कोई मूल्य नहीं?...यह कौन-सा न्याय है? यदि आपके प्रभु श्रीराम को सीता माँ के साथ अन्ततः ऐसा ही

व्यवहार करना था तो फिर इतना बड़ा युद्ध और पराक्रम क्यों? क्या केवल अपनी आत्मतुष्टि के लिए कि देख लो संसारवालों जिसे मैंने अपनी असावधानी से खो दिया था उसे अपनी वीरता से पुनः प्राप्त कर लिया है।...क्या स्त्री कोई विजय में प्राप्त होनेवाली वस्तु मात्र है? क्या वह मनुष्य नहीं?"

"किन्तु भ्राता लक्ष्मण!...आप यह भी तो सोचिये कि श्रीराम के सामने उनके मित्र सुग्रीव का भी इससे मिलता-जुलता दृष्टान्त अभी कुछ ही दिन पूर्व आ चुका है। उन्हीं की सहायता से सुग्रीव ने अपनी पत्नी रूमा को उस व्यभिचारी बाली के पंजे से मुक्त कराया था और किस अर्द्ध-विक्षिप्तावस्था में उसे पाया था?...इन्हीं वानरों ने तब सुग्रीव का वह हाल देखा था और यही वानर इस रणक्षेत्र में श्रीराम का यह हाल भी देख रहे हैं। अतः हम सोच भी नहीं सकते कि प्रभु श्रीराम के मन में इस समय क्या चल रहा है? और वह इस समय कैसे धर्मसंकट से जूझ रहे हैं?"

"कैसा धर्मसंकट केसरीनन्दन!...लगता है आप भइया के स्नेहपाश में इतने आबद्ध हैं कि सब-कुछ जानते हुए भी उनके इस अतिरेकपूर्ण कार्य को इतनी सहजता से ले रहे हैं।...आप तो स्वयं साक्षी हैं सीता माँ की चारित्रिक दृढ़ता के।...वह दुष्ट आततायी रावण हमारी आँखों में धूल झोंककर उन्हें बलपूर्वक ले तो गया अपने साथ परन्तु मेरी माता के सतीत्व और उनके अद्भुत तेज के कारण उन्हें अपनी स्वर्णमयी लंका के किसी महल में रख न सका। भाभी माँ अशोक-वाटिका में रहीं अहर्निश अपने पति का नाम जपतीं। उन राक्षसियों के घेरे में तपस्यारत। अपने श्रीराम के आगमन तथा उनके द्वारा अपनी मुक्ति की प्रतीक्षा में। क्या इसी दिन के लिए? ...क्या पर-पुरुष द्वारा छली गयी स्त्री संसार में ऐसा ही निम्नस्तरीय लाँछन सहने के लिए जन्मी है? धिक्कार है पुरुष और इस समस्त पुरुष समाज पर जो नारी को समकक्ष न मानकर इस तरह क्रूरता से नारी के सतीत्व की परीक्षा माँगे। उसे सार्वजनिक रूप से अपमानित करे।...राम भइया मेरे लिये पूज्य हैं और सदा रहेंगे। परन्तु मैं धर्मपत्नी की अग्निपरीक्षा के उनके निर्णय से कदापि सहमत नहीं और इसकी घोर निन्दा करता हूँ।"

"फिर भी सौमित्र!...आप कदाचित् भूल रहे हैं कि अग्निपरीक्षा का निर्णय माता का है प्रभु का नहीं।"

"उससे क्या? परिस्थितियाँ तो प्रभु ने ही उत्पन्न की हैं जिससे विवश हो माता आज इस मोड़ पर आ खड़ी हुई हैं।...जाइये हनुमान जी! जाकर राम भइया को समझाइये कि सीता माँ की अग्निपरीक्षा न लें क्योंकि यह अग्निपरीक्षा हमारे युग का नारी पर किया जानेवाला सबसे बड़ा अन्याय होगा। अन्याय ही नहीं अपितु यह प्रकरण एक ऐसा दृष्टान्त स्थापित करेगा जो आनेवाले युगों में भी नारी को समाज में तिरस्कृत एवं पददलित करता रहेगा।...इस अन्याय और अत्याचार का मैं खुला विरोध करता हूँ। यदि यहाँ यही सब होना है तो मुझे अयोध्या वापस नहीं जाना।

जाकर कह दीजिये श्रीराम से कि यदि इस अग्निपरीक्षा को उन्होंने निरस्त नहीं किया अथवा मेरी निष्कलंक सीता माँ का बाल भी बाँका हुआ तो यह सौमित्र-लक्ष्मण इसी दक्षिणाञ्चल के किसी अज्ञात वन में अनशन कर मृत्यु का वरण करेगा।''

उधर सीता जी के चिता पर बैठ जाने पर राम जी के आदेश पर जब कोई भी उस चिता को आग लगाने को तैयार न हुआ तो श्रीराम स्वयं एक जलती हुई मशाल हाथ में लेकर आगे बढ़े। सीता जी नेत्र मूँदे अपने पति का ही निर्भीकता से नाम-जप करती रहीं। - ''श्रीराम जय राम जय जय राम...श्रीराम जय राम जय जय राम...''

श्रीराम के द्वारा चिता को अग्नि देते ही समस्त वानर-भालू-राक्षस दलों में हाहाकार मच गया। अनेक राक्षस स्त्रियाँ भी वहाँ उपस्थित थीं। वह उच्च स्वर में रुदन करने लगीं। तब हनुमान जी इधर से पवनवेग से दौड़े। उधर अंगद, नल, नील और विभीषण जी दौड़े। सबने जलते हुए लक्कड़ों को हटाना प्रारम्भ किया। नीलवर्णी सागर भी जैसे विद्रोह कर उठा। उसकी एक प्रचण्ड लहर ऐसी आयी कि चिता में जलती अग्नि को एकाएक शान्त कर गयी। इस बीच देखते-ही-देखते पितातुल्य वयोवृद्ध जामवन्त जी ने अपना परम्परागत गणवेश उतार फेंका और वह उसी रीछ की खाल से सीता माता को ढककर उन्हें उस अध-सुलगी चिता से घसीट लाये।

तभी मैंने उस कोलाहल में राम भइया को अचेत होकर एक ओर गिरते हुए देखा और मैं स्वयं को रोक न सका। मेरा विरोध भइया के सन्ताप से बढ़कर तो नहीं था। उनकी कुशलता अभी भी मेरा प्रधान दायित्व थी। अभी राम भइया को अयोध्या के राजा के रूप में प्रतिष्ठित करना मेरी निजी महत्त्वाकांक्षा और एकमात्र संकल्प था। मैं जाकर भइया से लिपट गया। सचेत होने पर भइया आँसुओं ही आँसू रोते रहे। मैं उन्हें लेकर भाभी माँ के पास गया। इसके आगे मुझे कुछ कहने की आवश्यकता नहीं पड़ी। श्रीराम ने अपनी जानकी को आगे बढ़कर हृदय से लगा लिया। दोनों ही रो रहे थे। एक सागर लंका-तट पर था और दो सागर सियाराम के चार नयनों में। वस्तुतः सागर तो एक ही था किन्तु इस समय पाँच भागों में बँटा हुआ।

तब आकाश से धीमी-धीमी जलवृष्टि भी होने लगी। मानो सियाराम की इस मधुमय युगलजोड़ी को श्री, सौभाग्य और स्नेह का दिव्य आशीर्वाद स्वर्ग से धरती के इस छोर पर भेजा जा रहा हो।

12

मेरी माटी मेरा चन्दन

सीता माँ और प्रभु श्रीराम के मिलन के साथ ही हमारा अभियान पूर्ण हुआ। अगले दिन प्रातःकाल लंकापति विभीषण दिव्य वस्त्र, अलंकार, अंगराग आदि लेकर सागर-तट पर अपने अमात्यों, सेवकों और परिचारिकाओं से घिरे हुए उपस्थित हुए।

उन्होंने भइया से वह भेंटें स्वीकार कर स्नानादि से निवृत्त हो लंकापुरी में पधारने और उनका आतिथ्य स्वीकारने की विनती की। भइया श्रीराम ने कहा कि - "चौदह वर्ष के वनवास की अवधि यद्यपि अब बीतने को है किन्तु हे मित्र!...सुख पाने के योग्य, धर्मात्मा, सुकुमार, महाबाहु, सत्यमार्गी, कैकेयीनन्दन राजकुमार भरत मेरे पीछे अयोध्या में कष्ट पा रहा है। मैं उसे देखे बिना स्नान कर वस्त्र और अलंकार धारण करने की सोच भी नहीं सकता। अतः मेरी बात को कृपया अन्यथा न लेकर आप कोई ऐसा उपाय बताइये जिससे कि हम तुरन्त अयोध्यापुरी पहुँच सकें। क्योंकि जिस रास्ते से हम लोग अयोध्या से यहाँ तक आये हैं वह मार्ग में पड़नेवाले अनेक अरण्यों, नदियों, पर्वतों और घाटियों आदि के कारण बड़ा दुर्गम है। हमारी वनवास-अवधि अब समाप्तप्राय है जबकि यहाँ से अयोध्या पहुँचने में अनेक दिवस लगेंगे। मुझे इसकी बहुत चिन्ता है कि वहाँ भरत कोई अपने साथ अनिष्ट न कर ले। साथ ही मुझे अपनी माताओं, कुलगुरु वसिष्ठ और कौशल के समस्त निवासियों सहित अपनी जन्मभूमि की बड़ी याद आ रही है।..."

मैंने कहा - "भइया ठीक कहते हैं विभीषण जी!...आप हमें हमारी मातृभूमि तक शीघ्र पहुँचने में हमारी सहायता की महती कृपा करें। आपका यही सबसे बड़ा सत्कार होगा।" इस पर विभीषण जी ने उत्तर दिया - "श्रीराम और लक्ष्मण! मैं आपको जानकी जी सहित एक दिन में अयोध्या पहुँचा दूँगा। आपका कल्याण हो। सूर्य के समान चमकदार जो पुष्पक विमान कुबेर को युद्ध में जीतकर स्वर्गीय भ्राताश्री रावण बलपूर्वक छीन लाये थे वह विमान मन की गति से चलता है। आप अपने मन की कामना के अनुसार उसे धीमे अथवा तेज चला सकते हैं। जिधर चाहें उधर घुमा सकते

हैं। जहाँ चाहें वहाँ उसे ले जा सकते हैं।...हिमालयवासी कुबेर से छीना गया वह पुष्पक विमान मैं आज आपकी सेवा में समर्पित करता हूँ।''

यह कहकर विभीषण लंका में गये और तुरन्त उस उत्तम एवं विशालकाय पुष्पक विमान को साथ में लेकर लौट आये। वह विमान सोने का बना हुआ, पन्ने और मोतियों से शोभायमान् था। उसमें बड़े लम्बे-चौड़े अनेक मण्डप बने हुए थे और श्वेत ध्वज-पताकाएँ उसके शीर्ष पर लहरा रही थीं। उसमें सोने की अटारियाँ थीं जिनमें स्वर्णकमल तथा स्थान-स्थान पर अनेक घण्टियाँ भीतर बैठने के भाग में छत से लटक रही थीं। उसके भीतर बाहर देखने के अनेक झरोखे बने हुए थे जो कि हीरे-मोतियों और मणियों से संयुक्त थे।

जब वह पुष्पक विमान मेघगर्जना करता हुआ लंका के आकाश पर प्रकट हुआ और समुद्र-तट पर भारी नाद करता हुआ रेत पर उतरा तो उसे देखकर समस्त वानर-भालू समुदाय चकित रह गया। पुष्पों से सजा हुआ वह स्वर्ण-निर्मित विमान अपने नाम के अनुरूप चहुँ ओर अपनी दिव्य कान्ति बिखेर रहा था।

विभीषण जी उसमें से उतरकर बाहर आये और आते ही उन्होंने कहा - ''प्रभु! अब यह विमान आपका हुआ। आगे इसे आप संचालित करें।''

भइया श्रीराम ने तब हर्षित हो आह्लाद के साथ विभीषण जी को गले लगाया और लजीली और यशस्विनी मेरी भाभी माँ सीता जी को गोद में उठा लिया और उस सुन्दर एवं विचित्र विमान में जा बैठे। मैंने भी भइया का अनुगमन किया।

विमान में बैठने के पश्चात् श्री रामचन्द्र जी आदरपूर्वक समस्त वानरों, महाबली सुग्रीव और राक्षसराज विभीषण से बोले - ''हे वानरोत्तमो! आप सबने अपने इस मित्र का इच्छित कार्य पूर्ण करके दिखा दिया है। अब मैं आपसे अनुरोध करता हूँ कि आप कृपापूर्वक किष्किन्धापुरी को लौट जाइये।...हे सुग्रीव! एक स्नेही और हितैषी मित्र का आदर्श निभाकर आपने मुझ पर जो उपकार किया है उसे मैं जीवन भर भुला न सकूँगा। अब आप अपनी सेना सहित अपनी मातृभूमि को लौट जाइये।...और राक्षसराज विभीषण! लंका का राज्य आपको मुबारक हो। हमने मिलकर इस प्रकार इसे वीरतापूर्वक जीता है कि इन्द्र सहित समस्त देवताओं की क्या मजाल जो कभी वे इस ओर टेढ़ी दृष्टि से देख भी सकें।...मित्रो! अब मैं अपने पिताश्री की राजधानी अपनी प्रिय अयोध्यापुरी की ओर प्रस्थान करता हूँ। हमें आज्ञा दीजिये।...''

तब सुग्रीव सहित समस्त बलवान् वानर यूथपति हाथ जोड़कर श्रीराम से बोले- ''प्रभु! हम लोगों की भी इच्छा आपके साथ अयोध्या चलने की है। अतः आप हम लोगों को भी अपने साथ लेते चलिये। हम वहाँ किसी को असुविधा पहुँचाये बिना बड़ी सावधानी से वनों और नगरों में घूमे-फिरेंगे। फिर आपका राज्याभिषेक देख तथा माता कौशल्या को प्रणाम कर तुरन्त अपने घरों को लौट जायेंगे।''

प्रभु श्रीराम बोले - "यदि मैं आप-जैसे अपने सुहृदों सहित अयोध्या को जाता हूँ तो इससे अधिक आनन्द की बात मेरे लिये और क्या हो सकती है। आप सभी आत्मीयजन का इस विमान में स्वागत है।"

तब हर्षित मन अंगद, हनुमान, जामवन्त, नल, नील, गज, गवाक्ष, गवय और अनेक वानर यूथपति उस पुष्पक विमान में झटपट सवार हो गये। वानरराज सुग्रीव सबसे अन्त में विमान में चढ़े। उन्होंने विमान के द्वार से अपनी राजाज्ञा सुनायी - "सभी वानरवीर यहाँ से पंक्तिबद्ध होकर अनुशासनपूर्वक किष्किन्धा वापस लौट जायें। वानरश्रेष्ठ महाबली केसरी वानरसेना के आगे चलकर कृपया उनका मार्गदर्शन करें। यूथपति मैन्द एवं द्विविद सेना के पीछे रहकर निर्विवाद सैन्य-संचालन को सुनिश्चित करें।...और सेनानायक शतबलि!..."

बलिष्ठ देह और क्रूर मुखमुद्रा से संयुक्त वानरयोद्धा शतबलि सुग्रीव की ओर आगे बढ़े -

"आज्ञा दें किष्किन्धापति महाराज!"

सुग्रीव ने कहा - "आप वानरसेना की वापसी के इस प्रयाण में निरन्तर सेना के मध्य में रहकर वानरों को अनुशासित रखने का दायित्व निभायेंगे।"

"जी प्रभु!" शतबलि सुग्रीव को करबद्ध अभिवादन कर बोले।

तभी दो वानरसैनिक चीख मारकर दौड़ते सैन्यदल से बाहर निकले और वानरराज सुग्रीव का पैर पकड़कर भूमि में लोटने लगे। कहने लगे - "हमें भी ले चलिये दयालु महाराज अपने साथ...हम अनाथ हैं। किष्किन्धा में हमारा कोई नहीं। आप नाथों के नाथ हैं।...हमें चाहे प्राणदण्ड दे दें परन्तु शतबलि जी के साथ न भेजें।"

मैंने देखा अरे यह तो अपने वही नटखट वानर हैं - हिरनू और मंगलू। सुग्रीव उन वानर सैनिकों को डाँटकर भगाने लगे। परन्तु मुझे उन पर दया आ गयी। मैंने श्रीराम से कहा - "भइया! इन्हें भी साथ ले चलिये। बड़े भले हैं ये।"

श्रीराम विहँसकर बोले - "मित्र सुग्रीव! आने दीजिये इन दोनों को भी।"

सुग्रीव द्वार से हटकर भीतर आ गये और अपने सिंहासन पर बैठ गये। हिरनू और मंगलू भी हम सबको प्रणाम करते हुए भागकर विमान की अन्तिम पंक्ति में जा बैठे।

तब विभीषण जी भी बोले - "श्रीराम! यदि कृपापूर्वक हमें भी अपने साथ अयोध्या भ्रमण हेतु लेते चलें तो आपकी बड़ी कृपा होगी। यह मेरा पुत्र मत्तगजेन्द्र है। यह और मेरे कुछ अमात्य भी आपके साथ चलने के अभिलाषी हैं।..."

श्रीराम बोले - "आइये मित्र! आपके हमारे साथ आ जाने से मेरी यह यात्रा और भी सकुशल सम्पन्न होगी।"

इस प्रकार हम सभी उस पुष्पक विमान के संचालक श्रीराम और माँ सीता के दिव्य सान्निध्य में लंका से अयोध्या की ओर चल पड़े। श्रीराम की आज्ञा पा वह विमान आकाश में उड़ चला। उस विमान में हंसों की जो काठ की अनेक मूर्तियाँ बनी हुई थीं उनको देखने से लगता था मानो सचमुच के हंस चारों ओर से उस विमान को अपनी पीठों पर धारण कर उड़ाये लिये जा रहे हैं।

जब भइया श्रीराम ने उस हंसों से युक्त उत्तम विमान को चलने की आज्ञा दी तब वह विशालकाय विमान भारी नाद करता हुआ उड़कर ऊपर उठा और देखते-ही-देखते आकाश की ऊँचाइयों में जा पहुँचा। उस समय श्रीराम ने चारों ओर दृष्टि डालकर अपनी प्रिय पत्नी सीता से हर्षित होकर कहा - "हे वैदेही!...कैलास पर्वत की तरह ऊँचे त्रिकूट पर्वत पर स्थित विश्वकर्मा द्वारा निर्मित इस लंकापुरी को देखो।...

जब भइया यह कह रहे थे उतनी देर विमान वायुमण्डल में अपनी जगह स्थिर ही रहा। वह भाभी माँ को हाथ और तर्जनी के इशारे से विभिन्न भूभाग नीचे की ओर दिखाते रहे - "सीते!...देखो वह समरभूमि है जहाँ असंख्य राक्षसों और वानरों ने युद्ध में वीरगति पायी और जहाँ की धरती उनके रक्त के प्रवाह से लाल हो गयी।...उधर देखो प्रिये!...उस वरप्राप्त हिंसक रावण की भस्म पड़ी है जिसे मैंने तुम्हारे प्रति अपराध में युद्ध में मारा था।...देखो उधर वह पूर्व की ओर की भूमि...वहाँ रावण का पुत्र प्रहस्त मारा गया और इधर वह पश्चिम दिशा की भूमि जहाँ रावण के महाकाय अनुज कुम्भकर्ण का वध हुआ था।...अब आओ तुम्हें उधर लिये चलते हैं जिस रणभूमि में प्रिय लक्ष्मण ने इन्द्रजित् मेघनाद का वध किया। वह रही वह रणभूमि उस ओर...दिखायी दी?"

"हाँ स्वामी! -" सीता जी ने कहा।

"महाराज सुग्रीव और उनके अनेक वीर यूथपतियों ने इसी प्रकार लंका की धरती पर अनेक राक्षसों का संहार किया जो राक्षसराज रावण का साथ दे रहे थे। उनकी कथा फिर कभी।...आओ अब हम यहाँ से वापस चलते हैं..."

प्रभु श्रीराम के इतना कहते ही पुष्पक विमान स्वतः मुड़ा और उनके मनःसंचालन के आधार पर आकाशमार्ग से आगे बढ़ने लगा। प्रभु एवं माता का परस्पर संवाद और प्रभु द्वारा उन्हें सुनाया जानेवाला आँखों देखा हाल जारी रहा - "यह देखो सीते! नीचे समुद्र का दक्षिणी घाट...यह वही स्थान है जहाँ समुद्र को पारकर सर्वप्रथम हमारी कटक लंका की धरती पर उतरी थी।...खारे जल से युक्त इसे समुद्र के ऊपर वह देखो एक लम्बा-सा पुल...ऊपर से एक पतली रेखा-जैसा दिखायी दे रहा है...देख रही हो?"

"जी आर्य! -"

"इसे मैंने बँधवाया था। हे विशालाक्षी!...तुम्हारे लिये सेतुबन्ध-जैसा यह अत्यन्त दुष्कर कार्य नल और नील ने किया था। उनकी अगुवाई में लाखों वानर-भालुओं और मछुआरों ने मिलकर समुद्र की चौड़ी छाती पर सेतु निर्माण का यह अद्भुत कारनामा कुछ ही दिनों में सम्पन्न कर दिखाया था।...सुन्दर सीपियों, शंखों और भयानक मकरादि जन्तुओं से संयुक्त गर्जन करते इस समुद्र को पार कर अन्यथा हे सुमुखि! मैं तुम तक कैसे पहुँच पाता?"

प्रभु श्रीराम के इस विनोद पर सीता माँ लजा गयीं। वह मुँह नीचा कर पति से बोलीं - "धीरे बोलिये स्वामी!...सब सुन रहे हैं।"

यह सुन श्रीराम बालकों की भाँति हँस पड़े। मैं इस युगल जोड़ी की महीनों बाद परस्पर हास-परिहासमय उस छवि को देखकर जैसे निहाल हो गया। किसी की कुदृष्टि न लगे मेरे प्रिय भइया-भाभी को।

हमें व्योम की सैर करा रहा वह विमान जब द्रुतगति से आगे की ओर उड़ता तो उससे उत्पन्न हो रही ध्वनि धीमी हो जाती। जब वह भइया की इच्छानुसार आकाश में कहीं स्थिर हो जाता और भइया नीचे की ओर भाभी माँ को कुछ दिखाने लगते तो विमान की ध्वनि तेज हो जाती। परन्तु वर्षों भइया के साथ रहने और चलने के अभ्यासी मेरे कान उनकी बातों को मुझ तक सहज रूप से सम्प्रेषित करते रहते। मैं भी भइया के वार्त्तालाप का आनन्द ले रहा था। -

"यह देखो समुद्र का उत्तरी घाट है। इसी तट पर मैंने सेतुबन्ध से पूर्व भगवान् शिव की आराधना की थी और रामेश्वरम नाम से एक पवित्र शिवलिंग स्थापित कर उसका अभिषेक कर समुद्र पर सेतु के निर्विघ्न निर्माण एवं रावण के विरुद्ध विजय अभियान की शिवशम्भु से अनुमति माँगी थी।...और यही वह स्थान है जहाँ मित्र विभीषण मुझे लंका से आकर सर्वप्रथम मिले थे...

"सीते! अब हम यहाँ से तीव्रता से आगे बढ़ते हैं। भरतखण्ड के इन सुन्दर भूभागों को देखो...वन-पर्वत-खेत-खलिहान और वह देखो हमारे विमान की ध्वनि को सुनकर इधर-उधर दौड़ते पशु-पक्षी...नीचे देखो यह नगर...इसकी सुन्दर अट्टालिकाएँ, वीथियाँ और भवन...

"अरे वह देखो सीते! वह ग्राम... वे भागती हुई गौवें और उनके बछड़े...बेचारे हमारे विमान का नाद सुन कैसे पगहा तुड़ाकर भागे चले जाते हैं। मैं इस विमान को थोड़ा और ऊपर लिये चलता हूँ। मनुष्यों और धरा के जीवधारियों को इतने निकट से देखने की इच्छा के कारण मैं विमान को इतना नीचे उतार लाया। यह ठीक नहीं..."

और इस प्रकार विमान का कुशलतापूर्वक मनःसंचालन करते हुए श्रीराम उसे उड़ाकर किष्किन्धानगरी के ऊपर तक जा पहुँचे। -

"हे सीते!...यह देखो चित्र-विचित्र उद्यानों से युक्त किष्किन्धापुरी। यह रमणीक नगरी मित्र सुग्रीव की राजधानी है। यहीं पर मैंने बाली को मारा था और लक्ष्मण ने इसी नगरी में जाकर सुग्रीव का राज्याभिषेक किया था।..."

तब सीता जी विनम्र किन्तु स्नेह भरे स्वर में राम जी से बोलीं - "हे हृदयेश!.. ..मेरी इच्छा है कि सुग्रीव और अन्य वानरश्रेष्ठों की स्त्रियों को साथ लेकर मैं कौशल की राजधानी अयोध्यानगरी में प्रवेश करूँ।"

तब श्रीराम ने कहा - "बहुत अच्छा।" और उनके निर्देश पर पुष्पक विमान सर्वप्रथम किष्किन्धानगरी के सिंहद्वार के सामने उसी विशाल भूभाग में उतरा जो कभी लंकाप्रस्थान से पूर्व वानरसैनिकों की छावनी थी। विमान को ठहराकर श्रीराम ने सुग्रीव से कहा - "हे वानरराज!...आप समस्त वानरश्रेष्ठों से कह दें कि वे सब अपनी-अपनी स्त्रियों को साथ लेकर अयोध्या चलें। क्योंकि सीता की इच्छा है कि वानरों की स्त्रियाँ भी उनके साथ अयोध्या चलें।...हे महाबली! आप भी अपनी धर्मपत्नियों तारा और रूमा के साथ अयोध्या पधारें। परन्तु हे वानरराज सुग्रीव! सबसे कह दीजिये कि इस कार्य को घड़ी-दो-घड़ी में कर डालें क्योंकि अभी हमको बहुत दूर जाना है। मैं चाहता हूँ कि दिन ढलने से पूर्व हम सब अपने गन्तव्य तक पहुँच जायें।"

तब सुग्रीव तथा उनके सभी यूथपति विमान से शीघ्र नीचे उतरकर किष्किन्धा के दुर्ग में भागते हुए प्रवेश कर गये। हनुमान जी और जाम्बवान् जी हमारे साथ विमान में ही बैठे रहे। क्योंकि हनुमान जी बाल-ब्रह्मचारी थे और अब प्रभु श्रीराम के अनन्य सेवक बन चुके थे। जाम्बवान् जी बूढ़े और विधुर थे। अतः उन्हें भी कहीं आना-जाना नहीं था। उनके भालू योद्धा वानरों की विशाल कटक के साथ पैदल मार्ग से अपनी मातृभूमि पर उनका यशगान करने को उधर लंका की धरती से लौट ही रहे थे।

वानरयोद्धाओं की पत्नियाँ किष्किन्धानगरी के दुर्ग से निकलकर एक घड़ी बाद हमारे विमान के पास आ गयीं। वह आश्चर्य से मुँह खोले इस छोटे-मोटे पर्वत सरीखे स्वर्णिम वायुयान को देखने लगीं। उससे पूर्व किष्किन्धाक्षेत्र के सहस्रों नर-नारी उस विशाल मैदान में एकत्र हो दूर-दूर से उस विचित्र वस्तु को विस्फारित नेत्रों से देख रहे थे और परस्पर बोल-बतिया रहे थे।

सुग्रीव की आज्ञा पर जैसे ही किष्किन्धा के वानर-दम्पतियों का यह विशिष्ट दल विमान में सवार हुआ प्रभु श्रीराम की आज्ञा पर आस-पास की धरती को कँपाता हमारा विमान पुनः व्योम में ऊपर उठा और आगे की आकाशयात्रा पर प्रस्थान कर गया। भइया का भाभी से सम्भाषण पुनः आरम्भ हो गया - "सीते! वह देखो...जो विद्युत्

संयुक्त मेघ-जैसा वह बड़ा पहाड़ तुम देख रही हो वह ऋष्यमूक पर्वत है। उसमें स्वर्ण सहित अनेक धातुएँ पायी जाती हैं। यहीं पर प्रिय सुग्रीव के साथ मेरी प्रथम भेंट हुई थी। हनुमान जी भी हमें यहीं मिले थे जो हमारे और तुम्हारे मध्य विरह के उन कष्टसाध्य दिनों में दुर्लभ संवाद का एक सशक्त माध्यम बने।..."

"जी प्रभु!...हनुमान भी अब मुझे सौमित्र के समान अति प्रिय हैं। यह दोनों मेरे लिये बालक-जैसे हैं।" - सीता माँ ने वात्सल्य भाव से कहा। हनुमान और मैं भइया-भाभी के पीछे बैठे थे। हनुमान जी ने यह सुनकर मेरी ओर एक बार देखा और मुख नीचा कर तनिक लजा गये। मैंने मन-ही-मन भाभी माँ के उन शब्दों को सुन अपने सौभाग्य की सराहना की।

"अरे प्रिये! वह देखो...उधर वह रमणीक पम्पा सरोवर...सहस्र कमलदल और अत्यन्त निर्मल जल से परिपूरित यह विशाल सरोवर...इसके चारों ओर रंग-बिरंगे फूलों से लदे वृक्षों की छटा कितनी निराली है?...आज यह मुझे तुम्हारे साथ होने पर कितना आनन्दित कर रहा है। परन्तु जब तुम मेरे साथ नहीं थी तो मैं बिलकुल टूटा हुआ था। उस समय यदि लक्ष्मण मेरे साथ न होता तो मुझ शोकसन्तप्त मनुष्य का न जाने क्या हुआ होता?"

मैं झट भइया के पीछे से उठ खड़ा हुआ और शीघ्रता से सीता जी से बोला - "भाभी माँ! यही वह स्थान है जहाँ धर्मचारिणी शबरी माता से हमारी भेंट हुई थी। पम्पा सरोवर के निकट ही उनके गुरु मतंग मुनि का आश्रम है।..."

विमान आगे बढ़ चला। श्रीराम सीता जी को पुनः बताने लगे - "यह वह जगह है जहाँ मैंने एक योजन लम्बी भुजावाले कबन्ध राक्षस को मारा था...और यह देखो वहाँ शोभायमान् उस वटवृक्ष को जिस पर महात्मा जटायु अपनी कुटी छवाकर रहते थे...वही जटायु जिन्होंने रावण द्वारा तुम्हें ले जाये जाते समय उससे युद्ध किया था। ...वह देखो जनस्थान...खर-दूषण और त्रिशिरा-जैसे दुर्दान्त राक्षसों का निवास-स्थल ...सब-के-सब मेरे हाथों मारे गये...अधिक नहीं रहे होंगे यही कोई चौदह सहस्र राक्षस।"

"हाँ स्वामी! भइया लक्ष्मण के साथ कन्दरा में सुरक्षित रहकर मैंने वहीं से आपका वह शौर्यपूर्ण शरसंचालन देखा था। मुझे गर्व है आप पर।..."

"अरे...अरे सीते! वह उधर...उस ओर तो देखो...पंचवटी के निकट जहाँ वे हमारे परिचित पाँच वटवृक्ष हैं...उनके निकट हमारा वह आश्रम...हे शोभामयी! हमारी यह सुन्दर पर्णकुटी तो देखो और उसके निकट प्रिय लक्ष्मण की वह कुटी...यह पर्णकुटियाँ अभी भी पूर्ववत् सुन्दर बनी हुई हैं..."

"हाँ आर्य!...इन्हें मेरे देवर जी-जैसे कुशल कारीगर ने जो बनाया था। क्यों वत्स?" यह कहकर भाभी माँ मेरी ओर घूमीं।

“जी माते!...” मेरे मुख से निकला।

“वास्तव में सौमित्र! -” अब भइया के कहने की बारी थी। मैं क्या कहता? इतना ही कह सका - “यह सब तो आप दोनों के आशीर्वाद का ही फल है।”

विमान द्रुतगति से आकाश में चलता रहा।

“यह रही अपनी गोदावरी नदी। इसमें अनेक दिवस हमने आनन्दपूर्वक स्नान किया है। और वह रहे उनके पास के मनोरम वन जहाँ हम विचरण कर वनवास के सुख भी भोगते थे...और यह देखो कुलपति अगस्त्य और माता लोपामुद्रा का बड़ा-सा आश्रम...और अब यह आया महर्षि सुतीक्ष्ण का आश्रम...उधर वह देखो स्वर्गगमन करनेवाले वयोवृद्ध ऋषिवर शरभंग जी का आश्रम...अब यह स्थान देखो जानकी! तुम्हें याद है यहाँ हमने विशाल शरीरधारी विराध नामक राक्षस का वध किया था?”

“हाँ प्रभु! यदि आप और लक्ष्मण न होते तो वह राक्षस मुझे मार ही डालता। मैं बहुत डर गयी थी।”

“यह देखो सर्वगुणमयी सीते! नीचे वह स्थान जहाँ सूर्य अथवा अग्नि के समान तेजस्वी महर्षि अत्रि रहते हैं। यहीं पर परम धर्मज्ञ सती अनुसूया से तुम्हारी भेंट हुई थी।”

“हाँ स्वामी! माता अनुसूया ने मुझे अनेक सुन्दर सीखें और साथ ही दिव्य वस्त्राभूषण भी बहुत प्रेम से प्रदान किये थे।” - सीता जी चहककर बोलीं।

विमान उड़ता रहा। हमारी यह मंगलमय यात्रा इतनी अनूठी और सुखद थी कि मन करता था कि यह कभी समाप्त न हो।

भइया निरन्तर भाभी से बोलते रहे - “हे अर्द्धाङ्गिनी! देखो पर्वतराज चित्रकूट शोभायमान् हो रहे हैं और उनके चरणों में बहती आयी पावन सरिता मन्दाकिनी जहाँ मुझसे भेंट करने प्राणप्रिय अनुज भरत आया था।...चित्रकूट के प्रवास के दिनों में सीते हमारा जीवन कितना मधुमय था? अहा!...और यह देखो नीचे हरीतिमा लिये स्वच्छ जल से संयुक्त यमुना नदी...रंग-बिरंगे पुष्पों से युक्त वृक्षों के मध्य से बहती यमुना कितनी मनोहर दिखती है। याद है प्रिये! जब तुम उस बाँस के बेड़े पर बीचोंबीच बैठी थीं...जिसे लक्ष्मण ने बड़ी कुशलता और श्रम से बनाया था और जिस पर हम तीनों ने यमुना मैया को पार किया था?”

सीता जी ने विमान में बैठे-बैठे यमुना माँ को प्रणाम किया और स्वीकारोक्ति में अपना सिर हिलाया।

“और उधर देखो वह कुछ दूर पर वह पतितपावनी विशाल गंगा नदी जिसे हमने एक नौका पर बैठकर उधर-से-इधर पार किया था। वह स्नेहिल केवट आज भी मेरे हृदय के एक कोने में बसा हुआ है...” भइया ने कहा।

सीता जी के साथ-साथ तब मैंने भी गंगा माँ को करबद्ध हो प्रणाम किया। तब प्रभु श्रीराम ने पुष्पक विमान को गंगा और यमुना के निकट संगम स्थल पर उतार दिया। सायंकाल का समय हो रहा था। सूर्य अभी अस्त नहीं हुए थे। उस एकान्त भूभाग पर अधिक भीड़भाड़ इस समय नहीं थी। दो-चार इक्का-दुक्का मनुष्य ही हमें वहाँ दिखायी दिये। हमारे विमान को भयंकर आकार-प्रकार के साथ धरती पर उतरता देखकर वह भयभीत हो वहाँ से भाग खड़े हुए। यह दूसरा अवसर था जब हमने नभ से उतरकर धरती पर पदार्पण किया था। हम सब विमान से उतरकर संगमतट की रेत पर विचरण करने लगे। विभीषण जी ने कहा - "प्रभु! अब क्या विचार है?"

"भरद्वाज मुनिवर का आश्रम निकट है वहीं चलते हैं।...परन्तु पहले यहाँ संगम पर हम सब स्नान कर लें तब चलें तो अच्छा होगा।" - भइया श्रीराम बोले।

"ठीक है प्रभु! परन्तु यदि उचित समझें तो आप अपने आदेश से इस विमान को अदृश्य कर सकते हैं। इसमें यह भी सुविधा है। विमान की सुरक्षा की दृष्टि से यह उचित रहेगा।"

भइया श्रीराम ने वैसा ही किया। फिर पुरुषों ने संगम तट पर राम जी के साथ एक ओर तथा स्त्रियों ने कुछ दूरी पर सीता जी के साथ पृथक्-पृथक् स्नान किया। सीता माँ और अन्य पुण्यवती माताओं के अंग से स्पर्श करने पर जो जलधार गंगा-यमुना के उस संगम में जाकर मिली वह सरस्वती है। आज से गंगा, यमुना और इस अदृश्य सलिला सरस्वती के संयोग से यह पतित-पावन संगम स्थल त्रिवेणी-संगम के नाम से पूजनीय होगा। ऐसा मेरा विचार है।

ऋषिवर भरद्वाज ने श्रीराम, सीताजी, मेरा तथा साथ में आये सुग्रीव, हनुमान, विभीषण, जामवन्त एवं समस्त वानरवीरों और उनकी धर्मपत्नियों का अत्यन्त आनन्द और उत्साह के साथ स्वागत एवं सत्कार किया। उनके आश्रमवासियों ने हमारे लिये मानो पलक पाँवड़े बिछा दिये। विविध व्यञ्जन, पूरी, शाक, खीर, हलवा, मेवा-मिष्टान्न, फल, पान सभी-कुछ अतिथियों को परोसा गया। भइया, मैंने और भाभी माँ ने केवल कन्द-मूल-फल ही ग्रहण किये।

मुनिवर भरद्वाज ने श्रीराम से कहा कि - "यहाँ से तुम्हारे वनगमन के उपरान्त समय-समय पर तुम्हारे बारे में समाचार मुझे मिलते रहते थे रघुनन्दन!... तुमने जिस प्रकार दण्डकारण्य के ऋषियों और तपस्वियों के साथ घुल-मिलकर अनेक वर्ष बिताये। ऋषिवर शरभंग, सुतीक्ष्ण, अगस्त्यादि से तुम लोगों की भेंटों आदि की सब सूचनाएँ मुझे प्राप्त होती थीं। गुरुदेव वाल्मीकि से तो तुम चित्रकूट में प्रारम्भ में ही मिलने का सौभाग्य प्राप्त कर चुके थे। सीता की तपस्विनी अनुसूया जी और विदुषी

लोपामुद्रा से आत्मीय भेंट भी हुई...वह सब-कुछ। तुम्हारे द्वारा विराध, कबन्ध आदि अनेक राक्षसों का वध। फिर जनस्थान के चौदह सहस्र राक्षसों का शूर्पणखा की हठधर्मी के कारण संहार...रावण का पंचवटी आना और फिर तुम्हारा लंकाभियान सब मुझे विदित है।..."

"परन्तु महर्षे! हमारा आज का आगमन?...आपने तो आज जैसे हमारे भोजन आदि की पूर्व से इतनी विस्तृत व्यवस्थाएँ कर रखी हैं। यह सब कैसे?" - मैंने जिज्ञासा की।

महर्षि भरद्वाज हँसकर बोले - "वत्स सौमित्र! इतना तो हम साधु लोग अपने तपबल से जान लेते हैं।...जब श्रीराम पुष्पक विमान में लंका में आरुढ़ हुए तभी मैं यहाँ जान गया था।...साथ में यह भी कि इस बार हमारे राम, लक्ष्मण, सीता पहले की भाँति अकेले नहीं हैं उनके साथ उनके शुभचिन्तकों और उनके परिजनों का एक पूरा दल-बल साथ में अयोध्या वापस लौट रहा है।...सच मानो श्रीराम! तुम जिस प्रकार चौदह वर्ष पहले एक कठोर प्रतिज्ञा को लेकर अपने अनुज और स्त्री के साथ वल्कल एवं चीरवसन पहने पैदल चल वन को जा रहे थे, अपना सर्वस्व त्यागकर उसे देखकर मेरा मन बहुत दुःखी हुआ था। परन्तु आज तुम्हें सब प्रकार से विजयी, अपने इष्ट-मित्रों के साथ परिपूरित एवं वैभव के साथ लौटता देखकर मुझे बड़ी प्रसन्नता हो रही है।"

तब भइया श्रीराम ने कहा - "हे भगवन्! अयोध्यापुरी में मेरी माताओं सहित सब कुशलतापूर्वक तो हैं? दुर्भिक्षादि से वहाँ किसी को कष्ट तो नहीं? भरत प्रजा का पालन भली-भाँति कर रहे हैं न?..."

इस पर महामुनि भरद्वाज ने कहा - "भली-भाँति स्नान न करने के कारण शरीर में मैल लपेटे, जटा रखाये, तुम्हारी खड़ाउओं को अपने आगे रखे हुए नन्दीग्राम में भरत तुम्हारे लौटने की अहर्निश प्रतीक्षा कर रहा है और शत्रुघ्न अयोध्या में उसके मार्गदर्शन में राज्य का सुप्रबन्ध करने में बड़ा परिश्रम कर रहा है। शेष कुशल है।...तुम्हारे वनवास के चौदह वर्ष भी संयोग से आज ही पूर्ण हुए हैं। आज पंचमी का शुभ दिन है। अतः आज रात्रि तुम सब मेरे ही आश्रम में विश्राम करो और मेरा आतिथ्य स्वीकार कर कल प्रातः तुम अयोध्यापुरी चले जाना।"

भइया श्रीराम ऋषिवर के आग्रह को मानकर उनके आश्रम में हम सबके साथ रुक गये। परन्तु भरत भइया की प्रतिज्ञा का ध्यान आते ही राम भइया के मस्तक पर चिन्ता की लकीरें उभर आयीं। उन्होंने कपिश्रेष्ठ हनुमान जी को एकान्त में बुलाया और मेरे साथ उनसे परामर्श करने लगे। श्रीराम ने कहा कि -

"प्रिय हनुमान!...उधर नन्दीग्राम में अनुज भरत मेरी प्रतीक्षा में एक-एक क्षण गिन रहा होगा। इधर ऋषिवर की स्नेहपूरित आज्ञा मैं टाल नहीं सकता। रात्रि घिर

आयी है। सुबह होने में अभी कई घड़ियों का अन्तर है। मुझे भय है कि कल प्रातः सत्यप्रतिज्ञ भरत आत्मघात न कर बैठे?"

"तो मेरे लिये क्या आज्ञा है प्रभु?" - हनुमान जी ने पूछा।

"मैं चाहता हूँ कि आप आज रातोंरात यहाँ प्रयाग से नन्दीग्राम जायें जो कि अयोध्या के मार्ग पर कुछ ही पहले पड़ता है। वहाँ जाकर आप भरत से मिलिये और मेरे यहाँ तक सकुशल पहुँचने का समाचार उससे कहिये। ऐसा कहते समय आप मेरे उस प्रिय अनुज की प्रतिक्रिया देखियेगा। फिर जैसा वह कहे उसके अनुसार उसे परितोष दे आप प्रभात होने से पूर्व मुझे आकर बताइयेगा।"

"जो आज्ञा रघुनन्दन!" - हनुमान जी बोले।

"किन्तु वानरश्रेष्ठ! आप इतनी रात्रि में किस मार्ग से जाकर भरत को ढूँढ़ेंगे?" - श्रीराम ने कहा।

इस पर मैंने कहा - "यहाँ से पास ही शृंगबेरपुर है। अपने निषादराज गुह की सहायता ली जा सकती है।"

"लक्ष्मण ने ठीक कहा -" प्रभु श्रीराम बोले - "हनुमान! आप सर्वप्रथम निषादराज गुह से मिल लें। उनसे हमारा कुशल संवाद कहें। नन्दीग्राम और अयोध्या का मार्ग वह आपको बता देंगे।"

अभी हम लोग यह वार्त्तालाप कर ही रहे थे कि निषादराज गुह स्वयं अपने कुछ परिजनों एवं मित्रों के साथ वहाँ पधार गये।

"धन्यभाग हमारे प्रभु! जो आज इतने वर्षों बाद आपके पावन दर्शन हुए इस निषाद को।" यह कहकर वह श्रीराम के चरणों में दण्डवत् करने लगे। भइया ने उन्हें उठाकर हृदय से लगा लिया - "अरे मित्र गुह!...आप वास्तव में दीर्घायु हैं। आपका कल्याण हो। अभी-अभी हमने आपका नाम लिया और आप स्वयं किसी चमत्कार की भाँति प्रकट भी हो गये?"

"प्रभु सायंकाल निषादों की बस्ती के कुछ नवयुवकों ने एक विचित्र-सा चमकीला आकाशीय पर्वत संगमतट पर उतरता देख लिया। मुझे बताया। हम लोग तुरन्त इस दिशा में चल दिये। परन्तु गंगा-जमुना जी की रेती में हमें कुछ नहीं दिखा।...आपके लौटने की बात मन में कहीं थी। मुनिवर भरद्वाज जी से कभी-कभार चर्चा होती रहती थी। मैंने अनुमान लगाया अगर प्रभु इधर आयेंगे तो मुनिवर के आश्रम में अवश्य आयेंगे। सो उसी अनुमान से इधर चला आया। यहाँ आकर आपको इस साँझ के अँधियारे में देखा तो मेरे जीवन का चन्द्रोदय इसी पल हो गया।"

इसके पश्चात् भइया ने मेरी सलाह पर निषादराज गुह को हनुमान जी के साथ कर दिया। हनुमान जी ने तब आश्रम से दूर निकलकर अपना पर्वताकार रूप पुनः धारण किया। गुह को अपने कन्धों पर बैठाया और कहा कि वह उनके लम्बे केश कसकर पकड़ लें तथा उनका भरत की तपःस्थली नन्दीग्राम तक मार्गदर्शन करें। फिर

रात्रि के अन्धकार में हनुमान पवनवेग से गुह से बतियाते हुए अपने गन्तव्य की ओर अपरम्परागत मार्ग से दौड़ पड़े। हम सबने भरद्वाज-आश्रम में आकर रात्रि विश्राम किया।

•

प्रातःकाल हमने हनुमान जी को अपने सामान्य शरीर-कद-काठी के साथ प्रसन्न मुद्रा में निषादराज गुह के साथ आते देखा। गुह भी मुस्कुरा रहे थे। मैं जान गया कि दोनों पूज्यवर राम जी द्वारा प्रदत्त कार्य सिद्ध कर आये हैं और अयोध्या की जलवायु भइया के अनुकूल है। हनुमान जी ने बताया कि - "प्रभु! नन्दीग्राम पहुँचकर आपका कुशल समाचार जैसे ही मैंने भरतलाल जी को सुनाया उनके हर्ष का परावार न रहा। मुझे उन्होंने अपने गले से चिपटा लिया और वह आनन्द-विभोर होकर नृत्य करने लगे। अनुज शत्रुघ्न जी भी भरत जी की देखभाल हेतु कल दिन ही से वहाँ आये हुए थे। हमारे आने से पूर्व वह भरत जी को भाँति-भाँति से आश्वस्त कर रहे थे कि प्रभु श्रीराम माता जानकी एवं लखन भइया सहित शीघ्र आते ही होंगे। वे धीरज धरें।. ..किन्तु वहाँ हमारे जाते ही कथा ही दूसरी हो गयी। दुःखद प्रसंग से एकाएक सुखान्त कथा-जैसी।...तब भरत उलटे स्वयं उत्साह के सागर बन गये। अनुज शत्रुघ्न से बोले तुम अभी इसी क्षण अयोध्या जाओ। तीनों माताओं, हमारी कुलवधुओं एवं गुरुवर वसिष्ठ आदि को श्री रामचन्द्र महाराज के भाभी माँ और अनुज लक्ष्मण सहित अयोध्या आगमन का सुसमाचार सुनाओ...वहाँ स्वागतादि की समस्त तैयारियाँ करो। सेना, रथ, हाथी, घोड़े सहित सुमन्त्र जी स्वयं यहाँ अन्य समस्त मन्त्रीगण सहित कल ब्रह्ममुहूर्त्त में ही प्रस्थान कर उपस्थित हों। गुरुदेव वसिष्ठ से भी पधारने का निवेदन मेरी ओर से करना। और जो भी अयोध्यावासी यहाँ दर्शनार्थ आना चाहें उन्हें भी समाचार देना। और हाँ...तुम वहीं अयोध्या में हमारी प्रतीक्षा करना।...यहाँ नन्दीग्राम में मैं भइया का स्वागत करूँगा और वहाँ अयोध्या में तुम।"

निषादराज गुह ने कहा - "प्रभु श्रीराम! हमने उस एक घड़ी में महात्मा भरत के अनेक रूप देखे। वह उत्साह, वह उमंग और वह आनन्दाश्रु और उनका वह भक्तिमय नृत्य...कि हम उसका ठीक-ठीक वर्णन कर पाने में असमर्थ हैं। मुझे नहीं पता कि भरत को आप-जैसे भाई मिले और आपको भरत-जैसे तो दोनों में कौन अधिक धन्य है प्रभु?"

भइया श्रीराम बोले - "निश्चित रूप में मैं...इतना ही नहीं मित्रवर! मेरा सौभाग्य तो इतना विशाल है जिसे भरत, लक्ष्मण, शत्रुघ्न-जैसे आदर्श भाई, गुह, सुग्रीव, विभीषण-जैसे परममित्र और अनेकानेक श्रेष्ठ ऋषि-मुनियों का आशीर्वाद इतना अपार मिला है कि मेरे लिये उसे सहेजकर रख पाना कठिन है।..."

तब कभी कुछ स्वयं के लिए अपेक्षा न करनेवाले मेरे मुँहबोले अग्रज हनुमान जी नेत्र झुकाकर धीरे से बोले - ''और प्रभु मैं?''

श्रीराम ने हनुमान को तत्काल अपनी विशाल भुजाओं में कस लिया। बोले - ''मारुतिनन्दन! आप तो स्वयं मेरा हृदय ही हैं।''

मैंने देखा कि दोनों अग्रजों के नेत्र से कुछ प्रेमाश्रु बहुमूल्य मोतियों के समान लुढ़क पड़े।

हनुमान और गुह वस्तुतः ब्रह्ममुहूर्त्त में ही वापस आ गये थे। भरत भइया के पास मध्यरात्रि में दो-तीन घड़ी रुककर बिताने के कारण हनुमान को इतनी देर लगी थी। उस बीच हनुमान जी ने तापसवेशधारी भरत जी को श्रीराम से किष्किन्धा से सुग्रीव की भेंट से लेकर वैदेहीहरण के कारण लंकाभियान, सेतुबन्ध और वानर-भालुओं की विशाल कटक की वीरता और विभीषण जी के सहयोगादि, श्रीराम द्वारा रावणादि के वध के समस्त समाचार विस्तार से सुनाये। तत्पश्चात् भइया और भाभी माँ की पुष्पक विमान से वापसी, भरद्वाज-आश्रम में उनके रात्रि-विश्राम तक का समस्त वृत्तान्त भी कह सुनाया। फिर वह दोनों गंगा जी में गुह के साथ स्नानकर हम तक आये थे।

सीता माँ ने अयोध्या की यात्रा में गुह की पत्नी एवं परिजनों को भी प्रयाग से साथ ले लिया और इस प्रकार निषादराज गुह भी हमारे साथ चले। त्रिवेणी-तट पर थोड़ा हटकर जहाँ पुष्पक विमान खड़ा था राम भइया ने उसे प्रकट किया और हम सभी यात्री एक बार पुनः उसमें सवार हो गये। प्रातःकाल की उस सौभाग्यशाली वेला में हमारे पुष्पक विमान ने भइया के निर्देश पर प्रयागराज से अयोध्यापुरी की दिशा में पुनः उड़ान भरी।

समय अब सौ अश्वों से भी तेज गति पकड़ चुका था। हमारी अपनी धरती, अपने लोग हमारे निकट आ रहे थे। अथवा हम उनके निकट जा रहे थे। चौदह वर्षों की विरहनिशा समाप्त हो चुकी थी। माता सुमित्रा, कौशल्या और कैकेयी समेत उर्मिला, माण्डवी भाभी और श्रुतिकीर्ति सभी के दर्शन होने थे। मेरा हृदय भी उत्साह की तीव्रता से धड़क रहा था।

''लक्ष्मण! वहाँ देखो नीचे...हमारी प्रिय सरयू माँ...जिसके तट पर इक्ष्वाकु कुल में उत्पन्न हुए राजाओं के किये हुए यज्ञों के स्मारकस्वरूप पत्थर के खम्भों की पंक्तियाँ खड़ी हैं।...और याद है कि सरयू के किनारे-किनारे कभी हम दो किशोरों को महर्षि विश्वामित्र अपने साथ एक कल्याणकारी यज्ञ की रक्षार्थ ले गये थे और वहाँ हम पर उन्होंने अपनी विद्या एवं ज्ञान द्वारा अनेक उपकार किये थे?''

''जी भइया! और उसी यात्रा के समापन में आपको भाभी माँ मिली थीं?''- मैंने हँसकर कहा।

''और उर्मिला को भूल गये देवर जी! -'' भाभी माँ ने भी हँसते हुए कहा। मैं झेंप गया। भइया भी हँस पड़े।

"अरे वह देखो...सामने दूर पर हमारी प्राणप्रिय अयोध्या...नाना प्रकार के फल-फूलों से सम्पन्न। असंख्य वृक्षों से युक्त उद्यानों से सुशोभित वह मेरे पिताश्री की गौरवशाली राजधानी अयोध्यापुरी ही तो है।..."

भइया ने विमान से ही दूर पर दिखायी दे रही अयोध्यानगरी को प्रणाम किया। भाभी माँ और मैंने भी अपनी पावन नगरी को प्रणाम किया। श्री रामचन्द्र जी के श्रीमुख से श्रीअयोध्यापुरी का नाम सुनते ही समस्त वानर आदि विमान के झरोखों से उचक-उचककर उस सुन्दर अयोध्यापुरी को देखने लगे। इन्द्र की राजधानी की शोभा क्या होगी हमारी अयोध्या के समक्ष? श्वेत अटा-अटारियोंवाली, भव्य महलों, सुन्दर भवनों और चौड़ी-चौड़ी सड़कोंवाली, हाथी-घोड़ों-धन-धान्य से भरी-पूरी हमारी प्रिय अयोध्या। जिसके उद्यानों में कोकिल की कुहुक और मयूरों की मधुर स्वर ध्वनियाँ जब गूँजती हैं तो सारा शरीर उमंग और आनन्द से पुलकित हो जाता है। मन की दशा की तो क्या कहें?

यद्यपि हमारा पुष्पक विमान अभी अयोध्या नहीं पहुँचा था परन्तु हम नन्दीग्राम के आस-पास ऊँचे आकाश में उड़ रहे थे। आकाश में बड़ी ऊँचाई पर होने के कारण हमें अयोध्या दूर से दीख पड़ती थी। फिर भइया ने नन्दीग्राम के ठीक ऊपर विमान को कुछ नीचे उतारा। भइया ने कहा - "सीते! वह देखो नीचे वहाँ मेरा प्रिय भरत खड़ा है...सहस्रों अयोध्यावासियों और आस-पास के ग्रामीण क्षेत्रों के लोगों से घिरा हुआ। कदाचित् वह श्वेत केशों और दाढ़ी में गुरुदेव वसिष्ठ भी खड़े हैं भरत के निकट। अहा!..."

यह कहकर प्रभु श्रीराम ने आकाश में ही नन्दीग्राम में खड़े भरतादि जनसमुदाय की एक परिक्रमा ली। लोगों में यह अनोखा और अभूतपूर्व दृश्य देखकर अपार हर्ष एवं उत्साह की लहरें दौड़ने लगीं। इसे हम ऊपर से अपने विमान में बैठे-बैठे अनुभव कर सकते थे। फिर भइया ने पास के एक अन्य ग्रामीण क्षेत्र में जहाँ पर्याप्त चौड़ी और समतल भूमि दिखी पुष्पक विमान को धीरे-धीरे नीचे उतार दिया। भइया को अपनी मनःशक्ति पर कितना विलक्षण नियन्त्रण था इससे यह भी सिद्ध हो गया। विश्वास कीजिये इस पूरी आकाशीय यात्रा में हमें कभी कहीं कोई झटका नहीं लगा। रंचमात्र का किसी को कष्ट न हुआ।

श्रीराम, माता सीता, हनुमान जी, सुग्रीव, जाम्बवान्, विभीषण, अन्य समस्त सहयात्री और उनकी स्त्रियाँ विमान से बाहर आये। मैं भी भइया-भाभी के पीछे-पीछे विमान से उतरा। श्रीराम ने विमान से उतरते ही अयोध्या की दिशा में मुख करके अपना शारंग धनुष मुझे थमाया और घुटनों के बल बैठकर मातृभूमि की धरा पर अपना शीश नवाया। मैंने भी उनके पीछे जहाँ भइया की चरणरज गिरी थी उसे झुककर चन्दन की भाँति अपने मस्तक से लगा लिया। फिर भइया ने भीड़ की चरम उत्तेजना से बचने के उद्देश्य से पुष्पक विमान को तत्काल उसके मूल स्वामी कुबेर के पास भेज देना

उचित समझा। श्रीराम के आदेश पर पुष्पक स्वतः उड़कर हिमालय पर्वत की दिशा में प्रस्थान कर गया।

यह सत्य है कि श्रीराम-सीता आदि के शुभागमन का समाचार जैसे ही अयोध्यावासियों को मिला उनकी अपार भीड़ वनवास से लौटनेवाले हम लोगों के दर्शन हेतु उमड़ पड़ी। हर्ष से उन्मत्त लोग 'श्रीरामचन्द्र की जय', 'सीता जी की जय', 'लखनलाल की जय' के नारों से धरती-आकाश को गुंजायमान कर रहे थे। जनसाधारण के मुखारविन्दों पर प्रसन्नता की वह अपूर्व छाप थी जो कि अवर्णनीय है। स्वागत के लिए आ रहे लोगों में भरत भइया सबसे आगे थे।

राम भइया और भरत भइया एक-दूसरे को देखकर इस प्रकार बाँहें फैलाकर दौड़े जैसे कि वे अपनी भुजाओं में मिलकर इस सारी सृष्टि को समेट लेंगे। राम-भरत का मिलन वास्तव में दो दिशाओं का मिलन था। आनन्दाश्रुओं का रुका हुआ बाँध ऐसा टूटा कि अब किसी के रोके रुकनेवाला नहीं था। दोनों भाई जब अच्छे से एक-दूसरे से मिल लिये तब भरत जी ने घुटनों के बल झुककर श्रीराम को दण्डप्रणाम भी किया। फिर सीता माँ के उन्होंने चरण स्पर्श किये और मेरा आलिंगन। राम भइया ने विभीषण जी, सुग्रीव आदि से भरत भइया का परिचय कराया। परिचय कराते समय सबके व्यक्तित्व और कृतित्व की प्रशंसा में इतना कुछ कहा कि वह सब यदि मैं वर्णन करने बैठूँ तो बहुत समय लग जायेगा। अपने स्वभाव के अनुकूल भइया ने अपनी समस्त सफलताओं के लिए अधिक-से-अधिक श्रेय अपने मित्रों को ही दिया।

भरत भइया श्रीहनुमान के मुख से समस्त वृत्तान्त पहले ही सुन चुके थे अतः सुग्रीव का जब परिचय उनसे कराया गया तो भरत जी बोले - "प्रियवर सुग्रीव! ...आपके चरित्र की महिमा से मैं अत्यन्त प्रभावित हूँ। इसीलिए मैं आपको अपना पाँचवाँ भाई मानता हूँ।" भरत जी ने लंकाधिराज विभीषण का भी विशेष आभार व्यक्त किया।

हम तीनों ने गुरुवर वसिष्ठ के चरणस्पर्श किये। सुमन्त्र जी पर तो दृष्टि पड़ते ही भइया ने उन्हें गले से लगा लिया। अन्य सभी अभ्यागतों और स्वागतार्थियों से भी हम सब प्रेमपूर्वक मिले।

नन्दीग्राम में जाकर श्रीराम और जानकी जी के साथ हम सबने भरतलाल जी की कुटिया और उसमें उनकी भूमि खोदकर बनायी गयी तपःस्थली देखी। तब भरत जी ने वहाँ एक चौकी पर पुष्प-अक्षत-चन्दन-रोली आदि से पूजित भइया श्रीराम की चरणपादुकाएँ उठायीं और श्रीराम के श्रीचरणों में भक्तिपूर्वक पहनाते हुए कहा कि - "अब आप अयोध्या का राज्य, जो अब तक मेरे द्वारा सेवित था, कृपया सँभाल लें भइया।"

राम भइया ने प्रेमपूर्वक भरत जी को गले लगाते हुए कहा - "तथास्तु प्रिय अनुज!"

उसके बाद भइया ने आज्ञा दी कि हम वहाँ उपस्थित तीनों भाई अपनी जटाएँ कटवाकर सामान्य केशविन्यास करायेंगे और स्नान करके तब अयोध्यापुरी के लिए प्रस्थान करेंगे। तब इधर से हनुमान जी ने 'जय सिया राम' का नारा लगाया और सारा जनसमुदाय सियाराम के नाम का जयघोष करने लगा।

...समीप ही स्थित एक सुन्दर कुण्ड में भइया श्रीराम ने जल लेकर सर्वप्रथम भरत भइया की जटाओं को अपने हाथों से धोया। फिर उन्होंने मेरी जटाएँ धोयीं। तत्पश्चात् हम दोनों भाइयों ने मिलकर अग्रज श्रीराम की जटाएँ धोकर एक-दूसरे को स्नान कराया। उन अनूठे क्षणों में हम तीनों भाइयों को अपना बालपन याद आ गया। इसके पश्चात् हमारी जटाएँ कर्तन करायी गयीं। उन मधुमय क्षणों में ग्रामीण स्त्रियाँ आनन्दविभोर हो एक मंगल गीत गाने लगीं -

आये हो आये राजाराम
बहुरिया संग, आये हो आये राजाराम।
आये हो आये राजाराम
बहुरिया संग, आये हो आये राजाराम।।
संग में सोहैं लछमन बीरन
लछमन बीरन, लछमन बीरन
संग में सोहैं लछमन बीरन।
भरत जपैं सिया-राम
हो रामा, भरत जपैं सिया-राम।। आये हो...
जनक लली की सोभा न्यारी
सोभा न्यारी, सोभा न्यारी
जनक लली की सोभा न्यारी।
रामजी तकैं अविराम
हो रामा, रामजी तकैं अविराम।। आये हो...
अवधपुरी के भाग जगे हैं
भाग जगे हैं, भाग जगे हैं
अवधपुरी के भाग जगे हैं।
सत्रुहन नहिं बिसराम
हो रामा, सत्रुहन नहिं बिसराम।। आये हो...

एक स्वर्णमय रथ जिसमें हीरे-मोती-पन्ने जड़े थे रथवाहक सुमन्त्र जी की देख-रेख में अयोध्या जानेवाले राजपथ पर चार श्वेत-अश्वों से जुता हुआ उधर की ओर मुख किये खड़ा था। वह रथ खुला हुआ था। उस पर छाजन नहीं थी। ताकि

समस्त जनता श्रीराम और जानकी जी की मनोहर छवि का निर्बाध दर्शन कर सके। उनके पीछे दूसरा रथ था जो कि रजत धातु निर्मित था। वह भी शीर्ष भाग से खुला हुआ था। उसे शत्रुघ्न ने भरत भइया और मुझे साथ-साथ लिवाने हेतु अयोध्या से नन्दीग्राम भेजा था।

इन दोनों के पीछे अनिगिनत रंग-बिरंगे और सुसज्जित रथ थे। विविध धातुओं एवं काष्ठ से निर्मित। एक-से-एक सुन्दर और सजे-धजे। सब पर छत्र अथवा छाजन तने हुए थे। यह रथ लंका और किष्किन्धा से आये अतिथिगण के लिए थे। अन्त में सौ घुड़सवार सैनिकों का एक दल।

हम तीनों भाई स्नानकर और कुछ फल-नैवेद्य इत्यादि ग्रहण कर राजसी अलंकारों और वस्त्राभूषणों को धारण कर तैयार हो गये। स्नान के पश्चात् कन्धों तक लहराते गीले केशों के साथ आज कमलनयन श्रीराम का चन्द्रमुख देखते ही बनता था। भरत भइया भी उन्हीं के अनुरूप सुन्दर दिख रहे थे। राम भइया ने पीत वस्त्र धारण किये थे। भरत भइया हरित परिधान में थे तो मुझे सुमित्रा माता ने नीले चमकदार वस्त्र पहनने को अयोध्या से भेजे थे। आभूषणों के साथ श्वेत मोतियों की एक बड़ी-सी सुन्दर माला भी साथ में थी। वह मेरा प्रिय आभूषण था। मैं समझ गया कि इस विशेषरूप से सहेजकर रखी गयी मोतियों की माला को प्रिय उर्मिला ने ही मेरे लिये भेजा होगा। मेरी उर्मी वहाँ विरह में राह तकती होगी मेरे लिये। न-न...अब तो बहुत प्रफुल्लित होगी वह...विरह की घड़ियाँ तो कब की बीत चुकी हैं।...

सुरुचिपूर्ण श्रृंगार से युक्त मेरी सुन्दर भाभी माँ सीता जी भी आज कितनी प्रमुदित दिख रही थीं। बार-बार कनखियों से प्रभु श्रीराम की सलोनी रूपछवि को निहारतीं मानो मन-ही-मन निहाल हुई जाती थीं। और भइया भले ही ऊपर से कितना गम्भीर बनने का प्रयास कर रहे हों जब भाभी पर एक पल को उनकी दृष्टि ठहरती तो अपने आन्तरिक प्रेम को दबाकर वह अपने केशों पर हाथ फेरने लगते। मैं जान जाता कि जानकी जी का प्रबल आकर्षण उन्हें असहज कर रहा है।

श्रीराम ने समस्त अतिथियों, सुग्रीव, विभीषण, अंगद आदि को विविध रथों पर आग्रहपूर्वक चढ़ाया। फिर सीता जी के साथ अपने रथ के निकट वापस आये। सुमन्त्र जी और अयोध्या से पधारे अनेक मन्त्रीगण हाथ बाँधे एक किनारे खड़े थे। हनुमान जी कन्धे पर गदा लिये धनुषबाणधारी भइया श्रीराम और जानकी जी के पीछे-पीछे अभी भी राजमार्ग पर इधर-से-उधर विचर रहे थे। भरत भइया ने कहा - "प्रभु! अब आप जानकी जी सहित अपने स्वर्णरथ पर विराजें। मैं और लक्ष्मण आपके पीछे चलेंगे।"

श्रीराम ने पूछा कि - "पूज्य गुरुदेव वसिष्ठ कहाँ हैं?" सुमन्त्र जी ने कहा कि- "वे अपने रथ में थोड़ा पीछे हैं।"

तब प्रभु ने शीघ्रता के साथ पीछे की ओर पग धरे। मैं भी शीघ्रता से उनके पीछे गया। सुग्रीव और विभीषण के रथ के ठीक पीछे श्वेतकेशी, श्वेत लम्बी दाढ़ी और श्वेत धोती को अँचले के रूप में लपेटे गुरु वसिष्ठ अपने रथ पर विराजमान थे। प्रभु श्रीराम ने जाकर उन्हें प्रणाम निवेदन कर कहा - ''गुरुदेव! आप यहाँ कहाँ?...आपको तो मेरे आगे-आगे चलना है।''

गुरु वसिष्ठ ने आशीर्वाद की मुद्रा में दाहिना हाथ उठाकर कहा - ''आयुष्मान् भव! यशस्वी भव राघवेन्द्र!!'' और उनका रथ सबसे आगे लाया गया। फिर भइया श्रीराम भाभी माँ के साथ अपने स्वर्णरथ पर विराजमान हुए। हनुमान जी को उन्होंने निर्देशित किया कि - ''सबसे आगे जो एक विशालकाय गजराज घण्टाध्वनि करता खड़ा है, जिसकी ग्रीवा पर वह लाल पगड़ी पहने महावत बैठा है - हनुमान जी! आप उस हाथी पर सवार होकर हम सबके आगे चलें।'' हनुमतलाल बोले - ''जो आज्ञा प्रभु।'' यह कहकर वह जैसे ही उस हाथी पर अपनी वज्र सरीखी गदा के साथ विराजमान हुए हमारा वह भव्य जुलूस राजधानी अयोध्या की ओर चल पड़ा।

समूचे राजमार्ग पर दोनों ओर स्त्री-पुरुष-बालकवृन्द का अपार जनसमुदाय प्रभु श्रीराम जानकी जी की अद्‌भुत छवि का दर्शनलाभ करने के लिए उमड़ पड़ा था। लोग निरन्तर भागे चले आते थे और समूचे राजमार्ग पर दोनों ओर से पुष्पों की वर्षा कर रहे थे। अनेक स्थलों पर ढोल-मृदंग-मंजीरे-खड़ताल बजाकर लोग आनन्दमग्न हो नृत्य कर रहे थे। प्रसन्नता की उमंगें वसन्त की सुषमा की भाँति नर-नारियों के मुखड़ों पर चहुँ ओर दमक रही थीं। जन-समुदाय नृत्य-गान करते हुए परस्पर अबीर और गुलाल भी उछालकर हमारे आगमन पर अपने हर्षोल्लास को व्यक्त कर रहे थे। साथ ही भइया, भाभी और मेरे नामों के जयघोष के साथ-साथ भरतलाल जी के भी नाम का जयघोष भी स्थान-स्थान पर वातावरण में गूँज रहा था।

राम भइया और सीता माँ के रथ के पीछे मेरा और भरत भइया का रथ धीरे-धीरे चल रहा था। जनसाधारण के उस स्नेहमय स्वागत से हम सब अभिभूत थे। मैंने भरत भइया से कहा - ''भइया! जब हम लोग वन को गये थे तो यही सारे लोग हमारे रथ को चारों ओर से घेरे हुए कितने अनियन्त्रित और विह्वल थे और आज देखिये इन्हें ...कितने शान्त, आनन्दित और आत्मानुशासित-से मार्ग के दोनों ओर पंक्तिबद्ध हो हमारे स्वागत में खड़े हैं?''

भरत भइया ने हँसकर कहा - ''हाँ लक्ष्मण! वास्तव में...उस दिन यह सब हतभाग्य थे और आज अहोभाग्य। कौशल्यानन्दन श्रीराम को पुनः पाकर आज हमारी इस जन्मभूमि पर जीते-जी साक्षात् स्वर्ग जो उतर आया है।...''

''उचित कहा भइया! परन्तु जनसमुद्र का ऐसा अद्‌भुत आत्मनियन्त्रण? वह दिन और यह दिन?''

"उस दिन जिस उदीयमान सूर्य को अकस्मात् ग्रहण लगाकर अस्ताचल की राह दिखाने का कुत्सित योग बना था आज वही मार्तण्ड दिनकर रघुकुल के इस खुले आकाश में अपना सम्पूर्ण तेज बिखेरता हुआ देदीप्यमान् है। यह वह दिन है जब अयोध्या की जनता अपने युवराज श्रीराम का नहीं बल्कि कौशल राज्य के भावी सम्राट् का हृदय से स्वागत कर रही है।...श्रद्धा का पवित्र भाव व्यक्तियों के भीतर आत्मनियन्त्रण स्वतः उत्पन्न कर देता है।"

हमने देखा कि अयोध्या के सिंहद्वार पर अनुज शत्रुघ्न अपने रथ को बायें लगाये कुछ सैनिकों के साथ एक कान्तिमय मुस्कान के साथ खड़ा था। उसने लगभग दौड़ते हुए भइया-भाभी के रथ की दूरी तय की। राम जी और सीता जी ने अपने रथ से उतरना चाहा। परन्तु शत्रुघ्न ने उन्हें आग्रहपूर्वक उतरने नहीं दिया। वह स्वयं उत्साहपूर्वक उस रथ पर जा चढ़ा। दोनों के चरण स्पर्श कर साथ लायी पीले पुष्पों की बड़ी-बड़ी मालाएँ उसने दोनों के कण्ठ में पहना दीं।

तब तक भरत भइया और मैं भी अपने रथों से उतर पड़े और राम जी एवं सीता जी के निकट जा पहुँचे। शत्रुघ्न उत्साह में लगभग उछलता हुआ उनके रथ से कूदा और मुझसे भावातिरेक में कसकर लिपट गया। फिर उसने भरत भइया और मुझे भी साथ लायीं भारी-भारी मालाएँ पहनायीं। हनुमान जी आगे हाथी पर बैठे-बैठे मुड़कर यह अद्भुत परिदृश्य निहार रहे थे। मेरे एक हाथ का संकेत करते ही उस हाथी से कूदकर उतर गये और हमारे निकट आ गये।

भरत जी ने अपने गले की माला वापस अनुज शत्रुघ्न के गले में डाल दी। मैंने भी अत्यन्त स्नेहपूर्वक पहनायी गयी शत्रुघ्न की लायी वह माला अत्यन्त आदरपूर्वक हनुमान जी के गले में पहना दी। शत्रुघ्न ने भी मेरा अनुकरण किया। तब तक सुनहरे जरी-गोटे से सुसज्जित एक छत्र लेकर एक सैनिक वहाँ आया। शत्रुघ्न ने वह छत्र अपने हाथों में लेकर भरत भइया से आज्ञा माँगी कि वह इस छत्र के साथ भइया-भाभी के रथ के पीछे खड़ा होना चाहता है।

इस पर मैंने वह छत्र शत्रुघ्न के हाथ से लगभग छीनते हुए कहा - "यह अधिकार तो मेरा है प्रिय अनुज!"

"नहीं...आज तो यह मेरा विशेषाधिकार है।" - कहकर भरत भइया ने वह छत्र हम दोनों भाइयों के हाथ से ले लिया और प्रेमपूर्वक मुस्कुराकर बोले - "तुम दोनों राजकुमार अब हम तीनों के पीछे चलोगे। चुपचाप पिछले रथ में बैठ जाओ।"

यह कहकर भरत जी श्रीराम एवं जानकी जी के रथ पर दोनों हाथों से छत्र पकड़कर पीछे जाकर खड़े हो गये। उन्होंने हनुमान जी से अनुरोध किया कि - "कपिश्रेष्ठ!...आगे शत्रुघ्न का लाया जो रथ खड़ा है आप जाकर अब उस पर विराजमान हों और पुनः हम सबको अपनी दिव्य उपस्थिति से गौरवान्वित करें।"

हनुमान जी ने सहर्ष वैसा ही किया। अब राम-जानकी की यह शोभायात्रा अयोध्या नगर में जय-जयकारों के चरम के साथ प्रवेश करने लगी।

सिंहद्वार में प्रवेश के साथ ही गजराज शोभायात्रा से विलग हो गये। शत्रुघ्न ने मेरे साथ रथ पर आरुढ़ होते ही साथ के सैनिकों से उस विषय में निर्देश कहला भेजा था। भरत भइया जब स्वयं राम-जानकी जी के पीछे छत्र सँभाले खड़े थे तो भला हम दोनों अनुज कैसे अपने रथ पर बैठ सकते थे। अतः शत्रुघ्न और मैं भी अपने रथ पर खड़े होकर जनता का अभिवादन करने लगे।

शोभायात्रा चली जा रही थी। सबसे आगे रथारूढ़ वज्रांगी हनुमान। उनके पीछे गुरुदेव वसिष्ठ। फिर सारे जग को अपनी मनोहर आभा से चकित कर देनेवाले हमारे प्राणप्रिय राम भइया और सीता माँ। उनके पीछे हमारे धर्मप्राण भरत भइया। पश्चात् हम दोनों सुमित्रानन्दन। हमारे पीछे किष्किन्धा और लंका से पधारे हमारे अति-विशिष्ट अतिथिगण। सब-के-सब पुष्पों और पताकाओं से सुसज्जित विभिन्न रथों पर सवार।

इस प्रकार भरतलाल जी श्रीराम और जानकी जी को उनके दल सहित लेकर अयोध्या आ गये। श्रीराम ने शोक के कारण क्षीणकाय हो चलीं अपनी तीनों माताओं - कौशल्या जी, सुमित्रा जी एवं कैकेयी - की चरणवन्दना भांभी माँ सहित की। पश्चात् हम तीनों भाइयों ने भी उनके चरण स्पर्श किये।

सभी माताओं ने हमें अपने अंक में भेंटकर अनेकानेक आशीष दिये। तीन देवियाँ माण्डवी भाभी, उर्मिला और श्रुतिकीर्ति भी प्रसन्न मुख और कुछ-कुछ लजाती-सी हमारे स्वागत में तीन आरती के थाल लिये वहाँ उपस्थित थीं। तीनों ने एक साथ पहले राम भइया और सीता भाभी को मस्तक पर कुमकुम लगाकर उनकी आरती उतारी। फिर माण्डवी भाभी ने भरत भइया की, उर्मिला ने मेरी और श्रुतिकीर्ति ने शत्रुघ्न की आरती उतारी।

शत्रुघ्न बोला - "अरे देवि! मेरी आरती क्यों? मैं तो यहीं था।"

श्रुतिकीर्ति इठलाकर बोली - "आज आपने हमारे जीवन का सबसे बड़ा सौभाग्य और आनन्द जो हमें प्रदान किया है...क्यों सीता दीदी?..."

"हाँ री! मेरी गुड़िया!! अच्छा ला अब यह स्वागत का थाल मुझे दे।" - कहकर सीता जी ने आरती का वह थाल अपनी सबसे छोटी बहन श्रुतिकीर्ति के हाथ से ले लिया।

गुरुदेव वसिष्ठ हमारे निकट ही खड़े थे। सीता माँ ने सबसे पहले गुरुदेव की आरती उतारी। फिर तीनों माताओं की और उसके पश्चात् हम चारों भाइयों की। ऐसी महान् थी मेरी जानकी मैया। जिस अयोध्यापुरी को स्वयं देवतुल्य सीता-राम की युगलजोड़ी ने सनाथ किया हो वहाँ स्वर्ग धरती पर भला कैसे न उतरे?

प्रभु श्रीराम का राज्याभिषेक तो इसके बाद एक औपचारिकता मात्र था। यद्यपि वह भव्य और दिव्य राज्याभिषेक मेरे मानस-पटल पर चिरस्थायी रूप से युगों-युगों के लिये अंकित है, परन्तु वह मेरे लिये एक अनिर्वचनीय अनुभूति है। संक्षेप में इतना कहूँगा कि - श्रीराम ने भरत भइया के आग्रह को स्वीकार करते हुए अपने राज्याभिषेक की अनुमति प्रदान की। वह आग्रह जो आज से लगभग चौदह वर्ष पूर्व चित्रकूट धाम में पधारकर भरत भइया ने उनसे सर्वप्रथम किया था। वही शुभ मुहूर्त्त अब अयोध्या में पुनः उपस्थित हुआ था। राम भइया के द्वारा स्वीकृति देते ही अयोध्यापुरी में उनके राज्यारोहण की तैयारियाँ होने लगीं। सभी परिजन और पुरजन स्नानादि करके उत्तम वस्त्रों एवं आभूषणों को धारण करने लगे। हमारी गृहलक्ष्मियाँ बड़े आनन्द के साथ सजने-धजने लगीं। राजमहलों के सेवक और परिचारिकाएँ भी अत्यन्त उल्लास के साथ गाती-गुनगुनाती विभिन्न आयोजनों में व्यस्त हो गयीं। सभी ने उत्तमोत्तम पोशाकें धारण कीं एवं शृंगार किये। इधर अयोध्या राज्य के मन्त्रीगण एवं पुरोहित इत्यादि गुरुदेव वसिष्ठ के मार्गदर्शन में श्रीराम के राज्याभिषेक की व्यवस्थाओं के सम्बन्ध में विचार-विमर्श करने लगे।

उस दिन जब प्रभु श्रीराम अपने राजमहल से निकलकर राज्याभिषेक हेतु जाने के लिए रथ पर विराजमान हुए तो नगरवासियों ने आगे बढ़कर उन्हें अनन्त बधाइयाँ दीं और उनका अभिनन्दन किया। श्रीराम के रथ के चलने पर प्रजाजन वस्तुतः उनके पीछे-पीछे चलने लगे।

भइया श्रीराम अपने उसी धीर गम्भीर स्वरूप में तथा निर्विकार भाव से अयोध्या के राजभवन में पधारे। हम तीनों भाइयों ने भरत भइया की अगुआई में प्रभु श्रीराम का स्वागत किया। गुरुदेव वसिष्ठ जी ने राजसभा में उस स्थान पर जहाँ कभी हमारे पिताश्री राजा दशरथ विराजमान हुआ करते थे और जहाँ उनके पश्चात् प्रभु श्रीराम की चरणपादुकाएँ कुछ समय के लिए बिराजीं जिन्हें भरत भइया अपने साथ हमारे वनवास की अवधि के समापन तक पूजन करने हेतु नन्दीग्राम में अपनी कुटिया में ले गये, ठीक उसी स्थान पर एक रत्नजटित चौकी पर राजतिलक हेतु भइया श्रीराम को बैठाया गया। तत्पश्चात् आठ महर्षियों ने विभिन्न सागरों, नदियों तथा सरोवरों से लाये पवित्र जल से श्रीराम को स्नान कराकर उनका अभिषेक किया। ये आठ पूज्य महर्षि थे - वसिष्ठ, वामदेव, जाबालि, कश्यप, कात्यायन, सुयज्ञ, गौतम तथा विजय। मैंने भइया के मुखारविन्द एवं शरीर को एक कोमल वस्त्र से पोंछा। उसके बाद उन्हें अनेक सुन्दर आभूषणों से विभूषित किया गया। तत्पश्चात् गुरुदेव वसिष्ठ ने प्रभु श्रीराम के मस्तक पर अपने करकमलों से राजतिलक किया और समस्त महर्षियों के द्वारा वेदमन्त्रोच्चार के बीच, शंख एवं घण्टानाद की पावन ध्वनि के साथ गुरुदेव वसिष्ठ जी ने ही प्रभु श्रीराम के शीश पर एक अत्यन्त सुन्दर एवं भव्य स्वर्णिम राजमुकुट धारण कराया।

इस अवसर पर प्रभु श्रीराम नें समस्त मान्य परम्पराओं का पालन करते हुए ब्राह्मणों, पुरोहितों और याचकों को गाय, वस्त्र, स्वर्णमुद्राएँ इत्यादि दान कर अपना आभार व्यक्त किया।

इस प्रकार प्रभु श्रीराम की स्वयं की कृपा से ही रामराज्य का अस्तित्व हमारी धरती पर सम्भव हो सका। मानव सभ्यता के इतिहास में रामराज्य वास्तव में एक आदर्शतम शासन था जिसके चलते सम्पूर्ण कौशल साम्राज्य में दैहिक, दैविक और भौतिक सन्तापों के लिए कहीं कोई स्थान नहीं था। प्रजा हर प्रकार से सुखी, सम्पन्न, स्वस्थ एवं आनन्दमग्न थी। नागरिकों के नैतिक मूल्य ही तब धार्मिक मूल्य हुआ करते थे और जनप्रिय सम्राट् श्रीराम का व्यक्तिगत आचरण ही उन नैतिक, धार्मिक एवं मानव-मूल्यों की अन्तिम कसौटी। श्रीराम एक ऐसे शासक थे जिनकी कथनी और करनी में कभी कोई अन्तर नहीं रहा।

उर्मिला आज बहुत प्रसन्न थी। आज भइया श्रीराम के साथ उसकी सीता दीदी रात्रि के भोजन पर हमारे सदन में आ रहे थे। घर का कोना-कोना स्वच्छ किया जा रहा था। पुष्पपात्रों में रंग-बिरंगे पुष्प सजाये जा रहे थे। रसोईघर में नाना प्रकार के पकवान बनाये जा रहे थे। कुछ व्यञ्जन तो उर्मिला ने स्वयं अपने हाथों से बनाये थे। पूरा घर अगरु-चन्दन की सुगन्ध से महामह था।

"अरे! आपने आज आने में इतनी देर लगा दी?" - उर्मिला ने कहा।

"हाँ उर्मी! आज भइया से भेंट करने अनेक राज्यपाल एक के बाद एक कर अचानक आ गये। उन्हीं की व्यवस्था में कुछ समय लग गया।" - मैंने कहा।

"अच्छा ठीक है आर्यपुत्र! आप विराजिये। मैं तनिक जल लेकर आती हूँ।.." कहकर उर्मिला चपलता के साथ भीतर चली गयी।

मैं शय्या पर लेट गया। वन में जहाँ मुझे कभी सरलता से नींद नहीं आती थी, अपने सदन की शय्या पर कटि सीधी करते ही मेरी आँख लग गयी।

आधी-चौथाई घड़ी ही सोया होऊँगा कि उर्मिला ने मुझे धीरे से पुकारा -

"स्वामी!...उठिये। देखिये आपके लिए मैं क्या लायी हूँ?"

- मैं तुरन्त जाग गया।

"हाँ प्रिये!...क्या है?"

"लीजिये अब जल क्या लेंगे...थोड़ा-सा केसरयुक्त गर्म दूध है। इसे पी लीजिये। स्फूर्ति मिलेगी। और हाँ...सूर्यास्त के समय सोना नहीं चाहिए।"

"क्यों?"

"क्योंकि ऐसा करने से देवता रूठ जाते हैं।" - ऐसा कहते हुए उर्मिला की मुख-मुद्रा गम्भीर थी। मैंने दूध का पात्र हाथों में ले लिया। उसे होंठों पर लगाकर अपने नेत्रों को विस्फारित करते हुए मैंने कहा -

"देवता रूठ जाते हैं कि मेरी देवी?"

इस पर उर्मिला ने कहा - "धत्त!..." और वह लजाकर हँस पड़ी।

उर्मिला जब इस तरह प्रसन्नवदन मुझे दिखती तो लगता कि मन के कोने के किसी बड़े अभाव की पूर्ति हो गयी हो। मैंने उसे इतने वर्ष कितने दुःख दिये थे। अब यह हमारे सुख के दिन थे। रात्रि के बाद दिन की भाँति आये थे यह दुर्लभ दिन। कितने कष्टों और कितनी प्रतीक्षा के बाद। अब नित्यप्रति राजकाज में राम भइया का हाथ बँटाने में मेरा अधिकांश समय बीत जाता। फिर भी परिवार में बिताये जानेवाले यह क्षण तो अनमोल थे ही।

मैं भइया के साथ राज्य में विभिन्न निरीक्षण यात्राओं पर जाता। वास्तव में अब उनका प्रधान अंगरक्षक और प्रधान सहायक बनकर। मेरे भइया अयोध्या के राजा थे। उनकी इस रूप में सेवा मेरा बचपन से स्वप्न था। अब जाकर यह स्वप्न पूर्ण हुआ था। भइया ने मुझे स्वतन्त्र रूप से कौशल साम्राज्य के कुछ राज्यों का भार देने का प्रस्ताव किया किन्तु मैंने उनसे प्रार्थना की कि बह उन पर भरत भइया अथवा शत्रुघ्न की नियुक्ति करने पर कृपया विचार करें। मैं भइया के सतत सान्निध्य का लाभ त्यागने हेतु सहमत नहीं हूँ। भविष्य में किसी आकस्मिक आवश्यकता की बात और है।...

श्रीराम जहाँ भी जाते दर्शनार्थियों की भीड़ लग जाती। बहुत नगण्य-सा सैन्यबल वह अपने साथ रखते। उनका कहना था कि अपनी प्रजा के मध्य जो राजा स्वयं को असुरक्षित समझे तो फिर वह राजा कैसा? आदर्श शासन वह जहाँ शासक और शासित में कोई भेद न हो। जहाँ प्रजा सम्पूर्ण राज्य को अपना परिवार समझे और राजा को मात्र परिवार का मुखिया। उसी में जनकल्याण के सूत्र निहित हैं। वैसे भी रामराज्य में प्रजा अत्यन्त सुखी और समृद्ध थी। कर अत्यन्त न्यून थे। प्रजाजन सहर्ष और समय से कर चुकाते थे। प्रकृति की भी अपार अनुकम्पा थी। समय से वर्षा होती थी। समय से दिवाकर की स्वर्ण रश्मियाँ धरती पर बिखरतीं जिससे कृषि और कृषक दोनों हरे-भरे और हृष्ट-पुष्ट रहते। दुधारू पशु कृषकों की समृद्धि में और भी वृद्धि करते। वाणिज्य और व्यापार भी प्रगति पर थे और शिक्षा-दीक्षा का प्रसार बढ़ता जाता। प्रत्येक व्यक्ति अपनी सन्तानों को शिक्षा और सुसंस्कार देने में सदा सजग रहता। रोग-शोक का कहीं चिह्न नहीं। जरा और मृत्यु तो अवश्यम्भावी हैं जिन पर किसी का वश नहीं परन्तु रामराज्य में कभी कोई अकालमृत्यु नहीं होती थी यह सबसे सुन्दर बात थी।

सायंकाल माँ सीता सहित मेरे प्राणप्रिय राम भइया हमारे घर आँगन में पधारे और हम पति-पत्नी धन्य हो गये। उर्मिला अपनी दीदी को देखते ही विभोर हो गयी। वह उनको गलबहियाँ डालकर झट भीतर ले गयी। भइया मेरे साथ सदन में इधर-उधर घूमने लगे।

"अरे! बड़े सुन्दर पुष्प हैं यहाँ तो चारों ओर।" - श्रीराम बोले।

"जी भइया!...आपकी वधू को बागवानी का बहुत चाव है। वह उपत्यका से लेकर घर के हर कोने में पुष्परोपण करती है...जहाँ भी सम्भव होता है।"

भइया ने घूम-घूमकर घर के आँगन और कोने-कोने में खिले हुए पुष्पों पर धीमे-धीमे टहलकर अपनी कृपादृष्टि डाली और उर्मिला के श्रम की सराहना की। तब उन्हें जैसे कुछ याद आया।

"और मैंने जानकी से सुना है कि उर्मिला वधू चित्रकारी भी बहुत सुन्दर करती है?" - वह बोले।

"जी भइया!"

"तो मुझे भी दिखाओ तनिक।"

"अवश्य दिखलाता हूँ।" - मैंने कहा और मैं भइया को लेकर कला-कक्ष की ओर जाने लगा। मैंने उर्मिला को बुलाना चाहा कि भइया स्वयं ही स्वर दे बैठे -

"जानकी! कहाँ हो तुम?"

"आयी स्वामी! -" कहकर भाभी माँ हँसते हुए उर्मिला के साथ हमारे शयन-कक्ष से बाहर निकलीं। उर्मिला उस समय बड़े आनन्द के साथ खिलखिला रही थी। हमें देखते ही उसने स्वयं को संयत किया।

"भइया तुम्हारी चित्रकला देखना चाहते हैं। -" मैंने कहा।

"अरे बड़े भइया!...कहाँ आप वह सब देखेंगे? उसमें कुछ नहीं है।"

"क्यों भई, कैसे कुछ नहीं होगा? गुणवान् जानकी की छोटी बहन गुणों की खान न हो भला ऐसा कहाँ सम्भव है?..."

"न-न बड़े भइया! वह सब नहीं। पहले चलिये भोजन करिये। आप उसका आनन्द लेंगे तो मुझे अधिक सन्तोष होगा।"

"भोजन तो हम करेंगे ही" - राम भइया विहँसकर बोले - "परन्तु उससे पूर्व हम अपनी क्षुधा को और बढ़ायेंगे।...अभी तुम्हारे हाथों से पल्लवित अनेक सुन्दर पुष्पों को देखकर आधी भूख खुली है...अब तुम्हारे बनाये कुछ मनोहर चित्र देखेंगे तो भोजन की इच्छा पूर्णरूपेण जागृत हो जायेगी।"

अब उर्मिला के पास कोई उपाय न था भइया को रोकने का। वह हमें कला-कक्ष में ले गयी। आवरण से ढके कुछ चित्र सामने की भित्ति से टँगे थे। एक कोने में

चित्ररहित श्वेत रेखांकनपट्ट अपने आधार पर दण्डों पर टिका खड़ा था। कुछ कूचियाँ और रंग एक चौपाई पर रखे हुए उर्मिला की अगली कृति की प्रतीक्षा में थे।

हम सब उत्सुक दर्शकों की भाँति एक कलाकार की अभिव्यक्ति को चित्रों के माध्यम से देखने और उसको सुनने हेतु वहाँ मौन खड़े हो गये। जानकी जी ने कुछ कहना चाहा। वह कुछ अधीर हुईं। कदाचित् चित्रों पर पड़े आवरण की रहस्यात्मकता से कुछ विचलित-सी हो गयी थीं वह कि जाने इन चित्रों में क्या हो?

भइया श्रीराम ने अपने अधरों पर एक उँगली रख उनसे कहा -"कला-कक्ष में हमें पूर्ण शान्ति रखनी चाहिए।" और वास्तव में तब वहाँ मौन कुछ अधिक ही गहरा गया।

तब उर्मिला ने ही उस मौन को तोड़ा। वह बोली - "मैं आपको हमारे पारिवारिक जीवन के प्रारम्भिक क्षण का एक अविस्मरणीय चित्र दिखाती हूँ...देखिये।" कहकर उसने वह रेशमी वस्त्र जो उस बड़े-से प्रथम चित्र पर ढका था, उसे धीरे से अलग किया और हमारे सामने मिथिलानरेश जनक की राजसभा का वर्षों पहले का वह गौरवशाली भव्य दृश्य समुपस्थित हुआ जिससे हम सबके दाम्पत्य जीवन का सूत्रपात हुआ था। -

शिवधनुष उठाकर प्रत्यञ्चा चढ़ाते श्रीराम। एक ओर सिंहासन पर सिर झुकाये बैठे अनेक नृप, भूपाल, सभासद। दूसरी ओर राजसिंहासन पर बैठे हुए राजा जनक। उनके बराबर में एक अन्य सिंहासन पर विराजमान ऋषिवर विश्वामित्र, पास खड़ा हुआ मैं, जनकसिंहासन के इधर हाथ में वरमाला लिये हुए सीता जी और अहा! उनके बराबर में सुमुखी उर्मिला स्वयं अपनी कुछ सखियों के साथ।

"कितना सुन्दर चित्र बनाया मेरी मुन्नी ने!" - कहकर आह्लाद से भरी सीता जी ने अपनी छोटी बहन को अपने अंक में भर लिया। उर्मिला का मुखमण्डल लालिमा से संयुक्त हो उठा। भइया की उपस्थिति में संकोच में भरकर वह शीघ्रता से बोली-

"चलिये दीदी!...आपको दूसरे चित्र दिखाऊँ।"

"हाँ-हाँ अवश्य। परन्तु वनवास के मत दिखाना।"

"अभी तो उनमें से ही कुछ दिखाऊँगी। आर्यपुत्र ने जैसा-जैसा वर्णन विगत चौदह वर्षों का किया है उनके ही अनुसार कुछ चित्र बने हैं।"

"मुझे नहीं देखने हैं तब!" - कहकर जानकी जी वहाँ से जाने लगीं। तब भइया ने उनका हाथ थामकर उन्हें रोका और कहा - "सुनो जानकी! ....यथार्थ से भागा नहीं जाता उसका सामना किया जाता है। और फिर यह तो मात्र चित्र हैं। अपनी कथा के हम सब नायक तथा नायिका हैं। जो जीवन वास्तविकता में हम जीते हैं बहुत-कुछ सीखकर आगे बढ़ते हैं। जीवन आगे बढ़ जाता है चित्र पीछे छूट परन्तु तब वे चित्र और भी महत्त्वपूर्ण हो जाते हैं।..."

भइया इससे पूर्व कि और अधिक दार्शनिक हो जाते मैंने हस्तक्षेप किया और कहा -

"भाभी माँ! आप देखिये तो सही। उर्मिला ने वास्तव में बहुत सुन्दर चित्र बनाये हैं।"

तब उर्मिला भी बोली -

"हाँ दीदी! आप मुझे आशीर्वाद देने हेतु इन्हें एक बार देख लीजिये। सुख के पश्चात् दुःख आता है। और दुःख के पश्चात् पुनः सुख। परन्तु मनुष्य जब दुःख में भी आनन्द के तत्त्वों को खोज ले और सुख में दायित्वबोध उससे विलग न होने पाये तभी जीवन की सार्थकता है। यही सोचकर मैंने ये चित्र बनाये हैं जिन्हें क्रमशः आपको दिखाऊँगी।"

अब सीता जी, राम जी और मैं लक्ष्मण सभी पुनः चित्रकार उर्मिला की ओर आकृष्ट हो गये। वह एक-एक कर स्वनिर्मित चित्रों का अनावरण करती गयी।

यह दूसरा चित्र है आप सबके गंगा पार जाने का...हमने देखा गंगा माता की अपार जलराशि के मध्य में केवट द्वारा बाँस के सहारे पार जाती एक बड़ी-सी नौका। दाहिने सिरे पर खड़ा-खड़ा नाव खेता केवट। दूसरे सिरे पर जटाजूट धारण किये धनुष-बाण संयुक्त श्रीराम आनन्दपूर्वक वामभाग में जानकी जी को लिये नौका पर विराजमान। उनके सम्मुख मैं भी तापसवेश में नौका के मध्य में तूणीर बाँधे गोद में धनुष को रखे अपने प्रभु श्रीराम को निहारता बैठा। पृष्ठभाग में घने वृक्षों से आच्छादित वन का हरा-भरा किनारा।...

सीता जी ने हाथ जोड़कर चित्र को प्रणाम किया।

"किसको प्रणाम कर रही हो जानकी? -" राम जी ने किंचित् विनोद के साथ कहा।

"आपको नहीं...गंगा माँ को।" - जानकी जी ने भी पति को उन्हीं की विनोदपूर्ण भँगिमा में उत्तर दिया।

"अब यह देखिये तीसरा चित्र..." कहकर उर्मिला ने हमें दिखाया -

यह है चित्रकूट में आप चारों भाइयों का मिलन। हम सभी के नेत्र सजल हो आये। श्रीराम एक शिला पर बैठे हैं। भरत धरती पर झुके उनकी चरणपादुकाएँ ले रहे हैं। मैं शत्रुघ्न के साथ सामने हाथ जोड़े खड़ा हूँ। श्रीराम के पीछे खड़ी भाभी माँ दोनों हाथों से भरत पर पुष्पवर्षा कर रही हैं। कुछ पुष्प भरत भइया के शीश पर हैं कुछ इधर-उधर बिखरे-से। पुष्पवर्षा हेतु उठे भाभी माँ के करकमल स्वतः आशीष की मुद्रा में आ गये हैं।...

फिर उर्मिला ने हमें पंचवटी का एक सुन्दर दृश्य दिखाया। एक कुटिया पृष्ठभाग में। सामने प्रसन्न मुद्रा में विराजते श्रीराम-जानकी। एक मृगछौना जानकी जी के निकट घास चरता। एक गिलहरी प्रभु श्रीराम के दाहिने स्कन्ध पर निर्भयतापूर्वक खेलती-सी। कुटिया के एक कोने पर पीछे तूणीर कसे बायें हाथ में धनुष धरती पर टिकाये दाहिने हाथ में एक बाण थामे मैं...लक्ष्मण। सतर्क-सा किसी ओर देखता हुआ।...

"बहुत सुन्दर चित्र बनाये हैं उर्मिला ने...वास्तव में...इतनी श्रेष्ठ कलाकार हमारे कुल की शोभा है यह हमारे लिये अत्यन्त गर्व की बात है।" - राम भइया ने कहा। पंचवटी के चित्र को देखकर कहने लगे -

"यह चित्र तो मुझे बहुत भाया...इसे मैं अपने साथ ले जाना चाहूँगा। क्या कलाकार की अनुमति मिलेगी?"

"कैसी बात करते हैं भइया! -" उर्मिला बोली - "यह आप ही का तो चित्र है। आपके साथ जायेगा तो इसके भाग्य खुल जायेंगे।"

"किन्तु इसमें प्रिय लक्ष्मण भी तो हैं..." - श्रीराम पुनः विनोदप्रियता पर उतर आये।

"ये तो अब मेरे पास ही हैं बड़े भइया। रही चित्र की बात? तो वह मैं दूसरा बना लूँगी।"

"और यह अन्तिम चित्र कौन-सा है?" श्रीराम ने आवरणयुक्त एकमात्र शेष रह गये चित्र की ओर संकेत किया।

"रहने दें बड़े भइया। वह फिर कभी...अब चलिये भोजन करिये। बहुत देर हो गयी है।"

इस पर जानकी जी पुनः अधीर हो गयीं। बोलीं - "नहीं, दिखाओ मुझे...उर्मिला, इसे देखकर ही यहाँ से चलेंगे।"

उर्मिला ने सीता जी को बहुत रोकना चाहा किन्तु वह नहीं मानीं। इतनी अधीर हुईं कि आगे बढ़कर उन्होंने स्वयं ही उर्मिलानिर्मित उस चित्र का अनावरण कर दिया।

चित्र के प्रत्यक्ष होते ही हम सभी सन्न रह गये। कला-कक्ष में अभूतपूर्व नीरवता व्याप्त हो गयी। लगा जैसे काल की गति सहसा कुछ क्षणों को थम गयी। अद्‍भुत और मार्मिक चित्र था। -

सीता माँ की अग्नि-परीक्षा। सागर-तट। एक काष्ठनिर्मित चिता पर दोनों नेत्र मूँदे दोनों हाथ जोड़े अविचल बैठीं देवी माँ सीता। पीछे वानरदल। एक ओर हनुमान-जामवन्त दोनों हाथ बढ़ाकर उन्हें पुकारते-से। पीछे गर्जन करता सागर। चित्र में किन्तु श्रीराम ...सौमित्र...कहीं नहीं।...

यह देखकर हम सब अपने तन-मन की सुधि कुछ देर को भूल गये। कुछ-कुछ जड़-से हो गये। भाभी माँ उदास हो गयीं। राम भइया के नेत्र सजल हो गये। हमारे देखते-ही-देखते फिर जैसे अपना स्वयं का दुःख भूलकर जानकी जी ने प्रभु श्रीराम के नेत्र निज-आँचल से पोंछे। धन्य हैं माँ सीता! आप और आपका यह अनोखा उदार हृदय। यह सोचकर अन्ततः मेरे नेत्र भी अश्रुपूरित हो उठे।

अयोध्या के राज-काज में व्यस्त हो प्रभु श्रीराम सदैव प्रजा की कुशल हेतु चिन्तातुर रहते थे। अपने राजकीय कर्त्तव्यों से जब भी उन्हें अवकाश मिलता वह हमारी तीनों माताओं, हम तीन भाइयों और वधुओं के साथ स्नेहपूर्वक समय व्यतीत करते। भाभी माँ सीता हमारे संयुक्त परिवार की सेवा और देखभाल में अभिभावक और सहचर की भूमिका का सुन्दर निर्वाह करतीं। हमारे अरण्य प्रवास में एक-एक दिन जितनी धीमी गति से बीतता था अयोध्या का जीवन अब उससे कहीं अधिक गतिमान् था। परन्तु अपनी माटी अपना देश किसे प्रिय नहीं होगा? माताओं का वात्सल्य और जीवनसंगिनी का साथ पाकर मेरा शुष्ककाष्ठरूपी हृदय एक रसयुक्त तरुवर के समान खिल उठा था।

तब एक रात मुझे पुनः एक अत्यन्त आहत करनेवाला दुःस्वप्न दिखायी दिया। स्वप्न में मैं क्या देखता हूँ कि भइया श्रीराम अपने कुछ मित्रों के साथ बैठे हैं। वह अपने एक सखा से पूछते हैं कि - आजकल राज्य में और नगर में प्रजाजन के मध्य चर्चा का प्रमुख विषय कौन-सा है? लोग हमारे विषय में क्या बातें करते हैं? पुरवासियों और जनपद के लोगों द्वारा की जानेवाली शुभ-अशुभ चर्चाओं से मुझे निर्भय होकर अवगत कराओ मित्र! इस पर भइया के वह मित्र श्रीराम से हाथ जोड़कर कहते हैं कि - हे राम! आपके द्वारा समुद्र पर सेतुबन्धन कराये जाने से आश्चर्यचकित होकर अयोध्यावासी आपकी प्रशंसा करते नहीं अघाते। आप द्वारा किये गये राक्षसराज रावण के वध की भी लोक में बड़ी सराहना होती है, किन्तु सीता जी के सम्बन्ध में लोगों के मन में विचार अच्छा नहीं है। लोग यह भी कहते हैं कि - रावण द्वारा बलपूर्वक अपहरण की गयी और फिर भोगी गयी पत्नी को राजा राम द्वारा अपनाया जाना धर्मसम्मत नहीं है। लोक का यह संशय है कि - यथा राजा तथा प्रजा - की उक्ति के अनुसार फिर क्या हमें भी अपनी परभुक्ता स्त्रियों को अपनाना पड़ेगा? इस पर लोकापवाद की आशंका से ग्रस्त श्रीराम सीता जी को सदा के लिए त्यागने और राजमहल से निष्काषित कर वन में भेजने का अप्रिय और दुःखद निर्णय लेते हैं।...

इस प्रकार सीता जी को श्रीराम द्वारा वन में ले जाये जाने की आज्ञा देने पर मैं भइया से सीता माँ को पुनः वन में छोंड़ने के निर्णय का विरोध करता हूँ और कहता हूँ कि मैं अपनी भाभी माँ को कदापि वन में नहीं ले जाऊँगा। प्रभु! आप माता को वनवास देने के स्थान पर मुझे वनवास दे दें। मैं सब-कुछ छोड़-छाड़कर प्रसन्नतापूर्वक सदा-सदा के लिए वन में प्रस्थान करने को तैयार हूँ।...

तभी कौशल राज्य के वयोवृद्ध मन्त्री सुमन्त्र जी वहाँ आते हैं और सीता-राम के वियोग, पत्नी का सुख राम के भाग्य में न होने की भविष्यबाणी, जो कभी कथित रूप से दुर्वासा ऋषि ने महाराज दशरथ से की थी, के विषय में बताते हैं। यह सुनकर मैं शिथिल पड़ जाता हूँ परन्तु साथ ही मैं सीता जी की पुनः सार्वजनिक अग्निपरीक्षा अथवा उनके अपमान के भय से काँप जाता हूँ...और फिर भारी मन से अग्रज श्रीराम की आज्ञा के पालन को प्रस्तुत हो जाता हूँ।...

श्रीराम सुमन्त्र जी को सीता जी को वन में छोड़ आने के लिए कहते हैं। परन्तु सुमन्त्र हाथ जोड़कर अपनी असमर्थता जताते हैं कि प्रभु! इस आयु में यह पाप आप मुझसे नहीं कराइये। एक बार आपके पिता की आज्ञा से आपको जानकी समेत मैं वनगमन हेतु अपने रथ में छोड़ने गया था। प्रियवर लक्ष्मण उन दुःखद घड़ियों के साक्षी हैं। किन्तु अब नहीं। आप कौशल के सम्राट् हैं। सम्पूर्ण आर्यावर्त्त के एकमात्र नायक हैं। मेरी इस अवज्ञा के बदले में प्राणदण्ड सहित जो दण्ड मुझे देना चाहें वह मुझे स्वीकार होगा। इस पर श्रीराम मुझसे पुनः कहते हैं - वत्स! अब यह अप्रिय कार्य तुम्हें ही करना होगा।

यही नहीं अयोध्यापति श्रीराम यह ज्ञानोपदेश भी देते हैं कि - सौमित्र! जो लोग अद्वैतवाद में विश्वास रखते हैं वह मानव-मानव के मध्य पृथक्ता का अनुभव कर ही नहीं सकते क्योंकि परमात्मा का आत्म तत्त्व सभी मनुष्यों और सचेतन जीवधारियों में विद्यमान है। फिर जब परमात्मा और आत्मा अभिन्न हैं तो मनुष्य-मनुष्य और प्राणी-प्राणी में भेद कहाँ? वास्तव में यह सब - सीता वनवास आदि - जो कुछ भी घटित हो रहा है उसे उस परमपिता परमात्मा की लीला ही जानो और मैं तुम्हें यह जो आदेश दे रहा हूँ उसे लोकमर्यादा की अनिवार्यता समझकर स्वीकार करो। सीता परित्याग से मैं अत्यन्त दुःखी हूँ। परन्तु मैं जनसाधारण में इस विषय पर और अधिक वाद-विवाद नहीं देखना चाहता। अतः सीता को शीघ्र ही जाकर वन में छोड़ आओ। ...

और मुझे भइया की आज्ञा अपने हृदय पर पत्थर रखकर शिरोधार्य करनी पड़ती है। प्रभु की आज्ञा पर सीता जी को वन घुमाने ले जाने के बहाने उन्हें मैं रथ में बैठाकर ... को स्वयं संचालित करता हुआ दक्षिण दिशा में अरण्यों की ओर चल पड़ता

मेरे मन का भय वह दारुण
कब तक फलीभूत न होता,
राम दुबारा दुःख न पाते
सीता का परित्याग न होता।

रथारूढ़ हो वल्गा थामे
जड़ा हुआ होठों पर ताला,
माँ ने देखा महामौन तो
किंचित् उनको भान हुआ।

कहने लगीं - वीरवर लक्ष्मण
तुम हो मेरे पुत्र सरीखे,
मुझसे क्या हो छिपा रहे तुम
नयन फेर क्यों बने हो रूखे?

मुझे तुम्हारा गात शिथिल और
शक्तिहीन-सा जान पड़े है,
वन दर्शन को लाये सचमुच
या कोई चिन्ता घेरे है?

लगता है दुर्भाग्य मेरा
फिर से मुझको जीने न देगा,
पहले भी थी छली गयी
अब कितनी बार छलावा होगा?

तुम तो मेरे अपने बालक
क्यों मुझसे छल करते हो,
मैंने क्या अपराध किया है
बतलाते क्यों डरते हो?

कहकर रोने लगीं जानकी
मन में हाहाकार मचा,
सारा जगत् शोक में डूबा
मुझसे रथ हाँका न गया।

मै बीच जंगल में अश्वों की वल्गाएँ खींच लेता हूँ और रथ से उतर पड़ता हूँ। मेरे पीछे-पीछे व्यग्र अवस्था में सुकुमारी सीता जी भी रथ से किसी भाँति उतर पड़ती हैं और मुझसे कातर भाव से कहने लगती हैं -

देखो मेरी ओर वत्स हे
मुख पीला निस्तेज हुआ है,
वर्तमान में दुर्बल भी हूँ
वन में जाने योग्य नहीं हूँ।
अपने भइया को बतलाओ
ऐसा करना नहीं उचित है,
गर्भवती का त्याग इस तरह
कहो किस तरह न्यायोचित है?
मुझे अयोध्या वापस ले चल
मेरे लक्ष्मण मेरे बीरन,
कहीं किसी कोने में जाकर
पड़ी रहूँगी मैं बिन क्रन्दन।
मेरा तुम विश्वास करो
मुख अपना नहीं दिखाऊँगी,
जान नहीं पायें रघुनन्दन
ऐसी जुगत बिठाऊँगी।
बहुतेरे विकल्प हैं यों तो
आत्महत्या सबसे सरल,
रघुकुल वंशवेल न पलती
पी लेती मैं कोई गरल।
मुझको जीवन चाह नहीं है
मेरा नहीं आत्म अभिमान,
किन्तु नाश गर्भस्थ शिशु का
पत्नीव्रत का है अपमान।
अतः यदि चाहूँ भी तो मैं
आत्मघात न कर सकती,
ऐसे में हा भइया मेरी
बतला मैं क्या कर सकती?

- यह कहते-कहते सीता जी धरती पर बैठ जाती हैं और फिर ऊँचे स्वर में - हा आर्यपुत्र! हा रघुनन्दन! हा नाथ! - कहकर विलाप करने लगती हैं। यह देखकर मैं पूर्णतः शक्तिहीन हो जाता हूँ। मेरा सिर घूम जाता है और मैं अपराधी-सा ग्लानि में डूबा माता के सम्मुख ही धरती पर माता! माता! कहते हुए ढह जाता हूँ और माता

के चरणों में लोटने लगता हूँ। कहते हैं कि युद्धभूमि में ब्रह्मशक्ति से एक बार अचेत हो चुका मैं सौमित्र इस बार अचेत तो नहीं होता परन्तु कुछ काल के लिए संज्ञाशून्य जड़ पदार्थ-सा अवश्य हो जाता हूँ। तब मेरी भाभी माँ मुझसे कहने लगती हैं कि -

उठो वत्स! अपने को सँभालो
मेरी दो तुम चिन्ता छोड़,
मेरा क्या है जैसे-तैसे
जो होगा मैं सह लूँगी।

जहाँ मिलेगा ठौर-ठिकाना
जाकर उसमें रह लूँगी,
रघुवर का शुभ चिन्तन करते
यह जीवन भी जी लूँगी।

राजकाज में व्यस्त अधिक हैं
इतना तो मैं समझ सकी,
आते समय न मिलने आये
पर क्यों न यह जान सकी?

स्वयं न कह तुमसे कहलाया
वन में जाओ घूम सिया,
लाये हो किस हेतु बता दो
देवर जी! डरता है जिया।

यह सुनकर मैं सीता माँ के समक्ष असत्य सम्भाषण नहीं कर पाता हूँ और फिर स्पष्ट रूप से कहता हूँ - "राजा राम एक आदर्श शासक हैं। वह कलंक के भागी बनें यह हममें से कौन चाहेगा? प्रजाजन उनकी निष्पक्षता पर सन्देह करें यह भी उचित न होगा। इससे आप भी सहमत होंगी माता! आपके लंका-प्रवास को लेकर इन दिनों प्रजा में कुछ वाद-विवाद चल निकला है। उसी लोकापवाद को समाप्त करने हेतु राजाराम ने आपका परित्याग कर दिया है। क्षमा करें माता! जो अपने मुख से ऐसा कहते हुए भी मैं आपके समक्ष यहाँ जीवित खड़ा हूँ।"

अपने दोनों हाथ जोड़कर मैं पुनः भाभी माँ के चरणों में अशक्त होकर गिर पड़ता हूँ। उधर भाभी माँ भी मेरे यह वज्र के समान कठोर वचन सुनकर धरती पर गिरकर अचेत हो जाती हैं।...

और इसी दृश्य के चलते मैं अकुलाकर सोते से उठ बैठा। मेरे नेत्र खुल गये। मैं शय्या पर उठकर बैठ गया। मेरा हृदय तीव्र गति से धड़क रहा था। मैंने देखा कि

प्रातःकाल का समय था। उर्मिला शय्या त्यागकर बाहर निकल चुकी थी। आज बहुत दिनों के बाद हम अपने राजसदन के ऊपरी कक्ष में सोये थे।

मैं उठकर कक्ष से बाहर सामने के छज्जे पर गया। दूर-दूर तक स्वर्ण कलशों से युक्त मन्दिरों और आकर्षक भवनों से युक्त, हरे-भरे वृक्षों से आच्छादित, स्फटिक के समान स्वच्छ मार्गों और वीथियोंबाली अयोध्या का चिरपरिचित परिदृश्य दिखायी दे रहा था। परन्तु वह दारुण स्वप्न मुझे चैन नहीं लेने दे रहा था।

मैंने देखा कि नीचे हरी-भरी उपत्यका के एक ओर कोने में एक सिंचनपात्र लिये उर्मिला अकेली घूमती पौधों को जल दे रही थी। मैंने फिर जरा भी देर न कर सीढ़ियाँ उतरकर बाहर की ओर प्रस्थान किया।

"उर्मी! उर्मी!!...इधर आओ -" नीचे जाकर द्वार के बाहर खड़ा हो मैं व्यग्रतापूर्वक बोला।

"क्या है सौमित्र? -" सिंचनपात्र को वहीं छोड़कर उर्मी अपना आँचल अपनी कटि में खोंसती मेरी ओर आयी।

"आओ हम तनिक उधर उस झूले पर बैठते हैं।" कहकर मैंने उर्मिला का हाथ पकड़ लिया।

"क्या है सौमित्र? आपके हाथ क्यों काँप रहे हैं? आप स्वस्थ तो हैं न?"

"नहीं प्रिये! मैं बिलकुल ठीक हूँ। तुम बस मेरे पास आओ, कुछ देर बैठो।"

और हम जाकर एक वृक्ष से लटकते अपने आनन्द-विहार हेतु सजे हुए झूले पर बैठ गये। मेरे साथ बैठती हुई उर्मिला ने पूछा -

"क्या बात है स्वामी! आप इतने चिन्तित और उदास क्यों हैं?"

"उर्मी! आज मैंने फिर एक अशुभ स्वप्न देखा।"

"अशुभ स्वप्न?...तो जाकर किसी वृक्ष से एकान्त में कह आइये।"

"नहीं प्रिये! इस बार नहीं।"

"क्यों?"

"दो बार मैं तुम्हारी बात को ध्यान में रखकर अपने दुःस्वप्नों का वर्णन मूक वृक्षों से कर चुका हूँ और उसके बाद मुझे अत्यधिक पछताना पड़ा है।"

"वह क्यों?"

"एक बार जब दुःखद स्वप्न देखा तो राम भइया को वनवास मिला..."

"और?"

"दूसरी बार देखा तो भाभी माँ सीता का अपहरण हुआ। और दोनों ही बार मैंने तुम्हारे कहने से अपने वह विचित्र स्वप्न मूर्खों की भाँति जाकर मूक वृक्षों को सुनाये । उन्होंने तो मेरी कोई समस्या हल नहीं की तब?"

"ठीक है प्रियतम!...चिन्ता न करिये। ऐसा करिये कि आज आप अपना विचित्र स्वप्न मुझे सुना दीजिये। मैं देखूँगी कि समस्या हल कैसे नहीं होती?"

"प्रश्न समस्या के हल करने का नहीं है उर्मिला!...प्रश्न यह है कि मुझे ऐसे कलुषित स्वप्न आते ही क्यों हैं?"

"होता है आर्यपुत्र!...हमारे मन के भीतर पैठी हुई बहुत-सी चिन्ताएँ, कुण्ठाएँ, अवसाद, निराशाएँ-आशाएँ और विचार प्रायः जब कर्म के रूप में फलित नहीं होते अथवा उस रूप में घटित नहीं होते जैसा हम चाहते हैं तो वे दुःस्वप्न अथवा सुस्वप्न के रूप में कभी-कभी हमें आक्रान्त अथवा आह्लादित करते हैं।"

"तुम ठीक कहती हो देवि!...मैं भी यह समझता हूँ। फिर भी आज जो मैंने स्वप्न देखा है वह अकथनीय है, अकरणीय है... इतना दग्धकारी है कि मैं क्या कहूँ?..."

"कह दीजिये आर्यपुत्र! कह दीजिये।...कहने से ही मन हलका होता है।"

"पर कहूँ तो अब मैं कहूँ किससे? -" यह कहते-कहते मेरा कण्ठ भर आया। नेत्रों से अश्रुओं की धार बह चली।

वास्तव में जो अविश्वसनीय स्वप्न कुछ देर पूर्व मैंने देखा था उससे मैं अपने अन्तर्द्वन्द्व की पराकाष्ठा पर था। कहूँ तो कहीं स्वप्न सच न हो जाये। न कहूँ तो कहीं कोई और अनर्थ न हो जाये। समय रहते वर्तमान का समाधान आवश्यक होता है ताकि भविष्य संकट बनकर हमारे सम्मुख खड़ा न हो जाये। उर्मिला ने तब मुझे मेरे उन दुर्बल क्षणों में एक पत्नी की भाँति नहीं एक माता की भाँति सान्त्वना दी। मेरे सिर को अपने वक्ष से सटाकर वह किसी शिशु की भाँति सिसकते मुझ सौमित्र को पुचकारने लगी। धीरे-धीरे स्वयं को सँभाला मैंने। फिर उर्मिला के ही आग्रह पर राम भइया द्वारा सीता माँ के निष्कासन का वह दारुण स्वप्न मैंने ज्यों-का-त्यों उर्मिला से कह सुनाया।

उर्मिला के नेत्र स्वप्न वर्णन सुनने के अनन्तर अनेक बार सजल हुए। परन्तु उन्हें उतनी ही बार पोंछकर वह सजग और दृढ़ होती गयी। स्वप्न के अन्त को सुनकर एक महातपस्विनी-सी अपने तेज से प्रदीप्त उर्मिला मुझसे निश्चयात्मक स्वर में बोली -

"कोई बात नहीं सुमित्रानन्दन! आपकी माता सुमित्रा जी ने और मैंने आपकी अनुपस्थिति में आपके चौदह वर्ष की वनवास अवधि में अयोध्या के इन राजमहलों की चारदीवारी में वनवासियों-जैसा ही सात्त्विक जीवन व्यतीत किया है। माता सुमित्रा का पूजन और मेरा जो कुछ भी तप है वह वृथा कैसे हो सकता है? आप देख लीजियेगा कि ऐसा कुछ भी न होगा। सीता दीदी राजमहिषी बनकर जीवनपर्यन्त हमारे बीच ही रहेंगी और बड़े भइया श्रीराम उन्हीं के सान्निध्य में अपने राजकीय दायित्वों भरी मंगलमयी जीवन-यात्रा अन्त तक सम्पन्न करेंगे और सीता-राम का

अतुलनीय आलोक से संयुक्त आदर्श जीवन युगों-युगों तक लोक में विख्यात रहेगा। मैं जनकनन्दिनी उर्मिला - परम त्यागी वीरवर लक्ष्मण की अर्द्धाङ्गिनी - अपने समस्त नारीत्व, सतीत्व और अपने द्वारा संचित समस्त पुण्यों का फल अपनी दीदी और आपकी भाभी माँ सीता को देती हूँ और यह घोषणा करती हूँ कि अचल हो सीता का सुख अयोध्या में उनके जीवनपर्यन्त।...जाइये कह दिया स्वामी! अब ऐसा ही होगा। नहीं उठेगा कोई विवाद। नहीं होगा कोई भी प्रतिवाद श्रीराम के सम्पूर्ण जीवन-काल में...और हम सब यूँ ही एक साथ और अखण्डित रूप से अयोध्या में ही संग-संग रहेंगे।"

"किन्तु स्वप्न का स्वप्न-फल कुछ-न-कुछ तो होता ही है देवि!...इस विचित्र स्वप्न का दुष्प्रभाव?..."

मेरे मुख से निकला। इस पर उर्मिला कुछ देर नेत्र मूँदकर मौन बैठी रही। मैं अवाक् उसके मुखमण्डल को निहारता रहा। फिर उसने अपने तपःपूरित नेत्रों को खोलकर उनसे मेरी ओर अनिमेष देखते हुए कहा -

"आप ही तो कहते हैं आर्यपुत्र...कि महर्षि विश्वामित्र ने बताया था - कालचक्र सदैव घूमता रहता है। यह त्रेता युग है। आगे द्वापर और कलियुग आयेगा। उसके बाद पुनः सत्ययुग। ...अभी-अभी मैंने विश्वामित्र मुनिवर से ही अन्तर्यात्रा के माध्यम से ज्ञात किया है। उनका कहना है कि राम का चरित्र और रामकथा विशुद्ध और निर्दोष है। किन्तु कलियुग में कुछ अविवेकी तत्त्व अपने स्वार्थों की सिद्धि के लिए उसमें अवांछनीय हस्तक्षेप कर कुछ ऐसे मनगढ़न्त प्रसंग जोड़ेंगे जिससे कि मानव समाज की समरसता में विष घोलकर अपना उलूक सिद्ध कर सकें। ऐसा करते हुए वह इस तथ्य को भी भूल जायेंगे कि वे अपने आदर्श एवं महानतम पूर्वज श्रीराम के वास्तविक चरित्र को कलंकित कर रहे हैं। मुनिवर विश्वामित्र ने यह भी बताया है कि वास्तव में सीता कहीं नहीं जायेंगी और सदैव श्रीराम के हृदय एवं उनके राजसदन में निवास करेंगी। यही नहीं...सीता-राम की कल्याणमयी युगलमूर्ति जन-जन के हृदय में अनन्तकाल तक रमी रहेगी।"

तब मैंने उर्मिला को अपने अंक में भरकर परम शान्ति एवं अपार विश्राम का सुखमय अनुभव प्राप्त किया।

•

वीरवर लक्ष्मण तो अपनी यह आत्मकथा सुनाकर कब के जा चुके हैं और इधर मैं उनकी कर्मठ एवं महान् त्यागमय छवि का ध्यान करते हुए अपने इस नश्वर संसार में, जो मेरा होकर भी मेरा नहीं है, एकान्त में बैठा चिन्तनरत हूँ -

लोकाराध्य राजाराम जब राज्याभिषेक के पश्चात् प्रथम बार अपनी राजसभा में बैठे तो उनके अनुरोध पर उनकी अर्द्धाङ्गिनी सीता जी भी उनके वामभाग में राजसिंहासन पर विराजीं। एक ओर खड़े होकर लक्ष्मण जी अपने अग्रज श्रीराम को चँवर डुलाने लगे। दूसरी ओर भरत और शत्रुघ्न ने भी माँ सीता को यही सम्मान दिया। सीता-राम के अनन्य भक्त हनुमान जी अपने वानर गणवेश में पूर्ण समर्पण भाव से राम-जानकी जी के चरणों में जा विराजे। यह अद्भुत सौन्दर्यमयी छवि अयोध्यावासियों ने देखी जो सदा-सदा के लिए उनके मानस-पटल पर चित्रित हो गयी। परन्तु इस दिव्य छवि का वास्तविक चित्रांकन किसी कलाकार को तो करना ही था। प्रथम चित्र लक्ष्मणप्रिया उर्मिला की तूलिका से साकार हुआ।

प्रजावत्सल राजा रामचन्द्र जी महाराज के राज्य में प्रजा हर प्रकार से सुखी एवं सम्पन्न थी। किसी भी मनुष्य को चाहे वह नर हो अथवा नारी कोई रोग अथवा कष्ट नहीं व्याप्त था। राजाराम के राजशासन में लोग अत्यन्त स्वस्थ, हृष्ट-पुष्ट एवं दीर्घायु होते थे। जनसंख्या नियन्त्रण में थी। अकालमृत्यु नहीं होती थी। स्त्री-पुरुषों की आयु एक हजार वर्ष से कम नहीं होती थी। ऋषि-मुनि-महात्मा तथा वे नागरिक जो पूर्णतः सात्त्विक जीवन जीते थे उनकी आयु तो हजारों वर्ष की होती थी। रामराज्य में पुत्र और कन्या में कोई भेद नहीं किया जाता था। भ्रूणहत्या नहीं की जाती थी। स्त्री-शिक्षा पर भी बल दिया जाता था। सीता जी ने माता लोपामुद्रा से जो सीखा उसे अपने पति श्रीराम के राजा बनने पर उनके राज्य में लागू करवाया। सीता जी ने माता अनुसूया से पतिव्रत धर्म की जो शिक्षाएँ ग्रहण कीं उन्हें भी अपनाया और विवाहित स्त्रियों को उनका पालन करने की प्रेरणा दी। श्रीराम ने भी स्त्री को पूर्ण सम्मान और उसे अपने दैनिक कार्य एवं समाज में समानता का अधिकार दिया। यहाँ तक कि राजा की पत्नी राजकाज में भी उसका हाथ बँटाती थी और राजसभा में पति के साथ ही सिंहासनारूढ़ होती थी। राम और सीता इसके प्रथम एवं प्रत्यक्ष उदाहरण थे। राम ही वह महापुरुष थे जिन्होंने एक पत्नीव्रत का पालन करते हुए धर्मपत्नी को सर्वप्रथम अर्द्धाङ्गिनी कहा। उन्होंने ही पहले-पहल अपने आराध्य शिव को अर्द्धनारीश्वर की उपाधि से विभूषित किया और ऐसे चित्र बनवाकर प्रजाजन में प्रचारित एवं प्रसारित करवाये जिनमें शिव और पार्वती के आधे-आधे अंगों को अर्द्धनारीश्वर रूप में संयुक्त करके प्रदर्शित किया गया था ताकि जनता जनार्दन में यह सन्देश जाये कि नर और नारी में कोई विभेद नहीं। दोनों एक-दूसरे के पूरक हैं।

रामराज्य में स्त्रियों को वेदपाठ से लेकर समाज में कोई भी कार्य-प्रबन्ध करने का अधिकार था। उन पर किसी प्रकार का प्रतिबन्ध नहीं था। उस समय की समाज-व्यवस्था में स्त्रियाँ भले ही अधिकांशतः घर-गृहस्थी का संचालन और शिशुओं

का पालन-पोषण करती थीं। परन्तु किसी भी स्त्री को समाज के किसी भी क्षेत्र में सेवा करने की स्वतन्त्रता थी। उन पर कोई पुरुष-प्रतिबन्ध नहीं था।

रामराज्य के दिनों में स्त्री-पुरुष सभी चरित्रवान् होते थे। सामाजिक मर्यादाओं का पालन करते थे। पति-पत्नी में प्रेम और परस्पर विश्वास, सहयोग तथा सम्मान की भावना होती थी। लोग परस्त्रीगमन, परपुरुषगमन एवं व्यभिचार नहीं करते थे। सोमरस का पान भले ही करते हों किन्तु ऐसा केवल आनन्द के लिए ही करते थे। लोग मद्यप नहीं थे। समाज में द्यूत अथवा जुए का प्रचलन रामराज्य में कतई नहीं था।

रामराज्य वह युग था जब आवश्यकता पड़ने पर लोग एक-दूसरे की आर्थिक सहायता तो करते थे परन्तु केवल उधार के रूप में, ऋण के रूप में नहीं। ब्याज का प्रचलन उन दिनों नहीं था। लोग समय से उधार चुकाते थे। ऋणग्रस्तता को अभिशाप समझा जाता था। यदि संयोग से कोई व्यक्ति किसी से उधार लेकर उसे बिना चुकाये मर जाता तो उसका पुत्र अथवा पुत्री और जामाता तक मृतक की ओर से उसका उधार चुकाते थे।

राजाराम के शासनकाल में प्रजा कर्त्तव्यनिष्ठ, धर्मनिष्ठ एवं न्यायप्रिय थी। केवल राजा के ही यह गुण नहीं थे। प्रजा भी यह गुण धारण करती थी। रामराज्य में राजा और प्रजा में कोई विभेद नहीं था। उन दिनों मनुष्य अपनी सन्तानों को अच्छी शिक्षा और उत्तम संस्कार देते थे और उनका सम्यक् रूप से भरण-पोषण करते थे। समाज में हत्या, चोरी, दस्युता आदि जघन्य अपराधों का प्रचलन नहीं था। छोट-मोटे अपराधों अथवा विवादों का निस्तारण ग्राम और नगर की पंचायतों में ही हो जाया करता था।

राम के राज-काज के समय पर्यावरण के संरक्षण की अवधारणा लोगों के मन में बहुत गहरी थी। लोग वृक्षों-नदियों-पर्वतों और जीव-जन्तुओं तक की पूजा करते थे। हरे वृक्ष कदापि नहीं काटे जाते थे। नये-नये वृक्ष लगाना और उन्हें संवर्द्धित करना उन दिनों पुण्य का कार्य समझा जाता था। नदियों, सरोवरों और कूपों अर्थात् समस्त जलस्रोतों का जल स्वच्छ, निर्मल एवं प्रदूषणरहित होता था। धरती उर्वरा थी। कृषि का उत्पादन आशा से अधिक और प्रचुर मात्रा में होता था। सिंचाई के साधन विकसित थे। प्रकृति भी प्रायः मनुष्यों के अनुकूल रहती थी। क्योंकि उन दिनों मनुष्य भी प्रकृति के प्रति मैत्रीभाव रखते थे। वृक्षारोपण करते थे और प्रदूषण नहीं फैलाते थे। दान-पूजन-सेवा और यज्ञादि करके वातावरण को शुद्ध रखते थे। अतः वर्षा-शरद्-वसन्त-ग्रीष्म आदि सभी ऋतुएँ समय-समय पर अपना-अपना कार्य करती थीं। कृषिकार्य में इसी से वर्षानुवर्ष उन्नति होती रहती थी।

श्रीराम के युग में कुटीर उद्योगों का प्रचलन बहुतायत में था। वाणिज्य एवं व्यापार प्रगतिशील था। शिक्षा मानव-कल्याण और समाज-उत्थान का एक माध्यम थी। शिक्षा को उन दिनों व्यवसाय नहीं समझा जाता था। रामराज्य में संगीत, साहित्य एवं ललित कलाओं का बड़ा आदर था। लोक कलाओं को भी सम्मान की दृष्टि से देखा जाता था। कृषि, पशुपालन, उद्योग, व्यापार यदि मनुष्य की भौतिक उन्नति के संसाधन थे तो साहित्य और कला को उसकी नैतिक उन्नति एवं परिष्कार का माध्यम समझा जाता था। श्रीराम के राज्य में कवि, कलाकार और गुणीजन राज्याश्रय भी पाते और पुरस्कृत होते थे तथा जनता के द्वारा भी सम्मानित किये जाते थे। यही हाल खेल और खिलाड़ियों का भी था। लोग अपनी सन्तानों को साहित्यकार, कलाकार और खिलाड़ियों के रूप में देखना गर्व का विषय समझते थे।

रामराज्य के समय समाज में वर्ण-व्यवस्था थी। परन्तु वर्ण कर्म पर आधारित थे और जो मनुष्य जैसा कार्य करते वैसे ही वर्ण में उन्हें माना जाता था। वर्ण-व्यवस्था जन्म पर आधारित नहीं थी कर्म पर आधारित थी। व्यावसायिक श्रेणियों के अनुसार जातियाँ थीं परन्तु जातिवाद नहीं था। समाज में कट्टरता नहीं थी। जातिगत भेदभाव, ऊँच-नीच और अस्पृश्यता नहीं थी। धार्मिक भेदभाव भी नहीं थे क्योंकि उन दिनों का एकमात्र धर्म सनातनधर्म था जिसे श्रीराम ने ही मानवधर्म की संज्ञा प्रदान की। अगस्त्य, विश्वामित्र आदि महर्षियों ने आर्य और अनार्य के मध्य जो नस्लभेद समाप्त करने के भगीरथ प्रयास किये उन्हें राजाराम ने अपने साम्राज्य में मूर्तरूप प्रदान किया। सम्पूर्ण भरतखण्ड को अखण्ड आर्यावर्त्त श्रीराम ने ही सर्वप्रथम बनाया। चक्रवर्ती सम्राट् वह किसी निजी महत्त्वाकांक्षा के वशीभूत होकर नहीं बने, अपितु मानव मात्र के कल्याण की भावना से अनुप्राणित होकर ही उन्होंने चक्रवर्ती साम्राज्य स्थापित किया था।

श्रीराम ने जीवनपर्यन्त जिन जीवनादर्शों को अपनाया वह उच्चतम कोटि के मानव-मूल्यों पर आधारित थे। यदि राम का नाम सत्य है तो यह भी सत्य है कि राम के पश्चात् राम-जैसा शासक और प्रजापालक दूसरा नहीं हुआ। रामराज्य आज भी मानवता और मानव-समाज की पूर्णता का एक मानक सिद्धान्त है। सीता और राम की जोड़ी आदर्श दाम्पत्य जीवन का प्रतीक है और सीता-राम का चरित्र समाज के आदर्शों की पराकाष्ठा। इसीलिए वह आगे चलकर घर-घर ईश्वर सम पूजित हुए और सृष्टि के अन्त तक जन-जन के आराध्य रहेंगे।

सीता समता की प्रतीक हैं। वह नारी की आधुनिकता की पुरातन पहचान हैं, जो पुरुष के साथ सुविधा और संघर्ष दोनों में समानरूप से समानान्तर साहस दिखाती हैं। परिवार से लेकर समाज तक और समाज से राज-काज तक अपने पति की

सहधर्मिणी ही नहीं उसकी शक्ति बनती हैं। अपने समय की स्त्रियों से कहीं आगे हैं सीता इन अर्थों में।

रामराज्य के संस्थापक राम हमें यह सिद्ध करके दिखाते हैं कि भविष्य वह नहीं जिसकी हम योजना बनाते हैं, अपितु भविष्य हमारे वर्तमान के कर्मों की परिणति होता है। अतः हमें कल को सँवारने के लिए अपना श्रेष्ठतम आज देना अनिवार्य है।

और लक्ष्मण? हमारे विचार एवं कार्य संसार में दूरगामी प्रभाव छोड़ते हैं। रामानुज लक्ष्मण-जैसे अप्रतिम महापुरुष सदैव अपना उत्कृष्ट योगदान प्रस्तुत करते हैं, भले ही वह अनदेखे अथवा अनसुने रह जायें।

●●●